KNAUR

KAREN ROSE

DUNKELSTE NACHT

Thriller

Aus dem amerikanischen Englisch
von Andrea Brandl

KNAUR

Die amerikanische Originalausgabe erschien 2022 unter dem Titel »Quarter to Midnight« bei Berkley, an imprint of Penguin Random House LLC, New York.

Besuchen Sie uns im Internet:
www.droemer-knaur.de

MIX
Papier | Fördert gute Waldnutzung
FSC® C014496

Deutsche Erstausgabe Mai 2025

Ein Imprint der Verlagsgruppe Droemer Knaur GmbH & Co. KG
Maria-Luiko-Straße 54, 80636 München

Dieses Werk wurde vermittelt durch die Literarische Agentur Thomas Schlück GmbH, 30161 Hannover.
Redaktion: Antje Nissen
Covergestaltung: Sabine Schröder
Coverabbildung: Collage unter Verwendung von Motiven von Adobe Stock und Shutterstock.com
Satz und Layout: Wilhelm Vornehm, München
Druck und Bindung: GGP Media GmbH, Pößneck
ISBN 978-3-426-21782-5

Kontaktadresse nach EU-Produktsicherheitsverordnung:
produktsicherheit@droemer-knaur.de

2 4 5 3 1

Für meinen Liebling, Sarah.
Ich bin so stolz auf dich.

Und, wie immer, für Martin –
seit vierzig Jahren bist du mein
allerbester Freund.

Prolog

LAFOURCHE PARISH, LOUISIANA

Sonntag, 13. Juni, 22.15 Uhr

O nein. Nein, nein, nein.« Es roch nach Tod. Der penetrante Gestank schlug Rocky Hebert entgegen, als er sich der Küchentür näherte, die seitlich ins Haus des Arztes führte. Während seiner Laufbahn hatte er so oft Verwesungsgeruch wahrgenommen, dass er ihm nicht fremd war, aber das hier war anders.

Es war … nicht wichtiger, denn alle Toten waren wichtig. Na ja, vielleicht nicht ausnahmslos alle, räumte er ein. Viele von ihnen hatten ihr Schicksal durchaus verdient. Der Doktor gehörte jedoch nicht dazu.

Es wäre von großer Bedeutung, dass der Arzt am Leben und wohlauf war.

Damit er ihm Dinge erzählte. Wichtige Dinge.

Vielleicht ist es ja gar nicht der Doktor, dachte er. Aber diese Hoffnung war vergeblich, das war ihm bewusst. Der Arzt lebte allein, und niemand kam grundlos in diese Einöde.

Vielleicht war er eines natürlichen Todes gestorben. Möglicherweise war gar nichts Schreckliches vorgefallen, sondern sie hatten einfach nur Pech gehabt, er und der Doktor.

Mit wachsender Beklommenheit betrachtete Rocky den Türknauf. Das Schloss war zerschrammt, als sei es mit Gewalt aufgestemmt worden. Er zog einen Einweghandschuh aus der

Tasche und drehte den Knauf, der sich, wenig überraschend, bewegen ließ.

Das ist eine Falle. Mach kehrt und verschwinde. Aber er tat es nicht. Konnte es nicht. Er war so dicht dran, musste wissen, ob es der Arzt war oder …

Er stieß seinen angehaltenen Atem aus und sog ihn reflexartig wieder ein, als ihm der Gestank mit voller Wucht entgegenschlug. *Verdammt noch mal!* Seine Augen brannten, sein Magen rebellierte. *Scheiße, scheiße, scheiße.*

Es war der Doktor. Gewesen. Jemand hatte ihm die Kehle durchgeschnitten und …

Rocky schluckte trocken und wich einen Schritt zurück, weg von dem grauenvollen Anblick.

Die Kehle des Mannes war durchgeschnitten, sein Bauch aufgeschlitzt worden. Überall waren Blut und Gedärme und …

Rocky fuhr herum und übergab sich in die Rosensträucher vor der Küchentür. *Verdammt noch mal!* Er kam zu spät.

Mindestens einen Tag, den Fliegen in den offenen Wunden des Doktors nach zu urteilen.

Beide Hände auf den Knien, verharrte er vornübergebeugt über den Rosensträuchern und würgte trocken. *Ich sollte die Polizei rufen. Aber nicht hier. Und schon gar nicht mit meinem normalen Handy.*

Zum Glück besaß er ein Wegwerfhandy, das er während der letzten zwei Wochen benutzt hatte, um den Doktor zu drängen, zu ermutigen, anzuflehen, sich mit ihm zu treffen.

Er würde unterwegs anhalten und anrufen. Der Mann hatte etwas Besseres verdient, als auf dem Küchenboden zu verrotten.

Rocky spuckte ein letztes Mal aus und wünschte, er könnte sich einen anständigen Drink genehmigen, wünschte, er wäre nicht endlich trocken geworden.

Es gab so vieles, von dem er sich wünschte, er hätte es anders gemacht.

Mit einem leisen Stöhnen richtete er sich auf und ließ den Blick umherschweifen, um sich zu vergewissern, dass ihm nicht dasselbe Ende bevorstand wie dem armen Arzt. Doch es war niemand da. Die Stille wurde lediglich vom Quaken der Frösche in dem kleinen morastigen Kanal hinter dem Haus durchbrochen.

Allerdings gab es nicht nur Frösche dort. So dicht am Sumpf trieben sich garantiert auch Alligatoren herum.

Rocky fragte sich, weshalb der Mörder die Leiche nicht einfach ans Ufer gezerrt und ins Wasser geworfen hatte. Doch dann erstarrte er, denn er kannte die Antwort.

Ich sollte ihn finden. Die wussten, dass ich komme.

Dabei konnte er nicht einmal sagen, wer »die« waren. Seit über fünfzehn Jahren suchte er nach »denen«.

Ich war so dicht dran.

Oder?

Wahrscheinlich trieben »die« ihre Spielchen mit ihm. Katz und Maus.

Rocky zog seine Waffe. »Aber ich bin keine verdammte Maus«, brummte er und tappte unsicher in den Garten, halb in der Erwartung, dass ihn jemand erschoss, noch bevor er den rostigen Schuppen erreichte, oder von hinten angegriffen zu werden und die Klinge eines Messers an der Kehle zu spüren.

Doch nichts geschah. Er öffnete die Schuppentür und spähte hinein, wobei ihn eine Woge der Erleichterung erfasste, als er vorfand, worauf er gehofft hatte.

Bleichmittel. Rocky trug den halb vollen Kanister zu den Rosensträuchern und kippte den Inhalt über sein Erbrochenes, um jegliche DNA-Spuren zu vernichten.

Dann kehrte er zu seinem alten Ford Pick-up zurück, warf

den Kanister auf die Ladefläche und setzte sich hinters Steuer. Er hatte niemanden bemerkt. Das musste nicht bedeuten, dass niemand da war, aber sein Instinkt sagte ihm, dass er längst nicht mehr leben würde, wenn es anders gewesen wäre.

Nach dreißig Minuten, auf halbem Weg nach Hause, hielt er an, nahm das Wegwerfhandy aus dem Handschuhfach und wählte den Notruf, um den Tod des Doktors zu melden, legte jedoch auf, ohne seinen Namen zu nennen.

Nach weiteren fünf Minuten ging er auf einer Brücke vom Gas, kurbelte das Fenster herunter und warf das Handy in den Fluss, wo es nie gefunden werden würde. Mehr als fünfunddreißig Jahre als Cop hatten ihn die besten Tricks und Kniffe gelehrt.

Beim Gedanken an Gabriel zögerte er. Sein Sohn würde gerade arbeiten und tun, was er am liebsten tat. Rocky war froh, dass er ihn letztes Wochenende gesehen und zum Abschied fest an sich gedrückt hatte. Froh, dass er Gabe gesagt hatte, wie sehr er ihn liebte. Denn er hatte das dumpfe Gefühl gehabt, dass es das letzte Mal gewesen war.

So ungern er die Maus in diesem Spiel sein wollte, so besaß diese Katze doch große Macht und lange, scharfe Krallen, die sie überall hineinbohren konnte. Immerhin würden sie Gabe in Ruhe lassen. Wenigstens dafür hatte er gesorgt.

Gabe wusste nichts von alldem, hatte noch nie etwas geahnt. »Ruf die Polizei, Dad!«, hatte er immer nur gesagt. Weil er immer noch der Überzeugung war, die Cops seien die Guten.

Vielleicht hätte ich ihm die Wahrheit sagen sollen. Vielleicht hätte ich ihn warnen sollen.

Vielleicht sollte ich es jetzt tun.

Nein. Es war richtig gewesen, Gabe im Unklaren zu lassen.

Aufgewühlt fuhr Rocky weiter. Kurz war er in Versuchung, einfach an seinem Haus vorbeizufahren. Jenem Heim, über dessen Schwelle er Lili als junge Braut getragen hatte und in dem ihr Sohn zu einem anständigen Mann herangewachsen war. Er war drauf und dran, den Fuß auf dem Gaspedal zu lassen. Abzuhauen.

Aber wohin? Es gab keinen Ort, wo er sich verstecken könnte.

Und was für ein Leben wäre das?

Aber Gabriel …

Seine Brust schmerzte bei der Vorstellung, seinen Sohn niemals wiederzusehen. Nicht zu Ende zu bringen, was er angefangen hatte.

Gerechtigkeit für das wahre Opfer dieses Albtraums zu erlangen.

Am Ende beschloss er, sich dem Unvermeidlichen zu stellen, denn er war kein Mann, der weglief.

METAIRIE, LOUISIANA

Sonntag, 13. Juni, 23.45 Uhr

Rocky bog in die Einfahrt ein und blickte zu seinem Haus, während er an den toten Arzt auf dem Küchenfußboden dachte.

Bitte, lieber Gott, mach, dass Gabe mich nicht so findet. Bitte.

Mit zitternden Händen zog er sein Handy heraus, rief die Fotos auf und betrachtete die jüngste Aufnahme: er und Gabe, letztes Wochenende, Arm in Arm in die Kamera lächelnd.

Mit der Fingerspitze zeichnete er die Gesichtszüge seines Jungen nach. Alle sagten, Gabe käme nach ihm, doch er selbst sah nur Lilis lächelnde Augen. Sie wäre stolz auf ihn. So stolz. Und sollte es zum Schlimmsten kommen, würde Rocky sie wiedersehen.

Bei dem Gedanken zog sich sein Herz zusammen. Er vermisste sie so sehr und war so unendlich müde. Damals hatte er nicht verstanden, durch welche Hölle sie mit der Chemo ging, erst als er selbst mit der Behandlung anfangen musste.

Dieser beschissene Krebs. Die Gewissheit, dass ihm die Zeit davonlief, hatte ihn gezwungen, Risiken einzugehen, die er sonst niemals eingegangen wäre. Deswegen hatte er den Arzt unter Druck gesetzt, sich mit ihm zu treffen, und nun war er tot.

Es ist alles meine Schuld. Rein verstandesmäßig wusste er, dass die Schuld natürlich beim Mörder lag – oder den *Mördern,* denn höchstwahrscheinlich hatte er es mit einer Hydra zu tun, und die hatte bekanntermaßen mehrere Köpfe. Doch er hatte Druck gemacht, hatte gedroht, den armen Doktor bloßzustellen. Er hatte ihm keine Wahl gelassen. Er hätte vorsichtiger sein müssen.

Es gab so vieles, das er hätte anders machen sollen.

Und wenn »die« nun hinter ihm her waren? Er hatte sich selbst ins Knie geschossen. Der Doktor war seine letzte Hoffnung gewesen. Nun würde er nie herausfinden, wer »die« waren. Weil ihm die Zeit davonlief.

Aber noch musste er weiterkämpfen. Für Gabe.

Er schloss die Foto-App und öffnete die Nachrichten. An Gabe.

Nur für alle Fälle.

Ich hoffe, du hast einen schönen Abend, mon ange, tippte er ein. *Ich hab dich lieb, mein Junge.*

Sollte es zum Äußersten kommen, würde Gabe es schon hinkriegen. Sein Sohn war klug. *Hoffentlich klüger als ich selbst.*

Rocky kramte das Ledermäppchen aus der Tasche, das er inzwischen stets bei sich trug, und kippte den Inhalt in seine

Handfläche: eine Büroklammer und eine unbenutzte SIM-Karte. Er zwang sich, nicht zu zittern, als er die SIM-Karte aus seinem Handy löste und eine Rücksetzung auf die Werkseinstellungen durchführte, sodass alles Gespeicherte gelöscht wurde.

Dann legte er die neue SIM-Karte ein und schob die alte unter die Fußmatte.

Nur für alle Fälle. Sollte er die Nacht überleben, würde er die Karte holen, wieder einlegen und alles, was darauf gespeichert gewesen war, mithilfe der Cloud wiederherstellen. Sollte er morgen nicht mehr am Leben sein, würde er es denen zumindest nicht einfacher machen, wer auch immer »die« sein mochten.

Mühsam stemmte Rocky sich aus dem Wagen und zwang sich, einen Fuß vor den anderen zu setzen, bis er vor seiner Haustür stand. Er schloss die Tür auf und trat ein. Ihm blieb ein Moment, um zu registrieren, dass der Hund nicht bellte, ehe er kaltes Metall an der Schläfe spürte.

Ich hätte abhauen sollen. Aber er konnte sich nirgendwo verstecken, und eigentlich wollte er es auch nicht.

Er bedauerte nur, dass Gabe ihn nun doch finden würde.

Gabe würde um ihn trauern.

Aber dann würde er sich zusammenreißen und sein Leben wieder in die Hand nehmen. Sein Sohn war ein starker Mensch.

»Wo ist mein Hund?«, fragte Rocky leise. Sollten die seinem Hund auch nur ein Härchen gekrümmt haben …

Wortlos verpasste ihm der Eindringling einen Stoß.

Rocky taumelte vorwärts. »Wohin?«

»Ich bin in der Küche«, rief eine Stimme. »Bring ihn her.«

Rocky spürte ein Lachen in seiner Kehle aufsteigen, das als hysterisches Kichern über seine Lippen kam. Verständlich.

Denn in der Küche hatten sie auch den Arzt getötet. »Klar.« Der Situation wohnte eine ganz eigene unheilvolle Poesie inne.

Rocky bewegte sich steifbeinig, wäre um ein Haar über den Schaukelstuhl gestolpert, den Lili so gern gemocht hatte. Er strich mit der Hand über das glatte Holz. *Bald, mon petit chou. Bald.*

Seine Augen hatten sich an die Dunkelheit gewöhnt, als er die Küche betrat. Er blieb abrupt stehen, als er den Mann auf Lilis Stuhl am anderen Ende des Tisches, gegenüber von seinem eigenen Platz, sitzen sah.

Sein hysterisches Lachen schlug in Wut um. Zwar war er dem Mann nie persönlich begegnet, trotzdem erkannte er ihn auf Anhieb.

»Runter von ihrem Stuhl«, knurrte Rocky zu seiner eigenen Überraschung. Es gab so vieles, was er sonst noch hätte sagen können … sagen müssen.

Der Mann hob lediglich seine schwarzen, von silberfarbenen Härchen durchzogenen Brauen. Er wirkte, als hätte er Geld, sah wie ein Filmstar aus.

Er schien … gelangweilt.

Am liebsten hätte Rocky ihm das Herz aus dem Leib gerissen. Als Strafe für alles, was er getan, für all die Leben, die er zerstört hatte.

Und dafür, dass er Lilis Stuhl entweiht hatte.

»Wieso sind Sie hier?«, fragte Rocky.

»Weil sich unser Tanz dem Ende neigt«, antwortete der Mann gedehnt. »Und ich musste sichergehen, dass es anständig gemacht wird. Sie hätten zuhören sollen, Rocky. Sie hätten schon vor Jahren einen Rückzieher machen sollen.«

»Habe ich doch.«

»Aber dann eben doch nicht.« Der Mann betrachtete seine Fingernägel, dann sah er Rocky an. »Setzen Sie sich.«

Der Typ hinter ihm drückte ihm die Waffe wieder gegen die Schläfe, als Rocky nicht sofort gehorchte. »Sie haben ihn gehört, Hebert. Setzen Sie sich verdammt noch mal hin.«

Dass er die Stimme des Mannes mit der Waffe erkannte, hätte ihn überraschen sollen, tat es aber nicht. Trotzig reckte er das Kinn. Er wollte sich nicht setzen, sondern wollte lieber im Stehen sterben.

Ein betrübtes Seufzen hinter ihm verriet Rocky, dass noch ein dritter Mann anwesend war. »Sie hätten es gut sein lassen sollen, Rocky. Bitte, setzen Sie sich. So ist es leichter für Sie.«

Rocky erstarrte. Auch diese Stimme erkannte er. Das konnte doch nicht sein … aber es war so. »Nein«, flüsterte er, als die Last des Verrats zu schwer wog.

Er ließ sich auf den Stuhl sinken, rief sich all das Schöne in Erinnerung, das er und Lili im Lauf der Jahre an diesem Tisch geteilt hatten – all die Geburtstage, die Feiertage, die Hochzeitstage. Ihr letztes gemeinsames Essen.

Alles, was ihn vom Ausmaß des Verrats ablenkte.

Nur vage registrierte Rocky, wie seine Waffe aus dem Holster gezogen und auf den Tisch gelegt wurde, gerade außerhalb seiner Reichweite. Der Lauf der Pistole wurde von seiner Schläfe genommen, dann hielt ihm der Mann die Nase zu und drückte seinen Kopf nach hinten.

Rocky wehrte sich, doch die Hand kniff fest zu. Ein Glas wurde gegen seine Lippen gedrückt. Rocky versuchte, die Lippen aufeinanderzupressen, damit kein Tropfen in seinen Mund sickern konnte, doch irgendwann musste er Atem schöpfen, und die scharfe Flüssigkeit brannte in seiner Mundhöhle, lief seine Kehle hinab. Bis in seinen Magen.

Drei Jahre war es her, seit er das letzte Mal Alkohol getrunken hatte, und es beschämte ihn, dass der Geschmack wie ein alter Freund war, dem man wieder begegnete.

Der Tisch begann zu schwanken, das Gesicht des Mannes auf Lilis Stuhl verschwamm.

Da muss noch etwas anderes als Schnaps in diesem Glas sein.

Nun würde Gabe denken, er hätte sein Versprechen gebrochen. Sein Versprechen, trocken zu bleiben. Das war sein letzter Gedanke. *Es tut mir leid, Junge. Es tut mir so verdammt leid.*

1. Kapitel

FRENCH QUARTER, NEW ORLEANS, LOUISIANA

Montag, 26. Juli, 09.05 Uhr

Na, sieh mal einer an, wer da mit einer Stunde Verspätung auftaucht«, bemerkte Molly Sutton gedehnt. Sie saß auf der Kante von Joys altem Schreibtisch, der zwar leicht zerschrammt sein mochte, aber prachtvolle Schnitzereien besaß und perfekt zu dem im Art-déco-Stil gehaltenen Vorzimmer von *Broussard's Private Investigations, LLC* passte.

Ihr Chef, Burke Broussard, hatte eine Schwäche für schöne Dinge und liebte New Orleans. Die Miete für das am Rande des Quarters gelegene Büro mochte deutlich höher sein als das, was er in einem der Vororte würde hinblättern müssen, doch Burke war überzeugt, dass allein die Laufkundschaft die höheren Kosten wettmachte. Und ihre Kartei aus gut situierten Kunden, die »Diskrete Privatermittlungen auf höchstem Niveau« erwarten konnten, wie es der gediegene Schriftzug auf ihren Visitenkarten versprach, schien ihm recht zu geben.

Stirnrunzelnd lenkte Joy Thomas ihren elektrischen Rollstuhl mit routinierter Mühelosigkeit hinter den Schreibtisch. »Klappe. So spät bin ich gar nicht dran.«

Molly lachte. »Sonst bist du um Punkt acht hier, das weißt du genau. Davon abgesehen … redet man so mit der Frau, die einem Kaffee mitgebracht hat?« Sie hielt einen Becher aus dem Coffeeshop mit einer Zubereitung in die Höhe, wie Joy sie am liebsten mochte. »Ich habe mir schon gedacht, dass du heute Morgen ein bisschen angeschlagen sein wirst, deshalb wollte ich nicht mit leeren Händen erscheinen.«

Joy beäugte den Becher, dann nahm sie ihn mit einem widerstrebenden Nicken entgegen. »Wenn man bedenkt, dass du der Grund dafür bist, dass ich mich wie der Tod auf Latschen fühle, kann man das wohl erwarten.«

Molly konnte sich ein Lächeln nicht verkneifen. »Ich bin also schuld, ja?«, fragte sie und hob die Brauen. »Ich erinnere mich nicht, Ihnen die Nase zugehalten und drei Hurricanes in die Kehle geschüttet zu haben, Mrs Thomas.« Sie hob drei Finger. »Drei Hurricanes, Joy. Drei.« Sie legte den Kopf schief. »Los, wie viele Finger siehst du? Drei? Oder sechs?«

Joy zeigte ihr den Mittelfinger. »Ich sehe nur einen.«

Wieder hatte Molly Mühe, nicht laut aufzulachen. Joy war Mitte fünfzig und wirkte so … förmlich, züchtig, um nicht zu sagen matronenhaft. Sie war stets perfekt frisiert und angezogen, als wäre sie auf dem Weg zum Nachmittagstee, inklusive der obligatorischen Perlenkette um den Hals. Fehlten nur die langen Handschuhe, von denen Molly sicher war, dass sie auch davon ein Paar besaß.

Auf den ersten Blick mochte Joy überkorrekt und gebrechlich wirken, doch die Frau war die Stärke in Person. Sie war eine der ersten schwarzen Frauen gewesen, die es innerhalb des NOPD zum Detective gebracht hatten, allerdings hatte ihre Karriere ein jähes Ende gefunden, als sie in Ausübung ihrer Pflicht verwundet worden war. Danach hatte sie sich noch einmal komplett neu orientiert und ihren Abschluss als Finanz- und Wirtschaftsprüferin gemacht, um den Lebensunterhalt für sich selbst und ihre vier – inzwischen allesamt wunderbare Erwachsene – Teenagerkinder zu verdienen.

Joy war sehr viel mehr als die Büroleiterin und Buchhalterin. Sie war quasi die Mutter der Kompanie.

Molly, die ihre eigene Mutter bereits verloren hatte, ließ sich nur zu gern von Joy umsorgen.

»Ich verstehe überhaupt nicht, wieso es dir nicht dreckig geht«, brummte Joy, doch nach dem ersten Schluck Kaffee hellte sich ihre Miene auf. »Hmm. Der ist ja noch heiß.« Sie kniff die Augen zusammen. »Du kleines Miststück. Du bist auch zu spät gekommen.«

Molly grinste ungerührt. Burke war ein lockerer Chef, außerdem glich es sich wieder aus, denn wenn ein Fall anstand, leisteten sie alle jede Menge Stunden ab. »Schuldig im Sinne der Anklage.«

Joy nippte erneut an dem Kaffee und schloss die Augen. »Das ist das gute Zeug. Nicht diese verbrannte Brühe aus dem anderen Coffeeshop.«

»Nie im Leben«, erklärte Molly feierlich. »Und ich bin nicht verkatert, weil ich ja zur Fahrerin auserkoren wurde, die euch und eure jämmerlichen Hinterteile sicher nach Hause schaffen musste. Gern geschehen, meine Liebe.«

Joy schüttelte den Kopf, doch die rasche Bewegung schien ziemlich schmerzhaft zu sein. Sie fuhr ihren Computer hoch und lehnte sich mit gerunzelter Stirn in ihrem Rollstuhl zurück. »Ich verstehe immer noch nicht, wieso ausgerechnet du fahren musstest, schließlich war es dein Geburtstag. Du hättest diejenige sein sollen, die sich drei Hurricanes genehmigt.«

Achselzuckend vergrub Molly die Hände in den Hosentaschen. »Chelsea steht gerade ziemlich unter Druck und musste mal ein bisschen Dampf ablassen. Vor allem war die Gelegenheit günstig, weil sie einen Babysitter hatte. Ach ja, richte Louisa bitte ein Dankeschön aus, dass sie bei Harper geblieben ist. Das war sehr nett von ihr.«

Joys Tochter Louisa war Studentin und stand kurz vor dem Abschluss. Sie hätte genauso gut mit ihren Freundinnen losziehen können, hatte sich aber bereit erklärt, bei Mollys achtjähriger Nichte zu bleiben. Harper hatte während der vergangenen Jahre viel durchgemacht, und es gab nur wenige, denen Molly und ihre Schwester Chelsea Harper anvertrauten.

Joy lächelte stolz. »Ja, meine LouLou ist ein tolles Mädchen. Ich soll mich in ihrem Namen für das Abendessen bedanken, das ihr ihr nach Hause geschickt habt. Mit Polenta und Garnelen aus dem *Choux* hatte sie nicht gerechnet.«

»Nachdem sie kein Geld nehmen wollte, war es das Mindeste, was ich tun konnte.« Molly hatte ihren Geburtstag im *Le Petit Choux*, ihrem Lieblingsrestaurant im Quarter, gefeiert, dessen Name ein Wortspiel war. *Chou* war ein Kosename, während die *petits choux* die kleinen Windbeutel bezeichnete, für die das Restaurant neben seinem hervorragenden Essen und seinen anderen Desserts berühmt war. Und für das Sahneschnittchen von Küchenchef.

Joy grinste anzüglich. »Ein Blick auf Gabe Hebert wäre ihr lieber gewesen.«

Molly lachte, während ihre Wangen warm wurden. »LouLou ist nicht auf den Kopf gefallen.«

Sie müsste lügen, wenn sie behaupten würde, dass sie nicht ebenfalls die Augen nach dem Küchenchef und Mitbesitzer offen gehalten hatte, der seit dem Gewinn eines Fernsehpreises des Food-Network-Kanals im vergangenen Jahr zur neuen Prominenz von New Orleans zählte. Der Sieg hatte dem Restaurant einen steten Zustrom an Touristen und Einheimischen beschert, von denen mindestens die Hälfte hauptsächlich Schlange stand, um einen Blick auf Küchenchef Hebert zu erhaschen.

Gabriel Hebert, dessen Nachname in dem für die Stadt typischen französisch-amerikanischen Zungenschlag »Ay-bear« ausgesprochen wurde, war einen Meter zweiundachtzig groß und extrem gut aussehend, mit einem markanten Kiefer, einem sexy Lächeln und einem dichten Schopf dunkelroter Haare, die sich in der für die Gegend typischen feuchten Hitze lockten – allesamt Dinge, auf die Molly stand. Von seinen breiten Schultern in der Kochjacke ganz abgesehen. Und – auch wenn sie niemals offen zugeben würde, ihn angestarrt zu haben – seinem durchaus ansehnlichen Hintern in der schwarzen Hose, die seine Arbeitskluft komplettierte.

Obwohl sie kein Interesse an einer Beziehung hatte, ließ sie sich die Gelegenheit nicht entgehen, ihn bei der Arbeit anzuschmachten. Gestern Abend hatte er seinen berühmten dekadenten Schokoladenkuchen mit der einzelnen Kerze darauf sogar persönlich serviert und neben Molly gestanden, während ihre Schwester und ihre Freundinnen ihr ein Geburtstagsständchen gebracht hatten, bevor er ihr das erste Stück abgeschnitten und mit einer ausschweifenden Geste überreicht hatte.

Dasselbe hatte er die letzten drei Jahre anlässlich ihres Geburtstags getan.

So wie für alle Gäste, die ihre Geburtstage im *Choux* feierten.

Deshalb war es an sich nichts Besonderes, trotzdem hatten Mollys Wangen heißer geglüht als die blöde Kerze auf dem Kuchen – was ihrer Schwester logischerweise nicht entgangen war. Selbst der größte Suff schmälerte nicht die Schärfe von Chelseas Blick für solche Dinge, und natürlich hatte sie sie gnadenlos damit aufgezogen, nachdem sie die anderen zu Hause abgesetzt und endlich allein im Wagen gesessen hatten. Zum Glück neigte Chelsea unter Alkoholeinfluss zur Schläfrigkeit und hatte bereits geschnarcht, als Molly den Wagen in der Parkgarage ihres Apartmentkomplexes abgestellt hatte.

»Auf den Kopf gefallen ist meine Tochter definitiv nicht. Selbst ich finde, dass dieser Mann eine Augenweide ist«, erklärte Joy und blickte entsetzt auf ihren Computerbildschirm. »Ach du meine Güte!«

Molly beugte sich vor. »Was ist denn?«

Joy verkleinerte eilig den Ausschnitt. »Da ist ein Vertraulichkeitsvermerk drauf«, erklärte sie ernst. »Und hast du nicht eine Besprechung heute Morgen?«

Molly respektierte es, wenn eine Mail als vertraulich markiert war, und würde Joy nicht bedrängen. »Ich wünschte, es wäre so, aber nachdem ich letzte Woche meinen Fall abgeschlossen habe, wartet bloß tonnenweise Papierkram auf mich. Und niemand sollte so etwas am Montag nach seinem Geburtstag zu erledigen haben.«

»Aber du hast auch gesagt, niemand sollte am Freitag vor seinem Geburtstag Papierkram zu erledigen haben«, sagte eine trockene Männerstimme. »Oder am Donnerstag. Oder am Mittwoch.«

Molly drehte sich um und sah ihren Chef im Türrahmen stehen. Burke Broussard war Mitte vierzig und hatte sich, von ein paar silbrigen Strähnen an den Schläfen abgesehen, in den zehn Jahren, seit er bei den Marines ihr kommandierender Offizier gewesen war, kaum verändert. »Morgen, Burke. Dir habe ich auch einen Kaffee mitgebracht.« Sie hielt einen weiteren Becher hoch.

»Dem Herrn sei Dank dafür«, erklärte er mit Nachdruck. »Ich bin schon seit sechs Uhr hier.«

Molly mimte einen entsetzten Schauder. »Wieso das?« Nach ihrem letzten Einsatz beim Marine Corps hatte Molly damit aufgehört, bei Sonnenaufgang aufzustehen, wohingegen Burke immer noch eine Hassliebe mit den frühen Morgenstunden verband: Er behauptete zwar, diese Tageszeit nicht ausstehen zu können, trotzdem kam er nun sogar immer früher ins Büro. Der Mann war verrückt.

Burke war ein verflixt heller Kopf, ehrgeizig und leidenschaftlich und unbeschreiblich großzügig. Aber wenn es um den Arbeitsbeginn ging, war dem Mann schlicht nicht zu helfen.

»Komm in mein Büro«, sagte er. »Ich habe einen neuen Mandanten, den du kennenlernen solltest.«

Joys Augen weiteten sich noch mehr. Sie manövrierte ihren Rollstuhl so, dass sie zusehen konnte, wie Molly in Burkes Büro marschierte.

Und Molly verstand auf Anhieb.

Auf dem Stuhl an Burkes Konferenztisch saß kein Geringerer als Gabriel Hebert, *chef extraordinaire* des *Choux*. Er sah müde, angespannt und sehr, sehr unglücklich aus.

Sie fragte sich, ob er schon am Vorabend so unglücklich gewesen war. Er hatte müde gewirkt, ja, aber nicht so bestürzt. Natürlich könnte er auch zu den Menschen gehören, die es perfekt beherrschten, andere nur das sehen zu lassen, was sie sehen sollten.

»Molly, das ist Mr Hebert. Gabe, das ist Miss Sutton. Sie wird deinen Fall übernehmen.«

Mollys Brauen schossen hoch. Wie bitte?

Gabes Brauen hoben sich ebenfalls, ehe er sie verärgert zusammenzog. »Was? Du schiebst mich also ab?« Er sprang auf. »Was soll das, Burke?«

Die beiden Männer könnten nicht unterschiedlicher sein. Burkes olivfarbener Teint war ein Zeugnis der vielen Stunden, die er in seiner Freizeit auf dem Rennrad verbrachte, wohingegen Gabes Haut so zart gebräunt war, dass man immer noch von Blässe sprechen könnte. Und wie viele Rothaarige hatte auch er zahllose Sommersprossen auf der Nase.

Molly hatte schon immer den Drang verspürt, sie mit den Fingerspitzen nachzufahren, und sie fragte sich, wo er sonst noch welche haben mochte.

Beide Männer waren groß, wobei Burkes stämmiger Körperbau in krassem Gegensatz zu Gabes schlanker Gestalt stand. Molly genoss es, dem Küchenchef bei der Arbeit zuzusehen – seine Bewegungen erinnerten an einen choreografierten Tanz.

Lediglich ihre Akzente glichen sich. Beide hatten den gedehnten Zungenschlag, der typisch für New Orleans war und der an heiße, von Jazzklängen erfüllte Sommerabende denken ließ. Mit dem Unterschied, dass Gabes Stimme ihr einen wohligen Schauder über den Rücken jagte und Burkes nicht.

Angesichts von Gabes Wut war diese Reaktion vermutlich nicht angemessen, doch ihr Körper tat, was er wollte. *Ist eben so.*

Burke bedeutete Gabe, sich wieder zu setzen. »Ich bin zu nahe dran, Gabe. Dein Vater … er hat auch mir sehr viel bedeutet. Er war mein Partner. Wir waren füreinander da, immer. Was auch im Dienst passiert ist, ich konnte mich auf ihn verlassen. Er hat mich nie enttäuscht. Ich will nicht beschwören, dass ich unter diesen Voraussetzungen unvoreingenommen bleiben kann.«

Gabe setzte sich nicht. »Inwiefern unvoreingenommen?«, fragte er mit unüberhörbarer Wut.

»Im Hinblick auf die Wahrheit«, erwiderte Burke nur. »Wie auch immer sie aussehen mag. Molly ist meine rechte Hand. Sie wird dich nicht im Stich lassen. Und jetzt setz dich bitte. Solltest du jemand anderes haben wollen, nachdem du mit ihr gesprochen hast, finden wir auch dafür eine Lösung, keine Sorge. Du kannst dich auf ihre Diskretion verlassen, völlig unabhängig davon, für wen du dich letztlich entscheidest.«

Gabe atmete hörbar durch. »Okay.« Er setzte sich wieder hin und warf Molly, die immer noch reglos im Türrahmen stand, zuerst einen Blick, dann noch einen zweiten zu. »Kann es sein, dass ich Sie …« Er hielt inne. »Stimmt. Gestern Abend. Herzlichen Glückwunsch zum Geburtstag, Miss Sutton.«

Burke wirkte mit einem Mal nicht allzu erfreut. »Ihr beide kennt euch?«, fragte er und sah von einem zum anderen.

»Nein«, antwortete Gabe.

»Nein«, antwortete Molly im selben Atemzug. »Ich war ein paarmal zu Gast in seinem Restaurant, das ist alles. Die Mädels haben mich gestern Abend dorthin ausgeführt. Ich habe dir etwas von dem Kuchen mitgebracht, Burke«, fügte sie lahm hinzu. »Er steht im Kühlschrank.«

»Danke, Molly.« Sichtlich erleichtert, deutete Burke auf einen der freien Stühle. »Setz dich doch zu uns. Bestimmt ist dir inzwischen klar, dass dieser Fall größte Diskretion erfordert.«

Molly nickte. »Ja. Mr Hebert, sollten Sie zu dem Schluss kommen, dass ich nicht die richtige Wahl für Sie bin, mache ich Ihnen keinen Vorwurf. Aber sollten Sie sich für mich entscheiden, werde ich mein Bestes geben.«

Resigniert ließ Gabe die Schultern sacken. »Das ist gut zu wissen, danke.« Er schluckte. »Ich muss herausfinden, wer meinen Vater getötet hat.«

Molly sah Burke an. »Ist die Polizei involviert?«

Gabe lachte bitter. »Wahrscheinlich, ja.«

Burke seufzte. »Damit meint er, dass jemand aus Polizeikreisen an der Tat beteiligt sein könnte. Oder sogar verantwortlich dafür ist.«

Molly lehnte sich zurück. Sie wünschte, Burkes Worte überraschten sie. »Also gut, dann legen Sie mal los.«

FRENCH QUARTER, NEW ORLEANS, LOUISIANA

Montag, 26. Juli, 09.25 Uhr

Molly Sutton war … Gabe wusste nicht recht, wie er sie beschreiben sollte. Von heiterer Gelassenheit. Unerschütterlich. Ihre Erscheinung war tadellos trotz der bereits drückenden Schwüle im Raum, dabei trug sie einen Blazer, obwohl es Ende Juli war. Du liebe Zeit. Genauso war sie auch gestern und an jedem anderen Abend im *Choux* gewesen.

Denn, ja, sie war ihm aufgefallen. Jedes Mal. Diese Frau hatte etwas an sich, das seinen Blick auf sich zog. Na schön, mehrere Dinge. Sie war genau sein Typ: goldblond mit dem Gesicht einer Grace Kelly und dem Körper einer Marilyn Monroe. Aber es ging um mehr als ihr Äußeres. Sie hatte eine beruhigende Ausstrahlung.

Sie war der einzige Gast gewesen, dem er gestern Abend den Geburtstagskuchen persönlich serviert hatte. Alle anderen hatte er Patty, seiner Cousine und Mitbesitzerin des *Choux*, aufs Auge gedrückt. Mollys Schokokuchen hatte er hingegen mit so viel Tamtam präsentiert, wie er nur konnte.

Natürlich hatte ihn Patty in der Küche damit aufgezogen, wenn auch keineswegs bösartig. Schließlich ahnte sie nicht, was er getan hatte … weshalb er innerlich so hin- und hergerissen war. Denn er hatte es ihr verheimlicht.

Dabei war es keineswegs seine Absicht gewesen, diesen Zustand ewig andauern zu lassen. Nur, bis sein Verdacht bestätigt war. Ansonsten hielte sie ihn womöglich noch für komplett paranoid und alarmierte den psychologischen Notdienst.

Leider hatte sich herausgestellt, dass er keineswegs unter Paranoia litt, sondern dass sein Verdacht richtig gewesen war.

Und jetzt erzählte er Patty nichts davon, weil er sie nicht

in Gefahr bringen wollte. Denn genau die drohte ihnen allen. Und sie hatte bereits ein erstes Opfer gefordert.

Doch nun sollte er Molly Sutton mit in dieses Verderben reißen? Allein ihr reinen Wein einzuschenken, würde sie ins Fadenkreuz eines Mörders katapultieren. Seine Eltern hatten ihn zu einem Menschen erzogen, der so etwas nicht zulassen würde.

»Miss Sutton«, sagte er und rang sich ein freundliches Lächeln ab, »ich bin nicht sicher, ob Sie die Richtige für diesen Fall sind.«

Sie setzte ebenfalls ein Lächeln auf, nur lag keinerlei Freundlichkeit darin. Es war auch nicht böse. Sondern nur … vorsichtig. »Kann sein, aber vielleicht bin ich es ja doch.« Sie hatte ebenfalls einen Südstaatenakzent, nur hörte er sich nicht nach New Orleans an. Vielleicht Georgia. Oder North oder South Carolina. »Vielleicht erzählen Sie einfach, worum es geht, und wir sehen dann weiter.«

Gabe warf Burke einen Blick zu, der die Stirn gerunzelt hatte. »Was bereitet dir denn Bauchschmerzen, Gabe?«, fragte er. »Sei ganz offen, aber zuerst würde ich dir gern mehr über Molly erzählen. Sie hat unter meinem Kommando gedient und war eine der besten Marines überhaupt. Ich würde ihr jederzeit mein Leben anvertrauen und, was noch viel wichtiger ist, deines.«

Gabe schluckte gegen die Tränen an, die zu seiner Verärgerung in seinen Augen brannten. *Verdammt noch mal!* »Und was ist mit ihrem?«, krächzte er. »Was, wenn ich sie nicht hineinziehen will? Es könnte gefährlich werden.«

Burke setzte zu einer Erwiderung an, doch Molly schüttelte den Kopf. »Nein, Burke, es steht ihm zu, Zweifel zu haben.« Sie hob kaum merklich das Kinn und sah Gabe in die Augen. »Ich habe einen schwarzen Gürtel in drei Kampfkunstarten,

Mr Hebert. Ich mag keine Scharfschützin sein, aber verteidigen kann ich mich.« Ein Muskel zuckte in ihrer Wange, was ihm verriet, wie sehr sie um Fassung rang. »Ich habe Menschen getötet, um andere zu schützen. Sollten Sie also Bedenken haben, ich könnte körperlich oder mental der Aufgabe nicht gewachsen sein oder dass Sie wegen mir in Gefahr schweben, kann ich Ihnen versichern, dass ich durchaus in der Lage bin, auf uns beide aufzupassen.«

Gabe schüttelte den Kopf. Es betrübte ihn, was sie erlebt haben oder zu tun gezwungen gewesen sein mochte, doch das spielte hier keine Rolle. Einen korrupten Polizisten zur Strecke zu bringen, war nicht dasselbe, wie einen Menschen im Kampf zu töten. Zumindest sah er es so. Aber inzwischen wusste er nicht mehr, was er glauben sollte. *Ich bin doch bloß ein gewöhnlicher Koch, verdammt noch mal.* »Im Krieg zu töten, ist nicht dasselbe.«

»Ich habe nicht im Krieg getötet«, erwiderte sie nur, doch hinter den knappen Worten ahnte er eine sehr viel komplexere Geschichte, die er nur zu gern erfahren würde. »Also«, fuhr sie fort und schnitt eine Grimasse, »natürlich habe ich auch das getan. Ich wollte damit sagen, dass ich sehr gut auf mich und jeden in meiner Obhut aufpassen kann.«

»Erzähl ihr von deinem Vater, Gabe«, forderte Burke ihn leise und voller Mitgefühl auf. »Wie gesagt, solltest du am Ende immer noch Bedenken haben, finde ich jemand anderes für dich. Notfalls kümmere ich mich selbst darum, wenn du darauf bestehst. Aber gib Molly wenigstens eine Chance. Bitte. Dein Vater hat mir sehr viel bedeutet, deshalb will ich, dass er meine beste Mitarbeiterin bekommt, und das ist Molly.«

Gabe seufzte erschöpft. »Na gut. In Wahrheit weiß ich noch nicht einmal genau, was Sache ist. Ich weiß nur, dass mein Vater vor sechs Wochen gestorben ist und es nach Selbstmord aussah.«

»Aber das war es nicht«, folgerte Molly.

»Nein. Zumindest kann ich es mir nicht vorstellen.« Gabe wählte seine Worte mit Bedacht. »Jedenfalls will ich es nicht glauben. Und wenn dem nicht so war, muss derjenige dafür bezahlen, der meinen Vater getötet hat.«

»Dann will ich das ebenfalls.« Molly legte den Kopf schief, sodass das durch die Buntglasfenster einfallende Licht die goldfarbenen Strähnen in ihrem blonden Haar aufleuchten ließ. »Ihr Vater war früher Burkes Partner, sprich, er war ein Cop?«

»Ja. Er hieß Robert Hebert, aber alle haben ihn Rocky genannt. Vor sechs Monaten ist er nach siebenunddreißig Jahren Dienst beim NOPD in den Ruhestand gegangen.« Gabes Stimme brach. Sein Vater war so viel mehr als ein Cop gewesen … niemand hätte sich einen besseren Dad wünschen können als ihn. »Er war gerade einmal siebenundfünfzig.«

Obwohl er ihr ansah, wie leid es ihr tat, machte sie keine Anstalten, es auszusprechen. »Und wie kommen Sie darauf, dass er ermordet wurde?«

Die Frage war nicht herablassend gemeint, denn Molly glaubte ihm schon jetzt. Zumindest glaubte sie, dass *er* davon überzeugt war, was für den Moment genügte.

»Mein Vater hat sich in der letzten Zeit vor seinem Tod seltsam benommen. Er war ungewöhnlich schreckhaft, und mehr als einmal habe ich mitbekommen, wie er über die Schulter gesehen oder eine Menschenmenge mit Blicken abgesucht hat, wie Cops es machen, wenn sie nach einem bestimmten Gesicht Ausschau halten.«

»Er war also auf der Hut. Oder hatte sogar Angst. Wissen Sie, warum?«

»Nein«, presste Gabe frustriert hervor. »Eines Tages, es war etwa zwei Wochen vor seinem Tod, habe ich ihn bei etwas erwischt, als er an seinem Laptop saß. Als er mich gesehen hat, wurde er kreidebleich und hat ihn ganz schnell zugeklappt.«

Sie nickte, ohne den Blick von ihm zu lösen. Ihre Augen waren blaugrün. Wobei nicht die Farbe wichtig war, sondern die messerscharfe Intelligenz, die sich darin ablesen ließ. »Und konnten Sie nach seinem Tod einen Blick auf diesen Laptop werfen?«, fragte sie.

Gabe nahm wohlwollend zur Kenntnis, dass sie davon ausging, er hätte es zumindest versucht. »Ja. Aber es war alles gelöscht. Blitzblank, wie frisch aus der Fabrik.«

Sie zog die Brauen hoch. »Tja, Scheiße«, sagte sie, wobei sie den Kraftausdruck auf drei Silben zog.

Überrascht lachte er auf. »Ja, das trifft es ziemlich gut.«

»Ihr Vater könnte alles gelöscht haben. Oder derjenige, der ihn getötet hat. Haben Sie ihn einem IT-Spezialisten zur Überprüfung gegeben?«

»Er hat ihn dabei«, schaltete sich Burke ein. »Ich gebe ihn Antoine, sobald er kommt.«

Antoine Holmes war ihr IT-Guru.

»Gut«, sagte sie. »Falls noch irgendetwas darauf sein sollte, findet Antoine es. Was ist mit seinem Handy?«

Gabe schüttelte den Kopf. »Es wurde nicht gefunden.« Er musste tief Luft holen, da sich seine Brust allein beim Gedanken an die letzte Nachricht seines Vaters zusammenzog. »Am Abend seiner Ermordung hat er mir um Viertel vor zwölf noch eine Nachricht geschickt, in der stand, dass er mich liebt.« Er schluckte trocken. »Folglich hatte er sein Handy zu dem Zeitpunkt noch bei sich.«

Mollys Seufzen klang zutiefst betrübt. »Ihr Dad hatte also vor etwas Angst, und was auch immer er auf seinen elektronischen Geräten überprüft hat, ist weg. Zumindest für uns normalsterbliche Nicht-Hacker. Doch weshalb nimmt sein

Mörder das Handy mit, den Laptop aber nicht? Und es schockiert mich, ehrlich gesagt, dass die Polizei den Laptop nicht als Beweismittel sichergestellt hat.«

»Mich nicht«, warf Burke düster ein.

Gabe ebenso wenig. Wieder spürte er Wut in sich aufsteigen. »Die Cops haben eine ganze Menge nicht getan.«

»Weshalb Sie glauben, dass sie da mit drinhängen?«, folgerte sie sachlich. »Was hat der Rechtsmediziner gesagt?«

Gabes Wut schwoll zu einem Geysir an, denn die verdammten Elektronikgeräte waren am wenigstens der Grund für seine Überzeugung, dass die Cops in der Sache mit drinsteckten. »Nicht viel. Eine Autopsie hat er jedenfalls nicht durchgeführt. Oder zumindest keine gründliche.«

Mollys Augen wurden schmal. »Wieso nicht?«

»Weil ihm jemand gesagt hat, er solle nicht so genau hinsehen«, antwortete Gabe bitter. »Sagt zumindest sein Assistent, der ein anständiger Kerl zu sein scheint. Ich bin hingefahren, um mich nach den Fortschritten zu erkundigen, weil die Cops mich abgewimmelt haben.«

Molly zog ihr Handy aus der Tasche und öffnete ihre Notizen-App. »Wie heißt der Assistent?«

»Harry Peterson.« Gabe sah, wie sie den Namen eintippte. »Er wollte mir nicht sagen, welcher Cop das angeordnet hat, aber er meinte, er könne sich nicht länger im Spiegel ansehen, wenn er mir vorenthielte, dass da irgendetwas faul sei. Ehrlich gesagt, mache ich mir ein wenig Sorgen um ihn. Er ist sehr jung und wirkte verängstigt.« Gleichzeitig aber sehr entschieden, wofür Gabe größten Respekt und Dankbarkeit empfand. »Noch ist der Bericht nicht offiziell fertiggestellt. Wann immer ich bei der Gerichtsmedizin anrufe, um nachzuhaken, heißt es, man sei wegen ›Überlastung‹ noch nicht dazugekommen und melde sich zu gegebener Zeit bei mir.«

Molly sah Burke an. »Könnten wir Peterson im Auge behalten? Nur für alle Fälle? DeShawn arbeitet doch gerade in der Rechtsmedizin, stimmt's?«

Burke nickte. »An ihn habe ich auch gedacht. Ich überprüfe das mal.«

Gabe sah zwischen den beiden hin und her. »Wer ist DeShawn?«

»DeShawn Holmes«, antwortete Burke. »Er ist der Bruder von Antoine, unserem IT-Spezialisten. DeShawn absolviert gerade sein Assistenzjahr in der Rechtsmedizin. Er ist absolut vertrauenswürdig und gut ausgebildet, sprich, sollte etwas passieren, kann er jederzeit helfen.«

Gabe runzelte die Stirn. »Inwiefern gut ausgebildet?«

»Er hat ebenfalls gedient.« Molly lächelte. »In der Armee, nicht bei den Marines, aber daraus machen wir ihm keinen Vorwurf.«

»Sein anderer Bruder ist ebenfalls Cop«, fügte Burke hinzu, »aber einer von denen, die mein Vertrauen genießen.«

Gabe zog ein finsteres Gesicht. »Aber meines nicht. Ich kenne den Mann nicht.«

Burke schien es ihm nicht übel zu nehmen. »Aber mir vertraust du?«

»Ja. Weil du nicht mehr dabei bist.« Gabe erinnerte sich noch an den Tag, als Burke den Dienst beim NOPD quittiert hatte. Sein Vater war damals am Boden zerstört gewesen, weil Burke zu den wenigen gehört hatte, deren Unterstützung er sich stets sicher gewesen war.

Burke zuckte die Achseln. »Ich bin auf dem Laufenden, wer gerade dabei ist. Antoines und DeShawns Bruder gehört zu meinen engsten Freunden. Er ist … sagen wir mal … eine überaus hilfreiche Informationsquelle, seit ich in die Privatwirtschaft gewechselt bin.«

»Was besser nicht aus diesem Büro dringen sollte«, murmelte Molly, deren Lächeln verflogen war. »Ich meine es ernst, Mr Hebert. Es könnte unseren Freund seine Stelle und vielleicht sogar das Leben kosten.«

Gabe schluckte schwer. Mr Hebert, das war sein Vater gewesen. Und der war tot. Sollte dieser Cop Burke helfen können, den Mörder seines Vaters zu finden, würde er seinen Hass auf denjenigen innerhalb des NOPD, der die Ermittlungen in seinem Fall blockiert hatte, zügeln müssen. Sein Vater war stets ein guter Cop und ein anständiger Mensch gewesen, deshalb musste Gabe daran glauben, dass auch andere so waren und Burkes Instinkt ihn nicht trog.

Sein Vater hätte seinem Partner jederzeit sein Leben anvertraut, und nun würde Gabe die Umstände seines Todes in Burkes Hände legen müssen. »Ich verstehe. Natürlich dringt kein Wort über meine Lippen. Und bitte sagen Sie doch Gabe zu mir. Mr Hebert … das war mein Dad.«

Wieder zeichnete sich Mitgefühl auf ihren Zügen ab. »Ich verstehe Sie gut, Gabe. Auch ich habe meinen Vater verloren.«

Ihr Mitleid ärgerte ihn. »Aber er wurde nicht ermordet. Bei allem Respekt, Ma'am, aber das ist wohl etwas anderes.«

Burkes Miene verriet, dass er zu weit gegangen war.

Mollys Lächeln war dünn geworden, und wieder zuckte der einzelne Muskel in ihrer Wange. »Man weiß ja, wie das mit Vermutungen so ist, Mr Hebert.«

Alles klar. Sie waren also wieder beim Nachnamen. Er war ihr auf die Füße getreten, doch sie blieb weiter professionell und höflich. Also musste er dasselbe tun. »Es tut mir leid. Ich … ich will mich gar nicht rausreden. Bitte entschuldigen Sie, Miss Sutton.«

Sie nickte knapp. »Danke. Entschuldigung angenommen. Und Sie haben recht. Jeder Fall ist anders, trotzdem verstehe ich zumindest ein Stück weit, was Sie gerade durchmachen. Mehr wollte ich damit gar nicht sagen.« Sie drückte die Schultern durch. »Aber zurück zum Geschäftlichen. Dass keine gründliche Autopsie vorgenommen wurde, ist kein gutes Zeichen, das will ich nicht verhehlen, aber es bedeutet nicht, dass wir nicht andere Quellen für unsere Ermittlungen heranziehen könnten.«

Gabe lächelte grimmig. »Ich habe nicht gesagt, dass keine Autopsie vorgenommen wurde, sondern nur, dass der Gerichtsmediziner keinen Finger gerührt hat.«

Molly runzelte die Stirn, dann schien der Groschen zu fallen, und sie lächelte. »Haben Sie eine private Autopsie durchführen lassen, Mr Hebert?«

»Worauf Sie sich verlassen können.«

2. Kapitel

HOUSTON, TEXAS

Montag, 26. Juli, 09.30 Uhr

Xavier Morrow überlief ein Schauder, obwohl ihm eigentlich gar nicht kalt war. Schon jetzt hatte es über dreißig Grad.

Er hatte Angst. Und er hatte keine Ahnung, warum, weshalb er sich total dämlich vorkam. Was ihn wiederum ärgerte.

Carlos stieß ihn so fest an, dass er zusammenzuckte. »Yo, X.« Sein bester Freund sah sich wiederholt um. »Wieso lässt du deinen Kopf herumwirbeln wie einen Deckenventilator?«

»Weiß ich auch nicht.« Wieder sah Xavier sich suchend um, doch ringsum saßen nur Leute beim Frühstück. So wie jeden Montag, wenn er sich mit Carlos in ihrem Lieblingsdiner in der Nähe des Campus der Rice University traf. Der Laden war während seiner College-Zeit quasi sein zweites Zuhause gewesen, und es würde ihm fehlen, nicht länger zur Belegschaft zu gehören. Aber heute Morgen war es aus irgendeinem Grund anders. »Kennst du das Gefühl, angestarrt zu werden?«

Carlos grinste. »Sobald ich eine Bar betrete.«

»So meine ich es nicht. Leider.«

Carlos' Grinsen schlug in ein Stirnrunzeln um. »Was ist los?«

Xavier zuckte die Achseln. »Weiß auch nicht.«

»Es liegt an dem Typen, stimmt's?«, fragte Carlos aufgebracht. »Dieser alte Sack, der dich immer mal wieder besucht.«

Xavier sah ihn verblüfft an. »Woher … ach, egal.« Wie Carlos jemals zum Lernen kam, war Xavier ein Rätsel, da er sich viel lieber und intensiver mit True-Crime-Sendungen beschäftigte. Von denen einige so brutal waren, dass Xavier davon fast genauso viele Albträume bekam wie von dem wahren Verbrechen, dessen Zeuge er vor vielen Jahren geworden war. »Nein, heute nicht. Er … er ist tot.«

Carlos riss die Augen auf. »Was? Seit wann? Wer war der Typ überhaupt?« Er beugte sich über den Tisch. »Hat er dich bedroht?«

»Nein! Natürlich nicht.« Rocky war eher so etwas wie sein Schutzengel gewesen. »Er war ein Freund von jemandem, den ich vor langer Zeit kannte.«

Was mehr oder weniger der Wahrheit entsprach, obwohl Rocky der Frau nie begegnet war, die sie zusammengeführt hatte. Diese Nacht hatte in ihnen beiden Spuren hinterlassen, wenn auch auf ganz unterschiedliche Art und Weise.

Carlos lehnte sich zurück. »Tja, tut mir leid, dass er gestorben ist. Warst du auf seiner Beerdigung?«

Xavier schüttelte den Kopf. »Die fand in New Orleans statt. Ich … also, ich will da nicht wieder hin.« Nie wieder.

Carlos runzelte neuerlich die Stirn. »Und? Willst du es mir nicht erzählen?«

Xavier öffnete den Mund, schloss ihn jedoch sofort wieder, weil er nicht wusste, was er darauf antworten sollte.

Nein, verdammt. Das kostet uns bloß beide das Leben. Denn Carlos konnte beim besten Willen kein Geheimnis bewahren.

»Es steht mir nicht zu, die Geschichte zu erzählen«, sagte er nur. »Lass gut sein, okay?«

Carlos wurde untypisch ernst. »Wovor hast du denn solche

Angst? Mir kannst du es sagen, X. Ich verrate es auch niemandem, versprochen.« Er legte sich die Hand aufs Herz und hob sie dann feierlich. »Großes Ehrenwort.«

»Das würde ich ja, wenn ich wüsste, was Sache ist, aber ich weiß es nicht. Es ist nur ...« Er atmete hörbar aus. »Ich dachte heute Morgen, ich werde verfolgt, aber wann immer ich stehen geblieben bin und mich umgesehen habe, hörten die Schritte hinter mir auf.«

Bestimmt hatte er es sich nur eingebildet. Anders konnte es nicht sein. Seit Rockys Tod vor sechs Wochen war er nervös.

Es gebe keine Zufälle, hatte Rocky stets gesagt.

»Dann begleite ich dich eben«, sagte Carlos mit einem Nicken, das keinen Widerspruch zuließ.

Xavier lächelte. »Du wirst mir fehlen, Mann.«

Das stimmte. Schon seit der ersten Klasse war Carlos sein Freund – zwei schwarze Jungs in einem Meer aus weißen Gesichtern. Xaviers Teint hatte dasselbe dunkle Walnussbraun wie seine leibliche Mutter, wohingegen Carlos' Haut in einem warmen Bronzeton schimmerte. Die beiden Jungen hatten auf Anhieb viele Gemeinsamkeiten gefunden: Videogames, die Liebe zu den Naturwissenschaften und tiefen Abscheu gegen Brokkoli.

Carlos lächelte traurig. »Du mir auch, *hermano*. Aber New York ist ja nicht so weit weg von Philly. Ich habe schon nachgesehen, was die Zugfahrkarte kostet.«

Bald würde Xavier nach Philadelphia gehen, um an der University of Pennsylvania Medizin zu studieren, während Carlos sein Aufbaustudium in Ingenieurswesen an der NYU in Angriff nahm. Seit ihrem sechsten Lebensjahr waren sie nie voneinander getrennt gewesen.

Das würde übel werden.

»Alle zwei Wochen«, sagte Xavier und hielt Carlos die Faust hin.

Carlos stieß mit der seinen dagegen und legte den Kopf schief. »Wie ist er denn gestorben? Der Alte, meine ich.«

Xavier musste gegen die bittere Galle anschlucken, die ihm in der Kehle aufstieg. »Er hat sich umgebracht.«

Carlos zuckte zusammen. »Ach, du Scheiße, das tut mir leid.«

»Mir auch«, murmelte Xavier. »Er war … ein Spitzentyp, und jetzt ist er tot, und ich überlege die ganze Zeit, ob ich es hätte verhindern können. Was wäre gewesen, wenn ich ihn besucht oder ihn häufiger angerufen hätte und so.«

Was beides nicht ernsthaft infrage gekommen war. Rocky hatte nicht gewollt, dass jemand die Spur zu Xavier nachverfolgen konnte. Er war verängstigt und traurig gewesen.

»Aber so darfst du nicht denken«, erwiderte Carlos, loyal wie immer. »Nach allem, was ich so lese, weihen Menschen, die ernsthaft einen Selbstmord ins Auge fassen, ihre Familien und Freunde nicht ein, weil die sonst bloß versuchen würden, sie daran zu hindern. Du bist ein guter Mensch. Hätte er gewollt, dass du mitbekommst, was er vorhat, hättest du es gemerkt.«

»Das möchte ich hoffen.« Lieber Gott, das tat er so sehr. Als Rockys Anwalt wegen der Erbschaft mit ihm in Kontakt getreten war, hatte er das Schlimmste angenommen. Dass Rocky ermordet worden wäre.

Aber Selbstmord? Damit hätte Xavier nie gerechnet.

»Wie hast du denn erfahren, dass er tot ist?«, wollte Carlos wissen.

Xavier zögerte, überlegte, ob er Carlos eine Lüge auftischen sollte. Aber sie belogen einander nie. Carlos war schlicht nicht fähig zu so etwas. Nicht, dass er es nicht manchmal wollen würde, aber er taugte schlicht nicht zum Lügner.

Xavier hingegen war ein verdammt guter Lügner, nur Carlos konnte er nicht anlügen, sondern allenfalls die Wahrheit ein wenig unterschlagen. *Na gut, es war mehr als ein wenig gewesen, er hatte sie komplett unterschlagen.* Aber nur, um seinen besten Freund zu schützen.

Und ihn vor Albträumen zu bewahren.

Wieder sah Xavier sich im Diner um, doch auch jetzt schien niemand Notiz von ihnen zu nehmen. »Sein Anwalt hat mich angerufen«, gestand er leise.

Carlos fielen beinahe die Augen aus dem Kopf. »Aber wieso? Hat er dir etwa Geld hinterlassen?«

»Ja, ein wenig.« Nicht so viel, wie Rocky ihm bereits zu Lebzeiten gegeben hatte, aber trotzdem … er konnte es gut gebrauchen, wenn er an die Penn Med ging. Die Wohnungen in Philly waren nicht gerade billig.

Doch nicht das Geld war das Wichtige gewesen.

Sondern der kleine Keramikengel, den Rocky ihm einen Monat vor seinem Tod gegeben hatte. Er konnte nicht mehr als zehn Dollar gekostet haben, doch Rocky hatte etwas auf die Unterseite gravieren lassen. *Greif nach den Sternen, mon ange.*

Es war eine Ermutigung.

Und eine Erinnerung.

Fest stand, dass Xavier den Engel niemals hergeben würde. Er hatte ihn an seinem Schlüsselring befestigt und trug ihn stets bei sich.

Er schob seinen Teller weg. Schlagartig war ihm der Appetit vergangen. »Willst du meinen Speck haben?«

Carlos grinste. »Zu Speck sage ich niemals Nein.« Seine Miene wurde ernster. Er hob sein Orangensaftglas und wartete, bis Xavier es ihm nachgetan hatte. *»Al futuro.«*

»Auf die Zukunft«, echote Xavier und zwang sich zu einem Lächeln. »Wir werden die Welt verändern, *hermano*.«

»Darauf kannst du wetten.« Carlos verputzte den Rest, der noch auf Xaviers Teller lag. »Also, was liegt heute an?«

»Ich für meinen Teil muss zu Hause Unkraut jäten. Du?«, sagte Xavier.

»Ich bin dein Schatten, Mann. Ohne mich gehst du nirgendwohin.« Carlos beugte sich vor und senkte die Stimme zu einem Flüstern. »Dank deines sechsten Sinns waren wir immer auf der sicheren Seite. Wenn du also glaubst, dass dir jemand folgt, lasse ich dich nicht allein herumspazieren.«

Wieder schluckte Xavier gerührt. »Und der Icebox-Kuchen meiner Mutter hat nicht zufällig etwas damit zu tun, hm?«, neckte er.

Carlos grinste wieder. »Ich bin multitaskingfähig und kann auf dich aufpassen und gleichzeitig euren Kühlschrank plündern. Ich glaube, heute bin ich mit dem Zahlen dran.« Er zog seine Brieftasche heraus und legte genug Bargeld für beide Mahlzeiten und ein anständiges Trinkgeld auf den Tisch. »Los, lass uns gehen. So ein Icebox-Kuchen darf nicht zu lange unbeaufsichtigt bleiben.«

FRENCH QUARTER, NEW ORLEANS, LOUISIANA

Montag, 26. Juli, 09.50 Uhr

Burke machte ein finsteres Gesicht. »Mit dem Wichtigsten kommst du erst jetzt um die Ecke, Gabe! Wieso hast du nicht gleich gesagt, dass du eine private Autopsie veranlasst hast?«

»Ich war nicht sicher, ob ich Miss Sutton trauen kann. Aber jetzt bin ich es.« Gabe zog den Bericht aus der Tasche und reichte ihn Molly, die ihn auseinanderfaltete, überflog und dann mit ausdrucksloser Miene an Burke weiterreichte.

Mit dieser Frau würde er jedenfalls niemals Poker spielen, befand Gabe, denn der Bericht würde jeden schockieren, ob derjenige seinen Vater nun gekannt hatte oder nicht.

Burke las den Bericht. Gabe konnte genau sagen, wann er den ersten Schock erlitt, da Burke nach Luft schnappte und ihn mit aufgerissenen Augen ansah. »Er hatte *Krebs?* Dein Dad hatte *Krebs?*«

»Ich wusste auch nichts davon.« Gabe hatte Gewissensbisse – zum einen, weil er nichts von der schweren Erkrankung seines Vaters geahnt hatte, zum anderen wegen seiner Wut, weil sein Vater ihm die Diagnose vorenthalten hatte.

»So wie ich deinen Dad kenne, wollte er nicht, dass du dir seinetwegen Sorgen machst. Vor allem nach …« Burke rutschte auf seinem Stuhl herum. »Du weißt schon. Nach dem, was mit deiner Mutter passiert ist.«

Gabe wusste Bescheid. Er und sein Vater hatten mitansehen müssen, wie die Krankheit sie vor ihren Augen hatte dahinschwinden lassen.

Und nun waren seine beiden Elternteile tot. Gabe rang sich ein Nicken ab, woraufhin Burke nach einem Moment stummen Mitgefühls die Lektüre wieder aufnahm.

Auch den zweiten Schockmoment bekam Gabe mit, denn Burke unterdrückte einen heftigen Fluch und schob Molly den Bericht über die Schreibtischplatte hinweg zu. »Das mit dem Kokain ist Schwachsinn«, stieß er aufgebracht hervor und blickte Gabe an. »Dass er Alkohol im Blut hatte, halte ich noch für nachvollziehbar, schließlich hatte er zeitweise ein Alkoholproblem, aber Drogen hat dein Vater nie konsumiert, so viel weiß ich.«

»Das stimmt.« Trotzdem hatte die Privat-Pathologin eine so hohe Menge Kokain nachweisen können, dass allein diese zum Tod geführt hätte. »Mein Vater war trockener Alkoholiker«, sagte Gabe, an Molly gewandt. »Seit drei Jahren schon. Aber Kokain hat er nie angerührt. Niemals.«

Andererseits hatte sein Vater zuvor noch nie gegen eine

Krebserkrankung angekämpft, sagte eine kleine Stimme in seinem Kopf. *Vielleicht kanntest du ihn ja doch nicht so gut, wie du immer dachtest.*

Der Gedanke geisterte ihm ein paar Sekunden im Kopf herum, ehe er ihn verdrängte. *Nein.* Sein Vater hätte niemals zu Drogen gegriffen, schon gar nicht so, wie die Cops es angedeutet hatten. Alkohol, na schön. Aber harte Drogen? Auf keinen Fall.

Stirnrunzelnd blickte Molly erneut auf den Bericht. »Was ist denn das? Hier steht: Eine zweite Probe hat Spuren von Flunitrazepam ergeben.« Sie sah auf. »Rohypnol. Und zwar eine hohe Dosis. Wer auch immer ihn getötet haben mag, hat ihn vorher außer Gefecht gesetzt. Wahrscheinlich haben sie ihm das Zeug mit dem Alkohol eingeflößt, den er freiwillig oder auch nicht zu sich genommen hat.«

Gabe musste die Augen schließen, als ihn eine Woge der Wut, der Trauer und des Kummers übermannte. Sie hatten seinen Vater unter Drogen gesetzt und ihn dann erschossen.

Er zuckte zusammen, als ihn eine kühle Hand berührte. »Gabe«, hörte er Mollys leise, traurige Stimme. »Wir können auch später weitermachen.«

»Nein.« Er zwang sich, die Augen aufzuschlagen und sie anzusehen. »Es geht mir gut.«

Sie schüttelte den Kopf. In ihren Augen, die das leuchtende Blaugrün des Karibischen Ozeans aufwiesen, spiegelten sich tiefes Verständnis und unermessliche Freundlichkeit. »Nein, es geht Ihnen ganz und gar nicht gut. Trotzdem können wir weitermachen, wenn Sie das wollen.«

Seine Augen und seine Kehle brannten, und er musste schlucken, ehe er antworten konnte. »Ja, will ich.«

»Also gut.« Sie blickte wieder auf das Dokument. »Im Abschlussbericht der Gerichtsmedizin wird das Kokain verzeichnet sein«, sagte sie. »Aber nicht das Rohypnol, da gehe ich jede Wette ein. Auf diese Weise können sie weiterhin behaupten, Ihr Vater sei zum Zeitpunkt seines Todes bis unter die Hutschnur zugekokst gewesen. Dass er Alkohol im Blut hatte, untermauert ihr Argument noch, er sei rückfällig geworden, was das Kokain umso glaubhafter macht. Und angesichts der Krebserkrankung werden sie einfach behaupten, er hätte die Schmerzen wohl nicht ertragen und dafür sorgen wollen, dass sie aufhören.«

»Das ist …« Gabes Stimme brach. Er räusperte sich. »Das dachte ich auch. Dass die Cops das behaupten werden, meine ich. Nicht, dass Dad es getan hat.«

»Was ist mit dieser zweiten Probe gemeint?«, wollte Burke wissen.

»Eine Blut- und eine Urinprobe. Harry Peterson, der Assistent des Gerichtsmediziners, hat sie mir zugesteckt, ich habe sie aber erst beim Nachhausekommen in meiner Tasche entdeckt. Deshalb mache ich mir ja solche Sorgen um Harry. Er hat sich für mich aus dem Fenster gehängt. Er hätte meinen Vater gekannt, und Dad sei immer nett zu ihm gewesen, meinte er. Ich will nicht, dass Harry dafür bestraft wird, dass er mir die Proben zugeschanzt und verraten hat, dass die Autopsie manipuliert wurde.«

»Ich werde mal sehen, ob wir jemanden von uns in die Rechtsmedizin einschleusen können«, sagte Burke. »DeShawn ist ein guter Mann, aber auch er kann Peterson nicht ununterbrochen im Auge behalten.«

Molly legte den Bericht beiseite. »Hier steht das gestrige Datum. Sonntag.«

Gabe nickte. »Die Pathologin hat ihn mir gestern Abend geschickt. Ich habe ihn nach meiner Schicht gesehen. Normalerweise hätte sie bis heute damit gewartet, meinte sie, aber sie wollte mich rasch ins Bild setzen, vor allem angesichts dieser Ergebnisse. Sie hatte die Befürchtung, ich könnte ebenfalls in Gefahr sein.«

»Was durchaus möglich ist«, sagte Burke. »Deine eigene Sicherheit besprechen wir, wenn wir mit allem anderen fertig sind.«

Gabe atmete aus. Kurz war er in Versuchung, zu sagen, er brauche niemanden, der auf ihn aufpasste, aber er war nicht dumm. Wenn die Cops herausfanden, dass er auf eigene Kosten eine Autopsie hatte durchführen lassen, könnte es brenzlig werden.

»Gab es auch einen Polizeibericht?«, fragte Molly.

Burke reichte ihr die Kopie des Berichts, den Gabe inzwischen in- und auswendig kannte, bis hin zu dem schwarzen Tonerstreifen, der sich im unteren Drittel über die gesamte Seitenbreite zog.

Beim Anblick des bemerkenswert kurzen Berichts runzelte Molly die Stirn. »Hier steht, die Nachbarin hätte Ihren Vater aufgefunden.«

Gabe schluckte. »Ja, Mrs Dobson. Sie und meine Mutter waren jahrzehntelang beste Freundinnen. Mrs Dobson hat Dads Hund in ihren Blumenbeeten erwischt und nach Hause gebracht. Schon an der Küchentür hätte sie geschimpft, meinte sie.« Eine Woge der Übelkeit überkam Gabe, und er war heilfroh, dass er an diesem Morgen noch nichts gegessen hatte. »Er saß zusammengesunken am Küchentisch. Seine Waffe lag auf dem Boden, als hätte er sie fallen gelassen. Neben seinem Kopf stand eine leere Flasche Grey Goose und ein leeres Glas.« Er fuhr sich mit den Händen übers Gesicht und wünschte, er könnte das Bild dadurch aus seinen Gedanken tilgen, doch es gelang ihm nicht. Sobald er die Augen schloss, sah er seinen Vater vor sich – wie er in einer Lache aus Blut und Gehirnmasse dalag.

Gabe wünschte, er hätte das Foto nie gesehen, verfluchte den Cop, der dafür gesorgt hatte, dass er es sah.

Er verfluchte sich selbst, weil er zu beschäftigt gewesen war, als sein Vater ihn am dringendsten gebraucht hatte. Nur dass er ihn nicht angefleht hatte, sich nicht das Leben zu nehmen, bedauerte er nicht. Denn das hatte sein Dad nicht getan, das wusste Gabe ganz genau.

Wäre ich da gewesen, hätten sie ihm nichts angetan. Das hätten sie nicht gewagt.

Andererseits wäre ich jetzt vielleicht ebenfalls tot.

»Gabe? Was für eine Rasse ist der Hund?«

Gabe sah Molly an, deren Frage ihn aus der Finsternis riss, in die seine Gedanken abgetaucht waren. Geduldig wartete sie auf seine Antwort, und ihn beschlich der Verdacht, dass sie ihm die Frage mehr als einmal gestellt hatte.

»Ein Labradormischling. Ein bisschen Golden Retriever, vielleicht auch Pitbull. Eine Promenadenmischung. Shoe heißt er.«

»Wie *Choux*, Ihr Restaurant?«

»Nein. Wie der Schuh.«

Sie hob einen Mundwinkel. »Weil er gern Schuhe frisst?«

Die Enge in seinem Brustkorb ließ ein wenig nach, sodass er wenigstens atmen konnte. *Danke, Molly.* »Das auch. Mein Dad hat meine Mutter immer *mon petit chou* genannt. Als ich noch klein war, habe ich sie immer gefragt, warum er Schuh zu ihr sagt.« Bei der Erinnerung stiegen ihm Tränen in die Augen. »Nach ihrem Tod war Dad so schrecklich einsam, deshalb habe ich ihn überredet, sich einen Hund aus dem Tierheim zu holen. Eines Tages kam er mit diesem kleinen Burschen nach Hause, der sich vor Stress das Fell halb vom Leib gekratzt und überall wunde Stellen hatte. Da hatte er meinen Dad schon ins Herz geschlossen, und kaum war er fünf Minuten im Haus, hat er einen der Schuhe geklaut, die ich stehen gelassen hatte. Deshalb hat Dad ihn Shoe genannt, und der Name ist ihm geblieben.«

Ihr Lächeln wärmte Gabe das Herz, ganz tief im Inneren, das starr vor Betäubung gewesen war. »Und wo ist Shoe jetzt?«, fragte Molly.

»Bei mir zu Hause. Dad hat steif und fest behauptet, er hätte Shoe beigebracht, sich nicht mehr an Schuhen zu vergreifen, trotzdem bewahre ich meine ganz oben im Schrank auf.« Gabe holte tief Luft und stieß sie wieder aus. »Danke. Wir können jetzt weitermachen.«

»Wenn Sie meinen.«

Er nickte.

»War Grey Goose seine Marke, bevor er beschlossen hat, trocken zu werden?«, fragte sie.

»Ja. Alle wussten das. Mom hat ihm jedes Jahr zu Weihnachten eine Flasche geschenkt. Damals war er noch nicht alkoholkrank. Erst nach ihrem Tod hat er angefangen, seine Vorräte zu verstecken.«

»Aber dann hat er dem Alkohol abgeschworen«, murmelte sie.

»Ja. Er war so stolz auf sich und wir auf ihn. Die ganze Familie, meine Tanten, mein Onkel und meine Cousine.« Wieder schloss Gabe die Augen. »Früher oder später muss ich es ihnen sagen, und ehrlich gesagt, graut mir davor, auch wenn mich das zu einem Feigling macht.«

»Vielleicht lässt du dir Zeit damit«, riet Burke sanft. »Es ist nicht nötig, sie jetzt schon damit zu belasten.«

Es ist nicht nötig, auch sie zu Zielscheiben zu machen. Gabe hatte von Anfang an gewusst, dass es darauf hinausliefe … auch ohne dass Burke es aussprach.

»Das macht Sie noch lange nicht zu einem Feigling.« Molly

wartete, bis er die Augen aufschlug. »Sie lieben Ihre Familie, stimmt's?«

»Ja.«

»Dann ist es doch völlig normal, dass Sie ihnen keine emotionalen Schmerzen zufügen wollen.«

Er zuckte die Achseln. »Weder emotionale noch physische.«

»Natürlich.« Sie hielt kurz inne. »In dem Bericht steht, Ihre Nachbarin hätte die Leiche Ihres Vaters am nächsten Morgen aufgefunden, aber nichts davon, ob sie einen Schuss gehört hat.«

»Hat sie nicht«, sagte Gabe. »Ich habe sie gefragt. Sie war völlig außer sich, nachdem sie ihn gefunden hatte, und hat sich Vorwürfe gemacht, weil sie auf das Scharren am Abend zuvor nicht reagiert hat. Wahrscheinlich war es Shoe, der an ihrer Tür gekratzt hat, aber einen Schuss hat sie nicht gehört.«

»Und die Waffe, die neben der Leiche Ihres Vaters gefunden wurde, hatte keinen Schalldämpfer.« Sie tauschte einen Blick mit Burke. »Hat er denn einen besessen?«

»Nicht, dass ich wüsste«, antwortete Burke. »Und ich habe seine Waffe gesehen. Die, die neben seiner Leiche gefunden wurde. Für dieses Modell ist keiner vorgesehen.«

»Sein Mörder ist also nachlässig gewesen«, murmelte Molly. »Ein Punkt für unser Team, da im Bericht nicht erwähnt wird, dass die Kugel, die ihn getötet hat, nicht zu seiner Privatwaffe passt. Vermutlich wird das auch nie darin auftauchen. Noch ein weiterer Hinweis auf Manipulation. Gabe, nach Ihrer Unterredung mit Mr Peterson hatten Sie den klaren Verdacht, dass die Cops in den Mord verwickelt sind. Aber hat schon zuvor etwas darauf hingedeutet?«

»Ja.« Nervös zupfte er eines von Shoes Haaren von seiner Hose. »Als ich am Tag nach Dads Ermordung aufs Revier gegangen bin, um eine offizielle Ermittlung zu verlangen, hat mich sein früherer Captain abgefangen und behauptet, die Beamten am Tatort hätten ein halbes Pfund Koks in Dads Vorratskammer gefunden.«

»Kompletter Schwachsinn«, brummte Burke.

Gabe gelang ein dünnes Lächeln. »Genau. Er meinte, es sei im Mehl und im Zucker versteckt gewesen. Sie hätten es untersucht, und es würde zu einer aus der Asservatenkammer gestohlenen Kokslieferung passen. Mein Dad hätte sich kurz vor seiner Pensionierung für die Entnahme eingetragen. Sie haben mir sogar das Registrierbuch gezeigt. Die Unterschrift war nicht die meines Vaters, aber es war eine verdammt gute Fälschung.«

Molly blies die Wangen auf. »Was für ein Mist! Lassen Sie mich raten. Man hat Ihnen angeboten, das Ganze unter den Tisch fallen zu lassen, wenn Sie nicht weiter nachbohren.«

Gabe strich sich über die Nase. »Genau. Er hat einen auf ernst und supertraurig gemacht.«

Für den Bruchteil einer Sekunde wurde Mollys Blick glasig, dann nickte sie. »Verstehe.«

Kurz fragte er sich, unter welchen Umständen ihr Vater zu Tode gekommen sein mochte. Und wie sie damit klargekommen war. Denn einen klugen Rat könnte er jetzt verflixt gut gebrauchen. Die Situation machte ihn völlig fertig.

Burke runzelte die Stirn. »Es wundert mich, dass dir derjenige, der in dieser ganzen Sache die Strippen zieht, erlaubt hat, eine private Autopsie durchzuführen. Die hätten die Leiche deines Dads ohne Weiteres ›verloren‹ haben oder dir alle möglichen bürokratischen Knüppel zwischen die Beine werfen können.«

»Sie wussten nichts davon. Ich habe es ihnen nicht gesagt. Als ich die Blutproben in meiner Tasche gefunden hatte, habe ich sofort einen Freund in dem Beerdigungsinstitut angerufen, das sich … um Dads Leiche kümmern sollte. Der Besitzer ist ein alter Freund aus Highschool-Zeiten. Nachdem die Gerichtsmedizin Dads Leiche freigegeben hatte, hat er sie in die Pathologie einer Privatpraxis schaffen lassen, und wir haben die Trauerfeier abgehalten, als wäre nichts geschehen. Auf dem Tisch stand eine Urne, um die Leute glauben zu lassen, was sie glauben wollten.«

»Und wo ist die Leiche Ihres Vaters jetzt?«, hakte Molly nach.

»Immer noch bei dieser Pathologin. Sie lässt ihn in das Beerdigungsinstitut meines Freundes zurückbringen, sobald ich ihr grünes Licht gebe, und dann kann er eingeäschert werden.« So hatte es sein Vater bestimmt. »Die Asche meiner Mutter habe ich noch, und Dad wollte, dass wir ihre und seine zusammen im Meer verstreuen.«

»Du solltest im Moment lieber nichts unternehmen«, sagte Burke leise. »Noch nicht.«

Gabe nickte steif. Womöglich würden sie irgendwann eine weitere Leichenschau benötigen, die als Beweismittel diente. »Das dachte ich mir schon.«

Molly sah ihn an. »Müssen wir sonst noch etwas wissen?«

»Nein, ich denke nicht.«

Wieder lächelte sie freundlich. »Sollte Ihnen noch etwas einfallen, wissen Sie ja, wo Sie uns finden. Ich denke, wir sollten uns als Erstes die brisantesten Fälle Ihres Vaters ansehen, bei denen ein besonderes Risiko bestand, dass etwas Bedeutendes ans Licht kommt. Wenn jemand so viel daransetzt, seine Spuren zu verwischen, muss es um etwas Wichtiges gegangen sein. Um viel Geld, um wichtige Persönlichkeiten oder sogar um andere Cops. Hat Ihr Dad Unterlagen und Berichte aufbewahrt?«

»Ich habe nichts gefunden.« Das war auch Gabes erster

Gedanke gewesen. »Aber Sie können gern sein Haus noch einmal durchsuchen.«

»Das werde ich, sofern Sie einverstanden sind, dass ich Ihren Fall übernehme. Wollen Sie das?«, fragte sie. »Wie gesagt, wenn die Antwort Nein lautet, bin ich Ihnen nicht böse.«

Er musterte sie. Sie wirkte klar und fokussiert, und er konnte förmlich die Rädchen in ihrem Kopf rattern hören. Sie würde respektvoll mit dem Andenken an seinen Vater umgehen, was ebenfalls ein wichtiger Punkt war. »Ja, aber ich will nicht, dass Sie unkalkulierbare Risiken eingehen. Wenn es gefährlich wird, machen Sie einen Rückzieher.«

»Sollte ich den Eindruck haben, die Situation nicht in den Griff zu bekommen, rufe ich Verstärkung«, versprach sie.

Burke hob die Hand. »Also mich. Ich bin die Verstärkung. Ich und das restliche Team. Keine Sorge, Gabe, ich werde nicht zulassen, dass Molly in eine Lage gerät, der sie nicht Herr wird.«

»In diesem Fall, ja, nehme ich die Hilfe gern an.« Er wandte sich an Burke. »Ich habe ja noch das Preisgeld von dem Food-Network-Wettbewerb, kann also sofort etwas für die Ermittlungen überweisen.«

Molly stand auf. »Ich lasse Sie den Papierkram mit Burke erledigen und mache mich schon mal an die alten Fälle Ihres Vaters. Ich bin in meinem Büro, falls Sie mich brauchen.«

Gabe hatte das irritierende Bedürfnis, ihren Arm zu packen und sie zu bitten, noch zu bleiben, ihn nicht allein zu lassen. Doch er unterdrückte es und sah zu, wie sie hinausging, in der Hoffnung, dass sie die Antworten finden würde, die sie brauchten. Und dass sie nicht seinetwegen ins Kreuzfeuer geriet.

TULANE-GRAVIER, NEW ORLEANS, LOUISIANA

Montag, 26. Juli, 11.00 Uhr

Lamont stand vor dem Spiegel, der an der Badezimmertür seines Büros hing, und nickte wohlwollend. Er war glatt rasiert, sein Gesicht dank regelmäßiger Termine im Sonnenstudio gerade so gebräunt, um gesund und vital zu wirken.

Die Narbe, die vom Auge bis zum Kinn über seine Wange verlief, war dank eines überaus fähigen Chirurgen kaum noch zu erkennen – derselbe plastische Chirurg, der im Lauf der Jahre hier und da kleinere Korrekturen vorgenommen und dafür gesorgt hatte, dass sein Gesicht jugendlich und faltenfrei wirkte. Die Narbe hatte ihren Zweck durchaus erfüllt, da er durch sie damals die Sympathien seiner ersten Ehefrau erlangt hatte.

Natürlich hatte er sich die Narbe nicht absichtlich zugezogen. Über Wochen hinweg hatte er die steinreiche – und ledige – Frau im Visier gehabt und einen seiner ehemaligen Mandanten engagiert, der sie überfallen sollte. Und er, Lamont, war als Retter zur Stelle gewesen. Leider hatte der einstige Mandant ihm im Eifer des Gefechts das Gesicht mit dem Messer aufgeschlitzt.

Es war schmerzhaft gewesen, hatte ihm jedoch die Dankbarkeit sowohl der Frau als auch ihres geldadeligen Vaters eingebracht, der später in Lamonts Bitte um die Hand seiner Tochter sofort eingewilligt hatte.

Dank des Familienvermögens war Lamont zu dem Mann geworden, der er heute war. Mächtig. Gut vernetzt. In jeder Hinsicht kurz davor, etwas wahrhaft Großes zu erreichen. Seine erste Frau wäre zufrieden, wenn sie noch leben würde. Was sie nicht tat. Sie hatte Selbstmord begangen.

Zumindest hatte der Rechtsmediziner Suizid als Todesursache angegeben. *Wie ich es geplant hatte.*

Rocky Heberts angeblicher Selbstmord war nicht der Einzige, den er eingefädelt hatte.

Mit schief gelegtem Kopf betrachtete er das Gesicht, das ihm entgegenblickte. In seinem schwarzen Haar glitzerte erstes Grau, aber für seine zweiundfünfzig hatte er sich gut gehalten. Er wusste, dass die Leute sein Gesicht mochten, und das hatte er weidlich ausgenutzt. In Kombination mit seinem weltmännischen Auftreten und der untrennbar mit seinem Reichtum verbundenen Ehrbarkeit war sein Aussehen der Garant, der ihn überall hinbrachte, wo er auch hinwollte.

Und gerade war dies das Büro des Bürgermeisters. Sie hatten sich zum Mittagessen verabredet, und Lamont wusste, dass Kameras zugegen sein würden. Ein Mann wie er stand so gut wie immer im Rampenlicht.

Es sei denn, dass er ihm um jeden Preis entgehen wollte, aber das war in letzter Zeit nicht mehr häufig der Fall. Er konnte es sich leisten, andere die Drecksarbeit erledigen zu lassen.

Eigentlich schade. In gewisser Weise vermisste er die persönliche Note.

Mit seinem Wegwerfhandy in der Hand trat er ans Fenster, wo der Empfang besser war, und wählte die Nummer seiner rechten Hand. »Haben Sie ihn?«

»Ich lasse ihn überwachen«, antwortete Stockman mit leiser Stimme wie der Erzähler einer Wildlife-Dokumentation. »Den ganzen Morgen hat er schon Leute um sich, aber ich kümmere mich um ihn, sobald er allein ist.«

»Sehen Sie zu, dass Sie es erledigt bekommen«, blaffte Lamont. »Der Junge ist der Letzte, der noch übrig ist.« Dieser Bursche hatte gesehen, wie Lamont die Frau getötet hatte, deren Namen er seit Katrina nicht mehr laut ausgesprochen hatte. Er hatte seine Narbe gesehen. Und deshalb könnte er ihn möglicherweise identifizieren.

Bis vor zwei Monaten hatte Lamont nichts von der Existenz des Jungen geahnt, und er war nur deshalb am Leben geblieben, weil Rocky Hebert ihn geschützt hatte.

Rocky war beseitigt, der Junge hingegen war immer noch ein Problem, denn selbst wenn er Lamonts Namen nicht kennen sollte, könnte er jederzeit zur Polizei gehen und denen von seiner Narbe erzählen, anhand derer man ihn identifizieren würde. Es gab mehr als genug Fotos von ihm aus der Zeit vor der Operation, und war der Vorwurf erst einmal ausgesprochen, wäre es ein Kinderspiel, ihn mit dem verdammten Haus in Verbindung zu bringen, das er der Frau bereitgestellt hatte. Damals wäre eine schwangere Geliebte der schlimmste Skandal überhaupt gewesen, inzwischen krähte kein Hahn mehr nach so etwas. Mord hingegen …

Allein eine Andeutung in diese Richtung könnte seine politischen Ambitionen zunichtemachen, noch bevor er richtig losgelegt hatte. Dieses Risiko konnte er unmöglich eingehen.

»Ich weiß«, gab Stockman tonlos zurück. »Ich erledige den Job, aber so was braucht Zeit.«

»Ich habe Ihnen mehr als genug Zeit gegeben, und Sie haben sie größtenteils verplempert. Es hat lange genug gedauert, ihn aufzustöbern.« Weil Rocky seine Festplatte verschlüsselt und Stockman Wochen gebraucht hatte, um den Code zu knacken. Lamont hatte überlegt, einen Experten zu engagieren, doch niemand hatte erfahren dürfen, dass er den Jungen aufgestöbert hatte. Vor allem seine Komplizen nicht. Sie hatten sich in den Mord an Rocky eingemischt, was das Ganze unnötig verkompliziert hatte. Es war überflüssig gewesen, die Drogen in Rockys Vorratskammer zu platzieren, und jetzt traute er ihnen nicht mehr über den Weg, sondern nur Stockman. »Ziehen Sie es einfach durch.«

»Ich erledige den Job.« Stockman klang beleidigt.

Aber das war Lamont egal. Er bezahlte dem Mann ein kleines Vermögen dafür, dass er seinen Job machte. Sollte er ruhig ein bisschen beleidigt sein … solange es half, dass es schneller ging.

»Sehen Sie zu, dass Sie es hinkriegen«, sagte er und verzog das Gesicht, als ein Anruf auf seinem offiziellen Handy einging. »Ich kriege ein anderes Gespräch herein.« Er beendete das Telefonat und sammelte sich. Es war ein FaceTime-Anruf, deshalb musste er seine Gesichtszüge unter Kontrolle haben.

Dabei wollte er so gern eine Grimasse schneiden.

Stattdessen setzte er ein Lächeln auf. »Hallo, Schatz. Ist alles in Ordnung?«

Seine dritte Frau besaß ein reizendes Lächeln. Sie *war* reizend. Zumindest optisch. Doch hinter dem hübschen Gesicht verbarg sich ein wehleidiges Miststück, dessen greinende Stimme den Wunsch in ihm weckte, sich Stricknadeln in die Ohren zu rammen.

Er wünschte, er hätte sich ihrer schon vor Jahren entledigt, doch nun würde ihr Verschwinden zu viele Fragen aufwerfen, deshalb hatte er sich angewöhnt, nett zu lächeln und zu nicken und zu tun, was er für richtig hielt, sobald sie aufhörte zu meckern.

»Ich wollte dir nur sagen, dass wir für heute Abend um sieben eine Reservierung haben«, sagte sie. »Wir treffen uns mit den Nelsons.«

Auch die Nelsons konnte er auf den Tod nicht ausstehen, aber Lyle Nelson war nützlich, genauer gesagt, sein Geld, deshalb waren Lamont die Hände gebunden. »Ich weiß. Hast du in meinem Lieblingsrestaurant reserviert?«

»Ja, obwohl ich nicht nachvollziehen kann, weshalb du ausgerechnet dort hinwillst.« In ihrem Tonfall lag eine Mischung aus Verwirrung und Verächtlichkeit. Das *Le Petit Choux* war nicht die Sorte Etablissement, die sie sonst frequentierten, da es dem Restaurant an Eleganz fehlte, an die sich seine Frau innerhalb kürzester Zeit gewöhnt hatte. Doch er hatte seine Gründe für diese Wahl – Gründe, die sie nichts angingen.

»Ich überlege, in ein ähnliches Restaurant zu investieren und will die Mitbewerber sondieren.« Das war eine glatte Lüge, der sie jedoch nichts würde entgegensetzen können. Sie war nicht in seine Geschäfte eingeweiht. Dafür war sein Vertrauen zu ihr nicht groß genug.

Genau genommen hatte er gar kein Vertrauen zu ihr.

»Ah. Das klingt nachvollziehbar.«

Freut mich sehr, dass ich deine Zustimmung habe. »Wir treffen uns dort. Ich muss jetzt Schluss machen, weil ich gleich einen Termin zum Mittagessen habe.«

Sie schob die Unterlippe zu einem Schmollen vor, das sie für zauberhaft hielt. Das war es vermutlich auch gewesen, in jüngeren Jahren, doch sie war nicht länger jung, was die Geste eher nervtötender als sonst etwas machte. »Ich hatte gehofft, du kommst zum Lunch nach Hause.«

Er überlegte, was sie jetzt schon wieder wollen könnte, denn dass sie ihn unbedingt sehen wollte, war wohl kaum der Grund. »Was willst du?«, fragte er, wobei er sich bemühte, sie nicht anzuschnauzen.

Zumindest hatte er gedacht, es sei ihm gelungen, doch ihre Augen wurden schmal. »Sprich nicht so mit mir, Schatz.«

Er schloss die Augen und rief sich ins Gedächtnis, dass er sie nicht töten konnte, weil der Ehemann stets als Hauptverdächtiger galt. Nicht einmal eine Scheidung käme für die nächsten Jahre infrage, denn er hatte sich einige Ziele gesetzt, deren Erreichen eine Scheidung zwar nicht zunichtemachen, aber zumindest deutlich erschweren würde. Also schluckte er seine Verdrossenheit hinunter und lächelte.

»Tut mir leid, Joelle«, sagte er, wobei sein Tonfall selbst in seinen eigenen Ohren aufrichtig klang. »Ich habe einen anstrengenden Vormittag hinter mir, hätte das aber nicht an dir auslassen dürfen.«

»Nein, das hättest du nicht.« Sie knirschte mit den Zähnen, was ebenfalls ein Geräusch war, das er hasste. »Ich werde dich später fragen, da du ja jetzt einen Termin hast.« Ihre Lippen verzogen sich, doch ihr Lächeln war so falsch wie sein eigenes. »Bis später.«

Sie legte auf, und er unterdrückte den Drang, die Augen zu verdrehen.

Doch jetzt gab es Wichtigeres als Joelle. Kurz überlegte er, Stockman noch einmal anzurufen, ob er den Jungen inzwischen allein abgepasst hatte, zwang sich jedoch, den Impuls zu unterdrücken. Stattdessen würde er auf die Textnachricht warten, dass die Sache erledigt war.

Und wenn sie käme, könnte er zum ersten Mal wieder durchatmen, seit er erfahren hatte, dass es einen Augenzeugen für sein Verbrechen gab.

FRENCH QUARTER, NEW ORLEANS, LOUISIANA

Montag, 26. Juli, 12.00 Uhr

Molly blickte von ihrem Laptop auf, als Burke ihr Büro betrat. »Und?«, fragte sie.

Burke ließ sich auf einen der Stühle vor ihrem Schreibtisch sinken. »Antoine hat den Laptop und wird versuchen, ein bisschen zu zaubern, um hoffentlich zu finden, was gelöscht wurde.«

Doch Molly hatte bereits mit Antoine gesprochen und wusste Bescheid. »Ich meinte Gabe, meinen neuen Mandanten.«

»Er ist ins *Choux* gefahren.«

Ihre Brauen schossen hoch. »Allein?«

Burke machte ein finsteres Gesicht. »Natürlich nicht. Ich habe Lucien mitgeschickt, bis ich seinen eigentlichen Schutz organisiert habe. Ehrlich gesagt, hat es mich gewundert, dass Gabe mitspielt. Er ist fast so stur wie sein Vater.«

Molly nahm die Traurigkeit hinter Burkes Verärgerung wahr. Traurigkeit und unerschütterliche Zuneigung. »Sein Vater war dein Freund«, bemerkte sie leise. Mehr als ein Partner. *Eher so wie bei uns.* Innerhalb weniger Wochen unter seinem Kommando war zwischen ihr und Burke eine tiefe Bindung entstanden, wenngleich nie romantischer Natur. Vielmehr sahen sie sich als Geschwister. Molly vermutete, dass Burke im Hinblick auf Rocky ähnlich empfand. »Rocky war eine Art Bruder für dich?«

Burkes Miene wurde etwas weicher. »Eher ein Vater.«

Oh. Das war ein wichtiger Punkt, denn Burkes echter Vater war ein entsetzlicher Mensch gewesen. Mollys Vater hatte stets gespürt, wie sehr sich Burke nach jemandem sehnte, jemanden brauchte, der ihn liebte, wie sein Vater es hätte tun sollen. Und vor seinem Tod hatte ihr Dad Burke diese Liebe geschenkt. O Mann, sie vermisste ihn so sehr. »Kanntest du auch Gabe von früher?«

»Natürlich. Also, mehr oder weniger gut. Er war immer beschäftigt mit all diesen …« Burke machte eine Geste. »Du weißt schon. Was Köche eben so tun. Bis seine Mutter krank wurde. Krebs«, fügte er hinzu, als sie ihn fragend ansah. »Sie war eine nette Frau. Rocky war ohne sie völlig verloren.«

»Der arme Gabe. Seine Mutter und seinen Vater an den Krebs zu verlieren.«

»Immerhin konnte er sich von seiner Mama noch verabschieden. Rocky dagegen …« Burke schluckte. »Das war ein Schock für ihn.«

»Seit wann weißt du, dass Gabe den Verdacht hat, sein Vater könnte ermordet worden sein?«

»Seit heute Morgen.« Dass sich Burkes Miene neuerlich verfinsterte, ließ keinen Zweifel daran, wie er darüber dachte.

Molly seufzte. »Puh. Das ist übel.«

»Allerdings.« Burke rutschte ein Stück tiefer. »Gabe und ich haben uns nie sonderlich nahegestanden, aber ich hätte gedacht, er vertraut mir zumindest so weit, dass er mich einweihen würde, als ihn der Verdacht beschlichen hat, hier könnte etwas nicht stimmen. Immerhin war ich bei Rockys Beerdigung. Ich habe ihn umarmt. Schon da hätte er etwas sagen können.«

»Er hat es dir gesagt, sobald er sicher war. Ich denke, er vertraut dir mehr als jedem anderen.«

Burke schnaubte. »Ja, kann sein.«

»Das Ganze kann nicht einfach für ihn gewesen sein, denn die private Autopsie hätte zutage gefördert, dass es sich entweder um Mord oder um Selbstmord gehandelt hat, sprich, beide Alternativen wären schlimm gewesen.« Sie klappte ihren Laptop zu. »Also, irgendwelche Tipps? Wo würdest du anfangen?«

»Genau dort, wo du vorgeschlagen hast. Bei seinen alten Fällen.«

»Einige davon habe ich vorliegen, bin allerdings noch nicht weit gekommen.« Sie tätschelte ihren Laptop. »Antoine hat Rockys Fallberichte der letzten fünf Jahre seiner Laufbahn heruntergeladen. Und, nein, niemand wird davon erfahren. Er hat alles so arrangiert, dass es aussieht, als wolle jemand der Inneren Revision des NOPD einen Blick darauf werfen. Falls es überhaupt jemandem auffallen sollte.«

»Irgendjemand merkt es ganz bestimmt«, erwiderte Burke düster. »Wenn ich nur daran denke, dass Cresswell behauptet hat, Rocky hätte Kokain aus der Asservatenkammer gestohlen …« Er blickte auf seine Hände und schien überrascht zu sein, dass sie zu Fäusten geballt waren. Langsam löste er sie. »Deshalb wollte ich den Fall nicht selbst übernehmen. Ich bin einfach zu dicht dran.«

»Cresswell ist Rockys ehemaliger Captain?«

»Genau.«

»Was weißt du über ihn?« Sie klappte den Laptop wieder auf, um sich Notizen zu machen, als sie sein flüchtiges Lächeln bemerkte. »Was ist?«

»Dass du dir wie immer über alles Notizen machst.«

Die Bemerkung traf sie mehr, als sie erwartet hatte. »Genau, so bin ich eben«, erwiderte sie leicht irritiert. »Vorhersehbar.«

»Beständig«, korrigierte er. »Deine Gewohnheiten sind das Fundament deiner Gründlichkeit, und die ist eine deiner herausragendsten Qualitäten. Bleib so.«

Sofort verflog ihre Verärgerung. »Wie reizend von Ihnen, Chef.«

Er verdrehte die Augen. »Blas dich bloß nicht auf hier.«

Sie tat so, als pikse sie eine Nadel in einen Ballon. »Die Luft ist schon wieder raus. Also, erzähl mir von Cresswell.«

»Der Mann ist bis ins Mark verdorben, aber unglaublich gerissen. Den schnappt so schnell niemand.«

»Das ist schlecht.«

Burke schnaubte. »Allerdings. Ich habe ihn seit Jahren im Verdacht, dass er krumme Dinger dreht, beispielsweise bei Festnahmen Drogen mitgehen lässt und sie anschließend an die Dealer aus seinem Netzwerk verhökert. Oder dass er bei irgendwelchen Machenschaften mitspielt, weil ihn jemand erpresst. Er ist mit einigen der wichtigsten Köpfe der Stadt ganz dicke. Altes Geld. Schmutziges Geld. Entweder er sieht weg und kassiert dafür, oder aber er steht auf deren Gehaltsliste. Welches von beidem es auch sein mag, reich wird er auf jeden Fall.«

»Hast du versucht, in deiner aktiven Dienstzeit Beweise dafür zu finden?«

»Habe ich, aber es ist mir nicht gelungen.«

»Hast du deshalb den Dienst quittiert und dich selbstständig gemacht?«

»Sagen wir, mein Ausscheiden erfolgte in beiderseitigem Einvernehmen. Ich wollte mir die Schweinerei nicht länger ansehen, und er wollte mich loswerden.«

Molly lehnte sich auf ihrem Stuhl zurück. Also war es etwas Persönliches – ein Grund mehr für Burke, sich bei dem Fall zurückzuhalten. »Es wundert mich, dass er nicht in Eigenregie versucht hat, dich loszuwerden.«

Burke verzog das Gesicht. »Versucht hat er es. Aber es ist ihm nicht gelungen.«

»Du meinst, er hat einfach aufgegeben? Und dich ziehen lassen?«

»Nein. Ein kleines Souvenir habe ich behalten. Nichts so Bedeutendes, um ihn ins Verderben zu schicken, aber bedeutend genug, um ihn auszubremsen. Er hat seine Frau mit einer männlichen Prostituierten betrogen. Er ist heimlich schwul. Mir ist es egal, aber ihm nicht, deshalb hat es genügt, dass er einen Bogen um mich macht.«

»Du glaubst also, Cresswell könnte Rocky Hebert ermordet haben?«

»Ich denke, er hätte es tun *können,* ohne mit der Wimper zu zucken, aber dass er es tatsächlich getan hat, glaube ich nicht. Der ist keiner, der sich selbst die Hände schmutzig macht, sondern die Tat gewissermaßen outsourct. Sofern er etwas damit zu tun hat.«

»Er könnte also tatsächlich geglaubt haben, dass Rocky das Koks gestohlen hat?«

»Möglich wäre es. Er selbst macht so etwas, daher würde

er wohl davon ausgehen, dass andere es ebenfalls tun, deshalb sagt das wenig aus.«

»Das ist etwa so klar wie Kloßbrühe«, bemerkte sie verdrossen, woraufhin er grinste.

»Deshalb kriegst du jeden Monat einen dicken Gehaltsscheck.«

Er bezahlte sie gut, deshalb würde sie sich nicht beschweren. »Also steht Cresswell genauso auf der Liste der Verdächtigen wie jeder andere, der Zugriff auf das Koks hatte. Ich gehe dem nach. Was ist mit Gabes Sicherheit? Du sagtest vorhin, du hättest Lucien nur mitgeschickt, bis sein eigentlicher Schutz organisiert sei.«

»Gabe will dich.«

Molly runzelte die Stirn. »Aber ich ermittle in seinem Fall. Ich kann nicht gleichzeitig als seine Leibwächterin fungieren, weil ich die ganze Zeit in seinem Restaurant festsitzen würde.« Und in seinem Zuhause. Wo er wohnte, schlief, duschte. Dass diese Vorstellung keineswegs unangenehm war … war ziemlich unangenehm.

Burkes Miene wurde verdächtig unbehaglich. »Na ja …«

Sie verschränkte die Arme. »Was hast du angestellt, Burke Broussard?«

»Er wird gemeinsam mit dir ermitteln.«

Molly erstarrte. »Er tut *was?*«

Burke zuckte zusammen. »Du hast gehört, was ich gesagt habe.«

»Stimmt, aber es ergibt keinen Sinn. Wird er jetzt die ganze Zeit an meinen Hacken kleben?«

»Mehr oder weniger«, erwiderte Burke kleinlaut.

»Mehr oder weniger? Aber warum? Wenn er mir nicht traut, kann er doch jemand anderes engagieren. Mir macht das nichts aus.« Was nicht stimmte. Gabes Misstrauen setzte ihr sehr wohl zu. Ihr Gedanke *Und ich dachte, er mag mich* gab ihr das Gefühl, wieder dreizehn Jahre alt zu sein.

»Das ist es nicht. Also, nicht wie du denkst.«

Molly ließ ihre kurze Begegnung mit Gabriel Hebert Revue passieren und sprang auf, als sie sich an seine Worte über seine Sorge um ihre Sicherheit erinnerte. Plötzlich ergab alles einen Sinn. »Er ist *mein* Beschützer?«

Wieder wand sich Burke unbehaglich. »Das glaubt er. Gerade ist er im Restaurant und organisiert eine Auszeit.«

»Burke.« Kopfschüttelnd ließ sie sich auf ihren Stuhl zurücksinken. »Wieso hast du das zugelassen?«

»Habe ich eigentlich nicht, aber ich habe keine Gegenwehr geleistet, weil er wie sein Vater ist. Er beschützt andere. Und falls es dir hilft, dich besser zu fühlen … bei mir würde er dasselbe tun. Er hat Angst, jemandem könnte etwas passieren und er schuld daran sein.«

Molly rieb sich die Schläfen. »Gott beschütze mich vor Steinzeitmännern.«

»Er ist kein Steinzeitmann. Genauso wenig wie ich.«

Sie sah ihn finster an. »Das hilft mir auch nicht weiter.« Sie seufzte, als Burke beharrlich schwieg. »Und wenn ich Nein sage?«

Er setzte seinen Welpenblick auf. »Bitte nicht. Ich verschiebe andere Termine, sodass du jederzeit jemanden als Ersatz rufen kannst, wenn du wegmusst, um im Alleingang etwas zu überprüfen.«

»Und das würde Gabe erlauben?«, fragte sie sarkastisch.

Burke zuckte die Achseln. »Sag einfach, du musst zum Friseur. Da gehen Frauen doch regelmäßig hin, oder?«

Molly musste lachen. »Ja, Burke, da gehen Frauen regelmäßig hin. Manche häufiger als andere.« Sie wurde wieder ernst. »Aber ich will ihn nicht belügen müssen. Wenn es zu brenzlig wird, rufe ich Verstärkung, damit jemand bei ihm bleibt, aber mitkommen wird er nicht. Das ist lächerlich. Und gefährlich.«

»Das sehe ich genauso. Ich glaube, er stellt sich deinen Job aufregender vor, als er in Wahrheit ist. Er wolle sehen, wie so eine Ermittlung abläuft, hat er gesagt. Wenn er merkt, dass es stinklangweilig ist, macht er einen Rückzieher und kehrt in seine Küche zurück.«

Wieder massierte Molly sich die Schläfen. Sie glaubte Burke kein Wort. »Ich nehme an, ihn interessiert vielmehr, womit sein Vater seinen Lebensunterhalt verdient hat.«

Burke sah sie verblüfft an. »Auf die Idee bin ich gar nicht gekommen. Glaubst du, er will dadurch die Verbindung zu Rocky herstellen?«

»Auch das wäre möglich. Aber eigentlich habe ich damit gemeint, dass Rocky vielleicht an etwas dran war, das ihn letztlich das Leben gekostet hat. Ich glaube, Gabe will in die Fußstapfen seines Vaters treten, um besser verstehen zu können, was so wichtig war, dass sein Dad dafür gestorben ist.«

»Oh.« Burke presste die Lippen aufeinander. »Mir würde es wohl genauso gehen.«

»Mir auch«, erwiderte sie bedrückt. »Der Unterschied ist, dass wir auf uns selbst aufpassen können. Wir waren mal Cops. Er ist Koch. Natürlich kann er mit Küchenmessern umgehen, aber das reicht im Notfall vielleicht nicht, um am Leben zu bleiben.«

Burke strahlte. »Da bin ich ja froh, dass er dich hat.«

Sie verzog den Mund zu einem zähnefletschenden Lächeln. »Du bist ein Blödmann, Burke.«

»Es gibt Menschen, die mich schon viel Schlimmeres genannt haben.«

»Und sie hatten recht damit.«

Er stand auf. »Er erwartet dich in etwa einer Stunde im

Choux. Er wollte wissen, ob du dort arbeiten könntest, während er alles für seine Auszeit vorbereitet.«

»Ich werde diese Berichte ganz bestimmt nicht in aller Öffentlichkeit lesen, sondern ihn abholen und herbringen.« Ein Gedanke ließ sie lächeln. »Vielleicht kann er uns ja etwas kochen, während ich recherchiere.« Es gab eine winzige, uralte Küche im Haus, die einen Profikoch wohl nicht in Begeisterung versetzen würde.

Vielleicht geht er dann freiwillig mit einem anderen Aufpasser ins Choux *zurück*.

Burkes Grinsen wurde breiter. »Ich wusste gleich, dass er dich mag. Wenn er uns eine Liste schreibt, was er haben will, können wir die Lebensmittel liefern lassen. Dann ist er erst einmal beschäftigt, solange du dir die Polizeiberichte ansiehst.«

»Gut. Ich fahre nach Hause, packe eine Tasche und gebe Chelsea Bescheid, dass ich eine Weile unterwegs sein werde.«

»Richte ihr schöne Grüße aus. Und Harper auch.«

»Mache ich.« Ihre Verärgerung verflog. Burke hatte ihnen alle erdenkliche Unterstützung angedeihen lassen, als sie, ihre Schwester und ihre Nichte einen sicheren Ort für einen Neuanfang gebraucht hatten. Dafür stand sie für immer in seiner Schuld. »Dir ist klar, dass meine Bereitschaft, Gabe Hebert als Schatten um mich zu haben, einen guten Teil unserer Schuld bei dir tilgt, ja?«

»Da gab es nie etwas zu tilgen«, erwiderte er nur. »Halt mich auf dem Laufenden. Und sieh zu, dass du Cresswell oder seinen Kumpanen nicht allein in die Quere kommst. Der Mann ist ein verdammter Mistkerl.«

»Versprochen.« Sie hielt sich zwei Finger aufs Herz. »Gib Bescheid, wenn du die Termine umarrangiert hast und weißt, wer meine Verstärkung sein wird.«

»Wahrscheinlich Val. Sie hat gerade keinen aktuellen Auftrag.« Er wurde ernst. »Danke, Molly. Also … ehrlich. Danke.« Er salutierte und ging, damit sie in Ruhe weitermachen konnte.

Nun ja, sie war viel zu nervös, um in Ruhe zu arbeiten.

Gabriel Hebert. Sie beide wären ab sofort unzertrennlich. Bis sie wusste, wer seinen Vater ermordet hatte. *Ruhig, mein törichtes Herz*. Denn es hämmerte wie verrückt.

Er ist ein Mandant. Also, sei professionell. Nicht zu dicht neben ihm sitzen. Nicht den Duft seines Aftershaves einatmen. Keine Späßchen oder sonst etwas.

Das wird heftig.

3. Kapitel

FRENCH QUARTER, NEW ORLEANS, LOUISIANA

Montag, 26. Juli, 13.30 Uhr

»Ich glaube, das war's«, sagte Gabe zu Donna Lee Green, der stellvertretenden Restaurantleiterin, und ignorierte den vernichtenden Blick, den ihm seine Cousine Patty zuwarf. »Habe ich etwas vergessen?«, fragte er, als Donna Lee sich auf die Lippe biss.

Sie schüttelte den Kopf. »Nein, nichts, Chef, wir haben alles im Griff und kriegen das schon hin.« Sie sah ihn an. »Aber kommen Sie denn klar?«

Er holte zittrig Luft. Obwohl ihr Mitgefühl zu erwarten gewesen war, brachte es ihn aus dem Konzept. Er wollte weder Mitleid noch Anteilnahme. Dabei war es keines von beidem, sondern Sorge, die aus aufrichtiger Zuneigung erwuchs. Donna Lee arbeitete seit Jahren für ihn … schon bevor es das *Choux* überhaupt gegeben hatte. Er hatte sie ihrem alten Arbeitgeber gewissermaßen ausgespannt, und sie war die beste Assistentin, die man sich wünschen konnte.

»Ich komme schon klar. Ich brauche nur ein bisschen Zeit. Um alles zu verdauen.«

Donna Lee nickte. »Wir alle fanden ohnehin, dass Sie nach Rockys Tod viel zu früh wieder zur Arbeit zurückgekommen sind.« Sie blickte gen Himmel und bekreuzigte sich. Auch sie hatte seinen Dad sehr gemocht.

Alle hatten ihn gemocht.

Nur nicht der Dreckskerl, der ihn getötet hatte.

Gabe rang sich ein Lächeln ab. »Danke. Meine Nummer haben Sie ja. Rufen Sie mich an, wenn Sie etwas brauchen.«

»Mache ich.« Sie drückte seinen Arm. »Aber das wird nicht nötig sein. Passen Sie gut auf sich auf. Bis bald.«

Es war still in seinem Büro, nachdem Donna Lee ihn und Patty allein gelassen hatte. Patty war die Kurzform von Patience, doch *patience,* also Geduld, gehörte nicht zu ihren Stärken. Gabe gab ihr fünf Sekunden, bis sie explodieren würde, und wurde nicht enttäuscht.

»Was soll das, verdammt noch mal, Gabe!«, zischte sie.

»Ich habe Urlaubstage angespart«, erwiderte er sanft, wohl wissend, dass es nicht seine Auszeit war, die sie auf die Palme brachte. »Mehrere Wochen sogar.«

»Weil du dich halb zu Tode schuftest«, schoss sie zurück, setzte sich auf seine Schreibtischkante und schlang sich die Arme um den Oberkörper. »Aber du weißt ganz genau, dass ich das nicht meine.«

»Ja, weiß ich«, sagte er leise. »Aber es stimmt trotzdem. Ich brauche etwas Abstand.«

»Wieso? Was ist los? Und sag jetzt nicht, es sei nichts. Ich kenne dich, Freundchen. Du bist wie ein offenes Buch für mich.« Sie beugte sich vor, bis sich ihre Nasenspitzen beinahe berührten. »Etwas ist passiert, und zwar etwas Schlimmes. Also, raus damit.« Sie hob das Kinn. »Sonst verpetze ich dich bei Mama.«

Er kniff die Augen zusammen. »Das ist eine ganz miese Nummer, selbst für dich.« Seine Tante Viola war die reinste Inquisitorin. Gabe konnte nicht sagen, *wie* sie es immer schaffte, aber es gelang ihr jedes Mal wieder, ihn wie eine Zitrone auszuquetschen. Zwar würde sie Gabes Geheimnisse niemals weitertragen, trotzdem würde sie nicht ruhen, bis sie ihn dazu gebracht hatte, ihr sein Herz auszuschütten.

Danach fühlte er sich stets besser, aber jetzt lag der Fall anders. Er sah seinen Vater vor sich. Nicht so, wie er ihn in Erinnerung behalten wollte – lächelnd über einer Schale Gumbo sitzend –, sondern von dem Foto aus dem Polizeibericht. Das Cresswell »versehentlich« aus der Akte gerutscht war.

Sein Vater, zusammengesackt am Küchentisch mit einer Austrittswunde von der Größe von Gabes Faust im Schädel. Genau dasselbe könnte Tante Vi passieren. Oder seinem Onkel George. Oder Patty. Immerhin dürfte Gigi, seine Tante mütterlicherseits, in Montreal sicher sein. Aber die anderen? Die hier in New Orleans lebten? Sie könnten in Gefahr schweben.

Sie waren die einzigen engen Familienmitglieder, die ihm geblieben waren. Je weniger sie wussten, umso sicherer waren sie.

Galle stieg in seiner Kehle auf. Er räusperte sich. »Patty.«

Sie wurde blass. »Sag es mir«, flüsterte sie.

Er schluckte. »Ich kann nicht. Bitte. Es geht nicht.«

Patty wurde noch blasser, was die Sommersprossen auf ihrer Nase und ihren Wangen noch deutlicher hervortreten ließ. »Du machst mir Angst, Gabe.«

Ein leises Klopfen an der Tür ertönte.

»Jetzt nicht«, sagte Patty laut.

»Herein«, sagte Gabe in derselben Sekunde, nur etwas lauter.

Die Tür ging einen Spaltbreit auf. »Ich bin's, Molly, Gabe. Molly Sutton.«

Erleichterung durchströmte ihn. Die Rettung in Gestalt der Ermittlerin. »Schon gut, kommen Sie rein.«

Pattys finsterer Blick ließ keinen Zweifel daran, dass sie

ihn später dafür büßen lassen würde, doch sie glitt von der Schreibtischkante, wandte sich zur Tür … und sah die Frau verblüfft an. »Na, wen haben wir denn da? Hallo!«

Molly lächelte etwas unsicher. »Hi. Tut mir leid, ich sehe, ich störe. Ich warte einfach im Restaurant.«

»Nein.« Gabe erhob sich und trat mit ausgestreckter Hand um den Schreibtisch herum. »Bitte. Ich möchte Sie meiner Cousine Patty vorstellen.« Er stand so, dass er Patty den Rücken zukehrte. »Sie weiß nichts«, formte er lautlos mit den Lippen.

Molly nickte kaum merklich. »Hi, Patty. Freut mich, Sie kennenzulernen.«

Patty schüttelte Molly die Hand, während sie mit zusammengekniffenen Augen von einem zum anderen sah. »Gleichfalls. Herzlichen Glückwunsch zum Geburtstag.«

Molly lächelte, als sei dies der Beginn eines Dates mit Gabe statt einer Mordermittlung. »Danke. Ich muss sagen, Ihre Étouffée gestern Abend war wie üblich ein Gedicht. Wir kommen immer zu Ihnen, wenn wir etwas zu feiern haben.«

»Freut mich zu hören.« Wieder schweifte Pattys Blick zu Gabe. »Okay … ihr beide seid also zusammen?«

Er setzte zu einer Antwort an, doch Molly kam ihm glücklicherweise zuvor.

»Wir sind sozusagen Kollegen«, erklärte sie, noch immer standhaft lächelnd. »Er will mir zeigen, wie ich diesen sündhaft leckeren Kuchen selbst backen kann, den meine Freundinnen und ich uns gestern Abend einverleibt haben.«

Nun erschien auch auf Pattys Gesicht der Anflug eines Lächelns, und Gabe atmete auf. »Da wären Sie wohl die Erste, der er das Rezept verrät«, sagte sie mit aufgesetzter Beiläufigkeit. »Ich habe Jahre gebraucht, um es ihm abzuluchsen, dabei sind wir zusammen aufgewachsen.«

Also war die Kuh noch nicht vom Eis. Patty war immer noch

argwöhnisch, und daran würde sich wohl so schnell nichts ändern.

»Ich wäre dann so weit, Molly.« Demonstrativ wischte er über seine bereits blitzblanke Schreibtischplatte.

»Und wie lange bist du weg?«, fragte Patty. »Um ihr zu zeigen, wie man dein supergeheimes Rezept nachbackt?«

Oja, Patty war tatsächlich immer noch misstrauisch. Und sauer. Eine ganz schlechte Mischung.

»Keine Ahnung. Nachdem ich Miss Sutton gezeigt habe, wie man einen Kuchen backt – ich habe nie behauptet, dass es mein geheimes Schokokuchenrezept ist –, werde ich mir einen kleinen Urlaub gönnen. Mein Handy habe ich dabei, ihr könnt mich also jederzeit erreichen.« Er gab Patty einen Kuss auf die Wange. »Ich komme klar, versprochen.«

Patty nickte und schien Mühe zu haben, die Tränen zurückzuhalten. Dann wandte sie sich Molly zu und musterte sie von oben bis unten, wobei ihr Blick an der leichten Ausbeulung unter ihrem Blazer hängen blieb.

»Sie tragen eine Waffe.« Ihre Stimme war kaum mehr als ein Flüstern. »Gabe, wieso gehst du mit einer Frau weg, die bewaffnet ist?«

Molly sah an sich hinunter. »Wow, Sie haben ein gutes Auge, Patty.«

»Und Sie einen guten Schneider«, konterte Patty tonlos. »Es wäre mir vielleicht gar nicht aufgefallen, aber kein Mensch trägt bei so einer Hitze einen Blazer.« Sie wandte sich Gabe zu. »Ich warte.«

Er setzte sich auf die Schreibtischkante und senkte den Kopf. »Herrgott noch mal, Patty.«

Patty ging vor ihm in die Hocke und sah zu ihm hoch. »Sag es mir.«

Hilflos blickte Gabe zu Molly hinüber.

»Soll ich?«, formte sie lautlos mit den Lippen.

Er schüttelte den Kopf und blickte Patty an, die sich wieder zu ihrer vollen Größe von gerade mal einem Meter siebenundfünfzig aufrichtete. »Ich glaube, mein Dad wurde ermordet«, sagte er so leise, dass ihn niemand außerhalb des Büros hören konnte. »Deshalb habe ich Miss Sutton für die Ermittlungen engagiert.«

Patty blieb der Mund offen stehen. Sie schloss ihn. Öffnete ihn wieder, schwieg jedoch, womöglich zum ersten Mal in ihrem ganzen Leben.

Aus dem Augenwinkel registrierte Gabe, wie Molly zwei Flaschen Mineralwasser aus der Kiste in der Ecke nahm und ihm und Patty eine reichte.

Noch immer stumm, nickte Patty dankbar, trank mehrere große Schlucke und ließ sich sichtlich erschüttert auf einen Stuhl sinken. Nach ein paar Sekunden räusperte sie sich. »Wie das?«

»Keine Ahnung. Genau deshalb habe ich Miss Sutton engagiert. Damit sie es herausfindet.«

Patty schüttelte den Kopf. »Das habe ich nicht gemeint, sondern wie du darauf kommst. Irgendwoher muss der Verdacht doch rühren.«

Gabe wollte dieses Gespräch nicht führen. Grundsätzlich nicht, aber schon gar nicht jetzt und hier. »Ich will nicht hier drin darüber reden.«

»Dann gehen wir eben irgendwohin, *wo* du es willst«, schnauzte Patty ihn an. »Denn sagen wirst du es mir. Bist du in Gefahr?« Sie blinzelte. »Bin ich in Gefahr?«, flüsterte sie.

Gabe hatte vorgehabt, seine Familie im Unklaren über seine Pläne zu lassen, doch die Angst in den Augen seiner Cousine ließ ihn an dieser Entscheidung zweifeln. Er sah Molly an, die so ruhig und mitfühlend wirkte wie zuvor in Burkes Büro. »Ich muss es ihr sagen«, murmelte er, »damit sie gewarnt ist.«

Patty wurde kreidebleich. »Heilige Mutter Gottes«, hauchte sie.

Molly strich Patty über den Rücken. »Kommen Sie mit. Wir setzen uns irgendwo hin, wo uns niemand hören kann, und reden in Ruhe.«

»Wo denn?«, fragte Patty patzig. »Gabe mag Sie engagiert haben, aber *ich* kenne Sie nicht.«

»Fahren wir zu uns ins Büro. Ich arbeite für Burke Broussard.«

Sofort schien Patty sich etwas zu entspannen. »*Der* Burke Broussard? Der ehemalige Partner deines Vaters?«, fragte sie.

»Genau der. Ich vertraue ihm. Und Molly auch.«

Patty nickte. »Dann los. Ich sage nur Donna Lee Bescheid, dass ich eine Weile aus dem Haus muss.«

FRENCH QUARTER, NEW ORLEANS, LOUISIANA

Montag, 26. Juli, 13.45 Uhr

»Hatten Sie ein angenehmes Mittagessen mit dem Bürgermeister, Sir?«

Lamont ließ sich auf die Rückbank der Limousine gleiten. Die schwarz war, logischerweise. Im beschissenen Juli in New Orleans. Dem Himmel sei Dank für Klimaanlagen.

»Ja, hatte ich«, sagte er zu dem Chauffeur, der tatsächlich James hieß, doch die Anweisung *Nach Hause, James* war bereits nach der ersten Woche langweilig geworden. Inzwischen waren über zwanzig Jahre vergangen. Er lockerte seine Krawatte und reichte James eine Papiertüte nach vorn. »Sein Koch hat Shrimp Po'Boys zubereitet. Ich habe ihn gebeten, mir eines für Sie mitzugeben.«

James strahlte, denn Shrimp-Sandwiches waren seine Lieblingsspeise. »Danke, Sir.« Er stellte die Tüte weg und blickte nach vorn. »Wohin jetzt?«

»Zurück ins Büro.«

Der Termin mit dem Bürgermeister war tatsächlich sehr erfolgreich gewesen, doch jetzt gab es erst einmal einiges an Arbeit zu erledigen. Eines Tages *wären* Mittagessen mit wichtigen Persönlichkeiten seine Arbeit, doch noch war er nicht an diesem Punkt angelangt. Aber bald. Sehr, sehr bald.

Lamont streifte sein Jackett ab und zog sein Handy heraus, in der Hoffnung, dass Stockman ihm eine Nachricht geschickt hatte, jedoch hatte sich seine rechte Hand nicht gemeldet. Das bedeutete, dass der Junge aus Houston immer noch am Leben war, verdammt.

Allerdings war eine Nachricht von einer Nummer eingegangen, die er nur zu gut kannte.

Ruf mich an.

Er unterdrückte einen Seufzer. Jackson Mule wurde allmählich zur Nervensäge. Falsch: Jackson Mule war schon eine Nervensäge gewesen, als sie im selben Viertel aufgewachsen waren. Manche Leute änderten sich nie.

Verärgert lehnte Lamont sich zurück und scrollte zu Jackass' Nummer in seinen Kontakten – »Jackass«, also *blöder Esel,* war seit Jahrzehnten sein Spitzname. »Was?«, blaffte Lamont, als Jackson sich meldete.

»Monty, bitte. Redet man so mit seinem Partner?«

Lamont biss die Zähne zusammen. Er hasste es, wenn ihn jemand Monty nannte, was Jackass ganz genau wusste. Dass er einen Spitznamen für Lamont hatte, mochte fair sein, doch es bedeutete noch lange nicht, dass Lamont ihn auch gut finden musste. »Was gibt's?«

Ein genervter Seufzer drang durch die Leitung. »Ich habe Informationen für dich, aber natürlich kann ich auch auflegen, damit du weiterhin tun kannst, was so viel wichtiger ist, als mit mir zu reden.«

Eines Tages … eines Tages würde er den Blödmann umbringen. Und dafür sorgen, dass es ein qualvoller Tod war. Aber für den Moment brauchte er ihn. »Spuck's einfach aus, Herrgott noch mal.«

»Der Sohnemann unseres Burschen hat einen Privatermittler engagiert.«

Lamonts Herzschlag setzte kurz aus. *Ruhig. Ganz ruhig.* »Erklär mir das bitte.«

»Also, wenn du so lieb bitte, bitte sagst …« Ein leises, glucksendes Lachen ertönte. »Ich habe gerade von meinem Maulwurf im *Choux* einen Anruf bekommen.«

»Deinem *was*?«

»Meinem Maulwurf im *Le Petit Choux.*«

»Du hast jemanden …« Lamont unterbrach sich und sah zu James, der sich jedoch auf den nachmittäglichen Straßenverkehr konzentrierte. »Ich habe dir nie gesagt, du sollst jemanden dort anheuern.«

»Hm. Das stimmt wohl. Weil du mein Partner, nicht mein Chef bist.«

Und bald werde ich dein Scharfrichter sein, du dämlicher Schwachkopf. Dieses ganze Chaos ging nämlich einzig und allein auf Jackass' Konto. Sein Partner hatte jahrelang für sich behalten, dass Rocky ihnen hinterherschnüffelte, und hatte es nicht für nötig gehalten, Lamont zu sagen, dass es einen beschissenen Zeugen gegeben hatte. Bis der Name dieses Morrow-Jungen vor zwei Monaten aufgekommen war. »Wieso hast du das getan?«

»Weil ich unser Jüngelchen im Auge behalten wollte. Du wolltest ja nicht zulassen, dass wir ihn kaltmachen.«

»Das stimmt.« Weil es verdammt noch mal zu riskant gewesen wäre, Rocky Heberts Sohn umzubringen. Dass sich ein abgehalfterter Ex-Cop im Suff selbst das Licht ausblies, mochte ja noch glaubwürdig sein, aber sein Sohn, der sich beruflich gerade zum Star mauserte? Bei dem es nie Anzeichen von Depressionen, Alkoholismus oder Selbstmordgedanken gegeben hatte? Das würde ihnen keiner abkaufen. Nun jedoch, da der junge Hebert einen Privatermittler engagiert hatte, musste Lamont seine Entscheidung womöglich überdenken. »Und ich habe auch nicht eingewilligt, jemanden als Spitzel zu engagieren.«

Jackass' Lachen wurde kalt. »Willst du jetzt wissen, was es mit dem Privatermittler auf sich hat oder nicht?«

»Ja.« Wieder biss Lamont die Zähne zusammen. »Bitte.«

»Also, sie ist ins *Choux* zu Rockys Jungen gekommen und kurz darauf mit ihm und seiner Cousine wieder gegangen.«

»Der Mitbesitzerin.«

»Genau der. Die beiden wirkten sehr aufgelöst und besorgt, aber die Ermittlerin war kalt wie Hundeschnauze.«

Aufgelöst und besorgt. *Mist.* »Moment mal. Er hat eine Frau als Privatdetektivin engagiert?«

»Ja. Und eine hübsche noch dazu. Im Blazer. Bei der Hitze.«

Was bedeutete, dass sie bewaffnet gewesen war. Verdammte Scheiße. Damit hatte er nicht gerechnet, aber dass Gabriel Hebert etwas ahnte, war eine wichtige Information. Der Maulwurf war nützlich gewesen, auch wenn Lamont das natürlich nicht zugeben würde. »Und hast du einen Namen?«

»Mein Maulwurf hat einen Blick auf das Kennzeichen erhascht, als sie mit den beiden davongefahren ist. Der Wagen ist auf eine Margaret Sutton zugelassen. Hat vor ein paar Jahren ihre Lizenz als Privatermittlerin erworben.«

»Und wer ist sie?«

»Sie lebt seit etwa drei Jahren in New Orleans. Davor war

sie Cop in North Carolina. State Bureau of Investigation. Und davor war sie bei den Marines.«

Verdammt. Das bedeutete, dass die Frau einiges auf dem Kasten hatte. »Und für wen arbeitet sie? Oder hat sie eine eigene Firma?«

»Genau weiß ich es noch nicht, bin aber dran. Eine Frage hast du noch nicht gestellt, obwohl du es tun solltest.«

Wieder biss Lamont die Zähne zusammen. »Und zwar?«

»Weshalb sie das North Carolina SBI verlassen hat.«

Kurz herrschte Stille, dann biss Lamont die Zähne noch fester zusammen. »Wieso hat sie die Behörde verlassen?«

Wieder ertönte dieses nervtötende Lachen. »Ich hatte schon Angst, du fragst überhaupt nicht mehr, Monty. Sie hat ihren Schwager getötet.«

Lamont blinzelte. Damit hatte er nicht gerechnet. »Wieso das?«

»Der Vorfall wurde als Notwehr eingestuft, aber du weißt ja, wie so was läuft. Ein Cop deckt den anderen.«

»Stimmt«, erwiderte er trocken. »Damit kenne ich mich aus.«

»Das glaube ich gern. Ich finde heraus, wer ihr Chef ist, und gebe Bescheid. Aber eine Frage sollten wir uns wohl beide stellen. Wieso gerade jetzt? Was weiß Rocky junior, dass er einen Privatermittler beauftragt?«

»Und wem hat er davon erzählt?«

»Genau. Ich bin schon dran und lasse dich wissen, was ich herausfinde. Dann können wir uns überlegen, wie wir mit ihm umgehen.«

»Was meinst du mit ›ich bin schon dran‹?«, hakte Lamont argwöhnisch nach.

»Ich lasse die Frau in dieser Sekunde beschatten.«

»Aber sorg dafür, dass das diskret geschieht«, befahl Lamont barsch.

»Wie üblich.« In Jackass' gedehntem Tonfall, der Lamont auf die Palme trieb, schwang ein Anflug von Boshaftigkeit mit.

»Gut. Ich warte.« Lamont legte auf und sah sich um. Sie waren gerade einmal zwei Blocks weit gekommen. Diese verdammten Festivals. Gefühlt jede Woche fand irgendetwas statt, das alles lahmlegte.

»Was wird denn diese Woche wieder gefeiert, James?«

James sah Lamont kurz im Rückspiegel an, ehe er den Blick wieder auf die Wagenkolonne vor ihnen richtete. »Das Satchmo Summerfest, Sir.«

»Aber das fängt doch erst Ende der Woche an.« Lamont schüttelte den Kopf. »Egal. Scheißtouristen.«

»Ja, Sir. Ist ja schön, dass sie Geld in die Stadt tragen, aber die Staus braucht kein Mensch.«

»Da sind wir uns ja einig«, brummte Lamont und sah auf seinen Kalender. Immerhin hatte seine Assistentin sämtliche Nachmittagstermine gestrichen. Er tippte ihren Namen auf dem Handy an. Wenig überraschend, ging sie gleich beim ersten Läuten ran. »Ich stecke im Stau fest, Ashley.«

»Das hatte ich fast befürchtet, Sir. Deshalb habe ich die Termine gestrichen. Das übliche Satchmo-Chaos.«

Trotz seiner Verärgerung über die Verzögerung musste er lächeln. Ashley brachte ihn oft zum Lächeln. Sie würde eine gute Ehefrau Nummer vier abgeben, falls sie lange genug hier wäre, bis er sich Nummer drei entledigt hätte. »Irgendwelche Anrufe, während ich weg war?«

»Nur Ihre Frau, Sir. Sie meinte, sie würde später mit Ihnen reden.«

Wieder knirschte er mit den Zähnen. Er musste endlich damit aufhören. Wenn er so weitermachte, wären heute Abend von seinem Gebiss nur noch Stummel übrig. »Ich habe schon mit ihr gesprochen, bevor ich zu meinem Lunchtermin gefahren bin.«

»Ich weiß, Sir. Sie hat es mir erzählt. Sie war … sehr unzufrieden mit mir.«

Er runzelte die Stirn. »Hat sie Sie beschimpft?«

»Das nicht, aber sie hat mir wie üblich vorgeworfen, sie darüber zu belügen, wo Sie sich gerade aufhalten. Aber …« Sie senkte die Stimme. »Ich glaube, sie hat einen Verdacht.«

Was keine Überraschung war, wenn man bedachte, dass Joelle ebenfalls seine Assistentin gewesen war, mit der er während seiner Ehe mit Gattin Nummer zwei eine Affäre gehabt hatte. »Sehen Sie einfach zu, dass Sie ihr nicht in die Quere kommen. Ich kümmere mich später um sie. Könnten Sie mir die Nelson-Akte als E-Mail schicken? Ich habe keine Ahnung, wie lange ich noch hier im Wagen festsitze, und würde die Akte gern gelesen haben, bevor ich ihn heute Abend zum Essen treffe.«

»Kommt sofort.« Ihre Stimme bekam einen warmen Klang. »Ich … wir sehen uns später.«

»Ganz bestimmt.« Er beendete das Gespräch und lehnte sich nach vorn. »James, hat meine Frau Sie heute angerufen?«

James' unbehagliches Zucken war Antwort genug. »Ja. Drei Mal, während Sie beim Bürgermeister waren.«

»Verstehe. Tut mir leid. Sie hat heute keine sonderlich gute Laune.«

James schwieg. Er war ein kluger Mann.

Bald würde er das Joelle-Problem angehen müssen. Er brauchte eine ruhige, gefestigte Partnerin, die sich zu benehmen wusste, kein keifendes Fischweib. Beim Anblick der Touristen runzelte er verdrossen die Stirn. Er konnte es kaum erwarten, sich von ihr scheiden zu lassen. So reizvoll die Idee auch sein mochte, sie umzubringen, so war ein fingierter Selbstmord zu riskant, schließlich war dies bereits das Schicksal seiner ersten

Ehefrau gewesen. Diese Taktik gehörte zu seinen Lieblingsvorgehensweisen, wenn es darum ging, menschliche Hindernisse aus dem Weg zu räumen. Siehe Rocky Hebert.

Sein Sohn weiß es. Wobei erst noch geklärt werden musste, was genau der Koch wusste. Womöglich nahm er ja aus gänzlich anderen Gründen die Dienste einer Privatdetektivin in Anspruch.

Damit würde Lamont sich befassen, wenn sie genau wussten, was Rockys Junge herausgefunden hatte.

Er zwang sich, seine Gedanken wieder auf das lästige Thema Joelle zu lenken. Sobald er seine politische Karriere in trockene Tücher gebracht hatte, würde er sie loswerden. In eine unkomplizierte Scheidung würde sie vermutlich nicht einwilligen, und er wollte keinen Sexskandal wie bei Ehefrau Nummer zwei, die auf einen saftigen Unterhalt gehofft hatte.

Blöde für Francesca, dass er sie mit einem seiner besten Praktikanten erwischt hatte. Der Junge hatte ihm unwissentlich einen Riesengefallen getan, indem er seine Frau gevögelt hatte, nur die Nachwirkungen waren überaus peinlich gewesen.

Ein »Selbstmord« schied aus, eine normale Scheidung würde sich zu lange hinziehen. Aber vielleicht könnte Joelle ja einen tödlichen Unfall haben.

Dieser Gedanke hob seine Laune merklich. Heilige Scheiße, selbst die Rolle des trauernden Witwers ließe sich noch ordentlich ausschlachten.

Damit ließen sich zusätzliche Stimmen sammeln, wenn die Wahl näher rückte. Wenn er gewann – was er tun würde –, könnte er ein Gesetzgebungsverfahren anleiern, um die Gefahr dessen zu minimieren, was auch immer Joelle das Leben gekostet hatte. Er würde das Gesetz sogar nach ihr benennen – das wäre nur recht und billig.

FRENCH QUARTER, NEW ORLEANS, LOUISIANA

Montag, 26. Juli, 13.55 Uhr

Zu Gabes Erstaunen fuhr Molly Sutton einen Toyota Tundra, eine bullige Riesenkiste in Signalrot – reichlich auffällig für eine Privatermittlerin, doch auf Gabes Bemerkung hin hatte Molly nur gemeint, normalerweise fahre sie einen stinklangweiligen Alltagswagen, den sie heute allerdings ihrer Schwester geliehen hätte. Danach war Stille eingekehrt. Molly konzentrierte sich auf den dichten Verkehr, während Patty stocksteif neben ihm auf dem Rücksitz saß. Gabe wusste nur zu gut, wie sie sich fühlte.

Zu glauben, dass sie ihn nicht durchschauen würde, war schlichtweg lächerlich gewesen. Patty kannte ihn viel zu gut.

Er war davon ausgegangen, dass sie ihn mit Fragen löchern würde, sobald die Autotüren zugingen, doch das hatte sie nicht getan. Vielleicht weil sie sich zu sehr vor den Antworten fürchtete.

Um seine Ängste nicht auf Patty zu übertragen, zwang Gabe sich, seine Aufmerksamkeit auf seine Umgebung zu richten. Ein erdiger Geruch stieg ihm in die Nase, der sich mit den Zwiebel- und Knoblauchausdünstungen von Pattys Kochkleidung vermischte. Er schnüffelte und konzentrierte sich.

Molly, die seinen Blick im Rückspiegel auffing, grinste. »Pferd.«

»Entschuldigung?«

»Sie riechen Pferd. Hauptsächlich meinen Sattel, den ich normalerweise auf dem Rücksitz transportiere.«

Patty hatte die Augen geschlossen und den Kopf gegen die Nackenstütze gelehnt, doch beim Wort »Pferd« horchte sie auf. »Sie haben ein Pferd?«

Molly nickte. »Sogar zwei. Zusammen mit meiner Schwester. Wir sind auf einer Farm groß geworden und praktisch täglich geritten. Nach unserem Umzug haben wir die Mädels mitgenommen.«

»Eine Farm? Wo denn?«, fragte Patty. Gabe war Molly dankbar, dass sie Patty auf andere Gedanken brachte. Eigentlich brachte seine Cousine so schnell nichts aus dem Konzept, doch diese Situation jagte ihr eine Heidenangst ein, was er ihr nicht verdenken konnte.

»Im westlichen Teil von North Carolina. In der Nähe von Hickory. Meine Familie hat früher dort gelebt.« Gabe registrierte einen Anflug von Brüchigkeit in Mollys Stimme, ehe sie sich räusperte und fortfuhr. »Mein Dad ist vor drei Jahren gestorben. Danach sind wir nach New Orleans gezogen.«

Ihr Vater, der ermordet und vielleicht sogar verleumdet worden war. *Wie Dad.* Hinter ihren Worten verbarg sich eine Geschichte, ganz eindeutig. Gabe könnte sich ablenken, indem er recherchierte, was es damit auf sich hatte, doch Patty hing förmlich an Mollys Lippen … und er ebenfalls, wie er zugeben musste.

Doch es waren nicht Mollys Worte, sondern ihr beruhigender Tonfall. Er konnte sich ohne Weiteres vorstellen, wie sie ein nervöses Pferd besänftigte.

»Das tut mir sehr leid für Sie«, sagte Patty mitfühlend. »Was ist mit Ihrer Mutter?«

»Sie ist vor etwa zehn Jahren gestorben. Ich vermisse sie jeden Tag. Sie war das Herzstück der Familie.«

»So wie meine. Sie spielt eine sehr große Rolle in meinem Leben.« Patty tätschelte Gabes Arm. »In *unserem* Leben.«

Denn nach dem Tod seiner Eltern war Gabe nun allein. Die Angst, die er beim Verlassen des *Choux* empfunden hatte, war immer noch da, nur mischte sich nun tiefe Traurigkeit über seinen Verlust und zugleich die tröstliche Gewissheit darunter, immer noch Teil von Pattys Familie zu sein. Er wäre niemals ganz allein.

»Inzwischen gibt es nur noch meine Schwester und mich«, fuhr Molly fort, als nehme sie wahr, was in ihm vorging. »Und meine Nichte.«

»Reitet sie auch?«, fragte Patty.

Molly lachte leise. »Sie hat schon im Sattel gesessen, noch bevor sie richtig laufen konnte. Ein echtes Naturtalent.«

Patty beugte sich vor. »Was für Pferde haben Sie denn?«

»Ginger ist ein Mustang. Das Bureau of Land Management führt regelmäßig Fangaktionen durch, und einmal im Jahr findet eine Auktion statt, bei der man Tiere adoptieren kann. Sie gehört meiner Schwester. Meine Shelly ist ein Quarter Horse. Inzwischen ist sie schon fast zwanzig, aber als wir beide noch jünger waren, sind wir Barrel Races geritten.«

»Das habe ich schon mal im Fernsehen gesehen«, rief Patty begeistert, die mit jeder Minute lockerer wurde.

Im Gegensatz zu Molly. Ihre Anspannung war ihr kaum anzusehen, und auch Gabe wäre sie entgangen, hätte er sie nicht so eingehend beobachtet. Ihre Hände schlossen sich fester um das Steuer, und ihre Kiefermuskeln spannten sich an. Sie sah kurz in den Rückspiegel, doch nicht, um mit ihm und Patty Blickkontakt aufzunehmen. Stattdessen sah sie auf etwas hinter ihnen, und er spürte förmlich, wie ihre Wachsamkeit wuchs.

Patty, die anscheinend nichts davon mitbekam, plauderte weiter. Gabe wollte sie nicht beunruhigen, indem er sich umdrehte, deshalb rutschte er ein Stück nach links, um in den Seitenspiegel auf der Fahrerseite zu spähen.

Doch er sah lediglich den langsam dahinkriechenden Verkehr, der sich während der Sommermonate durch das French Quarter quälte, wenn sich ein Festival ans andere reihte. Am kommenden Wochenende fand eines der größten statt, das Satchmo Summerfest. Bald wäre das Quarter von Musik und Menschen erfüllt, was ihnen sehr, sehr geschäftige Schichten im *Choux* bescheren würde.

Einen ungünstigeren Zeitpunkt für seine Auszeit hätte er sich kaum aussuchen können. Eigentlich sollte Patty ihn dafür hassen.

Aber das tat sie nicht, weil Patty der großzügigste Mensch auf der Welt war. Und immer noch so eine Pferdenärrin wie schon als Teenager.

Molly erzählte ihr gerade von den Reitstunden, die in dem Stall angeboten wurden, wo ihre Tiere standen, und Patty schmiedete bereits Pläne. Die sie natürlich nicht in die Tat umsetzen würde. Nicht, dass sie nicht wollen würde, doch er und Patty verbrachten fast ihre gesamte Zeit im *Choux*.

Vielleicht sollten sie daran ja etwas ändern. Wenn all das hinter ihnen lag, würde er darauf bestehen, dass Patty sich ein bisschen Zeit für sich nahm.

Er holte scharf Luft, als Molly ohne Vorwarnung das Steuer herumriss und in eine Gasse abbog. »Tut mir leid, Leute«, rief sie gut gelaunt über das Hupkonzert hinweg, den ihr abrupter Richtungswechsel ausgelöst hatte, blickte aber trotzdem mehrmals in den Rückspiegel. »Das ist eine Abkürzung, damit wir uns nicht durch den dichten Verkehr quälen müssen.«

Von wegen Abkürzung, dachte Gabe, dem der Atem stockte. Jemand war ihnen also gefolgt. Deshalb war sie so auf der Hut gewesen. Und war es immer noch.

Auch Patty merkte, dass etwas nicht stimmte. Sie drehte sich auf dem Sitz um und sah durch das Rückfenster. »Wer war da?«

»Keine Ahnung«, gestand Molly rundheraus. »Vielleicht war es nichts, aber ich will bei Ihnen beiden extrem vorsichtig sein.«

»Also, raus mit der Sprache«, zischte Patty und wandte sich Gabe zu. »Eigentlich will ich es gar nicht wissen, aber hinauszögern will ich es genauso wenig, also sag mir jetzt, was hier los ist.«

Gabe massierte sich die Nasenwurzel. Dann erzählte er ihr alles: von der absichtlich verpfuschten Ermittlung, dem Kokain, das im Haus seines Vaters deponiert worden war, der Drohung von Captain Cresswell und den Ergebnissen der privaten Autopsie.

Patty war kreidebleich und erschüttert, als Gabe endete. Und Molly hatte mehrere Blocks umrundet – um ihnen Zeit zum Reden zu geben oder um ihren mutmaßlichen Verfolger abzuschütteln. Oder beides.

»Und all das hast du die ganze Zeit für dich behalten?«, fragte Patty. »Wie konntest du nur, Gabriel Hebert?«

In einer Mischung aus Scham und Angst zuckte er die Achseln. »Ich wollte es ja auch nicht glauben. Beide Versionen nicht. Dass Dad Selbstmord begangen hatte oder dass er in eine Falle gelockt und dann ermordet wurde. Keines von beidem wollte ich ernsthaft in Erwägung ziehen. Und hätte ich dich eingeweiht, wäre es real geworden.«

Patty seufzte. »Verdammt, Gabe, ich wünschte, du hättest den Mund aufgemacht. Ich hätte dir doch geholfen.«

So dankbar er auch sein mochte, so bezweifelte er, dass es viel genützt hätte. »Aber du hättest nichts tun können.«

Kurz herrschte Stille, die Molly mit einer Zwischenfrage durchbrach. »Ist Ihnen vor Rockys Tod denn etwas Ungewöhnliches an ihm aufgefallen, Patty?«

»Er wirkte aufgelöst«, antwortete sie. »Irgendetwas hat ihm Sorgen gemacht. Und er hat mit seinem Anwalt geredet.«

Erstaunt sah Gabe sie an. »Worüber denn?«

»Ich habe nur das Ende des Telefonats mitbekommen. Er

war zum Mittagessen ins *Choux* gekommen, und ich stand gerade draußen, um … na ja, Pause zu machen.«

»Eine Rauchpause«, sagte Molly.

Patty unterband Gabes Kommentar mit einem scharfen Blick, noch bevor er etwas sagen konnte. »Ja, ich habe geraucht«, erklärte sie patzig. »Aber so weit ich mich erinnere, bin ich ein erwachsener Mensch, deshalb kannst du mich nicht bei Mama verpetzen.« Ihre Miene wurde etwas sanfter. »Das war etwa zwei Wochen vor seinem Tod. Dein Dad stand mit dem Handy am Ohr hinter dem Haus. Es ging um einen Treuhandfonds. Er hat mich gesehen und schnell aufgelegt, und dann wollte er wissen, was ich gehört hatte, aber ich habe behauptet, ich hätte nichts mitbekommen. Er hat nur geschnaubt und ist wieder reingegangen.«

»Ein Treuhandfonds?«, wiederholte Gabe verblüfft. In den Unterlagen, die der Anwalt ihm nach dem Begräbnis seines Vaters ausgehändigt hatte, war nichts dergleichen gewesen. »Was für ein Treuhandfonds?«

Patty schürzte nachdenklich die Lippen. »Ein Treuhandfonds für ›X‹, das hat er gesagt.« Sie hielt inne. »An mehr erinnere ich mich nicht.«

»Und was ist ›X‹?«, fragte Molly.

»Das wüsste ich auch verdammt gern.« Gabes Herz begann so stark zu hämmern, dass er das Blut in seinen Ohren rauschen hörte. »Ich muss zu Dads Anwalt.«

»Wir«, korrigierte Molly. »Ohne mich gehen Sie nirgendwohin.«

Die Angst um seine Cousine bekam eine gänzlich neue Dimension. »Was ist mit Patty? Sie sollte nicht da hineingezogen werden. Niemand in meiner Familie sollte das.« Er massierte sich die Schläfen. Genau das war seine größte Befürchtung gewesen. »Aber das hätte ohnehin niemals hingehauen, richtig? Wer auch immer meinen Dad getötet hat, will nicht, dass ich meine Nase da hineinstecke. Niemand, den ich liebe, ist gerade sicher.«

»Das ist doch nicht deine Schuld«, warf Patty ein. »Vielleicht reagieren wir über, und keiner ist in Gefahr.«

Gabe schüttelte den Kopf. Er hatte gesehen, was der Mörder seines Vaters angerichtet hatte, und durfte nicht riskieren, dass der Dreckskerl versuchte, an die Familie heranzukommen, die ihm noch geblieben war. »Wie kann ich dafür sorgen, dass ihnen nichts geschieht, Molly?«

»Wir reden mit Burke«, sagte sie ruhig. »Bestimmt fällt ihm etwas ein.«

4. Kapitel

FRENCH QUARTER, NEW ORLEANS, LOUISIANA

Montag, 26. Juli, 15.00 Uhr

Molly blickte finster auf ihren Laptopbildschirm. Die Suche nach dem Wagen, der ihnen gefolgt war, hatte wesentlich länger gedauert, als sie sollte. *Elende Dreckskerle!* Es war genauso schlimm, wie sie befürchtet hatte.

»Hey«, sagte Burke, der im Türrahmen stand. »Alles klar?«

»Ja.« Sie löste den Blick vom Bildschirm. »Ist Patty gut ins *Choux* zurückgekommen?«

»Ja«, antwortete Burke, der ihre Wut spürte, vorsichtig. »Sie ist in Sicherheit.«

Es war schwer gewesen, während der Fahrt Zeugin davon zu werden, wie Gabe seiner Cousine vom gewaltsamen Tod seines Vaters erzählte. Nach ihrer Rückkehr in die Detektei hatte Molly sich in ihr Büro zurückgezogen, um den beiden Raum zu geben, damit sie trauern und in Ruhe über alles sprechen konnten.

»Wer hat sie zurückgebracht?«

»Val. Sie bleibt vor Ort, nur für den Fall, dass jemand versuchen sollte, in ihre oder Gabes Nähe zu kommen.«

Das war eine gute Nachricht. Von allen Ermittlern, die Burke beschäftigte, wäre Val Sorensen definitiv Mollys erste Wahl gewesen. Val war fast einen Meter achtzig groß und ein knallharter Brocken. Ihr langes blondes Haar ließ sie wie eine

Walküre aussehen – daher der Spitzname. Hinter ihrer frechen, großmäuligen Fassade schlummerte eine Frau mit einem butterweichen Herzen, deshalb würde sie Patty mit Samthandschuhen anfassen und sie zugleich wie eine Löwin beschützen.

»Es gibt da etwas, das sie wissen sollte. Auf der Fahrt hierher wurden wir verfolgt.«

Burkes Brauen schossen hoch. »Wie bitte? Wieso hast du das nicht gleich gesagt?«

»Weil ich gehofft hatte, ich finde heraus, wem das Fahrzeug gehört, damit ich dir etwas Konkretes an die Hand geben kann.«

»Und hast du?«

»Mehr oder weniger. Ich habe etliche Umwege genommen und bin mehrmals um den Block gefahren, bis ich lange genug hinter ihm war, um das Kennzeichen zu notieren.« Sie musste durchatmen, um ihre Wut zu bezähmen. »Es war ein Zivilfahrzeug des NOPD.«

Burke schloss kurz die Augen. »Na klar. Jemand behält das *Choux* im Auge. Ist der Wagen nahe genug an euch herangekommen, sodass dein Kennzeichen erkennbar war?«

»Wahrscheinlich.« *Verdammt.* »Was gar nicht gut ist, weil ich heute mit dem Toyota unterwegs war, den sonst Chelsea immer fährt. Sollten die ihr morgen folgen, habe ich potenziell auch sie in Gefahr gebracht.«

»Arbeitet sie immer noch von zu Hause aus?«

»Ja, aber sie hat heute ein Vorstellungsgespräch. Man kann dort nur auf der Straße direkt vor dem Büro parken, und da sie nicht gut rückwärts einparken kann, habe ich ihr meinen Wagen gegeben.«

»Hoffentlich bekommt sie den Job, muss aber erst dort anfangen, nachdem dieser Fall gelöst ist. Bis dahin kannst du deinen Wagen nehmen, und ich leihe ihr meinen, wenn sie ihn braucht, falls jemand zu großes Interesse an dir zeigen sollte. Ich fahre in letzter Zeit meistens mit dem Rad ins Büro. Das ist einfacher bei dem Verkehr.«

»Danke, Burke«, sagte Molly erleichtert.

Er winkte ab. »Das ist doch das Mindeste. Was passiert mit Harper, wenn Chelsea den ganzen Tag im Büro ist? Falls sie den Job bekommt.«

»Louisa absolviert über den Sommer einige Online-Kurse und kommt rüber, um bei uns in der Wohnung zu arbeiten.« Joys Tochter war ein Geschenk des Himmels. Harper vertraute ihr, was eine Riesenleistung war. »Kann sein, dass ich überreagiere, aber dass mich ein Cop verfolgt hat, geht mir ehrlich gesagt gewaltig an die Nieren.«

Burkes Miene trug nicht gerade zu Mollys Beruhigung bei. »Wenn ich bedenke, wozu die fähig sind, glaube ich nicht, dass du übertrieben reagierst. Ich habe die Fotos von Rockys Leiche im Polizeibericht gesehen.«

Sie schluckte, denn auch sie kannte die Aufnahmen. Es hatte sie enorme Mühe gekostet, Gabes toten Vater zusammengesunken am Küchentisch zu sehen und sich nichts anmerken zu lassen. Die Austrittswunde war … brutal gewesen.

»Ich sage Louisa, sie soll Türen und Fenster geschlossen halten, die Alarmanlage aktivieren und niemandem aufmachen, nicht mal dem Lieferservice.« Sie sah Burke an, der sie ruhig musterte. »Ich hasse das. Allein die Vorstellung, ich könnte sie ihn Gefahr gebracht haben, ist grauenvoll. Harper und Chelsea haben sich gerade ein bisschen gefangen. Chelsea fährt nicht mehr vor Schreck fast aus der Haut, wenn jemand hinter ihr spricht, und Harpers Albträume lassen allmählich nach.«

»Du hast sie nicht in Gefahr gebracht und Gabe genauso wenig, sondern derjenige, der Gabe verfolgt hat. Ich will nicht, dass du abgelenkt bist, weil du dir um deine Familie Sorgen machen musst, deshalb schicke ich jemanden, der sie im Auge behält.«

Dankbarkeit durchströmte Molly. »Dieser Fall kostet dich mehr, als Gabe dir bezahlt.« Vor allem, wenn Burke Ermittler von anderen Fällen abziehen musste, damit sie als Leibwächter einsprangen. Burkes Detektei war nicht gerade klein – er beschäftigte sechs Ermittler in Vollzeit und mindestens ein Dutzend Leute, die stundenweise zur Verfügung standen –, trotzdem war der Personalaufwand bei diesem Fall enorm. »Du kannst nicht auf Dauer deine halbe Belegschaft auf Gabes Fall ansetzen. Das wird nicht ewig funktionieren.«

Burkes Kiefer wurde hart. »Das ist mir egal. Ich will, dass Rockys Mörder für seine Tat bezahlt. Und ich will, dass du, Gabe und eure Familien in Sicherheit sind. Es ist mir egal, was ich dafür tun muss.« Er zuckte die Achseln. »Außerdem nehme ich von Gabe ohnehin nicht das volle Honorar. Rocky gehörte zur Familie, genauso wie Chelsea und Harper es tun. Aber ich sorge schon dafür, dass die anderen Mandanten nicht zu kurz kommen, keine Angst.«

Burke litt keine finanzielle Not, deshalb erhob Molly keine weiteren Einwände. Für den Moment. »Also gut, ich gebe Chelsea Bescheid.«

»Konntest du sehen, wer am Steuer dieses Zivilfahrzeugs gesessen hat?«

Molly schüttelte den Kopf. »Nein, der Wagen hatte getönte Scheiben. Ich habe nur gesehen, dass der Fahrer eine Saints-Kappe getragen hat, mehr leider nicht.«

»Wie Tausende Leute in der Stadt«, brummte Burke.

»Mist«, fluchte sie. »Wo ist Gabe jetzt?«

»In der Küche.«

Trotz ihrer getrübten Stimmung lachte sie leise. »Ich wäre zu gern Mäuschen gewesen, als er sie gesehen hat.«

»Ich hätte diesem Mäuschen am liebsten Ohrstöpsel verpasst. Gabe hat aus seinem Herzen keine Mördergrube gemacht, so viel kann ich sagen.«

»Völlig zu Recht. Diese ›Küche‹ ist die reinste Katastrophe.«

»Ich lasse sie in Ordnung bringen. Irgendwann.«

Dasselbe hatte er schon behauptet, als Molly vor drei Jahren bei ihm angefangen hatte, deshalb hatte sie ihre Verschönerungsversuche aufgegeben. Sie zeigte auf ihren Laptop. »Ich muss jetzt mit den Polizeiberichten weitermachen. Ich wusste gar nicht, dass Rocky vor seiner Pensionierung bei der Mordkommission war.«

Zwei Berichte hatte sie bereits durchgeackert – eine zutiefst verstörende Erfahrung, da der Anblick der Tatortfotos Erinnerungen heraufbeschwor, die sie lieber für immer vergessen hätte.

»Als wir Partner waren, hat er noch bei der Sitte gearbeitet, wurde aber nach meinem Ausscheiden in die Mordkommission versetzt.« Burke legte den Kopf schief. »Er hatte um eine Versetzung zur Inneren Revision gebeten, die jedoch abgelehnt wurde, und zwar zum zweiten Mal, soweit ich weiß.«

»Und wer hat sie abgelehnt?«, hakte Molly nach. Wenn Rocky Hebert zwei Mal um eine Versetzung zur Inneren Revision gebeten hatte und sie beide Male nicht genehmigt worden war … hatte er womöglich etwas Konkretes – oder jemanden – im Auge gehabt. Und dieser Jemand wollte nicht, dass er herumschnüffelte.

»Keine Ahnung. Muss jemand gewesen sein, der in der Hierarchie über Cresswell stand. Ich werde mich mal umhören.«

MONT BELVIEU, TEXAS

Montag, 26. Juli, 16.30 Uhr

»Xavier!« Seine Mutter stand in der Küchentür und schirmte mit der Hand die Augen gegen die Sonne ab.

Xavier, der neben ihren Tomatenpflanzen hockte, wischte sich mit seinem Bandana-Tuch den Schweiß von der Stirn und stopfte es in seine Gesäßtasche. »Ich bin immer noch im Garten, Mom«, rief er und sah zu, wie sie mit einer Papiertüte in der Hand vorsichtig durch den Garten näher kam.

Sie war sorgfältig gekleidet und geschminkt und trug Schuhe mit hohen Absätzen. »Was hast du vor, Mom?«

»Hey, Mrs Morrow«, sagte Carlos. »Sie sehen ja toll aus. Haben Sie ein scharfes Date oder so was?«

Sie lachte. »Oder so was. Heute ist unser Buchclubabend. Ich fahre nach Houston, und es gibt Wein. Viel Wein.«

Xavier richtete sich zu seiner vollen Größe auf und blickte lächelnd auf sie hinab – Cicely Morrow war gerade einmal einen Meter zweiundfünfzig groß. Ihre mahagonibraune Haut war noch genauso makellos wie an dem Tag, als sie und ihr Mann ihn aus dem Büro der Sozialarbeiterin zum ersten Mal zu sich nach Hause gebracht hatten. Damals war Xavier fünf Jahre alt und völlig verängstigt gewesen.

Die Morrows hatten ihm ein Zuhause gegeben. Eine Familie. Das war nicht leicht gewesen, denn Xavier war ein traumatisierter kleiner Junge gewesen, der seine Mutter ertrinken gesehen hatte, als der Hurrikan Katrina ihr winziges Haus überflutete. Mit letzter Kraft hatte sie den Kleinen aufs Hausdach gehievt, und ihre Hände waren das Letzte gewesen, das Xavier von ihr gesehen hatte – ein Anblick, der ihn auch jetzt noch in seinen Träumen verfolgte.

Doch die Morrows waren freundlich, liebevoll und geduldig mit ihm gewesen, und innerhalb weniger Jahre hatte er sie Mom und Dad genannt. Der plötzliche Tod seines Dads durch einen Herzinfarkt – Xavier war damals gerade in der zehnten Klasse gewesen – hatte ihn völlig aus der Bahn geworfen, und seine Mutter war in eine so tiefe Depression verfallen, dass er gefürchtet hatte, sie würde ihrem Mann folgen, doch dann hatte sie sich gefangen. Seine Mom war eine starke Frau.

»Soll ich dich fahren?«, fragte er. »Ich kann gern als Chauffeur einspringen.«

Sie lächelte. »Aber nein, um diese Uhrzeit wären das anderthalb Stunden reine Fahrtzeit.«

»Das würde mir nichts ausmachen, das weißt du, Mama.«

»Ja, und es ist auch sehr lieb von dir, aber ich fahre rüber zu Willa Mae, und von dort aus bestellen wir uns ein Uber. Ich übernachte bei ihr, und morgen nehmen wir einen Tag Urlaub, um in der Stadt shoppen zu gehen. Morgen Abend bin ich wieder hier. Ich habe euch einen Auflauf in den Kühlschrank gestellt, und hier ist ein Snack. Eisgekühlte Limonade und ein paar Kekse.«

»Mmm.« Carlos presste sich die Hände auf die Brust und tat so, als falle er vor Verzückung in Ohnmacht. »Eines Tages will ich einen Mann heiraten, der so köstliche Kekse backt wie Sie, Mrs M.«

»Hauptsache, du findest einen guten Mann. Das Backen bringe ich ihm dann schon bei«, gab Cicely mit einem unbeschwerten Lachen zurück, denn weder Xaviers noch Carlos' Eltern hatten je ein Problem mit seiner sexuellen Orientierung gehabt. »Also, macht euch einen schönen Abend, Jungs. Und danke. Mein Garten sieht wunderbar aus. Carlos, wenn die Erntezeit kommt, musst du deiner Mutter unbedingt ein paar Tomaten und Zucchini mitbringen. Sie backt das beste Zucchinibrot überhaupt, und wir haben jede Menge abzugeben.«

»Geht klar, Mrs M. Ihnen viel Spaß bei Ihrem Buchclub.«

»Oh, den werden wir haben.« Sie hob vielsagend die Brauen. »Wir lesen eines der *Fifty-Shades*-Bücher.«

»Mama«, stöhnte Xavier errötend. »Ich will nichts davon hören.«

Wieder lachte Cicely. »Weiß ich. Und in Wahrheit lesen wir ein Buch über Bienen. Ich wollte dich bloß aufziehen.« Sie winkte den beiden im Weggehen zu. »Bis morgen. Bleibst du über Nacht, Carlos?«

»Ja, Ma'am. Xavier und ich planen unsere Wochenendtrips nach Philly und New York.«

»Gut.« Für einen kurzen Moment schwand ihr Lächeln, ehe sie sich zwang, es wieder aufzusetzen. »Liebe Güte, ich werde euch beide so vermissen. Aber es ist höchst Zeit, dass du aus dem Haus kommst, Xavier Morrow«, fügte sie leichthin hinzu. »Mein Sohn, der Arzt. Das klingt doch fantastisch.«

»Sie können uns jederzeit Kekse schicken«, bemerkte Carlos hoffnungsvoll.

»Alle zwei Wochen«, versprach sie. »Also, bis dann.«

Als sie weg war, wandte Xavier sich Carlos zu. »Du bleibst über Nacht? Wieso das?«

Carlos warf ihm einen vielsagenden Blick zu. »Weil du immer noch Schiss hast, und erzähl mir nicht, es wäre nicht so.«

Xavier konnte es nicht leugnen. Schon den ganzen Tag fühlte er sich … seltsam. Vor einer Weile hatte er einen Sack voller Gartenabfälle in die Mülltonne gestopft und hätte schwören können, dass in dem blauen Wagen am Straßenrand ein Typ saß, der ihn beobachtete. Doch als er sich den Schweiß abgewischt und wieder hingesehen hatte, war niemand in dem Wagen gewesen. *Ich hätte hingehen und nachsehen sollen,* dachte er, doch ein Teil von ihm wollte es lieber gar nicht wissen. Außerdem kamen manchmal auch Makler vorbei, um Interessenten das zum Verkauf stehende Haus nebenan zu zeigen, oder? »Ich glaube, meine Fantasie geht mit mir durch.«

Carlos schüttelte den Kopf. »Ich bleibe. Keine Widerrede.«

»Ich will dir gar nicht widersprechen, aber es wird ein echt langweiliger Abend werden. Ich wollte ein paar Kapitel aus einem meiner Anatomiebücher lesen, damit ich gut vorbereitet in meine erste Vorlesung gehen kann.«

Carlos zuckte die Achseln. »Ich habe ein Physikbuch im Rucksack. Wir können lesen, eine Runde *Call of Duty* spielen und online ein paar Leute für eine Runde *D & D* zusammentrommeln. Und dann Pizza bestellen.«

»Aber Mom hat Auflauf gemacht.«

»Den wir uns natürlich auch reinziehen. Ich habe Bärenhunger. Und danach inhalieren wir noch die Kekse.« Carlos schüttelte die Tüte. »Fühlt sich ganz schön schwer an. Deine Ma ist ein echtes Keks-Genie.«

Xavier grinste. »Das kannst du laut sagen.« Verdammt, sie würde ihm fehlen, aber sie war so stolz auf ihn. Also würde er nach Philly gehen, dort sein Medizinstudium mit Bravour absolvieren und sie noch stolzer machen.

Carlos sammelte die Gartengeräte ein und trug sie zum Schuppen. »Los, *hermano,* Beeilung, ich komme um vor Hunger.«

Xavier blickte über seine Schulter und erstarrte. Der blaue Wagen stand immer noch da. Und darin saß der Typ, der ihn vorhin beobachtet hatte. *Los, geh ins Haus. Lauf!*

Er riss sich zusammen. Das war doch total albern. Niemand hatte es auf ihn abgesehen. Niemand beobachtete ihn. Er hastete hinter Carlos her, um ihm zu helfen, die Geräte in den Schuppen zu räumen.

Er würde sich jetzt erst mal wieder einkriegen und dann

sämtliche Handknochen auswendig lernen. Und Kekse essen. Und Auflauf. Und aufhören, sich komplett kirre zu machen.

Er atmete tief durch, wohl wissend, dass er seine Besorgnis nicht würde abschütteln können. »Es wird schon nicht so schlimm sein«, murmelte er.

FRENCH QUARTER, NEW ORLEANS, LOUISIANA

Montag, 26. Juli, 17.05 Uhr

Drei Dinge rissen Molly gleichzeitig aus ihrer Konzentration: das Knurren ihres Magens, der köstliche Duft, der aus der Schale aufstieg, die jemand neben ihr abstellte, und Gabes entsetztes Keuchen.

»O Gott«, flüsterte er.

Zu spät begriff Molly, was er gerade gesehen hatte, und klappte abrupt ihren Laptop zu. Genau aus diesem Grund hatte sie Rocky Heberts Berichte nicht in aller Öffentlichkeit lesen wollen. Zwar zeigte das Tatortfoto nichts übermäßig Grauenvolles – Molly hatte sehr viel Schlimmeres gesehen –, doch das Opfer war ein Kind gewesen, was es grundsätzlich unerträglicher machte. Sie hatte sich selbst innerlich wappnen müssen, bevor sie die Akte geöffnet hatte, und es war ihr gelungen, die Fassung zu wahren, bis Gabe sie unterbrochen hatte. Doch nun brachte sie die Erkenntnis, was sie sich da gerade angesehen hatte, gehörig ins Wanken.

Gabe Hebert war kreidebleich, fast ein wenig grünlich im Gesicht. Sie stand auf und drückte ihn auf ihren Schreibtischstuhl, wobei sie ihm eine weitere Schüssel aus den zitternden Händen nahm.

»Wieso …« Er schluckte. »Wieso sehen Sie sich das an?«

Sie stellte die Schüssel auf den Tisch und ignorierte das

unangemessene Knurren ihres Magens, als ihr der köstliche Duft neuerlich in die Nase stieg. Zuerst einmal musste sie sich um ihren Mandanten kümmern, der aussah, als kippe er gleich um. »Ihr Vater hat vor zwei Jahren in dem Mordfall ermittelt.«

»Oh.« Gabe presste sich den Handrücken auf den Mund. »Wer hat sie getötet?«

»Der Vater.«

Entsetzt sah Gabe Molly an. »Aber warum?«

Hilflos hob sie eine Schulter. »Weil er ein elendes gewalttätiges Dreckschwein war. Aber Ihr Dad hat dafür gesorgt, dass er für lange Zeit hinter Gitter kam, falls Sie das beruhigt. Der Fall war wasserdicht und die Ermittlung Ihres Vaters tadellos. Der Staatsanwalt hatte keinerlei Probleme, eine Verurteilung zu erwirken.«

»Und sitzt dieses elende gewalttätige Dreckschwein immer noch im Gefängnis?«

»Ja, und zwar noch mindestens zwanzig Jahre, bevor er einen Antrag auf Bewährung stellen kann.«

Wieder schluckte Gabe, diesmal hörbar. »Wieso lesen Sie die Akte dann?«

Molly zögerte, ehe sie zu dem Schluss gelangte, dass Gabe wohl mit der Wahrheit umgehen konnte. Falls nicht, würde sie dafür sorgen, dass Burke ihm einen weiteren Leibwächter zur Seite stellte, damit sie ihre Arbeit in Ruhe fortsetzen konnte, ohne Gabe noch mehr durcheinanderzubringen, als er es ohnehin schon war. »Weil die Kindsmutter sich als Zeugin nicht kooperativ gezeigt hat. Sie hat geschworen, ihr Ehemann hätte es nicht getan, und ihm ein Alibi gegeben, das Ihr Vater mühelos entkräften konnte. Die Mutter hat gezetert, Ihr Vater möge zur Hölle fahren. Sie würde nicht ruhen, bis Rocky Hebert für seine Lügen bezahlt hätte.«

»Und wo ist sie heute?«

»Genau das muss ich herausfinden.« Molly zog eine Wasserflasche aus ihrer Tasche und reichte sie Gabe. »Hier, trinken Sie. Ich will nicht, dass Sie in meiner Obhut umkippen.«

Verärgerung flackerte in seinen haselnussbraunen Augen auf, und seine Wangen röteten sich. Er riss ihr die Flasche aus der Hand und schraubte mit einer ruckartigen Bewegung den Deckel auf. »Ich werde nicht umkippen, verdammt.«

»Gut zu wissen. Immerhin sind Sie nicht mehr weiß wie ein Laken.«

Er runzelte die Stirn. »Haben Sie das mit Absicht gesagt?«

»Teils, teils. Was Sie gerade gesehen haben, war grauenvoll und würde jeden normalen Menschen erschüttern. Aber ich wollte auch nicht, dass Sie tatsächlich ohnmächtig werden.«

Er trank einen Schluck. Inzwischen schien er sich etwas beruhigt zu haben. »Sie sind also nicht normal?«

Sie musterte ihn mit schief gelegtem Kopf. Seine Atmung hatte sich stabilisiert, und sein rascher Puls war nicht länger in seiner Halsgrube zu erkennen, trotzdem zitterte seine Hand nach wie vor. »Sie meinen, weil es so aussieht, als nähme mich das Foto nicht mit?«

»Genau«, antwortete er knapp. »Tut es das denn?«

Sie schob einen der Besucherstühle um ihren Schreibtisch herum und zog die Schale heran, die er ihr hingestellt hatte. Mmm. Polenta mit Garnelen. Ein einfaches Gericht, aber doch so köstlich. »Nachdem ich das erste Mal in einem Fall von Kindestötung ermittelt habe, musste ich mich ein Jahr lang in Therapie begeben. Und schon damals war der Tod nichts Neues für mich.« Sie schob sich eine Gabel voll in den Mund und schloss genüsslich die Augen. »Ist das lecker.«

»Danke.« Sein Ton war immer noch knapp, aber nicht mehr ganz so barsch. »Und geht Ihnen so etwas immer noch an die Nieren?«

Sie schlug die Augen auf und gestattete ihm einen Blick in ihr Inneres, damit er sah, wie sehr ihr das Foto zugesetzt hatte – eine glatte Zwölf auf einer Skala von eins bis zehn. »Natürlich tut es das. Aber ich musste lernen, mich abzugrenzen, weil ich sonst meine Arbeit nicht hätte erledigen können.«

Seine Miene wurde sanft. »Und was war das für eine Arbeit?«

»Ich war Polizistin.« Das schien ihn zu überraschen. *Bitte, frag nicht, wieso ich den Dienst quittiert habe. Bitte.*

»Wieso haben Sie den Dienst quittiert?«

Mist. Sie schob sich noch eine Gabel voll Shrimps in den Mund und zwang sich, die Bilder jener Nacht in den hintersten Winkel ihres Gedächtnisses zu drängen, zu all den anderen grauenvollen Dingen, die dort verborgen lagen. Kurz überlegte sie, ihn mit einer Antwort abzuwimmeln, das sei eine lange Geschichte, und es ihm zu überlassen, Google zu konsultieren. Das war ihre übliche Taktik, wenn andere Mandanten sie danach fragten.

Doch bei Gabriel Hebert lagen die Dinge anders. Sein Vater war ermordet worden, und Molly wusste nur zu gut, wie sich das anfühlte. Deshalb wies sie seufzend auf die zweite Schale, die er mitgebracht hatte. »Essen Sie auch etwas?«

Mit einem Blick auf ihren zugeklappten Laptop schüttelte er den Kopf. »Jetzt nicht. Ich glaube, gerade bekäme ich nichts hinunter.«

»Ich hoffe, Sie denken nicht schlecht von mir, weil ich es kann. Ich war bei den Marines. Wir haben gegessen, wenn es etwas gab oder wir einen kurzen Moment Zeit dafür hatten, ganz egal, was ringsum vor sich ging.«

Er deutete auf ihre Schale. »Essen Sie ruhig. Und Sie brauchen meine Frage nicht zu beantworten, wenn Sie nicht wollen. Ich kann später auch Burke fragen.«

Sie prustete leise. »Und ich dachte doch glatt, Sie seien ein angenehmer, unaufdringlicher Mensch.« Er hob eine Braue. Sie atmete tief durch. »Ich habe meinen Schwager getötet.«

Ihm fiel die Kinnlade herunter. »Sie haben *was?*«

»Ich habe meinen Schwager getötet«, wiederholte sie langsam. »Durch einen Schuss. Mitten zwischen die Augen.« *Und ich würde es sofort wieder tun.*

Er rieb sich das Genick. »Aber warum? Was hat er getan?«

Sie nahm noch einen Bissen und kaute ausgiebig, während sie ihre Gefühle unter Kontrolle bekam. »Er hat meinen Vater getötet und versucht, es so aussehen zu lassen, als hätte mein Dad ein Verbrechen begangen.« Ein schmutziges, abscheuliches Verbrechen, das Molly ebenfalls in den dunklen Winkel ihres Bewusstseins zu all den anderen Dingen schieben musste, mit denen sie sich nicht auseinandersetzen konnte.

»Aber Ihr Vater hatte es nicht getan.«

»Nein. Mein Vater hat meinen Schwager erwischt, als er versucht hat …« Sie stellte die Schale weg und wischte sich mit einem Papiertuch den Mund ab. Jetzt bekam auch sie nichts mehr hinunter. »Ich habe eine Nichte.« Sie las in Gabes ausdrucksvollen Augen, dass er verstand. »Mein Schwager war ein krankes Schwein. Mein Dad hatte eine Ahnung, was er plante, und hat gewartet, bis er ihn eines Abends erwischt hat, als er ins Zimmer meiner Nichte ging. Er hat ihn am Kragen gepackt, und es kam zu einem Handgemenge. Jake – so hieß mein Schwager – hat Dads Waffe an sich gerissen und ihn damit erschossen.«

»Ihr Dad hatte eine Waffe?«

»Ja. Aber er war Farmer, kein Cop. Er hat gezögert. Weil er noch nie zuvor auf einen Menschen geschossen hatte. Er konnte noch nicht mal auf einen Kojoten schießen, der es auf seine Hühner abgesehen hatte. Stattdessen hat er immer bloß ins Leere gezielt, auf eine Stelle über ihren Köpfen, und eben neue Hühner gekauft.«

Gabes Lächeln war traurig. »Klingt so, als wäre er ein sehr netter Mann gewesen.«

»Der netteste von allen.« Molly schluckte trocken. »Ich vermisse ihn jeden Tag.«

»Und Jake hat behauptet, Ihr Vater sei derjenige gewesen, der Ihre Nichte missbrauchen wollte?«

»Genau. Aber er hat meinen Vater unterschätzt, der nämlich eine Kamera im Zimmer meiner Nichte installiert hatte.«

»Ihre Nichte wurde also …« Gabe ließ die Worte unausgesprochen. »Jake war erfolgreich?«

Molly nickte knapp. Das war das Allerschlimmste daran. Leider hatten sämtliche Zeitungen darüber berichtet, sodass Gabe es jederzeit nachlesen könnte. Zwar war nirgendwo Harpers Name erwähnt, doch sie war Jakes und Chelseas einziges Kind und Mollys einzige Nichte, daher war es nicht schwierig, eins und eins zusammenzuzählen.

Molly wünschte, sie könnte Jake ausgraben und wiederbeleben, um ihn gleich noch einmal umzubringen. Manchmal war diese Fantasie das Einzige, das sie bei der Stange hielt, vor allem, wenn Harper nachts wieder einmal schreiend aufwachte.

»Also haben Sie ihn getötet«, presste Gabe hervor. »Gut.«

»Nicht kaltblütig. Es wurde als Notwehr deklariert.«

Sie glaubte es selbst beinahe.

»Was ist passiert?«, fragte er sanft.

»Meine Schwester hat ihn zur Rede gestellt, daraufhin ist er auf sie losgegangen. Hat sie geschlagen. Als er mich gesehen hat, fing er an, auch auf mich einzuprügeln.« Weil sie ihn provoziert hatte. Sie hatte den Schmerz seines ersten Fausthiebs regelrecht genossen, weil sie gewusst hatte, dass sie ein Veilchen davontragen würde – perfekt, um später Notwehr geltend zu machen.

Geplant hatte sie es nicht. Sie hatte nicht gewusst, dass Chelsea ihn an diesem Abend mit den Vorwürfen konfrontieren würde. Andererseits hätte sie es ahnen können.

Ich hätte es wissen müssen.

Vielleicht hatte sie es auch gewusst. Die bange Frage, was sie angetrieben und weshalb sie sich letztlich doch darauf vorbereitet hatte, hatte sie lange Zeit nachts um den Schlaf gebracht.

Gabe schüttelte den Kopf. »Es tut mir sehr leid für Sie.«

Ihr gelang ein Lächeln. »Danke. Nachdem sich die erste Aufregung gelegt hatte und mein Name reingewaschen war, konnten wir nicht länger bleiben. Das war klar. Nicht in diesem Haus.«

»Das kann ich mir vorstellen.«

Mitgefühl schwang in seinem Tonfall mit. Das und tiefes Verständnis. Genau aus diesem Grund hatte sie es ihm persönlich erzählt.

»Ich durfte zwar meinen Dienst beim North Carolina State Bureau of Investigation wieder aufnehmen, aber ich konnte nicht dorthin zurück. Es ging einfach nicht.« Natürlich hatte sie gewusst, dass es korrupte Polizisten gab, war aber nie mit einem von ihnen konfrontiert gewesen. Zumindest nicht wissentlich. Doch dann hatte Jake ihrer aller Leben zerstört, und sie hatte Verrat aus nächster Nähe und am eigenen Leib erlebt. Jake war ebenfalls Cop gewesen, und alle seine Freunde hatten sich schützend vor ihn gestellt und Mollys Vater als Pädophilen hingestellt – sie hatten sich zusammengerottet und ihn aufs Übelste verleumdet.

Doch nachdem sie Jake zur Strecke gebracht hatte, wie er es verdiente, musste sie sich fragen, ob nicht auch sie ein wenig korrumpierbar war.

»Also sind Sie nach New Orleans gezogen?«

»Genau. Nach dem Tod meines Vaters habe ich Burke angerufen. Er hatte Dad ebenfalls gekannt und sehr gemocht.« Molly lächelte betrübt. »Ein bisschen so wie Ihren Dad.«

»Vaterfiguren.«

»Genau. Burke war unterwegs zu mir und gerade einmal eine halbe Stunde entfernt, als Jake auf Chelsea und mich losgegangen ist. Er ist direkt nach den Cops eingetroffen und … hat alles in die Hand genommen. Er hat mir einen guten Anwalt besorgt. Hat Fotos von meinem Gesicht gemacht und von Chelseas. Und er hat nach Harper gesehen, die in Notfallpflegschaft genommen wurde.«

Und auch ihr Vorgesetzter beim SBI und dessen Frau hatten sich um sie gekümmert. Steven und Jenna waren anständige Leute. Sie fehlten Molly sehr.

»Also haben Sie angefangen, für Burke zu arbeiten.«

»Ja, aber nicht sofort. Es gab eine Anhörung, und ich wurde von allen Vorwürfen freigesprochen. Vor allem, als Chelsea den Ermittlern das Video ausgehändigt hat, auf dem Jake zu sehen war, wie er Dad getötet hat.«

Lange Zeit herrschte Schweigen. »Aber die Anhörung hat auch offengelegt, dass ihre Tochter missbraucht worden war. Das kann keine einfache Entscheidung für Ihre Schwester gewesen sein.«

Molly sah ihn an, während sich ihre Brust fast schmerzhaft zusammenzog. »Das hat bisher niemand verstanden. Alle meinten, dass Chelsea das Video natürlich zeigen sollte, aber sie und ich haben uns deswegen gestritten. Ich wollte nicht, dass sie es tut, weil Harper dadurch nur in den Mittelpunkt der Aufmerksamkeit geraten wäre, aber mein Anwalt hatte Angst, dass sich die Vorwürfe gegen mich sonst nicht entkräften ließen.«

Gabe legte den Kopf schief. In seinen haselnussbraunen Augen spiegelte sich ein Verständnis, das sie bei niemandem sonst je gesehen hatte. Nicht einmal bei Burke. »Und auch deshalb haben Sie Schuldgefühle.«

Sie schluckte. »Genau. Natürlich haben wir Harper weggebracht, trotzdem wird dieses Ereignis sie immer begleiten. Dass es passiert ist *und* dass alle Bescheid wissen. Die Therapie hat geholfen … uns allen. Aber, ja, ich habe schwere Schuldgefühle.« Und zwar sehr viel heftigere als wegen der Tatsache, dass sie Jake eine Kugel in den Kopf gejagt hatte.

Molly stand zu tief in Chelseas Schuld, um sie jemals tilgen zu können, doch sie hatte ihr Möglichstes versucht, indem sie sich um sie kümmerte und dafür sorgte, dass sie in Sicherheit waren. Bis heute.

Sie konnte nur hoffen, dass sie heute einfach überreagiert hatte und derjenige, der ihnen gefolgt war, sein Augenmerk auf sie und nicht auf ihre Familie richten würde. Ein Teil von ihr würde am liebsten den Job hinschmeißen, nach Hause fahren und sich mit ihren Lieben in ihrem Apartment verbarrikadieren. Aber das wäre definitiv übertrieben. Burke hatte versprochen, jemanden hinzuschicken, und würde es auch tun.

»Tut mir leid«, sagte Gabe noch einmal.

Sie zuckte die Achseln. »Es ist vorbei. Vergangenheit.«

»Ich meinte damit, dass es mir leidtut, wenn ich es heute Vormittag so habe klingen lassen, als sei der Tod Ihres Vaters unwichtig.«

Sie sah ihm in die Augen, in denen Wärme und Ruhe lag und …

Nein, nein, nein. Sie wollte nicht in diesen Augen versinken, nein, sein Blick vermittelte ihr kein Gefühl von … Sicherheit. Am liebsten hätte sie die Worte laut ausgesprochen, doch dann würde er sie für völlig verrückt halten, deshalb nickte sie nur. »Danke. Ich werde alles in meiner Macht Stehende tun, um den Mord an Ihrem Vater aufzuklären. Ich hoffe, Sie wissen das.«

»Das wusste ich bereits, und jetzt bin ich mir noch sicherer.« Er blickte auf ihren zugeklappten Laptop. »Was haben Sie sonst noch in den Polizeiberichten gefunden, während ich in diesem grauenvollen Raum gekocht habe, den Sie Küche nennen?«

Ihre Lippen verzogen sich zu einem kleinen, aber aufrichtigen Lächeln. »Sie ist tatsächlich recht schlimm.«

»Eine einzelne Kochplatte, ein Kühlschrank aus der Zeit, als die Berliner Mauer noch stand, und eine Mikrowelle, die möglicherweise meine Leber verkokelt hat, als ich davorstand. Was denkt sich Burke bloß dabei? Das ist ja eine Katastrophe.«

»Er denkt, wenn er eine anständige Küche einbaut, ziehen wir alle hier ein, dabei sollen wir doch eine halbwegs vernünftige Work-Life-Balance haben. So etwas in der Art.«

»Ich hoffe, verstrahlte Lebern sind im Leistungsumfang seiner Haftpflichtversicherung enthalten.«

Molly lachte leise. »So schlimm ist es nicht. Mit dem Teil kann man fieses Mikrowellen-Popcorn machen.«

Er schnaubte abfällig. »In diesem Teil kriegt man nicht mal eine hübsche Portion hin.«

Sie zog ihre Schale mit den Garnelen wieder heran und schob sich noch eine Gabel in der Mund. Inzwischen fühlte sie sich deutlich besser. »Jedenfalls haben Sie sich tapfer geschlagen. Das ist köstlich.«

»Danke, aber das kriegt jeder hin. Es ist ein Kinderspiel.«

»Wir nicht. Na ja, Val vielleicht. Sie gehört zu unserem Ermittlerteam und hat verborgene Talente, die wir erst nach und nach entdecken wie Ostereier in einem Videospiel.«

Er sah ihr zu und wartete, bis sie den letzten Rest aus der Schale gekratzt hatte, ehe er mit einem Nicken erneut auf den Laptop wies.

»Also, was haben Sie gefunden?«

»In drei Fällen, in denen Ihr Vater ermittelt hat, haben entweder der Täter selbst oder ein Familienmitglied Rache geschworen. Natürlich gibt es auch andere Fälle, in denen jemand zwar wütend, aber nicht dumm genug war, einen Cop zu bedrohen, sodass der es hören und in seinem Bericht festhalten konnte, aber immerhin habe ich etwas in der Hand, womit ich anfangen kann. Ich prüfe, ob die drei Personen noch leben. Dann finde ich heraus, wo sie jetzt sind und ...« Sie zögerte. Natürlich wollte sie ihm nicht wehtun, andererseits hatte er ausdrücklich erklärt, in die Ermittlungen eingebunden werden zu wollen. »Und wo sie sich vor sechs Wochen aufgehalten haben.«

Gabe zuckte zusammen. »Klingt nachvollziehbar.«

»Ich werde auch Zugang zu den Konten Ihres Vaters brauchen.«

Gabe runzelte die Stirn. »Und was erwarten Sie dort zu finden?«, fragte er barsch.

»Keine Ahnung. Aber einer unserer Grundsätze heißt nicht umsonst: ›Folge dem Geld‹.«

Gabes Kiefer wurde hart. »Sie denken also, mein Vater hat die Hand aufgehalten?«

»Nein, aber ich wäre nicht gut in meinem Job, wenn ich es nicht überprüfen würde.«

»Verstehe«, sagte er steif. »Ich komme mit, wenn Sie diese Leute überprüfen. Also keine Versuche mehr, mich in diesen Witz von einer Küche zu verfrachten, damit ich Ihnen etwas zum Abendessen koche.«

»Burke ist einverstanden, also können Sie mitkommen. Mir wäre es zwar lieber, wenn Sie sich einen anderen Leibwächter zulegen, doch solange Sie mir nicht in die Quere kommen, können wir das hinkriegen. Aber«, fügte sie so sanft wie möglich hinzu, »es könnte sein, dass ich auf Dinge stoße, die Sie lieber nicht sehen möchten. So etwas passiert manchmal, wenn jemand so unvermittelt ums Leben kommt.«

Gabes Kiefer war noch immer angespannt, seine Augen kalt. »Sind Sie nach dem Tod Ihres Vaters auch auf etwas Unschönes gestoßen?«

»Nun ja … wir haben festgestellt, dass er eine beträchtliche Pornosammlung besessen hat. Was gelinde gesagt peinlich war. Alles konventionell, und es lag auf der Hand, dass das Zeug erst vor Kurzem konsumiert worden war. Mom war bereits seit Jahren tot. Sie ist an einem Aneurysma gestorben, und Dad hat sie sehr vermisst. Damen scheint es in seinem Leben nicht gegeben zu haben, sondern nur … Sie wissen schon.«

Er verzog das Gesicht. »Falls Sie etwas in der Art bei meinem Vater finden sollten, will ich es nicht wissen.«

»Das kann ich Ihnen nicht verdenken«, erwiderte sie betont locker. »Danach musste ich erst mal die Bilder aus dem Kopf kriegen.«

Er lächelte und schien sich zu entspannen. »Danke. Trotzdem will ich Sie begleiten. Das ist meine Pflicht, schließlich war er mein Vater.«

»Das verstehe ich gut.« Sie hoffte nur, dass sein Pflichtgefühl ihn nicht in Schwierigkeiten brachte. Oder Schlimmeres. Was zu verhindern wiederum ihre Pflicht war. »Verfügen Sie zufällig über Kenntnisse in Selbstverteidigung?«

»Ja, ein bisschen Brasilianisches Jiu-Jitsu.«

Sie war beeindruckt. Einen ihrer schwarzen Gürtel hatte sie in BJJ. »Wie viel ist *ein bisschen?*«

»Brauner Gürtel.«

Sie war noch tiefer beeindruckt. »Gut, das ist mehr, als ich erwartet hatte. Und können Sie mit Waffen umgehen?«

Er schnitt eine Grimasse. »Mein Vater war Polizist und hat

mich mit zehn das erste Mal auf den Schießstand mitgenommen. Das war unsere Vater-Sohn-Zeit.«

»Und fanden Sie es schlimm?«

»Fürchterlich.« Er erschauderte. »Aber ich kann halbwegs schießen, und mit dem Messer bin ich richtig geschickt.«

»Sollten wir also von einer Zwiebel angegriffen werden, geben Sie mir Deckung. Ansonsten gehen Sie in Deckung, wo es welche gibt. Sollte es schwierig werden, will ich, dass Sie sich in Sicherheit bringen. Er war zwar Ihr Dad, aber die Verantwortung für diese Ermittlung trage immer noch ich. Habe ich mich klar ausgedrückt?«

»Ja, Ma'am«, schnaubte er.

Sie grinste. »Ich mag es, wenn man mich *Ma'am* nennt.« Sie zeigte auf die noch unberührte Schüssel mit Shrimps und Polenta. »Können Sie jetzt etwas essen?«

»Ich versuche es.«

»Gut. Inzwischen überprüfe ich die bereits erwähnten Personen, dann möchte ich mir das Haus Ihres Vaters vornehmen. Ich glaube zwar nicht, dass wir dort etwas finden, da Sie es ja schon durchsucht haben, aber man weiß nie. Als Nächstes fahren wir zu Ihnen.«

»Ich kann Ihnen gern das Gästezimmer herrichten.«

»Wahrscheinlich schlafe ich lieber auf dem Sofa, um näher bei der Eingangstür zu sein. Haben Sie eine Alarmanlage?«

Er verdrehte die Augen. »Mein Dad hat mir eine zur Einweihung geschenkt.«

»Waffen im Haus?«

»Mein Wüsthof-Messerset. Und natürlich der Hund.«

Den Hund hatte Molly völlig vergessen. »Wieso haben Sie denn nichts gesagt? Der arme Kerl war den ganzen Tag allein.«

»In der Woche nach Dads Tod habe ich eine Klappe einbauen lassen, damit Shoe jederzeit an sein Fressen und sein

Wasser herankommt und sich auf einem gut zweitausend Quadratmeter großen Grundstück die Beine vertreten und pinkeln kann.«

Sie zog die Brauen hoch. »Sie haben eine Hundeklappe? Damit ist die Alarmanlage hinfällig.«

»Das hatte ich nicht bedacht.«

Sie suchte ihre Sachen zusammen. »Ich kann die Hintergrundüberprüfung auch noch machen, wenn wir Ihr Haus gesichert haben, und zu Ihrem Vater fahren wir morgen. Also, packen Sie Ihr Essen ein, damit wir gehen können.«

5. Kapitel

MID-CITY, NEW ORLEANS, LOUISIANA

Montag, 26. Juli, 18.10 Uhr

Wer hat Ihren Wagen nach Hause gefahren?«, fragte Molly, als sie ihren Toyota Pick-up in Gabes Einfahrt lenkte und direkt hinter seinem uralten, aber immer noch verlässlichen Honda Accord abstellte.

»Niemand. Ich bin heute Morgen zu Fuß zu Burke gegangen.« Er zuckte die Achseln. »Das tue ich auch fast jeden Tag auf dem Weg zur Arbeit.«

»Eigentlich logisch. Würde ich genauso machen, wenn ich so nahe am Quarter leben würde.« Mit einem Anflug von Trotz registrierte er ihren kritischen Blick auf sein Haus, denn er liebte sein Zuhause. »Wie viele Türen nach draußen gibt es hier?«

Oh. Seine Verärgerung verflog. Sie checkte, wie sicher es war. Sein Vater hatte genau dasselbe getan. »Eine vorn und eine hinten, außerdem eine auf der einen und zwei auf der anderen Seite, macht also fünf insgesamt. Das ist typisch für diese Häuser im Shotgun-Stil.«

Die ihren Namen der Theorie verdankten, dass man an der Vordertür einen Schuss abfeuern konnte und die Kugel auf der Rückseite wieder hinausflog, ohne etwas zu treffen.

Sie lächelte ihn an. »Gefällt mir. Wie lange wohnen Sie schon hier?«

Er entspannte sich noch weiter. Jemanden um sich zu haben, der dieses Haus nicht mochte, konnte er sich nur schwer vorstellen, da es fast genauso sein Baby war wie das *Choux.* »Seit sechs Jahren. Gehören tut es mir seit sieben, aber ich habe fast ein Jahr gebraucht, um es bewohnbar zu machen. Es war ein Renovierungsprojekt wie aus dem Bilderbuch.«

»Wegen Katrina?«

»Ja. Es war nicht so schlimm beschädigt, dass es hätte abgerissen werden müssen, aber viel fehlte nicht.«

»Und Sie haben alles selbst gemacht?« Sie klang beeindruckt.

Die Frage schien ihn mit Stolz zu erfüllen. »Zumindest die Standardarbeiten. Einer von Pattys Cousins mütterlicherseits ist Bauunternehmer und hat mir geholfen.« Gabe grinste. »Als Gegenleistung bekommt er lebenslänglich Gratis-Gumbo im *Choux.*«

»Lecker! Damit hat er einen super Deal gemacht. Kriege ich eine Führung?«

»Klar.«

Sie nahm ihre Reisetasche vom Rücksitz, schwang sie sich über die Schulter und folgte ihm die Treppe zur Haustür hinauf. »Die rote Verkleidung und die grüne Tür lassen es so fröhlich wirken. Waren das die Originalfarben?«

»Ja, soweit ich es herausgefunden habe.« Er schloss die Tür auf, schaltete die Alarmanlage aus und lauschte. In diesem Moment hörten sie das freudige Jaulen des Hundes, gefolgt vom Scharren seiner Krallen auf dem Holzfußboden, als er den schmalen Korridor entlanggerannt kam.

Erleichtert lachte Gabe auf. Er hatte Sorge gehabt, ob sie den Hund würden einfangen können. Und ein schlechtes Gewissen, weil er am Morgen nicht bedacht hatte, dass auch Shoe in Gefahr sein könnte.

Er ging auf ein Knie, um den Hund zu begrüßen, der so ungestüm mit dem Schwanz wedelte, dass er beinahe umzukippen drohte. »Es geht dir gut«, murmelte er, schlang die Arme um Shoes Hals und spürte, wie seine Augen brannten. Der Hund war alles, was ihm von seinem Vater noch geblieben war, und die Vorstellung, dem niedlichen Kerl könnte etwas zugestoßen sein, war schlicht unerträglich. Er kniff die Augen zusammen und trocknete seine Tränen, indem er das Gesicht in Shoes Fell vergrub. »Wir haben Besuch«, sagte er etwas lauter.

»Oh, der ist ja süß.« Molly streckte eine Hand vor, damit der Hund sie beschnüffeln konnte. »Hallo, Shoe. Wenn du die Pfoten von meinen Schuhen lässt, werden wir dicke Freunde fürs Leben.«

»Ich bewahre meine oben im Regal auf«, erklärte Gabe. »Kommen Sie rein und machen Sie es sich bequem.«

Sie folgte ihm ins Haus und drehte sich mit unübersehbarer Bewunderung um die eigene Achse. »Wow. Der Holzfußboden ist wunderschön. Und die Fenster erst. War der Originalzustand auch so?«

»Ich wollte das Haus so originalgetreu wie möglich wiederherstellen, nur musste ich weitgehend raten. Vor fünf Jahren stand plötzlich eine alte Frau vor der Tür. Sie hatte vor Katrina ein Stück die Straße hinunter gelebt, hat allerdings ihr Zuhause verloren und ist nicht zurückgekommen. Sie hat Freunde in der Gegend besucht und das Haus bemerkt.« Bei der Erinnerung daran, wie ergriffen die Frau gewesen war, musste er lächeln. »Sie hatte Tränen in den Augen gehabt und meinte, sie hätte praktisch ihr ganzes Leben lang vier Häuser weiter gewohnt, doch die Katastrophenhilfe hätte darauf bestanden, dass ihr Zuhause nach dem Sturm abgerissen wird. Die Leute, die jetzt dort wohnen, hätten es nicht originalgetreu wieder aufgebaut, meines hingegen sehe genauso aus wie damals. Es gehörte wohl ihrer besten Freundin.«

»Und hat sie um eine Besichtigungstour gebeten?«, fragte Molly und biss sich auf die Lippe, als liege ihr eine Frage auf der Zunge, die sie jedoch nicht stellen wollte.

Gabe sah zu, wie sie ihre Unterlippe zwischen die Zähne zog, und hätte sie am liebsten sanft daraus befreit, unterdrückte den Impuls jedoch. Was schade war, denn Molly hatte einen sehr schönen Mund. Was er eigentlich gar nicht bemerken dürfte. *Immer schön ans Protokoll halten, Hebert.* »Nein, aber ich habe sie trotzdem hereingebeten. Wieso? Denken Sie, sie hätte mich angegriffen und ausgeraubt?«

Molly hob eine Schulter. »Einmal Cop, immer Cop … Aber schön, dass Sie nicht so denken. Sie muss überglücklich gewesen sein.«

»Sie hat vor Rührung geweint. Dann haben wir ein Foto gemacht, das ich ihrem Enkel gemailt habe, der sie herumgefahren hat. Seither schreiben wir uns jedes Jahr zu Weihnachten eine Karte.«

Molly lächelte. »Ich finde, Sie sind ein sehr netter Mann, Gabriel Hebert.«

Seine Wangen wurden warm. »Das hätte doch jeder getan.«

»Jeder, der *nett* ist«, korrigierte sie. »Ich könnte nicht beschwören, dass ich so freundlich gewesen wäre. Aber zeigen Sie mir doch bitte den Rest des Hauses.«

Er führte sie durch einen Rundbogen in die Küche und freute sich über ihren begeisterten Ausruf – sie war sein ganzer Stolz, in den er die meiste Zeit und das meiste Geld investiert hatte.

»Wunderschön«, hauchte Molly. »Marmor und Naturziegel. Und so hell.«

Liebevoll ließ er den Blick über sein Werk schweifen. »Ich habe jahrelang gespart, um sie so zu gestalten, wie sie jetzt ist, aber ich bin schließlich Koch. In einer stümperhaft eingerichteten Küche kann ich nicht kochen.«

Sie lachte leise. »In unserem Witz von einer Küche ist es Ihnen ganz gut gelungen.« Staunend strich sie mit der Hand über die Marmorplatte der Kücheninsel. »Gabe, das ist wirklich unglaublich. Und so viel größer, als ich dachte. Sind Sie sicher, dass das keine Raum-Zeit-Maschine ist?«

»Die hohen Decken lassen die Räume größer wirken«, erwiderte er, ebenfalls lachend. »Aber Sie haben recht, das Haus ist tatsächlich groß für den Baustil. Ursprünglich gab es vier Schlafzimmer, aber eines habe ich als Arbeitszimmer und ein anderes als Männerhöhle eingerichtet, somit blieben ein Schlaf- und ein Gästezimmer. Kommen Sie, ich zeige Ihnen, wo Sie schlafen können.«

Dicht gefolgt von Shoe, trug sie ihre Reisetasche den Flur entlang, der gerade breit genug für eine Person war. Gabe schob eine Falttür auf und ließ sie eintreten.

Wieder schnappte sie nach Luft, was Balsam für sein Ego war. »Das ist fantastisch, Gabe.« Sie stellte ihre Tasche ab und trat vor die raumhohen Fenster, die in den Garten führten – nicht jedoch, ohne zuvor die Kontaktsensoren der Alarmanlage zu überprüfen, wie er belustigt registrierte.

»Wunderschön«, sagte sie. »Wie in der Karibik. Nur die vielen Türen sind mir ein Dorn im Auge. Dadurch gibt es sehr viele Möglichkeiten, ins Haus zu gelangen.«

Er seufzte. »Das hat mir besonders gefallen. Bis jetzt.«

Zerknirscht wandte sie sich ihm zu. »Tut mir leid. Aber wenn das alles vorbei ist, können Sie wieder begeistert davon sein.«

»Das hatte ich auch vor.« Er zeigte ihr das Arbeitszimmer und die Männerhöhle, sprich, das Medienzimmer. »In allen Zimmern gibt es Fenster und Türen, die in den Garten hinausgehen, nur in der Männerhöhle nicht. Ich wollte einen Raum, in dem ich ohne Tageslicht fernsehen kann. Rings um das Haus verläuft eine Veranda, und hinten gibt es eine Terrasse.«

Auch hier überprüfte Molly die Türen. »Die Schlösser sind keine Katastrophe, könnten aber besser sein.«

»Sie waren ein Kompromiss. Ich hätte normale Schlösser genommen, aber Dad wollte etwas auf Fort-Knox-Niveau, also haben wir uns auf die hier geeinigt. Am liebsten wäre es ihm gewesen, ich wäre in einen Bunker gezogen, damit mir bloß nichts passiert. Aber das Hurrikan-Schutzglas habe ich einbauen lassen, weil sich erstens die Fenster nicht so leicht einschlagen lassen und ich zweitens einen Rabatt bei der Gebäudeversicherung bekommen habe, also war es der perfekte Deal.«

»Hurrikan-Schutzfenster sind eine gute Maßnahme. Wo ist die Hundetür?«

»In meinem Schlafzimmer.« Er ging voran, heilfroh, dass er am Morgen seine schmutzigen Kleider weggeräumt hatte. Schwanzwedelnd verschwand Shoe durch die Klappe, die – nun, da Gabe sie mit Mollys Augen betrachtete – in Wahrheit kaum mehr als ein großes Loch in der Wand neben den Terrassentüren war. »Sie ist magnetisch«, betonte er, »damit der Wind sie nicht aufweht.«

»Aber jemanden, der einbrechen will, hält sie nicht ab.«

Er runzelte die Stirn. »Verschließbar ist sie schon«, erwiderte er. Schließlich war er kein kompletter Idiot. »Und einen Sicherheitsbalken gab es auch dazu. Er liegt im Schrank.«

Sie zog nur wortlos eine Braue hoch.

»Wo er natürlich nichts nützt«, seufzte er.

»Wir können die Klappe von innen sichern, was bedeutet, dass Sie Shoe immer wieder während des Tages rauslassen müssen, statt ihm die Freiheit zu lassen und –« Molly unterbrach sich, als Shoe ein hohes und seltsam aggressives Bellen ausstieß. »Ist das normal?«

Gabe spürte, wie sich die Härchen in seinem Nacken aufrichteten. »Nein.«

Er rannte zur Terrassentür, dicht gefolgt von Molly. »Ich zuerst«, rief sie und schob sich an ihm vorbei. Sie riss die Tür auf, stürmte los und machte einen Satz über das Verandageländer, als wäre es eine Hürde auf der Aschenbahn. »Halt!«, schrie sie.

Verdammt. Gabe hetzte die Treppe hinunter in den Garten, gerade noch rechtzeitig, um zu sehen, wie sie am Tor des zweieinhalb Meter hohen Sicherheitszauns rüttelte. Das Herz schlug ihm bis zum Hals. Er wollte zu ihr laufen, doch sie deutete hinter sich. »Holen Sie Ihren Hund«, befahl sie. »Jemand hat etwas über den Zaun geworfen.«

Zum Glück war dieser Teil des Gartens nicht allzu groß, sodass er Shoe innerhalb weniger Sekunden am Halsband gepackt hatte und von etwas Braunem auf dem Boden wegzerrte. »Nein, Shoe! Nein! Aus!«

Fleisch. Jemand hatte ein Stück Fleisch über den Zaun geworfen, genauer gesagt, ein riesiges Steak. Gekocht. Vorsichtig beäugte er den Fleischklumpen, sorgsam darauf bedacht, Shoe nicht in seine Nähe kommen zu lassen. Glücklicherweise hatte Gabes Vater dem Hund den Befehl *Aus!* beigebracht.

Gabe starrte auf das Fleisch, das von einem weißen Pulver bedeckt war. Viel Pulver.

Er schluckte gegen die Galle an, die ihm in der Kehle aufstieg.

Gift. Jemand hatte versucht, seinen Hund zu vergiften. Er ließ sich auf die Knie fallen, öffnete Shoes Maul und spähte hinein.

»Hat er etwas davon gefressen?«, fragte Molly hinter ihm. Gabe drehte sich um und sah, dass sie ihr Telefon in der Hand hielt, auf das Display tippte und den Lautsprecher aktivierte. »Burke ist dran. Burke, da liegt ein gekochtes Steak mit einem weißen Pulver im Garten. Hat Shoe etwas davon gefressen, Gabe?«

Gabe schüttelte den Kopf. »Ich glaube nicht, aber ich will ihn sicherheitshalber trotzdem zum Tierarzt bringen.«

»Okay, das machen wir. Bringen wir ihn erst mal rein. Ich hole eine Plastiktüte für das Fleisch. Wir müssen herausfinden, was das für ein Zeug ist.«

»Geht es dir gut, Gabe?«, hörte Gabe Burke fragen.

»Ich weiß nicht recht. Zumindest bin ich nicht verletzt.« Gabe erhob sich, wobei er bemerkte, dass seine Beine peinlicherweise zitterten. Er musste bewusst die Knie durchdrücken, um nicht auf dem Hinterteil zu landen. »Haben Sie gesehen, wer das war?«, fragte er Molly.

Sie schüttelte den Kopf. »Der Typ ist gerade weggefahren, als ich das Tor aufbekommen habe. Burke, ich maile dir gleich die Adresse des Tierarztes. Das Fleisch nehme ich mit. Kannst du jemanden hinschicken, der es abholt?«

»Klar. Kümmert euch erst mal um Shoe.«

Molly beendete das Gespräch und berührte Gabes Rücken. »Ich nehme den Hund. Gehen Sie rein. Los, schnell.«

Gabe gehorchte, wobei er über seine eigenen Füße stolperte. »Atmen. Einfach atmen. Shoe scheint keine Schmerzen zu haben, trotzdem müssen wir sichergehen.«

»Jemand war hier«, krächzte Gabe. »Jemand wollte meinen Hund töten.«

»Oder ihn betäuben, je nachdem. Fest steht, dass derjenige Ihre sicherste Alarmanlage ausschalten wollte.« Eine Hand um Shoes Halsband gelegt, nahm Molly Gabe am Arm und führte ihn ins Haus.

Sie schob ihn zu seinem Bett und ließ ihn behutsam darauf Platz nehmen. Wieder gehorchte er widerstandslos und schloss die Augen, während Scham in ihm aufstieg.

»Tut mir leid. Ich habe völlig die Kontrolle verloren«, murmelte er.

»Das ist durchaus berechtigt«, erwiderte sie sachlich. »Jemand wollte Ihnen schaden, indem er versucht hat, Ihren Hund zu verletzen. Ich bin nur froh, dass wir hier waren und ihn bellen gehört haben.«

Gabe drehte sich der Magen um. »Wären wir ein paar Minuten später gekommen …«

Molly schloss die Terrassentüren und verriegelte sie. »Sind wir aber nicht.« Sie zog die Vorhänge vor. Aus irgendeinem Grund fühlte er sich im Halbdunkel gleich viel besser. »Sie bleiben hier. Ich packe das Fleisch ein, dann gehen wir hinaus und steigen in meinen Wagen. Sie werden das Haus nicht ohne mich verlassen. Der Eindringling mag zwar weg sein, könnte aber jederzeit zurückkommen. Ich will Ihnen nicht unnötig Angst einjagen«, fügte sie hinzu, denn Gabe hatte das Gefühl, als sei er kreidebleich geworden.

»Unnötig«, wiederholte er und fürchtete, gleich ohnmächtig zu werden.

»Genau. Aber Sie müssen auf der Hut sein. Verstehen Sie, was ich sage?«

Er nickte schwach. »Ja.«

»Gut. Ich bin gleich zurück. Sie atmen ganz ruhig durch. Lassen Sie den Kopf zwischen den Knien hängen, falls Sie Angst haben, ohnmächtig zu werden.«

Er begann zu atmen – einatmen, anhalten, ausatmen –, bis der Raum sich nicht länger um ihn drehte, während Shoe fröhlich hechelnd dasaß. *Immerhin musste ich nicht den Kopf zwischen die Knie stecken. Ein Trost.* Vielleicht gelang es ihm ja sogar, sein Schlafzimmer zu verlassen, ohne auf der Nase zu landen.

Eine Flasche Wasser wurde ihm in die Hand gedrückt. »Leider ist es nicht kalt, aber ich hatte die Flasche in der Tasche, deshalb kann das Wasser nicht vergiftet sein. Ich habe das

Fleisch und Ihren Laptop. Sie können die Alarmanlage scharfstellen, und sobald Sie so weit sind, müssen wir los.«

Wieder überlief Gabe ein Schauder, als er aufstand. »Mir geht's gut.« *Nein, mir geht es überhaupt nicht gut.* Aber er musste Shoe zum Tierarzt bringen. Er machte eine Geste mit der Hand, die glücklicherweise nicht länger zitterte. »Nach Ihnen.«

FRENCH QUARTER, NEW ORLEANS, LOUISIANA

Montag, 26. Juli, 18.58 Uhr

»Entschuldige, aber ich muss da rangehen«, unterbrach Lamont das Geplapper seiner Frau, als sein Handy summte.

»Aber du hast es versprochen«, schmollte Joelle.

»Meine Geschäfte finanzieren uns Abendessen wie dieses hier«, entgegnete er milde, obwohl er sie am liebsten geohrfeigt hätte. Ständig war sie wegen seiner Arbeit beleidigt, als sei es nicht sein Geld, wodurch sich ihr ausschweifender Lebensstil finanzierte. Er kehrte dem Eingang des *Le Petit Choux* den Rücken zu und ging ein paar Schritte ins Getümmel auf der Chartres Street. »Ist es erledigt?«, fragte er leise und ohne Begrüßung.

»Nein«, antwortete Stockman. »Ich warte immer noch darauf, dass der Junge aus dem Haus kommt und den Müll rausbringt oder so, aber er ist nach wie vor drinnen und in Gesellschaft.«

»Dann –« In letzter Sekunde verkniff Lamont sich die Worte *brechen Sie eben ein.* Es waren zu viele Leute um ihn herum, und man konnte nie wissen, wer einem gerade zuhörte. Vor allem, wenn ihn jemand erkannte. »Dann lassen Sie sich eben etwas einfallen.«

»Das werde ich. Aber manchmal erfordert so etwas Fingerspitzengefühl. Und das ist so eine Situation.«

Lamont lachte freudlos. »Sie wollen mir also sagen, ich soll Geduld haben?«

»Mehr oder weniger. Hier stehen zwar nicht viele Häuser, trotzdem will ich nicht, dass ein Nachbar die Cops ruft.«

»Dann eben, sobald es dunkel ist.«

»Das war mein Plan.«

»Ich will das endlich erledigt haben«, erklärte Lamont in einem Tonfall, der keinen Widerspruch duldete.

»Weiß ich. Habe ich Sie schon mal im Stich gelassen?«

»Nein.« Deshalb war Stockman auch noch am Leben. Weil er ein Blödmann, aber nützlich war. »Nein. Sehen Sie zu, dass dies nicht das erste Mal ist.«

Stockman schwieg eine gefühlte Ewigkeit. Bestimmt schäumte er innerlich. Sehr gut. Es war wichtig, ihn ein bisschen aufzurütteln. »Ich habe doch gesagt, ich erledige das«, sagte er gepresst, als beiße er die Zähne zusammen.

»Dann tun Sie's auch. Ich muss jetzt Schluss machen. Meine Verabredung zum Abendessen ist hier.«

Lamont beendete das Gespräch und bahnte sich mit einem aufgesetzten Lächeln einen Weg durch die Menge. »Nelson!« Er schüttelte dem Mann die Hand. »Wie schön, Sie zu sehen. Und Lorraine. Sie sehen reizend aus.«

Lorraine Nelson war eine rundliche Frau von Ende sechzig, Nelson musste um die siebzig sein. Und steinreich.

»Ich habe eine Menge Gutes über das Restaurant gehört und wollte es schon lange einmal ausprobieren.« Lorraines Tonfall klang aufrichtig.

Joelles Miene verriet das genaue Gegenteil. Das *Le Petit Choux* war ein gemütlich-heimeliges Restaurant und besonders beliebt für Familienfeiern, aber elegant war es nicht. Es gab weder weiße Tischdecken noch Sommeliers oder Gäste im Smoking und war somit schlicht nicht ihr Stil.

»Lamont überlegt, in ein Restaurant dieser Art zu investieren«, säuselte Joelle und hakte sich bei Lorraine unter. »Deshalb will er sich die Mitbewerber ansehen. Auf die Desserts hier werden wahre Lobeshymnen gesungen. Vielleicht muss ich heute Abend einmal meine Diät sausen lassen.«

Die Bemerkung war ein Seitenhieb auf Lorraines Gewicht, wenn auch ein geschickt verpackter. Joelle war eine Meisterin darin und verstand es, Kränkungen wie ein Kompliment klingen zu lassen. Zu Beginn ihrer Beziehung hatte er ihren Scharfsinn und ihre Schlagfertigkeit besonders anziehend gefunden, doch heute, sieben Jahre später, würde er sie am liebsten dafür töten. Und zwar jeden Tag aufs Neue.

»Sollte es Ihnen nicht gefallen, können wir natürlich auch woanders hingehen«, sagte Lamont, wohl wissend, dass Nelson niemals zustimmen würde.

»Nein, das ist nicht nötig«, sagte Nelson. »Das wird bestimmt schön.«

Sie traten zum Empfang mit der jungen Schönheit in einem eng anliegenden schwarzen Kleid, die Lamont wohlwollend betrachtete. Die Hostessen hier trugen alle Kleider im selben Stil und waren stets eine Augenweide. Er war bereits hier gewesen, wenn auch nur zum Lunch. Heute war sein erster Besuch zum Abendessen.

»Willkommen im *Le Petit Choux*«, begrüßte sie die junge Schönheit mit einem koketten Lächeln. »Haben Sie reserviert?«

»Ja«, antwortete Joelle und bedachte sie mit einem finsteren Blick, in dem sowohl Eifersucht als auch eine klare Warnung lagen. »Ein Tisch für vier Personen für neunzehn Uhr auf den Namen Joelle.«

Unverzüglich wurden sie an ihren Platz geführt, wo die

Hostess ihnen mit der Zusicherung, der Kellner sei gleich bei ihnen, die Speisekarten reichte. Lamont sah sich suchend nach Rocky Heberts Sohn um. Seine Besuche zum Mittagessen hatten dazu gedient, sich einen Eindruck von ihm zu verschaffen und zu sehen, ob er nervös oder unaufmerksam wirkte – zumindest mehr, als man es von jemandem erwarten würde, der gerade ein Elternteil verloren hatte … irgendein Anzeichen, dass Hebert junior den Verdacht haben könnte, sein Vater sei nicht durch Selbstmord umgekommen.

Was der Fall zu sein schien, schließlich hatte er eine Privatdetektei beauftragt. Sollte Rockys Sohn auf die Idee kommen, seine Fühler in Lamonts Richtung auszustrecken, würde er darüber nachdenken müssen, ob er das Risiko, ihn umzubringen, nicht doch eingehen sollte. Notfalls würde er Stockman anweisen, es wie einen Raubüberfall aussehen zu lassen. Nach Suizid und Unfällen waren Raubüberfälle seine drittliebste Tötungsart.

Hebert hier in seinem Restaurant zu beobachten, mochte nicht gerade effizient sein, doch das Essen war lecker und die Desserts ein Traum, daher war es den Aufwand wohl wert. Er entdeckte Rockys Nichte auf Anhieb. Sie stand hinter der breiten Glasscheibe, die den Gastraum von der Küche trennte, und sagte lächelnd etwas zu einem der Köche. Sie und Rockys Sohn waren beide Besitzer des Restaurants, daher war es keine große Überraschung, dass sie hier war. Doch von Gabriel Hebert war weit und breit nichts zu sehen, und Lamont konnte schließlich nicht einfach aufstehen und sich nach ihm erkundigen.

Also würde er diskret vorgehen und bei Étouffée und Crème brûlée unauffällig nachhaken. Wenn er Glück hatte, war Joelle so betrunken, wenn sie aufbrachen, dass sie einnicken würde, ohne ihn mit Fragen über den geplanten Restaurantkauf zu löchern. Denn natürlich gab es keine derartigen Pläne.

Energisch schlug er die Speisekarte auf. »Ich weiß ja nicht, wie es Ihnen geht, aber ich habe Bärenhunger. Seit dem Mittagessen mit dem Bürgermeister habe ich nichts mehr gegessen. Also, was sieht denn besonders lecker aus?«

Er hatte kaum die Spezialangebote des Abends studiert, als eine Nachricht auf seinem Handy einging. Bestimmt von Jackass. Äußerlich um eine neutrale Miene bemüht, obwohl er innerlich kochte, zog er es heraus. Der Mann musste endlich aufhören, ihn ständig zu behelligen.

Sie wussten beide, dass ein zu häufiger Kontakt Verdacht erregen könnte.

Ich werde ihn töten, das schwöre ich bei Gott.

Ohne auf Joelles finsteres Gesicht zu achten, las er die Nachricht.

Wieso bist du da? Mein Maulwurf sieht dich. Hast du den Verstand verloren?!?

Scheiße!

Lamont sah sich um und fragte sich, wer Jackass' Spion sein mochte. *Später,* tippte er im Schutz der überhängenden Tischdecke.

Er würde Jackass später anständig die Meinung geigen, wobei schon jetzt fest stand, dass seine Worte das einzig nachweisbare Anzeichen eines Gehirns im Schädel dieses Schwachkopfs wären. »Es tut mir schrecklich leid«, sagte er mit einem versöhnlichen Lächeln zu den dreien am Tisch, die ihre Unterhaltung unterbrochen hatten. »Ich will nicht unhöflich sein, aber mein Telefondienst hatte eine Nachricht für mich, allerdings handelt es sich nicht um einen Notfall, daher stelle ich mein Handy sofort auf ›nicht stören‹.«

Was er selbstverständlich nicht tun würde, schließlich wartete er auf eine Nachricht von Stockman, die bestätigte, dass Xavier Morrow nicht länger am Leben war.

METAIRIE, LOUISIANA

Montag, 26. Juli, 21.45 Uhr

»Wie geht es dem Hund?«, fragte Burke, als Molly und Gabe vor Rocky Heberts Haus zu ihm traten. Molly hatte am Straßenrand geparkt, weil die Einfahrt nur Platz für ein Fahrzeug bot und dieser bereits durch Rocky Heberts alten Ford belegt war.

Eigentlich hatten sie vorgehabt, erst am nächsten Morgen bei Tageslicht zu Rockys Haus zu fahren, doch angesichts des Vergiftungsversuchs an Shoe hatte Molly keine Zeit verlieren wollen. Burke diente als Verstärkung, für den Fall, dass erneut jemand versuchen sollte, an Gabe heranzukommen, während sie das Haus durchsuchte.

»Es geht ihm gut«, antwortete Molly, da Gabe mit angstvoller Miene das Haus anstarrte. »Der Tierarzt geht nicht davon aus, dass Shoe etwas von dem Gift auf dem Fleisch gefressen hat, will ihn aber zur Sicherheit über Nacht dabehalten.« Sanft berührte Molly Gabes Arm. »Alles in Ordnung?«, fragte sie leise.

Er nickte ruckartig. »Ja. Es ist nur … Ich war eine ganze Weile nicht mehr hier.«

»Verstehe.« Das tat sie tatsächlich. Sie zögerte, dann drückte sie seine Hand. »Sie müssen nicht reingehen. Hinter Ihnen liegt ein heftiger Tag. Niemand denkt schlecht über Sie, wenn Sie lieber draußen bei Burke bleiben und warten.«

Gabe erwiderte den Druck so fest, dass sie beinahe zusammenzuckte. »Nein, ich muss das tun.«

Dasselbe hatte er auch im Wartezimmer der Tierarztpraxis gesagt. Und auch das hatte Molly eingeleuchtet. Nach dem Tod ihres Vaters hatte sie sich genauso verhalten; sie hatte Antworten gebraucht, einen Beweis, dass sie stark genug war, sich den

Tatsachen zu stellen. Und sie war belohnt worden, indem sie die Kamera gefunden hatte, die ihr Vater in Harpers Zimmer versteckt hatte – und mit ihr die Bestätigung dessen, was sie im Inneren ohnehin gewusst hatte: dass ihr Vater Harper niemals angerührt hatte, sondern ihr Schwager der Täter gewesen war. Der Mann, der sein eigenes Kind vergewaltigt hatte, um dann zu versuchen, es Mollys Vater in die Schuhe zu schieben, und ihn zu töten.

»Dann lassen Sie uns reingehen.« Ohne seine Hand loszulassen, ging sie mit ihm zur Haustür, dicht gefolgt von Burke.

Ziel desjenigen, der das Steak über den Zaun geworfen hatte, war gewesen, den Hund lahmzulegen. Was die Frage aufbrachte, wie die Täter die Alarmanlage hatten ausschalten wollen, wenn sie zurückkämen, um dasselbe auch mit Gabe zu tun. Darüber hatte Molly nachgegrübelt, während Gabe im Wartezimmer des Tierarztes auf und ab getigert war. Wahrscheinlich war der Plan gewesen, Gabe zu erschießen und so schnell abzuhauen, dass sie beim Eintreffen der Polizei längst über alle Berge wären.

Oder aber die Täter wussten bereits, wie sie die Alarmanlage deaktivieren mussten. Der Code war der Geburtstag von Gabes Mutter. Molly hatte den Drang unterdrücken müssen, die Augen zu verdrehen, als Gabe es ihr gestanden hatte. *Zivilisten.*

Daher schnappte sie nach Luft, als Gabe nun die Alarmanlage im Haus seines Vaters mit derselben Ziffernfolge ausschaltete. »Sie haben beide den Geburtstag Ihrer Mutter als Code?«

Gabe schüttelte den Kopf. »Nicht ganz. Dad hat ihn nur für mich eingerichtet. Ich benutze ihn für alles, damit ich ihn nicht vergesse. Dad hatte den Mastercode. Es ist das Datum ihres Kennenlernens und –«

Er knipste die Deckenbeleuchtung an und schnappte nach Luft. Burke, der hinter ihnen stand, fluchte.

»Scheiße«, entfuhr es Molly leise.

Das Wohnzimmer sah wie ein Schlachtfeld aus – aufgeschlitzte Sofakissen, deren Füllung überall verteilt war. Fotos und Bilder lagen auf dem Boden, in Wänden und Zimmerdecke klafften tiefe Löcher, die Leinwände der Gemälde waren mit dem Messer aufgeschlitzt worden.

»Halt«, befahl Molly und hielt Gabe am Arm fest, als er in den Raum treten wollte.

»Nichts anfassen«, fügte Burke hinzu.

Gabe erstarrte. Ein Muskel in seiner Wange zuckte, seine Kiefer waren fest aufeinandergepresst. »O Gott«, stöhnte er. »Was …« Er wandte sich mit schmerzerfüllter Miene zu Molly um. »Warum?«

Molly litt mit ihm, doch sie musste sich konzentrieren. »Jemand hat etwas gesucht. Ich wette, die sind zurückgekommen, als sie nicht finden konnten, was sie auf dem Handy Ihres Vaters gesucht haben.«

»Garantiert«, bestätigte Burke, trat vor und begann mit gebotener Vorsicht, Raum für Raum abzusuchen, während Molly an Gabes Seite blieb. Wieder griff sie nach seiner Hand, doch diesmal erwiderte er den Druck nicht, sondern starrte nur erschüttert auf das Chaos vor ihnen.

Auch das konnte Molly gut verstehen.

»Dafür sollen sie bezahlen«, flüsterte Gabe.

»Das werden sie.«

Er schluckte hörbar, und seine Stimme klang rau und dünn, als er fortfuhr. »Es hat wohl nicht gereicht, dass sie ihn getötet haben. Nein, sie mussten noch mal zurückkommen und … das hier anrichten.«

»Ich weiß. Es tut mir so leid, Gabe.«

Er nickte knapp. »Werden Sie sie finden?«

»Ich werde alles in meiner Macht Stehende tun.«

»Danke.« Er wandte den Kopf ab, trotzdem sah sie die Träne, die ihm über die Wange lief. »Meine Mutter hat die gemalt.« Er lachte, doch es klang mehr wie ein Schluchzen. »Sie war eine grauenvolle Künstlerin, aber mein Dad hat die Bilder so geliebt. Ich hätte sie mit zu mir nehmen sollen.«

Die brutale Zerstörung der Leinwände war ein klares Rachesignal. Das hätten sie nicht tun müssen, es war ein reiner Akt der Grausamkeit. Etwas Persönliches.

Wer auch immer das getan hatte, war wütend, frustriert und voller Hass gewesen. Was sich hoffentlich als nützlich erweisen würde, um ihnen auf die Spur zu kommen.

Möglicherweise hatten der oder die Täter etwas mit der Polizei zu tun, daher war es sinnlos, den Notruf zu wählen, genauso sinnlos wie bei dem Giftanschlag auf Shoe.

Immerhin hatte sie die Antwort auf ihre Frage, wie die Eindringlinge mit der Alarmanlage verfahren würden: Sie waren in Rockys Haus eingedrungen, ohne dass sie angesprungen war, sprich, aller Wahrscheinlichkeit nach kannten sie den Code.

Sie wussten also zumindest genug über die Familie, um darauf zu kommen, dass es sich um den Geburtstag der verstorbenen Mrs Hebert handelte. Auch das deutete auf etwas Persönliches hin.

Burke erschien mit grimmiger Miene. »Die haben sein Arbeitszimmer, das Schlafzimmer und die Küche völlig auf den Kopf gestellt. Im Arbeitszimmer liegen überall Papiere herum, und in der Küche herrscht ein riesiges Chaos. Mehl, Zucker und Gewürze sind auf dem ganzen Boden verstreut.« Seine Schultern sackten herab. »Und Erde. Sie haben die Kräuter aus den Töpfen auf dem Fensterbrett gerissen. Ich hatte sie einmal pro Woche gegossen, bis Gabe sich überlegt hätte, was er damit anfangen wollte. Ich dachte, du könntest sie vielleicht in der Küche brauchen. Letzte Woche waren sie noch alle intakt, deshalb muss der Einbruch erst kürzlich erfolgt sein.«

Gabe schloss die Augen und holte mehrmals tief Luft. Seine Lippen waren fest aufeinandergepresst, und die Tränen liefen ihm ungehindert übers Gesicht. Er unternahm keinerlei Versuch, sie abzuwischen. Molly stand reglos neben ihm.

Gabe Hebert hatte seine Tränen verdient.

Auch das verstand sie nur zu gut.

»Das waren die Kräuter meiner Mutter. Sie hat sie mit eigenen Händen eingepflanzt. Dad …« Gabe schluchzte erstickt. »Dad hat sie wie Goldschätze behandelt.«

»Das waren sie auch«, sagte Molly leise und straffte die Schultern. »Ich rufe Antoine an. Er ist nicht nur unser IT-Experte, sondern auch Kriminaltechniker«, erklärte sie, als Gabe sie verständnislos ansah. »Wir können zuerst selbst Beweise sichern und dann die Polizei informieren. Glaubst du, André hilft uns?«, fragte sie Burke.

André Holmes war Antoines älterer Bruder und Detective beim NOPD. Ein guter Mann.

Burke schüttelte den Kopf. »Das ist nicht sein Zuständigkeitsbereich, aber vielleicht kennt er ja jemanden, dem wir vertrauen können. Du rufst Antoine an, während ich schon mal mit den Fotos anfange, danach versuche ich es bei André.« Burke ließ den Blick über die Verwüstung schweifen, ehe er einen unversehrten Stuhl aus einer Raumecke heranzog. »Setz dich und lass uns machen.«

Gabe starrte auf den Stuhl. »Das geht nicht. Der gehörte meiner Mutter«, sagte er wie benommen.

»Sie würde wollen, dass es Ihnen gut geht.« In einer, wie sie hoffte, tröstlichen Geste strich Molly Gabe über den Arm, doch hatte sie nicht das Gefühl, als gelinge ihr auch nur ansatzweise, ihn zu beruhigen. Andererseits: Wie sollte man jemandem in so einer Situation auch Trost spenden? Also rief sie sich die Worte ihres Vaters nach dem Tod ihrer Mutter ins Gedächtnis: »Setzen Sie sich auf ihren Stuhl, Gabe, und lassen sich von der Erinnerung an sie umarmen.«

In Gabes Blick lag so große Dankbarkeit, dass sie kaum ihre eigenen Tränen zurückhalten konnte.

Okay, auch das gelang ihr nicht. Eilig wischte sie sie ab und zog ihr Handy heraus. Es gab viel zu tun. »Antoine? Entschuldige, dass ich so spät noch anrufe, aber wir brauchen dich in Rocky Heberts Haus.«

6. Kapitel

MONT BELVIEU, TEXAS

Montag, 26. Juli, 23.20 Uhr

»Was ist bloß aus uns geworden?«, witzelte Carlos und schlüpfte aus seinen Schuhen. »Früher waren wir die ganze Nacht auf, aber jetzt ist es noch nicht mal Mitternacht, und ich bin total platt.«

Xavier nahm Carlos' Worte kaum wahr. Mit hämmerndem Herzen stand er am Fenster und sah hinaus. Der blaue Wagen stand immer noch da, direkt unter der Straßenlampe. Und jemand saß darin.

»X?«

Xavier fuhr zusammen, als Carlos ihn anstieß. »Du machst mir echt Angst, Mann.« Carlos hatte die Stimme zu einem Flüstern gesenkt. »Wieso starrst du aus dem Fenster?«

Xavier trat einen Schritt nach hinten und lehnte sich gegen die Wand. »Da draußen steht ein Auto. Am Straßenrand. Ich habe den Fahrer beobachtet. Mal war er da, dann wieder nicht. Schon seit wir hergekommen sind, und da war es noch nicht mal Mittag.«

Carlos runzelte die Stirn. »Und? Was soll ich deiner Meinung nach machen? Dein Wagen steht doch schon seit der Mittagszeit am Straßenrand. Weil du ihn dort geparkt hast.« Er atmete scharf ein. »Deshalb bist du den ganzen Tag schon so hibbelig.«

Xavier nickte. »Hinter dem Steuer sitzt ein Typ. Er ist groß. Und er beobachtet uns. Ich habe keine Ahnung, wieso.«

Carlos drückte die Lamellen der Jalousie auseinander. »Jetzt ist aber niemand mehr da.«

Xavier war, als hätte ihm jemand einen Schlag in die Magengrube verpasst. »Aber gerade eben war er es noch. Vor einer Minute.« Mit zusammengekniffenen Augen spähte er ins Dunkel.

Der Wagen war leer.

»O nein! Scheiße, scheiße, scheiße.«

Carlos packte Xavier am Arm. »Los, rufen wir die Polizei.«

Aber Xavier wusste, dass das keine gute Idee war. »Nein, das macht es bloß noch schlimmer, selbst wenn sie rechtzeitig käme. Meine Mutter ist nicht da. Ich bin schwarz, du bist Latino, und wir sind ganz allein hier im Haus. Die Cops schießen doch garantiert und stellen dann erst Fragen.«

Carlos verzog das Gesicht, denn er wusste sehr wohl, dass sein Freund recht hatte. »Was sollen wir dann –«

Ein dumpfes Poltern ließ sie beide zusammenzucken.

Carlos schluckte. »Das kam von unten«, flüsterte er.

Xavier musste sich zum Weiteratmen zwingen. Dieses Szenario hatte er bereits vor Jahren geprobt. Als Rocky ihn ausfindig gemacht und ihm erklärt hatte, wie er sich verhalten sollte.

Raus aus dem Haus. Lauf. Und ruf mich an.

Letzteres war allerdings nicht länger möglich. Weil Rocky nämlich tot war.

Mit zitternden Händen zog Xavier die oberste Nachttischschublade auf, nahm die Waffe heraus, die er vor Jahren hinter seinem Krimskrams versteckt hatte, vergewisserte sich, dass sie geladen war, und entsicherte sie.

Carlos riss die Augen auf. »Scheiße, was ist das denn, Mann?«, zischte er. »Woher hast du die?«

»Sie hat meinem Dad gehört«, antwortete Xavier so leise, dass Carlos sich vorbeugen musste, um ihn zu verstehen. »Ich weiß, wie man damit umgeht. Zumindest einigermaßen.«

Carlos wurde blass. »Einigermaßen? Deinetwegen könnten wir umkommen.«

Das könnte sich bewahrheiten. Einen Moment lang bereute Xavier bitter, dass er Carlos in diesen Schlamassel hineingezogen hatte. Er hatte gespürt, dass etwas nicht stimmte, hatte es die ganze Zeit gewusst, aber nicht überspannt wirken wollen.

»Wir müssen hier raus. Das Geräusch kam von der Garagentür. Die Haustür können wir also nicht nehmen.«

Carlos schloss die Augen. Xavier sah ihm an, wie er gegen seine Panik ankämpfte. »Das Fenster im Gästezimmer?«, fragte er, denn auf diese Weise war Xavier auf der Highschool immer mal wieder ausgebüxt, um sich mit seinen Kumpels zu treffen.

Direkt vor dem Fenster stand eine gewaltige Eiche mit einem dicken Ast, an dem sie hinunterklettern konnten. Das hatten sie schon viele Male getan.

»Ja.« Xavier deutete auf Carlos' Füße. »Zieh deine Schuhe an und hol deine Brieftasche und dein Handy. Aber sei leise!«

Carlos schlüpfte in seine Schuhe und drückte die Schultern durch, dann nickte er und hob den Zeigefinger, ehe er sich umwandte und eilig Xaviers Kleiderschrank durchsuchte. Als er wieder auftauchte, hatte er einen Baseballschläger in der einen und einen Golfschläger in der anderen Hand.

So leise wie möglich pirschten sie ins Gästezimmer, doch das Fenster knarrte beim Aufschieben. Sie erstarrten, warteten … Xavier war nicht sicher, worauf.

Bis er es hörte.

Schritte auf der Treppe. *Verdammt, verdammt, verdammt.*

Das Adrenalin schoss ihm durch die Adern, als er mit aller

Kraft gegen das Fliegengitter drückte, sodass es aus dem Fensterrahmen sprang. »Los«, formte er lautlos mit den Lippen.

Ohne zu zögern, warf Carlos die beiden Schläger aus dem Fenster, packte den Ast und schwang sich hinaus.

Während er am Stamm hinunterkletterte, legte Xavier sein Bein über das Fensterbrett.

»Oh, nein«, grollte eine tiefe Stimme. »Du gehst nirgendwohin.«

Mit einer Hand packte Xavier den Ast, in der anderen hielt er immer noch die Waffe. Er war bereits halb aus dem Fenster gestiegen, als eine Pranke ihn am Hemd zu fassen bekam und zurückzerrte.

Xavier gestattete sich keine Sekunde des Nachdenkens, sondern richtete die Waffe auf den Mann, wobei er sah, dass auch dieser bewaffnet war, und drückte ab.

Dann sprang er auf den Ast und rutschte ein Stück am Baumstamm hinunter, ehe er vollends auf den Boden sprang, wo Carlos ihn mit den Schlägern in den Händen erwartete.

»Bist du …«

»Mir geht's gut«, stieß Xavier hervor, obwohl es nicht so war. »Lauf.«

Sie rannten durch den Garten zum rückwärtigen Zaun – zum Glück war es ein gewöhnlicher Maschendrahtzaun von nicht einmal anderthalb Metern Höhe. Xavier kletterte darüber und streckte die Hand nach den Schlägern aus.

Carlos war nicht ganz so flink wie sein Freund, trotzdem dauerte es nur wenige Sekunden, bis sie weiterlaufen konnten. Xavier hörte seinen Puls in den Ohren rauschen, und seine Lunge brannte.

Er war kein geübter Läufer. Er war überhaupt nicht sportlich. Aber er wollte schließlich an die Uni, um Arzt zu werden und nicht Spitzensportler, verdammt noch mal.

Nicht nachdenken. Laufen!

»Wohin laufen wir überhaupt?« Carlos schien das Atmen sehr viel leichter zu fallen, weil er regelmäßig joggen ging. Jeden Tag, Herrgott noch mal! Xavier hätte sich ohrfeigen können, weil er nie Lust gehabt hatte, ihn zu begleiten.

»Keine Ahnung. O Gott, was, wenn ich ihn getötet habe?«

Sie hatten das zwei Hektar große Grundstück der Morrows überquert und standen nun im Garten des direkten Nachbarn, hinter dessen Schuppen sie kurz stehen blieben. Xavier schnappte nach Luft.

»Falls ja, hat er es nicht besser verdient.« Auch jetzt war Carlos' Atem kaum schwerer als sonst. »Der Typ ist in euer Haus eingebrochen und hatte eine Waffe, verdammt noch mal. Der hätte dir doch garantiert etwas angetan. Ist er uns gefolgt?«

Trotz seiner Angst spähte Xavier um den Schuppen herum, konnte jedoch niemanden entdecken. »Vielleicht habe ich ihn ja getötet.«

»Dann hat er es verdient, wie gesagt«, erwiderte Carlos ungerührt. »Also, wohin jetzt?«

»Ich weiß es doch auch nicht.« Xavier spürte ein Schluchzen in seiner Kehle aufsteigen und kämpfte dagegen an. »Meine Mom kann ich nicht anrufen. Sie würde bloß die Polizei rufen und …« Er versuchte, seine Atmung unter Kontrolle zu bekommen. »Das geht nicht.«

Carlos kniff die Augen zusammen. »Wieso nicht, X? Wieso war der Kerl hinter dir her? Steckst du in Schwierigkeiten? Los, sag es mir. Ich helfe dir, versprochen.«

Dass sein bester Freund ihm ohne Zögern seine Hilfe anbot, trieb Xavier die Tränen in die Augen. Er war ihm die Wahrheit schuldig. Sosehr ihm auch davor graute, sie preiszugeben.

»Ich habe etwas beobachtet. Vor vielen Jahren. Ich hätte

nicht gedacht, dass sie mich finden würden.« Aber Rocky hatte ihn gefunden, deshalb war es nur logisch, dass es den Männern, vor denen Rocky solche Angst gehabt hatte, ebenfalls gelungen war. »Vielleicht war es eine reine Zeitfrage.«

Mit vor Wut blitzenden Augen presste Carlos die Lippen zusammen. »Es geht um diesen Typen, stimmt's? Diesen Alten, der dich immer besucht hat. Ich wusste ja, dass es mit dem Ärger gibt.«

»Nein, er war in Ordnung. Lass uns erst überlegen, wohin wir gehen. Ich erzähle dir alles, aber … nicht hier. Und nicht jetzt.«

Carlos klemmte sich die beiden Schläger unter den Arm, zog sein Handy aus der Jeanstasche und suchte einen seiner Kontakte. »Manny? Ja, ich bin's. Ich brauche deine Hilfe. Aber du darfst niemandem etwas sagen. Ernsthaft, Bro.«

Xavier ließ den Kopf sinken. Allmählich beruhigte sich sein Herzschlag, während er Carlos' Teil des Gesprächs lauschte. Manny war Carlos' ältester Bruder. Er und Xavier waren nie sonderlich eng miteinander befreundet gewesen, aber er war ein anständiger Kerl … zu anständig, um auch noch in diesen Schlamassel hineingezogen zu werden.

Am liebsten hätte Xavier Carlos zurückgepfiffen, ihm gesagt, dass ihnen schon etwas einfiele, wohin sie gehen könnten, andererseits hatte er keine bessere Idee, deshalb schwieg er.

Carlos beendete das Gespräch. »Manny ist unterwegs. Er wird dich nicht mit Fragen löchern und weder deiner noch unserer Mom etwas sagen.«

»Danke.« Xavier legte den Kopf auf die Schulter seines Freundes. »Eigentlich sollte ich dich da raushalten, aber ich kann gerade vor Angst keinen klaren Gedanken fassen.«

Liebevoll strich Carlos ihm über das Haar. »Das wird schon, X. Wir kriegen das schon irgendwie hin.«

»Nein, *ich* kriege das schon irgendwie wieder hin, und dann lasse ich dich in Ruhe. Ich will dich nicht da hineinziehen.«

Carlos' entschlossene Miene verriet, dass in dieser Angelegenheit noch nicht das letzte Wort gesprochen war. »Manny holt uns am Highway ab.«

Xavier starrte seinen Freund fassungslos an. »Aber der ist eine Meile weit weg.«

»Weiß ich, aber falls der Typ nicht tot ist, darf er nicht sehen, dass wir mit Manny wegfahren. Wir gehen weiter, halten uns im Dunkeln und hoffen, dass wir nicht auf eine Schlange treten.«

Xavier erschauderte. »Scheiße, Carlos.«

Zu seiner Verblüffung lachte Carlos. »Und jetzt hast du plötzlich keine Angst mehr vor dem großen Unbekannten im Haus, der dir ans Leder will, ja? Los, ein bisschen Muckis hast du noch in den Beinen, das weiß ich.«

Er verfiel in einen lockeren Trab, und Xavier blieb nichts anderes übrig, als die Waffe zu sichern, in seinen Hosenbund zu schieben und seinem Freund zu folgen. Mit einer Pistole in der Hand wollte er keinesfalls gesehen werden. Die Cops würden auf ihn schießen, ohne mit der Wimper zu zucken.

Ich will nicht sterben.

Zwölf qualvolle Minuten später sahen sie den Highway vor sich, und kurz darauf fuhr ein klappriger Dodge Charger an den Straßenrand. Xavier atmete auf. Das war Mannys Rostlaube. Carlos sah nach links und rechts, ehe er sich aus den Schatten löste, losrannte und auf den Rücksitz des Wagens sprang.

Dankbar folgte Xavier seinem Freund ein weiteres Mal. Sobald die Tür hinter ihm zufiel, gab Manny Gas und fuhr los.

»Fragen stellen soll ich ja nicht.« Manny hatte eine Stimme, als rauche er drei Schachteln Zigaretten am Tag, allerdings glaubte Xavier nicht, dass er es tatsächlich tat. Falls ja, müsste er schon starker Raucher sein, seit Carlos und Xavier noch Kinder gewesen waren, weil er schon immer so geklungen hatte. »Aber worauf muss ich achten? Für den Fall, dass uns jemand folgt, meine ich.«

»Ich weiß es nicht«, antwortete Xavier. Es könnten die Cops sein, falls Rocky mit seinem Verdacht richtiggelegen hatte. »Vor dem Haus stand ein blauer Camry, und ein Typ hat uns erst beobachtet, ist dann ins Haus eingebrochen und hat versucht, mich zu packen, als ich aus dem Fenster klettern wollte.«

Manny sah ihn im Rückspiegel an. »Und du weißt nicht, wieso?«

»Ich …« Xavier schluckte. »Nicht genau. Ich muss mal telefonieren. Du brauchst dich nicht in Gefahr zu begeben, Manny. Wenn du mich einfach irgendwo aussteigen lässt, ist das okay.«

Manny stieß ein abfälliges Schnauben aus. »Red keinen Blödsinn, X. Du bist Carlos' bester Kumpel. Natürlich helfe ich dir, ist doch logo.«

»Danke. Mein Gott, ich danke dir so sehr.«

»Los, mach schon«, sagte Manny freundlich.

Xavier zog sein Handy heraus, atmete durch und hielt inne. »Ich sollte vielleicht lieber nicht mein Handy benutzen. Es könnte sogar schlauer sein, es gar nicht bei mir zu haben.«

Wieder sah Manny ihn im Rückspiegel an. »Na gut. Hier.« Er warf ihm ein Klapphandy zu. »Das ist ein Wegwerfhandy.«

Carlos runzelte die Stirn. »Wieso hast du so was?«

»Weil die meine Arbeitszeit im Laden gekürzt haben und ich mir keinen festen Vertrag leisten kann«, antwortete Manny barsch, als sei ihm das Eingeständnis unangenehm. Wie Dutzende seiner Kollegen war auch er arbeitslos geworden, als die Fabrik – sein einstiger Arbeitgeber – einen wichtigen Vertragskunden verloren hatte. Inzwischen arbeitete er an einer

Tankstelle, wo es allem Anschein nach auch nicht viel besser für ihn lief. Xavier hatte nicht gewusst, dass Manny so wenig Geld hatte. »Ich habe mir das Handy bei Walmart geholt und zahle eben nur, wenn ich es auch benutze. Also, mach deinen Anruf, Xavier, dann nimmst du die SIM-Karte aus deinem Handy und schaltest es aus.«

Einen Moment lang starrte Xavier Mannys Handy an. Seine Gedanken überschlugen sich, und das Adrenalin rauschte durch seinen Körper. Er hatte auf einen Mann geschossen. Auf einen Mann! *Mit einer Waffe!*

O Gott. Was, wenn ich ihn getötet habe? Oder wenn er in dieser Sekunde im Gästezimmer liegt und verblutet. Was, wenn er ein Cop war? Was, wenn ich einen verdammten Cop erschossen habe?

Verdammte Scheiße noch mal! Seine Hände zitterten so heftig, dass er kaum sein Handy halten konnte.

Carlos nahm es ihm ab. »Name?«

Xavier räusperte sich, trotzdem wollte ihm seine Stimme nicht gehorchen. »Lott. Paul Lott«, krächzte er.

»Hier gibt es einen ›PL‹, ohne Namen.«

»Das ist er.« Xavier blickte auf das Display, gab die Nummer in Mannys Wegwerfhandy ein und stellte auf Lautsprecher.

»Hallo?«, meldete sich eine Männerstimme.

Vor Schreck, dass der Anwalt um diese Zeit noch ans Telefon ging, stammelte Xavier: »Mr Lott? Hier spricht Xavier Morrow. Ich bin … ich meine … ich war mit Rocky Hebert befreundet.«

Stille. Dann ein Seufzer. »Was ist passiert?«, fragte der Mann, keineswegs unfreundlich.

»Äh, ich muss Gabe Hebert erreichen.« Wieder herrschte Stille am anderen Ende der Leitung. »Sie wissen schon«, fuhr Xavier fort. »Rockys Sohn?«

»Was ist passiert, Xavier?«, fragte der Mann erneut.

Xavier runzelte die Stirn. Er ging gar nicht auf seine Frage nach Rockys Sohn ein. Aber der Mann war Rockys Anwalt, und Rocky hatte ihm vertraut. Also beschloss Xavier, die Wahrheit zu sagen. »Ein Mann ist heute Abend bei uns zu Hause eingebrochen und hat versucht … ich weiß nicht, was er wollte, aber er hat mich schon den ganzen Tag beobachtet.«

Wieder seufzte Lott. »Wo sind Sie gerade?«

»Immer noch in Houston. Ein Freund ist bei mir. Wir sind abgehauen, und jemand hat uns mitgenommen.«

»Jemand, dem Sie vertrauen?«

Carlos starrte ihn mit weit aufgerissenen Augen an, in denen seit über einer Stunde derselbe Ausdruck stand.

»Ja«, antwortete Xavier.

»Bleiben Sie, wo Sie sind. Ich komme Sie holen.«

Xavier blieb der Mund offen stehen. Damit hatte er nicht gerechnet. »D-das … das müssen Sie nicht tun.«

»Oh, ich denke schon. Schicken Sie mir die Adresse, aber nicht auf diese Telefonnummer. Ich habe ein zweites Telefon, das ich nur privat benutze. Können Sie sich die Nummer merken?«

»Ja.« Xavier machte regelmäßig Gedächtnistraining, vor allem, weil er für die Anatomiekurse schon bald sämtliche Knochen des menschlichen Körpers würde auswendig lernen müssen.

Sofern er überhaupt noch eine Zukunft hatte.

O Gott, bitte mach, dass der Mann kein Cop war. Bitte.

Ein normaler Mann … wer auch immer dieser Typ gewesen sein mochte, wäre schon schlimm genug, aber einen Cop getötet zu haben? Das würde sein ganzes Leben zerstören. Und Carlos' gleich mit dazu.

Das werde ich nicht zulassen.

»Ich bin bereit.« Er speicherte die Nummer, die Lott ihm nannte, in seinem Gedächtnis ab. »Danke.«

»Gern. Ich habe beide Telefone bei mir, für den Fall, dass Sie noch einmal flüchten müssen. Rufen Sie mich an, egal, um welche Uhrzeit. Verstanden?«

»Ja, Sir. Okay. Danke.« Er beendete das Gespräch und gab Lotts Privatnummer in Mannys Handy ein. »Kannst du mir deine Adresse geben, Manny?«

Manny runzelte die Stirn. »Wer war der Kerl?«

Carlos fluchte leise. »Keine Fragen, schon vergessen, *mano?*«

»Ihr beide seid gerade um euer Leben gelaufen. Dann ruft Xavier einen geheimnisvollen Typen an und verlangt, dass ich ihm meine Adresse gebe? Also ehrlich, Carlos.«

»Ich verstehe ihn«, murmelte Xavier und räusperte sich ein weiteres Mal. »Er ist Anwalt und aus New Orleans.«

Carlos starrte ihn an. »Der Anwalt dieses Alten?«

Xavier nickte. »Ich habe nur einmal mit ihm gesprochen. Als er mir Rockys Testament vorgelesen hat.«

»Am Telefon?«, fragte Carlos.

»Ja. Persönlich habe ich ihn nie getroffen. Er hat den Scheck und die Unterlagen an ein UPS-Postfach geschickt, das Rocky in Baton Rouge für mich eingerichtet hatte.«

Carlos runzelte die Stirn.

»Und wer ist Rocky?«, fragte Manny scharf, noch bevor Carlos die nächste Frage stellen konnte.

Xavier schloss die Augen. »Er war ein guter Mensch, der mir während Katrina das Leben gerettet hat. Mehr werde ich dazu nicht sagen, denn dadurch würde ich euch genauso in Gefahr bringen, also fragt gar nicht erst.«

Carlos legte die Finger um Xaviers Oberarm. »Was ist passiert, X?«

Xavier schüttelte den Kopf. »Ich habe euch schon genug in Gefahr gebracht, und wenn ich euch alles erzähle, werdet auch ihr zur Zielscheibe.«

»Das bin ich doch ohnehin schon«, zischte Carlos. »Mein Rucksack mit all meinen Büchern liegt bei dir zu Hause. In den Büchern steht überall mein Name. Der Typ wird bald hinter mir her sein. Und hinter meiner Mama.«

»Und deinem Bruder«, warf Manny ein, dessen Stimme trotz seines trockenen Tonfalls zitterte, was Xavier verriet, dass auch er erschüttert war. Logischerweise. Schließlich waren sie alle nicht dumm.

»Ich habe einen Mord beobachtet«, sagte Xavier. »Mehr weiß ich nicht.«

»Heiliges Kanonenrohr«, stieß Carlos hervor. »Echt jetzt?«

»Ja«, erwiderte Xavier barsch. »So was erfindet man doch nicht.«

»Oooookay«, schaltete sich Manny ein. »Das ändert natürlich alles.«

Xavier nickte kläglich. »Du kannst mich jederzeit irgendwo aussteigen lassen.«

Manny schüttelte den Kopf. »Ich schmeiße dich doch nicht raus, Herrgott noch mal, aber dieser Anwalt muss Carlos und mir sagen, wie wir uns schützen sollen. Macht er das?«

»Ich denke schon.« Beschwören konnte Xavier es nicht.

»Ich gehe mit dir«, erklärte Carlos. »Auf keinen Fall lasse ich dich zu einem Wildfremden aus New Orleans ins Auto steigen. Sonst sehe ich dich vielleicht nie wieder.«

Manny bog um eine Ecke. »Das ist aber nicht der Weg zu deiner Wohnung«, sagte Xavier und versteifte sich.

Manny zuckte die Achseln. »Ich mache einen kleinen Umweg, um sicherzugehen, dass uns niemand folgt.«

»Große Klasse, Mann!« Carlos schien beeindruckt zu sein.

»Du bist nicht der Einzige, der sich Polizei-Dokusoaps ansieht«, erwiderte sein Bruder belustigt.

»Das ist kein Spiel«, platzte Xavier aufgebracht heraus. »Ihr könntet wegen mir getötet werden.«

»Wir wissen selbst, dass das kein Spiel ist.« Carlos tätschelte ihm beschwichtigend den Arm. »Das ist bloß unsere Art, mit Druck umzugehen. Wir reißen Witze. Das weißt du doch.«

Das tat Xavier tatsächlich, doch gerade war ihm ganz und gar nicht nach Späßen zumute. »Ich will nicht, dass euch etwas zustößt. Keinem von euch. Nicht meinetwegen.«

»Dann sehen wir zu, dass die uns nicht erwischen«, entgegnete Manny mit einem erneuten Achselzucken. Xavier barg das Gesicht in den Händen. Und brach in Gelächter aus.

Und dann in Tränen.

Carlos streichelte ihm den Rücken, die gesamte Strecke bis zu Mannys Apartment inklusive aller Umwege.

METAIRIE, LOUISIANA

Montag, 26. Juli, 23.30 Uhr

»Ich glaube, das war's«, sagte Gabe leise und raffte die letzten Unterlagen seines Vaters zu einem Stapel auf dem Boden zusammen. Es war ihm gelungen, aus dem Schaukelstuhl seiner Mutter aufzustehen, als eine so heftige Woge der Wut in ihm aufgestiegen war, dass es ihn seine gesamte Beherrschung gekostet hatte, zu den Löchern in der Wohnzimmerwand kein weiteres hinzuzufügen.

Aber natürlich würde er das Andenken seiner Eltern nicht mit einem solchen Akt entehren.

Molly hatte sich vor ihn gekniet und ihm Schutzhüllen über die Schuhe gestreift, dann hatte sie ihn bei der Hand genommen und ihn in das Arbeitszimmer seines Vaters geführt, weit weg von der Küche, wo Rockys Blut noch auf dem Fußboden klebte, wobei sie sich so hingedreht hatte, dass er nicht einmal die Gelegenheit gehabt hatte, einen Blick in den Raum zu werfen.

»Die Papiere nehmen wir allesamt mit«, hatte sie gesagt und ihm ein Paar Einweghandschuhe gegeben. »Helfen Sie mir bitte, sie einzusammeln.«

Also hatte er seine Wut darauf konzentriert, sämtliche Seiten aufzuheben, selbst die zerrissenen, und zu stapeln. Sein Vater war ein sehr ordentlicher Mensch gewesen. Auf dem Fußboden lagen mehrere leere Aktenordner, die Gabe ebenfalls zusammensuchte.

Dass er Handschuhe trug, war wichtig, da Antoine am nächsten Tag alle Seiten mit Fingerabdruckpulver einstäuben würde. Zwar erwartete niemand, dass sie etwas finden würden, trotzdem wollte Gabe sich die Hoffnung nicht nehmen lassen.

Diese elenden Schweine hatten Shoe vergiftetes Fleisch hingeworfen, während er und Molly sich im Haus aufgehalten hatten – so schlau konnten sie also nicht sein.

Hoffte er zumindest. Er klammerte sich an den Gedanken, denn wenn er richtiglag, würden sie über kurz oder lang Mist bauen und Molly und Burke Gelegenheit geben, sie zu schnappen.

Eine unangenehme Frage störte den mühsam erlangten Frieden seiner Gedanken. »Wieso haben sie die Unterlagen eigentlich nicht mitgenommen?«

Molly blickte von ihrem Stapel auf. »Gute Frage. Ich nehme an, sie haben entweder gefunden, wonach sie suchten, oder sie haben das Haus verwüstet, weil sie einfach Arschlöcher sind. Oder sie wollten Sie glauben machen, das Ganze sei ein reiner Akt des Vandalismus.« Sie zuckte die Achseln. »Vielleicht haben sie auch nach etwas ganz Bestimmtem gesucht, es aber nicht gefunden. Könnte sein, dass wir es auch nicht finden, trotzdem werden wir jede einzelne dieser Seiten ganz genau unter die Lupe nehmen.«

Er glaubte ihr aufs Wort. Das musste er auch. Molly war sein rettender Anker, der ihm half, nicht den Verstand zu verlieren, und er klammerte sich mit aller Kraft daran. »Wie sieht der nächste Schritt aus?«

»Wir fahren zum Anwalt Ihres Vaters. Kennen Sie ihn?«

Gabe sah sie an. »Natürlich. Er hat in der Woche nach Dads Tod das Testament verlesen. Paul Lott. Er und Dad waren seit Jahren befreundet.«

»Sie vertrauen ihm also?«

»Ja.« Gabe zögerte. »Zumindest so sehr, wie ich anderen Menschen gerade vertraue.«

»Verstehe. Wir fangen bei ihm an, dann statten wir der Person einen Besuch ab, die Ihrem Vater wegen eines seiner alten Fälle gedroht hat.«

»Nur einer? Ich dachte, es gäbe drei Fälle.«

»Gab es auch, aber ich habe einen meiner Kollegen gebeten, für mich weiterzurecherchieren, während wir beim Tierarzt waren. Ich hätte es ja selbst übernommen, wollte aber bei der Sache sein, falls derjenige, der Shoe vergiften wollte, uns gefolgt wäre.«

Schließlich war Molly nicht nur seine Ermittlerin, sondern auch seine Leibwächterin. Vermutlich sollte er ihr anbieten, selbst zu entscheiden, welche Funktion sie bevorzugte, aber jetzt war nicht der richtige Zeitpunkt dafür. Er brauchte sie in beiden. »Deshalb haben Sie Burke angerufen, damit wir uns hier treffen? Damit er auf mich aufpasst, während Sie das Haus durchsuchen?«

»Genau. Jedenfalls kommen zwei der drei Betreffenden als

Stalker nicht mehr infrage. Die eine Person ist tot, die andere sitzt ein. Die dritte lebt in Shreveport. Offenbar hat sie ein neues Leben angefangen. Sie ist clean geworden und leistet viel gemeinnützige Arbeit. Wir werden sehen.«

»Danke. Sie wollen Dads Anwalt nach diesem Treuhandvermögen fragen, das Patty erwähnt hat?«

»Genau«, sagte sie erneut und klopfte auf den Unterlagenstapel. »Einige hiervon sind Kontoauszüge. Sollte der Anwalt uns nichts zu dem Treuhandvermögen sagen wollen, finden wir vielleicht darin etwas.«

»Also gut.« Die Unterlagen unter den Arm geklemmt, erhob sich Gabe. »Wohin damit?«

»Ich bringe die Sachen raus zu meinem Wagen, dann komme ich zurück und hole Sie. Antoine ist fast fertig mit der Tatortsicherung, und wir wollen nicht hier sein, wenn Burke Captain Holmes' Kontaktmann im Büro des Sheriffs von Jefferson anruft.«

Metairie gehörte zum Jefferson Parish, dem Bezirk westlich des Zuständigkeitsbereichs der Polizei von New Orleans. »Wie will Burke denen erklären, weshalb er hier ist?«

»Er wird sagen, Sie seien als Erstes hergekommen, hätten das Chaos gesehen und ihn angerufen. Er hätte Sie daraufhin nach Hause geschickt, weil Sie völlig aufgelöst gewesen seien, vor allem nach dem Giftanschlag auf Ihren Hund.«

»Okay.« Gabe runzelte die Stirn. »Sagen Sie mir noch mal, weshalb wir die Cops rufen?«

Molly lächelte geduldig. »Weil wir einen offiziellen Bericht brauchen, dass jemand das Zuhause Ihres Vaters verwüstet hat. Das erhöht unsere Chancen auf die Wiederaufnahme der Ermittlungen seines Todes, sobald wir unsere Beweise vorlegen.«

Er nickte. Das hatte sie ihm zuvor bereits erklärt, doch

gerade schien sein Verstand die Worte nicht richtig verarbeiten zu können. »Und dann? Fahren wir zurück zu mir nach Hause?«

»Ja. Burke stößt zu uns, sobald die Cops hier fertig sind. Wir werden beide heute bei Ihnen übernachten. Sollten diese Schweine noch einmal auftauchen, werden sie es bereuen.«

»Und ihm kann niemand einen Strick daraus drehen, wenn er uns verteidigt, weil er bereits angegeben hat, dass jemand ins Haus meines Vaters eingebrochen ist und alles durchwühlt hat.« Sprechen konnte er also. Halbwegs.

Sie nickte ermutigend. »Ebenfalls richtig. Da ist noch etwas. Aber Sie müssen das nicht heute entscheiden. Was wollen Sie mit dem Pick-up Ihres Vaters machen?«

Gabe zuckte zusammen. Eigentlich hatte er keine konkreten Pläne gehabt, aber er würde sich wohl oder übel etwas überlegen müssen. »Wahrscheinlich spende ich ihn. Ich kümmere mich morgen darum. Dad und Mom haben ein Heim für Jugendliche in der Nähe unterstützt, die den Wagen bestimmt gut gebrauchen können.«

»Haben Sie etwas dagegen, wenn ich ihn mir heute noch kurz ansehe? Vielleicht liegt ja noch etwas darin, das Sie behalten wollen.«

»Ich helfe Ihnen.«

Sie lächelte freundlich. »Wenn Sie wollen. Burke soll uns Deckung geben.«

»Ich hoffe nur, Dad hat nichts Essbares darin liegen lassen. Die Türen und Fenster waren die ganze Zeit geschlossen.«

Molly zog die Nase kraus. »Das hoffe ich auch nicht, aber ich habe schon Schlimmeres erlebt. Und auch gerochen.«

Das konnte er sich lebhaft vorstellen. »Haben Sie die Leiche Ihres Vaters gesehen?«, platzte er heraus, bevor er merkte, was er da sagte.

Nun war sie diejenige, die zusammenzuckte. »Ja. Er hatte mich gebeten, an diesem Abend zu ihm zu kommen. Es sei wichtig, meinte er. Ich traf kurz vor den Cops ein. Jake, mein Schwager, hatte sie gerufen. Ich stand da, vor der Leiche meines Vaters, während Jake den Polizisten erklärte, er habe meinen Dad in Notwehr erschossen. Mein Dad habe versucht … Harper etwas anzutun und geschossen, als Jake ihn daran hindern wollte. Mein Vater war tot, und Jake erzählte all diese Lügen …« Molly atmete leise aus. »Meinen Dad so vorzufinden, wäre schon schlimm genug gewesen, aber hören zu müssen, wie Jake den Cops diese grauenvolle Lüge auftischt … Natürlich haben wir ihn am Ende überführt. Aber trotzdem. Meinen Vater so zu sehen? Dieses Bild werde ich immer vor Augen haben. Die Erinnerung ist wirklich brutal.«

Gabe nickte, dankbar, dass ihm der Anblick seines toten Vaters in persona erspart geblieben war. »Dads Leiche war längst weggebracht worden, als ich kam. Aber sein ehemaliger Vorgesetzter, dieser Mistkerl von Cresswell, hat mir das Foto gezeigt.«

Ein finsterer Ausdruck trat auf Mollys Züge. »Dieses verdammte Schwein«, fauchte sie.

Gabe zuckte die Achseln. »Er meinte nur, es sei ein Versehen gewesen. Nach dem Motto ›ups, tut mir leid‹.«

Sie kniff die Augen zusammen. »Ich hoffe, er hat etwas damit zu tun. Ich will diesen Dreckskerl eigenhändig kaltmachen.«

Die Vorstellung, dass sie dazu ohne Weiteres fähig wäre, hatte etwas Tröstliches. Er zog einen Schlüsselbund aus der Tasche. »Die gehören zu Dads Pick-up.«

»Dann wollen wir mal sehen, was wir finden.«

Nachdem sie die Unterlagen in einer verschließbaren Box in ihrem Wagen verstaut hatten, durchsuchten sie mit Taschenlampen Rockys Ford, während Burke Wache stand.

Die Ladefläche war blitzsauber – bis auf einen einzelnen Kanister Bleichmittel. Gabe beugte sich über die Ladeklappe. »Das ist aber nicht seine Marke. Er hat immer Clorox benutzt, weil Mom darauf geschworen hat. Das hier ist eine Handelsmarke.«

Burke nahm ihm den Kanister aus der Hand. »Wir kümmern uns darum.«

Eine neuerliche Woge der Angst stieg in Gabe auf. Er wusste sehr wohl, wofür Verbrecher Bleiche benutzten – um Blutspuren zu beseitigen. »Weshalb sollte mein Dad Bleiche im Wagen haben? Er hat eine Waschmaschine und einen Trockner, und in seiner Waschküche steht eine volle Flasche Bleichmittel.«

»Wir werden alles daransetzen, dem auf den Grund zu gehen«, versprach Burke.

Gabe verdrängte seine Angst und öffnete die Fahrertür. »Wir können auch morgen bei Tageslicht noch einmal herkommen«, sagte er und richtete die Taschenlampe auf das Handschuhfach.

Molly, die den Rücksitz überprüft hatte, nahm sich gerade die Mittelkonsole vor. »Sofern die Leute des Sheriffs den Wagen nicht für eine genauere Untersuchung mitnehmen«, sagte sie und verzog das Gesicht, als sie eine Dose Kautabak fand. »Hat Ihr Dad Kautabak benutzt?«

»Ja«, antwortete Gabe resigniert und sah die Zulassungsberichte der letzten zehn Jahre durch. »Meine Mutter konnte das Zeug nicht ausstehen, aber sie hat meinen Dad geliebt und wollte nicht zu sehr an ihm herumnörgeln. Und ich wiederum habe überhaupt nicht genörgelt. Der Kautabak war sein letztes Laster, nachdem er mit dem Trinken aufgehört hatte. Jetzt wünschte ich allerdings, ich hätte ihm deswegen die Hölle heißgemacht. Er hatte Speiseröhrenkrebs.«

Er sah sie überrascht an, als sie aufkeuchte. Sie hatte es doch gewusst, schließlich hatte es im Autopsiebericht gestanden.

Doch sie sah nicht ihn an, sondern unter die Fußmatte, die sie angehoben hatte. »Burke?«

»Was hast du gefunden?«, fragte Burke, der hinter ihr stand und die Umgebung im Blick behielt.

»Einen kleinen Schatz.« Sie richtete sich halb auf, sodass Gabe ihren Fund sehen konnte: Zwischen ihrem Daumen und Zeigefinger klemmte ein winziger, quadratischer Chip.

»Ist das eine SIM-Karte?«, fragte er verblüfft.

»Das gibt's doch nicht«, rief Burke aufgeregt.

»Gibt es doch, Boss«, erwiderte sie mit einem triumphierenden Grinsen und ließ den Chip in eine Tüte fallen, die sie Burke reichte. »Ich nehme an, die geht zu Antoine?«

Burke grinste zurück. »Aber hallo. Ihr beide könnt gehen, ich erledige den Rest hier und rufe dann den Sheriff. Ruft mich an, sobald ihr bei Gabe seid, damit ich sicher sein kann, dass es euch gut geht.«

»Wird gemacht.«

GARDEN DISTRICT, NEW ORLEANS, LOUISIANA

Dienstag, 27. Juli, 00.05 Uhr

Stirnrunzelnd blickte Lamont auf Stockmans Nummer auf dem Display seines Handys. Wurde auch langsam Zeit. Seit er und Joelle vom Abendessen zurückgekehrt waren, saß er in seinem Arbeitszimmer und versuchte, Berichte zu lesen.

Wie erhofft, war Joelle reichlich betrunken gewesen und würde über den Mittag hinaus schlafen und dann mit einem anständigen Kater aufwachen, was bedeutete, dass sie sich fast den ganzen morgigen Tag in ihrem Zimmer verkriechen würde.

Dies waren die einzigen Tage, die ihm so etwas wie Frieden schenkten.

»Ist es erledigt?«, fragte er barsch. Hoffentlich, sonst würde Stockman es bereuen.

Einen Moment lang drangen nur schwere Atemzüge durch die Leitung, dann ein leiser Schmerzenslaut.

»Nein«, flüsterte Stockman. »Ich wurde angeschossen. Es … ist schlimm.«

Lamont lauschte ungläubig. »Sie wurden angeschossen? Von wem, Herrgott noch mal?«

»Von diesem verdammten Jungen. Morrow.«

Eine Sekunde lang konnte Lamont nur fassungslos auf sein Handy starren. »Dem kleinen Schlauberger? Der immer bloß lernt? Der angehende Arzt? *Der* hat Sie angeschossen? Und Sie haben das mit sich machen lassen?«

Stockman gab ein Grunzen von sich – eine Mischung aus Verdrossenheit und offenbar ziemlichen Schmerzen. »Ich wurde *getroffen*.« Stockman stieß den Atem aus. »In die Brust. Und ich blute.«

Wodurch sich eine ganze Reihe anderer Probleme ergab. »Haben Sie den Jungen geschnappt?«

»Nein.«

Lamont schloss die Augen, während die Wut in langsamen Wellen in ihm hochschwappte. »Wieso nicht, zum Teufel?«

Stockman keuchte, und Lamont glaubte, ein leises Gurgeln wahrzunehmen. Das hörte sich gar nicht gut an. Morde an Menschen zu vertuschen, war ihr Geschäft, doch bei einem seiner eigenen Männer hatte er so etwas noch nie tun müssen. »Er ist abgehauen. Er hat auf mich geschossen … und ist abgehauen.« Wieder dieses gurgelnde Husten. »Ich wusste nicht … dass er eine Waffe hat.« Lamont hörte Stockman mühsam Atem schöpfen. »Ist nicht registriert.«

»Wo sind Sie?«, fragte Lamont eisig. Er musste Stockman abholen – um ihm entweder Hilfe zu beschaffen oder seine Leiche zu entsorgen.

»In der Notaufnahme.«

Lamont fiel die Kinnlade herunter. »Was? Sie können unmöglich ins Krankenhaus gehen, die rufen doch die Cops, wenn jemand mit einer Schusswunde ankommt.«

Wieder dieser Grunzlaut, diesmal schärfer. »Ich habe keine Lust, für Sie den Löffel abzugeben.«

Dann bringe ich dich eben um, Freundchen. Lamont holte tief Luft und ließ sie langsam entweichen. »Verstehe. Welches Krankenhaus?«

»Nein. Ich … traue Ihnen nicht.«

Zumindest schien Stockmans Verstand noch zu funktionieren. »Lassen Sie den Quatsch und sagen mir, wo Sie sind.«

Doch die Leitung war tot. Stockman hatte einfach aufgelegt.

Er fuhr sich mit der Hand durchs Haar. »Scheiße, scheiße, scheiße!« Er musste nachdenken, und zwar schnell.

Eilig durchquerte er sein Arbeitszimmer und öffnete den Safe, aus dem er einen Aktenhefter mit einer Liste mit Namen, Telefonnummern und Orten nahm und durchging. Er wünschte, er wäre versiert genug am Computer, um eine Tabelle zu erstellen, was die Suche vereinfachen würde.

Doch dafür fehlten ihm die Kenntnisse, und es gab niemanden, der sie hätte abtippen können. Nicht einmal zu Ashley, seiner Assistentin, war sein Vertrauen groß genug. Denn sie mochte zwar bereit sein, mit ihrem Chef ins Bett zu steigen, doch er konnte sich nicht vorstellen, dass sie die dunkleren Seiten seines Jobs gutheißen würde. Außerdem konnten Computer gehackt werden, und diese Liste war mehr wert als eine Tonne puren Goldes.

Vor allem in Zeiten wie diesen.

Ah. Da ist er ja. Der Name, nach dem er gesucht hatte. *Tyson Whitley, Dallas, Texas.* Er wählte die dazugehörige Telefonnummer und wartete.

»Ja?« Die Stimme klang argwöhnisch.

»Wissen Sie, wer hier ist, Mr Whitley?«

Tyson holte scharf Luft. »Ja.«

»Gut. Ich rufe Sie an, um einen Gefallen einzufordern.«

Hörbares Schlucken. »Wie haben Sie mich gefunden?«

»Inzwischen sollten Sie wissen, dass mir zahlreiche Ressourcen zur Verfügung stehen. Und Sie sind eine davon.«

Einige Sekunden vergingen, dann knickte Tyson ein. »Was wollen Sie von mir?«

»Ich will, dass Sie die Krankenhäuser rings um Mont Belvieu, Texas, abklappern und nach einem Patienten mit Schussverletzung suchen. Der Name ist Stockman.« Was nicht Stockmans richtiger Name war – Lamont war nicht sicher, ob er ihn überhaupt je gewusst hatte, aber das spielte jetzt keine Rolle.

»Verstehe. Und wenn ich ihn finde?«

»Bringen Sie ihn um.«

Tyson schnappte entsetzt nach Luft. »Was? Aber ich bin kein Killer.«

»Wenn Sie ein freier Mann bleiben wollen, werden Sie einer sein. Und wenn Ihre Frau nicht herausfinden soll, dass Sie Drogen und Waffen an Kinder in der Mittelschule verkauft haben. Sie sehen, ich kann Ihr Leben schneller zerstören, als Sie den Hörer auflegen.«

Einen scheinbar endlosen Moment lang herrschte Stille, und Lamont war nicht sicher, ob Tyson mitspielen würde. Dann gab der Mann ein Brummen von sich. »Schicken Sie mir ein Foto, für den Fall, dass er einen falschen Namen benutzt.«

»Das ist der intelligente Kerl, nach dem ich gesucht habe«, erwiderte Lamont milde. »Sie kriegen Ihr Foto, und wenn Sie die Aufgabe erledigt haben, schicken Sie mir eine Nachricht mit den Worten ›Heute ist ein schöner Tag‹, danach löschen Sie unsere Korrespondenz und das Foto von Ihrem Handy.«

»Und dann sind wir quitt?«

»Dann sind wir quitt.« Es sei denn natürlich, er brauchte Whitleys Dienste ein weiteres Mal. »Melden Sie sich, wenn Sie ihn aufgestöbert haben, und dann wieder, wenn die Aufgabe erledigt ist.«

»Okay. Und danach lassen Sie mich in Ruhe, richtig?«

»Natürlich«, log er mühelos und legte auf.

Einer erledigt, blieb nur noch einer übrig. Er suchte nach einem weiteren Namen auf der Liste. Nach einem Mann, den er schon einmal angerufen hatte. Cornell Eckerts Eltern waren auf blutige Weise zu Tode gekommen, und die meisten Menschen hielten Cornell für ihren Mörder. Was plausibel war, trotzdem war nie Anklage erhoben worden, weil Eckert zu gerissen gewesen war, um Beweise zurückzulassen.

Nur bei diesem einen Mal, als er einen Zeugen am Leben gelassen hatte. Doch daraus hatten sich keine weiteren Probleme für Eckert ergeben. *Weil ich dafür gesorgt habe, dass der Zeuge verschwindet.* Stockman hatte sich darum gekümmert, und Eckert war ein freier Mann gewesen.

Daher stand Eckert tief in Lamonts Schuld, und nun würde er eine Gegenleistung einfordern. Eckert war Kopfgeldjäger, und zwar ein verdammt guter. Außerdem war er Profikiller. Manchmal war er auch beides in Personalunion, wenn die Zielperson tot ausgeliefert werden konnte.

Wie der Junge aus Houston.

Lamont wählte die Nummer, wartete, runzelte die Stirn. Der Dreckskerl ging nicht ran. Gerade als er auflegen wollte, ertönte ein Klicken in der Leitung, und eine verschlafene Stimme meldete sich. »Was?«

»Sie sind also am Leben.«

Stille. Dann: »Verdammt noch mal, ich dachte, wir wären quitt.«

»Falsch gedacht. Einer noch.«

»Das haben Sie beim letzten Mal auch gesagt.«

»Wollen Sie vielleicht ins Gefängnis gehen, Mr Eckert?«

Wieder herrschte kurz Stille. »Nein, Sie elendes Arschloch.«

Seine Wut war nur fair. »Das freut mich sehr. Und diesmal bin ich auch bereit, Sie zu bezahlen. Das Doppelte Ihres üblichen Honorars.«

»Ich höre.« Eckert klang plötzlich sehr viel munterer.

»Das freut mich sehr«, wiederholte Lamont trocken. »Sie müssen einen Jungen in Houston finden.«

»Auf keinen Fall! Vergessen Sie's. Kinder mache ich nicht.«

»Er ist zweiundzwanzig.«

»Oh. Na gut. Genauer?«

»Der Name lautet Xavier Morrow. Ich schicke Ihnen seine Adresse, aber es könnte sein, dass er sich nicht dort aufhält. Ihre Aufgabe besteht darin, das Chaos Ihres Vorgängers zu beseitigen. Das Bürschchen hat meinen Mann gesehen und ist abgehauen.«

»Und wo ist Ihr Mann jetzt?«

»Im Krankenhaus. Der Junge hat ihn angeschossen.«

»Scheiße.«

»Wie war das?«, fragte Lamont kühl. »Erzählen Sie mir bloß nicht, Sie wollen plötzlich nicht mehr gegen Honorar arbeiten, sondern gratis, damit Sie nicht im Knast landen.«

»Nein, ich bin immer noch dabei. Aber jetzt werde ich wohl

meine kugelsichere Weste brauchen. Was echt nervt, weil es in Houston brüllend heiß ist.«

»Manchmal muss man eben tun, was man tun muss. Ich will bloß, dass der Junge stirbt, das ist alles. Und ich will einen Beweis dafür.«

Eckert stieß einen leisen Pfiff aus. »Was hat er denn angestellt?«

»Geht Sie nichts an.«

»Okey-dokey.«

Lamont verdrehte die Augen. Es war schwer zu glauben, dass ein Mann, der *okey-dokey* sagte, kaltblütig Menschen tötete, aber das Leben ging nun einmal seltsame Wege. »Schicken Sie mir eine Nachricht, wenn es erledigt ist.«

»Ich kenne den Code. Wie wollen Sie mich bezahlen?«

»In bar.«

»Bar klingt gut.«

»Dachte ich mir. Also, an die Arbeit, Mr Eckert.« Lamont beendete das Gespräch und legte die Liste in den Safe zurück, ehe er die Zahlenkombination auf den Rädchen verwarf und sich vergewisserte, dass das Schloss eingerastet war.

Dann ging er eine geschlagene Minute in seinem Arbeitszimmer auf und ab, angetrieben von der Sorge, dass die beiden Männer es nicht hinkriegten: dass es Tyson Whitley nicht gelang, Stockman zu beseitigen, oder Cornell es nicht schaffte, Xavier Morrow zu töten.

Aber er hatte keine Wahl: Sowohl Stockman als auch Xavier mussten aus dem Weg geräumt werden, und er könnte nicht rechtzeitig in Houston sein, um es selbst zu erledigen. Was er ohnehin nicht tun würde. Allein ein Foto, das ihn so weit von seiner Heimatstadt entfernt zeigte, würde bloß Spekulationen auslösen und schlimmstenfalls in einer Katastrophe enden. Vor allem jetzt.

Er brauchte Ablenkung und wusste genau, wen er dafür anrufen musste. Er tippte auf Ashleys Namen in seiner Kontaktliste und wartete.

Nach dem zweiten Läuten hob sie ab. Ihre Stimme klang schläfrig. »Es ist schon spät, Baby. Was ist los?«

»Ich brauche dich.«

Er hörte Bettwäsche rascheln. »Was ist passiert?«, fragte sie mit sanfter Süße.

»Es ist der Levinson-Fall. Er ist … brutal.« Diese Lüge ließ sich nicht bestreiten. Der Levinson-Fall war tatsächlich heftig – eine Frau, die ihren Arbeitgeber wegen sexueller Belästigung ihres kleinen Sohnes verklagt hatte, allerdings war Levinson dank Stockman auf der sicheren Seite. Levinson unterstützte Lamont bereits seit Jahren großzügig mit Wahlspenden. Deshalb durfte er, Lamont, nicht zulassen, dass ihm etwas passierte.

»Oh.« Ashleys Mitgefühl war sofort geweckt. »Ich verstehe. Willst du herkommen?«

»Nein, ich will, dass du zu mir kommst.«

»Wirklich?«

Ihre Überraschung war verständlich. Bisher hatte er sie nie gebeten, zu ihm nach Hause zu kommen, weil er nicht wollte, dass Joelle ihn erwischte. Doch die lag sturzbetrunken im Bett und würde nichts mitbekommen. »Leg das Parfum auf, das ich dir zum Jahrestag geschenkt habe.«

»Oh.« Ashley klang enttäuscht. »Dasselbe, das du auch deiner Frau geschenkt hast.«

Ihm war nicht klar gewesen, dass sie es mitbekommen hatte. »Ich mag den Duft eben«, sagte er nur. »Außerdem bekommt sie so nicht mit, dass du hier warst, weil es im Zimmer riechen wird, als wäre sie hier gewesen, nicht du.«

»Na gut«, sagte sie kleinlaut. »Ich komme, so schnell ich kann.«

»Danke, Liebes. Und trag den Body, den ich dir gekauft habe«, fügte er hinzu. »Die Farbe steht dir am besten.«

Die Farbe stand auch Joelle perfekt, was praktisch war, weil er seinen Ehefrauen stets dieselben Geschenke machte wie seinen Geliebten und ihm dadurch keine Fehler unterlaufen konnten.

»In Ordnung.«

Er lächelte. »Schön. Dann bis gleich.«

7. Kapitel

MID-CITY, NEW ORLEANS, LOUISIANA

Dienstag, 27. Juli, 00.30 Uhr

Sind Sie sicher, dass ich Ihnen nichts mehr bringen soll?«, fragte Gabe, der im Rundbogen der Küche stand.

Molly, die am Tisch saß, lächelte ihn an. »Ich komme schon klar. Sie haben mir ja Bettzeug und ein Kissen gegeben und noch eine Decke, die ich bestimmt nicht brauchen werde.« Es gab zwar Ventilatoren im Haus, aber keine Klimaanlage, und draußen war es trotz der späten Stunde immer noch brüllend heiß. »Gehen Sie ruhig zu Bett. Ich sehe mir noch die Unterlagen Ihres Vaters an und gehe dann auch schlafen.«

Aber schlafen gehen würde sie erst, wenn Burke eintraf. Sie hatten vereinbart, sich aufzuteilen, sodass immer mindestens einer von ihnen wach war, für den Fall, dass der Giftmischer zurückkehrte.

»In Ordnung«, sagte Gabe. »Wasser ist im Kessel, und den Tee finden Sie …«

»In der Schublade neben der Spüle«, unterbrach sie so freundlich, wie sie nur konnte. Sie musste ihn dringend aus ihrem Blickfeld haben, weil Gabe Hebert ohne Hemd und nur in Schlafanzughose sie völlig aus dem Konzept brachte. Seine Brust sah genauso verführerisch aus, wie sie befürchtet hatte: Er mochte nicht so bullig gebaut sein wie Burke, weil er keine Stunden im Fitnessclub zubrachte, trotzdem waren seine Schultern breit und muskulös und seine Brust von einem Flaum rötlicher Haare bedeckt, die sie am liebsten mit den Fingern berühren wollte. Der Mann war die Realität gewordene Fantasie.

Sie würde jede Wette eingehen, dass er normalerweise nackt schlief – auch dieser Gedanke war ihrer Konzentration alles andere als zuträglich –, denn am Gummibund seiner Hose hing noch das Preisschild, worauf sie ihn jedoch nicht hinweisen würde.

Eigentlich hätte sie gar nicht erst hinsehen sollen. Als er noch der attraktive Küchenchef und sie zahlender Gast seines Restaurants gewesen war, hatte nichts dagegengesprochen, einen Blick zu riskieren. Oder auch zwei.

Aber jetzt war die Situation anders. Er war ihr Mandant, Herrgott noch mal.

Leider war dieser Gedanke nicht so ernüchternd wie erhofft, aber zumindest ein wenig. Sie würde ihn nicht anstarren. Nicht heute Abend. Sondern brav ihre Arbeit erledigen.

Arbeit, für die er sie bezahlte.

Außerdem hatte er heute schon genug durchgemacht – zum Glück zeigte dieses Argument die erwünschte Wirkung, denn es gelang ihr endlich, den Blick abzuwenden. Wenn all das erst einmal hinter ihnen lag, bot sich vielleicht noch Gelegenheit genug, um ihn guten Gewissens einer näheren Prüfung zu unterziehen.

»Legen Sie sich hin, Gabe. Sie müssen Kraft sammeln, wenn Sie morgen mit mir mithalten wollen.« Sie milderte die Anweisung mit einem Augenzwinkern ab.

Er nickte. »Also gut. Dann gehe ich jetzt ins Bett. Wenn Sie sicher sind, dass Sie nicht …«

»Gabe?« Sie zog die Brauen hoch. »Ins Bett. Bitte.«

Er schnitt eine Grimasse. »Tut mir leid. Ich bin … nervös.«

»Dazu haben Sie jedes Recht. Aber eine anständige Mütze voll Schlaf wird helfen.«

»Darum geht es nicht. Na ja, darum auch, aber … ich hatte noch nie jemanden über Nacht zu Gast.«

Sie sah ihn an. »Noch nie?«

»Nein, nie.«

»Keine feste Freundin? Keine Bekannte? Nicht einmal Patty?«

Er lachte, wobei die Anspannung ein wenig von ihm abzufallen schien. »Patty setzt keinen Fuß in ein Haus ohne Klimaanlage. Sie könne bei der Hitze nicht schlafen, sagt sie.« Sein Lachen verklang. »Und ich hatte immer so viel mit dem Restaurant zu tun.«

Molly legte ihren Stift weg. Allem Anschein nach hatte er das Bedürfnis, zu reden. Also würde sie zuhören. »Keine feste Freundin, hm?«

»Keine, die lange genug geblieben wäre, um das Prädikat zu verdienen.« Er lehnte sich gegen den Türrahmen und verschränkte die Arme locker vor der Brust. »Schätzungsweise fanden sie die Vorstellung cool, mit einem berühmten Küchenchef zusammen zu sein.«

»Aber die Arbeitszeiten sind nicht gerade beziehungsfreundlich.«

»Genau.« Er atmete leise aus. »Mein Vater hat mich die ganze Zeit beschworen, einen Gang runterzuschalten. Das Leben sei zu kurz, um immer nur zu arbeiten, meinte er. Aber ich habe nicht auf ihn gehört. Und jetzt ist er tot.«

Beim Klang des Schmerzes in seiner Stimme verflog jedes Verlangen danach, ihn anzustarren. Sie verstand diesen Schmerz nur zu gut, hatte ihn am eigenen Leib erlebt. »Wir hören so oft nicht auf das, was andere uns raten«, murmelte sie und dachte an ihr eigenes Leben vor jener schicksalhaften

Nacht, in der ihr Schwager ihren Vater getötet hatte. »Ich habe auch immer nur gearbeitet, wollte die Karriereleiter beim SBI hinaufklettern.«

»State Bureau of Investigation«, sagte er. »Und dann?«

»Dann war mein Vater tot. Wie gesagt, er hatte mich an diesem Abend gebeten, zu ihm zu kommen. Und ich war unterwegs zu ihm, hatte mich aber verspätet.«

Seine Miene verdüsterte sich, als er verstand. »Oh, Molly, es tut mir so leid.«

Molly ertappte sich dabei, dass sie die Hände fest auf ihr Brustbein gepresst hielt, um den schmerzhaften Druck dahinter zu lindern. Vorsichtig löste sie ihre Hände und verschränkte sie auf dem Tisch. Sie zitterten. »Danke. Ich hatte noch einen Hinweis, dem ich nachgehen musste, ein Telefonat, das ich führen wollte. Deshalb bin ich später in Raleigh losgefahren als geplant. Später als versprochen. Dad muss beschlossen haben, Jake im Alleingang zur Rede zu stellen. Oder vielleicht ist Jake aktiv geworden, und Dad konnte nicht länger warten.«

»Sie geben sich die Schuld.«

Molly gelang ein Lächeln. »Natürlich. Dafür und für die Tatsache, dass ich zu beschäftigt war, um zu merken, was meinem Vater aufgefallen war – dass Harper sich verändert hatte. Sie hatte sich zurückgezogen, machte ins Bett, hatte Wutanfälle, obwohl es so etwas früher nie gab. Allesamt Anzeichen, dass etwas nicht stimmte.«

»Wie oft haben Sie sie denn gesehen?«

»Jedes zweite Wochenende oder so. Ich hatte beim SBI in Charlotte angefangen, wurde aber nach einem Jahr nach Raleigh versetzt, deshalb habe ich dort auch gewohnt. Chelsea und Harper – und Jake – lebten immer noch auf der Farm bei meinem Dad. Jake wollte keine Miete zahlen. Er spare auf ein eigenes Haus, behauptete er, aber später haben wir herausgefunden, dass er Unsummen verzockt hatte. Chelsea hat ihm keine Vorhaltungen darüber gemacht, dass er immer unterwegs war, weil er auch sie misshandelt hat. Keine Ahnung, ob Dad davon wusste. Ich jedenfalls nicht. Oder erst, als es schon zu spät war, um ihr noch zu helfen.«

Gabe zögerte. »Hat Ihre Nichte etwas davon mitbekommen, was vorgefallen ist? Davon, wie ihr Vater gestorben ist? Oder ihr Großvater?«

»Weder noch. Das ist womöglich das Einzige, wofür wir dankbar sein müssen. Dad hat sie an diesem Abend in ein anderes Zimmer gebracht, ein Minizelt aufgebaut und gesagt, dass sie darin schlafen dürfe. Sie hat zwar den Schuss gehört, aber nichts gesehen. Und an dem Abend, als Jake auf Chelsea losgegangen ist – und ich ihn erschossen habe –, war sie im Schlafzimmer. Auch das hat sie gehört, genauso wie den Streit, der vorausging.« Molly seufzte. »Sie meinte, sie sei froh, dass ihr Vater tot sei. Sie hätte sich sogar gewünscht, ihn selbst umzubringen, sei aber noch zu klein dafür.«

Gabes Gesicht verzog sich in einer Mischung aus Wut und Mitgefühl. »Ich kann sie nur zu gut verstehen.«

»Ich auch. Trotzdem verfolgt es mich bis heute.«

»Wieso hatte Ihr Vater Ihnen nichts von seinem Verdacht im Hinblick auf Ihren Schwager gesagt?«

»Das weiß ich nicht. Vielleicht hat er es versucht. Ich war häufig mit dem Kopf woanders, auch wenn ich körperlich anwesend war.«

»Immer mit den Gedanken bei der Arbeit?«

»Genau. Und ich bereue all das so sehr, aber ich kann die Vergangenheit nun einmal nicht mehr ändern, sondern nur jetzt für Chelsea und Harper da sein. Für Burke zu arbeiten, erlaubt mir, meine Arbeitszeiten meistens selbst zu bestimmen.«

Er runzelte die Stirn. »Wegen mir können Sie jetzt nicht bei Ihrer Familie sein. Ich hätte Burke erlauben sollen, den Fall jemand anderem zu übertragen.«

»Nein, hätten Sie nicht. Burke hat Lucien für heute Nacht als Wache vor unserem Apartment abgestellt.«

»Ich habe ihn heute kurz kennengelernt. Er scheint ein anständiger Kerl zu sein.«

»Das ist er auch. Und an sechs von sieben Abenden bin ich ja bei meiner Familie. Ich denke, eine kleine Pause von mir tut den beiden ganz gut. Es ist schwer, Harper nicht in Watte zu packen, aber allmählich wird es besser. Meine Schwester hatte heute ein Vorstellungsgespräch, das offenbar gut gelaufen ist.«

Er lächelte. »Ich habe vorhin gehört, wie Sie mit ihr telefonierten. Klingt, als bekäme sie ihr Leben wieder in den Griff.«

Molly hatte ihre Schwester mehrere Male während des Tages angerufen, bis Chelsea ihr nahegelegt hatte, es gut sein zu lassen. »Ja, endlich schafft sie es, Harper ein paar Stunden am Stück allein zu lassen. Anfangs fiel es ihr sehr schwer, obwohl die Tochter unserer Büroleiterin auf sie aufgepasst hat. Wir kannten Louisa und wussten, dass wir ihr vertrauen können, trotzdem hat Harper eine ganze Weile gebraucht, und dass sie Vertrauen aufbaut, war natürlich das Allerwichtigste. Aber mittlerweile läuft es viel besser, und wir alle können uns wieder etwas mehr Zeit für uns selbst nehmen.«

»Und gab es Pläne, was Sie mit Harper diese Woche unternehmen wollten? Halte ich Sie von etwas Wichtigem ab?«

»Wir gehen mehrmals die Woche reiten.«

»Ginger und Shelley, richtig? Ein geretteter Mustang und ein Quarter Horse.«

Molly lächelte. »Genau. Es wundert mich, dass Sie sich daran erinnern, schließlich war die Situation im Wagen heute ziemlich belastend.« Auch für Molly war es stressig gewesen, das Zivilfahrzeug des NOPD abzuhängen. Sie hatte Gabe und Patty gegenüber nicht bestätigt, dass ihnen tatsächlich jemand gefolgt war, nur Burke und seine Leute wussten davon. Es gab keinen Grund, Gabe noch mehr in Sorge zu versetzen.

Einen scheinbar endlosen Moment lang sah er sie mit undurchdringlicher Miene an, und sie fragte sich, ob er ihr die Wahrheit vom Gesicht ablesen konnte. Sie glaubte es zwar nicht, aber … »Sie haben das sehr gut gemacht«, sagte er schließlich.

»Ich war beim Militär, dort lernt man, sich rasch auf neue Situationen einzustellen. Aber ich konnte schon immer in Krisen Ruhe bewahren, schon als Chelsea und ich noch Kinder waren.« Sie zuckte die Achseln, als ihr Unbehagen unter seinem durchdringenden Blick wuchs. »Ich bin die große Schwester, da gehört so etwas praktisch dazu.«

»Ich war beeindruckt«, gestand er schroff. »Und es tut mir leid, dass ich Ihnen nicht von Anfang an vertraut habe.«

»Sie kannten mich eben nicht. Es ist in Ordnung, Gabe, wirklich. Ich habe das längst vergessen.«

»Ich aber nicht. Und ich werde es auch in Zukunft nicht tun. Danke, Molly.«

Sie rechnete damit, dass er sich in sein Zimmer zurückziehen würde, doch das tat er nicht. Plötzlich wirkte er auch nicht mehr müde. Deshalb nahm sie ihren Stift und deutete auf den freien Stuhl neben sich. »Wollen Sie mir helfen, diese Unterlagen durchzusehen?«

Die Frage erleichterte ihn sichtlich. »Ja. Bitte. Ich will gerade die Augen nicht zumachen.«

»Verstehe ich. Aber …« Die Begierde meldete sich zurück, wärmte ihre Wangen. »Vielleicht ziehen Sie sich zuerst etwas über?«

Das Grinsen, das sich auf seinem Gesicht ausbreitete, verschlug ihr den Atem. »Wieso?«

Sie verdrehte die Augen, als sie sah, wie er sich in die Brust warf. »Tun Sie's einfach, Gabe.«

Er salutierte zackig. »Ja, Ma'am. Bin gleich zurück.«

Er verschwand. »Und schneiden Sie das Preisschild an Ihrer Pyjamahose ab«, rief sie ihm hinterher.

Sein Lachen schallte durchs Haus. »Ja, Ma'am.«

THE GARDEN DISTRICT, NEW ORLEANS, LOUISIANA

Dienstag, 27. Juli, 04.45 Uhr

Lamont rauchte nur selten im Haus, weil Joelle es nicht leiden konnte, und es war einfacher, es während der Arbeit in den Pausen zu tun, statt sich ihr Gemecker anzuhören. Er fürchtete sich davor, was er ihr eines Tages antun würde: Wenn sie mal wieder maulte und zeterte, ihm daraufhin der Geduldsfaden riss und er sie schlagen oder ihr sogar an die Gurgel gehen würde.

Die Fantasie gefiel ihm, nur würde sie alle seine Zukunftspläne zerstören, wenn er sich ihr hingäbe.

Aber Joelle schlief momentan immer noch ihren Rausch aus, also zündete er sich eine an, nahm einen tiefen Zug und stieß den Rauch mit einem zufriedenen Seufzer wieder aus.

Ashley neben ihm schlief noch. Sie hatte sich völlig verausgabt. Schon an durchschnittlichen Abenden war sie ziemlich für alles zu haben, doch vorhin hatte sie sich selbst übertroffen, weil sie unglaublich scharf gewesen war. Was Joelle nicht war. Niemals … zumindest seit ihrer Heirat nicht mehr. Davor hingegen hatte sie dasselbe Maß an Interesse und Bereitschaft an den Tag gelegt wie Ashley.

Natürlich war ihm klar, dass dies ein Versuch Ashleys war, sich zu empfehlen. Üblicherweise waren seine Mätressen seine Sekretärinnen mit dem Ehrgeiz, die nächste Ehefrau zu werden. Sie warfen sich ihm an den Hals, zeigten sich aber mürrisch und verloren das Interesse, wenn er nicht sofort Anstalten machte, seine aktuelle Ehefrau zu verlassen und stattdessen sie zu heiraten. Diejenigen, die am Ball blieben und sich loyal zeigten, kamen irgendwann in Betracht bei der Frage, ob es den Aufwand wert war, seine derzeitige Gattin gegen sie auszutauschen.

Ashley stand kurz davor. Unter anderen Umständen hätte er Joelle längst abserviert, aber er stand im Zentrum der allgemeinen Aufmerksamkeit. Und mehrfach verheiratet gewesen zu sein, mochte zwar kein politischer Genickbruch sein, im Mittelpunkt einer Mordermittlung zu stehen hingegen schon.

Also wartete er. Und wenn Ashley lange genug an seiner Seite blieb, würde er sie heiraten, sobald Joelle Geschichte war. Er würde eben abwarten müssen.

Bislang hatte er Ashley niemals in seinem Haus gevögelt, und ihm war klar, dass sie die heutige Nacht als positives Zeichen werten würde, doch dagegen war er machtlos. Nun ja, sie lagen ja nicht in seinem richtigen Bett – er war schließlich kein Idiot –, sondern in dem Raum neben seinem Arbeitszimmer, wo er ein Bett für den Fall stehen hatte, dass er bis spät in die Nacht arbeitete. Zumindest war das die Ausrede, die er Joelle gegenüber benutzte. In letzter Zeit hatte er schlicht keine Lust mehr, neben ihr zu liegen.

Er streifte die Zigarette an dem Deko-Objekt auf dem Nachttisch ab – einem antiken Glasding, das Joelle besonders liebte, weshalb Lamont es als Aschenbecher benutzte, wann immer er Gelegenheit dazu hatte. Es war kleinlich von ihm, aber das war ihm egal. Er nahm einen weiteren Zug, während er sein Handy in der Hoffnung auf eine Nachricht von Tyson Whitley oder Cornell Eckert checkte.

Nichts.

Nur die Ruhe, sagte er sich. Whitley lebte in Dallas, und selbst wenn er direkt nach ihrem Gespräch aufgebrochen sein sollte, dürfte er erst jetzt in Houston eintreffen. Und Eckert war so ein pedantischer Korinthenkacker, dass er auch erst von sich aus anrufen würde, wenn der Auftrag erledigt war, keine Sekunde früher.

Sollte es Eckert nicht gelungen sein, Xavier zu beseitigen …

Tja, darüber würde er sich nicht jetzt den Kopf zerbrechen. Stattdessen würde er Ashley wecken, noch eine Nummer mit ihr schieben und sie dann nach Hause schicken.

Später stand ein Arbeitsfrühstück mit dem Oberstaatsanwalt auf der Tagesordnung.

MONT BELVIEU, HOUSTON, TEXAS

Dienstag, 27. Juli, 07.05 Uhr

»Er ist da«, sagte Manny gähnend und reichte das Wegwerfhandy Xavier, der neben Carlos auf dem Rücksitz saß. Sie standen auf dem Parkplatz des H-E-B-Supermarkts in der Nähe von Mannys Wohnung. Ein Vorschlag von Manny, weil er nicht gewollt hatte, dass Rockys Anwalt erfuhr, wo er wohnte. Was nachvollziehbar und schlau war. Vor etwa einer Stunde waren sie eingetroffen – früh genug, um den Anwalt keinesfalls zu verpassen.

Zunächst waren sie zu Manny gefahren, um sich ein paar Stunden aufs Ohr zu hauen, doch Xavier hatte kein Auge zugetan, weil er die ganze Zeit an den Mann denken musste, auf den er geschossen hatte. War er noch am Leben? Oder tot?

Würde er zurückkommen?

Und was war mit seiner Mutter? Auch sie könnte nicht nach Hause zurückkehren, weil womöglich ein toter Mann in ihrem Gästezimmer lag, und falls der Kerl noch am Leben sein sollte, würde er vielleicht versuchen, seine Mom zu töten.

Noch hatte er sie nicht angerufen, da sie für den Moment bei ihrer besten Freundin Willa Mae in Sicherheit war und hoffentlich nach einem schönen Buchclubabend mit viel Wein im Kreise ihrer Freundinnen noch tief und fest schlief. Aber bald würde er es tun müssen.

Ihm graute vor dem Moment. Weil ihr seit Jahren vor diesem Moment graute.

Ihrer beider schlimmster Albtraum war wahr geworden.

Vorsichtig nahm er das Klapphandy entgegen, wobei er sich wünschte, Rocky Hebert hätte ihn vor all den Jahren nicht gefunden. Wäre er weggeblieben, könnte Xavier in Ruhe sein Leben weiterführen.

Andererseits hätte er dann keine Ahnung, dass er in Gefahr schwebte, sondern wäre bloß das Lamm gewesen, das zur Schlachtbank geführt wurde.

Er zwang sich, den Blick auf Mannys Handy zu richten. Die Nachricht von Paul Lott war knapp und klar. *Bin hier. Wo sind Sie?*

Mit Freunden hier. Welcher ist Ihr Wagen?

Die Antwort kam unverzüglich. *Weißer SUV. BMW. Unter dem Laternenpfahl. Abschnitt C1.*

Bin schon unterwegs.

»Er sitzt in dem weißen BMW da drüben.« Xavier deutete auf das C1-Schild auf dem Parkplatz. Der Supermarkt war überaus belebt, es herrschte ständiges Kommen und Gehen, was den Parkplatz geeigneter machte als irgendeine abgelegene Stelle.

»Bist du bereit, *cuate?*«, murmelte Carlos.

Beim Klang seines Spitznamens wurde Xaviers Kehle eng. *Ein schöner Kumpel bin ich … Carlos da reinzuziehen.* »Nein. Aber Lott ist hier, wie er es versprochen hat. Hoffentlich kann er helfen. Oder mir zumindest einen juristischen Rat geben.«

Carlos rollte den Kopf hin und her, sodass seine Wirbel knackten. Auch er hatte so gut wie nicht geschlafen. »Dann los. Manny, du behältst uns im Auge?«

»Aber hallo. Und steigt nicht in den Wagen ein, solange ich nicht selbst mit dem Kerl gesprochen habe. Verstanden?«

Auch das war ein kluger Schachzug und nachvollziehbar. »Verstanden«, versprach Xavier. Denn was hier gerade passierte, war nicht Carlos' Problem, und er würde nicht zulassen, dass sein bester Freund verletzt wurde. Oder Schlimmeres.

Manny startete den Motor. Keuchend und hustend sprang die Schrottkiste an.

Langsam rollten sie in die freie Parklücke neben dem weißen BMW. Mit angehaltenem Atem sah Xavier zu, wie ein weißer Mann mittleren Alters ausstieg. Er wirkte müde.

»Das muss er sein«, flüsterte er.

Carlos stieg als Erster aus. »Mr Lott? Könnte ich Ihren Ausweis sehen?«

Manny schnaubte. »Mein kleiner Bruder sollte lieber Cop als Ingenieur werden.«

Xavier lächelte schwach. »Allerdings. Danke, Manny. Für alles.«

»Kein Problem. Also, dann wollen wir deinen Freund mal kennenlernen.«

Xavier zitterten die Knie beim Aussteigen, sodass er sich am Türrahmen festhalten musste, bis er etwas Halt gefunden hatte.

Carlos wandte sich ihm zu. »Der Ausweis passt. Ich habe ein Foto davon gemacht.«

Ich hab dich so lieb, Mann. Einen besseren Freund-Schrägstrich-Bruder als Carlos Hernandez hätte er nicht finden können. Er schluckte gegen den Kloß im Hals an und nickte dem Anwalt zu. »Mr Lott. Danke, dass Sie gekommen sind.«

»Gern geschehen. Hinter Ihnen liegt eine schlimme Nacht.«

Wieder musste Xavier schlucken. »Ja, Sir.«

»Rufen Sie die Cops?«, fragte Carlos unvermittelt.

Lott lächelte. »Nein. Stattdessen bringe ich Sie an einen sicheren Ort.«

Xavier schüttelte den Kopf. »Ich kann nicht einfach weggehen. Meine Mom ist doch hier. Gestern Abend war sie nicht zu Hause, aber später kommt sie und sieht dann …« Seine Stimme verklang, weil er nicht wusste, was seine Mutter vorfinden würde. Blut? Eine Leiche? »Was ist, wenn der Mann immer noch da ist? Am Leben? Und auf sie wartet?«

Mr Lotts Brauen schossen hoch. »Am Leben? Was haben Sie getan?«

Xavier sah zu Carlos, dann wieder zu Mr Lott. »Ich weiß es nicht genau.«

Lott runzelte die Stirn, dann nickte er. »Also gut, dann fahren wir bei Ihnen zu Hause vorbei und schauen nach. Sollte er immer noch dort sein, rufen wir die Polizei. Falls nicht, können Sie eine Tasche packen, und dann reden wir mit Ihrer Mutter.«

Carlos entspannte sich sichtlich. »Das klingt nach einem guten Plan. Vor allem, dass seine Mama dann Bescheid weiß, finde ich gut.«

Xavier nickte. »Ich auch. Wer war der Mann, Mr Lott? Und was will er von mir?«, fragte Xavier, obwohl er die Antwort auf die zweite Frage bereits kannte. *Er will mich töten.*

»Wer er ist, weiß ich nicht«, antwortete Mr Lott. Er klang aufrichtig. »Aber warum er Sie schnappen will, wissen Sie.«

»Weil er einen Mord beobachtet hat«, flüsterte Carlos.

Mr Lott sah Xavier in die Augen, freundlich und ruhig. »Es ist in Ordnung, Junge. Wir kriegen das schon hin. Sie haben Rocky sehr am Herzen gelegen, und er war wie ein Bruder für mich.«

Carlos legte Xavier den Arm um die Schultern. »Wo er hingeht, gehe ich auch hin. Er ist für *mich* wie ein Bruder.«

Mr Lott nickte. »Alles andere hätte mich auch gewundert. Also, wie wollen wir es angehen, Xavier? Wir können entweder zuerst zu Ihnen nach Hause fahren oder mit Ihrer Mutter reden. Sie entscheiden.«

»Zuerst nach Hause. Ich muss wissen, was meine Mutter dort erwartet.«

»Aber ist es denn sicher?«, schaltete sich Manny ein. »Was, wenn der Typ lebt und noch dort ist? Er hat versucht, die beiden umzubringen, also wird er wohl nicht so leicht aufgeben.«

Xavier sah Manny dankbar an. »Ich habe eine –« Er unterbrach sich, ehe das Wort *Waffe* über seine Lippen drang. Nicht, dass so etwas in Texas so ungewöhnlich wäre, schließlich brauchte man hier noch nicht einmal einen Waffenschein, trotzdem wollte Xavier es nicht in die ganze Welt hinausposaunen. »Ich bin vorbereitet.«

Mannys Kiefer wurde hart. »Davon wusste ich nichts, X.«

»Ich bin ebenfalls vorbereitet«, erklärte Lott ruhig. »Wollen Sie lieber die Cops rufen?«

Manny atmete aus. »Nein, Sir, trotzdem gefällt mir das nicht. Absolut nicht.«

Carlos schien unentschlossen zu sein. »Wir bleiben zusammen.«

»Zusammen«, echote Xavier und betete darum, dass es das Richtige sein möge, was sie hier taten.

MID-CITY, NEW ORLEANS, LOUISIANA

Dienstag, 27. Juli, 07.15 Uhr

Kaffee. Molly hatte Kaffee gemacht. Ein Glück.

Gabe schlug die Augen auf und blinzelte ins Dunkel – das ihn dank der wunderbaren Verdunklungsrollos wie jeden Morgen empfing. Normalerweise kam er nicht vor zwei Uhr früh aus dem *Choux* nach Hause, und da hatte er sehr schnell erfahren, dass ein nach Osten gehendes Fenster nicht sein Freund war.

Kaffee hingegen war sehr wohl sein Freund, vor allem um … Er spähte auf den Wecker auf seinem Nachttisch. Kurz nach sieben Uhr? So früh wachte er sonst nie auf.

Du hast auch noch nie vorher einen Privatdetektiv engagiert, der den Mord an deinem Vater aufklären soll. Er setzte sich auf und fuhr sich mit den Händen übers Gesicht. Letztlich war er kurz vor drei Uhr früh zu Bett gegangen, weil er die Augen nicht länger offen halten konnte, Molly hingegen hatte sich weiter durch die Unterlagen seines Vaters gearbeitet.

Er fragte sich, ob sie überhaupt geschlafen hatte.

Natürlich könnte auch Burke derjenige sein, der den Kaffee aufgesetzt hatte. Als Gabe sich schlafen gelegt hatte, war er immer noch nicht zurück gewesen, sondern weiter in Rockys Haus geblieben, um sich zu vergewissern, dass die Mitarbeiter des Sheriffs ihre Arbeit vorschriftsmäßig erledigten. Andererseits war Burke nicht davon ausgegangen, irgendwelche Fingerabdrücke zu finden – wenn die Eindringlinge gerissen genug gewesen waren, den Selbstmord von Gabes Vater zu fingieren, hatten sie wahrscheinlich Handschuhe getragen.

Aber hoffen durfte man ja.

Gabe schlüpfte in die Pyjamahose vom Abend – ohne Preisschild – und ging in die Küche, blieb jedoch beim Klang der Besorgnis in Burkes Stimme im Rundbogen stehen.

»Bist du sicher?«, fragte Burke beharrlich.

»Ob ich sicher bin, dass Rocky über mindestens sechs Jahre hinweg regelmäßige Zahlungen an jemanden geleistet hat?«, fragte Molly. »Ja.«

Wie bitte? Ausgeschlossen. Gabe trat einen Schritt vor und erstarrte dann.

»Ob ich sicher bin, dass das Geld an eine Frau in Houston ging?«, fuhr Molly fort. »Ziemlich sicher, ja. Ob ich glaube, dass Rocky dort eine Frau hatte? Die Antwort darauf kenne ich noch nicht.«

Nein. Gabe schüttelte vehement den Kopf, weigerte sich, zu glauben, dass sein Vater ihm so etwas verheimlicht haben könnte.

Er hat dir auch nicht gesagt, dass er Krebs hat.

Das ist etwas anderes.

So? Vielleicht hatte er ja Angst, du hättest etwas dagegen.

Aber sechs Jahre … *Damals hat Mom noch gelebt.*

»Nein!« Das Wort platzte aus ihm heraus, als er mit wenigen Schritten in die Küche stürmte. »Das muss ein Irrtum sein. Das hätte mein Vater meiner Mom niemals angetan!«

Burke und Molly saßen am Tisch, Molly am Kopfende, Burke zu ihrer Rechten. Sie erstarrte, ein Blatt Papier in ihrer behandschuhten Hand. »Gute Morgen, Gabe.«

»Nein, das ist kein guter Morgen«, fauchte er. »Sie erheben Vorwürfe gegen meinen Vater. Aber Sie irren sich. Burke, sag ihr, dass sie sich irrt.«

Burke kniff sich in die Nasenwurzel. »Ich habe nur zwei Stunden geschlafen, Gabe, bin müde und übellaunig und brauche erst mal einen Kaffee, bevor ich klar denken kann. Trink eine Tasse mit mir, während Molly uns erklärt, was sie gefunden hat.«

Gabe schüttelte den Kopf. »Nicht, wenn sie behauptet, mein

Vater hätte eine Geliebte gehabt. Solange meine Mutter gegen den Krebs gekämpft hat. Denn das war auf keinen Fall so.«

Molly legte das Blatt hin. »Das habe ich nicht behauptet«, sagte sie ruhig.

So ruhig, dass er sie am liebsten angeschrien hätte. Bis er sah, dass ihre Hand zitterte.

In diesem Moment erinnerte er sich, wie sie ihn beim Anblick der Verwüstung im Haus seines Vaters getröstet hatte. An ihr Mitgefühl.

Sie machte bloß ihre Arbeit. *Womit ich sie beauftragt habe.*

Also zog er einen Stuhl heran und setzte sich. »Na gut, was haben Sie Ihrer Meinung nach gefunden?«

Erleichterung glomm in ihren blaugrünen Augen auf. Sie schob ihm einen etwa drei Zentimeter hohen Papierstapel zu und deutete auf die oberste Seite. »Ein Dauerauftrag. Jeden Monat dieselbe Summe. Die früheste Abbuchung, die ich finden konnte, wurde vor sechs Jahren getätigt. Er hat die Kontoauszüge der letzten sieben Jahre aufbewahrt, und im ersten Jahr war keine Abbuchung zu finden, deshalb können wir davon ausgehen, dass es vor sechs Jahren angefangen hat.«

Gabe runzelte die Stirn. »Dreihundertfünfzig Dollar«, las er. »Und an wen ging das Geld?«

»An John Alan Industries.« Sie zeigte mit ihrem behandschuhten Finger auf die Abbuchung.

»John Alan?« Gabes Magen zog sich zusammen, und ein heftiger Schauder überlief ihn. »Das ist … unmöglich.«

Doch genau dieser Name stand da.

»Warum?«, fragte Molly sanft. »Warum ist das unmöglich?«

Gabe wollte zu einer Antwort ansetzen, doch aus seinem Mund kam nur ein Krächzen. Er räusperte sich. »Meine Mutter wurde schwanger, als ich zwanzig war. Sie war damals vierundvierzig.«

Molly runzelte die Stirn, und ihre Lippen bewegten sich lautlos, als sie nachrechnete. »Sie war also älter als Ihr Vater?«

»Ja, ein paar Jahre.«

Ein trauriger Ausdruck erschien auf Mollys Gesicht. »Dann hat sie das Baby verloren?«

Er nickte. »Ich habe erst von ihrer Schwangerschaft erfahren, als es geschah. Sie wollte es erst nach dem ersten Trimester allen erzählen.« Sein Kiefer wurde hart. »Weil das Risiko einer Fehlgeburt in ihrem Alter größer war. Was sich bewahrheitet hat. Ich erinnere mich noch an den Abend, als es passiert ist. Wir waren bei Pattys Eltern, weil unser Haus überflutet war.«

Molly sah ihn erschrocken an. »Oh. Während Katrina?«

Wieder nickte er. »Dad hatte Dienst. Jeder Cop, der arbeiten konnte, war eingeteilt. Wir konnten Mom nicht ins Krankenhaus bringen, weil so viele Straßen gesperrt waren, und sie wollte nicht, dass ich meinen Dad anrufe. Er könne ohnehin nichts tun und würde sich nur unnötig Sorgen machen, meinte sie. Sie wollte, dass er sich auf seine Arbeit konzentrierte. Und es gab ja … es gab ja keine Leiche, die hätte begraben werden können. Sie saß bloß in einem der Schaukelstühle meiner Tante und weinte. Als Dad endlich zu uns stieß, war er am Boden zerstört wegen all des Leids, das er gesehen hatte. Ich habe ihn noch nie so erlebt. Doch sobald er Moms Gesicht sah, wusste er, dass etwas nicht stimmte. Sie musste es ihm sagen und … er brach völlig zusammen. Vor diesem Abend hatte ich meinen Dad noch nie weinen gesehen.«

Mollys Augen wurden glasig. »Das tut mir so leid.«

»Danke. Ich habe mich so hilflos gefühlt, konnte nichts tun, außer dazusitzen, zuzusehen und sie zu umarmen.«

»Ich denke, das ist das Einzige, was man in so einer Situation tun kann«, murmelte sie.

»Sie haben das Kind John Alan genannt«, warf Burke ein.

Gabe starrte Burke an. »Er hat es dir erzählt?«

»Vor langer Zeit schon«, antwortete Burke. »Wir waren auf Observation und hatten stundenlang im Wagen gesessen. Das Gespräch kam ganz zufällig darauf. Er hat es mir erzählt und es im selben Moment auch schon bereut, glaube ich. Natürlich hätte ich nie einer Menschenseele davon erzählt. Ehrlich gesagt, habe ich es völlig vergessen. Bis gerade eben.«

Molly blickte auf den Kontoauszug. »Also hat er sechs Jahre lang dreihundertfünfzig Dollar an eine nach seinem toten Sohn benannte Firma gezahlt? Aber warum?«

»Wieso haben Sie vorhin gesagt, dass es an eine Frau ging?«, fragte Gabe und bemühte sich, seine Wut nicht durchklingen zu lassen. Sie hatte einen voreiligen Schluss gezogen, der schlicht falsch war. Etwas stimmte hier nicht, trotzdem würde er niemals glauben, dass es im Leben seines Vaters eine andere Frau gegeben hatte. Nicht, solange seine Mutter noch am Leben gewesen war. Vor sechs Jahren hatte sie gegen den Krebs gekämpft und eine Chemotherapie bekommen. Sein Vater hätte sie unter keinen Umständen betrogen. Nie im Leben.

So ein Mensch war Rocky Hebert nicht gewesen.

»Weil es einen auf eine gewisse Cicely Morrow ausgestellten Scheck über dieselbe Summe gibt«, sagte sie und zog ein weiteres Blatt Papier von ganz unten aus dem Stapel. »Er wurde einen Monat vor dem Zeitpunkt ausgestellt, als die Zahlungen an John Alan anfingen.«

»Seinen zweiten Sohn«, sagte Burke leise.

Erst jetzt merkte Gabe, dass er die Fäuste geballt hatte, und zwang sich, die Handflächen auf den Tisch zu legen und durchzuatmen. »Was willst du damit andeuten, Burke?«

»Keine Ahnung.« Er sah Gabe an. In seinem Blick spiegelte sich Verwirrung, aber hauptsächlich Traurigkeit wider. »Der Mann, den ich kannte, hätte kein heimliches Kind gehabt.«

»Nein«, stieß Gabe hervor, »das hätte er nicht.«

»Aber irgendetwas muss da doch sein«, beharrte Molly. »Diese Zahlungen sind bis zu seinem Tod erfolgt, und sie sind die einzigen unerklärlichen Bewegungen auf seinem Konto.«

Zumindest in diesem Punkt hatte sie recht. »Wer ist Cicely Morrow?«, fragte er.

»Noch kann ich das nicht mit hundertprozentiger Gewissheit sagen. Aber es gibt eine Cicely Morrow in Houston, und am Tag als der erste Scheck ausgestellt wurde, hat Rocky mit seiner Bankkarte an einer Tankstelle in Houston bezahlt. Ich habe sie überprüft und herausgefunden, dass sie als Schwester in einem der dortigen Krankenhäuser arbeitet.« Molly drehte den Laptop so, dass Gabe das Display sehen konnte. »Das ist ein Foto von ihr aus einem Zeitungsartikel über das Krankenhaus. Sie lebt in Mont Belvieu, einem Vorort Houstons.«

Eine nett aussehende Schwarze, die in die Kamera lächelte. »Die Frau kenne ich nicht«, flüsterte Gabe. Doch sein Vater hatte es eindeutig getan. »Warum?«

»Das werden wir herausfinden müssen«, sagte Molly behutsam. »Aber ziehen Sie bitte keine voreiligen Schlüsse, Gabe. Ihr Vater hat einigen Wohltätigkeitsorganisationen gespendet. Vielleicht betreibt sie ja eine.«

Gabe sah sie hoffnungsvoll an. »Wirklich?«

Ihr Lächeln war so sanft wie ihre Stimme. »Ja, das hat er.« Sie zog mehrere Blätter heran und legte sie nebeneinander. »Dem Boys & Girls Club of America, Meals on Wheels, der American Cancer Society, nur um einige zu nennen. Er hat viel Geld hergegeben. Ihr Vater war ein sehr großzügiger Mann.«

Gabe gelang ein Lächeln. »Er hat immer gesagt, er verschenke alles, wenn er stürbe, weil ich es ja nicht bräuchte. Deshalb sollte ich lieber nicht mit einer Erbschaft rechnen.«

Überrascht griff er nach dem Papiertaschentuch, das sie ihm reichte – er hatte gar nicht gemerkt, dass er weinte. »Manche hätten ihn deshalb wohl für einen schlechten Menschen gehalten … weil er mir nichts hinterlassen wollte, aber ich wusste, dass er das nicht ist. Abgesehen vom Haus und von dem Wagen war tatsächlich nicht mehr viel übrig, was er hätte vererben können, da er laut seinem Anwalt – und wie angekündigt – so ziemlich alles verschenkt hatte.«

»Der Anwalt, den Sie gestern Abend erwähnt haben?«, wollte Molly wissen. »Paul Lott?«

»Genau der. Dad hat immer gesagt, seine Lebensversicherung über das NOPD würde an mich ausbezahlt werden, damit die Beerdigungskosten gedeckt wären, aber wegen des ›Selbstmords‹ kam es natürlich nicht dazu.« Gabe setzte das Wort in Anführungszeichen. Allein es auszusprechen, beschwor neuerliche Wut in ihm herauf. »Was auch immer die Eindringlinge im Haus gesucht haben, Geld war es jedenfalls nicht, weil es schlicht keines gab.«

»Vielleicht kann uns Mr Lott ja weiterhelfen.« Molly schob die Papiere zu einem ordentlichen Stapel zusammen. »Ich wollte ihn um neun Uhr in seiner Kanzlei anrufen.«

In diesem Moment wurde Gabe bewusst, dass sie in den Stunden, als er im Bett gewesen war, den Riesenstapel Papier durchgeackert hatte. »Haben Sie überhaupt geschlafen?«

»Nein, aber mir geht's gut. Ich lege mich jetzt kurz hin und stelle mir für neun Uhr den Wecker. Dann können wir los und Mr Lott einen Besuch abstatten.« Sie warf Burke einen kurzen Blick zu. »Schaffst du es, die nächsten anderthalb Stunden wach zu bleiben?«

»Jetzt, wo ich einen Kaffee kriege? Klar.« Burke machte eine wedelnde Handbewegung. »Los, geh schon. Wir kriegen das hin.«

Sie steckte die Papiere in einen Umschlag mit dem Logo von *Broussard's Private Investigations* in der oberen Ecke und streifte sich die Handschuhe ab. »Ich glaube, ich nehme Ihr Angebot mit dem Gästezimmer an. Sollte ich den Wecker nicht hören, weckt mich bitte auf.«

Sie erhob sich und wollte die Küche verlassen, blieb jedoch im Rundbogen stehen. »Und Shoe geht es gut. Um sechs habe ich den Tierarzt angerufen, um nachzufragen. Er schnarcht wie ein Holzfäller, und seine Blutwerte sind normal.«

In Gabe mischte sich Dankbarkeit mit Scham. »Tut mir leid, dass ich Sie so angeschnauzt habe.«

Sie lächelte nur. »Es ist alles sehr belastend, Gabe. Und ich weiß ja, weshalb Sie so außer sich waren. Mir würde es genauso gehen, wenn mir jemand erzählen wollte, mein Vater hätte jahrelang einer Frau Geld gezahlt. Wir finden heraus, was es damit auf sich hat, versprochen.«

Und dann war sie verschwunden. Sekunden später hörte er das Knarzen der Falttür.

Burke steckte den Umschlag in seine Aktentasche und schenkte Gabe einen Kaffee ein. »Milch und Zucker?«

»Bitte. Und danke.«

Burke stellte die Kaffeebecher auf den Tisch und setzte sich auf Mollys Platz. »Also, ich glaube jedenfalls nicht, dass dein Vater deine Mutter betrogen hat.«

Erleichterung durchströmte Gabe. »Danke. Mir war nicht bewusst, wie dringend ich das hören musste.«

Burke seufzte. »Diese ganze Geschichte macht mich ratlos.«

»Vielleicht betreibt diese Morrow ja tatsächlich eine Wohltätigkeitsorganisation, wie Molly gesagt hat.«

Burke schüttelte den Kopf. »Kann sein, aber ich glaube es nicht. Weshalb sollte sie sie nach deinem Bruder benennen? Zumindest können wir davon ausgehen, dass diese Cicely

Morrow deinem Vater nahe genug gestanden hat, um von John Alan zu wissen.«

»Auf wessen Namen läuft diese Firma denn?«

Burke klappte seinen eigenen Laptop auf. »John Alan Industries LLC … Alles klar, die Firma gehört einem anderen Unternehmen. Und dieses Unternehmen gehört …« Er stöhnte ungeduldig auf. »Wieder einem anderen Unternehmen.« Minutenlang schwieg er, tippte, runzelte die Stirn, tippte weiter, ehe er sich schließlich auf seinem Stuhl nach hinten lehnte. »Dein Vater hat dafür gesorgt, dass niemand so schnell den wahren Besitzer findet, aber jetzt habe ich den Namen. Gigi Gauthier.«

Gabe starrte ihn an. »Tante Gigi?«

»Du hast eine Tante, die Gigi heißt?«, fragte Burke erstaunt.

»Ja, die Schwester meiner Mutter. Sie lebt in Montreal, wo meine Mutter geboren und aufgewachsen ist.«

»Montreal ist hier aber nicht angegeben. Sondern die Adresse von Gigis Firma ist in Baton Rouge. Moment, ich überprüfe das mal kurz …« Er sah auf und zuckte die Achseln. »Es ist ein Postfach in einer UPS-Filiale.«

Gabe massierte sich die Schläfen. »Na klar. Ich schlage vor, wir rufen sie einfach an. Ich hole nur kurz mein Handy.« Er nahm einen großen Schluck aus seiner Tasse, ehe er aufstand. »Nicht übel, der Kaffee. Nicht ganz so gut wie meiner, aber man kann ihn trinken.«

»Herzlichen Dank«, erwiderte Burke milde.

Gabe holte sein Handy. Auf dem Weg zurück in die Küche blieb er kurz vor dem Gästezimmer stehen, lauschte und nickte, als er leise Atemgeräusche wahrnahm.

Gut. Sie schlief.

Burke stand vor dem geöffneten Kühlschrank, als er die Küche wieder betrat. »Kann ich dir helfen?«

Burke spähte über die Schulter. »Ich habe Hunger.«

Gabe hielt sein Telefon hoch. »Wollen wir zuerst meine Tante Gigi anrufen?«

Burke stieß einen resignierten Seufzer aus. »So lange werde ich noch überleben. Vielleicht.«

Gabe verdrehte die Augen. »Ja, vielleicht.« Er scrollte zu der Nummer seiner Tante, wählte, stellte auf Lautsprecher und verdrehte neuerlich die Augen, als nur die Mailbox ranging.

»Si vous entendez ce message, ça veut dire que je fais quelque chose de plus intéressant que de parler avec vous. Laissez-moi un message. Je pourrais vous rappeler.«

»*Salut,* Tante Gigi«, sagte Gabe. »*Rappelle-moi, s'il te plaît. C'est très important.*« Er legte auf und schüttelte den Kopf. »Meine Tante ist eine Marke für sich, aber ich liebe sie.«

»Mein Französisch ist ein bisschen eingerostet, aber lautete die Bandansage, dass sie mit etwas Interessanterem beschäftigt ist, als mit dir zu reden?«

»Genau.« Er bedeutete Burke, vom Kühlschrank wegzutreten. »Man soll eine Nachricht hinterlassen, vielleicht ruft sie ja zurück.«

Burke lachte leise. »Ich glaube, ich mag sie jetzt schon.«

»Das tun die meisten. Sie hat mir beigebracht, wie man *pâte à choux* backt, als ich zehn war. Ich verwende bis heute ihr Rezept für meine Windbeutelchen im *Choux.* Ihnen und der Tatsache, dass mein Dad meine Mutter *petit chou* genannt hat, verdankt das Restaurant seinen Namen.«

»Mmm. Ich liebe diese Windbeutel. Deine gehören zu den besten, die ich je gegessen habe.«

»Ich werde es ihr sagen.«

Burke lehnte sich gegen die Arbeitsplatte, während Gabe Eier, Schicken und Gemüse für ein Omelett herrichtete. »Ich wusste nicht, dass deine Mutter aus Montreal stammte.«

»Doch, das tat sie. Eines Tages kam sie nach New Orleans zum Mardi Gras und fragte den ›gut aussehenden Polizisten‹ nach dem Weg. Ihr Englisch war nicht besonders, und sie war so frustriert, dass sie in Tränen ausbrach. Aber dann sprach er Französisch mit ihr, erklärte ihr, wohin sie gehen musste, und lud sie zum Abendessen ein. Sein Französisch hätte einen so ausgeprägten Cajun-Akzent gehabt, dass sie ihn nur mit Mühe verstanden hätte, meinte sie, aber offensichtlich haben sie es geschafft, sich zu verständigen. Es war Liebe auf den ersten Blick.«

»Dein Dad hat erzählt, sie sei zum Mardi Gras gekommen und der Liebe wegen geblieben. Er hat sie so sehr geliebt, Gabe, und ihr Tod hat ihn völlig aus der Bahn geworfen. Ich kann mir beim besten Willen nicht vorstellen, dass es eine andere Frau für ihn gegeben haben könnte, solange noch ein Atemzug in ihr war.«

»Ich weiß.« Gabe konzentrierte sich darauf, die Eier zu verquirlen. Seine Hände zu beschäftigen, war schon immer seine bevorzugte Methode gewesen, mit Stress umzugehen. »Ich weiß, dass es eine andere Erklärung gibt.«

»Und wir werden nicht ruhen, bis wir sie gefunden haben.«

In diesem Moment fiel ihm die Frage wieder ein, die er nicht gestellt hatte. *Der zweite Sohn.* Gabe zuckte zusammen und starrte in die Pfanne. »Hat Cicely Morrow eigentlich einen Sohn? Molly hat nichts gesagt.«

Burke zögerte. »Keine Ahnung. Wirklich. Ich trinke meinen Kaffee aus und sehe selbst nach, was ich über sie finden kann.«

8. Kapitel

MONT BELVIEU, HOUSTON, TEXAS

Dienstag, 27. Juli, 08.15 Uhr

Das gefällt mir nicht«, sagte Manny bestimmt zum zehnten Mal, während er hinter Mr Lotts weißem BMW vor Xaviers Haus hielt.

Der blaue Camry war verschwunden.

»Ich weiß«, entgegnete Xavier und registrierte, wie gepresst er klang. »Aber hast du eine bessere Idee?«

»Nein«, räumte Manny ein. »Es gefiel mir nicht, dass er überhaupt nicht auf dich eingegangen ist, als du nach Rockys Sohn gefragt hast.«

»Sehe ich genauso«, sagte Xavier. »Aber sofern du keine bessere Idee hast, würde ich tun, was er sagt.«

Manny brummte leise. »Ich gehe mit dir rein.« Er griff unter den Fahrersitz und zog eine Pistole und ein Messer heraus.

Entsetzt starrte Carlos auf die Waffen. »Heilige Scheiße, Manny! Wieso bist du bewaffnet?«

»Weil ich Nachtschicht an einer Tankstelle schiebe, die mindestens einmal im Monat überfallen wird. Keine Angst, ich habe einen Sicherheitskurs gemacht und übe einmal pro Woche. Schießen kann ich jedenfalls.«

»Weiß Mom davon?«

Manny warf ihm einen scharfen Blick zu. »Nein. Und du wirst es ihr auch nicht sagen. Sie macht sich schon genug Sorgen um mich.« Er öffnete die Wagentür. »Also, ziehen wir das jetzt durch oder nicht?«

Xavier holte tief Luft, ehe er die Tür auf seiner Seite öffnete und sich umsah, ohne genau sagen zu können, wonach er Ausschau hielt. Sein Haus sah noch genau gleich aus, die Tür des Nachbarhauses ebenfalls. Alles klang wie immer. Vereinzeltes Vogelgezwitscher, das Bellen des Hundes der Frau, deren Grundstück hinten an ihres grenzte. Alles wie immer.

Dann sah er die Tropfen in der Einfahrt. Braun. Getrocknet.

Blut.

Ich habe ihn getroffen. Aber wenn er fliehen konnte, habe ich ihn nicht getötet.

Immerhin.

Mr Lott stieg aus seinem BMW und ging mit eiligen Schritten die Einfahrt hinauf. Am Garagentor blieb er kurz stehen und machte eine ungeduldige Geste. »Stehen Sie nicht so ungeschützt herum«, tadelte er.

Sie hasteten ebenfalls die Einfahrt hinauf. Augenblicklich schlug die Ungeduld des Anwalts in Besorgnis um. »Geht es euch gut, Jungs?«

Xavier zuckte die Achseln. »So gut, wie es uns unter den Umständen gehen kann, schätze ich.«

Mr Lott sah sich um. »Ich hatte nicht damit gerechnet, dass Sie so isoliert leben. Gibt es direkte Nachbarn?«

»Nein, Sir.« Xavier deutete auf das Nebenhaus mit dem »Zu verkaufen«-Schild im Vorgarten. »Die Leute sind vor einem Jahr weggezogen«, sagte er und zeigte auf das am nächsten stehende Haus, das sich am Ende der Straße befand. »Die Leute dort zieht es im Sommer nach Norden. Hier unten ist es ihnen zu heiß.«

»Also war niemand hier, der den Schuss gehört haben könnte?«

»Woher wissen Sie, dass Xavier geschossen hat?«, knurrte Manny.

Mr Lott verdrehte die Augen. »Weil er gesagt hat, er sei ›vorbereitet‹ und nicht sicher, ob der Typ noch lebt. Ich habe einfach eins und eins zusammengezählt.« Er wandte sich an Xavier. »Also, hat jemand den Schuss gehört?«

»Vielleicht die Lady hinter uns«, sagte Xavier. »Aber es war schon spät, und sie geht immer früh schlafen, außerdem nimmt sie ihre Hörgeräte nachts raus. Sie würde selbst die Wiederkunft Jesu verschlafen, wenn es nachts geschähe, sagt sie immer.«

»Gut zu wissen«, murmelte Lott. »Wie ist er ins Haus gelangt?«

»Der Eindringling ist durch die Seitentür hereingekommen«, erklärte Carlos, ganz der Profi. Sie folgten dem Anwalt durch die angelehnte Tür, die in die Waschküche führte. Sie wies Splitter auf.

Mr Lott zog ein Paar Handschuhe aus der Tasche.

Manny riss die Augen auf. »Was zum Teufel ist das? Haben Sie das gemeint, als Sie sagten, Sie seien ebenfalls vorbereitet?«

Mr Lott reichte jedem von ihnen ein Paar Handschuhe. »Unter anderem. Ich bin für jede Eventualität gerüstet, hoffe ich. Also, anziehen.«

Augenrollend streiften sie die Handschuhe über, die für sehr viel kleinere Hände gemacht waren.

Mit einem Finger schob Mr Lott die Tür auf. Auf dem Fußboden in der Waschküche klebte noch mehr Blut, allerdings verschmiert, als hätte jemand versucht, es wegzuwischen, dann aber aufgegeben.

»Es fehlen Handtücher«, sagte Xavier leise. »Ich habe sie gestern Morgen zusammengelegt, bevor wir uns zum Frühstücken getroffen haben, Carlos. Gestern Abend lagen sie noch hier.«

»Der Eindringling hat einiges an Blut verloren«, bemerkte Mr Lott mit hörbarer Zufriedenheit. »Wir können später die Krankenhäuser abtelefonieren. Das Gästezimmer befindet sich oben?«

Xavier nickte. »Die erste Tür rechts.«

Sie gingen die Treppe hinauf, wobei sie sich weit links hielten, weil rechts überall Blut war. Xavier sah Manny an, der seine Waffe aus dem Hosenbund gezogen hatte und nun so fest umklammert hielt, dass seine Fingerknöchel weiß hervortraten.

Xavier tastete seine Tasche ab, um sich zu vergewissern, dass seine eigene Pistole noch da war. Natürlich war sie es. Das Ding war so schwer, dass es unter seinem locker sitzenden Hemd eine deutliche Beule bildete und seine Jeans nach unten zog.

Er wünschte, sein Vater hätte sich für ein kleineres Modell entschieden. Andererseits war er gestern Abend heilfroh gewesen, sie überhaupt bei sich zu haben.

Vor allem nun, da er wusste, dass er den Dreckskerl nicht getötet hatte. *Der mich ja töten wollte.*

Im Gästezimmer sah alles fast normal aus. Bis auf das sperrangelweit offen stehende Fenster mit den in der morgendlichen Brise wehenden Vorhängen.

Und natürlich der Blutlache auf dem Teppichboden.

»Das geht doch nie wieder raus, oder?«, sagte er.

»Ich kenne jemanden, der den Teppichboden ersetzen kann.« Carlos tätschelte Xavier die Schulter.

Xavier ließ sich gegen seinen Freund sinken. »Ich muss meine Mutter anrufen.«

»Das werden wir«, versprach Mr Lott. »Ich will bloß erst die anderen Zimmer überprüfen. Vielleicht hat er ja etwas liegen lassen, das uns einen Hinweis darauf gibt, wer er ist oder wer ihn geschickt hat.«

Xavier wollte nur raus aus dem Haus. Er wollte durch die Tür treten und seine Mutter anrufen, mit Carlos' Handy, weil er Angst hatte, sein eigenes wieder einzuschalten.

Ich will bloß, dass das hier vorbei ist.

Aber das würde wohl nicht so schnell passieren.

»Ist das Ihr Zimmer, Xavier?«, rief Mr Lott, der im Türrahmen von Xaviers Zimmer stand.

»Ja. Warum? Was ist?« Xavier hastete zu ihm, doch der Raum wirkte unberührt.

»Nichts. Es sieht nicht so aus, als wäre er hier drinnen gewesen. Wieso packen Sie nicht ein paar Sachen zusammen?«

Xavier schob sich an ihm vorbei. Irgendwie hatte er ein … seltsames Gefühl.

Aber das war wohl nicht weiter ungewöhnlich, oder?

Natürlich. Seit gestern Abend war nichts mehr normal.

Zumindest habe ich mir das alles nicht bloß eingebildet. Jemand war tatsächlich hinter mir her.

Ist es vielleicht immer noch.

Er zog seine Kommodenschublade auf. Carlos hatte unterdessen Xaviers Reisetasche aus dem Schrank geholt, die sie nun gemeinsam packten. »Nimm lieber ein paar Unterhosen extra mit, Mann«, flüsterte Carlos. »Es würde mich wundern, wenn deine nach gestern Abend noch sauber wäre.«

Xavier prustete. »Halt die Klappe, *pendejo*«, sagte er voller Zuneigung, zog den Reißverschluss zu und nahm seinen Rucksack. »Wir sind dann so weit, Mr Lott.«

»Gut. Also, wollt ihr Jungs mit mir kommen? Manny hat ja bestimmt Besseres zu tun.«

»Nö«, erwiderte Manny knapp. »Ich komme mit. Die beiden bleiben bei mir.«

Mr Lotts Lächeln verlor nichts von seiner Strahlkraft. »Wie Sie wollen. Gehen wir. Ich fahre hinter Ihnen her. Wir überlassen die Entscheidung Ihrer Mutter, wie sie wegen des Bluts vorgehen will.

Wenn sie die Polizei rufen möchte, machen wir das. Allerdings sollten wir zumindest das Fenster schließen und die Tür in Ordnung bringen.«

»Das Fenster übernehme ich«, bot Carlos an, schwang sich seinen Rucksack über die Schulter und schloss das Fenster, ehe er den anderen nach unten und zur Tür hinaus folgte.

Mr Lott stieg in seinen BMW, Xavier, Carlos und Manny kletterten in Mannys Klapperkiste.

»Das Ganze gefällt mir nicht«, sagte Manny erneut.

»Dieselben Bedenken wie zuvor?«, fragte Xavier. »Oder ist etwas Neues dazugekommen?«

»Er hat dich beobachtet, wie du deine Tasche gepackt hast. Als … keine Ahnung. Es war irgendwie schräg.«

»Aha.« Xavier wusste nicht recht, wie er mit Mannys Bedenken umgehen sollte, doch er hörte ihm zumindest zu. »Und was sollen wir deiner Meinung nach tun?«

»Keine Ahnung«, erwiderte Manny grimmig und drückte ihm sein Wegwerfhandy in die Hand. »Ruf deine Mutter an und erkläre ihr, was passiert ist. Sie soll uns sagen, was wir tun sollen, so wie der Anwalt es wollte.«

»Ich kenne ihre Nummer nicht auswendig«, gestand Xavier, nachdem er sekundenlang auf das Display gestarrt hatte.

»Ich habe sie abgespeichert.« Carlos zog sein Handy heraus, scrollte zu der Nummer und hielt sie Xavier hin.

»Ich hoffe, sie geht ran«, sagte Xavier leise. »Die Nummer kennt sie ja nicht.«

Doch sie meldete sich gleich nach dem ersten Läuten. »Hallo? Wer ist da?«, fragte sie argwöhnisch. »Wenn es um die Garantieinspektion meines Wagens geht, können Sie sich gleich zum Teufel scheren.«

Beim Klang ihrer Stimme schossen Xavier die Tränen in die Augen. »Mom«, krächzte er.

»Xavier?« Angst schwang in ihrer Stimme mit. »Was ist passiert? Wieso rufst du mit einer fremden Nummer an?«

Er blinzelte, sodass ihm die Tränen über die Wangen liefen. »Es ist …« Er räusperte sich. »Mama, gestern Abend ist etwas passiert. Carlos und ich wollten gerade schlafen gehen, da …« Seine Stimme brach.

»Xavier? *Xavier!*«, rief sie.

»Was ist los?«, hörte er eine andere Frauenstimme sagen. »Ist alles in Ordnung?«

»Ich weiß es nicht«, antwortete seine Mutter panisch. »Xavier?«

Carlos nahm Xavier das Handy aus der Hand. »Mrs M? Hier ist Carlos. Es geht uns gut.«

»O mein Gott«, stöhnte sie. Die miese Lautsprecherqualität des Handys ließ ihre Stimme blechern klingen. »Was ist passiert?«

»Jemand ist in Ihr Haus eingebrochen«, erklärte Carlos. »Und … also … wir konnten flüchten. Durch das Fenster oben.«

»Das im Gästezimmer?«, fragte sie. »Ihr habt mir jedes Mal eine Heidenangst eingejagt, wenn ihr früher aus diesem Fenster raus- und wieder reingeklettert seid.«

»Du wusstest davon?«, fragte Xavier.

»Natürlich hat sie's gewusst«, brummte Manny auf dem Vordersitz. »Die wissen immer alles.«

»Wer hat da gesprochen?«, fragte Cicely.

»Das ist mein Bruder Manny«, sagte Carlos. »Er fährt uns. Wir wollten uns mit Ihnen treffen.«

»Und es ist noch jemand hier«, fügte Xavier hinzu. »Ich habe diesen Anwalt angerufen.«

Mrs Morrow schwieg sekundenlang. »Welchen Anwalt?«

»Mr Lott. Rockys Anwalt.«

Sie atmete hörbar aus. »Verstehe. Und warum hast du ihn angerufen?«

Xavier runzelte die Stirn. »Ich wollte mit Rockys Sohn Kontakt aufnehmen. Er hat immer gesagt, ich soll Gabe anrufen, wenn ich Hilfe brauche, aber ich kenne Gabriels Nummer nicht.«

»Ist Mr Lott bei euch im Wagen?«

»Nein, Ma'am.« Xavier tauschte einen nervösen Blick mit Carlos. »Warum?«

»Ist er hier? In Houston?«

»Ja. Er ist die ganze Nacht gefahren, um mich zu holen. Aber er meinte, wir sollten zuerst mit dir reden, bevor wir nach New Orleans fahren, damit du dir keine Sorgen machst.«

Seine Mutter stieß ein Lachen aus, das alles andere als erfreut klang. »Verstehe. Das ist ja sehr großmütig von ihm.«

»Mom?« Xavier war verwirrt. »Was ist denn los?«

»Das kann ich dir noch nicht sagen. Ich kenne die Einzelheiten nicht, weil du ja zuerst mit einem Fremden sprichst, bevor du mich anrufst.«

Xavier zuckte zusammen. »Es tut mir leid, Mom. Ich wollte dich doch nur beschützen.«

Sie seufzte. »Das weiß ich doch. Also, erzähl mir jetzt genau, was vorgefallen ist und wieso du nicht gleich die Polizei gerufen hast.«

Blinzelnd versuchte Xavier, sich alle Details in Erinnerung zu rufen, aber er war so müde.

»Es ist, wie er gesagt hat«, schaltete sich Carlos dankbarerweise ein. »Wir wollten gerade schlafen gehen, als jemand eingebrochen ist. Xavier hat die Waffe seines Dads –«

»Du hast was?«, schrie Cicely.

»Dads Waffe«, sagte Xavier und stellte verblüfft fest, wie

ruhig seine Stimme klang. »Und die Cops habe ich nicht gerufen, weil … ach, Mom. Carlos und ich waren ganz allein, und wenn die gekommen wären, hätte man doch nur uns die Schuld gegeben.«

Wieder drang ein Seufzen durch die Leitung. »Da hast du leider recht. Ich wusste nicht, dass dein Vater dir seine Waffe gegeben hat.«

»Hat er auch nicht. Ich habe sie nach seinem Tod gefunden.«

»Mir hat er erzählt, er hätte sie aus dem Haus geschafft.« Mit einem Mal klang sie schrecklich kleinlaut, dann hörte Xavier sie ein weiteres Mal durchatmen und sah sie förmlich vor sich, wie sie die Schultern durchdrückte. »Na gut, du hast also die Waffe deines Vaters geholt.«

»Und ich einen Baseball- und einen Golfschläger«, warf Carlos ein.

Sie lachte zwar, doch es klang dünn. »Carlos, du kriegst lebenslang Kekse von mir.«

»Das war der Plan«, erwiderte er vergnügt, ehe seine Miene ernst wurde. »Die Treppe konnten wir nicht runtergehen, also sind wir aus dem Fenster geklettert. Aber gerade als Xavier raussteigen wollte, hat der Typ ihn gepackt.«

Cicely stieß einen unterdrückten Laut aus, als hätte sie sich die Hand auf den Mund gepresst. »Gütiger Himmel.«

»Aber er ist nicht verletzt«, beruhigte Carlos sie. »Nicht mal ein Kratzer. Aber …«

»Ich habe auf den Eindringling geschossen«, platzte Xavier heraus. »Ich habe auf ihn geschossen, dann bin ich vom Baum gesprungen, und wir sind davongerannt.«

»Also gut«, sagte sie ruhig. Zu ruhig. Dies war ihr »Ich versuche, vernünftig zu sein, habe aber schreckliche Angst«-Tonfall. »Hast du deshalb nicht die Polizei angerufen, als alles vorbei war?«

»Ja«, antwortete Xavier. »Ich … hatte große Angst. Ich hatte eine Waffe, und der Typ war ein Weißer. So viel konnte ich zumindest sehen. Eine weiße Hand, die mich am Hemd gepackt hat, als ich mich umgedreht und gefeuert habe.«

»Aber der Typ war ebenfalls bewaffnet«, warf Carlos ein. »Xavier hat sich bloß verteidigt.«

»Also gut«, sagte sie noch einmal. »Ich verstehe. Danach habt ihr also diesen Anwalt angerufen und nach Gabriel Hebert gefragt, aber der Anwalt hat beschlossen, gleich selbst zu kommen, und er will dich jetzt mit nach New Orleans nehmen. Habe ich das richtig verstanden?«

»Perfecto«, sagte Carlos. »Aber ich lasse ihn nicht einfach gehen, Mrs M. Versprochen.«

»Danke, Carlos«, sagte sie. »Und Manny, an Sie auch.«

»Kein Problem, Mrs M«, rief Manny. »Ich hab ein paar Tage frei und ohnehin nichts Besseres zu tun.«

»Okay, ich will, dass ihr Folgendes tut. Sagt ihm, wir treffen uns im Waffle House in der Wallisville Road. Mein Wagen wird direkt davor parken. Du hast doch noch die Schlüssel, richtig, Xavier?«

Er klopfte seine Taschen ab. Die Schlüssel hingen noch an dem Ring mit dem Engel, den Rocky ihm hinterlassen hatte. Vielleicht wachte dieser Engel ja über sie, überlegte er, und schob den Gedanken eilig beiseite. »Ja, Mom. Ich habe die Schlüssel.«

»Sagt dem Anwalt, er soll reinkommen, aber ich will ihn allein sprechen. Währenddessen steigt ihr von Mannys Wagen in meinen. Wenn ich so weit bin, komme ich raus, steige zu euch in den Wagen, und dann machen wir uns auf die Suche nach Gabriel Hebert. Der Anwalt kann uns ja nach New Orleans folgen, wenn er Lust hat.«

»Ich habe doch gleich gesagt, dass ich den Kerl nicht mag«, brummte Manny. »Und Mrs M auch nicht.«

»Nein, du hast gesagt, dir gefällt die ganze Situation nicht«, korrigierte Carlos. »Sie glauben, der Kerl ist nicht ganz astrein, Mrs M?«

»Ich weiß es nicht. Es war ja nett, den ganzen Weg nach Houston zu kommen, aber ich habe selbst mit Rocky geredet, der mir eingebläut hat, nur Gabriel zu trauen, niemandem sonst. Und er hat dem Anwalt nicht erzählt, wo er dich findet, Xavier. Mr Lott hat die Testamentsunterlagen an ein UPS-Postfach geschickt, weil das die Anschrift war, die Rocky ihm gegeben hatte. Wenn Rocky schon so einen Aufwand betreibt, um deine Identität und deinen Aufenthaltsort geheim zu halten, werde ich dasselbe tun. Sollte dieser Mr Lott wirklich ein netter Mensch sein – wobei ich keinerlei Grund habe, daran zu zweifeln, dass er es nicht ist …«

»Und trotzdem«, warf Manny ein.

»Und trotzdem«, bestätigte sie. »Wenn er so ein netter Mann ist, wird ihm eine kleine Planänderung sicherlich nichts ausmachen.«

»Wir nehmen lieber meinen Minivan«, erklärte Cicelys Freundin im Hintergrund. »Was, wenn er keine guten Absichten hat?«

»Ich werde dich da nicht mit hineinziehen, Willa Mae.«

»Das tust du auch nicht, weil ich nämlich freiwillig mitkomme. Außerdem ist mein Wagen besser für die lange Fahrt geeignet als deiner, weil er frisch aus der Werkstatt kommt, wo die ihn in Schuss gebracht haben.«

Am liebsten hätte Xavier laut aufgelacht, verkniff es sich jedoch, weil er sonst endgültig geklungen hätte, als hätte er den Verstand verloren. »Mom, bist du ganz sicher?«

»Ja, bin ich. Ich habe zwar Gabriels Telefonnummer nicht, weiß aber, wo er arbeitet.«

»In einem Restaurant«, sagte Xavier. »Ich habe mein Handy

ausgeschaltet, deshalb kann ich gerade nicht nachsehen, in welchem.«

»*Le Petit Choux*«, sagte sie. »Ich rufe dort an, sobald wir aufgelegt haben. Vielleicht bekomme ich ihn ja gleich an die Strippe. Ruf jetzt den Anwalt an und sag ihm, dass wir uns im Waffle House treffen. Ich sehe dich dann dort.«

»Ich fahre einen Honda Odyssey«, rief Willa Mae aus dem Hintergrund. »Grau. Deine Mom schickt dir gleich das Kennzeichen. Ich nehme meine Waffe mit. Einen Waffenschein habe ich, seit ich für die Staatsanwaltschaft gearbeitet habe und mich so ein Irrer bedroht hat. Vielleicht ist sie sogar noch geladen.«

»Du lieber Himmel«, stöhnte Xaviers Mutter. »Dann bis gleich. Ich hab dich lieb, Junge.«

»Ich dich auch, Mom.« Xavier beendete das Gespräch und konnte das Bedürfnis, zu lachen, nicht länger unterdrücken.

Und er klang tatsächlich, als hätte er den Verstand verloren.

Carlos stimmte als Erster ein, dann auch Manny. Sie alle klangen, als hätten sie den Verstand verloren, was auf eine schräge Art und Weise tröstlich war.

Schließlich beruhigte Xavier sich. In diesem Moment klingelte Mannys Wegwerfhandy. »Es ist Lott«, sagte Xavier. »Ich sage ihm, wo wir uns treffen.«

MID-CITY, NEW ORLEANS, LOUISIANA

Dienstag, 27. Juli, 09.30 Uhr

»Es geht uns gut«, beteuerte Chelsea, als Molly sie anrief.

Molly stand in Gabes Gästezimmer, sah durch die Fenstertüren hinaus in den Garten und fragte sich, ob der Kerl, der Shoe hatte töten wollen, wohl zurückkäme. Am helllichten Tag vermutlich nicht, andererseits war es noch nicht dunkel gewesen, als er das Fleisch über den Zaun geworfen hatte.

War der Mann, der Shoe töten wollte, derselbe, der auch Rockys Haus verwüstet hatte? Möglich. Sogar wahrscheinlich.

Sie fragte sich, ob es ein großer Fehler gewesen war, den Auftrag anzunehmen und damit Chelsea und Harper in Gefahr zu bringen. Auch das war durchaus möglich.

Aber zumindest bestand heute Morgen keine Gefahr für die beiden, wie es schien.

»Ist Lucien die ganze Nacht geblieben?«, fragte sie. Lucien gehörte zu den Mitarbeitern, die Burkes besonderes Vertrauen genossen, und war somit neben Val der Einzige, den Burke für die Bewachung von Familienmitgliedern abstellen würde – und für Burke waren Chelsea und Harper ebenso Familie wie für Molly.

»Ja. Er hat die ganze Zeit vor der Tür gesessen, wenn er nicht gerade seine Runden ums Haus gedreht hat. Es geht uns gut, Molly, ich schwöre es. Was ist denn das für ein Fall, dass du solche Angst um uns hast?«

Molly zögerte und überlegte, wie sie es ihr erklären sollte, ohne gegen ihre Verschwiegenheitsverpflichtung zu verstoßen. »Es geht um Menschen in Machtpositionen«, antwortete sie ausweichend. »Mehr kann ich dazu nicht sagen.«

»Alles klar. Ich mache mir auch um dich Sorgen, aber ich weiß ja, dass du vorsichtig bist. Harper weiß, dass sie die Tür nicht aufmachen darf. Sie ist ein bisschen nervös, aber bei Weitem nicht so wie früher. Sie mag Lucien.«

»Sollte sie auch, schließlich bringt er ihr jedes Mal ein Buch mit, wenn er kommt. Was war es diesmal?«

»*Wilbur und Charlotte.*« Chelsea lachte leise. »Sie sagt jetzt schon, der Bauer und seine Frau sollten sich lieber für die Spinne interessieren als für das blöde Ferkel.«

»Weil sie ein kleiner Schlaukopf ist. Ich muss jetzt Schluss machen, melde mich aber später noch mal. Sollte dir etwas seltsam vorkommen, ruf Burke an.« Sie beendete das Gespräch und ging ins Badezimmer, in dem man sich wie in den anderen Zimmern des Shotgun-Hauses keineswegs beengt fühlte, obwohl es winzig war.

Die hohen Decken vermittelten tatsächlich den Eindruck von Größe. Daran musste sie denken, wenn sie sich eine eigene Wohnung suchte.

Denn Chelsea und Harper würden sie nicht ewig bei sich brauchen. Früher oder später wäre sie wieder für sich – noch wusste sie nicht recht, wie sie die Vorstellung finden sollte.

Burke und Gabe saßen über Burkes Laptop am Tisch gebeugt, als sie die Küche betrat. »Was ist denn hier los?«, fragte sie, woraufhin beide Männer zusammenzuckten.

»Wir überprüfen gerade Cicely Morrow«, antwortete Gabe grimmig. »Sie hat einen Sohn.«

»Der zweite Sohn«, sagte Molly leise. John Allen Industries. »Aber das bedeutet noch lange nicht, dass Ihr Vater etwas Falsches getan hat.«

Gabe starrte sie finster an. »Aber belastend ist es trotzdem. Weshalb sollte er dieser Familie all die Jahre Geld geben, obwohl er keinerlei Verbindung zu ihr hatte? Das sind keine armen Leute, sondern eine normale Familie mit einem Haus auf einem großen Grundstück in Mont Belvieu, einem Vorort von Houston.«

Molly schenkte sich einen Kaffee ein und trug die Tasse zum Tisch. »Und wie heißt der Sohn?«, fragte sie und sah etwas in Gabes Augen aufflackern – Wut, aber auch großen Kummer. »Xavier. Er hat gerade an der Rice University seinen Abschluss gemacht. Mit Auszeichnung.«

Xavier. Sie erinnerte sich, dass Patty Rocky Hebert über einen Treuhandfonds für »X« sprechen gehört hatte.

»Und er wurde an der medizinischen Fakultät der University of Pennsylvania angenommen«, fügte Burke hinzu.

»Ein kluger junger Mann«, bemerkte Molly vorsichtig. »Das ist eine angesehene Uni.«

»Und eine teure«, fauchte Gabe. »Eine, für die man einen Treuhandfonds braucht, um ein Studium finanzieren zu können.«

Du liebe Zeit. Gabe hatte eindeutig einige Rückschlüsse gezogen, die – sofern sie stimmten – überaus irritierend waren.

»Was ist mit Mr Morrow?«

»Ist vor sieben Jahren an einem Herzinfarkt gestorben«, sagte Burke. »Er war ebenfalls Arzt.«

»Eine Medizinerfamilie«, bemerkte Molly. »Was habt ihr sonst noch über Cicely Morrow gefunden?«

»Nicht viel.« Burke schien frustriert zu sein. »Sie ist eine brave Bürgerin, die nicht mal einen Strafzettel kassiert hat. Dasselbe gilt für ihren Sohn. Er war Zweitbester seines Jahrgangs auf der Highschool, hat neben der Schule in einem Diner in der Nähe des Campus gejobbt und während der Sommerferien als Rettungsschwimmer.«

»Vor ein paar Jahren hat er einem kleinen Kind das Leben gerettet«, fügte Gabe düster hinzu. »Es gab sogar einen Artikel in der Lokalzeitung. Die Eltern wollten ihm eine Belohnung geben, aber er wollte, dass sie das Geld stattdessen an ein Heim für LGBT-Jugendliche spenden. Er scheint ein anständiger Kerl zu sein.«

Was es für Gabe noch schwerer machen würde, ihn zu hassen. Wenn er einen Grund hatte. *Immer noch ein großes WENN.*

»Gabe.« Molly wartete, bis Gabe sie ansah. »Ich weiß, dass

Ihnen das nicht leichtfällt, aber Sie müssen warten, bis wir alle Details kennen. Ihr Vater war doch ein hochanständiger Mann, richtig?«

Gabe schluckte. »Zumindest dachte ich das immer.«

Sie ergriff seine Hand und drückte sie. »Dann denken Sie noch eine Weile so über ihn.« Sie löste ihren Griff und ignorierte, wie richtig es sich angefühlt hatte. »Es ist schon fast zehn. Vielleicht ist der Anwalt Ihres Vaters ja inzwischen in der Kanzlei.«

»Ist er nicht«, sagte Burke. »Wir haben schon angerufen, aber er hat seiner Büroleiterin gesagt, dass er die restliche Woche freinimmt. Ein Notfall in der Familie, zumindest hat er das behauptet.«

Molly zog die Brauen hoch. »Du glaubst das nicht?«

Burke zuckte die Achseln. »Soweit wir wissen, hat er keine Familie. Kann sein, dass er das bloß als Ausrede benutzt hat, aber das Timing finde ich trotzdem seltsam.«

»Definitiv«, murmelte Molly. »Könnte Ihr Vater sich sonst noch jemandem anvertraut haben, Gabe? Wer ist sein Testamentsvollstrecker?«

»Leider auch der Anwalt.« Gabe seufzte. Ihm war anzusehen, wie gekränkt er war, dass sein Vater nicht ihn dazu bestimmt hatte. »Aber da ist noch Tante Gigi.«

»Ich habe John Alan Industries zu Gabes Tante zurückverfolgt«, erklärte Burke. »Wir mussten ein wenig graben, haben sie aber als Geschäftsführerin gefunden, allerdings ist die offizielle Firmenadresse ein UPS-Postfach in Baton Rouge.«

»Aha?« Molly spürte, wie neue Energie sie durchströmte. »Ich nehme an, du hast schon versucht, mit Tante Gigi in Kontakt zu treten, sonst hättest du das gleich als Erstes erzählt.«

Burke lachte schnaubend. »Der Anruf ging sofort auf die

Mailbox, deshalb haben wir eine Nachricht hinterlassen. Sie wird möglicherweise zurückrufen, sofern sie nichts Wichtigeres zu tun hat.«

Ganz schön frech, dachte Molly, war jedoch froh, dass sie den Gedanken nicht laut ausgesprochen hatte, denn Gabes Lippen verzogen sich zu einem winzigen Lächeln.

»Sie ist ziemlich resolut«, sagte er voller Zuneigung. »Ich glaube, sie würde Sie beide sehr mögen.«

Molly freute sich über das Lächeln, weil es zumindest einen kurzen Moment die Sorgenfalten auf seiner Stirn glättete. »In dem Fall würde ich sehr gern mit ihr plaudern, wenn das alles hinter uns liegt. Aber jetzt sollten wir erst einmal nach Baton Rouge fahren und uns ansehen, was es mit diesem Postfach auf sich hat.«

Burke schüttelte den Kopf. »Ich habe schon Rockys Schlüsselbund überprüft, aber da war kein Schlüssel dran, der nach einem UPS-Fach aussah.«

»Mist«, brummte Molly. »Das wäre wohl zu einfach gewesen. Vielleicht hat ja der Anwalt einen Schlüssel. Hat Antoine schon etwas auf dem Laptop oder der SIM-Karte gefunden, die in Rockys Wagen versteckt lag?«

»Ich habe Joy im Büro angerufen.« Burke zuckte die Achseln. »Sie meinte, Antoine hätte gesagt, sie solle ihn verdammt noch mal in Ruhe lassen, er melde sich dann schon, wenn er fertig sei. Man könne ›die Dinge nicht künstlich beschleunigen‹, was auch immer damit gemeint sein mag.«

Molly seufzte. »Das klingt nach Antoine, nach dem Motto ›Rufen Sie uns nicht an, wir melden uns dann bei Ihnen‹.« Der Mann gehörte zu den klügsten Köpfen, die sie kannte, doch in puncto Kommunikation war definitiv noch Luft nach oben. Sie wandte sich an Gabe. »Da wir also nicht nach Baton Rouge fahren … wann brechen wir dann nach

Houston auf, um mit Cicely Morrow und ihrem Sohn zu sprechen?«

Gabe sah auf seine Uhr. »So schnell wie möglich. Ich wollte Sie noch eine Weile schlafen lassen, aber wenn es nach mir geht, können wir sofort los, dann wären wir im Lauf des Nachmittags dort, in jedem Fall aber vor Einbruch der Dunkelheit.«

»Das wäre optimal. Zeig mal, was du gefunden hast, Burke.«

Burke drehte den Laptop so, dass Molly die Ergebnisse der Recherchen sehen konnte, die sie selbst angestellt hätte, wenn ihr die Müdigkeit keinen Strich durch die Rechnung gemacht hätte.

Das Foto von Cicely Morrow kannte sie bereits, deshalb konzentrierte sie sich auf Xavier. In dem Zeitungsartikel war sein Abschlussfoto aus der Highschool abgedruckt, außerdem wurden seine akademischen Leistungen und das Teilstipendium an der Rice University hervorgehoben. Xavier war jung und gepflegt, sein Haar an den Seiten rasiert und oben zu einem ordentlichen Irokesenschnitt geschnitten, dazu in Blau und Gold gefärbt – den Farben seiner Schule, wie Molly anhand eines weiteren Fotos erkannte. Sein Lächeln war breit, seine Augen strahlend.

Er wirkte glücklich. Laut dem Artikel hatte er auch während der Highschool jede Menge Freiwilligenarbeit geleistet – bei der Schulorganisation Key Club und bei Meals on Wheels, außerdem hatte er obdachlosen Jugendlichen im LGBT-Heim Nachhilfe gegeben. Wie Gabe angedeutet hatte, war Xavier Morrow ein netter, anständiger junger Mann.

»Habt ihr schon seine Geburtsurkunde gefunden?«

»Noch nicht, das wollte ich gerade erledigen«, antwortete Burke.

»Mal sehen, wer schneller ist.« Sie gab Burke seinen Laptop zurück und nahm ihren eigenen.

»Was haben Sie vor?«, fragte Gabe misstrauisch.

»Ich suche Xavier Morrows Geburtsurkunde«, antwortete Molly, »aber keine Angst, niemand kann die Suche zu Ihnen zurückverfolgen. Wir benutzen ein VPN, damit es diskret bleibt.«

Gabe machte ein finsteres Gesicht. »Aber ist das denn legal?«

»Es sind öffentliche Register«, antwortete Burke ausweichend.

»Also Hacking«, bemerkte Gabe.

»Wir beschleunigen das Verfahren, indem wir Antoines Suchmaschine benutzen.« Molly sah Gabe in die Augen. »Sonst dauert es zu lange, und ich glaube nicht, dass wir ewig warten können.«

Gabe nickte wenig überzeugt.

Mollys Finger flogen über die Tastatur, doch Burke war einen Hauch schneller und stieß einen Triumphschrei aus – Sekunden bevor Xavier Morrows Geburtsurkunde auf ihrem Bildschirm erschien.

»Ha!«, meinte Burke.

»Ha!«, meinte Molly.

Gabe beugte sich vor und spähte auf Burkes Bildschirm. »Heilige Scheiße!«

Denn Angel Xavier Morrow war vor zweiundzwanzig Jahren in New Orleans geboren worden.

»Wir müssen ihn finden und mit ihm reden«, sagte Molly. »Kann sein, dass nichts dabei herauskommt, Gabe. Oder aber etwas, das Ihnen nicht gefällt. Ich sollte allein nach Houston fahren.« Sie rechnete nicht damit, dass er einwilligen würde, doch es war den Versuch wert. »Ich erzähle Ihnen dann alles, was Sie wissen müssen.«

»Nein«, sagte er leise. »Ich komme mit. Ich muss die Wahrheit erfahren. Wenn mein Vater einen Treuhandfonds für Xavier Morrow eingerichtet hat, muss ich es wissen. Und warum.«

Molly seufzte. »Das dachte ich mir schon. Also, fahren wir.«

I-10, ÖSTLICHES TEXAS

Dienstag, 27. Juli, 09.45 Uhr

»Könnten Sie ihm ausrichten, dass es dringend ist?«, drängte Xaviers Mutter, die mit jemandem im *Le Petit Choux* telefonierte.

Offensichtlich war Gabriel Hebert nicht im Restaurant und hatte auch keinen ihrer vier vorherigen Anrufe während der letzten Stunde angenommen.

Cicely seufzte. »Danke. Ich habe meine Nummer bereits hinterlassen. Haben Sie sie noch?« Sie lauschte. »Ihnen auch«, murmelte sie dann und legte auf.

»Vielleicht ruft er ja zurück«, sagte Willa Mae, die hinter dem Steuer saß und über die Mittelkonsole hinweg Cicelys Hand tätschelte. »Ich würde dasselbe tun, wenn jemand Wildfremdes anruft und den Chef sprechen will. Die Leute legen Wert auf ihre Privatsphäre, Süße.«

»Weiß ich doch«, erwiderte Cicely. »Es ist bloß so frustrierend. Ist dieser Anwalt noch hinter uns?«

Xavier, der auf einem der Sitze in der mittleren Reihe des Vans saß, blickte von dem Handy auf, das Carlos ihm geliehen hatte, und drehte sich zu dem weißen BMW um. »Er ist noch hinter uns.«

»Dieser Typ klebt mir regelrecht an der Stoßstange«, schimpfte Willa Mae. »Wäre das mein Kerl, würde ich ihm das Fell über die Ohren ziehen.«

Cicely lachte. »Der würde nie im Leben mit dir fertigwerden, Willa Mae, aber ich würde gern sehen, wie er es versucht.«

Willa Mae lachte. »Wohl wahr. Wie sieht's mit euch Jungs aus? Sollen wir für eine Coke und ein paar Snacks anhalten?«

»Nein danke, Miss Willa Mae«, antwortete Xavier. Seine Mutter hatte ihnen allen Waffeln aus dem Waffle House mitgebracht, die sie bereits verputzt hatten. »Und Carlos und Manny schlafen sowieso.«

»Nein, tue ich nicht«, brummte Carlos. »Mir bluten bloß die Ohren.«

Xavier bemühte sich, sein Lachen hinter einem Husten zu verbergen. Bis auf die wenigen Minuten, als Xaviers Mutter am Telefon gewesen war, hatte Willa Mae Countrymusik gespielt, worauf Carlos nicht gerade stand.

»Mir gefällt's«, sagte Manny laut.

Carlos hob abrupt den Kopf und drehte sich zu seinem Bruder auf dem Rücksitz um. »Du lügst doch.«

Manny feixte. »Natürlich lüge ich«, flüsterte er, »aber ich bin eben höflich.«

Xavier verdrehte die Augen und widmete sich wieder seiner Online-Suche nach Mr Paul Lott. Kaum in der sicheren Obhut seiner Mutter und Willa Maes, hatte er die Ereignisse der vergangenen zwölf Stunden noch einmal Revue passieren lassen, wobei ihm ein Detail aufgefallen war:

Lotts Stimme hatte irgendwie anders geklungen, als er nach Rockys Tod mit ihm telefoniert hatte. Der Anwalt hatte älter geklungen und weniger … nach New Orleans. Wohingegen sein Akzent heute deutlich ausgeprägter war.

Womöglich spielte ihm sein Gedächtnis einen Streich. Er war so überwältigt von seiner Trauer gewesen, als Lott ihn angerufen hatte, um ihn über Rockys Tod zu informieren, dass ihn seine Erinnerung vielleicht trog. Doch gestern Abend war Lott über Xaviers Bitte, ihm zu helfen, mit Gabe Hebert Kontakt aufzunehmen, hinweggegangen, als hätte er sie nicht gehört. Was bestenfalls ärgerlich war, schlimmstenfalls jedoch gefährlich.

Daher hatte er das Internet nach einem Foto von Lott durchforstet, war bislang jedoch auf keines gestoßen. Was ihm Sorgen bereitete.

Natürlich war der Mann schon etwas älter, mindestens vierzig, und Leute in dem Alter kannten sich nicht immer gut mit Webseiten und Social Media aus. Paul Lott schien jedenfalls zu der Sorte zu gehören, aber irgendwo musste sich doch ein Foto von ihm finden. Er war eine reale Person und musste irgendwann und irgendwo mit dem Internet in Berührung gekommen sein.

Willa Mae schaltete den Country-Sender wieder ein und sang halbwegs gut mit. Was kein Wunder war, schließlich war sie Mitglied im Kirchenchor. Trotzdem massierte sich Xaviers Mutter die Schläfen.

Wie Manny war auch sie kein großer Country-Fan.

Oh. Ein Link stach Xavier ins Auge. Er recherchierte schon so lange, dass er allmählich die Hoffnung aufgab, doch hier war eindeutig etwas. *Paul Lott gewinnt knapp Legal-Eagle-Turnier.*

Er klickte den Link an und wurde auf die Webseite einer Anwaltsvereinigung weitergeleitet. Das Legal Eagle war ein Golfturnier für Anwälte in New Orleans gewesen, genauer gesagt, in Metairie. Rockys Wohnviertel.

Xavier scrollte weiter zu einem Gruppenfoto, das er vergrößerte, um das Gesicht des Mannes zu erkennen, der die Trophäe in der Hand hielt.

Er keuchte. »Heilige Scheiße!«

»Xavier«, tadelte Cicely. »Bitte.«

»Aber Mom.« Xaviers Stimme bebte. »Sieh doch mal. Ich

habe endlich ein Foto von Paul Lott gefunden. Und der Typ in dem BMW hinter uns ist es jedenfalls nicht.«

Seine Mutter drehte sich auf ihrem Sitz und sah ihn erschrocken an. »Gib mal her.«

Willa Mae schaltete das Radio aus. Stille breitete sich im Wagen aus.

Cicely atmete tief durch. »Genau davor habe ich mich gefürchtet«, hauchte sie.

»Ich hab's gewusst!«, rief Manny von hinten. »Ich fand den Kerl von Anfang an zwielichtig.«

»Was machen wir jetzt?«, fragte Willa Mae. »Ich kann versuchen, ihn abzuhängen.«

Wozu sie vermutlich in der Lage wäre. Für eine ältere Dame hatte sie einen ordentlichen Bleifuß.

»Nein«, sagte Cicely leise. »Wir müssen davon ausgehen, dass er nichts Gutes im Schilde führt, da er nicht derjenige ist, für den er sich ausgibt. Bis jetzt war er nicht gewalttätig, aber das könnte sich ändern, wenn wir versuchen abzuhauen. Noch haben wir ein paar Stunden bis New Orleans. Wir versuchen weiter, Gabe Hebert zu erreichen. Wenn wir dort sind, bevor es uns gelungen ist …« Wieder rieb sie ihre Schläfen. »Ich weiß es auch nicht.«

»Wir brauchen einen Plan.« Carlos' Kiefer war angespannt. »Dieses Dreckschwein wird X nicht in die Finger kriegen.«

Das Ratschen eines einrastenden Pistolenschlittens hallte durch den Wagen. »Ich bin bereit«, presste Manny hervor. »Falls er auf Xaviers Seite heranfährt, duckt ihr euch alle, nur Sie nicht, Miss Willa Mae. Falls er das Feuer eröffnet, schieße ich zurück.«

»Ich kann auf mich selbst aufpassen«, erklärte Willa Mae scharf.

»Niemand schießt auf irgendjemanden«, erklärte Cicely.

»Auf *noch* jemanden«, räumte sie ein, als Carlos auf Xavier wies. »Wir müssen auch herausfinden, was aus dem Mann geworden ist, den du angeschossen hast, Junge. Du rufst weiter im *Le Petit Choux* an, während ich mein Glück im Krankenhaus versuche.«

»Jemand wird fragen, was du willst«, wandte Xavier ein und stellte beschämt fest, wie verängstigt er klang. Aber er hatte nun mal eine Scheißangst, verdammt.

»Ich rufe ein paar Schwestern an, denen ich vertraue. Mach dir keine Sorgen.«

Doch das tat Xavier, weil seine Mutter nicht gerade zuversichtlich klang. Aber sie mussten in Erfahrung bringen, was aus dem Mann geworden war. Wenn er behandelt und entlassen worden war, könnte auch er hinter ihnen her sein.

Oder er könnte mit dem Mann zusammenarbeiten, der nicht Paul Lott war.

»Moment mal«, sagte Carlos und zog sein eigenes Handy heraus. »Dieser Typ hatte doch einen Ausweis. Ich habe ein Foto davon gemacht.«

»Ausweise kann man fälschen«, wandte Manny ein. »Eine meiner Freundinnen hatte auch einen gefälschten, bevor sie volljährig war, damit sie in Bars reinkommt. Fragt mich nicht, von wem oder wie sie ihn bekommen hat«, fügte er hinzu, als Willa Mae aufhorchte. Willa Mae war pensionierte Anwältin. »Von mir erfahren Sie nichts.«

»Später«, schwor Willa Mae mit einem Blick auf Cicely. »Sieh mich nicht so an. Vielleicht brauchen wir eines Tages auch so einen, vor allem, falls wir nach dieser ganzen Geschichte türmen müssen.«

Wieder massierte sich Cicely die Schläfen. »Wir werden nicht türmen, Willa Mae. Ich schwöre bei Gott, dass wir hier nicht einen auf Thelma und Louise machen.«

»Spielverderberin«, schmollte Willa Mae. »Die zwei waren so cool. Bis auf den Moment am Ende.«

»Genau darauf wollte ich hinaus«, erwiderte Cicely scharf, dann lachte sie leise. »Du bist ein gerissenes Weibsstück. Hast mich einen Moment lang tatsächlich meine Angst vergessen lassen. Danke, Thelma.«

Willa Mae musterte sie voller Zuneigung. »War mir ein Vergnügen, Louise. Und jetzt ruf das Krankenhaus an. Meine Neugier bringt mich noch um den Verstand.«

»Soll ich für dich in diesem Restaurant anrufen?«, fragte Carlos leise Xavier.

Xavier lächelte seinen besten Freund an. »Nein, aber danke für das Angebot.«

»Ist mir ein Vergnügen, Louise«, erwiderte Carlos mit einem etwas gezwungenen Lächeln.

Verstohlen zeigte Xavier ihm den Mittelfinger, dann wählte er die Nummer von Gabriel Heberts Restaurant.

»Le Petit Choux«, meldete sich eine Frauenstimme. »Wie kann ich Ihnen helfen?«

Es war nicht dieselbe Frau wie bei den Malen, als seine Mutter über Lautsprecher angerufen hatte. Sie hatte sich jünger angehört, mit einem leichten Akzent, wohingegen diese Frau hier ernst und sehr entschlossen klang.

Xavier leckte sich die Lippen. Plötzlich fühlte sich sein Mund staubtrocken an. »Hi, ich bin auf der Suche nach Gabriel Hebert. Ist er da?«

Die Frau schnaubte. »Wer sind Sie?«

Xavier wollte seinen Namen nicht nennen. »Ein Freund seines Vaters.« Völlige Stille. Xavier musste sich vergewissern, dass die Leitung noch stand. »Äh, hallo? Ma'am?«

Plötzlich schwollen die Hintergrundgeräusche an. Verkehrslärm, Stimmengewirr. Die Frau war offenbar nach draußen gegangen. »Sie klingen ein wenig jung, um ein Freund von Rocky Hebert zu sein.«

»War ich aber«, beharrte Xavier. »Bitte, es ist sehr wichtig. Es geht um Leben und Tod.«

Wieder vergingen angespannte, von Hupen und Verkehrslärm erfüllte Sekunden. »Wie heißen Sie, Junge?«, fragte die Frau dann.

Xavier schluckte. »Wie kann ich sicher sein, dass Sie wirklich eine Freundin von Gabe sind?«

Sie lachte, und auch das Lachen klang nicht allzu nett. »Wie kann ich sicher sein, dass Sie wirklich ein Freund von Rocky sind? Aber Sie haben uns angerufen. Vertrauen Sie mir, oder lassen Sie's. Mir ist das egal.«

Aber das stimmte nicht. Er hörte es ihrer Stimme an. »Ich heiße Xavier. Mr Hebert kann mich unter dieser Nummer erreichen. Danke. Auf Wiederhören.« Er legte auf und sah Carlos an. »Sie hat sich wie ein Cop angehört.«

Carlos schloss die Augen. »Hoffen wir, dass sie ein guter Cop ist.«

9. Kapitel

I-10, NEW ORLEANS, LOUISIANA

Dienstag, 27. Juli, 10.05 Uhr

Danke«, sagte Gabe zu der Mitarbeiterin der Tierarztpraxis, die sich gemeldet hatte, um ihn zu informieren, dass Shoe nach Hause durfte. »Ich musste kurzfristig die Stadt verlassen. Könnte er heute noch bei Ihnen bleiben? Ich bin erst spät wieder zurück.«

»Natürlich, Mr Hebert«, sagte die Mitarbeiterin freundlich. »Wir alle hier mögen Shoe. Er ist der Liebling in der Praxis, seit Ihr Vater ihn aus dem Tierheim geholt hat, möge seine Seele in Frieden ruhen.«

»Danke«, sagte Gabe noch einmal, weil er nie recht wusste, was er auf dieses »Möge seine Seele in Frieden ruhen« erwidern sollte. Denn sein Vater ruhte nicht in Frieden. Er war ermordet worden und würde erst Frieden finden, wenn sein Mörder hinter Gittern war. Oder tot. Was davon eintrat, war Gabe egal.

Nein, das stimmte nicht. Am liebsten wäre es ihm, wenn auch der Mörder mit dem Leben bezahlte.

»Geht es Shoe gut?«, fragte Molly, als er aufgelegt hatte. Sie saßen in ihrem signalroten Riesenwagen und waren unterwegs nach Houston. Ziemlich auffällig, fand Gabe.

Gleichzeitig hatte der Pick-up wesentlich mehr PS unter der Haube als ihr anderer Wagen, wie Molly beteuerte, und besaß dadurch eine deutlich größere Rammkraft, was sich als nützlich erweisen könnte, falls ihnen jemand zu dicht auf die Pelle rückte.

Das gab ihm ein besseres Gefühl, auch wenn es nicht so sein sollte.

»Was wollen wir sagen, wenn wir ihn gefunden haben?«, fragte Gabe, der die Begegnung bereits zu planen versuchte.

»Wahrscheinlich sollten wir nicht mit ›Sind Sie Rocky Heberts zweiter Sohn?‹ anfangen. Ich finde, wir sollten die Wahrheit sagen. Dass wir auf die Zahlungen an seine Mutter via John Alan Industries gestoßen sind und nun herauszufinden versuchen, was es damit auf sich hat. Das ist eine faire Frage, finde ich.«

»Und wenn er die Antwort verweigert?«

»Das sehen wir dann, wenn es so weit ist.« Sie zeigte auf das Radio. »Suchen Sie ruhig einen Sender, der Ihnen gefällt. Ich höre normalerweise beim Fahren kein Radio, aber wenn Musik Ihnen hilft, nur zu.«

»Nein, mir ist die Stille auch lieber.« Er drehte sich auf dem Beifahrersitz um und spähte aus dem Fenster, ob jemand ihnen folgte.

»Nichts«, sagte Molly mit einem ermutigenden Lächeln. »Niemand hinter uns. Ich hab's im Blick.«

Natürlich. Sie wusste, was sie tat. Eine Entschuldigung, weil er ein weiteres Mal Zweifel an ihr gehabt hatte, lag ihm auf der Zunge, doch er verkniff sie sich. »Ich hatte gar keine Gelegenheit, Ihnen ein anständiges Frühstück zuzubereiten.«

»Keine Sorge, das Eiersandwich war prima.«

In Wahrheit war es der Rest von Burkes Omelett zwischen zwei getoasteten Bagel-Hälften gewesen. Eigentlich hatte Gabe es ihr gar nicht servieren wollen, doch sie hatte es sich geschnappt und gemeint, er solle nicht so ein Food-Snob sein.

Woraufhin er laut aufgelacht hatte. Was ihre Absicht gewesen war.

Er musterte sie von der Seite, betrachtete bewundernd ihr glänzendes blondes Haar, das sie zu einem Knoten im Nacken frisiert hatte. Sie war auf eine klassische Art hübsch, gänzlich ohne Make-up. Das gefiel ihm. Und ganz besonders gefielen ihm ihre Kurven. An einem anderen Tag und unter anderen Umständen würde er sie nur zu gern erkunden.

Aber nicht heute, dachte er, als sein Blick an der Waffe an ihrer Hüfte hängen blieb.

Sie räusperte sich. »Stimmt etwas nicht, Gabe?«

Im Klartext: *Hören Sie auf, mich anzuglotzen.*

Er durchforstete sein Gehirn nach einer Erwiderung, die ihn nicht wie den Perversling dastehen ließ, für den sie ihn ganz offensichtlich hielt. »Wieso tragen Sie das Holster an der Hüfte? Wieso keines an der Schulter?«

Ihre Lippen zuckten. »Wollen Sie den Grund wirklich hören?«

Ihr Ton verriet, dass er es wahrscheinlich nicht wollte. »Vielleicht?«

»Schulterholster funktionieren nicht bei … Frauen mit größerer Oberweite wie mir. Bei allem, was über ein B-Körbchen hinausgeht, kann man nicht mühelos schräg über die Brüste greifen und die Waffe ziehen.«

Ihm fiel die Kinnlade herunter, während sich seine Gedanken sofort der Frage zuwandten, welche Körbchengröße sie haben mochte, wenn es kein B war – ein überaus unkluger Gedankengang. »Darauf wäre ich nie im Leben gekommen.«

»Männer denken nie über so etwas nach«, erwiderte sie trocken. »Weil es eine unbequeme Wahrheit ist.«

Er wollte zu einer Erwiderung ansetzen, klappte jedoch den

Mund wieder zu, woraufhin sie auflachte. Sie ließ ihn in seiner Verlegenheitssuppe schmoren, bis er beinahe wie ein pickeliger Teenager auf seinem Sitz herumrutschte.

»Entschuldigung«, sagte sie, noch immer lachend. »Aber Ihr Gesichtsausdruck …«

Auch er lachte, trotzdem war er sehr erleichtert, als ihn das Läuten seines Handys vor einer weiterführenden Diskussion über ihre … Ausstattung bewahrte. Beim Anblick des Namens auf dem Display runzelte er die Stirn. »Burke?«, sagte er, als er das Gespräch annahm. »Was ist los?«

»Stellen Sie ihn auf Lautsprecher«, sagte Molly, plötzlich wieder geschäftsmäßig.

»Heute Morgen sind mehrere Anrufe im *Choux* eingegangen«, sagte Burke.

Die Angst schloss sich wie eine Faust um seinen Magen. »Geht es Patty gut?«

»Ja. Val ist bei ihr.«

Okay, gut. »Und wer hat angerufen?«

»Cicely Morrow und ihr Sohn Xavier.«

Molly löste den Blick lange genug von der Straße, um Gabe anzusehen, der genauso verblüfft zu sein schien wie sie. »Tja, dann, spann uns nicht länger auf die Folter, Burke. Was haben sie gesagt?«, fragte sie.

»Nicht viel. Ich wollte sie zurückrufen, dachte aber, du willst vielleicht zuerst mit ihnen reden, Gabe.«

»Ja. Gib mir die Nummer.«

»Ich schicke sie dir, aber ruf nicht von deinem Handy aus an, sondern nimm Mollys Wegwerfhandy«, erwiderte Burke.

Gabe sah zu, wie Molly ein schmales Smartphone aus der Tasche zog, das im Gegensatz zu ihrem normalen Gerät mit der rosa Glitzerhülle mattgrau und schlicht war. »Der Code ist 465329«, sagte sie und reichte es ihm.

»Keine Gesichtserkennung?«

»Nein. Das ist nicht sicher, und die Cops können sich damit ohne Zustimmung Zugang verschaffen. Noch etwas, Burke?«

»Nur dass Cicely bei jedem ihrer vier Anrufe höflich, aber sehr bestimmt war, hat deine stellvertretende Restaurantleiterin gesagt. Als Xavier anrief, waren Val und Patty gerade eingetroffen, deshalb ist Val rangegangen. Er hätte verängstigt geklungen und gesagt, es gehe um Leben und Tod.«

»Das Timing ist interessant«, bemerkte Molly.

»Allerdings«, bestätigte Burke. »Ich will den Anruf mithören. Ruf zuerst mich an, dann schalte ich sie dazu, Gabe. Ich nehme die Nummer, die Xavier Val gegeben hat. Er wird nicht merken, dass ich auch in der Leitung bin.«

»Guter Trick«, bemerkte Gabe. Wenn das alles vorbei war, würde er Burke und Molly bitten, ihm ein paar ihrer Kniffe beizubringen. »Ich lege jetzt auf und rufe dich von Mollys Zweithandy aus an.«

Er wählte die Nummer, schaltete das Gespräch auf Lautsprecher und wartete dann nervös, dass Burke die Verbindung herstellte. Seine Anspannung ließ ein wenig nach, als Molly seine Hand drückte, genauso wie am Vorabend, als sie darüber gesprochen hatten, ob sein Vater eine Affäre mit Cicely Morrow gehabt haben könnte.

Diesmal hielt er sie jedoch fest, als Molly sie zurückziehen wollte. Sie warf ihm einen schwer zu deutenden Blick zu, dann lächelte sie. »Es wird schon«, formte sie lautlos mit den Lippen. »Nur die Ruhe.«

Er bemühte sich. Sehr. Doch dann hörte er eine furchtsame männliche Stimme am anderen Ende der Leitung. »Hallo?«

»Ich würde gern Xavier sprechen«, stieß Gabe barsch hervor, wobei er hoffte, dass sein Groll gegen den Jungen nicht allzu offensichtlich war.

Xaviers Schlucken war unüberhörbar. »Wer spricht da?«

»Gabriel Hebert.«

»Er ist es«, sagte Xavier zu jemandem im Hintergrund. »Gabe Hebert.«

»Oh, dem Herrn sei Dank«, hörte Gabe eine Frau sagen. »Frag ihn, ob du auf Lautsprecher stellen darfst.«

»Das war meine Mutter«, sagte Xavier. »Ist das okay? Wenn ich Sie auf laut stelle, meine ich?«

»Klar.«

Eine Sekunde später wurden die Geräusche lauter. Auch sie saßen offenbar in einem Fahrzeug. Er hätte gern nachgefragt, wollte aber Xavier den Anfang machen lassen. Schließlich war er derjenige, der ihn angerufen hatte.

»Sind Sie noch da?«, fragte Xavier.

»Ja. Wieso rufen Sie mich an?«

»Äh … Also, bestimmt werden Sie mir das nicht so leicht glauben. Hoffe ich zumindest. Ich meine … egal. Ich war ein Freund Ihres Vaters.«

Nicht sein Sohn. Sondern ein Freund. »Aha. Sie klingen ein wenig jung dafür.«

»Sie sind nicht überrascht«, sagte Xavier zaghaft. »Sie wussten also von mir?«

»Eigentlich nicht, aber wieso erzählen Sie mir nicht etwas von sich?« Wieder verspürte er Druck auf seiner Hand und sah Molly an, die den Kopf schüttelte.

»Nett sein«, sagte sie lautlos.

Natürlich hatte sie recht. »Bitte«, fügte er hinzu.

»Ich kannte Ihren Dad aus der Zeit, als ich noch klein war. Ich …«

»Das kannst du ihm doch später erzählen«, meldete sich

eine weitere männliche Stimme zu Wort. »Persönlich. Wenn wir wissen, dass er okay ist.«

»Wer ist da bei Ihnen?«, fragte Gabe.

»Meine Mom und mein bester Freund.« Xavier seufzte. »Und der Bruder meines besten Freundes und die beste Freundin meiner Mutter. Wir sind … na ja, gewissermaßen auf der Flucht. Jemand hat gestern Abend versucht, mich zu töten, und Rocky hat gesagt, ich soll Sie anrufen, falls das jemals passiert.«

»Oh.« Gabe blinzelte verblüfft. Xavier war mit einer ganzen Entourage unterwegs. Und jemand hatte versucht, ihn zu töten. *So wie womöglich auch mich, hätte Molly denjenigen nicht vertrieben, bevor er Shoe vergiften konnte.*

Das Timing war tatsächlich verdammt interessant.

»Ich bin ganz Ohr, Xavier. Bitte, fahren Sie fort.«

»Ja, Sir.« Der junge Mann atmete tief durch. »Okay. Ich hatte Ihre Nummer nicht, deshalb habe ich Mr Lott angerufen. Kennen Sie ihn?«

»Den Anwalt meines Vaters? Natürlich kenne ich ihn. Seit Jahren.«

»Okay«, sagte Xavier noch einmal. Gabe empfand aufrichtiges Mitleid mit ihm. Der Junge hatte eindeutig schreckliche Angst. *Willkommen im Club, Xavier Morrow.* »Wie gesagt, ich habe Mr Lott angerufen und nach Ihrer Nummer gefragt. Aber er hat meine Bitte gewissermaßen ignoriert.«

»Er hat deine Bitte nicht *gewissermaßen* ignoriert«, ertönte eine dritte Stimme, die deutlich barscher und rauer als Xaviers und die seines Freundes war. »Er hat sie *komplett* ignoriert.«

»Schon gut, schon gut«, blaffte Xavier. »Das stimmt, dann hat er aber angeboten, nach Houston zu kommen, um mich abzuholen und zu Ihnen zu bringen.«

»Hat er gesagt, er hätte mich angerufen?«, fragte Gabe.

»Nein. Eigentlich hat er überhaupt nicht von Ihnen gesprochen. Hat er sich denn bei Ihnen gemeldet?«

»Nein. Ich habe seit dem Tod meines Vaters nicht mehr mit ihm gesprochen. Aber Sie sind nicht mit ihm gegangen, schließe ich daraus?«

»Genau. Ich habe meiner Mom davon erzählt, und sie fand, ich soll lieber nicht mitgehen, weil Ihr Vater ihr eingebläut hätte, sie solle niemandem außer Ihnen trauen. Also sind wir mit unserem eigenen Wagen losgefahren. Na ja, eigentlich ist es der Minivan der Freundin meiner Mutter. Und der Anwalt folgt uns. Aber das Problem ist, dass er es nicht ist.«

Molly horchte auf, löste die andere Hand vom Steuer, um Gabe mit einer Geste zu verstehen zu geben, er solle genauer nachfragen. Seine Hand hatte sie währenddessen weiter festgehalten, was ihm … nun ja, er fühlte sich vielleicht nicht besser, aber zumindest sicherer.

»Was heißt das?«, fragte Gabe. »Dass er es nicht ist?«

»Der Mann ist nicht Paul Lott«, antwortete Xavier. »Ich habe ein Foto von Mr Lott gefunden, was im Übrigen verdammt schwierig war, und der Anwalt Ihres Vaters sieht völlig anders aus. Der Mann hier ist viel jünger. Ich finde auch, dass er anders klingt, weshalb ich überhaupt auf die Idee gekommen bin, im Internet nach ihm zu suchen.«

Gabe blinzelte erstaunt. »Das ist … Wahnsinn, ich weiß noch nicht mal, wo ich anfangen soll.«

»Ja, nicht?« Mit einem Mal klang Xavier sehr, sehr jung. »Ich habe keine Ahnung, was ich machen soll.«

Wieder machte Molly eine Handbewegung. »Fragen Sie ihn, ob er schon die Cops gerufen hat«, bat sie Gabe.

»Haben Sie, äh, die Polizei gerufen?«

Sekundenlang herrschte Stille in der Leitung, dann hörte Gabe Xavier wieder ausatmen. »Nein, aber ich will Ihnen erst sagen, warum, wenn ich mich überzeugen konnte, dass Sie wirklich Sie sind und nicht noch einer, der sich als jemand anderes ausgibt.«

Gabe nickte und fragte sich, wie tief die Cops in dieses ganze Desaster verstrickt sein mochten. »Verstehe ich. Wo sind Sie gerade?«

»Im Osten von Texas, etwa viereinhalb Stunden von New Orleans entfernt.«

»Fragen Sie sie, ob sie Schutz brauchen«, wisperte Molly.

»Brauchen Sie Schutz?«

»Ja!«, rief Xaviers bester Freund. »Sag ihm, Ja!«

»Mom? Ich glaube, Carlos hat recht, wir sollten Ja sagen.«

»Dann tu's«, erwiderte Cicely mit kaum verhohlener Verzweiflung.

»Was für einen Wagen fahren Sie?«, fragte Gabe.

»Einen grauen Minivan«, rief die andere Frau – wahrscheinlich Cicelys Freundin. »Ein Honda Odyssey, Baujahr 2015. Auf der Stoßstange ist ein ›Rettet die Wale‹-Aufkleber. Er war schon da, als ich den Wagen gekauft habe«, fügte sie ein wenig verlegen hinzu.

Gabe musste ein Lächeln unterdrücken. Xaviers Entourage war ja ein reichlich wilder Haufen. »Ich rufe Sie gleich unter dieser Nummer noch mal an, aber wir sind schon unterwegs in Ihre Richtung und können uns auf halber Strecke mit Ihnen treffen und Ihnen dann folgen.«

»Aber machen Sie es nicht zu auffällig«, meldete sich die raue Stimme wieder zu Wort. War das Carlos' Bruder? »Wenn der Typ merkt, dass wir ihn durchschaut haben, eröffnet er vielleicht das Feuer. Er meinte, er sei ›vorbereitet‹, was heißen dürfte, dass er eine Waffe trägt.«

»Klingt nach einem plausiblen Rückschluss«, sagte Gabe.

»Moment«, schaltete sich Xavier ein. »Wer ist ›wir‹? Wer ist bei Ihnen?«

Gabe sah Molly an, die die Achseln zuckte. »Ich heiße Molly Sutton«, erklärte Molly laut, »und bin Privatermittlerin. Warum ich mit Gabe zusammen unterwegs bin, erzähle ich Ihnen, wenn ich mich davon überzeugen konnte, dass Sie wirklich Sie sind und nicht einer, der sich als jemand anderes ausgibt.«

»Ganz schön mies, Mann«, brummte der Typ mit der rauen Stimme.

»Sehr mies«, bestätigte die beste Freundin der Mutter. »Sie hätten uns gleich sagen müssen, dass Sie nicht allein sind, Mr Hebert.«

»Mag sein«, räumte Gabe ein. »Aber Sie haben schließlich mich angerufen, und auch ich musste erst einmal sicher sein, mit wem ich es zu tun habe.«

»Auch wieder wahr«, entgegnete Xavier widerstrebend. »Was für einen Wagen fahren Sie?«

»Eine riesige Protzkarre«, antwortete Molly. »Einen Toyota Tundra. Feuerwehrrot. Der Stoßstangenaufkleber sagt ›Trauriges Gesicht plus Pferd ist gleich glückliches Gesicht‹. Und als ich den Wagen gekauft habe, war er noch nicht da.«

Xavier lachte leise. »Dann sehen wir uns wohl in ein paar Stunden. Wo sind Sie jetzt?«

Gabe sah Molly an. »Sagen Sie es ihm ruhig«, meinte sie leise.

»Wir sind gerade aus New Orleans losgefahren«, antwortete er. »Wir wollten zu Ihnen und mit Ihnen reden.«

»Oh. Ah. Verstehe.« Xavier klang leicht überfordert, was Gabe nur zu gut nachvollziehen konnte. »Rufen Sie uns an, sobald Sie nach Lafayette kommen, das ist etwa auf halber Strecke. Dann vereinbaren wir einen Treffpunkt.«

»Klingt gut«, sagte Gabe. »Bis später, Xavier.«

»Moment noch, Gabe. Das mit Ihrem Vater tut mir leid. Er war ein sehr, sehr anständiger Mann.«

»Und Sie erzählen mir, woher Sie ihn kannten, wenn wir uns sehen?«

»Ja, Sir. Sie werden es verstehen. Hoffe ich.«

Gabe beendete das Gespräch und wandte sich Molly zu. »Soll ich Burke noch mal anrufen?«

»Er meldet sich schon.«

In diesem Moment summte Mollys Wegwerfhandy, und Gabe stellte auf Lautsprecher. »Und?«, fragte er.

»Das war … unerwartet«, meinte Burke. »Aber du hast es gut gemacht, Gabe. Ich bereite im Büro alles vor und besorge eine sichere Unterbringung für Xavier und seine Freunde. Alle fünf.«

»Was hat es damit auf sich?«, fragte Gabe. »Warum so viele Leute?«

»Ich schätze, dass der Mordversuch alle in seinem Umfeld mächtig aus der Bahn geworfen hat«, sagte Burke. »Aber das werden wir erfahren, wenn ihr nach New Orleans zurückkommt. Gute Fahrt.«

Und dann waren Gabe und Molly wieder allein. Und sie hielt weiterhin seine Hand.

Gabe schloss die Finger fester darum, finster entschlossen, sie so schnell nicht loszulassen.

TULANE-GRAVIER, NEW ORLEANS, LOUISIANA

Dienstag, 27. Juli, 10.30 Uhr

»Wie lief Ihr Termin, Sir?«, erkundigte sich James, als Lamont auf den Rücksitz der Limousine glitt. Dem Himmel sei Dank für die Klimaanlage. Im Büro des Oberstaatsanwalts war es jedes Mal heißer als in einer Sauna.

»Ganz gut, danke der Nachfrage.« Lamont reichte James eine Papiertüte. »Die Sekretärin hat uns Beignets serviert. Ich dachte, Sie mögen vielleicht eins.«

Mit einem dankbaren Nicken nahm James die Tüte entgegen. »Sehr nett von Ihnen. Sind sie aus dem *Café du Monde?*«

»Nein, von irgendeiner Bäckereikette, aber sie schmecken trotzdem gut.« Er schnallte sich an und ließ sich tiefer in den Sitz gleiten. »Heute werde ich früh zu Mittag essen. Fahren Sie mich ins *Le Petit Choux.*«

»Selbstverständlich, Sir. Offenbar mögen Sie das Restaurant. Ich glaube, es ist schon das fünfte Mal in diesem Monat, dass Sie dort Ihren Lunch einnehmen.«

Nicht gut. Er hätte wissen müssen, dass James Buch führte. »Dort gibt es sehr leckere Garnelen in Knoblauchbutter. Aber vielleicht haben Sie ja recht, und ich sollte nicht allzu vorhersehbar werden.«

Bestürzt suchte James seinen Blick im Rückspiegel. »Oh, nein, Sir. Ich hätte nichts sagen sollen. Wenn Sie gern dort hingehen, sollten Sie das auch tun.«

»Nein, ich glaube, Sie haben wirklich recht. Ich will nicht in einen Trott verfallen, richtig? Bringen Sie mich zu *Remy's.* Ich habe Lust auf frittiertes Hühnchen. Ich bestelle telefonisch, dann können Sie es abholen.«

»Ja, Sir. Danke, Sir. Bei dem Verkehr bleibt ihnen genug Zeit, alles vorzubereiten.«

Wegen des verdammten Satchmo-Festivals herrschte auch heute schrecklich viel Verkehr. Wieso die Leute schon mehrere Tage vor dem eigentlichen Festival mit dem Feiern anfangen mussten, war ihm ein Rätsel.

Er schrieb Ashley eine Nachricht, sie solle ihm eine Akte zum Lesen schicken, damit er sich die Wartezeit vertreiben konnte. Gerade als er sich zurücklehnte, vibrierte sein Handy. Beim Anblick des Namens auf dem Display beschleunigte sich sein Puls.

Die Nachricht kam von Tyson Whitley. *Heute ist ein schöner Tag.*

Lamont atmete erleichtert auf. Stockman war also tot, und seine Spur konnte nicht zu ihm zurückverfolgt werden. Er hatte seine rechte Hand stets in bar bezahlt, daher gab es keinerlei Unterlagen. Stockman hatte nie einen Ausweis bei sich getragen und ebenfalls grundsätzlich bar bezahlt, außerdem war Stockman nicht sein richtiger Name gewesen.

Lamont hatte keine Ahnung, ob er Familie gehabt hatte, und es interessierte ihn auch nicht. Ihre Beziehung war rein geschäftlich gewesen. Nicht mehr.

Hindernis beseitigt, Ende.

Und er hatte einen Anruf von Cornell Eckert verpasst, quasi die Kirsche auf der Torte. Wenn der Mann bei halbwegs klarem Verstand war, rief er an, um ihm zu sagen, dass er den Job zu Ende gebracht hatte, den Stockman vermasselt hatte. Er wählte die Nummer. Eckert meldete sich gleich beim ersten Läuten.

»Na endlich«, blaffte er. »Ich versuche schon seit Stunden, Sie zu erreichen, verdammt noch mal.«

»Ganz vorsichtig«, mahnte Lamont eisig. »Immerhin arbeiten Sie für mich, nicht umgekehrt.«

Stille. »Natürlich, Sir«, sagte Eckert, wobei das *Sir* aus

seinem Mund weitaus weniger respektvoll klang wie aus James'.

Lamont spürte, wie ihm der Geduldsfaden zu reißen drohte. »Was gibt's?«

»Die Zielperson ist unterwegs, aber er ist nicht allein. Gerade fahren sie in einem Minivan auf der I-10 in Richtung Osten.«

»Wieso ist er immer noch ...« *Am Leben.* »Auf der Straße?«

»Genau das wollte ich Ihnen ja gerade sagen. Ich war gegen vier Uhr früh bei ihm. Das Haus war leer, aber jemand ist dort verletzt worden. Da war jede Menge Blut. Ob von unserer Zielperson oder meinem Vorgänger, weiß ich nicht.«

»Letzteres«, sagte Lamont.

»Dachte ich mir. Also habe ich gewartet, ob die Zielperson zurückkommt. Ist sie auch, allerdings mit mehreren Leuten. Drei der vier waren bewaffnet, auch die Zielperson. Ich dachte mir, es sollen bestimmt keine Zeugen zurückbleiben, und auf eine Schießerei in einer Wohnstraße wollte ich es nicht ankommen lassen. Also habe ich einen Tracker unter die Rostlaube geklemmt, in der die Zielperson unterwegs war. Bei ihm waren zwei Latinos und ein dritter Typ, weiß, um die vierzig, der mit seinem eigenen Wagen da war. Schicker BMW-SUV. Weiß.«

Lamont war erstaunt. »Haben Sie das Kennzeichen gecheckt?«

»Klar. Ein Anwalt aus New Orleans.«

Lamont blinzelte. »Sind Sie sicher?«

»Wenn er's nicht selbst ist, hat er den Wagen des Anwalts geklaut. Der BMW ist auf einen Paul Lott zugelassen. Kennen Sie ihn?«

Oja. »Nein«, log Lamont, »aber ich weiß, wen ich fragen kann.« Sobald er ungestört wäre, würde er sich direkt an die Quelle wenden. Paul hätte einiges zu erklären. »Also sind

Sie …« Er verkniff sich ein *ihnen gefolgt* und sah zu James, dessen Kopf im Takt eines Songs wippte, den nur er hören konnte. *Er bekommt nichts mit.* »Also sind Sie bei ihnen?«

»Genau. Die Rostlaube hat an einem Waffle House außerhalb von Houston gehalten, wo die Zielperson und die zwei Latinos zunächst gewartet haben. Zwanzig Minuten später kamen zwei ältere Frauen mit Paul Lott aus dem Restaurant. Die beiden Ladys sind zusammen mit der Zielperson und den zwei Latinos in einen Minivan gestiegen, der auf eine Willa Mae Collins zugelassen ist – übrigens ebenfalls Anwältin. Paul Lott stieg in seinen BMW, dann sind beide Fahrzeuge auf die I-10 gefahren, wo sie sich jetzt auch noch befinden. Sie fahren in Ihre Richtung.«

Darauf war Lamont bereits von selbst gekommen. Aber warum fuhren sie Richtung New Orleans? Und weshalb zum Teufel war Paul Lott zu Xavier Morrow gefahren? Woher wusste er überhaupt, wo Xavier wohnte? Gottverdammt noch mal!

»Bleiben Sie an ihnen dran«, befahl Lamont. »Ich melde mich später mit genaueren Anweisungen.«

»Alles klar. Sie können gerade nicht reden, stimmt's?«

»Nicht jetzt.«

»Dann folge ich ihnen weiter und warte auf Ihren Anruf.«

I-10, BATON ROUGE, LOUISIANA

Dienstag, 27. Juli, 13.45 Uhr

»Gabe?«

Mollys gepresste Stimme riss Gabe, der konzentriert die Fahrzeuge rings um sie herum beobachtet hatte, aus seiner Erstarrung. »Was ist?«

»Sie müssen Burke ein Kennzeichen durchgeben. Sofort.«

Er nahm das Wegwerfhandy von der Mittelkonsole und tippte den Entsperrcode ein. »Bin so weit.« Sie gab ihm die Ziffern und Buchstaben durch, die er noch einmal vorlas, ehe er die Nachricht abschickte. »Was passiert hier gerade?«

»Keine Ahnung«, sagte sie, ohne den Blick von der Fahrbahn zu lösen. »Aber hier scheint eine ganze Karawane unterwegs zu sein. Sehen Sie Xaviers grauen Minivan?«

Laut Burkes Recherche war der Wagen auf Willa Mae Collins zugelassen, Anwältin, was die Frage aufwarf, warum Xavier wohl eine brauchte.

»Ja.« Willas Honda befand sich etwa acht Fahrzeuge vor ihnen. »Und den weißen BMW direkt dahinter sehe ich auch.« An dessen Steuer jemand saß, der sich als Anwalt seines Vaters ausgab. Inzwischen hatten sie von Burke erfahren, dass der weiße BMW tatsächlich Paul Lott gehörte. Er versuchte unterdessen, mit dem Anwalt selbst oder seiner Kanzlei in Kontakt zu treten, bislang jedoch ohne Erfolg.

»Sehen Sie den gräulich grünen Jeep hinter dem weißen BMW?«

Gabe brauchte einen Moment, doch dann nickte er. »Ja. Wieso?«

»Weil er ihnen ebenfalls folgt.«

Gabe blinzelte verblüfft. »Aber woher wissen Sie das?«

»Er hat am Straßenrand gewartet, als wir von der Tankstelle losgefahren sind.«

Gabe und Molly hatten die fünf an einer Raststätte außerhalb von Lafayette getroffen, wo Cicely Morrow und ihre Freundin die Waschräume aufgesucht hatten. Molly hatte Gabe angewiesen, sich im Fußraum des Beifahrersitzes zu verstecken. Gabe war nicht begeistert gewesen, hatte sich jedoch gefügt, weil er Xavier nicht gefährden wollte, falls der falsche Paul Lott ahnen sollte, dass er verfolgt wurde. Er mochte nicht ganz so kräftig gebaut sein wie Burke, doch mit seinen ein Meter zweiundachtzig war es trotzdem reichlich eng und unbequem gewesen.

Molly hatte währenddessen getankt und dabei die Umgebung im Auge behalten. Der Mann, der sich als Paul Lott ausgab, war nicht ausgestiegen, solange sich die beiden Frauen auf der Toilette aufhielten. Nach etwa zehn Minuten waren sie zurückgekehrt und zu ihrem Wagen gegangen, sorgsam darauf bedacht, nicht auf den roten Pick-up zu achten, wie Molly sie angewiesen hatte.

Dann hatten sie die Fahrt in New Orleans wieder aufgenommen. Gabe war der grüne Jeep nicht aufgefallen, Molly offenbar sehr wohl.

Gabe wünschte, er hätte seine Beobachtungsgabe in den letzten Jahren geschult, andererseits war er im Gegensatz zu Molly und Burke kein ehemaliger Cop, sondern Koch. Daher würde er sich selbst gegenüber in Nachsicht üben und Molly ihre Arbeit machen lassen.

»Sie haben ein scharfes Auge«, bemerkte er, was sie mit einem knappen Lächeln quittierte.

»Danke. Könnten Sie Burke anrufen und ihn bitten, das Kennzeichen zu checken? Mir ist aufgefallen, dass der Jeep uns folgt, als wir weitergefahren sind, und ich habe mich ein Stück zurückfallen lassen, damit sich andere zwischen uns schieben können. Aber inzwischen bin ich seit mindestens fünfzehn Meilen hinter ihm, und er klebt immer noch an ihnen dran. Konstant vier Fahrzeuge hinter dem BMW. Wann immer jemand ausschert, reagiert er und geht vom Gas, bis sich wieder jemand vor ihn schieben kann. Er hält den Abstand kontinuierlich, was zwar eine Taktik sein könnte, um wach zu bleiben, aber ich gehe jede Wette ein, dass das nicht der Grund ist.«

»Ich auch nicht«, murmelte Gabe – nach allem, was an diesem Tag passiert war, wunderte ihn überhaupt nichts mehr. Burkes Nummer erschien auf dem Display. »Burke schreibt, er überprüft das Kennzeichen.«

»Antworten Sie ihm, dass der Wagen dem Minivan folgt. Und fragen Sie, ob Antoine schon etwas herausgefunden hat.«

Gabe tippte die Nachricht und wartete auf Burkes Antwort.

WTF, lautete die Antwort auf den ersten Teil der Nachricht, dass der Fahrer des Jeeps Xavier zu verfolgen schien, ehe einen Moment später die nächste, nicht minder wortkarge Reaktion folgte: *nein.*

Molly runzelte die Stirn. »Wieso braucht Antoine denn so lange?«

Gabe zuckte die Achseln. »Wie lange braucht er denn sonst, um eine leer gefegte Festplatte wiederherzustellen?«

»Ein paar Tage vielleicht?«

»Aber er sitzt ja erst seit einem Tag dran.«

»Wieso sind Sie denn auf einmal so logisch?«, erwiderte sie finster.

Er lächelte. »Weil Sie hier sind.«

Sie lachte. »Quatsch.«

»Vielleicht ein bisschen«, räumte er ein. »Aber nur ein kleines bisschen. Sie haben den Jeep bemerkt und den Typen verjagt, der Shoe vergiften wollte. Ihre Gegenwart beruhigt mich.«

Ihre Miene wurde weich. »Das ist sehr nett von Ihnen, Gabe. Danke«, sagte sie, ohne den Blick von der Straße zu lösen.

Kurz überlegte er, wie er fortfahren sollte, beschloss jedoch, das Risiko einzugehen. »Das war schon früher so, immer wenn Sie ins *Choux* gekommen sind.«

Sie wirkte überrascht. »Tatsächlich?«

»Ja. Manchmal hatte ich einen miesen Tag und habe Sie

draußen beim Essen sitzen sehen, entweder mit Freunden oder auch mal allein. Dann habe ich Ihnen Ihr Essen serviert, und danach ging's mir besser.«

Sie sah kurz mit aufgerissenen Augen zu ihm hinüber. »Ich … mir war nicht bewusst, dass Sie mich überhaupt wahrgenommen haben.«

Er lachte leise. »Oh, das habe ich. Glauben Sie etwa, ich serviere allen Gästen ihr Essen persönlich?«

»Es ist mir wohl nicht aufgefallen.«

»Patty schon. Sie hat mich gnadenlos damit aufgezogen.«

Ihre Lippen zuckten amüsiert. »Tja, dann sollte ich wohl sagen, dass es mir leidtut, aber das stimmt nicht.«

»Mir auch nicht.« Er entspannte sich noch ein wenig mehr, denn sie legte ihre Hand mit der Handfläche nach oben auf die Mittelkonsole. Gabe ergriff sie und verschränkte seine Finger mit ihren.

»Wieso hast du mich nicht gefragt, ob ich mit dir ausgehen will?«

»Ich hatte irgendwie Schiss. Und viel um die Ohren. Noch dazu habe ich mir die letzten ein-, zweimal tüchtig die Finger verbrannt. Wie gesagt, die Frauen finden die Vorstellung romantisch, mit einem Küchenchef zusammen zu sein, der schon mal im Fernsehen war. Aber der Alltag besteht eben aus vielen langen Abenden und abgesagten Dates.«

»Ein bisschen wie bei einer Ex-Polizistin-und-jetzt-Privatermittlerin.«

Er überlegte, ob sie sich wohl oft mit Verehrern traf, hielt die Frage jedoch für später zurück. Allerdings würde er sie fragen, ob sie Single war, und es, falls ja, als Wink des Schicksals werten und sie um ein Date bitten. Sie mussten nur zuerst unversehrt nach New Orleans zurückkehren. »Wie sieht dein Plan wegen des Jeeps aus?«

»Eigentlich wollte ich für einen kleinen Störfall sorgen, damit Willa Mae die nächste Ausfahrt nehmen kann, der BMW aber nicht. Aber jetzt, mit dem dritten Wagen im Bunde, geht das nicht, ohne den laufenden Verkehr zu gefährden. Also werde ich Burkes Hilfe brauchen.«

Wie auf ein Stichwort läutete Mollys Wegwerfhandy mit Burkes Nummer auf dem Display. Gabe stellte auf Lautsprecher.

»Und? Was hast du herausgefunden?«, fragte Molly.

»Das werdet ihr nicht glauben. Der Jeep ist auf Cornell Eckert angemeldet, einen Profikiller. Ich kenne den Namen noch aus meinem aktiven Polizeidienst. Niemand hat ihn je geschnappt, der Kerl war schlüpfrig wie ein Aal. Es heißt, er hätte Freunde in den höchsten Kreisen.«

»Innerhalb des NOPD, meinst du«, folgerte Molly.

»Leider, ja. Kurz vor meinem Ausscheiden ist er abgetaucht, und niemand wusste damals, wo er steckt. Und jetzt taucht sein Wagen plötzlich hinter dem Fahrzeug mit einem Zweiundzwanzigjährigen auf, der gestern Abend hätte getötet werden sollen. Überraschung!«

»Verdammt«, fluchte Molly. »Das ändert meine Pläne ein wenig. Wenn der falsche Paul Lott vorhatte, Xavier nach New Orleans zurückzubringen, kann es nicht schaden, ihm zu erlauben, Xavier und dem Minivan noch ein Stück weiter in die Stadt hinein zu folgen. Ich will, dass ihr den Minivan übernehmt. Ruf Xavier an und kläre das mit ihm und seinen Leuten. Hängt euch an sie dran, sobald sie in der Stadt sind, und sorgt dafür, dass der BMW nicht an ihnen dranbleiben kann. Ich kümmere mich solange darum, dass Mr Eckert nicht gemeinsam mit ihnen von der Interstate abfährt.«

Gabe sah sie entsetzt an. »Aber wie? Willst du ihn etwa rammen?«

Molly grinste knapp. »Nein. Ich kann die anderen Verkehrsteilnehmer nicht gefährden. Aber wahrscheinlich wird er wütend auf uns sein, deshalb musst du abtauchen, wenn ich es sage.« Seine mangelnde Begeisterung musste ihm ins Gesicht geschrieben stehen, denn sie fügte hinzu: »Falls er Xavier folgt, hat er vielleicht auch die Anweisung, dich zu beseitigen.«

Der Gedanke, den er bisher erfolgreich verdrängt hatte, jagte Gabe einen Schauder über den Rücken. »Ich hasse den Fußraum.«

»Weiß ich«, sagte sie beschwichtigend. »Mir ginge es an deiner Stelle genauso, aber es wird einfacher für mich, wenn ich keine Angst haben muss, dass du angeschossen wirst.«

»Eckert ist außerdem ein erstklassiger Schütze«, bemerkte Burke. »Vielleicht nicht auf Scharfschützenniveau, aber es heißt, dass er trifft, worauf er zielt. Er ist gründlich und hinterlässt keinerlei Spuren. Zumindest keine, die nicht verwischt werden können, wenn man die richtigen Leute kennt.«

»Allmählich fange ich an, diese Leute zu hassen«, brummte Gabe.

»Ich tu's jetzt schon«, sagte Burke. »Ich fordere jetzt Verstärkung an. André Holmes sollte mich zurückrufen. Er ist Antoines Bruder, Gabe, und ihr seid gerade unterwegs in seinen Zuständigkeitsbereich. Er ist der Cop, der dafür gesorgt hat, dass die richtigen Leute aus dem Sheriffbüro gestern Abend ins Haus deines Vaters kamen. Ich gebe Bescheid, ob er uns hilft. Oh, gerade ruft er an. Ich melde mich gleich noch mal.«

Molly tippte mit den Fingern aufs Lenkrad. »Kannst du Xavier noch mal anrufen? Er und seine Freunde müssen auf den Jeep achten.«

Dankbar, etwas zu tun zu haben, wählte Gabe die Nummer.

»Xavier, hier ist noch einmal Gabe«, sagte er, als der junge Mann am Apparat war. »Molly will mit Ihnen reden. Ich stelle Sie auf Lautsprecher.«

»Was ist?«, fragte Xavier.

Molly berichtete ihm von dem Jeep und enthielt ihm auch nicht vor, dass ein bekannter Profikiller am Steuer saß. Cicely Morrow gab einen gequälten Laut von sich. »Bitte versuchen Sie, sich keine Sorgen zu machen, Ma'am«, sagte Molly. »Wir überlegen uns eine Strategie. Für den Moment dürfte es das Klügste sein, wenn niemand Xavier sehen kann.«

»Ich lege mich auf den Boden.« Der arme Xavier hörte sich noch entsetzter an. »Du auch, Mama.«

»Nein, das würde noch seltsamer aussehen«, widersprach Cicely, deren Stimme wieder an Entschlossenheit gewann. »Soll er es doch versuchen.«

»Mama!«, zischte Xavier. »Was soll das?«

»Willa Mae hat zwei«, sagte sie nur.

»Verdammte Scheiße«, stieß Xavier hervor.

»Zwei was?«, fragte Gabe.

»Das wollen Sie nicht wissen«, rief Willa Mae gut gelaunt aus dem Hintergrund. »Aber wir sind versorgt.«

»Grundgütiger«, stöhnte Molly, »sind Sie etwa alle bewaffnet?«

»Na logo!«, antwortete Carlos und schrie auf. »He, lass das, Xavier. Das hat wehgetan.«

»Das sollte es auch.«

»Aber sie sind keine Cops!«

»Wir wissen doch gar nicht, wer die sind, Blödmann!«, warf Carlos' Bruder ein.

Molly schüttelte den Kopf. »Sorgen Sie nur dafür, dass die Waffen außer Sicht bleiben. Sollte die Polizei Sie anhalten und die Waffen finden, kann ich nichts für Sie tun.«

»Ich bin nicht leichtsinnig«, sagte Cicely, »aber ich lasse auch nicht zu, dass jemand meinen Sohn bedroht.«

Wieder seufzte Molly. »Das verstehe ich. Miss Willa Mae, wie gut kennen Sie sich in New Orleans aus?«

»Während des Studiums habe ich im Quarter gearbeitet. Ich glaube kaum, dass sich seitdem dort viel verändert hat.«

»Wohl nicht«, bestätigte Gabe. »Ein Mann namens Burke ruft Sie gleich an. Sie können ihm vertrauen, Xavier, er war ebenfalls ein Freund meines Vaters.«

»Sein ehemaliger Partner?«

Gabe versuchte, sich seine Verblüffung nicht anmerken zu lassen. Wenn sein Dad Xavier von Burke erzählt hatte, waren die beiden enger miteinander gewesen, als er gedacht hatte. Die Erkenntnis schmerzte, und es stellte sich die Frage, welche Geheimnisse sein Vater sonst noch vor ihm gehabt haben mochte. »Ja, genau der. Molly arbeitet für ihn. Er sucht gerade nach einer Möglichkeit, Sie von dem weißen BMW zu separieren.«

»Alles klar«, sagte Xavier. »Ich wünschte, Sie hätten mir gleich von Burke erzählt, dann hätte ich mir wegen Miss Suttons Wikipedia-Eintrag nicht so ins Hemd machen müssen.«

Im Gegensatz zu Gabe gelang es Molly nicht, ihre Verblüffung zu verbergen. »Ich bin bei Wikipedia?«

»Ja, Ma'am, sind Sie«, antwortete Xavier respektvoll. »Hauptsächlich geht es um das, was in North Carolina passiert ist. Es steht zwar auch da, dass Sie inzwischen als Privatermittlerin arbeiten, aber nicht, für wen. Aber wenn Burke Broussard Ihnen vertraut, muss es tatsächlich Notwehr gewesen sein.«

»Okay.« Gabe gefiel gar nicht, wie sehr Molly das Gespräch aus der Fassung zu bringen schien. »Okay, danke, Xavier«, sagte sie. »Und ich verstehe, dass Sie Ihre Familie verteidigen wollen, Miss Cicely, aber es wäre besser, wenn wir es nicht darauf ankommen ließen. Glauben Sie mir.«

»Ich verstehe«, sagte Cicely kaum hörbar.

»Wir melden uns«, versprach Molly.

»Passen Sie auf sich auf und seien Sie vorsichtig, alle miteinander.« Gabe beendete das Gespräch und sah Molly an, die sich sichtlich unwohl fühlte. »Du wusstest nichts von dem Eintrag?«

»Natürlich weiß ich, dass es allerlei Berichterstattung gab, Zeitungsartikel und so. Aber … verdammt. Eigentlich sollte es mir nichts ausmachen, dass es eine Wiki-Seite über mich gibt, trotzdem …« Ihre Lippen zitterten. Sie schürzte sie. »Es macht mir etwas aus.«

»Du kannst sie löschen lassen.«

»Das werde ich auch. Aber dann wird eben ein neuer Eintrag erscheinen. Es hört einfach nicht auf. Nicht zuletzt deshalb müssen wir dafür sorgen, dass Cicely Morrow nicht auf jemanden schießen muss, um das Leben ihres Sohnes zu schützen.«

Diesmal war Gabe derjenige, der ihre Hand nahm. Sie drückte sie, während sie mit der anderen das Lenkrad so fest umklammert hielt, dass ihre Fingerknöchel weiß hervortraten.

Er ließ auch nicht los, als das Wegwerfhandy läutete.

»Ich habe mit André gesprochen«, sagte Burke, als Gabe ranging. »Als ich ihm erzählt habe, dass jemand mit Paul Lotts BMW unterwegs ist, hat er aufgehorcht. Es stellte sich heraus, dass es einen Grund gibt, weshalb ich Lotts Assistentin nicht erreichen konnte. Sie wird gerade vom NOPD befragt.«

»Wegen?«, fragte Molly, obwohl Gabe ahnte, dass sie beide den Grund bereits kannten.

Mit einem Mal verspürte Gabe eine unendliche Müdigkeit.

»Lott ist tot, stimmt's?« Schätzungsweise sollte er sich deswegen schlecht fühlen, doch er war viel zu betäubt, um außer Erschöpfung überhaupt etwas zu empfinden.

»In seinem eigenen Haus zusammengeschlagen und mit einem Kopfschuss getötet. Wahrscheinlich heute Nacht. Es war alles verwüstet, seine Brieftasche und sein Laptop fehlten. Die Cops behandeln es als schiefgelaufenen Einbruch. Unnötig zu sagen, dass André großes Interesse daran hat, zu gewährleisten, dass Xavier unversehrt nach New Orleans gelangt. Ich musste ihm noch nicht einmal erklären, weshalb Xavier, seine Mutter und ihre Freunde sich an uns gewandt haben, aber wahrscheinlich wird er irgendwann danach fragen.«

»Ich schlage vor, damit befassen wir uns, wenn es so weit ist«, sagte Molly, die so müde klang, wie Gabe sich fühlte. »Das klingt nicht gut, Burke. So dankbar ich André auch für seine Hilfe bin, will ich mich dem NOPD nicht zu sehr verpflichtet fühlen oder ihnen einen Grund geben, sich in unsere Operation einzumischen.«

»Da stimme ich dir hundertprozentig zu, aber André vertraue ich. Das bedeutet, die werden den falschen Lott rausziehen, sobald du den grünen Jeep separiert hast. André schickt einen Cop los, dem er vertraut, damit er dem Jeep folgt. Du musst nur alle zur nächsten Ausfahrt dirigieren, dafür sorgen, dass der Minivan und der BMW abfahren, und gleichzeitig den Jeep daran hindern, dass er ihnen weiter folgt.«

Molly nickte. »Das kriege ich hin.«

»Ich rufe dich an, sobald ich mehr weiß. Dir geht es so weit gut, Gabe?«

»Ja. Molly hat alles im Griff. Ich assistiere nur mit dem Handy.«

Burke lachte leise. »Dann wollen wir das mal so beibehalten. Keine Versuche, den Helden zu spielen.«

Gabe wollte lieber keine Versprechungen machen. »Wir hören uns.«

Molly warf ihm einen wissenden Blick zu, ehe sie wieder nach vorn sah. »Planst du etwas, Gabe?«

»Nur wenn es sein muss. Ich kann ganz gut mit Waffen umgehen. Wie gesagt, ich war häufig mit meinem Dad auf dem Schießstand.«

Eine Weile herrschte Stille, dann sagte Molly leise: »In der Mittelkonsole ist eine Kassette mit einer Pistole. Die Kombination lautet vier, drei und zwei zusammen, dann die Eins. Es ist eine Glock, ungeladen. Ein volles Magazin liegt im Handschuhfach. Es ist besser, vorbereitet zu sein, für den Fall, dass du dich verteidigen musst. Aber solange nicht alles komplett aus dem Ruder läuft und mich jemand tötet, habe ich das Sagen. Okay?«

Der Gedanke, jemand könnte ihr etwas antun, gefiel ihm gar nicht. »Okay.«

Sie runzelte die Stirn. »Versprich es mir.«

Er zögerte. »Ich verspreche es.« *Auf dich aufzupassen, falls es zum Äußersten kommt.*

10. Kapitel

TULANE-GRAVIER, NEW ORLEANS, LOUISIANA

Dienstag, 27. Juli, 14.15 Uhr

Entschuldigen Sie bitte, Sir.« Ashley stand mit unsicherer Miene im Türrahmen von Lamonts Büro.

Weil Joelle auf einem der Besucherstühle saß, nachdem sie endlich aus ihrem Alkoholkoma aufgewacht und an Ashleys Schreibtisch vorbei geradewegs in Lamonts Büro gerauscht war und zu wissen verlangt hatte, weshalb er in seinem Arbeitszimmer zu Hause überall ihr Parfum versprüht hatte. Die Ausrede, dass er ihren Duft am liebsten in jedem Zimmer des Hauses hätte, hatte sie ihm nicht abgekauft.

Stattdessen hatte sie ihn ganz offensichtlich im Verdacht, eine Affäre mit Ashley zu haben. Wenigstens war seine Geliebte am frühen Morgen nach Hause gefahren, um zu duschen, und duftete nun nach ihrem eigenen Parfum, das leichter und weniger süßlich als Joelles war.

Was Joelle selbstverständlich wusste, weil sie auf dem Weg herein an Ashley gerochen hatte. Natürlich.

»Was gibt's, Ashley?«, fragte er, dankbar für die Unterbrechung.

»Ein Anruf auf Leitung eins. Ich habe versucht, es Ihnen zu sagen, aber die Gegensprechanlage ist aus.«

Er blickte auf das Gerät auf seinem Schreibtisch, das tatsächlich abgeschaltet war. Ein befriedigter Ausdruck lag auf

Joelles Zügen. *Elendes Miststück.* »Es tut mir leid, Ash. Ich muss aus Versehen auf die Taste gekommen sein. Haben Sie den Namen des Anrufers?«

»Nein, Sir. Der Mann wollte ihn nicht nennen, meinte aber, es sei dringend. Etwas wegen des ungeklärten Falls, an dem Sie arbeiten.«

Es gelang Lamont, sein Stirnrunzeln unter Kontrolle zu halten. Der einzige ungeklärte Fall, an dem er gerade arbeitete, war sein eigener, und der wäre abgeschlossen, sobald Cornell Eckert vermeldete, dass er Xavier Morrow getötet hatte. Natürlich blieb immer noch die Frage, weshalb Paul Lott von Houston nach New Orleans gefahren war, aber noch hatte der Anwalt ihn nicht zurückgerufen.

Beschützen wollte Lott Xavier jedenfalls nicht. *Es sei denn, er treibt ein doppeltes Spiel mit uns.*

»Sagen Sie ihm, er soll mir bitte einen Moment Zeit geben, damit ich das Gespräch mit meiner Frau zu Ende bringen kann.«

Ashley schloss die Tür, und Joelle wandte sich ihm zu. »Du wirst mich gefälligst nicht einfach wegschicken.«

Lamont verspürte den Drang, sich die Nasenwurzel zu massieren, weil er wegen dieser blöden Kuh Kopfschmerzen bekam, doch die Genugtuung, dass sie ihn aus der Reserve gelockt hatte, würde er ihr nicht verschaffen. »Du bist hier in meinem Büro, Joelle. Ich führe unsere Unterhaltung sehr gern später zu Hause fort, aber jetzt muss ich wieder an die Arbeit.« Er erhob sich, trat um seinen Schreibtisch herum und packte sie am Arm. »Du wirst jetzt gehen.«

Sie wollte widersprechen, doch er beugte sich vor und raunte ihr ins Ohr: »Zwing mich nicht, den Sicherheitsdienst zu rufen, damit er dich hinausbegleitet. Das wäre peinlich für uns beide. Und es stünde ganz vorn auf den Gesellschaftsseiten, noch bevor du zu dieser Tür raus bist.«

Das zog. Die Vorstellung, sich vor der ganzen Stadt lächerlich zu machen, war ihr ein Gräuel. Was der blanke Hohn war, da genau die Leute, die man dort fand, sie vor ihrer Hochzeit mit Lamont engagiert hätten, damit sie ihren Gästen in einem französischen Hausmädchenkleid auf Partys die Getränke servierte.

Sie entwand sich seinem Griff, wenn auch nur, weil er es zuließ. »Ich sehe dich zu Hause.« Ein hinterhältiges Lächeln umspielte ihre Mundwinkel. »Und dann zeige ich dir das Videomaterial.«

Er hielt abrupt inne. »Was?«

Ihr Lächeln wurde noch breiter. Früher hatte er es einmal sehr gemocht, heute jedoch erinnerte es ihn an eine Viper. »Habe ich es dir nicht erzählt? Ich habe in diesem kleinen Raum neben deinem Arbeitszimmer eine Kamera installieren lassen. Schätzungsweise findet mein Anwalt sehr aufschlussreich, was darauf zu sehen ist.«

Er biss die Zähne zusammen. »Was willst du, Joelle?«

Das Lächeln erlosch. »Ich will, dass du mit dieser Nutte Schluss machst.«

Oh, du wirst so was von sterben. Und ich werde dafür sorgen, dass es ein schmerzhafter Tod sein wird. Ein sehr schmerzhafter. Eine Scheidung wäre viel zu gnädig für sie. Dass er bis nach der Wahl damit würde warten müssen, machte ihn noch wütender. »Wie du willst.«

Sie lachte. »Na, siehst du? War doch gar nicht so schwer. Und ich will, dass du sie feuerst.«

Dreckschlampe, Dreckschlampe, Dreckschlampe. »Das könnte kompliziert werden.«

Ihre Augen verengten sich zu Schlitzen. »Finde eine Möglichkeit, Monty.«

Sie wusste nur zu gut, dass er den Namen hasste. »Ja, Schatz«, sagte er und zwang sich, seine geballten Fäuste zu lösen.

Sie rauschte hinaus und schloss die Tür hinter sich, während er kurz überlegte, was sie wohl zu Ashley sagen würde. Ihm wurde bewusst, dass er nichts tun konnte, um Ashley zu helfen. Er konnte ihr nur eine angenehme Stelle in einem der anderen Büros beschaffen und sich eine neue Sekretärin suchen. Eine hübsche.

Immerhin würde er diese Geliebte nicht töten müssen, damit seine Frau nichts von seinem Geheimnis erfuhr.

Entschlossen verdrängte er die leidige Angelegenheit, setzte sich an seinen Schreibtisch, drückte die Taste für Leitung eins und hob den Hörer ab. Dieses Gespräch würde er unter keinen Umständen über Lautsprecher führen. »Ja?«

»Ich bin's.«

Jackass. »Ich rufe gleich zurück.« Er griff nach seinem Privathandy, trat ans Fenster und wählte die Nummer, während er die Ereignisse des vorherigen Abends noch einmal Revue passieren ließ. Ihm ging auf, dass er immer noch nicht wusste, wer Jackass' Spion im *Le Petit Choux* war. »Also? Wer ist es?«, fragte er, sobald Jackass abgehoben hatte.

»Wer ist *was?*«, fragte Jackass misstrauisch.

Herrgott noch … »Gestern Abend. Im *Le Petit Choux.* Du hast geschrieben, dein Maulwurf hätte mich gesehen. Du solltest auch herausfinden, für wen diese Privatermittlerin arbeitet, die Gabe Hebert und seine Cousine nicht aus den Augen lässt.«

»Ach, die. Sie arbeitet für Burke Broussard.«

Verdammte Scheiße! Diesen Namen kannte er. Es war der Typ, der vor ein paar Jahren mit seinen Anschuldigungen, es habe Verfehlungen gegeben, praktisch das gesamte NOPD auf den Kopf gestellt hatte. Natürlich war sein Verdacht berechtigt gewesen, aber am Ende hatte er sich der Vernunft – sprich Drohungen – gebeugt und gekündigt. *Ich habe doch gewusst, dass dieser kleine Idiot eines Tages wieder auftaucht und Ärger macht.*

Und es sah ganz so aus, als sei dieser Tag gekommen. »Gabriel Hebert hat Burke Broussard engagiert?«

»Sein Daddy war einer von Broussards ehemaligen Partnern.«

»Stimmt, ja.« Das hatte er völlig vergessen. »In diesem Fall ist es nachvollziehbar.«

»Offenbar ahnt Rocky junior etwas. Sind wir jetzt so weit, dass wir ihn töten?« Seine Stimme troff vor »Ich hab's dir ja gleich gesagt«-Verächtlichkeit. *Blödmann.*

Um ihn würde Lamont sich später kümmern. Jetzt musste er erst einmal Gabe Hebert daran hindern, tiefer zu graben, und, was noch viel wichtiger war, sie mussten herausfinden, woher sein Verdacht rührte. Möglicherweise gab es ja noch weitere lose Enden, die sie nicht gekappt hatten. Hoffentlich nicht! »Das sollten wir wohl. Vorschläge?«

»Du weißt, dass sich das jetzt sehr viel schwieriger gestaltet.«

»Ja«, bestätigte Lamont zähneknirschend. »Darauf bin ich auch schon gekommen.«

»Tja, du warst ja schon immer der Schlauere von uns beiden.« Wieder kamen die Worte derart höhnisch über Jackass' Lippen, dass kein Zweifel bestand, wie sie gemeint waren.

Dieser gottverdammte Wichser. Mit Jackass würde er sich befassen, sobald Gabe Hebert tot war. Wenigstens gab es nichts Schriftliches zwischen ihnen, das ihn in Schwierigkeiten bringen könnte. »Wann?«

»Sobald ich alles so arrangieren kann, dass uns nichts passiert. Ich habe keine Lust, erwischt zu werden.«

»Sehe ich genauso.« *Nicht, dass du dir darüber noch lange Gedanken machen müsstest.* Lamont würde ihn selbst eliminieren müssen, da Stockman tot war, aber das war okay. Es war lange her, seit er sich zuletzt die Hände schmutzig gemacht hatte, und er hatte das fast ein bisschen vermisst. Aber er würde es schlau anstellen.

Er stand viel zu dicht davor, alles zu bekommen, was er sich je gewünscht hatte, um jetzt Mist zu bauen.

Sobald Jackass beseitigt wäre, würde Lamont sich um Lott kümmern. Oder vielleicht Eckert dafür engagieren. »Hast du von Paul Lott gehört?«

»Persönlich? Seit unserem Besuch bei Rocky nicht mehr, nein. Warum?«

Mit ihrem »Besuch« bei Rocky Hebert war jener Abend gemeint, an dem sie ihn getötet hatten. »Weil Paul heute Morgen in Houston war. Um Rockys jungen Freund zu besuchen.« Und ihm zurück nach New Orleans zu folgen, aber dieses Detail behielt er erst einmal für sich.

»Was?« Jackass' Überraschung war eindeutig aufgesetzt. Total aufgesetzt. »Das ist unmöglich.«

Was führst du im Schilde? »Und warum?«

»Weil Paul Lott tot ist.«

»Er ist *was?*«

»Er ist tot. Der arme Kerl wurde gestern Abend Opfer eines Einbruchs. Der Eindringling hat ihm eine Kugel in den Kopf gejagt. Möge er … in Stücken ruhen.«

Wut schäumte in Lamont auf, so heftig, dass er kurz fürchtete, seine Schädeldecke hebe gleich ab. »Warum?«

»Warum was?«, fragte Jackass mit aufgesetzter Unschuld.

»Warum hast du ihn getötet?«

»*Ich* war das nicht.«

»Also hast du jemanden engagiert? Den Typen, der gestern der Privatermittlerin gefolgt ist?« *Bitte sag mir, dass du kein ganzes Team da reingezogen hast.*

Das wären viele Menschen, die es zu beseitigen gälte. *Dabei ist mein Terminkalender sowieso schon bis obenhin voll.*

»Meine Güte, komm mal runter«, sagte Jackass. »Ich habe hier schließlich kein Personal, das ich nach Belieben einsetzen kann.«

»Doch, hast du.« Und genau das war das Problem.

Jackass lachte leise. »Na ja, stimmt auch wieder. Aber keine Angst, dir würde ich sie nie auf den Hals hetzen. Wir sind doch Partner. Aber – das nur als Info an dich, natürlich – sollte mir irgendetwas Rätselhaftes passieren, so etwas wie ein Unfall oder so … dann stehen sie vor deiner Tür.«

»Du –« *Verdammtes Dreckschwein.* Lamont unterdrückte das Wort, ehe es über seine Lippen kam. »Es gibt nichts, worüber du dir Sorgen machen müsstest. Ist der Typ, der Lott getötet hat, derselbe, der jetzt mit Lotts BMW herumfährt?«

»Oh. Heute steckst du wirklich voller Überraschungen. Ja, das ist er. Aber keine Angst, ich vertraue ihm zu hundert Prozent.«

Wie schön, dass du *ihm traust. Das heißt für mich,* ich *muss vorsichtig sein.*

»Und ich bin heilfroh, dass ich ihn hingeschickt habe«, fuhr Jackass fort. »Vor allem, da dein Mann ja auf ganzer Linie versagt hat.«

Lamont unterdrückte ein Keuchen, trotzdem musste Jackass es mitbekommen haben, denn er lachte leise. »Wahrscheinlich fragst du dich jetzt, woher ich das weiß.«

Wieder biss Lamont die Zähne zusammen. »Woher?«

»Der Junge hat gestern Abend auf Paul Lotts Handy angerufen und gemeint, jemand versuche, ihn umzubringen. Zum Glück war einer meiner Männer vor Ort und hat den Anruf abgefangen. Wir werden uns demnächst mal über deine Geheimnisse unterhalten, Monty. Ich rufe dich an.«

Der Anruf war beendet, noch bevor Lamont bewusst wurde, dass Jackass ihm immer noch nicht verraten hatte, warum er Lott hatte töten lassen. Vielleicht hatte der Anwalt ja kalte Füße bekommen und gedroht, ein Geständnis darüber abzulegen, was sie getan hatten. Eigentlich war Lott nicht dafür gewesen, dass sie Rocky töteten, sondern hatte nur abkassieren wollen, indem er Xavier Morrows Namen preisgab. Dessen Bedeutung Lott lediglich bewusst gewesen war, weil Jackass ihn vor über fünf Jahren gebeten hatte, die Augen offen zu halten, ob Rocky in Bezug auf eine Katrina-Ermittlung irgendetwas unternahm, das über das übliche Maß hinausging. Für den Fall, dass der Cop erneut zu stochern anfing.

Von alldem hatte Lamont bis vor sechs Wochen nichts geahnt. Er hatte keine Ahnung gehabt, dass es einen Augenzeugen gegeben und Rocky Ermittlungen angestellt hatte. Und er wusste auch erst seit sechs Wochen, dass der Drecksack auf Drängen, die Identität des Augenzeugen preiszugeben, einen falschen Namen genannt hatte, als er anlässlich des zehnten Jahrestags von Katrina den Fall wieder aufgerollt hatte.

Sie konnten sich bei Paul Lott bedanken, dass er ihnen den wahren Namen des Augenzeugen verraten hatte, nachdem Rocky bei dem Anwalt gewesen war, um ihn mit der Einrichtung eines Treuhandfonds auf den Namen Angel Xavier Morrow zu beauftragen. Paul war überrascht gewesen und hatte, Jackass' Bitte im Hinterkopf, Xaviers Namen in die Katrina-Datenbank eingegeben, wo er als überlebendes Kind eines Opfers registriert gewesen war. Zum Zeitpunkt der Flutkatastrophe war Xavier fünf Jahre alt gewesen und folglich nicht groß genug, um als glaubhafter Zeuge zu dienen.

Allerdings hatte er Lamonts Narbe gesehen, die jener zwar heute nicht mehr hatte, die leider aber auf zahlreichen Fotos aus der Zeit vor dem chirurgischen Eingriff dokumentiert war.

Daher stellte der inzwischen zweiundzwanzigjährige Junge eine enorme Bedrohung dar.

Und das war noch nicht das Schlimmste daran. Bei Weitem nicht.

Auf die Idee, Jackass könnte Xavier Morrow aufstöbern, war Lamont nicht gekommen, doch genau das hatte er getan, und nun sah sich Lamont mit einer ganzen Reihe von Fragen konfrontiert. Weshalb hatte Jackass Paul Lotts Ermordung veranlasst? Wer war der Mann, den er zu Xavier geschickt hatte? Wieso hatte er den Jungen nicht gleich in Houston umgebracht? Wieso fuhren sie nach New Orleans?

Apropos New Orleans. Er rief Cornell Eckert an. »Status?«

»Bin kurz vor New Orleans. Was soll ich mit dem BMW des Anwalts machen?«

»Bringen Sie den Kerl um, der am Steuer sitzt.«

»Und die Leute in dem Minivan auch?«

»Die auch. Und falls Sie Interesse haben, würde ich Ihnen gern einen Job anbieten.«

Eckert lachte. »Ich glaube nicht, dass Sie sich mich als Vollzeitangestellten leisten könnten, Chef.«

»Ich glaube, Sie wären angenehm überrascht, was ich anzubieten habe. Schreiben Sie mir eine Nachricht, wenn alles erledigt ist, dann reden wir weiter. Ich schätze, die vielen zusätzlichen Nullen auf Ihrem Bankkonto werden für sich sprechen.«

»Wir werden sehen. Ich muss Schluss machen. Gleich kommt die Ausfahrt. Bis später.«

I-10, NEW ORLEANS, LOUISIANA

Dienstag, 27. Juli, 14.15 Uhr

Molly sah zu Gabe hinüber, der einigermaßen kooperierte. Zwar hatte er sich nicht in den Fußraum des Beifahrersitzes gezwängt, aber immerhin so weit über die Mittelkonsole gebeugt, wie es sein Sicherheitsgurt erlaubte.

Jetzt.

»Mach dich bereit«, sagte sie nur.

Ihre Ausfahrt nahte, doch der Verkehr floss ein wenig zu langsam, um zu garantieren, dass das Manöver glücken würde. Sie musste es so einrichten, dass der Minivan und der gestohlene BMW die Ausfahrt nehmen konnten, der Jeep mit Mr Eckert, dem Auftragskiller, hingegen nicht.

Und dabei durfte sie keine anderen Verkehrsteilnehmer gefährden.

Der reinste Sonntagsspaziergang.

Das würde sie sich so lange vorsagen, bis es vorbei war.

Unmittelbar hinter der Ausfahrt führte die Interstate über eine Brücke – sie war der Grund, weshalb sie diese Ausfahrt gewählt hatte.

Sie sah in den Rückspiegel. Keine Cops, zumindest nicht in einem Streifenwagen. Die Cops bereiteten ihr Kopfzerbrechen. Zwar vertraute sie Burkes altem Freund, Captain André Holmes vom NOPD, doch er konnte schließlich nicht überall gleichzeitig sein.

Sie konnte nur hoffen, dass die Officer, die er für die Operation abgestellt hatte, vertrauenswürdig waren, da das hier eine ziemlich knappe Nummer werden würde.

»Jetzt.« Sie drückte Gabes Schulter nach unten, trat aufs Gaspedal und setzte sich vor den Jeep, während der Minivan und der BMW bereits auf den Verzögerungsstreifen der Ausfahrt gewechselt hatten. Dann riss sie das Steuer herum, wechselte ebenfalls auf den Verzögerungsstreifen und bremste ab, sodass sie sich auf einer Höhe mit dem Jeep befand und so verhinderte, dass der Jeep die Ausfahrt nehmen konnte.

Der Mann am Steuer des Jeeps starrte sie finster an, dann hob er den Arm und –

»Waffe!«, schrie sie.

Gabe, der ihre Pistole in der Hand hielt, sah auf. Er hatte zuvor mit geübter Entschlossenheit das Magazin eingelegt und den Schlitten zurückgeschoben. Seine Fertigkeiten als Schütze bereiteten ihr jedenfalls keine Sorgen.

Viel eher fürchtete sie sich davor, dass er gezwungen sein könnte, einen Schuss abzugeben.

»Noch nicht schießen«, sagte sie leise. »Es sind zu viele Leute ringsum.«

»Weiß ich«, erwiderte er. »Aber weiß er das auch?«

Sie hatten die Ausfahrt endgültig passiert, und der Seitenstreifen endete. Vor ihnen erstreckte sich die Brücke.

»Achtung!« Molly trat auf die Bremse und brachte den Wagen wenige Meter vor der Brücke zum Stehen. Der Jeep war gezwungen, weiterzufahren, um nicht ins Brückengeländer zu krachen.

»Erledigt«, sagte sie. »Er fährt über die Brücke.«

Gabe ließ das Magazin aus der Pistole springen, verstaute die Munition im Handschuhfach und gab die Waffe wieder in die Kassette, die er ins Konsolenfach zurücklegte.

Dann setzte er sich auf und zog den Sicherheitsgurt zurecht. »Krise abgewendet. Gut gemacht.«

»Ein paar Meter weiter, und wir wären klitschnass geworden«, murmelte sie und blickte auf den nach einem kürzlichen Sturm angeschwollenen Fluss, der unter der Brücke dahinschoss.

»Und haben die Cops getan, was sie sollten?«

Sie nahm das Fernglas aus dem Konsolenfach, spähte ans Ende der Brücke und lächelte, als sie drei Zivilfahrzeuge mit rotierenden Blaulichtern sah, die den Jeep umringt hatten. »Hier, sieh selbst.« Sie reichte Gabe das Fernglas.

»Immerhin eine Sache ist heute so gelaufen, wie sie sollte«, bemerkte er in der Hoffnung, dass der Fahrer festgenommen würde. »Werden wir angehalten, wenn wir über die Brücke fahren?«

»Burke meinte, nein, aber falls doch, sagst du nichts. Beide Waffen im Wagen sind auf mich registriert, und ich habe die Erlaubnis, sie zu tragen, deshalb haben wir gegen kein Gesetz verstoßen. Schlimmstenfalls können sie mir einen Strafzettel verpassen, weil ich auf dem Standstreifen gefahren bin. Falls sie uns durchsuchen wollen, verlangen wir einen Beschluss. Alles klar?«

»Ja, Ma'am.« Er nahm ihre Hand und drückte sie. »Ich werde jetzt etwas sagen, und falls es unangemessen ist, schiebe ich es auf den Adrenalinkick.«

Sie lachte leise. Ihre Hand in der seinen fühlte sich gut an. »Aha?«

»Dieses Manöver gerade … du warst wirklich heiß.«

Sie grinste geschmeichelt. »Das war ich wohl.«

Er lachte. »Ein gesundes Selbstvertrauen ist immer gut.«

»Trotzdem freue ich mich über die lobenden Worte. Gibt es sonst noch unangemessene, aber durchaus willkommene Komplimente, die du loswerden willst, bevor ich über die Brücke fahre?«

Er zögerte, dann nickte er, plötzlich ernst. »Wenn wir im Büro und in Sicherheit sind, will ich dich küssen.«

Sie atmete tief durch und überlegte, was sie darauf erwidern sollte. Ihr wurde bewusst, dass er ihr das Gefühl gab … genug zu sein. Sogar mehr als das.

In seiner Gegenwart empfand sie eine Selbstsicherheit, die nichts mit ihrem Job zu tun hatte. Und seine bewundernden Blicke, die über ihre Kurven wanderten, wenn er glaubte, sie bemerke es nicht, gaben ihr das Gefühl, begehrenswert zu sein.

Es war viel zu lange her, seit sie sich zuletzt so gefühlt hatte. Nicht mehr seit der Trennung von ihrem Freund in North Carolina – jenem Mann mit dem vorwurfsvollen Ausdruck in den Augen, nachdem sie Jake getötet hatte. Ja, sie wollte all das, wollte, dass Gabe sie küsste. Und damit nicht genug.

Er seufzte. »Tut mir leid, ich hätte nichts sagen sollen.«

»Nein, nein«, wiegelte sie eilig ab. »Ich will es.« Sie lächelte ihn bedauernd an. »Ich will es wirklich.«

»Aber?«

»Aber du bist mein Mandant, und es wäre nicht professionell.«

Er musterte sie mit schief gelegtem Kopf. »Würde Burke dich deswegen feuern?«

»Nein.« Die Vorstellung war lächerlich. »Ich bin ziemlich gut in meinem Job. Hier geht es eher um Grenzen, die wir aus gutem Grund nicht überschreiten sollten. Wenn ich dich küsse …«

Er hob eine Braue und lächelte amüsiert. »Dann?«

»Dann will ich mehr, denn halbe Sachen sind nicht mein Ding.«

»Das war mir klar. Bei mir ist es genauso. Nächstes Argument dagegen?«

Ihre Wangen fühlten sich an, als stünden sie in Flammen, was ihn noch mehr zu belustigen schien. »Ich kann mich nicht darauf konzentrieren, für deine Sicherheit zu sorgen, wenn ich dich küsse … und anderes.«

Seine Lippen zuckten. »Wenn dieser Fall also abgeschlossen

ist und du nicht länger für meine Sicherheit zuständig bist … erwiderst du dann meinen Kuss?«

Wenn all das hinter ihnen lag, würde sie ihre Gefühle keine Sekunde mehr leugnen. »Dann werde ich definitiv deinen Kuss erwidern.«

Er lächelte. »Gut, Miss Sutton, dann sollten wir dringend weitermachen. Je schneller wir fertig sind, desto eher können wir uns küssen … und anderes.«

Sie erwiderte sein Lächeln und spürte, wie etwas in ihr zur Ruhe kam. Ein optimistisches Gefühl durchströmte sie. »Ja, Sir.«

Sie sah nach hinten und setzte ein Stück zurück, um sich dann in den Verkehr über die Brücke einfädeln zu können. So zügig wie möglich fuhr sie auf die linke Spur, um von dort einen längeren Blick auf das Geschehen am Straßenrand zu werfen, da der Verkehr wegen der Gaffer ohnehin im Schneckentempo dahinkroch.

»Eckert sitzt immer noch im Wagen«, bemerkte Gabe. »Was, wenn sie ihn nicht festnehmen?«

»Keine Ahnung. Das werden wir wohl herausfinden, sobald wir im Büro sind. Ich überlege noch, ob ich ihn anzeigen soll, weil er eine Waffe auf uns gerichtet hat, andererseits würde ich meinen Namen lieber aus der Sache heraushalten. Ich erzähle Burke, was passiert ist, und überlasse die Entscheidung ihm.«

Sie fuhren weiter, und Gabe drehte sich auf seinem Sitz um. »Jetzt ziehen sie ihn aus dem Wagen«, berichtete er. »Und seine Waffe haben sie auch.«

»Gut. Vielleicht hat ja einer der Zivilcops gesehen, wie er sie gezogen hat. Ich würde sagen, damit ist unsere Arbeit hier erledigt.« Sie wechselte auf die rechte Spur, um die nächste Ausfahrt zu nehmen. »Nächster Halt – das Büro.«

»Wo wir hoffentlich endlich ein paar Antworten von Xavier bekommen«, fügte Gabe grimmig hinzu.

Ich hoffe nur, diese Antworten brechen ihm nicht das Herz.

FRENCH QUARTER, NEW ORLEANS, LOUISIANA

Dienstag, 27. Juli, 14.20 Uhr

Xavier wünschte inbrünstig, er hätte die Plätze mit Willa Mae getauscht und säße nun am Steuer des Minivans, denn statt vorsichtig durch den Stadtverkehr zu navigieren, wie man es von einer älteren Dame erwarten würde, schien sie den Mario Andretti in sich entdeckt zu haben und schoss wie ein Profi im Affenzahn durch die Straßen.

»Willa Mae!«, japste seine Mutter zum zehnten Mal innerhalb von zwei Minuten.

»Was denn?«, fragte Willa Mae. »Ich fahre genau zu der Adresse, die uns dieser Burke durchgegeben hat. Und wenn ich dabei noch unseren Verfolger abschütteln kann, umso besser.«

»Bitte nicht, Miss Willa Mae«, rief Manny vom Rücksitz. »Sonst können die Cops ihn nicht mehr schnappen. Sie wissen doch, was Burke gesagt hat.«

Burke hatte auch erklärt, dass Xavier im Fußraum bleiben sollte, damit sein Kopf nicht zu sehen war. Und da Xavier selbigen gern auch weiterhin auf den Schultern tragen wollte, hatte er gehorcht.

Allerdings konnte er deswegen nicht erkennen, was sich ringsum abspielte, sondern musste sich auf Carlos verlassen, der – typisch für ihn – die Situation positiver darstellte, als sie es vermutlich war. Xavier nahm an, dass Carlos ihn zum Lachen bringen wollte, deshalb tat er ihm ein paarmal den Gefallen.

Außerdem war Lachen gut. Es hielt ihn davon ab, in Tränen auszubrechen, und allein dafür wäre er Carlos für den Rest ihrer beider Leben dankbar – die hoffentlich noch viele, viele Jahrzehnte andauern würden.

Die Lage war ernst. Profikiller waren hinter ihm her. *Hinter uns allen.* Oder zumindest ein Profikiller. Und wer wusste, wer der falsche Lott in Wirklichkeit war und weshalb er ihnen folgte? Immerhin war der echte Paul Lott tot, was Burke ihnen mitgeteilt hatte, um ihnen den Ernst der Lage vor Augen zu führen. Im ersten Moment hatte Xavier befürchtet, seine Mutter könnte ohnmächtig werden, doch sie hatte sich nicht aus der Ruhe bringen lassen. Natürlich hatte er immer gewusst, wie toll seine Mom war, aber jetzt … inzwischen war seine Hochachtung für sie und ihr Rückgrat gehörig gewachsen.

Und Willa Mae erwies sich als steter Quell der Überraschungen. Als sie von Lotts gewaltsamem Tod erfahren hatte, war Xavier davon ausgegangen, dass sie ihnen kurzerhand erklären würde, sie sollten zusehen, wie sie allein nach New Orleans kämen. *Zumindest ich hätte das getan.* Und vermutlich jeder mit einem Fünkchen Selbsterhaltungstrieb im Leib ebenso.

Aber nicht Willa Mae. Stattdessen hatte sie das Steuer noch fester umfasst, die Lippen noch entschlossener geschürzt und verkündet, sie bringe sie sicher zu ihrem Ziel. Gleichzeitig legte sie alle paar Minuten ihre Rolle der Knallharten ab, um seiner Mutter mit beruhigender Stimme zu versichern, dass alles wieder in Ordnung käme.

Aber gar nichts war in Ordnung, und Xavier konnte sich beim besten Willen nicht vorstellen, wie es das jemals wieder sein sollte. Denn der Mann, der sie gestern Abend angegriffen hatte, war tot. Eine der befreundeten Schwestern seiner Mutter aus dem Krankenhaus hatte bestätigt, dass er nach einer aufgrund seiner Schusswunde erforderlichen Notoperation verstorben sei.

Eine Schusswunde, die ich ihm zugefügt habe. Ich habe auf ihn geschossen. Ich habe ihn getötet.

Aber darüber kann ich jetzt nicht nachgrübeln.

»Was passiert gerade?«, fragte er Carlos, der gespannt auf die vorbeiziehende Stadt blickte, wohingegen sich Xaviers Interesse an New Orleans in Grenzen hielt. Es war das erste Mal seit seinem fünften Lebensjahr, dass er einen Fuß in die Stadt setzte. Allein wieder hier zu sein, beschwor lebhafte Flashbacks herauf: Regen, das ansteigende Wasser, die Hand seiner leiblichen Mutter, die ihn aufs Dach schob …

Ganz allein hatte er weinend dort gesessen. Es hatte sich wie Jahre angefühlt, dabei war es möglicherweise nicht einmal eine Stunde gewesen. Trotzdem erinnerte er sich ganz genau an seine grauenvolle Angst.

Und an die Frau am Fenster des Nachbarhauses.

Sie war der Grund, weshalb er wieder hier war.

»Wir kommen jetzt zu der Kreuzung, von der Burke uns erzählt hat«, sagte Carlos. »Der Verkehr ist der pure Wahnsinn. Wo kommen bloß all die Leute her? Das ist ja verrückt.«

»Wegen des Musikfestivals«, erklärte Manny. »Das Satchmo Summerfest. Ein tolles Festival. Viel Jazz und so. Es ist ein Straßenfest, das in der ganzen Stadt stattfindet.«

Carlos drehte sich um und sah seinen Bruder finster an. »Wann warst du denn in New Orleans?«

»Ein paarmal.«

»Ohne mich?«, fragte Carlos empört.

»Du bist letzten Monat erst einundzwanzig geworden, also wärst du letztes Jahr noch in keine Bar reingekommen. Du hättest mir bloß die Tour vermasselt.«

Carlos drehte sich wieder nach vorn. »Dir vermassle ich gleich noch was anderes.«

»Komm schon«, säuselte Manny. »In New York wirst du so viel mehr erleben. Und nächsten Sommer fahren wir zusammen zum Satchmo.«

Xavier sah, wie sich Carlos' Mund zu einem Lächeln verzog. Es freute ihn, dass die beiden Brüder sich so gut verstanden. Manny hatte stets den älteren, cooleren Bruder gespielt und ihn und Carlos links liegen gelassen, aber in dieser Situation war er an ihrer Seite. Ein Anruf von Carlos, und Manny hatte parat gestanden.

»Okay, meine Damen und Herren«, verkündete Willa Mae. »Wir nähern uns unserem Ziel. Xavier, bist du weit genug nach unten gerutscht? Ich will nicht, dass dir jemand aufs Gesicht steigt, Schatz.«

»Ja, Ma'am«, antwortete Xavier, rückte ein Stück näher an Carlos' Sitz heran und umfasste die Pistole seines Vaters fester. *Showtime.*

»Alle angeschnallt?« Willa Maes Frage wurde mit einem mehrfachen »Ja, Ma'am« quittiert.

»Xavier?«, sagte Cicely mit leiser, eindringlicher Stimme. »Sollte etwas schiefgehen, läufst du los. Hast du mich verstanden? Sieh nicht zurück, sondern lauf. Das gilt für euch alle, Jungs. Ihr lauft.«

Xavier schluckte. Natürlich würde er nicht abhauen und seine Familie ungeschützt zurücklassen, gleichzeitig wollte er sie nicht in Sorge versetzen, deshalb antwortete er nur: »Ich hab's gehört, Mama.«

»Wir auch«, sagte Carlos. »Wir haben's gehört, Mrs M.«

Cicelys Seufzer verriet, dass sie die Taktik der Jungs durchschaute. »Ich habe euch lieb. Carlos und Manny, ihr seid wie Söhne für mich. Ihr alle verdient eine Zukunft.«

»Und die werden sie auch bekommen«, erklärte Willa Mae entschlossen. »Hör auf, den Teufel an die Wand zu malen, Cicely, das hilft keinem weiter.«

»Sind die Cops bereit?«, fragte Xavier.

»Ja«, antwortete Carlos. »Glaube ich zumindest. Ein schwarzer Wagen hat sich vor uns geschoben, nachdem Willa Mae zwischen die letzten beiden Autos eingeschert ist. Neben uns ist auch ein schwarzer Wagen. Und … ja, ich sehe auch Burke Broussard an der Ecke.« Sie hatten das Foto des Privatermittlers auf dessen Firmenwebseite gefunden. »Heiliges Kanonenrohr, der ist ja ein Riese. Du solltest ein Stück weiter rüberrutschen, Xavier. Wenn der hier reinspringt und mit dem Stiefel auf dich tritt, bist du platt wie eine Flunder.«

Xavier verdrehte die Augen und ignorierte das flaue Gefühl im Magen. »Ich werde schon nicht plattgemacht.«

»Wie auch immer.« Carlos schwieg. Seine Miene war ernst. »Fünf, vier, drei, zwei …« Er hielt inne, als Willa Mae beschleunigte und der Minivan mit quietschenden Reifen die Straße entlangschoss. Der Plan war, dass der schwarze Wagen vor ihnen so fuhr, dass sie beschleunigen und damit dem Wagen neben ihnen Gelegenheit geben konnte, sich zwischen sie und den weißen BMW zu schieben. »Festhalten, X!«

»Wow«, stieß Manny hervor, als eine Polizeisirene zu heulen begann. »Blaulicht und Sirenen. Die haben den BMW in die Zange genommen. *Scheiße!*«

Sein Fluch war eine Reaktion darauf, dass Willa Mae scharf nach rechts abbog. Zwei Sekunden später bremste sie und hielt. Zeitgleich wurde die seitliche Schiebetür aufgerissen, und Burke Broussard sprang herein.

»Hi«, sagte Xavier, der immer noch auf dem Boden kauerte, während Broussard die Tür zugleiten ließ, noch bevor Willa

Mae Zeit hatte, die Schließautomatik zu betätigen. »Ich bin Xavier.«

Burke grinste ihn an. »Burke. Freut mich, Xavier.« Er sah sich um. »Manny und Carlos. Und Miss Cicely und Miss Willa Mae. Willkommen in New Orleans alle miteinander. Fahren Sie bitte am nächsten Stoppschild nach links, Ma'am. Dort sehen Sie einen Mann, der Sie durch das Tor auf einen Parkplatz winkt.«

»Wird gemacht«, sagte Willa Mae. »Und dann verraten Sie uns endlich, was zum Teufel hier eigentlich los ist?«

»Wir warten, bis Molly Sutton und Gabe Hebert hier sind«, sagte Burke. »Aber das Essen wartet schon auf Sie.«

Das Essen wartet, dachte Xavier und schnaubte innerlich. Als wäre das hier ein beschissenes Kaffeekränzchen. »Wo sind Molly und Gabe gerade?«, fragte er.

»Immer noch auf der I-10, nehme ich an«, antwortete Burke, während Willa Mae um die nächste Ecke fuhr. »Da ist mein Technikexperte, Antoine. Fahren Sie einfach dort hinein, wo er hinzeigt.«

»Oje«, stöhnte Cicely leise. »Er sieht nicht gerade begeistert aus.«

Burke zuckte mit seinen breiten Schultern. »Nach einer Nachtschicht ist er gerne mal ein bisschen schlecht gelaunt. Er hat die ganze Nacht gearbeitet, weil wir einer Reihe von wichtigen Hinweisen nachgehen.« »Genau. Hier«, fügte er hinzu, als Willa Mae um eine weitere Ecke fuhr. »Wir sind da. Und alle noch am Leben. Ich finde, das lief prima.«

Xavier hörte seine Mutter Luft holen. »Wo genau ist *da,* Mr Broussard?«

»In meinem Büro, Ma'am. Es tut mir wirklich leid. Bisher war das Ganze eine ziemliche Nacht-und-Nebel-Aktion, aber wir werden Ihnen alles erzählen, was wir wissen, versprochen.

Und das Essen wartet schon auf uns.« Sein wiederholter Hinweis auf die bevorstehende Mahlzeit klang ein wenig zu munter, als hoffe er darauf, dass die Aussicht auf etwas Essbares sie davon abhielte, ihn mit Fragen zu löchern. Xavier setzte gerade zu einer scharfen Erwiderung an, als Manny sich zu Wort meldete.

»Also, ich könnte etwas im Magen vertragen«, sagte er. »Sie werden uns doch nicht vergiften, oder?«

Burke lachte. »Nein. Ich esse sogar den ersten Bissen, wenn Sie das beruhigt.«

»Von meiner Portion nicht«, warf Carlos ein. »Ich könnte eine ganze Kuh verdrücken.«

»Du schiebst doch ständig Kohldampf«, maulte Manny. »Gibt's sonst noch etwas Neues?«

Burke verfolgte den Dialog belustigt. »Wir haben Essen für fünfzehn Personen bestellt.«

»Das sollte reichen«, meinte Carlos bierernst. Der Kerl konnte unfassbare Mengen verdrücken. »Danke, Sir.«

Erleichtert atmete Xavier auf, als der Minivan schließlich zum Stehen kam und Willa Mae den Motor ausschaltete.

Endlich bekämen sie ein paar Antworten.

Und, wie es aussah, etwas zu essen.

FRENCH QUARTER, NEW ORLEANS, LOUISIANA

Dienstag, 27. Juli, 15.00 Uhr

Joy, Burkes Büroleiterin, saß in ihrem Rollstuhl am Eingang und trommelte mit den Fingern auf die Armlehnen, als Gabe und Molly eintrafen. Ihr Lächeln war professionell und höflich, aber dennoch resolut. »Burke ist im Konferenzraum. Die rücken ihm schon auf die Pelle und wollen

Antworten, aber er hat ihnen erklärt, dass er auf euch beide warten will. Also, Beeilung, bevor die Texaner den Aufstand proben.«

Jetzt ist es so weit, dachte Gabe, während er Molly in den Konferenzraum mit dem langen Tisch folgte, an dem sie ein nicht allzu geduldig wirkender Burke erwartete. *Jetzt erfahre ich, welche Verbindung zwischen Xavier und meinem Dad bestand.*

Er blieb abrupt stehen.

Da war er. Xavier Morrow. Ein zweiundzwanzigjähriger Schwarzer. *Der Freund, von dem mein Vater mir nie erzählt hat. Und dem er eine Menge Geld geschenkt hat.*

Xavier wirkte erschöpft, schien aber einigermaßen die Fassung zu wahren. Zu seiner Linken saß seine Mutter, die genauso aussah wie auf dem Foto, das er und Burke am Morgen gefunden hatten.

War das erst heute Morgen? Die Zeit vergeht wie im Flug, wenn man etwas Schönes macht. Oder vor Profikillern flüchtet. Je nachdem.

Rechts von Xavier saß ein Latino im selben Alter. Wahrscheinlich Carlos. Auf seiner anderen Seite saß ein Mann, der etwas älter als Carlos zu sein schien, doch die Ähnlichkeit war ein klarer Hinweis darauf, dass es sich um seinen Bruder handeln musste. Manny.

Die Frau links von Cicely war um die sechzig und ebenfalls schwarz: Willa Mae, die Fahrerin des Minivans, deren Augen sich zu Schlitzen verengt hatten, sobald Gabe hereingekommen war – keineswegs feindselig, sondern auf eine »Ich durchschaue dich, also keine miesen Tricks«-Art.

Molly steuerte ohne Umschweife auf eine Platte mit Sandwiches zu, verteilte mehrere davon auf zwei Teller und trug sie zum Tisch. »Gabe?«

Erst jetzt wurde Gabe bewusst, dass er immer noch an der Tür stand und wie ein Idiot auf die Anwesenden glotzte. Er trat vor und nahm direkt gegenüber von Xavier Platz, dann holte er tief Luft und streckte die Hand über den Tisch hinweg aus. »Xavier. Ich bin Gabe Hebert, Rockys Sohn.«

Xavier schüttelte ihm mit festem Griff die Hand. »Ich weiß. Er hat mir alles über Sie erzählt und mir Fotos gezeigt. Sie sehen genauso aus wie er.«

»Leider muss ich sagen, dass das umgekehrt nicht der Fall war«, erwiderte Gabe, ohne den Blickkontakt zu lösen. »Ich habe erst heute Morgen von Ihnen erfahren.«

»Wie das?«, fragte Cicely Morrow scharf. »Rocky hat geschworen, dass niemand mitbekäme, dass es uns gibt. Wie haben Sie uns gefunden, wenn er Ihnen nicht gesagt hat, wo wir sind?«

»Das ist wohl meine Schuld, Ma'am«, sagte Molly. »Ich bin Molly Sutton, wir haben telefoniert. Ich arbeite für Burke. Gabe kam gestern zu uns, weil er den Eindruck hatte, dass es im Zusammenhang mit dem Tod seines Vaters Ungereimtheiten gibt. Ich habe mir Rockys Finanzen angesehen und einen Scheck gefunden, den er vor sechs Jahren auf Sie ausgestellt hat. Danach wurde jeden Monat derselbe Betrag auf ein auf den Namen John Alan Industries laufendes Konto überwiesen.«

Cicely seufzte. »Dieser Scheck hat mir lange Bauchschmerzen bereitet. Ich hatte ihn fast vergessen.«

Xavier runzelte die Stirn. »Was meinen Sie mit Ungereimtheiten im Zusammenhang mit Rockys Tod?«

Gabe schluckte. »Mein Vater hat keinen Selbstmord begangen.«

Xavier sackte in sich zusammen, und in seinen Augen glitzerten Tränen. »Ich konnte mir auch nicht vorstellen, dass er so etwas tun würde. Das heißt, er wurde …« Seine Stimme brach. »Ermordet?«

»Davon gehen wir aus«, antwortete Gabe und registrierte erstaunt, wie ruhig seine Stimme klang, obwohl sein Inneres in völligem Aufruhr war. »Ich muss es wissen, Xavier. Welche Verbindung bestand zwischen Ihnen und meinem Vater?«

Xavier blinzelte, sodass sich zwei einzelne Tränen lösten und ihm über die Wangen liefen. »Er hat mir das Leben gerettet. Während Katrina. Ich war damals fünf.«

Carlos beugte sich eindringlich vor. »Mehr wissen wir auch nicht. Also, spuck's endlich aus. Ich komme um vor Neugier.«

Xavier stieß einen prustenden Laut aus. »Okay, *hermano*. Ist ja schon gut.« Er faltete die Hände auf der Tischplatte vor sich und sah Gabe direkt in die Augen. »Meine Mutter, also meine leibliche, ist bei der Überschwemmung umgekommen. An meinen leiblichen Vater erinnere ich mich nicht.« Er setzte sich aufrecht hin. »Meine letzte Erinnerung an meine Mutter ist, wie sie mich durch ein Loch schiebt, das sie ins Dach geschlagen hatte. Ich war in Sicherheit, aber sie nicht. Ich erinnere mich an ihre Hände, die ins Leere griffen, als sie versuchte, sich ebenfalls aufs Dach hochzuziehen. Aber sie hat es nicht geschafft. Sie ist ertrunken.«

Gabes Kehle wurde eng, und er hörte Molly neben sich leise aufkeuchen. »Das tut mir leid«, murmelte sie.

»Mir auch. Aufrichtig«, krächzte er. In die Erleichterung, dass sein Vater tatsächlich seine Mutter nicht betrogen hatte, mischte sich tiefe Bestürzung über das grauenvolle Erlebnis dieses kleinen Jungen, der mitansehen musste, wie seine eigene Mutter umkam. »Sie müssen entsetzliche Angst gehabt haben.«

Xavier nickte. »Ja. Ich habe eine ganze Weile auf diesem

Dach gesessen. Für mich hat es sich wie Stunden angefühlt, aber ich war ja erst fünf und hatte noch kein richtiges Zeitgefühl. Vielleicht war es auch nur eine Stunde. Schwer zu sagen. Andere Leute saßen auch auf den Dächern ihrer Häuser. Bald käme Hilfe, haben sie mir zugerufen, aber ich wollte nur meine Mama.«

Keiner hatte etwas von all dem gewusst, mit Ausnahme von Cicely Morrow. In stummer Unterstützung legte sie die Hand auf Xaviers ineinander verkrallte Finger, während die anderen – Carlos, Manny, Willa Mae und sogar Burke – betreten am Tisch saßen. Aus dem Augenwinkel sah Gabe, wie Molly sich verstohlen eine Träne abwischte.

»Und mein Vater war Teil dieser Hilfe?«, fragte er.

»Ja. Sie kamen in Ruder- und Motorbooten. Ihr Dad saß in einem davon. Ich konnte sie die Straße herunterfahren sehen, wo das Wasser inzwischen die einstöckigen Häuser überflutet hatte. Unser Haus war ebenfalls einstöckig, hatte aber ein spitzes Dach. Genau dort oben saß ich. Und von dort aus habe ich die weiße Lady im Nachbarhaus gesehen. Es war zweistöckig. Sie war im Schlafzimmer oben und hat einen Koffer gepackt.«

Gabe hielt den Atem an und wartete angstvoll auf das, was er vermutlich gleich hören würde.

»Und dann?«, fragte Burke leise.

Wieder schluckte Xavier »Und dann kam ein Mann herein. Auch er war weiß, hatte dunkles Haar und eine Narbe im Gesicht.« Er fuhr sich mit dem Finger vom Auge bis zur Mitte seiner Wange. »Sie haben gestritten, und er hat sie geschlagen. Und dann noch einmal. Dann hat er ihr die Hände um den Hals gelegt …« Seine Atemzüge beschleunigten sich, und Gabe spürte, wie sich auch sein Brustkorb schneller hob und senkte. »Danach ist er weggelaufen und hat sie liegen lassen. Auf dem

Bett. Sie hat sich nicht mehr bewegt. Ich war … noch so klein. Und hatte Angst. Zu große Angst, um etwas zu sagen oder zu tun, damit es aufhört.«

»Sie waren ja noch ein Kind«, sagte Gabe und konnte nur hoffen, dass es das Richtige war. »Sie waren völlig traumatisiert. Ihre Mutter war gerade umgekommen, und Sie saßen ganz allein auf dem Dach. Niemand hätte von Ihnen erwartet, dass Sie etwas unternehmen.«

Cicelys Lächeln war zittrig. »Außer es Rocky Hebert zu sagen«, erklärte sie mit offenkundigem Stolz.

Allmählich verstand Gabe. »Sie haben meinem Vater erzählt, was Sie gesehen hatten.«

»Ja, Sir. Anfangs hat er mir nicht geglaubt und versucht, mich zu beruhigen. Es werde alles wieder gut, hat er gesagt, aber gar nichts war gut. Ich wusste doch, was ich gesehen hatte.« Weitere Tränen quollen aus Xaviers dunklen Augen. Ärgerlich wischte er sie weg. »Er hat gefragt, wo meine Mutter sei, aber die war ertrunken. Das habe ich ihm auch gesagt. Und dann habe ich ihm erzählt, dass da nebenan eine Frau auf dem Bett liegt. Sie hatte einen Hund, einen großen mit langem Fell und Schlappohren, den sie immer Gassi geführt hat. Er hieß Fluffy. Wie die Lady hieß, wusste ich nicht, deshalb habe ich sie Miss Fluffy genannt, und sie hat immer darüber gelacht.«

»Und dann haben Sie mitangesehen, wie auch sie gestorben ist«, flüsterte Gabe. »Oh, Xavier. Es tut mir so leid.«

Xavier machte eine Geste, als spiele es keine Rolle. Doch das tat es. Diesem armen jungen Mann war während Katrina so Grauenvolles widerfahren, und trotzdem war ein anständiger Mensch aus ihm geworden, der gemeinnützige Arbeit leistete und einen erstklassigen Abschluss machte. Und der bald Medizin studieren würde.

»Aber irgendwann muss mein Vater Ihnen ja geglaubt haben«, fuhr Gabe fort.

»Stimmt. Die Nachbarn haben ihm erzählt, dass meine Mutter mich gerettet hätte und dann umgekommen sei, aber die Lady von nebenan hatten sie nicht gesehen.« Er zuckte die Achseln. »Ihr Fenster war direkt neben der Stelle, wo ich auf dem Dach saß. Es war der einzige Winkel, von dem aus man hineinsehen konnte. Jedenfalls ist Ihr Vater irgendwann doch nachsehen gegangen, weil ich keine Ruhe geben wollte. Er hat das Fenster eingeschlagen und ist reingeklettert. Zu dem Zeitpunkt war das Wasser fast bis zum ersten Stock gestiegen. Er sah sehr traurig aus, als er wieder ins Boot gestiegen ist, und meinte, er würde nach einem Arzt schicken, der sich um die Lady kümmert. Mich würde er erst einmal irgendwo hinbringen, wo es warm und trocken sei.«

Verwirrt runzelte Gabe die Stirn. »Aber was ist dann passiert?«

»Das wusste ich lange Zeit nicht. Ich habe Ihren Vater erst mit sechzehn wiedergesehen. An diesem Abend hat mich die Fürsorge mitgenommen. Ich hatte keine Verwandten, die sie hätten anrufen können, weil meine Mutter und ich ganz allein waren. Sie war Buchhalterin.« Er lächelte betrübt. »Sie mochte Zahlen und hat mich manchmal mit ihrer Rechenmaschine spielen lassen. Ich habe nur wenige Erinnerungen an sie, vor allem an ihre Finger, wie sie auf diese Rechenmaschine einhämmern. Und wie sie an diesem letzten Tag aus dem Wasser ragten.«

Mit einem unterdrückten Schluchzer schlug Carlos sich die Hände vor den Mund. »Wieso hast du mir nie etwas davon erzählt?«

Xavier wandte sich ihm zu. »Ich wollte mich nicht daran

erinnern. Es hat Jahre gedauert, bevor ich Mom und Dad davon erzählen konnte.«

»Wir waren seine Pflegeeltern«, erklärte Cicely. »Viele Kinder wurden von New Orleans nach Houston gebracht, und wir hatten das Glück, dass Xavier zu uns kam, obwohl er damals noch einen anderen Namen hatte.«

»Meine Mutter hat mich Angel genannt«, sagte Xavier. »Das war der Name, den ich Ihrem Vater bei meiner Rettung gesagt habe.«

Das passte. Der Name auf Xaviers Geburtsurkunde lautete Angel Xavier Morrow.

»Was es ihm später erschwert hat, Xavier zu finden«, fuhr Cicely kopfschüttelnd fort. »Aber der Reihe nach. Wir haben Xavier als Pflegekind aufgenommen und ihn dann adoptiert. Im Zuge der Adoption wird eine berichtigte Geburtsurkunde ausgestellt, das ist das Standardverfahren. Seine ursprüngliche Urkunde ist unter Verschluss. Wir wissen, dass der Name seiner leiblichen Mutter Monique Johnson lautete, weil ihre Leiche später geborgen wurde, aber Xavier konnte sich an nicht viel erinnern. Er war … verstört, litt unter schlimmen Albträumen.«

Gabe erschauderte. Er konnte sich nicht einmal ansatzweise vorstellen, was in dem kleinen Jungen vorgegangen sein musste.

»Das glaube ich gern«, sagte Molly leise. »Haben Sie sonst noch jemandem von dieser Frau erzählt, Xavier?«

»Er hat es versucht«, sagte Cicely an Xaviers Stelle. »Er hat es uns gesagt, meinem Mann und mir. Und auch seiner Therapeutin, aber die meinte, es sei ein Trauma, weil er mitansehen musste, wie seine Mutter ertrunken ist. Nach der Bergung ihrer Leiche haben wir die Kremierung bezahlt. Die Urne mit ihrer Asche steht im Arbeitszimmer meines

Mannes, aber wir haben auch eine Gedenkplatte auf dem Friedhof errichten lassen, damit Xavier Blumen auf ihr Grab legen kann.«

»Und wo ist Ihr Mann jetzt?«, fragte Molly, obwohl sie die Antwort bereits kannte. Gabe nahm an, sie wollte sehen, ob Cicely Morrow die Wahrheit sagte.

»Er ist verstorben.«

Was ebenfalls mit ihren Erkenntnissen vom Morgen übereinstimmte.

»Also sind Sie zur Schule gegangen und haben in Ihrer neuen Familie gelebt, bis mein Vater Jahre später wieder mit Ihnen Kontakt aufgenommen hat?«, hakte Gabe nach.

»Im Grunde, ja, nur dass es nicht ganz so glattlief.« Xavier warf seiner Mutter einen entschuldigenden Blick zu. »Ich war nicht gerade ein einfaches Kind.«

»Du warst unser Kind«, erwiderte Cicely mit Nachdruck. »Und wir haben dich vom ersten Tag an geliebt. Dein Daddy war so stolz auf dich.«

Xaviers Adamsapfel hüpfte, und er setzte zu einer Erwiderung an, doch es drang kein Wort aus seinem Mund.

»Allerdings war er manchmal ein kleiner Mistkerl«, warf Carlos ein. »Hat in der Schule Prügeleien angezettelt. So haben wir uns auch kennengelernt.«

Xavier wischte sich die Augen trocken und setzte einen gespielt finsteren Blick auf. »Nicht ich habe angefangen, sondern du.«

Carlos grinste. »Stimmt. Ich war's. Ich habe den Streit angefangen, und du hast ihn mit einem Schlag beendet. Damals waren wir in der ersten Klasse. Ich musste mit Nasenbluten zur Schulschwester, und ihn haben sie ins Sekretariat zitiert, damit er sich seine Strafe abholte, aber zum Rektor mussten wir beide, weil Gewalt an der Schule nicht toleriert wurde.

Nach der ersten Stunde Nachsitzen waren wir schon dicke Freunde.«

»*Pendejo*«, murmelte Xavier, wenngleich voller Zuneigung. »Du bist so doof.«

»Ich habe dich zum Lachen gebracht«, erwiderte Carlos ungerührt.

»Stimmt. Das tust du immer noch. Danke.« Sie stießen einander freundschaftlich an, dann wandte sich Xavier wieder Gabe zu. »Nach einer Weile dachte ich, den Mord an der Lady hätte ich mir bloß eingebildet. Alle haben das gesagt, also habe ich es irgendwann selbst geglaubt. Bis Ihr Vater auftauchte. Eines Tages stand er vor unserer Haustür. Ich habe ihn sofort erkannt, als ich aufgemacht habe.«

»Xavier fiel auf die Knie«, sagte Cicely. »Er … sank einfach zu Boden und sagte ununterbrochen: ›Der Mann. Das ist der Mann.‹ Er war sechzehn, aber in diesem Moment wurde er wieder zu dem traumatisierten fünfjährigen Jungen. Es ist mir gelungen, ihn zu beruhigen, und ich habe Rocky gebeten, draußen zu warten, der glücklicherweise sehr geduldig mit uns war. Ich war erst kürzlich Witwe geworden und wollte nicht einfach so einen Mann ins Haus lassen, was er verstand. Damals war unser Haus das einzige in der Straße. Auf dem Grundstück hinter uns wohnte zwar jemand, aber die Häuser neben uns wurden damals erst gebaut, deshalb konnten wir auf der Veranda ungestört reden. Rocky fing an zu erzählen, und da kam die Geschichte ans Licht.«

Xavier übernahm wieder. »Er meinte, er hätte mich gesucht. Johnson war ein verbreiteter Name, aber Angels gab es wohl außer mir keine. Das war ja der Name, den ich ihm genannt hatte. Xavier ist mein zweiter Vorname, und so wollte ich auch genannt werden.« Er wirkte verlegen. »Wegen X-Men. Ich war ja erst sechs, als ich zu meinen Pflegeeltern kam.«

»Hey, das ist wohl Grund genug«, warf Molly lächelnd ein. »Aber das hat es Rocky schwer gemacht, Sie zu finden. Wie ist es ihm gelungen?«

»Über den Scheck, mit dem wir die Einäscherung und den Grabstein seiner Mutter bezahlt hatten«, antwortete Cicely. »Trotzdem hat es lange gedauert, bis er uns gefunden hatte. Er hat bestätigt, dass es an dem Tag tatsächlich eine tote Frau im Nebenhaus gegeben hatte. Er hatte sie mit eigenen Augen gesehen, die Würgemale an ihrem Hals. Aber später, nachdem der Pegelstand ein wenig gesunken war, sei er noch einmal hingefahren, nur sei sie dann verschwunden gewesen.«

Gabe sah sie verwirrt an. »Was meinen Sie damit? Sie war doch tot, oder nicht?«

»Na ja«, sagte Xavier. »Ihre Leiche war verschwunden. Rocky erzählte uns, das Wasser sei nie so hoch gestiegen, dass es das Bett erreicht hätte, deshalb hätte er die tödlichen Verletzungen gut erkennen können. Das Zimmer stand zwar unter Wasser, weil er das Fenster eingeschlagen hatte, aber als er wiedergekommen sei, hätte er keinen Hinweis auf eine Leiche finden können. Er hat es seiner Dienststelle gemeldet und wollte Ermittlungen einleiten, aber man sagte ihm, er solle es lassen.«

»Wer ist ›man‹?«

»Seine Vorgesetzten«, antwortete Xavier. »Er meinte, seine Vorgesetzten hätten ihm andere Fälle zugeteilt, sobald er die Sprache auf die tote Frau gebracht habe, mit dem Argument, als er die Leiche gefunden habe, sei er ja nicht beim Morddezernat gewesen. Dann, als er tatsächlich für das Morddezernat arbeitete, hieß es, andere Detectives bearbeiteten den Fall. Nur hätte niemand die Akten dazu auf dem Tisch gehabt.«

Gabe wandte sich an Burke. »Du warst doch sein Partner. Wusstest du davon?«

Burke schüttelte den Kopf. »Ich wusste, dass es einen Fall gab, der ihn nicht losließ, aber er wollte nicht mit mir darüber reden. Wir alle hatten so einen speziellen Fall, der uns beschäftigte, deshalb habe ich nicht weiter nachgebohrt. Aber genau das hätte ich tun sollen.«

»Vermutlich hätte es nichts genützt«, bemerkte Xavier traurig. »Er hätte niemandem davon erzählt, weil es zu gefährlich war. Das hat er zumindest gesagt.«

Cicely tätschelte ihm die Hand. »Außerdem hatte ihm sein Vorgesetzter gedroht.«

»Wer?«, fragte Burke. »Wann und womit?«

»Den Namen wissen wir nicht. Rocky wollte ihn uns nicht sagen. Er meinte nur, ein Jahr bevor er uns gefunden habe, hätte er den Fall noch einmal zur Sprache gebracht.« Nervös blickte Cicely zu Gabe. »Es war der zehnte Jahrestag von Katrina, deshalb dachte er, es bestünde ein gewisses Interesse. Er war sogar bereit, sich an die Presse zu wenden. Anfangs hatte er niemandem verraten, dass es einen Augenzeugen gab, weil Xavier ja nicht länger in New Orleans war, aber Rocky hatte die Leiche mit eigenen Augen gesehen und wusste, dass die Frau tot war. Um die Zeit des Jahrestags war sein Drang, den Fall zu lösen, so groß, dass er seinem Vorgesetzten erzählt hat, es gäbe einen Augenzeugen, der den Mörder anhand einer Narbe im Gesicht identifizieren könne. Aber sein Vorgesetzter meinte, wenn er nicht endlich mit seinem ›Gefasel‹ von diesem Fall aufhöre, könne er seinen Job vergessen, und keine Krankenversicherung mehr zu haben, sei doch sicher gar nicht gut für seine Frau, oder? Also hat er aufgehört zu fragen. Zumindest öffentlich.«

Gabe spürte, wie ihm sämtliche Farbe aus dem Gesicht wich. Eine warme Hand legte sich um seine Finger. Molly.

»Was für ein elendes Dreckschwein«, fluchte Burke.

»Alles in Ordnung?«, fragte Molly leise.

Gabe nickte und rechnete im Geist nach. »Ein Jahr vor dem zehnten Jahrestag war bei meiner Mutter Krebs festgestellt worden, und um diese Zeit bekam sie immer noch ihre Chemotherapie. Die Krankenversicherung zu verlieren wäre ihr sicherer Tod gewesen.«

Carlos schüttelte den Kopf. »Das ist so ungerecht.«

»Absolut ungerecht«, bekräftigte Manny mit seiner rauen Stimme.

»Der arme Mann«, bemerkte Willa Mae traurig. »So zwischen den Stühlen sitzen zu müssen.«

Burke stand auf und begann, im Raum auf und ab zu gehen. »Ich wünschte, er hätte es mir gesagt. Wieso hat er nie mit mir darüber geredet?«

»Es war nicht, weil er Ihnen nicht vertraut hätte«, sagte Cicely. »Als Sie Partner wurden, hat er darüber nachgedacht, wollte Sie aber nicht in diesen Sumpf hineinziehen. Er ging davon aus, dass die Vertuschung bis in die höchsten Ränge hinaufreichte. Es sei eine schwere Entscheidung, sagte er mir einmal, aber Fakt ist, dass er Sie sehr mochte. Er wollte Sie beschützen.«

Burke seufzte. »Das klingt ganz nach Rocky. Dieser Sturkopf.«

Gabe musste zugeben, dass Burke recht hatte. Er kannte niemanden, der so starrsinnig war wie sein Vater.

Cicely gab einen zustimmenden Laut von sich. »Allerdings. Aber inzwischen war ihm klar geworden, dass die Behörde bis ins Mark korrupt war, und er wusste nicht, wem er überhaupt noch trauen konnte. Als sein Vorgesetzter jede weitere Ermittlung unterband, verlangte er auch, dass Rocky ihm den Namen des Augenzeugen nannte. Nachdem ihm bereits mit dem Verlust seiner Krankenversicherung gedroht wurde, was den sicheren Tod seiner Frau bedeutet hätte, hatte Rocky Angst, sie würden nicht davor zurückschrecken, an Xavier heranzukommen, deshalb hat er seinem Vorgesetzten einen falschen Namen genannt.«

Gabe starrte sie fassungslos an. »Einen falschen Namen? Sie meinen, er hat gelogen?«

»Ja«, antwortete Cicely. »Er hat ihm den Namen eines anderen Jungen gegeben, der bei der Flutkatastrophe umgekommen war, und dachte, sein Chef sei endlich zufrieden, weil er ihm nicht länger damit in den Ohren lag. Zu dieser Zeit hat Rocky angefangen, seine Suche nach Xavier zu intensivieren, um ihn zu warnen, weil er Angst hatte, man könnte ihn zum Schweigen bringen. Er war der Überzeugung, dass jemand innerhalb seiner Befehlskette den Mord vertuschte, und hat ihnen zugetraut, dass sie Xavier etwas antun würden.«

»Rocky war wie mein zweiter Vater.« Xaviers Stimme war kaum mehr als ein Flüstern. »Aber sein Sohn waren natürlich Sie, Gabe. Nicht ich. Niemals. Darüber brauchen Sie sich keine Gedanken zu machen.«

Gabe gelang ein Lächeln. »Mein Vater war ein anständiger Mann. Ich bin froh, dass er Sie ausfindig gemacht hat und es Ihnen gut ging.«

»Na ja«, erwiderte Xavier mit einer vagen Handbewegung. »So gut ging es uns nicht, als er uns gefunden hat. Mein Vater war im Jahr zuvor gestorben, und wir hatten eine schwere Zeit.«

»Ich hatte zwei Jobs, damit wir das Haus behalten konnten«, gestand Cicely. »Mein verstorbener Mann hatte kein gutes Händchen für das Finanzielle, was ich aber nicht gewusst habe. Unsere finanzielle Lage war ein gewaltiger Schock, nachdem er so plötzlich an einem Herzinfarkt gestorben war. Es war kaum genug da, um die Begräbniskosten zu decken. Ich habe meine Schwesternausbildung zu Ende gebracht und eine gute Stelle gefunden, trotzdem hatten wir hohe Schulden. Wir standen kurz davor, das Haus zu verlieren. Ihr Dad hat uns unter die Arme gegriffen. Anfangs wollte ich das Geld nicht annehmen, wollte nicht, dass Sie deswegen weniger haben, aber er hat mir versichert, dass seine Frau Bescheid wisse und wolle, dass er uns unterstützt.«

»Haben Sie meine Mom je kennengelernt?«, fragte Gabe.

Ein warmherziges Lächeln breitete sich auf Cicelys Zügen aus. »Ja, wenn auch nur ein einziges Mal. Für eine kurze Zeit konnte sie noch reisen, und Ihr Dad ist mit ihr nach Houston gekommen. Sie haben in einem schicken Hotel übernachtet und uns am nächsten Tag zum Frühstück besucht.«

Gabes Herz schlug schneller. »Daran erinnere ich mich. Mom meinte, sie wollten eine zweite Hochzeitsreise machen, solange sie es noch könne. Aber natürlich hatte ich keine Ahnung, dass die beiden Sie besucht haben. Ich habe mich damals gefragt, warum sie sich ausgerechnet Houston ausgesucht haben.«

»Unseretwegen.« Xavier sah Gabe in die Augen. »Wir wollten das Geld nicht als Geschenk, also schlug Rocky vor, es als Darlehen zu betrachten. Wir haben ihm alles zurückgezahlt, bis auf den letzten Cent. Mit Zinsen. Allerdings hat es einige Jahre gedauert. Ihre Mutter war inzwischen gestorben. Mom und ich haben alles, was wir zusammen verdient haben, für die Rückzahlung verwendet, und irgendwann während meiner Zeit auf dem College waren wir dann schuldenfrei.«

Cicely hob das Kinn kaum merklich. »Wir haben alle Unterlagen aufgehoben.«

»Ich glaube Ihnen«, sagte Gabe. Und das tat er auch.

»Als wir die Schulden abbezahlt hatten, habe ich gesagt, er

solle uns nichts mehr geben«, sagte Cicely und schüttelte wehmütig den Kopf. »Inzwischen verdiente ich ein gutes Gehalt als Krankenschwester, trotzdem hat er weiter jeden Monat Geld auf das John-Alan-Industries-Konto überwiesen. Das sei ein Darlehen für Xaviers College-Gebühren. Er hätte Ihnen bei Ihrer Ausbildung zum Koch unter die Arme gegriffen und wolle auch Xavier unterstützen, meinte er. Xavier könne ihm das Geld ja zurückzahlen, wenn er erst ein reicher Arzt sei.« Ein trauriges Lächeln spielte um ihre Lippen. »Aber jetzt wird er das nicht mehr erleben.«

»Auf dem College hatte ich ein Stipendium und habe nebenbei gearbeitet, um die Studiengebühren zu bezahlen«, erklärte Xavier. »Rockys Geld habe ich für das Medizinstudium zurückgelegt.«

»Gut gemacht«, sagte Gabe leise. »Und eines Tages, wenn Sie dann wirklich ein reicher Arzt sind, wäre es schön, wenn Sie das Geld in seinem Namen spenden könnten. Geld oder etwas von Ihrer Zeit. Das hätte ihm sehr gefallen.«

Xavier schluckte. »Das werde ich. Auch ich finde die Vorstellung schön.«

»Ich auch.« Cicely atmete tief durch. »Dieses Gespräch war einfacher, als ich dachte.«

Gabe räusperte sich. »Dann sollten wir uns dem heikleren Teil zuwenden. Was hat Dad getan, nachdem er Sie gefunden hatte? Was ist vor sechs Wochen passiert, das ihn das Leben gekostet hat?«

Alle schwiegen. Weil niemand die Antwort kannte.

»Wir werden es herausfinden«, sagte Molly schließlich, und Gabe glaubte ihr auch das. »Würden Sie uns bitte schildern, was gestern Abend vorgefallen ist, Xavier? Sie sagten, Sie hätten Paul Lott angerufen, um Gabes Nummer zu erfahren, weil jemand versucht hatte, Sie zu töten.«

Xavier rutschte auf seinem Stuhl herum und öffnete den Mund, doch seine Mutter berührte seine Hand, dann sah sie Burke an. »Zeichnen Sie das auf?«, fragte sie.

Was ist denn hier los?, dachte Gabe. *Was zum Teufel ist gestern Abend vorgefallen?*

Burke sah sie verblüfft an. »Nein, das tun wir nicht. Warum?«

Xavier wirkte mit einem Mal bedrückt. »Weil ich jemanden getötet habe.«

11. Kapitel

FRENCH QUARTER, NEW ORLEANS, LOUISIANA

Dienstag, 27. Juli, 15.45 Uhr

Xavier fürchtete, sich gleich übergeben zu müssen. *Weil ich jemanden getötet habe.*

Ich bin ein Mörder.

»Moment, Moment«, stieß Molly hervor, »bitte von vorn. Erzählen Sie uns alles genau. Wir helfen Ihnen.«

Er hoffte, damit sei gemeint, sie würden ihm helfen, dass er nicht ins Gefängnis musste.

»Die Cops dürfen nichts davon erfahren«, beharrte Cicely. »Die glauben ihm nie im Leben.«

»Wir sorgen dafür, dass Ihrem Sohn nichts geschieht«, sagte Burke. »Wir haben Freunde beim NOPD, aber es hat seine Gründe, weshalb ich aus dem Polizeidienst ausgeschieden bin. Ich verstehe Ihre Bedenken vollkommen. Aber jetzt sollten Sie erst einmal tun, was Molly sagt, und uns alles erzählen.«

»Vielleicht braucht er ja eine Pause«, warf Gabe ein. Er schien Xavier beschützen zu wollen, was eine ziemliche Kehrtwende zu seiner anfänglichen Haltung dem Jungen gegenüber war. *Weil er dachte, ich sei Rockys heimlicher Sohn,* dachte Xavier.

Armer Gabe. Mich würde das auch komplett aus der Fassung bringen.

Du bist *doch komplett von der Rolle.*

Ja, aber nicht wegen Rocky, sondern wegen dem, was ich getan habe.

»Xavier?«, fragte Molly sanft. »Brauchen Sie eine Pause?«

»Nein, Ma'am.« Er räusperte sich. »Aber ich wünschte, ich hätte nicht so viel zu Mittag gegessen.«

Carlos stand auf, schnappte sich einen Papierkorb aus der Ecke des Raums und stellte ihn zwischen sie, ehe er sich wieder setzte. »Nur für alle Fälle.«

Tiefe Zuneigung zu seinem Freund wallte in seinem Herzen auf. »*Pendejo*«, sagte er leise.

»Stets zu Diensten«, witzelte Carlos, obwohl der Ausdruck in seinen Augen ernst war.

Xavier spürte, wie er Kraft aus der Berührung zog, als Carlos ihm die Hand in den Nacken legte. »Also. Gestern Abend.«

Er schilderte die Ereignisse – von dem Wagen vor dem Haus, den Schritten auf der Treppe, seiner und Carlos' Flucht durchs Fenster. Und wie er auf den Mann geschossen hatte.

»Dann sind wir gerannt«, endete er. »Als wir am nächsten Morgen mit dem Kerl, der sich als Paul Lott ausgibt, zu unserem Haus kamen, war die Leiche verschwunden.«

»Aber woher wissen Sie, dass der Mann tot ist?«, fragte Molly. »Er könnte das Haus aus eigener Kraft verlassen haben.«

»Das hat er auch«, warf Cicely ein. »Er ist offenbar selbst in die Notaufnahme gefahren. Ich … habe ein wenig herumtelefoniert.«

»Und herausgefunden, dass er tot ist«, folgerte Gabe.

Cicely nickte, doch ihre Augen blickten argwöhnisch. Sie saß auf der Kante ihres Stuhls, als mache sie sich bereit, jede Sekunde mit ihrem Sohn zu fliehen. »Eine befreundete Schwester, die auf einer anderen Station arbeitet, hat es für mich überprüft. Ich hatte nach einem Patienten gefragt, der mit einer Schussverletzung am Vorabend in die Notaufnahme gekommen war. Es hat eine Weile gedauert, weil wir ja keinen Namen oder eine konkretere Beschreibung hatten, aber dieser Typ tauchte wohl eine halbe Stunde nach dem Mordversuch an Xavier im Krankenhaus auf. Er hatte weder einen Ausweis noch eine Versichertenkarte bei sich. Man hat ihn sofort in den OP gebracht, und die Ärzte waren zuversichtlich, dass er wieder auf die Beine kommt, aber heute Morgen gegen zehn Uhr ist der Mann offenbar verstorben.«

»Sie haben ihn in Notwehr erschossen, Xavier«, sagte Gabe. »Sie haben sich und Carlos geschützt, der praktisch ein Familienmitglied für Sie ist. Ich werde jedenfalls niemandem davon erzählen.«

»Ich genauso wenig.« Molly hob die Hand, als leiste sie einen Eid. »Ich verbürge mich persönlich für Sie, falls jemand es herausfinden sollte.«

»Ich auch«, bekräftigte Burke. »Wir müssen wissen, wer der Mann war, deshalb sollten wir Nachforschungen anstellen. Er hatte eine Waffe, sagen Sie?«

»Ja«, antwortete Carlos. »Ich habe sie gesehen, als er Xavier am Hemd gepackt hat. Er hatte sie gezogen und hätte auch geschossen.« Er schüttelte den Kopf, und seine Stimme brach. »Ich war schon unten und hatte bloß diesen albernen Baseballschläger. Und einen Golfschläger. Ich konnte nichts tun.«

Xavier legte ihm den Arm um die Schultern und zog ihn an sich. »Du hast mich von dort weggebracht, bist bei mir geblieben, hast mich gezwungen, schneller zu laufen, die Nerven nicht zu verlieren. Und dann hast du Manny angerufen. Du warst meine Rettung.«

Carlos hatte das Gesicht an Xaviers Schulter vergraben. Sein Atem kam stoßweise, und er weinte. Nach all den Aufmunterungen und Witzeleien, seinen Versuchen, gute Laune zu verbreiten, war Carlos plötzlich machtlos dagegen.

Xavier kämpfte gegen seine eigenen Tränen an, denn wenn er jetzt anfinge, würde er nie wieder aufhören. Er wünschte sich nichts mehr, als dass das alles ein Ende hatte. »Wir haben's ja geschafft«, murmelte er und ignorierte die mitfühlenden Mienen ringsum. Selbst Manny schien kurz davor, in Tränen auszubrechen. »Bloß nicht, Alter«, warnte Xavier ihn. »Wenn du auch noch anfängst, schaffe ich es nicht mehr.«

Carlos löste sich und nahm dankbar die Schachtel Papiertaschentücher entgegen, die Molly ihm über den Tisch zuschob. »Oh, Mann, tut mir echt leid, Leute.«

»Weinen hat eine reinigende Wirkung«, erklärte Molly. »Sie würden sich wundern, wie viele Marines ich schon weinen gesehen habe.«

»Null«, konterte Carlos in einem selbstironischen Ton, der Xavier mitten ins Herz traf.

»Sehr viele mehr als das«, widersprach Molly. »Also, erzählen Sie weiter, Xavier. Reden wir Tacheles.«

»Viel gibt es nicht mehr zu erzählen. Wir sind ins Haus gegangen und haben das Blut auf dem Teppichboden im Gästezimmer und in der Waschküche gesehen. Und Tropfen in der Einfahrt.« Er zuckte zusammen. »Ich glaube, er hat welche von deinen guten Handtüchern benutzt, Mom, um sie auf die Wunde zu drücken.«

Cicely verdrehte die Augen. »Handtücher kann man ersetzen. Dich nicht. Also, wie machen wir jetzt weiter?«

»Wir müssen herausfinden, wer den Profikiller engagiert hat«, sagte Gabe. »So wie ich es sehe, hat jemand diesen Eckert auf Xavier angesetzt, nachdem er gemerkt hat, dass sein ursprünglicher Mann es vermasselt hatte.«

»Er ist ein echter Profikiller? Ernsthaft?«, fragte Xavier. Zwar hatte Molly es ihm am Telefon während der Fahrt gesagt, aber es hatte zu aberwitzig geklungen, um glaubhaft zu sein. »Wie im Fernsehen? Das ist … völliger Irrsinn.«

»Er ist tatsächlich ein Auftragskiller«, sagte Burke. »Ich bin ihm nie persönlich begegnet, hatte aber während meiner Zeit beim NOPD von ihm gehört.«

»Er hat eine Waffe auf uns gerichtet, als wir die Ausfahrt blockiert haben«, sagte Gabe leise. »Auf Molly, genauer gesagt.«

»Verkehrsaggression«, wiegelte Molly achselzuckend ab.

»Scheiße«, flüsterte Manny. »Das ist echt Hardcore.«

»Wir haben ihn daran gehindert, Ihnen zu folgen«, erklärte Molly, als hätte nicht vor wenigen Stunden erst jemand ihr Leben bedroht. »Er war sauer, aber die Cops haben ihn rausgezogen, und Gabe hat gesehen, dass sie seine Waffe sichergestellt haben. Dafür kriegen sie ihn dran, und vielleicht gibt er ja den Namen desjenigen preis, der ihn angeheuert hat.«

Das klang ermutigend. So weit hatte Xavier noch gar nicht gedacht. »Das wäre wirklich ein Segen. Was ist mit dem Mann, der sich als Lott ausgibt?«

»Das NOPD hat auch ihn geschnappt. Mein Freund André, der als Captain bei der Polizei arbeitet, saß in einem der Einsatzfahrzeuge, die vorhin den weißen BMW gestoppt haben. André ist der Bruder von Antoine, der wiederum für mich arbeitet. Gute Männer, alle beide, denen ich jederzeit mein Leben anvertrauen würde.«

»Vertrauen Sie ihm auch Xaviers an, wenn die versuchen sollten, ihm Mord zur Last zu legen?«, fragte Cicely eisig.

Burke schien ihr die Bemerkung nicht krummzunehmen. »Für den Moment? Ja, Ma'am. Sollte sich das ändern, werde ich es Ihnen als Erstes sagen.«

»Wie denkst du über den Kerl, der im Krankenhaus gestorben ist?«, hakte Molly nach.

»Keine Ahnung«, erwiderte er wahrheitsgetreu. »Wir müssen herausfinden, wer ihn beauftragt hat, um Xaviers Sicherheit willen aber mit größter Vorsicht ans Werk gehen. Antoine soll sich dransetzen. Mal sehen, was er in Erfahrung bringen kann. Wie unser falscher Paul Lott in die ganze Angelegenheit hineinpasst, wird ebenfalls nicht ganz einfach herauszufinden sein.« Er wandte sich an Xavier. »Sie sind nicht der Einzige, der angegriffen wurde. Jemand hat gestern Abend versucht, Gabe Schaden zuzufügen. Die haben seinem Hund vergiftetes Fleisch über den Zaun geworfen.«

»Oh, nein!«, rief Gabe, sprang auf und zog sein Handy aus der Tasche. »Shoe habe ich ja ganz vergessen.«

»Das Restaurant?«, fragte Carlos verwirrt.

»Nein, meinen Hund. Er heißt Shoe, weil er so gern Schuhe zerbeißt. Gerade ist er noch beim Tierarzt, und ich würde ihn gern holen gehen, Burke.«

»Ich erledige das morgen früh«, versprach Burke. »Falls jemand die Tierarztpraxis observiert, in der Hoffnung, dass du ihn abholen kommst … Wir sollten es denen nicht so leicht machen, okay? Xavier, gibt es sonst noch etwas, wovon wir wissen sollten oder das Sie uns erzählen wollen?«

Xavier sammelte sich und dachte an seine letzte Begegnung mit Rocky. »Er war besorgt. Rocky, meine ich. Er hat mir erzählt, er komme der Sache allmählich auf die Spur, und ich solle immer wachsam bleiben. Er wolle nicht, dass mir etwas zustieße.« Nachdenklich runzelte er die Stirn. »Er meinte, er sorge dafür, dass Gabe verstünde, was los sei, und dass ich mich an ihn wenden solle, falls jemand versuchen sollte, mir etwas anzutun.«

»Aber mir hat er von alldem nichts gesagt«, warf Gabe ein. »Nicht einmal von Ihnen hat er mir erzählt.«

»Aber er hat ein UPS-Postfach eingerichtet«, warf Molly aufgeregt ein. »Vielleicht gibt es ja auch ein Bankschließfach.

Wir müssen nach Schlüsseln suchen, die er versteckt haben könnte. Hat er Ihnen einen Schlüssel gegeben, Xavier?«

»Nein. Zu seinen Lebzeiten hat Rocky ja dieses UPS-Postfach für mich eingerichtet, zu dem ich natürlich auch einen Schlüssel habe, aber nach seinem Tod habe ich nichts mehr bekommen. Nur einen Brief von seinem Anwalt, in dem etwas von dem Treuhandfonds stand, den er für mich angelegt hatte. Das war ein Schock, weil ich nicht damit gerechnet hatte. Er hatte mir schon so viel geschenkt, als er noch gelebt hat, und nun auch noch dieses Treuhandvermögen. Es ist dafür gedacht, die Kosten für mein Medizinstudium zu decken, aber ich werde Ihnen das Geld natürlich zurückgeben. Von Rechts wegen ist es Ihr Erbe, Gabe.«

Gabe schüttelte den Kopf. »Nein. Er wollte, dass Sie es bekommen. Wissen Sie, wer John Alan war?«

Xavier schüttelte den Kopf. »Nein, Sir. Ich habe Rocky mehrmals gefragt, aber er wollte es mir nicht sagen. Wer war oder ist er?«

»An einem Abend während Katrina hat meine Mutter eine Fehlgeburt erlitten. Meine Eltern wollten das Baby John Alan nennen. Er wäre ihr zweiter Sohn gewesen.«

»Oh.« Wieder spürte Xavier, wie seine Augen brannten. »Mich hat er während des Hurrikans gefunden.«

»Vielleicht sogar in derselben Nacht«, sagte Gabe traurig.

»Er hat einen Sohn verloren und einen anderen gefunden«, murmelte Cicely. »Ach, Xavier, dieser Mann hatte so ein gutes Herz.«

»Das stimmt.« Gabes Stimme klang schroff. »Und wenn er wollte, dass Sie dieses Treuhandvermögen bekommen, sollten Sie es auch behalten. Wenn Sie mich jetzt bitte entschuldigen wollen. Ich muss kurz beim Tierarzt anrufen und Bescheid sagen, dass sie Shoe noch eine weitere Nacht dabehalten.«

Molly erhob sich ebenfalls. »Ich muss kurz zu Hause anrufen, bin aber gleich zurück. Wissen Sie schon, wo Sie unterkommen?«

»Nein«, antwortete Xavier.

»Doch«, sagte Burke. »Sie kommen mit zu mir. Sobald sich alle eingerichtet haben, können wir die weitere Vorgehensweise besprechen.«

»Danke«, sagte Cicely. »Ich habe ohnehin noch meine Reisetasche bei mir, und Willa Mae hat ein paar Sachen eingepackt, trotzdem werden wir an einem Drugstore anhalten müssen.«

Burke schüttelte den Kopf. »Joy, unsere Büroleiterin, hat schon alles arrangiert. Sagen Sie ihr, was Sie noch brauchen, sie kümmert sich darum.«

»Immerhin hat Xavier Klamotten zum Wechseln dabei«, warf Carlos ein. »Der falsche Paul Lott hat darauf bestanden, dass er eine Tasche packt.«

Willa Mae beugte sich erneut vor und sah Carlos an. »Aber Manny und du nicht? Ihr wart doch alle zusammen bei Cicely und Xavier zu Hause. Wieso hat er euch nicht vorgeschlagen, dass ihr auch nach Hause fahrt und ein paar Sachen packt?«

Carlos legte den Kopf schief. »Stimmt. Wieso war ihm deine Tasche so wichtig, Xavier?«

»Keine Ahnung«, gestand Xavier. »Wieso sollte ich noch eine Reisetasche packen, wenn er mich umbringen wollte? Das wäre doch Zeitverschwendung gewesen.«

»Ich habe dir doch gleich gesagt, dass er dich beim Packen so komisch beobachtet hat«, warf Manny ein.

»Dem müssen wir auf den Grund gehen«, sagte Molly. »Lassen Sie mich kurz zu Hause anrufen, dann stellen wir eine Liste mit den Details zusammen, die wir nicht verstehen. Dieser Punkt kommt gleich an die erste Stelle. Denken Sie weiter nach, Xavier. Gabe?«

»Direkt hinter dir.«

Die beiden verließen den Konferenzraum, und Willa Mae gab einen verträumten Seufzer von sich. »Wie lange sind die beiden schon ein Paar?«

»Seit zwei Tagen«, antwortete Burke trocken. »Ihnen macht so schnell niemand etwas vor, Miss Willa Mae.«

»Wie meistens«, erwiderte sie süffisant.

Und sie könnte recht haben, dachte Xavier.

FRENCH QUARTER, NEW ORLEANS, LOUISIANA

Dienstag, 27. Juli, 16.15 Uhr

Gabe beendete sein Gespräch mit der Tierarztpraxis und ließ sich auf dem Besucherstuhl in Burkes Büro zurücksinken, wohin Joy ihn auf seine Bitte um einen Raum für ein paar private Anrufe geschickt hatte.

Eigentlich wäre für die Telefonate keine Diskretion nötig gewesen, da er nur ein paar Minuten gebraucht hatte, um sich zu sammeln und die Geschehnisse der vergangenen Stunde zu verarbeiten. Und vielleicht den Tränen freien Lauf zu lassen, die er zurückgehalten hatte.

»Es tut mir so leid, Dad«, flüsterte er. Er bedauerte zutiefst, dass er das Schlimmste vermutet und nicht gemerkt hatte, dass sein Vater eine so schwere Last mit sich trug. Dass er ihm nicht hatte helfen können.

Dass sein Vater dafür ermordet worden war, weil er das Richtige getan hatte.

Es klopfte leise an der Tür, dann ging die Tür einen Spaltbreit auf. »Darf ich reinkommen?«, fragte Molly. »Es ist okay, wenn du es lieber nicht willst.«

»Natürlich, ja, komm herein«, antwortete er ohne Zögern,

denn er brauchte jemanden, der einfach nur bei ihm saß, ohne irgendwelche Ansprüche zu stellen. Molly Sutton war genau die Richtige dafür.

Er saß reglos auf seinem Stuhl, bis sie vor ihm in die Hocke ging und ihm die Hände auf die Knie legte. »Alles in Ordnung, Gabe?«

Er hob den Kopf und blickte in ihre blaugrünen Augen, in denen tiefes Mitgefühl stand. Und Verständnis. »Ich weiß es nicht«, antwortete er wahrheitsgetreu.

Sie drehte die Handflächen nach oben, und er legte seine Hände darauf. »Dagegen gibt es rein gar nichts einzuwenden. Hinter dir liegen ein paar heftige Tage.«

Er schluckte, trotzdem klang seine Stimme rau. »Danke.«

Sie lächelte ihn an. »Wofür?«

»Dafür, dass du wusstest, wie sehr ich dich brauchen würde.« Er zögerte kurz, ehe er ein weiteres Mal beschloss, das Risiko einzugehen. »Setz dich zu mir«, sagte er und zog sie an den Händen heran.

»Ich bin mir nicht sicher, ob auf dem Stuhl genug Platz für uns beide ist.«

»Weiß ich.« Wieder zog er an ihren Händen. Bereitwillig stand sie auf und setzte sich auf sein Knie. Er schlang die Arme um ihre Taille und zog sie so eng heran, dass sie die Wange an seine Schulter schmiegen konnte. Molly legte die Hand um seinen Nacken und ließ sich gegen ihn sinken.

»Er hat deine Mutter nicht betrogen«, flüsterte sie.

Gabes Augen brannten. »Nein, und ich schäme mich dafür, dass ich es ihm unterstellt habe.«

»Aber nein«, beruhigte sie ihn. »Das war angesichts deines Kenntnisstands eine völlig normale Reaktion. Außerdem bin ich mir sicher, dass du es nicht ernsthaft geglaubt hast.«

Erst jetzt ging ihm auf, dass sie recht hatte. Wieder einmal. »Stimmt, das habe ich tatsächlich nicht.« Die folgenden Minuten saß er schweigend da, genoss die Tröstlichkeit ihrer Gegenwart, die Nähe, die ihm erlaubte, den Duft ihres Haars einzuatmen, ohne das Gefühl zu haben, es sei unangemessen. Denn das war es nicht. Sondern … schön.

So wunderschön.

Und ihr Haar duftete nach Orangen.

»Wieso riecht dein Haar eigentlich nach Orangen?«, platzte er heraus.

Sie lachte leise. »Das ist ein Shampoo für Schwimmerinnen. Damit lässt sich das Chlor gut auswaschen.«

»Du schwimmst?«

»Ja, vier- oder fünfmal pro Woche, wenn ich nicht gerade an einem Fall arbeite. Burke spendiert uns eine Mitgliedschaft in einem Fitnessclub als Mitarbeiterbonus. Unsere Chancen, die Übeltäter zu schnappen – und dabei am Leben zu bleiben – sind größer, wenn wir körperlich fit sind. Ich trainiere an den Geräten und schwimme, und Harper nehme ich zum Schwimmunterricht mit. Ihre Therapeutin meinte, der Kontakt zu anderen Kindern tue ihr gut.«

»Bei der Jagd auf die Bösen am Leben zu bleiben, ist eine hervorragende Idee«, bemerkte er leise, was ihr neuerlich ein leises Lachen entlockte.

Wieder vergingen mehrere Minuten in angenehmem Schweigen. Gabe spürte, wie seine Gedanken allmählich zur Ruhe kamen, als die Wahrheit mit brutaler Wucht zuschlug.

»Jemand hat meinen Vater ermordet, um zu verhindern, dass er in einem Mordfall ermittelt. In einem Mordfall, den sein Vorgesetzter nicht aufgeklärt haben wollte.«

Sie strich ihm übers Haar, und er wünschte, sie würde nie wieder damit aufhören. »Es sieht ganz danach aus. Jetzt ist es an uns, zu Ende zu bringen, was er begonnen hat. Ich werde nicht ruhen, bis wir herausfinden, wer diese Frau während der Flutkatastrophe getötet hat. Darauf gebe ich dir mein Wort.«

Er glaubte ihr. »Sie haben meiner Mutter gedroht.«

»Richtig.«

»Ich will, dass sie leiden. Natürlich ist mir klar, dass das nach Rache klingt.«

Sie lehnte sich weit genug nach hinten, um ihm ins Gesicht sehen zu können. »Rache ist in Ordnung für mich, Gabe. Was das betrifft, stehe ich voll und ganz auf deiner Seite. Du *solltest* wollen, dass sie leiden, dass sie erwischt werden, dass sie im Knast verrotten. Und wenn du sie tot sehen willst, kann ich dir auch daraus keinen Vorwurf machen.«

Etwas in ihrem Tonfall, in dem Ausdruck in ihren Augen ließ ihn aufmerken. »Wolltest du, dass dein Schwager in den Knast geht?«

»Aber klar. Und zwar für den Rest seines Lebens.«

Er zögerte. »Und auch, dass er stirbt?«

Für eine Sekunde schloss sie die Augen. Als sie sie wieder aufschlug, las er erdrückende Schuld darin. »Ja.«

»Hast du … ihn deshalb getötet?«

Sie machte keine Anstalten, den Blick abzuwenden. »Ich habe ihn getötet, weil er mit den Fäusten auf mich losgegangen ist. Nachdem ich ihn verhöhnt hatte, damit er aufhört, auf meine Schwester einzuschlagen.«

Sie hatte sich also selbst zum Köder gemacht. »Du sagtest, er hätte dich geschlagen.« Gabe war heilfroh, dass er dem Kerl niemals persönlich begegnen konnte: Er würde ihn grün und blau prügeln wollen, weil er Molly und ihrer Familie solches Leid zugefügt hatte.

»Richtig. Und dann zog er plötzlich eine Waffe unter dem Hemd hervor. Chelsea hat geschrien, und ich habe einfach reagiert.«

Zum Glück war Harper in ihrem Zimmer gewesen, trotzdem hatte sie es gehört. Das arme Ding hatte alles gehört. Gabe wollte etwas erwidern, sie trösten, wie sie ihn getröstet hatte, doch er wusste nicht, was er sagen sollte, außerdem war sie noch nicht fertig.

»Ich würde nicht behaupten, dass ich es geplant hatte«, fuhr sie unbeirrt fort, »aber ich wusste, dass er eine Waffe trägt. Er hatte meinen Vater am Abend zuvor getötet. Der zuständige Cop hatte ihm zwar seinen Dienstrevolver abgenommen, nachdem Jake meinen Vater mit dessen eigenem Gewehr erschossen hatte, aber natürlich wusste ich, dass er weitere Waffen besaß. Sie hatten ihn zur Befragung aufs Revier mitgenommen, aber er war ein Cop mit einer rührseligen Geschichte und Freunden in den höchsten Rängen der Polizei. Er hat ihnen eine Story aufgetischt, mein Dad hätte Harper missbraucht und versucht, ihn zu töten, deshalb sei es Notwehr gewesen. Daher haben sie ihn laufen lassen. Und dann ist er auf dem direkten Weg nach Hause gefahren. Wo wir waren.«

»Hattest du eine Wahl?«

»In diesem Moment habe ich nicht darüber nachgedacht. Er hatte eine Waffe, und er hätte sie auch benutzt. Er hatte Chelsea und mir bereits ein blaues Auge verpasst und schrie, er bringe mich um, weil ich seine Frau belogen und behauptet hätte, er sei derjenige gewesen, der ihre Tochter missbrauche.«

»Aber es gab dieses Video.«

»Das Chelsea zu dem Zeitpunkt noch nicht der Polizei übergeben hatte, weil sie ihn erst zur Rede stellen wollte. Ich hätte wissen müssen, dass sie das tut. Und vielleicht wusste ein Teil von mir es irgendwie auch.«

»Das spielt doch keine Rolle. Er hat dich bedroht. Dich trifft keine Schuld.«

»Mir war auch klar, dass es, falls er überhaupt zu einer

Gefängnisstrafe wegen Vergewaltigung seiner Tochter verurteilt werden würde, nicht zu Ende wäre und er wieder auftauchen würde. Er hätte es wieder versucht. Wenn nicht bei Harper, dann bei einem anderen Kind. Und für Harper wäre ein Gerichtsverfahren noch eine zusätzliche traumatische Erfahrung gewesen. Deshalb hätte ich ihn vielleicht in Ruhe lassen, die Justiz ihre Arbeit erledigen lassen können. Aber wie gesagt, in diesem Moment habe ich einfach bloß reagiert.« Sie hob eine Achsel. »Das Ganze hat mein Leben verändert. Die Leute werden sich immer fragen, ob ich tatsächlich aus Notwehr oder nicht vielleicht doch aus Rache gehandelt habe, und ich würde nicht wollen, dass sich dein Leben auf dieselbe Weise verändert.«

»Es ist also okay, wenn ich will, dass sie dafür sterben, aber nicht, sie eigenhändig zu töten?«

»So etwas in der Art. Aber wenn es hart auf hart kommt und du dich zwischen deren oder deinem eigenen Leben entscheiden musst, solltest du deines wählen. Ich werde es jedenfalls tun und sie notfalls erschießen, wenn ich dich dadurch retten kann. Damit musst du einverstanden sein.«

»Oh, das bin ich, glaub mir. Ich bin absolut damit einverstanden.« Denn genau dasselbe würde er auch für sie tun. So etwas taten Partner füreinander. Und für den Moment war sie genau das – seine Partnerin. Aber es war mehr als das. Zu Molly Sutton spürte er eine Verbindung, wie er sie noch nie mit einer Frau gehabt hatte. Er wollte sie, das konnte er nicht abstreiten.

Doch das hier wollte er noch mehr. Die Unterstützung. Die … Intimität.

Weitere Momente vergingen, in denen sie einander in die Augen sahen. Dann legte sie den Kopf schief. »Xavier hat gesagt, dein Vater hätte dir Informationen hinterlassen.«

»Ja, aber ich habe keine Ahnung, was er damit gemeint hat.«

»So gern ich ja auf deinem Schoß sitze und finde, dass du diese kleine Auszeit brauchst, wir sollten in den Konferenzraum zurückgehen. Wir haben eine Menge Arbeit vor uns.«

Er wollte die Stille und den Frieden von Burkes Büro nicht verlassen, doch ihm war klar, dass sie recht hatte. Aber ... »Du hast gesagt, ich dürfte dich küssen, wenn das alles vorbei sei.«

Sie lächelte. »Das stimmt.«

»Ich wünschte, es wäre jetzt schon so weit«, flüsterte er. »Du hast keine Ahnung, wie sehr.«

Ihre Miene wurde weich, und er sah, wie sich der innere Kampf in ihren Augen spiegelte, spürte ihre Unentschlossenheit, doch noch viel deutlicher spürte er ihre Begierde. Sie wollte ihn ebenso, wollte das hier.

Was auch immer es sein, wohin auch immer es führen mochte.

Eine scheinbare Ewigkeit lang saß sie schweigend da, während die Aussicht auf das, was irgendwann passieren würde, beinahe mit Händen greifbar war. Die Erregung. Dann klärte sich ihr Blick, und die ruhige Entschlossenheit in ihren Augen, die er schon so oft gesehen hatte, ließ sein Herz zu einem normalen Rhythmus zurückkehren.

Nur um ihm beinahe aus der Brust zu springen, als sie die Hände um sein Gesicht legte, seinen Kopf zu sich herunterzog und sanft mit den Lippen seinen Mund berührte. Der Kuss war scheu und voller Süße und viel zu schnell vorüber. Trotzdem kam sein Atem stoßweise.

Ebenso wie ihrer.

»Wofür war der?«, fragte er und hatte Mühe, sie nicht an sich zu ziehen und sie erneut zu küssen.

»Das war ein Versprechen.« Sie strich mit dem Daumen über seinen Mund. »Damit du weißt, dass du nicht allein bist.

Weder bei der Suche nach Antworten noch in deiner Sehnsucht nach dem hier.«

Er schluckte und spürte, wie seine Brust eng wurde, während ihm das »Danke« noch in der Kehle saß, doch ihr Lächeln verriet, dass sie verstanden hatte.

Sie glitt von seinem Schoß, stand auf und griff nach seiner Hand. »Komm, wir haben viel zu tun. Ist der Tierarzt einverstanden, dass Burke Shoe abholt?«

Die Magie des Augenblicks war verflogen, doch sie hatte ihm etwas von ihrer inneren Kraft abgegeben, an die er sich nun klammerte, während er sich zwang, wieder klar zu denken. »Ja. Shoe kennt Burke ja, weil er in den letzten Jahren häufig bei meinem Vater zu Besuch war. Sie haben gesagt, er könne ihn morgen jederzeit holen kommen. Geht es deiner Schwester gut?«

»Ja. Einer von Burkes Männern hält heute Nacht zur Sicherheit vor unserem Apartment Wache. Ich schätze, Burke wird einen Firmenwagen kaufen, den wir künftig anstelle unserer Privatfahrzeuge benutzen können. Vor allem bei Fällen wie diesem.«

Weil Menschen hinter uns her sind. Und uns töten wollen. Dieser Gedanke genügte, um das Augenmerk wieder auf ihre Aufgabe zu lenken.

»Gehen wir und reden mit Xavier«, sagte er. »Vielleicht haben er oder seine Mutter ja eine Ahnung, was mein Vater damit gemeint hat, als er sagte, er hätte mir Informationen hinterlassen.«

»Hoffen wir's.« Sie checkte die Uhrzeit auf ihrem Handy. »Schon so spät. Ich lasse uns nachher eine Pizza kommen.«

Gabe schnitt eine Grimasse. »Nicht, solange ich hier bin. Für das Abendessen ist schon gesorgt. Ich habe über den Tisch hinweg gehört, wie dem armen Carlos trotz all der Sandwiches der Magen geknurrt hat, und ich glaube, Xavier hat nur ganz wenig gegessen. Ich habe jedenfalls nichts hinunterbekommen, und jetzt habe ich Bärenhunger. Deshalb habe ich im *Choux* angerufen. Einer der Köche bringt uns etwas vorbei.« Er musste lachen, als Mollys Augen leuchteten. »Ich nehme an, das findet deine Zustimmung?«

Sie gab ein fröhliches Glucksen von sich. »Zwei Mal in einer Woche Abendessen aus meinem Lieblingsrestaurant? Aber nur zu gern!« Sie nahm seine Hand. »Los, komm, ich bin am Verhungern.«

FRENCH QUARTER, NEW ORLEANS, LOUISIANA

Dienstag, 27. Juli, 17.15 Uhr

Molly stand vor dem Whiteboard im Konferenzraum, klatschte in die Hände und wartete, bis sich das Stimmengewirr legte. Sie war fest entschlossen, sich zu konzentrieren, um zu halten, was sie Gabe versprochen hatte. Nein, sie würde nicht daran denken, wie wunderbar sich seine Lippen auf ihren angefühlt hatten, und schon gar nicht an das Verlangen in seinen Augen danach. »Ich hoffe, alle sind satt geworden.«

Alle Anwesenden nickten, bis auf Carlos, der dann aber ebenfalls zustimmend brummte, als Xavier ihn in die Rippen stieß. »Du hast *drei* Portionen verdrückt«, zischte Xavier.

»Oh, Mann«, stöhnte Manny und schob seinem Bruder seinen Teller zu. »Ich bin satt, du kannst den Rest von meiner haben.«

Carlos murmelte ein »Danke« und futterte weiter.

»Danke, Gabe«, sagte Xavier und erntete ein stolzes Lächeln von seiner Mutter. »Es war sehr lecker.«

»Sehr lecker«, stöhnte Carlos, der sich eine weitere Gabel voll Étouffée in den Mund geschoben hatte.

»Mit vollem Mund spricht man nicht«, tadelte Manny und verpasste ihm von der anderen Seite einen Rippenstoß.

Carlos schluckte und wandte sich seinem Bruder zu. »Entschuldigung, *Mom.*«

Cicely beugte sich vor. »Apropos Mom. Weiß eure Mutter eigentlich, wo ihr steckt?«

»Ich habe sie angerufen und gesagt, wir wären spontan nach New Orleans gefahren, was ja nicht gelogen ist«, antwortete Manny.

»Geben Sie Joy ihre Nummer, bevor Sie nachher aufbrechen«, sagte Molly. »Nur für alle Fälle.« Sie sah, wie alle Mitglieder des Houston-Grüppchens zusammenzuckten, und fuhr eilig fort: »Wir sammeln jetzt alle Informationen und halten sie auf dem Whiteboard fest, also bitte Konzentration.«

»Mein Dad wurde im Zuge der Vertuschungsaktion eines Mordes getötet«, erklärte Gabe unverblümt.

Molly hielt es fest. »Wir brauchen den Namen des Opfers. Xavier, Sie sagten, Sie hätten nicht gewusst, wie die Frau hieß, aber was ist mit der Adresse? In welcher Straße haben Sie damals gewohnt?«

Xavier schüttelte den Kopf, doch Cicely Morrow nickte. »Die Adresse steht in den Unterlagen zu Hause, ich erinnere mich momentan nicht daran. Aber den Namen seiner Mutter haben wir ja.«

»Monique Johnson«, stieß Xavier mit erstickter Stimme hervor und schürzte die Lippen, als ihm neuerlich die Tränen in die Augen stiegen. »Sie ist in der Nacht gestorben, als die Dämme brachen und das Wasser kam.«

Carlos legte Xavier den Arm um die Schultern. »Es tut mir so leid, dass ich nie nachgefragt habe.«

»Ich hätte es dir ohnehin nicht erzählt«, flüsterte Xavier. »Es fällt mir sehr schwer, mich daran zu erinnern.«

Molly gab ihm einen Moment, um sich zu sammeln, ehe sie fortfuhr. »Rocky meinte, die Leiche sei verschwunden gewesen, folglich muss jemand sie weggebracht haben, nachdem die Rettungskräfte durchgekommen waren.« Sie schrieb an die Tafel: *Wer hat sie fortgeschafft? Ihr Mörder?* Sie wandte sich wieder den Anwesenden zu. »Was noch?«

»Mein Vater hat Ermittlungen angestellt«, sagte Gabe. »Er muss der Wahrheit ziemlich nahegekommen sein, wenn ihn jemand jetzt, nach all den Jahren, töten wollte.«

Auch das notierte Molly auf dem Whiteboard und schrieb: *Wer wusste, dass Rocky Ermittlungen angestellt hat?*, dazu.

»Gute Frage«, murmelte Burke. »Ich jedenfalls nicht.« Er sah Gabe an. »Hast du von deiner Tante Gigi etwas gehört?«

»Ich lande immer bloß auf ihrer Mailbox. Wo auch immer sie stecken mag, sie hat ihr Handy abgeschaltet, und ich kenne keine ihrer Freunde oder Nachbarn, die ich fragen könnte. Sollte Dad ihr etwas erzählt haben, hat sie es mir jedenfalls nicht verraten.«

»Fest steht, dass sie von John Alan Industries wusste«, sagte Molly und schrieb: *Tante Gigi, lebt in Montreal, Geschäftsführerin von John Alan Industries.* »Wir wissen, dass Rockys Mörder sein Handy hat, aber nicht seine SIM-Karte.«

Xavier sah auf. Ein Lächeln breitete sich auf seinem Gesicht aus. »Er hat seine SIM-Karte versteckt? Genau das hatte ich ihm geraten, wenn es richtig schlimm kommt.«

»Sie lag in seinem Pick-up«, sagte Gabe. »Unter der Fußmatte. Burkes IT-Experte hat sie.«

Burke zog sein Handy heraus. »Ich schicke ihm eine Nachricht, ob er schon etwas herausgefunden hat.«

»Hoffentlich findet sich darauf etwas«, sagte Gabe. »Dads Laptop stand noch da, aber alle Daten waren gelöscht. Wir wissen nicht, ob Dad die Festplatte gelöscht hat oder sein Mörder.

Außerdem hat der Killer Kokain zwischen seinen Mehl- und Zuckervorräten in der Speisekammer versteckt.«

Xavier atmete scharf ein. »Elendes Schwein.«

Cicely schloss die Augen. »Die mussten Rockys Namen in den Schmutz ziehen, damit niemand mehr ernst nehmen würde, was er gefunden hat oder zu finden im Begriff stand.«

Auch das notierte Molly auf dem Board und blickte konzentriert auf die einzelnen Punkte, während sie darüber nachgrübelte, wer noch von Rockys Ermittlungen gewusst haben könnte. »Paul Lott hat Sie wegen des Erbes angerufen, Xavier?«

»Ja, Ma'am, aber nicht auf meinem normalen Handy, sondern auf meinem Wegwerftelefon. So haben Rocky und ich miteinander kommuniziert.«

Gabe sah ihn erstaunt an. »Er hat Ihnen ein Wegwerfhandy gegeben?«

»Ja. Er hatte auch eines. Von dem hat er mir irgendwelche harmlosen Nachrichten à la ›Sale! 30 Prozent auf alles!‹ auf mein normales Handy geschickt, als Signal an mich, mein Wegwerfhandy zu checken. Anfangs habe ich es ständig mit mir herumgetragen, aber nach einer Weile dann zu Hause gelassen, weil er sich so selten gemeldet hat. Manchmal kam monatelang nichts und einmal sogar ein ganzes Jahr lang, aber das war, als es Ihrer Mutter sehr schlecht ging, Gabe.«

»Sein Anwalt wusste also von Ihnen«, folgerte Molly, »aber nicht zwingend, wo Sie sich aufhalten.«

»Bis Xavier ihn gestern Abend angerufen und um Hilfe gebeten hat«, presste Cicely mit zusammengebissenen Zähnen hervor.

»Aber jemand wusste da schon, wo ich bin«, warf Xavier ein. »Dieser Typ ist mir gestern den ganzen Tag schon gefolgt. Er hat vor dem Haus geparkt.«

»Und der Mann, den Xavier angerufen hat, war nicht Paul Lott«, fügte Burke hinzu. »Zu dem Zeitpunkt war der bereits tot oder wurde gerade getötet.«

Steckte Paul Lott mit drin? Oder hatte der Mörder ihn gezwungen, ihm von X zu erzählen?, notierte Molly. »Dass Paul Lotts Mörder zufällig exakt zur selben Zeit dort war, als Xavier angerufen hat, kann kein Zufall sein. Entweder hat Lott kooperiert, oder aber sein Mörder hat sein Handy verwanzt. Trotzdem ergibt es keinen Sinn. Weshalb Lott töten, wenn sein Mörder zu dem Zeitpunkt ohnehin wusste, wo Xavier sich aufhält? Es sind fünfeinhalb Autostunden nach Houston, und die sind Xavier bereits den ganzen Tag gefolgt, also kannten sie seinen Aufenthaltsort bereits mindestens vierundzwanzig bis dreißig Stunden zuvor.«

»Oder«, warf Burke ein, »zwei Personen haben unabhängig voneinander nach Xavier gesucht. Einer hat ihn als Erster gefunden, der andere, nachdem Xavier telefonisch um Hilfe gebeten hat.«

Cicely rieb sich die Schläfen. »Mir raucht schon der Kopf.«

»Es tut mir leid, Mama«, flüsterte Xavier.

»Still, Junge. Nichts davon ist deine Schuld, so darfst du nicht denken.«

Xaviers Lippen zuckten. »Ja, Mom.«

»Was hast du in deine Reisetasche gepackt, Xavier?«, fragte Willa Mae leise.

Molly blickte überrascht in ihre Richtung. Die ehemalige Anwältin war so still gewesen, dass Molly sie beinahe vergessen hatte. »Genau, Carlos. Sie sagten doch, der falsche Paul Lott hätte unbedingt gewollt, dass Xavier eine Reisetasche packt. Was ist denn da drin?«

»Unterwäsche und Socken«, antwortete Xavier verwirrt. »Ein paar saubere Hemden und Jeans. Unsere Rucksäcke haben wir auch mitgenommen. Carlos hatte ja bei mir übernachtet, deshalb hatte er seinen dabei.«

»Ich glaube nicht, dass seine Absicht war, uns nach New Orleans zu begleiten«, warf Manny ein. »Carlos und mich, meine ich. Ich glaube eher, er wollte uns umbringen.«

Carlos zuckte zusammen, nickte jedoch. »Das sehe ich genauso.«

Xavier hatte die Augen geschlossen. »Wahrscheinlich«, krächzte er und räusperte sich. »Aber Paul Lott wusste von dem UPS-Fach. Dorthin hat er den ganzen Papierkram geschickt, den ich für den Treuhandfonds unterschreiben musste. Doch der Fonds selbst ist in Baton Rouge.«

Molly hielt es auf dem Board fest. »Was unsere Theorie untermauert, dass der Anwalt bis zu Ihrem Anruf nicht wusste, wo er Sie finden kann. Was ist mit dem Eindringling? Cicely, Sie sagten vorhin, Sie hätten seine Leiche ausfindig gemacht?«

Cicely nickte. »Ja. Meine Freundin sagte, er hätte die Operation überlebt, und eigentlich sei eine vollständige Genesung erwartet worden, aber dann sei er gestorben. Was gut für Xavier gewesen wäre, weil er ihn dann nicht … Sie wissen schon.«

»Weil ich ihn dann nicht getötet hätte«, murmelte Xavier mit brüchiger Stimme.

Cicely zuckte zusammen. »Richtig. Aber nun kann er nicht mehr länger hinter meinem Sohn her sein.«

»Ich habe die Nachrichten gecheckt. Die Houstoner Polizei hat eine Phantomzeichnung des Mannes veröffentlicht«, sagte Burke. »Man versucht, ihn zu identifizieren. Er hatte keinen Ausweis bei sich, und sein Wagen war als gestohlen gemeldet. Ich würde mir gern die Krankenakte ansehen, damit wir wissen, woran genau er gestorben ist.«

Xavier ließ den Kopf hängen. »Ich habe ihn getötet. Was soll ich jetzt bloß tun?«

Carlos legte ihm erneut den Arm um die Schultern und zog ihn enger an sich. »Wir kriegen das hin, versprochen.«

Xavier schüttelte den Kopf. »Das kannst du gar nicht versprechen.«

»Aber ich«, warf Cicely ein. »Versuch, dir keine Sorgen zu machen, obwohl ich weiß, dass du es tust.«

Molly konnte nur hoffen, dass Cicely nicht ernsthaft erwog, die Schuld auf sich zu nehmen, gleichzeitig konnte sie es ihr nicht verdenken, dass sie ihr Kind retten wollte. *Mir ginge es genauso.*

»Hatte der Eindringling ein Handy?«, fragte Gabe.

»Das werde ich herausfinden«, sagte Burke. »Fragen Sie mich nicht, wie«, fügte er hinzu, als Willa Mae den Mund öffnete.

Die Frau schüttelte den Kopf. »Na gut. Ich tu's nicht. Was ist mit diesem Eckert? Wer hat ihn angeheuert?«

Molly schrieb die Frage an das Board. »Wenigstens haben die Cops ihn lebend erwischt. Hoffentlich hat er ein Handy, und die Kommunikation kann nachverfolgt werden.«

»Dein Wort in Gottes Ohr«, sagte Burke. »Dasselbe gilt für den Pseudo-Anwalt.« Er sah auf sein Handy. »Molly, mach ein Foto von dem Board und wisch alles ab. Captain Holmes ist hier.«

Xavier sprang auf. »Ein Cop? Sie haben einen *Cop* gerufen? Aber Sie sagten doch –«

»Sie haben gelogen!«, zischte Carlos.

Burke hob die Hände. »Bitte. Ich habe Ihnen doch erzählt, dass ich das NOPD um Hilfe gebeten habe, die Männer zu schnappen, die Ihnen gefolgt sind. Ich habe nicht gelogen. Er will mit Ihnen über den Mann reden, den Sie gestern Abend angerufen haben, Xavier. Er weiß, dass jemand in Ihr Haus eingedrungen ist, aber er weiß nicht, dass Sie auf ihn geschossen haben, und auch nicht, dass der Mann tot ist. Captain Holmes ist der Mann, dem wir es verdanken, dass Eckert und der falsche Anwalt geschnappt wurden. Er weiß nur, dass Sie wissen, dass es sich bei dem Fahrer des weißen BMW nicht um den echten Paul Lott handelt. Deshalb lassen Sie den Teil mit der Waffe erst einmal unter den Tisch fallen, okay? Und beruhigen Sie sich ein wenig, wenn es geht. Falls nicht, können wir immer noch sagen, Sie seien von den Ereignissen zutiefst erschüttert. Alles klar?«

Xavier setzte sich langsam wieder und nickte. »Alles klar. Sie vertrauen dem Mann?«

»Ja«, antwortete Burke. »Ich kenne ihn seit Jahren. Er ist ein anständiger Kerl und ein guter Freund von mir. Trotzdem lassen Sie die Waffe erst einmal außen vor. Diese Information geben wir erst preis, wenn es nicht anders geht.«

Molly lächelte Gabe dankbar an, als er aufstand, um ihr beim Abwischen zu helfen. Als sie sich den anderen wieder zuwandte, sah sie, dass Cicely Xaviers Hand ergriffen hatte und Carlos aussah, als sei er jederzeit bereit, seinem Freund zur Seite zu springen.

»Sehen Sie es doch mal so«, sagte sie. »Er hat Informationen, die wir brauchen. Wir wollen alles über Eckert und den falschen Lott erfahren, und in dem Punkt kann er uns helfen.«

Xavier, der stocksteif am Tisch saß, nickte. »Okay«, sagte er argwöhnisch.

Burke rief Joy am Empfang an. »Führ ihn bitte herein, Joy.«

12. Kapitel

TULANE-GRAVIER, NEW ORLEANS, LOUISIANA

Dienstag, 27. Juli, 18.15 Uhr

Verdammte Scheiße! Zu frustriert, um irgendetwas zu sagen, raufte Lamont sich das Haar. Beschissener hätte dieser Tag gar nicht laufen können.

Neun Mal hatte er den Strafverteidiger innerhalb der letzten zwei Stunden angerufen, nur um jedes Mal auf der Mailbox zu landen. Sollte Hodges jetzt nicht rangehen, würde er dem Anwalt höchstpersönlich einen Besuch abstatten, um herauszufinden, was da los war.

Doch dann klappte es endlich. »Haben Sie schon mal was von Geduld gehört, Herrgott noch mal?«

»Nein«, antwortete Lamont gepresst und trat ans Fenster. »Wo ist Eckert?«

»In einer Verwahrzelle. Die haben ihn eingebuchtet. Morgen früh findet seine Anhörung statt. Ich komme gerade erst vom Polizeirevier zurück. Eckert hat kein Wort gesprochen, weder mit den Cops noch mit mir. Das Einzige, was sie gegen ihn in der Hand haben, ist Besitz nicht zugelassener Waffen und versuchte Körperverletzung mit einer tödlichen Waffe, weil er auf einen anderen Verkehrsteilnehmer gezielt hat, der ihn geschnitten hat.«

Lamont blieb für einen Moment die Spucke weg. *»Wie bitte?«*

»Ein Pick-up hat ihn geschnitten, als er die Ausfahrt nehmen wollte. Direkt vor der Brücke. Er hat mit einer Waffe auf die Fahrerin gezielt, die daraufhin abgebremst hat. Eckert blieb nichts anderes übrig, als über die Brücke zu fahren, wo die Cops ihn prompt herausgezogen haben. Einer von ihnen hatte beobachtet, wie er die Waffe gezogen hat, aber die Frau ist einfach weitergefahren. Das war absolut dämlich von ihm, aber wir gehen auf Aggression im Straßenverkehr. Wenn er auf schuldig plädiert, kommt er mit einem Vergehen davon.«

Weil Hodges keine Ahnung hatte, dass Eckert von Lamont engagiert worden war, um den Morrow-Jungen zu töten. Niemand außer Eckert wusste das. Und er, Lamont, würde dafür sorgen müssen, dass das auch so blieb.

Lamont starrte auf die Touristenströme, die sich durch die Straßen drängten, und versuchte, nachzudenken. »Weshalb hat er eine Waffe gezogen? Das ergibt doch keinerlei Sinn.«

»Das sehe ich genauso, schließlich kannte er die Fahrerin ja gar nicht, es war nur eine wildfremde Frau in einem roten Pick-up.«

Ein roter Pick-up. Wo war ihm erst vor Kurzem ein solcher Pick-up begegnet?

Ja! Genau. Gabe Heberts Privatermittlerin fährt so einen. Das konnte kein Zufall gewesen sein. Aber wenn nicht … und die Ermittlerin Xavier Morrow hinterhergefahren war …

Weshalb hätte sie das tun sollen? Woher hätte sie wissen können, dass Xavier sich auf dem Weg nach New Orleans befand?

Es sei denn, Morrow hatte mit Gabe Kontakt aufgenommen.

Oder hatte die Ermittlerin sich an Paul Lotts weißen BMW gehängt?

Kannte sie Paul Lott? Und falls ja, woher?

Was hatte Lott getan, das ihn letztlich das Leben gekostet hatte?

Hatte er Gabe Hebert erzählt, was sie getan hatten? War das der Grund, weshalb der junge Hebert diese Ermittlerin engagiert hatte?

Zu viele Fragen.

»Ich wüsste gern genau, was da los ist«, sagte er zurückhaltend. »Nur aus reiner Neugier.«

»Okay.« Hodges schien nicht überzeugt zu sein, doch das war Lamont völlig egal.

»Möglicherweise schaue ich morgen selbst im Gerichtssaal vorbei«, fügte Lamont hinzu. Er musste sicher sein, dass Eckert ihn sah, als Warnung, bloß die Klappe zu halten.

»Ich kenne Sie nicht«, entgegnete Hodges sofort. »Wir sind uns nie begegnet.«

»Sehr gut. Danke.«

Nun zögerte Hodges. »Und jetzt sind wir quitt? Sie lassen die Fotos verschwinden?«

Was ein Mann zu tun bereit war, um sich dem Zorn einer betrogenen Ehefrau nicht aussetzen zu müssen … vieles. Leider.

Und Lamont musste es wissen. Denn so war er überhaupt erst in diesen Schlamassel geraten.

»Wir sind quitt. Es wird so sein, als hätte es diese Fotos nie gegeben.«

»Das genügt mir schon.«

Lamont blieb weiter am Fenster stehen, nachdem Hodges aufgelegt hatte, und dachte über seine nächsten Schritte nach. Nun, da sowohl Eckert als auch Stockman nicht mehr zur Verfügung standen, musste er jemand anderen finden, der den jungen Morrow aus dem Weg räumte. *Oder ich tu's selbst.*

Das war eine Möglichkeit. Aber jetzt musste er erst einmal mehr über Gabe Heberts Ermittlerin in Erfahrung bringen.

Margaret Sutton. Er hatte sie bereits gegoogelt und von dem Vorfall mit ihrem erschossenen Schwager gelesen. Jackass hatte recht: Es klang tatsächlich schwer danach, als hätten ihre Cop-Freunde die Angelegenheit als Notwehr dargestellt.

Gleichzeitig zeigte das Ganze, dass sie auch tötete, wenn es hart auf hart kam. Er würde sie keinesfalls unterschätzen, vor allem, wenn sie tatsächlich diejenige gewesen war, die verhindert hatte, dass Cornell Eckert Xavier Morrow in die Stadt folgte. Immerhin wusste er nun, wo sich alle aufhalten dürften.

Sutton arbeitete für Burke Broussard, der leider unbestechlich war. Immerhin hatte der Mann lieber den Dienst quittiert, als sich in schmutzige Machenschaften hineinziehen zu lassen.

Lamont hatte sich immer gefragt, weshalb Broussards Vorgesetzter ihn damals einfach hatte ziehen lassen. Irgendetwas musste dahinterstecken, und eines Tages würde er herausfinden, was es war. Im Moment jedoch interessierte er sich mehr für Broussards Angestellte. Sollte das heute tatsächlich Margaret Suttons Pick-up gewesen sein, war sie einen Schritt weiter, als sie eigentlich sein sollte.

Wenn er zum nächsten Schlag ausholte, würde er zusehen, dass sie mit auf der Liste stand.

Eigentlich hätte er die Ermittler-Lady ja Jackass überlassen, aber dessen Pläne waren heute ebenfalls über den Haufen geworfen worden. Wer auch immer Paul Lott getötet hatte, war am Nachmittag im Quarter festgenommen worden. Sämtliche Nachrichtensender hatten darüber berichtet.

»Wenigstens kann niemand die ganze Scheiße mit mir in Verbindung bringen«, brummte er.

Es war ein langer Tag gewesen und höchste Zeit, nach Hause zu gehen. Es mochte unwahrscheinlich sein, trotzdem könnte es passieren, dass Eckert ohne die Möglichkeit einer Kaution in Haft verbleiben musste. In diesem Fall musste Lamont in dem Notizbuch in seinem Safe zu Hause einen Ersatzmann suchen.

Er seufzte. Joelle wäre da und würde über Ashley reden wollen, die er mittlerweile einem Kollegen hatte zuteilen lassen. Ashley war todunglücklich gewesen, da die Versetzung eine Degradierung darstellte. Lamont hatte versprochen, es wiedergutzumachen, und ihr eine Halskette mit einem Smaragd als Entschuldigung geschickt.

Dasselbe Schmuckstück hatte er auch für Joelle besorgt, die ihn zwingen würde, sich dieses verdammte Videomaterial anzusehen, was er notgedrungen tun würde. Er würde den Zerknirschten spielen, ein paar Tränchen verdrücken und ihr die Halskette überreichen, die sie annehmen und vorgeben würde, ihm zu verzeihen.

Dann würden sie so tun, als wäre nichts geschehen, was Lamont Gelegenheit gab, sich seinen eigentlichen Problemen zu widmen.

Sollte der Richter morgen eine Kaution für Eckert festlegen, wäre er noch vor dem Mittagessen auf freiem Fuß, und Lamont würde ihn erneut auf Xavier Morrow ansetzen, sofern Eckert mitspielte. Womöglich bestand Eckert sogar darauf. Profikiller legten in dieser Hinsicht manchmal ein sehr seltsames Verhalten an den Tag. In ihren Kreisen herrschte ein interessanter Ehrenkodex vor, und diese Typen waren enorm stolz auf ihre Arbeit. Sollte Eckert nicht mitziehen, würde er eben jemand anderes finden. Schließlich stand ihm eine breite Auswahl an Kandidaten zur Verfügung.

Mit einem letzten Blick auf die Touristenmassen auf der

Straße wandte er sich ab, räumte seinen Schreibtisch auf und rief auf dem Weg nach draußen James an. »Ich bin in fünf Minuten unten, dann können Sie mich nach Hause fahren.«

»Ja, Sir.«

FRENCH QUARTER, NEW ORLEANS, LOUISIANA

Dienstag, 27. Juli, 18.30 Uhr

Nachdem Molly und Gabe das Whiteboard abgewischt hatten, drehte Molly es um. Auf der Rückseite kam ein gewöhnliches Schwarzes Brett mit den Einsatzplänen der Mitarbeiter und Speisekarten unterschiedlicher Lieferdienste zum Vorschein. Dann setzten sie sich wieder auf ihre Plätze. Gabe ergriff Mollys Hand und hielt sie fest, während er einen besorgten Blick in Xaviers Richtung warf und dann eine neutrale Miene aufsetzte. Molly war bewusst, dass auch er sich Sorgen wegen des Jungen machte, was eine radikale Kehrtwende dazu darstellte, wie er noch am Vormittag über ihn gedacht hatte.

»Braucht Xavier einen Anwalt?«, durchbrach Willa Mae die Stille.

Burke schüttelte den Kopf. »Ich glaube nicht. Solange er nichts sagt, was ihn belasten könnte.«

Cicely wandte sich ihrer Freundin zu. »Würdest du ihn vertreten, wenn etwas schiefläuft?«

»Das weißt du doch.« Willa Mae streckte eine Hand aus. »Gib mir den kleinsten Geldschein, den du hast.«

Cicely kramte eine Ein-Dollar-Note aus ihrer Handtasche hervor. »Danke.«

Willa Mae nahm den Geldschein entgegen und umarmte Cicely. »Er ist dein Sohn, und du bist meine beste Freundin.

Außerdem ist er mir in all den Jahren auch ans Herz gewachsen.«

»Und ich mähe Ihren Rasen«, warf Xavier ein. Sein kurz aufflackerndes Lächeln erlosch sofort wieder. Der junge Mann hatte eindeutig große Angst, und sosehr Molly es verabscheute, ihn so zu sehen, so konnte sie es nur allzu gut nachvollziehen.

Derjenige zu sein, der einen Angreifer niedergestreckt hatte, war bei Weitem nicht so aufregend, wie alle dachten. Das Schuldgefühl blieb. Aber Xavier war ebenso wenig allein in dieser ganzen Situation, wie sie es damals gewesen war.

»Danke, Willa Mae«, sagte Molly. »Auf welchem Gebiet sind Sie denn tätig?«

Burke hatte zwar am Nachmittag erzählt, dass Willa Mae Anwältin war, ihr Spezialgebiet jedoch nicht genannt.

»Ich bin schon seit ein paar Jahren im Ruhestand«, antwortete Willa Mae, »habe aber im Lauf meiner Karriere so manchen Gerichtssaal von innen gesehen. Ich war Staatsanwältin im Harris County, dann habe ich die Seite gewechselt und als Pflichtverteidigerin gearbeitet, insofern ist Xavier in guten Händen bei mir. Xavier, du antwortest nur auf Fragen, die dir gestellt werden. Sollte es heikel werden, schiebe ich einen Riegel vor und beende das Gespräch. Und selbst wenn deine Beteiligung ans Licht kommen sollte, hast du nichts Unrechtes getan. Der Unbekannte ist in euer Haus eingedrungen. Trotz allem sollten wir vermeiden, dass das Ganze vor einem Richter endet, verstanden, Jungs?«

Xavier, Carlos und Manny nickten. »Ja, Ma'am«, antworteten sie im Chor, obwohl Xavier keineswegs überzeugt aussah.

Die nächsten anderthalb Minuten herrschte Stille im Raum, bis Joy die Tür öffnete und ihren Rollstuhl herein- und sofort zur Seite navigierte, sodass ein Schwarzer mit einem freundlichen Gesicht und den Schultern eines Linebackers eintreten konnte. André Holmes. Molly hatte ihn stets sehr gemocht und ihm vertraut. Heute konnte sie nur hoffen, dass ihr Vertrauen gerechtfertigt war.

»Darf ich reinkommen?«, fragte er.

Burke erhob sich und begrüßte ihn mit Handschlag. »Ich hoffe, du hast gute Nachrichten für uns.«

»Ein paar gute und ein paar weniger gute«, entgegnete André, ließ den Blick über die Anwesenden schweifen und setzte sich. »Ich bin Captain Holmes, NOPD. Sie müssen Xavier und Cicely Morrow sein.«

Die beiden nickten nur.

André schien ihr Schweigen nicht zu irritieren. »Sie müssen Carlos und Manny Hernandez sein, und Sie, Ma'am, sind Willa Mae Collins, richtig? Ich hoffe, Sie haben die Aufregung wegen der Ereignisse des Nachmittags inzwischen verdaut. Sie müssen große Angst gehabt haben.«

Xavier und seine Mutter schienen sich etwas zu entspannen, wohingegen Carlos immer noch dreinsah, als sei er bereit, alles für Xaviers Verteidigung zu tun. Gabe war sehr, sehr still, atmete kaum.

Molly spürte das Beben seiner Hand in ihrer. *Bitte, André, liefern Sie uns ein paar Antworten. Bitte.*

»Es geht uns gut«, sagte Xavier mit leicht zittriger Stimme. »Es war allerdings sehr beängstigend, vor allem, als ich gemerkt habe, dass der Mann, den ich angerufen hatte, nicht Mr Lott war.«

»Das kann ich mir vorstellen.« André setzte sich neben Burke und faltete die Hände auf dem Tisch. »Molly, immer schön, Sie zu sehen. Und, Gabe, ich habe sehr bedauert, vom Tod Ihres Vaters zu hören. Er war ein anständiger Mann und ein guter Cop. Er wird uns fehlen.«

»Danke«, sagte Gabe leise.

»Ich würde Ihnen jetzt gern erzählen, was ich bisher weiß, und dann habe ich ein paar Fragen, wenn das okay ist.« André wartete, bis Xavier und seine Mutter nickten. »Also gut. Wir haben Cornell Eckert in Untersuchungshaft genommen. Mehrere Waffen wurden in seinem Fahrzeug sichergestellt, von denen keine offiziell registriert ist. Noch haben wir ihn nicht befragt, weshalb er Ihnen gefolgt ist, Xavier. Wir wollten zuerst aus dem Mann, der sich als Paul Lott ausgegeben hat, einige Informationen herausholen, bevor wir Eckert zu verstehen geben, dass wir ihn für einen Auftragsmörder halten. Eckert wird Besitz nicht zugelassener Waffen und versuchte Körperverletzung mit einer tödlichen Waffe vorgeworfen, da einer meiner Männer gesehen hat, wie er mit einer Handfeuerwaffe auf Miss Sutton gezielt hat, als sie ihm auf der Interstate den Weg abgeschnitten hat. Molly, waren Sie zu irgendeinem Zeitpunkt direkt hinter Mr Eckert?«

Molly nickte. »Ja, als wir von der Tankstelle auf der Interstate losgefahren sind. Er hätte sich mein Kennzeichen jederzeit notieren und überprüfen beziehungsweise jemand anderen damit beauftragen können.«

»Wir überprüfen gerade sein Handy, das wir ihm glücklicherweise noch abnehmen konnten, bevor er Gelegenheit hatte, es in den Fluss zu werfen. Danke für die Warnung, Burke.«

»Und redet er?«, fragte Burke.

»Nein, kein Wort. Er lässt sich von LeRoy Hodges vertreten, einem Nobelverteidiger, der hier im Quarter seine Kanzlei hat.«

»Interessant«, bemerkte Burke. »Normalerweise übernimmt er nur wichtige Fälle reicher Mandanten. Wer bezahlt ihn?«

»Das ist eines der Details, das wir noch nicht in Erfahrung bringen konnten. Das war die gute Nachricht.«

»Und was ist dann die weniger gute?«, fragte Xavier und versteifte sich.

»Der Fahrer von Paul Lotts BMW ist uns entwischt.«

Stimmen wurden laut. Nur Molly und Gabe blieben ruhig. Gabes Hand schloss sich so fest um Mollys, dass es beinahe wehtat. Er war bleich geworden und hatte die Lippen zu einer schmalen Linie zusammengepresst. Sie legte ihre freie Hand auf ihrer beider Hände, was er mit einem entschiedenen Nicken quittierte.

Er würde alles gut überstehen. Dafür würde Molly sorgen.

»Wie zum Teufel konnte das passieren?«, rief Burke.

»O Gott«, stöhnte Cicely, während Willa Mae ihre Hand ergriff.

»Wie ist das möglich?«, wollte Carlos wissen und legte erneut Xavier beschützend den Arm um die Schultern.

»Sie hatten ihn doch umzingelt«, fügte Manny hinzu. »Mit drei verdammten SUVs.«

Xavier senkte den Kopf. »Er wird es wieder versuchen.«

»Das könnte passieren«, räumte André ein. »Ich will nichts beschönigen, Xavier. Die Lage ist ernst. Aber wir können Sie in einem sicheren Unterschlupf unterbringen, bis wir ihn geschnappt haben.«

»Wie konnte er entkommen?«, fragte Burke ernst.

»Nachdem wir ihn auf der Brücke geschnappt hatten, wollten wir ihn etwas später zur Zentralen Erfassung bringen, um seine Fingerabdrücke zu nehmen und seine Identität zu ermitteln. Gerade als der Officer ihn in den Streifenwagen setzen wollte, hat er sich seinem Griff entwunden, ihm die Waffe entrissen und gefeuert, bevor er in der Menge abgetaucht ist. Das Ganze ist erst vor einer halben Stunde passiert. Ich wollte es

Ihnen lieber persönlich sagen, bevor Sie es aus den Nachrichten erfahren. Es … es tut mir leid.«

»Es tut Ihnen leid?«, wiederholte Carlos laut. »Es tut Ihnen *leid?* Dieser Mann wird …« Beim Anblick von Xaviers verängstigter Miene unterbrach er sich.

»Er weiß, wer wir sind«, sagte Xavier mit kaum hörbarer Stimme. »Er weiß, wer mich begleitet hat. Er wird versuchen, meiner Familie etwas anzutun, Captain Holmes.«

»Aber er wird Sie nicht finden«, sagte Burke fest. »Dafür werden wir sorgen. Ich will dir nicht zu nahe treten, André, aber wir kümmern uns lieber selbst um unsere Gäste.«

André seufzte. »Ich hatte schon befürchtet, dass du das sagen würdest. Aber das Angebot steht trotzdem.«

»Geht es dem Officer gut?«, fragte Molly, woraufhin André zu ihrer Erleichterung nickte.

»Er trug eine kugelsichere Weste, aber die Wucht des Aufpralls hat ihn von den Füßen gerissen. Bis sein Partner um den Wagen herumgelaufen kam, hatte der Verdächtige bereits die Flucht ergriffen und war um die Ecke verschwunden, wo sich gerade eine Gruppe Touristen versammelt hatte. Sie konnten nicht schießen, ohne dabei unschuldige Passanten zu gefährden.«

»Natürlich nicht«, bestätigte Cicely mit schwacher Stimme.

»Was haben Sie unternommen, um ihn zu finden?«, fragte Gabe.

»Wir haben eine Personenbeschreibung an sämtliche Reviere und an die Medien herausgegeben und bereits Material aus den Überwachungskameras der umliegenden Geschäfte zur Sichtung bekommen. Wir bitten um Hinweise in der Bevölkerung. Jeder, der etwas mit dem Handy gefilmt hat, soll mit uns Kontakt aufnehmen. Natürlich sind einige Videos schon online, aber keines davon zeigt das Gesicht des

Gesuchten deutlich genug. Wir hatten es ja nicht geschafft, ihn zur Erfassung aufs Revier zu bringen, deshalb hatten wir noch kein brauchbares Foto von ihm.«

Carlos setzte sich aufrechter hin. »Aber ich habe eins. Ich habe heute Morgen seinen Ausweis abfotografiert, als wir uns getroffen haben. Das Bild passte zu seinem Gesicht, nur der Name auf dem Ausweis lautete Paul Lott. Er muss ihn gefälscht haben.«

André und Burke nickten voller Respekt. »Schicken Sie es mir bitte, ich leite es an André weiter«, bat Burke.

»Das wäre eine große Hilfe«, sagte André. »Danke.«

»Ausnahmsweise haben sich mal all die Crime-Sendungen als nützlich erwiesen, die du dir ständig reinziehst«, bemerkte Manny und stieß Carlos gegen die Schulter.

Molly sah André an. »Aber wie konnte er ›entkommen‹? Er trug doch Handschellen, oder nicht?«

Einen Moment blickte André auf seine Hände, ehe er den Kopf wieder hob. Tiefe Besorgnis spiegelte sich in seinen Augen und zugleich grimmige Entschlossenheit. »Bei der Festnahme saßen die Handschellen noch stramm. Ich war selbst dabei, als sie angelegt wurden, und habe sie persönlich überprüft. Aber als wir ihn zur Zentralen Erfassung transportieren wollten, saßen sie plötzlich locker genug, dass er sich befreien konnte. Ich lasse bereits überprüfen, wer in dieser Zeit Zugang zu ihm hatte.«

»Also haben Sie einen Verräter in Ihrem Dezernat«, bemerkte Carlos tonlos.

André atmete aus. »Noch kann ich es nicht mit Gewissheit sagen, aber ich werde es herausfinden. Gut. Ich hätte noch ein paar Fragen, wenn das für Sie okay ist.«

»Das kommt darauf an, was Sie wissen wollen«, erwiderte Willa Mae gelassen. »Ich habe schon genug dieser Befragungen miterlebt, bei der schamlos dem Opfer die Schuld in die Schuhe geschoben wurde. Mr Morrow wird anwaltlich vertreten, nur damit das klar ist. Und zwar von mir.«

André nickte respektvoll. »Verstehe. Aktuell geht es nur um ein paar Fragen an das Opfer eines Einbruchs, daher braucht er Ihre Dienste wohl nicht.«

»Dann sind wir einverstanden«, sagte Willa Mae. »Aber ich will Sie warnen. Falls die Fragen in eine andere Richtung gehen sollten, werde ich sofort Einhalt gebieten.«

»Zur Kenntnis genommen.« André wandte sich Xavier zu. »Also, Burke hat mir gesagt, Sie seien vor einem Eindringling in Ihrem Haus geflohen. Wissen Sie, um wen es sich dabei handelte?«

»Nein«, antwortete Xavier. »Ich hatte gestern den Eindruck, jemand sei mir gefolgt. Als abends auch noch jemand ins Haus eingebrochen ist, sind wir abgehauen. Wir sind aus dem Fenster gesprungen.«

»Und wie ist der Unbekannte Ihnen gefolgt?«, hakte André nach. »Zu Fuß oder mit dem Wagen?«

Willa Mae erhob sich und trat hinter Xavier. »Darauf kannst du antworten, mein Junge«, sagte sie und legte ihm die Hand auf die Schulter.

»Mit dem Wagen«, sagte Xavier. »Es war ein blauer Camry. Das Kennzeichen habe ich nicht.«

André nickte. »Das passt. Ein Mann kam in den frühen Morgenstunden mit einer Schusswunde in der Brust in die Notaufnahme des Baptist Hospitals in Houston. Um zehn Uhr heute Vormittag ist er verstorben.« Er hob die Brauen. »Durch eine zweite Schussverletzung. Er wurde in seinem Krankenhausbett getötet.«

Was? Molly hatte Mühe, ihre neutrale Miene zu wahren, während sie ein Gefühl unendlicher Erleichterung durchströmte. Xavier keuchte auf und sah aus, als würde er gleich in Gelächter oder Tränen ausbrechen oder sich übergeben.

»Kann es sein, dass zwei Personen in das Haus Ihrer Mutter eingedrungen sind, Xavier?«, wollte André wissen.

»Möglich wäre es«, antwortete Carlos, der sich offenbar schneller von seinem Schock erholt hatte als sein Freund. »Ich habe nur die Hände des Kerls gesehen, als Xavier aus dem Fenster klettern wollte. Er war weiß und hatte eine Waffe.«

»Er hat also versucht, Sie festzuhalten?«, fragte André.

Wieder schluckte Xavier. »Ja. Er hat mich am Hemd gepackt und versucht, mich zurückzuziehen. Aber ich habe mich losgerissen, bin den Baum vor dem Fenster hinuntergeklettert, und dann sind Carlos und ich losgerannt.«

»Eine Frage muss ich stellen«, sagte André. »Wieso haben Sie nicht gleich den Notruf gewählt?«

Xavier sah ihn traurig an. »Weil ich Angst hatte, dass man mir nicht glauben würde. Ich bin ein guter Student, zweitbester meines Jahrgangs und mit einem nagelneuen Cum-laude-Abschluss von der Rice in der Tasche. Ich ziehe mich anständig an, bin ein Spargeltarzan und ganz bestimmt nicht muskulös genug, um jemanden zusammenzuschlagen. Trotzdem sehen mich manche Leute an, als wäre ich … zu allem fähig.«

André seufzte resigniert. »O ja, das kenne ich. Okay. Sie sind also weggelaufen. Was haben Sie dann getan?«

»Sie haben mich angerufen«, schaltete sich Manny ein. »Ich bin gleich losgefahren und habe sie aufgegabelt. Und dann hat Xavier Paul Lott angerufen. Zumindest dachte er, es sei Lott. Xavier hat ihn nach Gabes Telefonnummer gefragt, aber der Typ ist gar nicht darauf eingegangen, was bei mir sofort sämtliche Alarmglocken hat schrillen lassen. Er meinte, er käme vorbei, um X abzuholen. Etwa sieben Stunden später haben wir uns mit ihm auf dem Parkplatz von H-E-B getroffen. Das ist eine Supermarktkette in Texas.«

»Aha«, sagte André. »Eines verstehe ich aber nicht ganz. Wieso haben Sie Gabe angerufen, Xavier?«

Xavier reckte das Kinn. »Sein Vater war mein Freund. Wir haben uns kennengelernt, als ich fünf Jahre alt war und er mir während Katrina das Leben gerettet hat.«

André hob die Brauen und sah Gabe an. »Aha?«

»Genau«, bestätigte Gabe und lächelte Xavier voller Wärme an. »Mein Vater hat Xavier seinen zweiten Sohn genannt.«

Was keine Lüge war, dachte Molly, die immer noch beeindruckt davon war, wie mühelos die Worte über Gabes Lippen kamen. *Merke: Wenn es hart auf hart kommt, kann man auf ihn zählen.*

André legte den Kopf schief. »Rocky war ein hochanständiger Mann. Ich vermisse ihn.«

»Ich auch«, sagte Xavier.

Gabe nickte nur.

»Wessen Idee war es, Ihre Mom ins Boot zu holen?«, fragte André Xavier.

Xavier runzelte die Stirn. »Die des falschen Paul Lott. Ich solle meiner Mutter sagen, dass wir nach New Orleans fahren, meinte er. Und es schien ihn auch nicht zu stören, als sie vorschlug, er solle hinter uns herfahren.«

»So würde ich das nicht ausdrücken«, widersprach Cicely leise. »Ich habe ja im Waffle House in der Wallisville Road mit ihm gesprochen, und mein Vorschlag schien ihm nicht in den Kram zu passen, allerdings hat er so getan, als sei er damit einverstanden.«

Xavier sah seine Mutter erschrocken an. »Das höre ich zum ersten Mal!«

»Ich wollte dir keine Angst machen. Welchen Eindruck hattest du, Willa Mae?«

»Ich habe es genauso empfunden. Er wirkte … verschlagen. Wie ein Junge, der mit dem Baseballschläger die wertvolle Vase zerdeppert hat, aber darauf hofft, dass es keiner merkt.«

»Das trifft es ziemlich genau«, bestätigte Cicely. »Jedenfalls sind wir in den Minivan gestiegen und losgefahren, um Gabe aufzusuchen. Warum fragen Sie?«

André hob eine Schulter. »Ich versuche nur, mir einen Reim darauf zu machen. Eigentlich hätte ich gedacht, er wolle Sie töten, Xavier.« Er hielt inne, als er sah, dass die Gäste aus Houston entsetzt zusammenzuckten. »Entschuldigung, wenn ich das so klar ausspreche. Wie gesagt, ich versuche nur, die Situation zu verstehen.«

Molly konnte Andrés Gedankengang gut nachvollziehen. »Wenn er Sie nicht gleich getötet hat, muss sein Ziel ja gewesen sein, Sie lebend nach New Orleans zu schaffen. Was sehr viel einfacher zu bewerkstelligen war, wenn Sie kooperieren.«

Andrés Blick schweifte über die Gesichter der Anwesenden, dann verschränkte er die Finger. »Haben Sie denn Fragen an mich?«

»Erstens bitte ich darum, dass Sie uns Bescheid geben, wenn Sie herausgefunden haben, wer diese Männer auf meinen Sohn angesetzt hat, um ihn zu töten«, sagte Cicely. »Denn für mich gibt es keinen Zweifel, dass genau das ihr Ziel war.«

»Das ist wohl wahr«, stimmte André zu. »Aber warum? Welches Motiv steckt dahinter? Wäre nicht Mr Eckert im Spiel, würde ich sagen, es könnte sich um einen willkürlichen Akt gehandelt haben. Nach allem, was wir bislang wissen, hat jemand versucht, Sie zu töten, was ihm jedoch nicht gelungen ist, deshalb wurde ein Profikiller hinterhergeschickt. Weshalb ist jemand so versessen darauf, Sie zu beseitigen, Xavier?«

Xavier zuckte die Achseln. »Wie gesagt, ich bin nur ein Student im Vorstudium für Medizin. Ich gehe arbeiten, ich lerne, ich arbeite ehrenamtlich bei Meals on Wheels und spiele Videogames mit Carlos.«

Auch das war keine Lüge. Xavier hatte nie behauptet, es nicht zu wissen, sondern es lediglich angedeutet. Molly ließ sich ihre Freude darüber nicht anmerken. *Gut gemacht, Xavier.*

»Hat der Mann, der sich als Paul Lott ausgegeben hat, Ihr Haus betreten?«, fragte André.

Molly sah Burke an, der André mit zusammengekniffenen Augen musterte.

»Wieso willst du das wissen?«, hakte er nach.

»Weil die Houstoner Polizei einen Durchsuchungsbeschluss für das Haus der Morrows erwirkt hat, nachdem ich angerufen hatte, um zu erfahren, was sie wissen.«

Xavier und seine Mutter keuchten auf. »Was?«, rief Xavier. »Aber wie ist das möglich?«

André sah ihn an. »Teilweise aus den Gründen, weshalb Sie lieber nicht die Polizei gerufen haben. Zum Teil aber auch, weil der Mann, ein Weißer, der im Krankenhaus gestorben ist, von jemandem *dort* getötet wurde. Sie haben für den fraglichen Zeitraum ein Alibi, weil Sie sich mit Ihrer Mutter und Freunden auf dem Weg nach New Orleans befanden, daher gelten Sie nicht als Verdächtiger. Der eigentliche Täter hat an der Krankenhauspforte einen falschen Ausweis gezeigt und könnte auch getarnt gewesen sein. Außerdem muss er einen Schalldämpfer benutzt haben, da niemand den Schuss gehört hat. Die Houstoner Polizei sucht nach ihm. Die in Ihrem Haus sichergestellte Blutprobe stimmt mit der des Toten im Krankenhaus überein. Man ist gerade dabei, ein DNA-Profil zu erstellen, um den Toten zu identifizieren. Wir haben

Fingerabdrücke auf dem weißen BMW gefunden, die wir mit denen vergleichen, die die Houstoner Kollegen im Haus gefunden haben. Ich sage es noch einmal: Sie haben für den Tatzeitpunkt ein Alibi, daher gelten Sie nicht als Verdächtiger. Atmen Sie, Xavier.«

Xavier sog scharf den Atem ein. »Was ist damit, dass ich einfach abgehauen bin, ohne die Polizei zu rufen?«

»Das ist kein Verbrechen«, antwortete André. »Sie mussten um Ihr Leben fürchten. Und selbst wenn Sie auf den Eindringling geschossen hätten, wäre es trotzdem noch Notwehr gewesen, weil er unrechtmäßig in Ihr Haus eingedrungen ist. Die Houstoner Polizei hat festgestellt, durch welche Tür er sich Zugang verschafft hat. Also, wie gesagt, nur *falls* Sie ihn getroffen hätten, was ich keineswegs behaupten will.«

Xavier schwieg.

Gott sei Dank.

André wandte sich Gabe zu. »Wegen des Einbruchs in das Haus Ihres Vaters melde ich mich noch.«

Die finsteren Blicke der Houstoner Besucher richteten sich kollektiv auf Gabe. »Sie haben uns nichts von dem Einbruch in Rockys Haus erzählt«, rief Xavier empört.

Gabe stieß die Luft aus, was seine Locken auf der Stirn tanzen ließ. »Es ist so viel passiert, verdammt, und wir haben es erst gestern Abend festgestellt. Ich … ich habe einfach nicht mehr daran gedacht.«

»Ich auch nicht«, gestand Molly. »Jemand ist in Rockys Haus eingedrungen und hat alles verwüstet, die Kissen aufgeschlitzt, die Gemälde zerstört. Es herrscht völliges Chaos.«

»Die Gemälde Ihrer Mutter?«, fragte Cicely und presste sich die Hand aufs Herz. »O nein.«

»Doch, Ma'am.« Gabe ließ die Schultern fallen. »Es ist nicht viel intakt geblieben.«

André erhob sich. »Ich lasse Sie jetzt in Ruhe. Burke weiß, wie er mich erreicht, falls Ihnen noch etwas einfallen sollte oder Sie wollen, dass wir Sie in einem Safehouse unterbringen.«

Burke stand ebenfalls auf. »Du gibst mir Bescheid, was aus der Suche nach dem falschen Paul Lott wird?«

André sah Burke in die Augen. »Das werde ich. Außerdem will ich dich vorwarnen. Ich gehe davon aus, dass die Houstoner Kollegen jemanden schicken, der mit deinen Gästen spricht. Ich habe ihnen gesagt, dass Xavier und Carlos die Opfer in diesem Vorfall sind, trotzdem kann es sein, dass sie bei der Befragung etwas heftiger zur Sache gehen.«

»Wir werden vorbereitet sein«, sagte Willa Mae in einem Tonfall, der keinen Zweifel daran zuließ.

André lächelte ihr zu. »Rufen Sie mich an, falls Sie Hilfe brauchen.« Er zögerte. »Ich habe Rocky immer als Freund betrachtet. Ihnen zu helfen, ist meine Art, dem Rechnung zu tragen, deshalb hoffe ich, Sie vertrauen auf mich, wenn es Probleme geben sollte.« Er zuckte flüchtig mit einer Achsel. »Oder noch mehr Probleme, meine ich. Guten Abend, alle zusammen.« Er verließ den Raum, gefolgt von Joy, die die Tür hinter ihnen schloss.

Sofort wandte Xavier sich um und presste die Stirn gegen die Schulter seiner Mutter. Der arme Kerl zitterte am ganzen Leib. Während der Unterredung hatte er sich bewundernswert im Griff gehabt. Molly glaubte nicht, dass sie es besser hingekriegt hätte.

Burke nahm wieder Platz, bat die Anwesenden mit einer Handbewegung um Ruhe und nickte, als anderthalb Minuten später sein Handy summte. »Er ist weg, schreibt Joy. Ich muss zugeben, damit, dass der tote Eindringling von jemand anderem erschossen wurde, hatte ich nun nicht gerechnet.«

Xavier hob den Kopf. Tränen liefen ihm übers Gesicht. »Ich habe ihn nicht getötet«, flüsterte er. »Gott sei Dank.«

Auch Molly atmete auf. Sie hätte nicht gewollt, dass Xavier für den Rest seines Lebens mit dieser Last auf seinen Schultern leben müsste, ob es nun gerechtfertigt war oder nicht.

Cicely, Willa Mae und Carlos umarmten ihn. »André scheint ein anständiger Mann zu sein«, sagte Carlos zu Burke.

Burke lächelte. »Das ist er. Und was er über die Notwehr gesagt hat, stimmt. Es sieht nicht so aus, als würde das zum Problem werden.«

»Aber bei der Operation haben die im Krankenhaus doch die Kugel sichergestellt, die nicht zu der zweiten, tödlichen Kugel passen wird«, wandte Carlos ein.

»Dann müssen wir eben dafür sorgen, dass die Waffe, aus der diese erste Kugel stammt, nie gefunden wird«, erwiderte Burke achselzuckend. »Molly?«

»Ich kümmere mich darum«, versprach sie. »Jetzt müssen wir unsere Gäste erst mal zu dir schaffen, Burke.«

»Nicht zu mir nach Hause«, erwiderte Burke. »Zumindest nicht in mein Zuhause hier in der Stadt. Wir fahren zu meinem Camp. Davon habe ich André nichts gesagt, weil ich nicht wollte, dass er versehentlich den Falschen erzählt, wo wir sie untergebracht haben.«

Cicely sah ihn verunsichert an. »Ein Camp, also … ein Zelt?«

Molly lachte leise. »Nein, es ist eine Hütte. Die Leute hier in der Gegend bezeichnen ihre Wochenendhütte als Camp. Es ist sehr schön dort und so abgelegen, dass jeder, der dort auftauchen sollte, längst bemerkt wird, bevor er nahe genug herankommen kann, um Ihnen gefährlich zu werden. Die Hütte steht am Ufer eines Bayous und ist perfekt zum Fischen und zum Entspannen geeignet, aber es gibt einen Satellitenanschluss für WLAN und ein hochmodernes Sicherheitssystem.«

»Außerdem bin ich nicht offiziell als Besitzer der Hütte eingetragen«, fügte Burke hinzu. »Ich habe bisher nur eine Handvoll Leute mit dorthin genommen, deshalb würde der falsche Paul Lott eine ganze Weile brauchen, um Sie überhaupt ausfindig zu machen. Ich bringe Sie hin und bleibe so lange bei Ihnen, bis ich sicher sein kann, dass jemand gut genug auf Sie aufpasst.«

»Ich kann für die Verpflegung sorgen«, bot Gabe an. »Ich besorge ein paar Vorräte, um für Sie zu kochen.«

»Das ist kein Problem«, wandte Cicely mit erhobenen Brauen ein. »Ich mag kein Spitzenkoch sein, aber dafür sorgen, dass wir nicht verhungern, kann ich sehr wohl.«

Carlos zuckte zusammen. »Oje, jetzt haben Sie Ihre Kochkünste infrage gestellt. Das kann nur böse enden.«

Auch Gabe, der ganz offensichtlich die Auswirkungen seines Vorschlags nicht ausreichend überdacht hatte, zuckte zusammen. »Natürlich wollte ich Ihre Fähigkeiten nicht in Abrede stellen, Ma'am, aber ich kenne mich. Ich bin ein Nervenbündel, wenn ich meine Hände nicht beschäftigen kann. Erlauben Sie mir also bitte, Sie zu unterstützen, solange Sie hier sind?«

Cicely lächelte ihn an. »Das verstehe ich natürlich. Danke. Wir nehmen das Angebot gern an.«

»Ja.« Triumphierend reckte Carlos die Faust. »Wir werden wie die Könige speisen.«

Seufzend senkte Manny den Kopf. »Ich schwöre, unsere Mutter hat uns eigentlich besser erzogen.«

Die brüderliche Kabbelei entlockte Gabe ein Lächeln. »Ich nehme an, Molly kennt den Weg?«

»Ja«, bestätigte sie und konnte nur hoffen, dass Gabe nichts gegen Boote einzuwenden hatte, da der einzige Weg zur Hütte über das Wasser führte. »Wir kümmern uns um Sie alle, während auch wir weiter nach dem falschen Paul Lott suchen. Ich glaube zwar André, dass er alles in seiner Macht Stehende tun wird, um ihn aufzustöbern, aber ganz offensichtlich hat auch er in seinem Dezernat Probleme, deshalb steht die Suche an oberster Stelle für uns.«

»Danke«, sagte Cicely mit Nachdruck. »Ich danke Ihnen allen so sehr.«

»Ja.« Xavier schluckte, während sich seine Augen mit Tränen füllten. »Als gestern Abend alles den Bach runtergegangen ist, wusste ich nicht, was ich tun soll. Rocky hatte mir versichert, dass Sie mir helfen würden und ich Ihnen vertrauen könnte, Gabe, und er hatte recht. Deshalb danke ich Ihnen von Herzen. Für den Schutz, für die Unterbringung, die Ermittlung, das Essen. Und vor allem dafür, dass Sie mir geglaubt haben. Einfach …« Seine Stimme brach. »Danke.«

»Du bist der zweite Sohn meines Vaters«, sagte Gabe, dessen Stimme ebenfalls brüchig geworden war. »Und nichts von all dem ist deine Schuld, Xavier. Du kannst nichts dafür. Er hätte gewollt, dass wir uns um dich kümmern. Das ist das Mindeste, was wir tun können.«

TULANE-GRAVIER, NEW ORLEANS, LOUISIANA

Dienstag, 27. Juli, 18.45 Uhr

»Wieso ist denn hier immer noch Stau?«, brummte Lamont auf dem Rücksitz der Limousine. »Irgendwann müssen diese Touristen doch auch essen, schlafen oder vögeln oder was weiß ich tun. Das ist ja noch schlimmer als gestern. Wir sind in den letzten zwanzig Minuten keine fünf Meter weit gekommen.«

»Die Polizei hat ein Stück weiter vorn die Straße abgeriegelt, Sir«, sagte James mit angespannter Stimme, die untypisch für ihn war. »Ein Polizist wurde angeschossen, und der Schütze ist geflüchtet.«

Lamont blinzelte. »Davon habe ich gar nichts mitbekommen.«

»Es kam in den Nachrichten, Sir. Meine Frau hat gesagt, sie hätte es im Internet gesehen. Touristen haben Videos davon hochgeladen. Passiert ist es, eine Viertelstunde bevor Sie nach unten gekommen sind. Der Verkehr war schon davor schlimm, aber durch die Sperrung herrscht endgültig Chaos.«

Eine unheilvolle Ahnung ergriff Besitz von ihm. »Wie ist die Schießerei vonstattengegangen?«

»Ein Gefangener sollte wohl in einen Streifenwagen verfrachtet werden. Er hat sich befreit, die Waffe des Polizisten an sich genommen und damit auf den Cop geschossen, dann ist er geflüchtet. Die Cops haben gerade eine Pressekonferenz abgehalten.« Er schwenkte sein Handy. »Ich habe die neuesten Berichte immer wieder gecheckt. Ich muss zugeben, die Vorstellung, dass da draußen jemand mit einer Waffe frei herumläuft, macht mich ein bisschen nervös.«

»Das kann ich Ihnen nicht verdenken.« Lamont entsperrte sein Handy und rief die Nachrichten auf. James schien recht zu haben, nur gab es keinerlei Hinweis darauf, um wen es sich bei dem Flüchtigen handelte.

Sollte es Eckert sein, wäre es okay, allerdings war es unwahrscheinlich. Hodges hatte schließlich gesagt, Eckert sitze bereits in Untersuchungshaft.

Dass Eckert aus der U-Haft flüchten könnte, glaube ich nicht. Nicht ohne beträchtliche Hilfe.

Widerstrebend schickte er Jackass eine Nachricht. *Wer ist der Schütze?*

Die Antwort ließ ein paar Minuten auf sich warten. *Braucht dich nicht zu interessieren.*

Herrgott noch mal!, dachte er wütend. *Wer ist es? Dein Mann?*

Er dachte an die zwei Verhaftungen dieses Tages: Eckert und der Mann, der Paul Lott getötet hatte. Eckert saß bereits in U-Haft, wo sich Jackass' Mann aufhielt, wusste er nicht.

Und das NOPD genauso wenig, wie es aussah. *Kann man sich auf ihn verlassen?*, schrieb er.

Wieder vergingen mehrere Minuten, während Lamont auf sein Handy starrte, als könne er Jackass' Antwort dadurch beschleunigen.

Ja. Hör auf, mir auf den Sack zu gehen. Ich bin beschäftigt.

Du bist beschäftigt? Sobald ich es einfädeln kann, bist du tot. Jackass trug seinen Namen nicht ohne Grund. *Wo ist er?!?*

Braucht dich nicht zu interessieren.

Du beschissenes Arschloch! LOS, RAUS MIT DER SPRACHE.

Sonst?

Mit zusammengebissenen Zähnen wählte Lamont Jackass' Nummer.

Beim dritten Läuten hob er ab. »Welchen Teil von ›Ich bin beschäftigt‹ kapierst du nicht?«, blaffte er.

Lamont sah zu James nach vorn, dessen Blick nach wie vor auf die Straße gerichtet war, trotzdem war Vorsicht geboten. »Wie konnte das passieren?«

Jackass seufzte. »Ich habe meine Methoden, Monty. Überlass das mir. Ich an deiner Stelle würde lieber mal vor der eigenen Tür kehren.«

Lamonts Miene verfinsterte sich. »Was willst du damit sagen?«

»Dass dein Eckert eine Nachricht für dich hat. Er weiß,

wer den roten Pick-up gefahren hat und dass du ihn hast ins Messer laufen lassen. Er sagt, du hättest dafür gesorgt, dass er festgenommen wird, und dass du nur hoffen kannst, dass sie ihn auf Kaution rauslassen, sonst würde er singen wie ein beschissener Kanarienvogel. *La, la, la, Lamo-hont.*«

»Das wird er nicht.« Dessen war Lamont sicher. Sollte Eckert den Mund aufmachen, wäre er wegen Auftragsmordes dran, was ein Kapitalverbrechen darstellte.

»Wenn du meinst. Aber … nun ja, du weißt das natürlich am besten.«

Angesichts des höhnischen Tonfalls biss Lamont so fest die Zähne aufeinander, dass sein Kiefer schmerzte. »Aber *was?*«, herrschte er Jackass an.

James legte den Kopf schief, richtete seine Aufmerksamkeit jedoch sofort wieder auf den Verkehr. Weil er klug war.

»Er scheint bloß der Typ zu sein, der alles plattmacht, wenn es eng wird.«

Leider hatte Jackass recht damit. Lamont sah förmlich vor sich, wie Eckert auch ihn mit ins Verderben riss, wenn er sich in die Ecke gedrängt fühlte. *Und wenn seine Angst vor den Feds größer ist als die vor mir.* »Danke für die Warnung.«

»Gern geschehen, Monty. Wofür hat man schließlich Freunde?«

Wieder dieser höhnische Ton. *Leck mich!* »Allerdings. Was wird dein Mann jetzt machen?«

Der Hohn wich ruhiger, kalter Gewissheit. »Was ich ihm sage.«

Lamont unterdrückte eine scharfe Bemerkung. »Und was wird das sein?«

»Geht dich nichts an. Aber ich an deiner Stelle würde mich von Rocky juniors Haus lieber fernhalten, wenn du deine Haut am Leib behalten und nicht verbrutzelt haben willst. Die

Ermittler-Lady wird bei ihm sein, also schlagen wir zwei Fliegen mit einer Klappe.«

Ein Schauder lief Lamont über die Haut, die er nur zu gern unversehrt wissen wollte. »Halt mich auf dem Laufenden.«

»Dasselbe gilt auch für dich, Monty.« Da war er wieder, der verächtliche Ton. »Eckert soll morgen früh dem Haftrichter vorgeführt werden. Bis dahin solltest du deine Schritte also eingeleitet haben. Ich habe das Gefühl, dass die Kaution enorm hoch ausfallen wird. Und weil wir Partner sind, gib mir Bescheid, wenn du Hilfe brauchst, mit ihm fertigzuwerden, hörst du?« Jackass beendete das Gespräch mit einem leisen Lachen.

Ich kann Eckerts Kaution aber nicht hinterlegen. Nicht, ohne zu viele Fragen beantworten zu müssen. Er hatte Hodges mittels Erpressung dazu gebracht, Eckert zu vertreten, so einfach war das. Ohne etwas Schriftliches, ohne dass Geld den Besitzer gewechselt hatte. Doch jegliche Zahlung für Eckerts Kaution könnte zurückverfolgt werden und kam deshalb nicht infrage. Aber es gab andere Mittel und Wege, um Männer unter Druck zu setzen, die zu singen drohten.

Schade. Er hatte gehofft, Eckert könnte sein neuer Stockman werden.

Zum Glück hatte er noch weitere Namen auf der Liste in seinem Safe zu Hause. Er dachte kurz darüber nach und nickte dann zufrieden. Ja, er wusste bereits, an wen er sich als Nächstes wenden würde: einen Cop, der Zugang zu der Zelle hatte, in der Eckert bis zu seiner Vorführung beim Haftrichter einsaß. Ein gewöhnlicher Cop, der kein Starkiller wie Eckert sein musste, würde völlig genügen. *Weil meine Liste der Zielpersonen lang geworden ist.*

Inzwischen wünschte er, er hätte Jackass nicht in seine Pläne eingeweiht, Rocky Hebert zu beseitigen, doch er hatte Informationen gebraucht, die sein Partner ihm beschafft hatte. *Ich hätte ihn das im Alleingang erledigen lassen sollen. Eigentlich hätte ich gar nicht dabei sein müssen.*

Allerdings hatte er sich mit eigenen Augen überzeugen wollen, dass der Job auch anständig erledigt wurde.

Natürlich hatte Jackass Lott an jenem Abend mitgeschleppt. Indem Lott in den Mord hineingezogen wurde, sollte er zum Schweigen verpflichtet werden. Das war der Plan gewesen, aber Lamont hatte ihm nicht über den Weg getraut. An sich hätte er Lott lieber eigenhändig beseitigt, doch Jackass' Leute waren ihm zuvorgekommen.

Wenigstens brauchte er sich wegen des Anwalts keine Gedanken mehr zu machen. Es sei denn, Jackass fing an, Ordnung schaffen und noch weitere ungelöste Probleme lösen zu wollen.

Und ich bin eines davon.

Angst erfasste ihn, was ihn wütend machte. Auf sich selbst und auch seinen »Partner«. Er blickte aus dem Fenster und fragte sich, wo sich Paul Lotts Mörder wohl gerade aufhalten mochte. *Solange ich hier im Verkehr feststecke, sitze ich praktisch auf dem Präsentierteller. Jederzeit könnte jemand mit einer Waffe am Wagen vorbeigehen oder ein Scharfschütze von einem Dach auf mich zielen.*

Plötzlich bekam er keine Luft mehr. *Verdammte Scheiße!* Er zerrte an seiner Krawatte, löste die obersten Hemdknöpfe und holte so tief Luft, dass seine Lunge brannte.

»Ich brauche frische Luft«, stieß er hervor. »Bitte bringen Sie den Wagen zu mir nach Hause. Ich gehe zu Fuß.« Immerhin wäre er damit ein bewegliches Ziel.

James drehte sich auf dem Sitz um. »Aber, Sir, das ist ein weiter Weg.«

»Ich brauche die Bewegung. Wir sehen uns morgen.«

Er schnappte sich seine Aktentasche, sprang aus dem Wagen und ging los. Sollte Jackass ihn aus dem Weg räumen wollen, würde er es ihm zumindest nicht leicht machen.

Außerdem würde ihm der Spaziergang helfen, den Kopf frei zu bekommen. Es war höchste Zeit, die Dinge endlich selbst in die Hand zu nehmen.

Eckert musste sterben.

Xavier Morrow musste sterben.

Gabe Hebert und diese Ermittlerin mussten sterben. Und da Burke Broussard ihnen wahrscheinlich inzwischen auf die Schliche gekommen war, würde auch er sterben müssen.

Und dann, wenn er mit ihnen allen fertig war, wäre sein noch verbleibender Partner an der Reihe.

13. Kapitel

FRENCH QUARTER, NEW ORLEANS, LOUISIANA

Dienstag, 27. Juli, 20.00 Uhr

Gabe ließ sich auf einen der gepolsterten Stühle in Burkes Konferenzraum sinken. Mit einem Mal fühlte er sich uralt. »Wie ist es möglich, dass du noch so fit bist?«, fragte er Molly, die genau an derselben Stelle vor dem Whiteboard stand wie zuvor, als er das schmutzige Geschirr in Burkes Gruselkabinett von Küche getragen hatte, um es abzuwaschen und alles aufzuräumen.

Als Profikoch war es ihm schlicht unmöglich, eine unaufgeräumte Küche zurückzulassen, selbst eine wie Burkes.

Burke war mit ihren Houstoner Gästen zu seiner Hütte aufgebrochen, nachdem Joy sie mit den wichtigsten Toilettenartikeln versorgt und versprochen hatte, für den nächsten Tag noch frische Kleider nachzuschicken.

Gabe und Molly waren im Büro geblieben, weil die Hütte nicht genug Platz für alle bot. Was Gabe nicht unbedingt bedauerte. So gern er Xavier und seine Leute auch mochte, so brauchte er ein wenig Zeit, um in Ruhe zu verarbeiten, was er an diesem Tag erfahren hatte.

Und das war eine Menge.

Die Stille des Büros hätte ihm womöglich Angst eingejagt, doch dann war der Wachmann für die Nacht aufgetaucht, der sich als Phin vorgestellt hatte, ehe er zu seinen Runden aufgebrochen war. Der Kerl, eindeutig ein Ex-Soldat, war wie ein Schrank gebaut und besaß, obwohl er keineswegs eine finstere Miene zog, eine spannungsgeladene Autorität, bei der sich Gabes Nackenhärchen sträubten und er den Drang verspürte, vor ihm zu salutieren.

Ihm brannten jede Menge Fragen zu dem Kerl unter den Nägeln, doch Molly hatte Phin lediglich mit einem Lächeln begrüßt und sich dann wieder dem Whiteboard zugewandt.

Gabe nahm sich einen Moment, um ihr kurviges Hinterteil in ihrer Hose zu bewundern – die übrigens noch genauso makellos wie am Morgen aussah, was die Frage aufwarf, ob sie über irgendwelche Zauberkräfte verfügte. Während alle anderen reichlich derangiert und erschöpft wirkten, sah sie aus, als hätte sie ein Schläfchen gemacht und sich frische Sachen angezogen, was aber ja nicht der Fall war.

Mittlerweile hatte sie ihre Notizen und Fragen noch einmal neu notiert, wobei das spontane Brainstorming-Chaos einer klaren Strahlenkranzstruktur gewichen war: Fragen, Anmerkungen und Namen fanden sich im Mittelpunkt zusammen – dem noch unbekannten weiblichen Opfer, dessen Ermordung Xavier vor seiner Rettung vom Hausdach aus beobachtet hatte.

»Ich bin auch müde«, gestand Molly, »trotzdem musste ich meine Gedanken sortieren, und das gelingt mir so am besten. Ich schreibe alles auf, dann schiebe ich die Einzelteile so lange hin und her, bis sie einen Sinn ergeben. Alles hängt zusammen, wir wissen nur noch nicht, wie.«

»Wie sehen unsere nächsten Schritte aus?«

Sie drückte den Deckel auf ihren Stift und trat einen Schritt nach hinten, um das Whiteboard in seiner Gänze zu betrachten. »Ich fürchte, meine Recherche der alten Polizeiberichte ist eine Sackgasse.«

»Ich wünschte, ich hätte schon früher von Dads Fall gewusst«, sagte Gabe. »Ich hatte keine Ahnung und frage mich, ob meine Mutter eingeweiht war. Na ja, sie hat Xavier und seine Mom kennengelernt, deshalb wusste sie zumindest, dass Dad ihn seit der Katrina-Rettungsaktion kannte, aber wusste sie auch von dem Mord?«

»Hat sich deine Tante Gigi schon zurückgemeldet? Vielleicht kann sie ja Licht ins Dunkel bringen.«

»Nein, noch nicht. Ich habe ihr gefühlt eine Million Nachrichten geschickt und auf die Mailbox gesprochen. Inzwischen mache ich mir ernsthaft Sorgen.« Er massierte sich die Schläfen. »Wir konnten John Alan Industries zu ihr zurückverfolgen, deshalb fürchte ich, die Übeltäter, wer auch immer sie sein mögen, haben dasselbe getan. Sie könnten sie getötet haben, so wie Dad.«

Molly setzte sich auf den Stuhl neben ihm. »Vielleicht ist sie ja im Urlaub.«

»Durchaus möglich. Sie hat Freunde, mit denen sie gern auf Reisen geht. Tante Gigi ist recht abenteuerlustig und hält sich manchmal an abgelegenen Orten auf, wo es keinen Handyempfang gibt.«

»Wir können Antoine bitten, ihr Handy zu orten.«

»Na klar, Antoine bitten«, ertönte eine Männerstimme hinter ihnen. »Alle wollen immer etwas von Antoine.«

Sie wandten sich um und sahen einen Mann, dessen Ähnlichkeit mit André Holmes so groß war, dass es sich nur um seinen Bruder handeln konnte. Ein weiterer Hinweis, dass Gabe richtiglag, war, dass Molly die Augen verdrehte.

»Du stehst doch drauf, unersetzlich zu sein«, erwiderte sie. »Also spiel hier nicht den armen Teufel, der bloß von allen ausgenutzt wird.«

Antoines Grinsen zeigte Gabe deutlich den Unterschied

zwischen den beiden Brüdern. André hatte nüchtern gewirkt und selbst mit einem Lächeln im Gesicht noch den Eindruck erweckt, als belaste ihn etwas. Was nicht weiter verwunderlich war, wenn man bedachte, dass es in seinem Dezernat einen faulen Apfel gab, der dem falschen Paul Lott zur Flucht verholfen hatte.

Antoine hingegen wirkte unbeschwert und fröhlich. Und ein klein wenig fieberhaft.

»Geht es Ihnen gut?«, fragte Gabe.

Antoine lachte. »Ich habe seit zwei Tagen kaum geschlafen, deshalb bin ich ein bisschen … hibbelig.«

»Voll auf Koffein«, flüsterte Molly halblaut.

»Das ist gemein, Molly, aber du hast recht. Der viele Kaffee und die Energydrinks sind schuld, dass ich regelrecht high bin.« Antoine setzte sich zu ihnen und richtete den Blick auf das Whiteboard. »Ich fand deine Diagramme ja schon immer gut. Burke hat mich zwar angerufen, um mich auf den neuesten Stand zu bringen, bevor er mit euren Gästen aus Houston zu seiner Hütte gefahren ist, aber du hast sehr viel mehr Struktur in das Ganze gebracht. Hinter deiner knallharten Ermittlerfassade schlummert eigentlich ein Tekkie-Hirn.«

Molly lächelte Antoine verzückt an.

Und Gabe war völlig verzückt von ihr. Während der letzten beiden Tage war sie der Lichtblick im Dunkel gewesen.

»Wir haben dich nicht behelligt«, erklärte sie Antoine. »Na ja, Burke vielleicht schon, aber *ich* habe dich deine Arbeit machen lassen. Den ganzen Tag. Also, was hast du für uns?«

Antoine reckte die Arme in Richtung Zimmerdecke, dann ließ er sie wieder sinken und faltete die Hände im Schoß. »Ich habe etwas auf dem Laptop des Opfers entdeckt. Und auf der SIM-Karte, die ihr gefunden habt.« Er hielt abrupt inne. »Aber wo sind meine Manieren? Und wo sind deine, Molly?«

Er streckte Gabe die Hand hin, der sie ergriff und schüttelte. »Ich bin Antoine Holmes. Ich erledige den Computerkram für Burke.«

»Gabe Hebert. Mein Dad ist …« Er hielt kurz inne und atmete durch. »Das Opfer.«

Antoines Miene wurde weich. »Es tut mir leid.«

Gabe wusste nach wie vor nicht, was er darauf erwidern sollte. »Danke. Sie haben also etwas gefunden?«

»Ja, ich denke schon. Die Dateien wurden zwar alle gelöscht, trotzdem findet man immer Reste von Daten. Es ist, als würde das Cookie-Monster alle Cookies auffressen, sodass nur noch Krümel zurückbleiben. Man weiß, dass hier so ein Cookie war, und vielleicht sogar, was für einer, nur kann man ihn vielleicht nicht wieder zu einem vollständigen Keks zusammensetzen.«

»Scheiße«, murmelte Gabe.

»So schlimm ist es nicht, aber wir haben leider kein klares Bild. Zumindest noch nicht.« Er zog ein einzelnes Blatt Papier aus der Brusttasche seines Hemds, in der tatsächlich ein Schutzmäppchen mit Kulis und Druckbleistiften steckte, faltete das Blatt auseinander und strich es auf dem Tisch vor sich glatt. »Ihr Vater hat nach einem Arzt gesucht.«

Der Gedanke daran, wie schwer krank sein Vater gewesen war, ließ Gabe zusammenzucken. »Weil er Krebs hatte.«

Antoine schüttelte den Kopf. »Ich habe den Kontakt auf der SIM-Karte gefunden. Es war kein Onkologe, sondern ein anderer Arzt. Ein Gynäkologe.«

Verwirrt sah Gabe Molly an. »Das verstehe ich nicht. Du etwa?«

Molly blickte auf das Whiteboard. »Vielleicht. Wenn wir davon ausgehen, dass er sich ausschließlich auf diesen Fall konzentriert hat …« Sie zog den Deckel ihres Stifts ab und schrieb etwas in die Mitte des Diagramms, direkt unter den Punkt MORDOPFER/KATRINA.

MÖGLICHERWEISE SCHWANGER?

Oh. »Jemand hat also eine schwangere Frau getötet.«

»Könnte sein«, sagte Antoine. »Er hat eine ganze Weile nach diesem Arzt gesucht. In seiner Browser-Historie habe ich Spuren von vor einem Jahr gefunden, aber offenbar hat er die Suche in den letzten Monaten intensiviert.« Er zögerte. »Die eingehendere Suche hat um die Zeit seines ersten Termins beim Onkologen angefangen.«

Gabe schluckte. »Ihm lief die Zeit davon.«

Antoine nickte respektvoll. »Sie wussten nicht, dass er krank war?«

»Er hat es mir nicht gesagt«, fauchte er. Sollte seine Antwort geklungen haben, als wäre er deswegen wütend, dann war es eben so, trotzdem hatte er ein schlechtes Gewissen, Antoine so angeschnauzt zu haben. »Tut mir leid, Sie können ja nichts dafür.«

Antoine hob beide Hände. »Ich wäre auch sauer. Ehrlich gesagt werde ich, sobald ich ein bisschen geschlafen habe, meine Eltern anrufen und sie warnen. Falls sie jemals auf die Idee kommen sollten, so etwas Wichtiges geheim zu halten, werde ich ein Wörtchen oder zwei mit ihnen reden. Na ja, wahrscheinlich wird es sich auf *bitte* und *danke* beschränken, weil meine Mutter eine echte Naturgewalt sein kann, wenn sie erst mal so richtig im Mama-Modus ist, und ich ein Vollidiot sein müsste, ihr nicht respektvoll entgegenzutreten, aber …« Er zuckte die Achseln. »Sie wissen schon, wie ich es meine.«

Gabe hätte beinahe gelacht. Er fragte sich, wie Antoine erst im ausgeschlafenen Zustand sein mochte. »Ja, das tue ich. Und danke. Nein, ich wusste es nicht, sondern habe erst aus dem

Bericht einer privat beauftragten Autopsie erfahren, dass er Speiseröhrenkrebs im fortgeschrittenen Stadium hatte.«

Antoines Stimme wurde wieder sanft. »Stadium drei. Der Plan war, den Tumor zuerst zum Schrumpfen zu bringen, bevor operiert wird. Er bekam einen Zyklus Chemotherapie, die allerdings nicht angeschlagen hat. Offenbar hatte er überlegt, die Behandlung komplett einzustellen, wollte aber Ihretwegen dann doch nicht aufgeben.«

Gabe atmete zittrig aus und registrierte dankbar, dass Molly sich neben ihn setzte und seine Hand nahm. »Ich wünschte, er hätte es mir gesagt.«

»Ich glaube, das wollte er tun«, fügte Antoine mit einem traurigen Lächeln hinzu. »Auf seinem Handy habe ich Notizen gefunden, die wie Gespräche aussahen, die er mit Ihnen führen wollte. Ich drucke sie Ihnen aus. Ich glaube, er hat … geprobt.«

Gabes Augen brannten. »Das klingt nach Dad. Er war ein Mensch, der lieber auf Nummer sicher ging.«

»Woher weißt du, dass er mit der Chemo weitermachen wollte?«, fragte Molly Antoine.

»Ich habe weitere Notizen auf seinem Handy gefunden. Pro-und-Kontra-Listen, wobei unter ›Pro‹ Gründe fürs Aufhören aufgeführt waren, unter ›Kontra‹ welche fürs Weitermachen. Einer der Hauptgründe, weshalb er weitermachen wollte, waren Sie, Gabe, und dieser Mordfall, den er der Einfachheit halber hier ›Katrina‹ genannt hat.«

Das war immerhin etwas. »Danke«, flüsterte Gabe.

Antoine nickte. »Ich suche weiter.«

»Kannst du anhand der SIM-Karte nachvollziehen, wo Rocky sich überall aufgehalten hat?«, fragte Molly.

»Tut mir leid, aber das geht nicht. Er hat die Ortungsfunktion in seinen Einstellungen ausgeschaltet. Schlau von ihm, aber schlecht für uns. Fest steht, dass derjenige, der Rockys

Laptop leer gefegt hat, kein Anfänger war, aber auch kein Profi. Ich konnte ein paar Informationen rekonstruieren, aber leicht war es nicht.«

»Also war jemand mit überschaubaren Computerkenntnissen am Werk«, folgerte Molly. »Gut zu wissen, denn inzwischen dürften die Täter ahnen, dass wir ermitteln. Davon müssen wir ausgehen.«

»Richtig«, bestätigte Antoine. »Burke hat mir erzählt, dass euch jemand gestern Nachmittag vom Restaurant gefolgt ist und es sich um ein Zivilfahrzeug des NOPD handelte.«

Gabe fuhr herum und sah Molly mit offenem Mund an. »Was?«

»Ich wollte dich nach allem, was gestern Nachmittag vorgefallen ist, nicht noch weiter belasten«, sagte sie. »Und kaum waren wir bei dir, wollte jemand deinen Hund vergiften und …« Sie seufzte. »Es tut mir leid.«

Gabe bemühte sich, seinen rasenden Herzschlag in den Griff zu bekommen. »Schon gut. Ich … solche Dinge muss ich wissen, okay?«

Sie nickte. »Alles klar. Das dürfte das Einzige gewesen sein, von dem ich dir nichts gesagt habe.«

Ein Funkeln glomm in Antoines dunklen Augen, als er Molly und Gabe zusah. »Molly?«, flötete er mit einem demonstrativen Blick auf ihre verschlungenen Hände. »Willst du mir vielleicht etwas erzählen?«

»Nein«, erwiderte sie förmlich. »Ich handle nach dem Need-to-know-Prinzip. Minimale Wissensverteilung. Und dass du etwas weißt, ist hier nicht erforderlich.«

Trotzdem machte sie keine Anstalten, ihm ihre Hand zu entziehen, wie Gabe erfreut feststellte.

Antoine lachte leise. »Touché.« Dann wurde er ernst. »Also, zurück zum Thema. Ich bin auf etwas gestoßen, bei dem es sich um die Suche nach einem bestimmten Ort handeln könnte, allerdings konnte ich nur den Begriff ›Bayou‹ wiederherstellen.«

»Blöd nur, dass es bestimmt eine Million Bezeichnungen mit dem Begriff ›Bayou‹ gibt.«

Antoine zuckte die Achseln. »Das ist mir klar. Ich sage dir nur, was auf der Festplatte noch zu finden war. Was leider nicht viel ist.«

Molly runzelte die Stirn. »Wahrscheinlich war es gar nicht Rocky selbst, der die Daten gelöscht hat. Sein Mörder hätte doch den Laptop nur zurückgelassen, wenn er sicher gewesen wäre, dass er niemandem nützt, folglich ist es nur logisch, dass der oder die Täter ihn sich vorgenommen haben. Könnte das passiert sein, solange sich der Laptop noch bei Rocky zu Hause befand?«

»Klar. Allerdings dauert so etwas eine ganze Weile. Mindestens zwei Stunden, wenn nicht mehr.«

Molly gab ein leises Summen von sich. »Also haben sich die Täter mehrere Stunden in Rockys Haus aufgehalten oder den Laptop vorher an sich genommen und zurückgebracht, als sie ihn getötet haben.«

»Klingt nachvollziehbar«, sagte Antoine. »In den Tagen vor seinem Tod hat er auch mehrmals eine Nummer in Montreal angerufen.«

»Tante Gigi«, sagte Gabe leise.

Antoine nickte. »Ich habe die Nummer zu einer Gigi Gauthier zurückverfolgt. Allerdings glaube ich nicht, dass er je mit ihr gesprochen hat, denn die Anrufe dauerten immer nur höchstens anderthalb Minuten, deshalb gehe ich davon aus, dass er ihr eine Nachricht hinterlassen hat.«

Besorgnis und Angst überfielen Gabe. »Ich versuche auch schon den ganzen Tag, sie zu erreichen.«

»Das war die Nummer, die ich orten sollte?«, fragte Antoine.

»Genau«, antwortete Molly. »Geht das?«

»Klar. Das letzte Mal, dass er wohl tatsächlich Kontakt zu ihr hatte, war eine Woche vor seinem Tod. Er hat ihr eine Nachricht geschickt, in der es um seine Chemotherapie ging. ›Mir ist so hundeelend. Wie hat Lili das all die Jahre bloß ausgehalten?‹, lautete sie.«

Gabe spürte, wie sich ein Anflug von Wut unter seine Angst und seine Besorgnis mischte. »Ihr hat er es gesagt, mir aber nicht.«

»Und wie es aussieht, hat sie ihn sich deswegen auch ziemlich zur Brust genommen. Zumindest in den Nachrichten, die ich gefunden habe«, erwiderte Antoine. »Es sei ein Fehler, es Ihnen vorzuenthalten, schrieb sie.«

»Völlig zu Recht.« Beim Gedanken an seine Tante krampfte sich Gabes Magen jedes Mal zusammen. »Bitte, lass sie im Urlaub sein.«

»Ich sehe mal, was ich finde«, versprach Antoine.

»Ich auch«, fügte Molly hinzu. »Ich kann ja die Nachbarn telefonisch abklappern oder das nächstgelegene Polizeirevier in ihrem Viertel bitten, dass jemand bei ihr vorbeifährt und nachsieht, ob alles in Ordnung ist.«

»Ja«, krächzte Gabe und wünschte, er wäre schon früher auf die Idee gekommen. »Machen wir das. Die Vorstellung, etwas könnte …« Er brachte den Satz nicht zu Ende und bemühte sich, das Bild seiner Tante – zusammengesunken am Küchentisch mit einer faustgroßen Austrittswunde im Kopf wie bei seinem Vater – zu verdrängen.

Molly drückte seine Hand. »Hey, du hast doch gesagt, sie gehe gern auf Reisen. Stell sie dir einfach an einem schönen Strand in der Sonne vor, okay?«

»Wahrscheinlich eher auf einem Berg.« Gabe zwang sich,

das Bild von Gigi in Bergsteigerkluft vor das Horrorszenario ihrer Leiche zu schieben. »Sie ist eine mutige Frau.« Er wappnete sich innerlich. »Was für Anrufe hat mein Vater sonst noch getätigt?«

»Ein paar Gespräche mit seinem Onkologen, einige mit hiesigen Geschäften. Eines mit dem Tierarzt.«

Gabe blickte auf Mollys Whiteboard. »Dad hat Xavier immer nur von seinem Wegwerfhandy angerufen, deshalb kann keiner der Anrufe auf seinem normalen Handy verzeichnet sein. Ich bin nie auf die Idee gekommen, in seinem Haus nach einem zweiten Handy zu suchen. Was, wenn die Einbrecher genau das getan haben?«

»Möglich wäre es.« Molly schürzte die Lippen. »Wenn sie es gefunden haben sollten, haben sie es ganz bestimmt zerstört.«

»Aufräumen … lose Enden kappen«, sagte Antoine. »Zuerst Rocky, dann der Versuch, Ihren Hund zu vergiften, der Anschlag auf Xaviers Leben und schließlich der Versuch des falschen Paul Lott, Xavier aus nicht nachvollziehbaren Gründen nach New Orleans zu locken.«

»Gute Gründe können es jedenfalls nicht gewesen sein«, bemerkte Molly finster.

»Definitiv nicht.« Antoine strich sich mit den Handflächen übers Gesicht. »Allmählich komme ich ein bisschen runter. Ich mache erst mal ein Nickerchen am Schreibtisch, bevor ich nach Hause fahre.«

»Phin soll dich hinausbegleiten«, sagte Molly.

»Ich frage ihn. Er hat deinen Pick-up auf Wanzen und Tracker überprüft, aber bislang nichts gefunden.«

»Ich habe einen Wagen gemietet«, sagte Molly. »Der Pick-up ist zu auffällig, und ich habe Angst, sie finden über das Kennzeichen das meines eigenen Wagens heraus. Ich muss mich frei bewegen können.«

Antoine gab einen zustimmenden Laut von sich. »Aber sieh zu, dass die Rechnung dafür an Burke geht.«

»Habe ich bereits getan.« Sie grinste kurz, ehe ihre Miene wieder ernst wurde. »Wird schon über den Typen geredet, der den Cop angeschossen hat und dann geflüchtet ist?«

»Hier und da. Hauptsächlich Solidaritätsbekundungen mit dem verletzten Officer und Schwüre, den Dreckskerl ›bezahlen zu lassen‹, wenn sie ihn schnappen. Einige fragen sich, wie er die Handschellen abstreifen konnte. Es wurden Fingerabdrücke auf dem SUV gefunden, den der Typ Paul Lott gestohlen hat.« Er lächelte zufrieden. »Und rate mal, zu wem sie passen?«

Gabe und Molly sahen ihn ausdruckslos an. »Zu wem denn?«

»Oh.« Antoine schüttelte reuig den Kopf. »Ich war vorschnell. Ich habe die Unterlagen, die ihr gestern Abend aus Rocky Heberts Haus mitgenommen habt, auf Fingerabdrücke untersucht. Die einzigen, die ich fand, stammen von ihm selbst, aber ich konnte mir auch Zugriff auf jene verschaffen, die das Sheriffbüro von Metairie von den Wänden genommen hat.« Wie er das angestellt hatte, erläuterte er nicht näher, und Gabe fragte nicht nach. »Ich habe mir zuvor die Fingerabdrücke Ihres Vaters aus dem Autopsiebericht beschafft und die Ihren von einer Kaffeetasse, aus der Sie gestern getrunken haben – ich hoffe, es stört Sie nicht –, um beide ausschließen zu können. Von Burke habe ich auch welche gefunden, aber ein Abdruck war anders. Er befand sich in der Nähe eines der Löcher in der Wand.«

Vermutlich waren besagte Löcher geschlagen worden, weil jemand nach etwas im Haus gesucht hatte.

Gabe sog scharf den Atem ein, als der Groschen fiel. »Der Abdruck an der Wand im Haus meines Vaters passte zu denen, die in Paul Lotts BMW sichergestellt wurden?«

»Bingo!«, rief Antoine grinsend. »Genau das. Leider gab es keine Spuren an dem Fleisch, das man Ihrem Hund hingeworfen hat.«

»Der Täter hat Handschuhe getragen«, sagte Molly. »Ich habe es gesehen, als er geflüchtet ist. Was war es für ein Gift?«

»Rattengift. Viel.« Antoine sah Gabe an. »Ich bin nur froh, dass Ihr Hund das Fleisch nicht abgeleckt hat, sonst wäre er ernsthaft krank geworden oder sogar gestorben, wenn er den ganzen Brocken gefressen hätte.«

»Elende Dreckschweine«, fluchte Gabe. »Haben es auf College-Kids und Hunde abgesehen.«

»Und auf pensionierte Cops und deren Söhne«, warf Molly leise ein. »Du bist in Gefahr, Gabe. Bitte, vergiss das nicht.«

Gabe hatte es nicht vergessen. Keine Sekunde lang. »Ich weiß.«

Antoine schwankte leicht, als er sich erhob. »Holla, jetzt ist mir glatt ein bisschen schwindelig geworden. Muss wohl am Koffeinentzug liegen. Ich haue mich in meinem Büro erst mal eine Weile aufs Ohr.«

»Wir sollten dich nach Hause fahren«, sagte Molly besorgt.

»Ach was. Phin ist doch da. Ich komme schon klar. Ehrlich«, fügte er hinzu, als er ihre zweifelnde Miene sah. »Ich werde dir später sogar eine Nachricht schicken, wenn ich zu Hause bin«, fügte er neckend hinzu. »Mami.«

Sie verdrehte die Augen. »Klappe jetzt. Nicht für alle Beignets in ganz New Orleans würde ich deine Mutter sein wollen. Du musst ein ziemlicher Racker als Kind gewesen sein.«

»Gelinde gesagt«, bestätigte er lachend. »Hat mich gefreut, Gabe. Wenn sich alles beruhigt hat, komme ich gern mal auf eine Portion von Ihrem wunderbaren Étouffée oder zwei im Restaurant vorbei. Joy hat mir vorhin etwas davon gebracht, und es war köstlich. Fast so gut wie das von meiner Mama, aber natürlich würde ich ihr das niemals auf die Nase binden.« Er winkte ihnen zu und schlenderte hinaus.

Molly schien immer noch besorgt zu sein. »Ich wünschte, er hätte uns erlaubt, ihn nach Hause zu fahren. Ich werde Phin bitten, regelmäßig nach ihm zu sehen.« Sie erhob sich, um weitere Fotos vom Whiteboard zu nehmen und alles abzuwischen.

Gabe half ihr dabei. Sie musste genauso müde sein wie er. »Erzähl mir von Phin. Er ist ja ziemlich … Respekt einflößend.«

»Das kann er sein, ja. Ich kenne ihn seit etwa einem Jahr, und neunundneunzig Prozent der Zeit ist er ein echter Schatz. Das reinste Schmusekätzchen.« Sie verzog betrübt das Gesicht. »Nur bei dem einen Prozent, wenn er zum Tiger mutiert, muss man sich vorsehen. Er ist Veteran. Er und Antoine haben zusammen gedient.«

»Antoine war auch in der Armee?«

Molly nickte. »Im Irak. Antoine lässt nur raus, dass Phin mit einer fetten PTBS und einer beschissenen Wagenladung voll Schuldgefühlen nach Hause zurückgekehrt ist. Wenn ich nur daran denke, wird mir das Herz schwer. Die meisten von uns hatten ihre Probleme nach der Rückkehr, aber Phins sind … besonders.« Sie nahm eine Packung Wischtücher aus dem Regal, zog eines heraus und reinigte das Board. »Aber niemand hier hat Angst vor ihm. Er merkt, wenn er eine schwierige Phase hat, und nimmt sich dann ein paar Tage frei. Während seiner Schicht hier übernimmt er die eine oder andere Reparatur. Unsere Arbeitszeiten sind so unregelmäßig, dass Burke jemanden auf dem Grundstück haben will, wenn wir allein hier sind. Vor allem Antoine. Er ist manchmal so in seine Arbeit vertieft, dass er nicht mitbekäme, wenn jemand einbräche. Zwar gibt es eine Alarmanlage, aber in unserer Branche hat man nun mal auch Feinde. Und Burke hatte ohnehin schon so einige im Gepäck, als er die Detektei gegründet hat.«

»Und du?« Gabe zupfte ein Wischtuch aus der Schachtel und machte sich ebenfalls an die Arbeit. »Hattest du auch Feinde im Gepäck?«

»Eigentlich nicht. Eine Handvoll habe ich in North Carolina zurückgelassen, aber das sind eher welche von der Sorte, die auf den Boden spucken, wenn sie meinen Namen aussprechen. Hauptsächlich die Familie meines Ex-Schwagers, die ihn selbst dann noch in Schutz genommen hat, als sie das Video gesehen hat, wie er meinen Vater erschießt. Und Jakes Kameraden.«

Gabe hielt inne und sah sie an. Sein Blick schweifte über die angespannten Muskeln ihres Kiefers. »Kameraden?«

»Wie gesagt, Jake war Polizist und hatte viele Kumpels auf dem Revier. Einige von ihnen kamen auf mich zu und meinten, sie wünschten, sie hätten ihn schon vor Jahren an die Kandare genommen. Aber die meisten haben mich gehasst.« Sie seufzte. »Darunter auch mein damaliger Lebenspartner, der Jakes bester Freund war. Er wirft mir noch heute vor, Jake getötet zu haben. Damit hatte ich nicht gerechnet. Ich dachte, er würde mich unterstützen, aber Fehlanzeige. Daher … ja, ich habe wohl Feinde, aber ich glaube nicht, dass die hierherkämen, um mich zu verletzen. Das tun sie schon zur Genüge, wenn Reporter im Ort auftauchen und Fragen stellen, was bis heute vorkommt.«

»Das tut mir leid«, sagte er, was der Wahrheit entsprach. Ihm blutete das Herz beim Gedanken an das, was sie durchgemacht hatte, an den Schmerz, zuerst ihren Vater zu verlieren und dann das Leben eines anderen Menschen so gewaltsam zu beenden. Inzwischen kannte er sie gut genug, um zu wissen, dass sie immer noch unter Schuldgefühlen litt, obwohl sie es jederzeit wieder täte. »Ich wünschte, ich könnte es wiedergutmachen.«

Sie lächelte ihn traurig an. »Und dafür bin ich dir dankbar. Ich wünschte, ich könnte wiedergutmachen, was dir passiert ist.«

Ihm wurde die Brust eng, während sich der Schmerz über das Leid, das sie beide erlitten hatten, mit Dankbarkeit mischte, dass sie hier war. Bei ihm. Er sah sie an, ihr Gesicht, das sie ihm zugewandt hatte, und die Dankbarkeit schlug in … eine Art Drang um. Den Drang, die Traurigkeit aus ihren Augen zu vertreiben. Sie durch etwas anderes zu ersetzen. Etwas Schöneres, Besseres.

Seine Haut wurde warm, und sein Puls begann zu rasen. Er brauchte sie. Und er war sicher, dass sie genauso empfand. Entzückt sah er zu, wie eine bezaubernde Röte über ihre Wangen kroch, wie ihre Zunge über ihre Lippen glitt, um sie zu befeuchten, und ein verlangender Ausdruck in ihren Augen aufflackerte, als sie schluckte.

Auch sie spürte es. Die wachsende Spannung, die Nähe zwischen ihnen.

Das Verlangen.

Hier in der Stille des Raums. In der Stille des Gebäudes, wo sie allein waren, bis auf Antoine und Phin. Trotzdem hielt sie sich zurück.

Weil sie nicht länger bei der Sache wäre, wenn sie dem Bedürfnis nachgäbe. Kurz überlegte er, Burke zu bitten, ihm jemand anderes zuzuteilen, um diesem Interessenskonflikt ein Ende zu bereiten, doch das wäre nicht richtig. Sie war die Beste für diese Aufgabe, und davor hatte er größten Respekt.

Gerade als er einen Schritt zurückweichen wollte, kam ihm ein Gedanke. *Antoine ist hier. Und Phin.*

Behutsam umfasste er ihr Kinn. »Phin ist hier.«

Ihre Augen weiteten sich. »Was meinst du?«

»Phin ist hier. Er ist euer Sicherheitsmann für die Nacht.«

»Stimmt«, sagte sie langsam. »Und?«

»Antoine hat doch gesagt, er fühle sich sicher, solange Phin hier sei. Und wir auch, richtig?«

Ihre großen Augen verengten sich. »Ja. Und?«

»Wenn er auf uns aufpassen soll, brauchst du es nicht zu tun. Richtig?«

Eine winzige Falte erschien auf ihrer Stirn. »Das stimmt wohl. Und?«

»Und … wenn du abgelenkt bist, bin ich trotzdem in Sicherheit.«

Ihre Lippen begannen zu zucken, und ein Leuchten trat in ihre Augen, das die Traurigkeit vertrieb. »Inwiefern wäre ich denn abgelenkt?«

»Indem ich dich küssen würde. Ein Wort von dir, und ich lasse es.« Er hielt inne. »Aber bitte sag nicht Nein.«

Sie sah ihm in die Augen, und er wartete mit angehaltenem Atem, während sie ihre Optionen abwägte, sämtliche Blickwinkel in Betracht zog. Schließlich erschien ein Lächeln auf ihren Zügen, bei dessen Anblick ihm beinahe schwindelig wurde. »Ja.«

Erleichtert beugte er sich vor und küsste sie so, wie er es sich gewünscht hatte, seit sie das erste Mal ins *Choux* gekommen war. Die Schachtel mit den Wischtüchern entglitt ihren Fingern und landete auf dem Boden. Sie schlang ihm die Arme um den Hals und erwiderte seinen Kuss.

Genau auf die Weise, wie er es ersehnt hatte. Ihr Mund war warm und voller Süße … und immer noch zu einem Lächeln verzogen.

Sie lächelte, während sie ihn küsste, was es noch perfekter machte, als es ohnehin schon war.

Er legte die Arme um sie und streichelte ihren Rücken, als ihr Kuss sich vertiefte und er hart wurde. Ihre weichen, üppigen Brüste pressten sich gegen ihn, und er fragte sich, wie sie sich wohl in seinen Händen anfühlen mochten. Und wann sie ihm wohl gestatten würde, sie so zu berühren, wie er es sich immer ausgemalt hatte.

Mit langsamen Bewegungen strich er an ihren Seiten auf und ab, was ihr einen lustvollen Laut entlockte, den er mit einem aus den Tiefen seines Brustkorbs aufsteigenden Brummen quittierte. Er war härter als seit langer, langer Zeit.

Er wollte sie. Hier und jetzt.

Er war Zeuge geworden, mit welchem Einfühlungsvermögen und welcher Empathie sie sich schwieriger Situationen angenommen hatte. Nun wollte er sich ihrer annehmen, wollte ihre Leidenschaft fühlen.

Er wollte sie ganz und gar spüren, wollte die Lust sehen, die sie empfand. Wieder ließ er die Hände an ihr hinabgleiten zu ihrem Hinterteil, das er seit zwei Tagen immer wieder bestaunt hatte. Er wollte –

Ein Räuspern ließ sie auseinanderfahren wie zwei im Schein der angehenden Verandalampe ertappte Teenager. Der riesige Sicherheitsmann stand im Türrahmen und sah sie mit dem Anflug eines Lächelns um die Mundwinkel an, das ihn ein klein bisschen weniger bedrohlich wirken ließ.

»Der Mietwagen ist da«, sagte Phin und hielt die Schlüssel in die Luft. »Ich habe das Formular unterschrieben und den Wagen auf Wanzen und Tracker überprüft. Er ist sauber und steht innerhalb des Tors.«

Gabe unterdrückte eine scharfe Erwiderung. Schließlich war es nicht Phins Schuld, dass er und Molly im Konferenzraum herumgeknutscht hatten. *Nein, das geht auf meine Kappe.* Und er bereute es nicht. Ein paar Minuten lang hatte er nicht an fiese Typen oder die Qualen gedacht, die sein Vater erlitten haben musste, sondern sich ganz und gar in ihr verloren, und dafür würde er sich weder schämen noch es bedauern.

Mollys Atem schien sich erst allmählich zu beruhigen, und die rosigen Flecken auf ihren Wangen erfüllten Gabe mit einem absurden Gefühl des Stolzes. »Danke, Phin«, sagte sie. »Ich bin froh, dass du alles geprüft hast.« Sie streckte die Hand aus und fing mühelos die Schlüssel auf, die er ihr zuwarf.

»Ist ja mein Job«, erwiderte der Ex-Soldat, dem das Lob sichtlich peinlich war. »Hast du noch deinen Detektor, um immer wieder selbst zu überprüfen?«

»In meiner Tasche. Ach ja, Antoine hat sich eine Weile in seinem Büro hingelegt. Könntest du –«

»Ihn im Auge behalten?«, brummte Phin. »Na klar. Wo gehst du hin? Burke hat gefragt.«

»Zu mir nach Hause in Mid-City«, antwortete Gabe, doch Molly schüttelte den Kopf.

»Wir verbringen die Nacht in einem Hotel mit guter Sicherheitsüberwachung. Burke hat die Zimmer eigenhändig reserviert. Ich brauche dringend Schlaf, und Burke gehen allmählich die Leute aus, die er für die Wache abstellen kann.« Sie zwinkerte Gabe zu. »Keine Angst, es ist alles schicklich. Burke hat zwei aneinandergrenzende Zimmer gebucht und seinen ›John Smith‹-Account benutzt, deshalb wird niemand erfahren, dass du dort bist.«

Kurz überlegte Gabe, ob er widersprechen sollte, ehe ihm aufging, dass sie nur ihr Versprechen einlöste, gut auf ihn aufzupassen. Und wenn er darauf hoffte, dass sie nicht beide Zimmer benutzen würden … na und? »Also, fahren wir.«

THE GARDEN DISTRICT, NEW ORLEANS, LOUISIANA

Dienstag, 27. Juli, 21.15 Uhr

Lamont traf zu Hause ein, müde, verschwitzt, wütend und … *Ja. Alles andere als glücklich.*

»Joelle?«, rief er, bekam jedoch keine Antwort.

Vielleicht war sie ausgegangen. Falls ja, könnte er sich wenigstens auf die Suche nach diesen verdammten Kameras in seinem Arbeits- und dem angrenzenden Schlafzimmer machen. *Falls* sie sie überhaupt installiert hatte. Noch war er nicht sicher, ob es nicht doch ein Bluff war.

Aber falls dem so sein sollte, war er gnadenlos darauf hereingefallen. Verdammt.

Er stapfte geradewegs in sein Büro, wobei er sein Jackett auf einen Lehnsessel schleuderte, der älter war als die Vereinigten Staaten – das Möbelstück war in der Familie seiner ersten Ehefrau über Generationen weitervererbt worden. Dann knipste er eine einzelne Schreibtischlampe an, sodass der Rest des Raums im Halbdunkel blieb, und trat vor das Bücherregal, hinter dem sich sein Safe verbarg.

Er musste dringend Kontakt zu dem Wachmann der Arrestzellen des NOPD aufnehmen. *Auf der Stelle.*

Eilig räumte er die Bücher beiseite, als ein Räuspern von der Tür her ertönte. Er fuhr herum und streckte die Hand nach der Schreibtischschublade aus, in der er eine Pistole verwahrte, ließ sie jedoch sinken, als sein »Partner« aus den Schatten trat.

Dieser dämliche Idiot. »Was willst du hier?«, zischte Lamont.

Jackass schien alles andere als glücklich zu sein. »Wir müssen reden.«

Lamont stellte die Bücher zurück und setzte sich an seinen Schreibtisch, wobei er unauffällig die Pistole aus der Schublade nahm.

Wenn auch nicht unauffällig genug, denn Jackass hob eine Braue. »Ernsthaft, Monty?«

»Du bist bewaffnet«, entgegnete Lamont.

»Ich bin im Dienst.« Achselzuckend schob Jackass Lamonts Jackett zur Seite und ließ sich in den alten Lehnsessel sinken. »Wie gesagt, wir müssen reden.«

»Gut. Du kannst schon mal anfangen, indem du mir verrätst, wie du hier reingekommen bist.«

»Joelle hat mich hereingelassen.«

Seine reizende Gattin war also zu Hause. Es wunderte ihn, dass sie auf seinen Anruf nicht reagiert hatte. Er war davon ausgegangen, dass sie ihn bereits an der Haustür erwarten würde, um sich an seiner Trennung von Ashley zu weiden. »Lass mich zuerst nach Joelle sehen. Ich will nicht, dass sie dazwischenplatzt.« Er wollte aufstehen, doch sein Partner gab ihm mit einer Geste zu verstehen, er solle sich wieder setzen.

»Sie schläft. Sehr, sehr tief.«

Tief im Sinne von tot? Lamonts Augen wurden groß, und Hoffnung keimte in ihm auf. Vielleicht war sein Partner ja doch zu etwas nütze. Trotzdem spielte er den Aufgebrachten. »Wo? In ihrem Bett? Was hast du mit ihr gemacht?«

»Nein, auf dem Sofa im Wohnzimmer. Du bist sogar an ihr vorbeigegangen. Ich habe ihr etwas verabreicht, das sie erst mal schlafen lässt.«

»Und was?«, schnauzte Lamont ihn an.

»Dasselbe, was wir auch Rocky gegeben haben. K.-o.-Tropfen. Sie wird sich nicht mal daran erinnern, dass ich hier war.« Jackass runzelte die Stirn. »Was dachtest du denn, was ich meine?«

»Keine Ahnung. Du scheinst neuerdings eine Menge Geheimnisse zu haben.«

Achselzucken. »Je weniger du weißt, desto weniger kann man aus dir herauspressen.«

»So läuft das in dieser ›Partnerschaft‹ aber nicht. Wer hat Lott getötet und warum? Und wie hast du den Dreckskerl freibekommen, der Morrow gefolgt ist?«

»Einer von meinen Männern und durch einen meiner Männer«, antwortete Jackass schnippisch. »Mehr brauchst du nicht zu wissen.«

Lamont biss die Zähne zusammen. »*Warum* hat er Paul Lott getötet?«

Jackass sah ihm direkt ins Gesicht. »Paul wollte mehr Geld für sein Schweigen.«

Das war keine Überraschung. Lamont hatte diesem gierigen kleinen Scheißer Lott nie über den Weg getraut. Weshalb Jackass es getan hatte, entzog sich seiner Kenntnis, doch die beiden waren schon in der Highschool ganz dicke gewesen. Lamont hatte Lott damals schon für einen Opportunisten und falschen Fuffziger gehalten. Als Teenager hatte er ihn und Jackass verpfiffen, ohne mit der Wimper zu zucken, wenn er die Hosen voll gehabt oder sich bei einem Lehrer lieb Kind hatte machen wollen. Er war immer schon ein kleiner Verräter gewesen. Und jetzt war er ein toter kleiner Verräter.

»Danke«, sagte Lamont tonlos. »Und woher wusste ›einer deiner Männer‹, dass er Xavier Morrow nach New Orleans folgen soll?«

Jackass' Lächeln hatte nichts Freundliches. Nicht einmal ein Quäntchen. »Morrow hat Lott angerufen und ihm erzählt, ein Mann habe versucht, ihn umzubringen. Zum Glück waren meine Männer gerade in Lotts Arbeitszimmer und konnten den Anruf abfangen.« Jackass' Stimme wurde stählern. »Es stellte sich heraus, dass Morrow den Eindringling angeschossen hatte und abgehauen war. Stockman hatte ihn zwar aufgestöbert, es aber nicht hingekriegt, ihn zu erledigen. Und du fandest, ich sollte nichts davon erfahren?«

Lamont tat es Jackass nach und ignorierte die Frage, weshalb er Xaviers Aufenthaltsort geheim gehalten hatte. Rückblickend betrachtet, war es ein kluger Schachzug gewesen. Es sah ganz so aus, als verfolgten sie beide ihre ganz eigenen Ziele.

»Ich habe mich um Stockman gekümmert. Mehr brauchst du nicht zu wissen.« Jackass seine eigenen Worte ins Gesicht zu schleudern, fühlte sich wunderbar an.

»Sei kein Arsch, Monty«, blaffte Jackass. »Ich kann dich nach Strich und Faden fertigmachen.«

»Und ist das dein Plan?«, fragte Lamont mit ruhiger Stimme, obwohl ihm das Herz bis zum Hals schlug.

»Nein. Diese Möglichkeit ist mir erst jetzt in den Sinn gekommen.«

Jahrelange Erfahrung hatte Lamont zu einem hervorragenden Lügendetektor gemacht, und Jackass log wie gedruckt, daran bestand kein Zweifel. »Gut zu wissen. Wenn du dich so gut auskennst, kannst du mir bestimmt sagen, wo sich Xavier Morrow jetzt aufhält.«

Jackass verdrehte die Augen. »Endlich stellst du die richtige Frage. Er ist bei Broussard, aber wir haben sie verloren.«

»Dieser verdammte Broussard.«

»Immerhin sind wir uns in dem Punkt einig.«

»Was ist mit Rockys Sohn?«, fragte Lamont. »Der Spitzenkoch. Hast du ihn schon abgefackelt?«

Jackass gab einen Unmutslaut von sich. »Auch ihn und die Ermittlerin haben wir verloren. Dass sie nicht zu Hebert juniors Haus gefahren sind, wissen wir, weil wir jemanden davor postiert haben. Es bringt ja nichts, die Bude anzuzünden, wenn er nicht drin ist.«

»Scheint, als hätten wir beide Probleme mit dem Personal«, bemerkte Lamont milde.

Jackass' Laune schien sich wieder gebessert zu haben, denn er lachte leise. »Wie willst du mit Eckert verfahren?«

»Das habe ich noch nicht entschieden«, log Lamont glatt. Auf dem Nachhauseweg hatte er in einer Bar haltgemacht und bei einem Drink entschieden, wen er in Anspruch nehmen würde, um den Profikiller, der sich hatte erwischen lassen, aus dem Weg zu räumen. »Irgendwelche Vorschläge? Denn wenn er singt und jemand anfängt, herumzuschnüffeln, könnte es für uns beide brenzlig werden.«

Jackass' Augen wurden schmal. »Nur, wenn du die Klappe nicht halten kannst.«

»Stimmt. Aber das war doch Sinn und Zweck dieser Partnerschaft, oder nicht? Dass wir beide auf den anderen aufpassen wollen. Also, beantworte meine Frage. Hast du Vorschläge?«

Es wäre besser, wenn Jackass die Arrangements übernahm, dann würde die Spur zu ihm zurückverfolgt werden, falls etwas schieflief. *Und nicht zu mir.*

Jackass schien zu einer wütenden Tirade ansetzen zu wollen, doch dann holte er tief Luft und lächelte eisig. »Ich werde nicht die Drecksarbeit mit Eckert erledigen. Das kannst du schön alleine machen. Lass dir selbst etwas einfallen.«

Den Versuch war's wert. »Wieso bist du dann hier?«

»Wir müssen Xavier Morrow finden. Inzwischen dürfte er dieser Privatermittlerin erzählt haben, was er gesehen hat. Die saßen heute alle gemütlich in Broussards Büro beisammen und haben sogar Essen aus Rocky juniors Restaurant geliefert bekommen. Ich bin sicher, dass Morrow inzwischen ausgepackt hat.«

Genau das hatte Lamont sich bereits gedacht, bis auf das Essen aus dem Restaurant. »Aber wenn er tot ist, kann er nicht mehr aussagen, sondern dann ist es nur noch Hörensagen. Ich will nicht lügen, denn es kann durchaus sein, dass es eine Weile heftig wird. Und auf einen Skandal könnte ich gut und gern verzichten, aber ohne Morrows Zeugenaussage kommt es nie im Leben zu einer Verurteilung. Nicht gegen mich.« Lamont würde es schaffen, es so hinzudrehen. Irgendwie. »Ich habe viel zu viele Verbündete in den höchsten Kreisen. Broussard kann mir nicht ans Leder. Er hat keine Leiche. Er hat rein gar nichts in der Hand. Bis auf Morrow. Deshalb sehe ich es genauso, dass er wegmuss. Wie willst du es anstellen? Schließlich hast du ja die Männer zur Verfügung.«

»Du doch auch.« Jackass zeigte auf das Bücherregal. »Ich wette mein nächstes Monatsgehalt darauf, dass du eine ganze Liste in deinem Safe da liegen hast.«

Die Hand immer noch um den Pistolengriff gelegt, drückte Lamont die Waffe fester an sich.

Jackass verdrehte die Augen. »Meine Fresse, Monty. Ich werde dich nicht zwingen, ihn zu öffnen. Du bist in letzter Zeit regelrecht paranoid.« Er legte den Kopf schief. »Bist du deshalb aus dem Wagen gesprungen und durch die Straßen gerannt, als hätte dir einer den Arsch angezündet?«

Lamont holte tief Luft. Wut kochte in ihm hoch. »Du lässt mich verfolgen?«

»Klar.« Jackass bleckte die Zähne zu einem Krokodilsgrinsen. »Mein Mann ist dir den ganzen Weg bis nach Hause gefolgt. Ich darf doch nicht zulassen, dass du in Gefahr gerätst, oder? Ich wollte dich bloß beschützen.«

Lügner. Lügner. Lügner. Es war eine kaum verhohlene Drohung. »Was ist mit Morrow?«

Das Lächeln erlosch. »Ich besorge mir gerade Zugriff auf die Unterlagen von Broussards sämtlichen Immobilien. Er hat Morrow und seine Leute irgendwo versteckt, aber ich weiß nicht, wo. Weißt du es?«

»Nein. Ich verkehre nicht mit dem Mann und kenne seine Verstecke nicht. Das wäre eher dein Zuständigkeitsbereich gewesen.«

»Ist es aber nicht. Broussard ist ziemlich für sich geblieben, als er noch bei der Polizei war. Wir haben nie Zeit miteinander verbracht. Rocky war der Einzige. Und den können wir ja nicht fragen.«

Die Waffe immer noch in der Hand, lehnte Lamont sich auf seinem Stuhl zurück. »Apropos. Wie kam Gabe Hebert auf die Idee, einen Privatermittler zu engagieren? Hatte er einen Verdacht, dass sein Vater doch keinen Selbstmord begangen haben könnte? Hat Lott es ihm gesteckt? Oder hat Xavier Morrow schon früher Kontakt mit ihm aufgenommen?«

»Keine Ahnung, ob Morrow mit Gabe Hebert vor dem heutigen Tag Kontakt aufgenommen hat, aber er weiß definitiv, dass sein Daddy sich nicht selbst das Licht ausgeblasen hat. Rockys Sohnemann hat nämlich eine private Autopsie veranlasst.«

Entsetzt sog Lamont den Atem ein. »Verdammte Scheiße.«

Jackass nickte nüchtern. »Das trifft es auf den Punkt.«

»Woher weißt du das?«

»Er hat es seiner hübschen Cousine erzählt, die es ihren Eltern erzählt hat. Mein Maulwurf im Restaurant hat es zufällig mitbekommen und mir davon berichtet, und ich habe nachgeforscht. Gabe hatte schon vor Wochen eine Ahnung. Nachdem der Gerichtsmediziner die Leiche freigegeben hatte, hat Gabe nur so getan, als sei sein Vater kremiert worden. In Wahrheit wurde die Leiche direkt vom Bestattungsinstitut zu einer privaten Pathologin überführt.«

»Also war der Bestatter auch eingeweiht.«

»Richtig. Aber der kann nichts mehr sagen.«

Erleichterung durchströmte Lamont. »Und die Pathologin?«

»Auch sie stellt kein Problem mehr dar.«

Lamont musste zugeben, dass er beeindruckt war. »Dann hattest du ja heute alle Hände voll zu tun.«

»Richtig. Und jetzt bist du dran. Ich habe schon oft genug die Schweinerei aufgeräumt, die du angerichtet hast.«

»Was ja auch in deinem Interesse war«, erinnerte Lamont ihn milde und versuchte, sich seine Nervosität nicht anmerken zu lassen. Ja, an jenem Tag während des Hurrikans hatte er einen großen Fehler begangen, aber Jackass hatte ihm geholfen, die Leiche verschwinden zu lassen, und in den darauffolgenden Jahren hatten sie sich gegenseitig geholfen. Abwechselnd. Und Jackass hatte sich nie beschwert. Bis jetzt. »Die Vertuschung eines Mordes – oder gleich mehrerer Morde – und Beihilfe, eine Leiche verschwinden zu lassen, könnte dich in echte Schwierigkeiten bringen.«

Jackass kniff die Augen zusammen. »Treib's nicht auf die Spitze, Monty. Die Konsequenzen werden dir nicht gefallen, ich schwöre es.« Lamont setzte zu einer Erwiderung an, doch Jackass fuhr unbeirrt fort. »Nutze deine Kontakte, um herauszufinden, wo Broussard den Jungen versteckt. Und kümmere dich verdammt noch mal um Eckert, bevor er Gelegenheit bekommt, den Mund aufzumachen. Der Kerl schäumt vor Wut und ist bei Weitem nicht mehr so gut darin, sich unsichtbar zu machen, wie er es mal war.«

Lamonts Gesicht brannte vor Wut, als er feststellen musste, dass ihm ein Angstschauder über den Rücken jagte. Er könnte Jackass das Leben durchaus schwer machen, doch wenn es hart auf hart käme, könnte Jackass ihn hinter Gitter bringen. Bis zum heutigen Tag hatten sie sich gegenseitig unterstützt, ihre jeweiligen Ziele zu erreichen, nach dem Motto: »Eine Hand wäscht die andere«, doch es hatte nicht den Anschein, als sei ihre für beide Seiten vorteilhafte Partnerschaft noch lange von Dauer. Er fragte sich, was Jackass gegen ihn aufgebracht hatte, denn dass er ihm so massiv drohte, war neu.

Neu und todernst.

Lamont zwang sich, einen ruhigen Ton anzuschlagen. »Ich habe mir schon überlegt, wie ich mit Eckert verfahren werde, deshalb brauchst du dir deswegen keine Sorgen mehr zu machen. Aber was hattest du mit Xavier vorgehabt, sobald du ihn nach New Orleans geschafft hättest?«

Jackass starrte ihn einen Moment lang an, dann schüttelte er den Kopf. »Ehrlich gesagt, wusste ich das noch gar nicht so genau. Ich war stocksauer, als ich herausgefunden habe, dass du ihn schon aufgestöbert hattest, und nicht sicher, was du für ein Spielchen spielst.«

Du lügst doch schon wieder, dachte Lamont, lächelte jedoch nur betrübt. »Ich wollte mich selbst um ihn kümmern. Damit du nicht für mein ›Chaos‹ verantwortlich bist.«

Jackass besaß wenigstens den Anstand, unbehaglich dreinzusehen. »Ich weiß es zu schätzen. Aber … lass es beim nächsten Mal bleiben, okay?«

»Okay.« Es schien, als hätten sie eine Art Waffenstillstand erlangt, deshalb fuhr Lamont fort: »Broussard könnte Morrow in einem Hotel untergebracht haben.«

»Kann sein. Wir überprüfen gerade seine Kreditkarten, die geschäftlichen und auch die privaten, auf Hotelbuchungen und Ähnliches, aber bislang hat sich nichts ergeben. Ich weiß allerdings, dass er eine Hütte irgendwo am Wasser hat.

Rocky hat es irgendwann erwähnt, aber dann sofort dichtgemacht, als wüsste er, dass er den Mund zu weit aufgerissen hatte. Broussard ist irgendwo in den Sümpfen aufgewachsen und kennt folglich alle guten Verstecke. Wenn er dort ist, hat er die Hütte garantiert so gut gesichert, dass kein Fremder nahe herankommt.«

Lamont zuckte die Achseln. »Dann locken wir Broussard eben aus seinem Versteck. Und wenn er den Jungen mitbringt, umso besser. Zwei zum Preis von einem. Und sollte Broussard allein sein, können wir ihm folgen und einen Tracker an seinem Wagen anbringen.« Lamont überdachte weitere Möglichkeiten und lächelte dann zufrieden, als ihm die perfekte Lösung einfiel. »Sollte Morrow ihm erzählt haben, was er vor Jahren gesehen hat, wird er versuchen, das Opfer zu identifizieren. Was, wenn plötzlich ihre ›beste Freundin‹ oder ein ›Familienmitglied‹ auftaucht?« Er beschrieb Anführungszeichen in der Luft. »Wenn diese Person Broussard erzählt, sie sei zur Zielscheibe geworden und fürchte um ihr Leben.« Er nickte, als die Idee allmählich Gestalt annahm. »Sie nennt einen frei erfundenen Namen des Opfers und löst damit eine Suche aus, die ins Leere führt. In der Zwischenzeit folgen wir Broussard zurück in sein Versteck.«

Ein boshaftes Lächeln erschien auf Jackass' Zügen. »Das gefällt mir. Und wer ist deine *femme fatale?* Es muss jemand sein, dem wir vertrauen.«

»Ich kenne die perfekte Frau dafür. Ashley, meine ehemalige Assistentin. Sie sieht sogar aus wie … du weißt schon … wie sie.« Lamont hatte nämlich einen bestimmten Typ und schämte sich nicht, es zuzugeben.

»Ich weiß«, erwiderte Jackass trocken. »Sie-deren-Name-nicht-genannt-werden-darf. Die Schlampe, mit der alles angefangen hat.«

Das war nicht von der Hand zu weisen. Nadia Hall. Seit dem Tag, als Lamont sie getötet hatte, war dieser Name nicht mehr über seine Lippen gekommen. »Ich sorge dafür, dass Ashley Broussard anruft.«

»Aber es muss einen plausiblen Grund geben, weshalb sie ausgerechnet jetzt auf der Bildfläche erscheint, und einen noch plausibleren, weshalb sie sich an Broussard wendet«, warnte Jackass.

»Das weiß ich auch«, erwiderte Lamont ungehalten und holte tief Luft, um sich zu beruhigen. *Denk nach, denk nach. Ja. Genau.* »Was, wenn Ashley behauptet, Rocky hätte sie kurz vor seinem Tod aufgesucht, und sie hätte ihm von ihrer Schwester erzählt. Und jetzt hätte sie gehört, dass er tot sei.«

»Aber wieso hat Ashley sich nicht schon früher bei Broussard gemeldet?«

»Weil erst jetzt jemand aufgetaucht ist, der auch ihr nach dem Leben trachtet. Zuerst wollte sie sich an Rocky wenden, nur um festzustellen, dass er tot ist. Rocky hat ihr eingebläut, Kontakt zu Broussard aufzunehmen, falls etwas passiert und sie ihn nicht erreichen kann. Was sie hiermit tut.«

»Hatte denn Sie-deren-Name-nicht-genannt-werden-darf eine Schwester?«

»Nein. Ich habe sie gefragt.« Weil es Lamont lieber war, wenn seine Mätressen allein waren, ohne Freunde und Familie. Dadurch waren sie anhänglich, hatten immer Zeit, und keiner suchte nach ihnen, wenn sie plötzlich verschwanden. Nadia hatte ihm erzählt, ihre Familie sei tot. Perfekte Voraussetzungen für eine Geliebte.

Sie war tatsächlich perfekt gewesen. Er hatte sie sogar geliebt und war an jenem Tag aufgebrochen, um sie zu retten. Sie hatte sich so lange geweigert, ihr Haus zu verlassen, bis es zu spät gewesen war und die Fluten bereits die einstöckigen Wohnhäuser in der Straße überschwemmt hatten, wodurch Lamont gezwungen gewesen war, sich Jackass' Boot auszuleihen, um ihr zu Hilfe zu eilen.

Aber dann hatte sie ihm ja drohen müssen, seiner ersten Frau zu erzählen, dass sie schwanger sei. Heutzutage wäre so ein Skandal unangenehm, aber verkraftbar, damals wäre er zur Katastrophe geworden.

Also hatte er es tun müssen. Sie töten. Er war sicher gewesen, dass sie zu den Flutopfern gezählt werden würde, allerdings war der Pegel nie bis zu ihrem Bett angestiegen. Es war ein Schock gewesen, das Haus, das er als Bezahlung eines verzweifelten Mandanten genommen hatte, im Fernsehen zu sehen … die oberen Fenster, die immer noch aus dem Wasser ragten. Zum Glück war sein Mandant offiziell noch als Eigentümer eingetragen gewesen, trotzdem hätte das Haus – und damit auch die Leiche – zu ihm zurückverfolgt werden können.

Also hatte er zurückfahren und die Leiche herausholen müssen. Jackass hatte ihn begleitet und ihm geholfen, sie verschwinden zu lassen.

Damit war das Problem gelöst gewesen. Bis Rocky Hebert angefangen hatte, seine Nase in Dinge zu stecken, die ihn nichts angingen. Dass er nach ihrem Arzt gesucht hatte, war schon schlimm genug gewesen, aber dann hatten sie erfahren, dass er einen Treuhandfonds für einen Jungen eingerichtet hatte, der angeblich in den Fluten umgekommen war. Und Rocky hatte keine Ruhe gegeben. Blöd für den pensionierten Cop, dass er sie ausgerechnet über die Einrichtung eines Treuhandvermögens zu dem Jungen geführt hatte, geradezu ironisch. Durch seinen Versuch, Xavier Morrow zu helfen, hatte Rocky das Augenmerk genau auf den Menschen gerichtet, dessen Zeugenaussage Lamont wegen Mordes ins Gefängnis bringen könnte.

»Sie hatte keine Familie«, sagte er, »deshalb bereitet uns eine erfundene Schwester keine Probleme, weil es niemand widerlegen kann.«

Jackass nickte. »Hört sich gut an. Es muss ja nicht lange funktionieren. Nur lange genug, um Broussard aus seinem Versteck zu locken, damit er uns zu Morrow führt. Aber was ist mit deinem Mädchen? Spielt sie mit?«

»Ich sage ihr, der Typ stünde unter dem Verdacht der Kindeswohlgefährdung. Auf so was springt sie besonders an.«

»Und wenn sie etwas verrät?«

Lamont zuckte die Achseln. »Dann gibt es noch andere Ashleys.«

Sorgenfalten erschienen auf Jackass' Stirn. »Lamont, das ist … das erscheint mir nicht besonders …« Er zögerte. »Klug.«

Lamont erwiderte seinen finsteren Blick. »Natürlich ist es nicht besonders klug. Sicher, wir könnten auch einfach nur hier sitzen und Däumchen drehen, während der Junge alles ausplaudert. Der Schaden wäre sehr viel größer, wenn er sich an die Behörden oder – Gott bewahre! – an die Presse wenden würde, um seine Geschichte zu erzählen. Es ist wesentlich besser für uns, wenn er tot ist, bevor es dazu kommt. Und wenn er tot ist, reduziert sich das Ganze rein auf Gerüchte. Keine Zeugen, kein Verfahren. Sofern du also keine bessere Idee hast, sollten wir auf Ashley setzen.«

Jackson kniff die Augen zusammen. »Und wenn sie singt? Bringst du sie dann auch um?«

»Natürlich nicht.« Wahrscheinlich nicht. Es sei denn, ihm bliebe keine andere Wahl. »Sie wird nicht dahinterkommen. So gut sie mit Organisatorischem und Tabellen und diesem Kram auch sein mag, sie ist nicht gerade die hellste Kerze auf der Torte.« Weil Lamont seine Frauen so am liebsten mochte.

»Und falls sie doch etwas merken sollte, behaupte ich einfach, es sei ein Missverständnis. Also? Wenn du keine bessere Idee hast?«

»Nein«, gestand Jackson. »Habe ich nicht.«

»Dann sorge ich dafür, dass sie morgen früh gleich als Erstes Broussard anruft. Können deine Männer sich an ihn dranhängen, sobald wir ihn aus seinem Versteck gelockt haben?«

»Ja.«

»Ich will, dass mir jemand Bescheid gibt, sowie sie ihn aufgestöbert haben. Diesmal will ich nichts von diesem ›Das ist alles, was du zu wissen brauchst‹-Quatsch hören.«

Jackass legte den Kopf schief. »Das sehe ich genauso. Wenn du dasselbe versprichst. Keine Geheimnisse mehr wie zum Beispiel darüber, wo sich irgendwelche Augenzeugen aufhalten.«

Lamont nickte. »Dann ist ja alles klar.«

Trotzdem würde er selbstverständlich weiter seine Geheimnisse für sich behalten. Jackass' Behauptung, er wisse noch nicht, was er mit Xavier anstellen würde, war eine glatte Lüge gewesen. Ihn den ganzen Weg nach New Orleans zu schaffen – mit einem ganzen Minivan voller Familienmitglieder und Freunde –, ergab auch jetzt noch keinen Sinn.

Es sei denn … *Verdammt noch mal.*

Es sei denn, er hatte die ganze Zeit vor, doppeltes Spiel mit mir zu treiben. Einen lebenden Augenzeugen für den Mord an einer Frau während Katrina zu präsentieren, einen Mord, den Rocky Hebert damals offiziell gemeldet hatte, wäre ein echter Volltreffer für seinen Partner. Damit wäre es ein Kinderspiel für ihn, die Geschichte so hinzudrehen, dass Lamont im schlechtesten Licht dastand, und waren die Vorwürfe erst einmal ausgesprochen, würde jegliche Argumentation, dass Jackass ebenfalls in die Angelegenheit verwickelt gewesen sei, als lahmer Versuch eines Racheakts interpretiert werden.

Ob Jackass seine Leute zu Paul Lott nach Hause geschickt hatte, um Informationen über Xavier aus ihm herauszupressen, oder ob es sich tatsächlich um einen reinen Zufall gehandelt hatte, spielte keine Rolle. Jackass hatte von Anfang an geplant, die Situation zu seinen Gunsten zu nutzen.

Immerhin war es keinem von ihnen gelungen, den Jungen in die Finger zu kriegen, deshalb würden sie auch weiterhin kooperieren.

Aber danach … *Es sieht ganz so aus, als müsste ich mehr als bloß einen Killer von meiner Liste anheuern. Ich brauche jemanden, der Jackass' Leute im Auge behält. Wer auch immer sie sein mögen.*

»Danke«, sagte Lamont in dem Wissen, dass es aufrichtig klang. Diesen Tonfall übte er seit Jahren, deshalb war er mittlerweile nahezu perfekt. »Ich bin froh, dass du mir aus der Patsche hilfst.«

Jackass zuckte die Achseln. »Wir machen alle Fehler. Ich bin nur froh, dass du mittlerweile Kondome benutzt, damit wir nicht noch eines deiner schwangeren Weibsbilder entsorgen mussten.«

Lamont lächelte verkniffen. *Du arrogantes Arschloch.* Bei seiner eigenen Gespielin hatte Jackass auch keines benutzt. *Wenigstens läuft nirgendwo da draußen ein kleiner Bastard von mir herum.* »Ich verspreche, dass das auch so bleibt. Wir hören uns morgen?«

»Klingt gut.« Jackass erhob sich und strich sein Jackett glatt. »Dann lasse ich dich mal wieder an deine Liste gehen, Monty. Ich finde schon allein hinaus.«

Lamont erhob sich und steckte dabei die Pistole so in seine Jackentasche, dass sein Partner es nicht übersehen konnte. Er würde diesen Drecksack nicht unbeaufsichtigt in seinem Haus herumspazieren lassen. Wahrscheinlich würde er irgendwo eine Wanze platzieren oder so etwas. Wenn er es nicht schon längst getan hatte. *Verdammt!* »Ich bringe dich natürlich zur Tür. Das gebietet der Anstand, oder nicht?«

14. Kapitel

BAYOU GAUCHE, LOUISIANA

Dienstag, 27. Juli, 21.15 Uhr

Xavier versuchte, sich zu entspannen. Dass es ihm nicht gelang, lag nicht an Burkes Hütte, denn sie war herrlich gemütlich. Zunächst waren sie nach Des Allemands gefahren, von wo es mit einem Flachbodenboot weiterging, das zwei von Burkes Aushilfen bereitgestellt hatten. Sie hatten ihr Ziel erreicht, kurz bevor es zu dunkel gewesen wäre, um die Hütte noch erkennen zu können.

Manny war völlig aus dem Häuschen wegen der zwei Alligatoren gewesen, die durchs Wasser glitten, wohingegen sein Bruder deutlich zurückhaltender auf den Anblick reagiert hatte. Xavier war zu müde gewesen, um in Begeisterungsstürme zu verfallen, obwohl der Sumpf wunderschön war, mit Zypressen und Louisiana-Moos, das von den Ästen hing.

Die auf Pfählen gebaute Hütte selbst befand sich am Ufer des Bayous und schien mit der Vegetation zu verschmelzen. Die beiden Männer, die sie über den Fluss begleitet hatten, waren geblieben, um das Gelände zu bewachen. Was Xavier gleichermaßen beruhigte wie ängstigte.

Die Hütte war erstaunlich hübsch eingerichtet, mit drei Schlafzimmern, Holzfußböden und den neuesten Geräten in der Küche. Im Wohnzimmer gab es einen riesigen Flachbildfernseher und eine Xbox. Die Carlos und Manny natürlich sofort mit Beschlag belegt hatten. Sie saßen auf üppigen Sitzkissen auf dem Boden und versuchten, einander bei *Call of Duty* zu übertrumpfen.

Burke hatte sich in einen alten Lehnstuhl gesetzt, der buchstäblich nur noch von Klebeband zusammengehalten wurde und zwischen der nagelneuen Einrichtung leicht deplatziert wirkte. Die Geschäfte in der Ermittlerbranche liefen offenbar gut, denn an Geld schien es Burke nicht zu mangeln.

Willa Mae saß mit ihrem Strickzeug in einem Schaukelstuhl und summte gelegentlich vor sich hin. Xavier nahm sich vor, ihr einen Vorrat an besonders hübscher Wolle zu besorgen, sobald das alles hinter ihnen lag. Ihre Gegenwart heute war eine große Beruhigung gewesen. Manchmal vergaß er, dass sie ja früher als Anwältin gearbeitet hatte. Für ihn war sie immer nur Miss Willa Mae gewesen, die beste Freundin seiner Mutter, und sie hatte nie über ihre Arbeit gesprochen.

Seine Mutter saß, ungewöhnlich nachdenklich, auf dem Sofa neben ihm. Dass sie ihm beistand, war das größte Glück. Er war unendlich dankbar für ihre Unterstützung. Dafür, dass sie noch am Leben war. Dieser Tag hätte ganz anders enden können. Himmel, hätten sie und sein Dad ihn nicht adoptiert, hätte sein ganzes Leben anders enden können.

»Danke«, flüsterte er.

Sie wandte sich ihm mit einem sanften Lächeln zu. »Ich war heute sehr stolz auf dich, mein Junge. Eigentlich bin ich das ja jeden Tag, aber heute … Du bist zu einem wunderbaren Mann herangewachsen. Ich wünschte nur, dein Vater könnte noch erleben, wie gut du dich entwickelt hast.«

Xavier schluckte. »Mom, hör auf.«

Sie tätschelte seine Hand. »Es ist mein gutes Recht, stolz auf dich zu sein. Und sentimental. Da musst du jetzt durch.«

Zu seiner Überraschung lachte er laut auf, doch die Unbeschwertheit wich in Sekunden der Angst. Er hatte so unglaubliche Angst. »Es tut mir leid, dass du hier mit mir festsitzt.«

Cicely verpasste ihm einen Klaps. »Hör doch auf. Ich würde nirgendwo anders sein wollen.«

»Was hast du bei der Arbeit gesagt?«

»Dass es einen Notfall in der Familie gibt und ich etwas von dem Urlaub nehmen muss, den ich angespart habe. Das war heute Morgen. Sollte allerdings in den Nachrichten darüber berichtet werden, dass die Houstoner Polizei unser Haus durchsucht hat, werden sie wissen, was der wahre Grund ist.«

Darüber hatten sie noch gar nicht gesprochen. Die Houstoner Polizei war in ihrem Haus gewesen. *Und über kurz oder lang werden sie mit mir reden wollen.* »Kriegst du Ärger deswegen?«

Sie schüttelte den Kopf. »Nein. Ich habe mich um meinen Sohn gekümmert. Und sollte es doch Ärger geben, suche ich mir eben etwas Neues. Krankenschwestern werden dieser Tage händeringend gesucht.«

Die Vorstellung, seine Mutter könnte ihre Arbeit verlieren, jagte ihm einen Schauder über den Rücken. »Aber was ist, wenn es lange dauert? Wenn wir wochenlang hier festsitzen?«

»Und was, wenn nicht?«, fragte sie sanft und sah zu Burke hinüber. »Haben Sie vor, uns demnächst vor die Tür zu setzen, Burke?«

Burke grinste. »Nein, Ma'am. Sie dürfen gern so lange bleiben, wie Sie wollen. Das ist mein voller Ernst.«

»Was wird die Houstoner Polizei tun?«, fragte Xavier, der noch immer vor Angst kaum Luft bekam. Diese ganze Angelegenheit konnte immer noch schiefgehen. Noch schlimmer, als sie es ohnehin schon tat.

»Die kommen her, um mit dir zu reden«, sagte Willa Mae, ohne von ihrer Strickarbeit aufzusehen. Ihre Nadeln bewegten sich in einem Tempo, bei dem Xavier Mühe hatte, den Bewegungen zu folgen. »Du erzählst ihnen genau dasselbe, was du auch Captain Holmes erzählt hast. Dass du keine Ahnung hattest, weshalb dieser Kerl dich verfolgt hat – was ja zu dem Zeitpunkt auch so war. Wenn sie dir offiziell etwas vorwerfen wollen, sollen sie erst mal nach etwas Konkretem suchen.« Nun hob sie den Kopf und musterte Xavier durchdringend. »Die finden doch nichts, oder?«

»Nein, Ma'am. Ich habe noch nicht mal eine Zigarette geraucht und erst ein Bier gekauft, nachdem ich einundzwanzig wurde.«

»Das kann ich nur bestätigen«, warf Carlos ein. »Er hat immer Nein gesagt, auch wenn ich ihn noch so oft angebettelt habe.«

»Du hast einen schlechten Einfluss auf ihn«, sagte Willa Mae zu Carlos, lächelte jedoch dabei. »Aber du bist auch ein guter Freund. Du wirst der Houstoner Polizei sagen, dass du die Waffe in der Hand des Eindringlings gesehen hast. Und dass es zwei Männer gewesen sein könnten, ihr aber solche Angst gehabt hättet, dass ihr abgehauen wärt, ohne euch zu vergewissern.«

»Das stimmt auch«, sagte Carlos mit untypischer Ernsthaftigkeit. »Ich hatte die Hosen bis zum Anschlag voll. Tatsache.«

»Sollten Sie sich dadurch besser fühlen, Xavier: Ich habe nicht vor, zuzulassen, dass das HPD Sie befragt. Ich habe ja auch nicht die leiseste Ahnung, wo Sie stecken«, warf Burke ruhig ein.

Es half ihm tatsächlich, sich besser zu fühlen. Nur … »Aber André weiß doch, dass das nicht stimmt. Was, wenn er ihnen verrät, wo sie uns finden können?«

»Wird er nicht.« Burke klang überzeugt. »Nicht, ohne mich vorher zu warnen. Und falls er es tun sollte, ist das Bayou riesig, und ich kenne jede Menge Verstecke hier. Machen Sie sich also deswegen keine Sorgen. Keine Minute lang.«

»Aber was, wenn das HPD Xavier etwas anzuhängen versucht, noch bevor die ihn befragen?«, hakte Manny nach. »Das geht mir schon den ganzen Tag im Kopf herum.«

»Damit befassen wir uns dann, wenn es so weit ist«, erwiderte Willa Mae. »Sollten sie es versuchen, gehen wir dagegen vor. Xavier hat den Vorteil, jemanden an seiner Seite zu haben, der weiß, wie der Hase läuft. Ich kenne praktisch alle Staatsanwälte in Harris County und weiß folglich auch, wie sie es angehen würden. Das macht mir keine Sorgen, und falls sich daran etwas ändern sollte, werde ich es offen sagen. Darauf könnt ihr euch verlassen.«

»Ja, Ma'am.« Carlos legte den Gamecontroller neben sich auf den Teppich. »Aber ich kapiere immer noch nicht, was es mit diesem Kerl auf sich haben soll, der sich für Paul Lott ausgegeben hat. Er hat einen Riesenaufwand betrieben, um sich den gefälschten Ausweis zu besorgen. Den man doch nicht von jetzt auf gleich bekommt. Sprich, vielleicht hat er das Ganze ja geplant. Andererseits wurde der echte Lott erst gestern Abend ermordet.«

»Wahrscheinlich kurz bevor Xavier ihn angerufen hat«, stimmte Burke zu, der mit hochgelegten Beinen, geschlossenen Augen und über dem Bauch verschränkten Händen in seinem Lehnstuhl saß und aussah, als machte er ein kleines Nickerchen. »Das ist ein gutes Argument, Carlos. Ich frage mich, ob Lotts Mörder schon früher von Ihnen wusste, Xavier. Ob die schon vor Ihrem Anruf geplant hatten, dass sich einer von ihnen für Lott ausgeben würde.«

»Da fühle ich mich ja gleich viel besser«, murmelte Xavier.

Noch immer mit geschlossenen Augen zuckte Burke die Achseln. »Mein Ziel ist auch nicht, dass Sie sich besser fühlen, sondern dafür zu sorgen, dass Sie am Leben bleiben. Standen Sie noch bei anderen Gelegenheiten mit Lotts Kanzlei in Kontakt?«

»Nein. Es gab nur diesen einen Anruf auf mein Wegwerfhandy, über das ich auch mit Rocky kommuniziert habe. Lott meinte, er schicke mir ein paar Unterlagen an die Adresse des Postfachs, allerdings wusste er nicht, dass es ein UPS-Postfach war, weil ich ihn in dem Glauben gelassen habe, es sei meine richtige Adresse.«

»Wäre ich der Übeltäter«, meinte Burke nachdenklich, »und würde Sie finden wollen, weil Sie Zeuge eines Mordes sind, den ich während Katrina begangen habe, *und* ich hätte bereits einen Ausweis mit Lotts Namen gefälscht, weil ich mich für ihn ausgeben wollte, würde ich sämtliche Akten nach Korrespondenz mit Ihnen durchsuchen. Und wenn ich diese Adresse gefunden hätte, an die Lott den Scheck über die Erbschaftssumme geschickt hat, würde ich auch die überprüfen. Es hätte sich im Handumdrehen herausfinden lassen, dass es sich um ein UPS-Postfach handelt.« Er schwieg einen Moment, wobei es immer noch so wirkte, als döse er. »Ich würde also herausfinden, wo sich dieses UPS-Postfach befindet. Und wenn ich wirklich schlau wäre, würde ich irgendetwas hinschicken, das mit einem Ortungsgerät versehen ist.« Abrupt schlug er die Augen auf. »Haben Sie in letzter Zeit mal in dieses Postfach gesehen?«

Xavier schüttelte den Kopf. »Seit Rocky tot ist und Paul Lott angekündigt hat, dass er mir die Dokumente zuschicken würde, nicht mehr.«

»Und wo ist Ihr Wegwerfhandy jetzt?«, fragte Burke.

»Bei mir zu Hause. In einer abschließbaren Kassette in meinem Kleiderschrank.«

»Vielleicht hat der Mann heute Morgen ja nach diesem Wegwerfhandy gesucht«, meinte Willa Mae, während sich ihre Stricknadeln wieder in Bewegung setzten. »Vielleicht hat er darauf gehofft, dass du es einpackst.«

Burke nickte. »Da könnten Sie durchaus recht haben, Miss Willa Mae.«

Sie grinste. »Wie meistens.«

Burke schloss die Augen wieder. »Molly soll nach Baton Rouge fahren und nachsehen. Sollte Lotts Mörder darauf gehofft haben, Sie dorthin zu locken, erfahren wir vielleicht mehr über ihn.«

»Was, wenn Lott selbst in die Angelegenheit verstrickt war?«, fragte Cicely.

Xavier runzelte die Stirn. »Aber Rocky hat ihm vertraut.«

Cicely zuckte die Achseln. »Ich habe Rocky auch vertraut, aber diesen Lott kannte ich nicht. Na ja, jetzt ist er ja tot, deshalb stellt er wohl keine Bedrohung mehr dar, selbst wenn er mit dringesteckt haben sollte, aber ... was, wenn es so war?«

Burke gab ein Brummen von sich. »Das ist eine berechtigte Frage. Ich werde dafür sorgen, dass Molly sie auf unsere Liste setzt. Listen sind ihre große Stärke.«

Cicely lächelte. »Dieses Whiteboard hatte es ihr angetan.«

»Es ist absolut ihr Ding«, bestätigte Burke. »Sie ist eine sehr scharfsinnige Frau und setzt Informationen so zusammen, dass sie einen Sinn ergeben. Das ist eine der Fähigkeiten, die sie erstens zu einer so guten Polizistin gemacht und zweitens dazu geführt hat, dass ich sie unbedingt in meiner Firma haben wollte.« Mit einer abrupten Bewegung klappte er das Fußteil des Sessels herunter und stand auf. »Ich habe heute Nacht wenig Schlaf bekommen, deshalb haue ich mich jetzt aufs Ohr. Ich nehme an, Sie kommen zurecht. Fühlen Sie sich ganz wie zu Hause, nur auf Spaziergänge würde ich an Ihrer Stelle verzichten. Die Alligatoren … Sie wissen schon. Die treiben sich gerne im Dunkeln herum.«

Carlos verzog das Gesicht. »Daran brauchten Sie mich nun wirklich nicht zu erinnern, herzlichen Dank.«

Ein Anflug von Boshaftigkeit lag in Burkes Grinsen. »Wir wollen ja nicht, dass Sie zur Alligatorenmahlzeit werden, was? Die Alarmanlage rund um das Grundstück ist eingeschaltet. Sollte jemand zu nahe herankommen, kriege ich es mit, deshalb können Sie alle ruhig schlafen.« Er wurde ernst. »Außerdem halten meine beiden Männer Wache. Ihnen würde ich mein Leben anvertrauen. Sie bleiben draußen und sollten Ihnen nicht in die Quere kommen. Schlafen Sie gut, alle zusammen.«

»Gute Nacht, Burke«, rief Xavier ihm hinterher, als er in sein Zimmer im hinteren Teil der Hütte ging. »Und danke.«

Burke winkte nur.

Xavier seufzte. »Ich weiß, dass ich eigentlich auch schlafen sollte, aber mir schwirrt der Kopf.«

»Ich versuch's«, sagte Manny. »Wenigstens hat Burke nicht verlangt, dass ich ihm die Waffen gebe, die ich bei mir habe. Sollte uns jemand zu nahe kommen, bin ich gerüstet.«

Xavier wollte lieber gar nicht erst daran denken, die Waffe seines Vaters noch einmal zu benutzen. Obwohl Molly sie nicht an sich genommen hatte, um sie loszuwerden, bereitete ihm der Gedanke an den Schuss, den er daraus abgegeben hatte, großes Unbehagen. »Vielleicht sollten wir Carlos wieder einen Baseball- oder Golfschläger besorgen. Er ist damit umgegangen, als hätte er Excalibur in der Hand.«

Carlos lachte. »Es hat sich ausgezahlt, Luke Skywalker mit dem Lichtschwert zu spielen. Manchmal hat es seine Vorteile, ein Sonderling zu sein. Los, X., legen wir uns aufs Ohr.« Er stand auf, streckte Xavier die Hand hin und zog ihn auf die Füße. »Manny und Burke passen schon auf uns auf.«

»Und vergesst mich nicht«, sagte Willa Mae, beugte sich über ihre Tasche und zog ihre Handfeuerwaffe heraus. »Das heißt, deiner Mama kann auch nichts passieren.«

»Danke, Miss Willa Mae.« Xavier beugte sich vor, um sie auf die Wange zu küssen. »Gute Nacht, Mama.«

»Schlaf gut, Junge. Morgen sieht die Welt schon anders aus.«

CENTRAL BUSINESS DISTRICT, NEW ORLEANS

Dienstag, 27. Juli, 21.15 Uhr

»Da wären wir«, sagte Molly und lenkte den Mietwagen in die Tiefgarage des Hotels. Sie stellte den Motor ab und stieß Gabe an, der nach etwa einer halben Stunde Fahrt eingeschlafen war. Es fiel ihr schwer, ihn zu wecken. Er sah so friedlich aus. Und so attraktiv.

Himmel, dieser Mann war so was von heiß. Behutsam ließ sie den Finger an seiner markanten Kieferlinie entlanggleiten, wobei seine Bartstoppeln angenehm kitzelten, ehe sie ihm eine rote Locke aus der Stirn strich.

Sie musste endlich aufhören, ihren Mandanten zu bewundern, sondern ihn in sein Zimmer schaffen, wo er sicher wäre. Die Hotelgarage mochte zwar rund um die Uhr vom Sicherheitsdienst überwacht werden, und sie war lange Zeit herumgefahren, um sicherzugehen, dass niemand ihnen gefolgt war, trotzdem war die Gefahr nicht gebannt.

Sie rüttelte ihn etwas stärker. »Gabe? Wach auf.«

Er murmelte etwas Unverständliches. »Gabriel Hebert, wach sofort auf«, befahl sie scharf.

Langsam schlug er die Augen auf. »Wo sind wir?«

»In einem Hotel im Central Business District.«

Gabe setzte sich auf und sah verwirrt auf die Uhr am Armaturenbrett. »Das ist gerade einmal zehn Minuten von Burkes Büro entfernt, wir sind aber bestimmt eine Stunde gefahren.«

»Ich musste sichergehen, dass uns niemand folgt. Lass uns nach oben gehen, dann kannst du richtig schlafen.«

Sie musste sich in jedem Fall hinlegen. So müde war sie schon lange nicht mehr gewesen.

Mühsam schwang sie sich aus dem Wagen und schulterte ihre Reisetasche, dann hakte sie sich bei dem immer noch schlaftrunkenen Gabe unter und schlug den Weg zum Aufzug in der Lobby ein. »Wir sind schon eingecheckt und können daher gleich nach oben zu unseren Zimmern fahren.«

»Zimmern?«, brummte er. »Wieso denn zwei?«

Sie grinste ihn an, ohne ihre Umgebung aus den Augen zu lassen. Bei der Einfahrt hatte sie einen Wachmann bemerkt, einen zweiten in den Schatten der Tiefgarage. Ansonsten schien sich niemand hier unten aufzuhalten, so wie sie es haben wollte. »Warum, Mr Hebert? Wollten Sie etwa ein Zimmer mit mir teilen?«

Ein Lächeln spielte um seine Mundwinkel. »Ich würde gern mehr als nur ein Zimmer mit Ihnen teilen. Aber ich bin ja ein Gentleman und werde deshalb nicht drängen.«

»Und ich bin eine Lady, dränge aber trotzdem, wenn mir danach ist.«

Er ließ ein leises Lachen hören, das jedoch verstummte, als ein Schatten vor ihnen auftauchte. Sofort war Molly in Alarmbereitschaft und legte ihre freie Hand um die Waffe in ihrem Hüftholster. Gabe war stehen geblieben und nahm einen breitbeinigen Stand ein, den Molly aus ihrem Kampfkunsttraining nur zu genau kannte. Gut zu wissen. Trotz aller Schläfrigkeit funktionierten seine Instinkte ganz ausgezeichnet.

Doch ihre Umsicht erwies sich als unnötig, denn bei dem Unbekannten handelte es sich um einen dritten Wachmann.

»Entschuldigung«, sagte er beim Anblick von Gabes Angriffshaltung. »Ich wollte Ihnen keine Angst einjagen.«

»Schon gut«, wiegelte Molly ab, obwohl ihr Puls raste. »Vielleicht sollten Sie sich nicht so in den Schatten herumdrücken.«

»Verstanden, Ma'am. Einen schönen Abend, Ma'am«, entgegnete er mit einem Sarkasmus, der Molly wünschen ließ, Gabe hätte ihm tatsächlich eins übergebraten.

»Arschloch«, brummte Gabe, als sie im Aufzug standen. »›Verstanden, Ma'am‹«, äffte er den Wachmann nach.

»Ich bin an so etwas gewöhnt«, sagte sie. Dann stellte sie sich auf die Zehenspitzen und drückte ihm einen Kuss auf die Wange. »Trotzdem ist es schön zu sehen, dass du bereit wärst, mich jederzeit zu verteidigen. Coole Moves.«

Er brummte etwas, doch sie sah ihm an, wie sehr ihn das Kompliment freute. »Besser als gestern Abend. Ich habe fast eine Panikattacke bekommen, als dieser Mistkerl Shoe vergiften wollte.«

Die Art, wie er sich selbst herabwürdigte, setzte ihr zu. »Du standest unter Schock, Gabe, aber ich habe deswegen keine Sekunde lang den Respekt vor dir verloren. Trotzdem bin ich froh, dass deine Instinkte gerade so gut funktioniert haben. Das könnte dir eines Tages das Leben retten.«

Sein Kiefer wurde hart. »Aber *ich* habe den Respekt vor mir verloren.«

Die aufgleitenden Aufzugtüren ersparten ihr eine Erwiderung – zum Glück, weil sie nicht wusste, was sie hätte sagen sollen, damit er sich besser fühlte.

»Komm.« Sie dirigierte ihn an der Rezeption vorbei zu den Aufzügen, die zu den Zimmeretagen führten. »Hier entlang.«

»Einen Schlüssel brauchen wir nicht?«, fragte er.

»Nein, heute Abend nicht. Warte einfach, bis wir oben sind, dann erkläre ich dir alles.«

Schweigend folgte er ihr in einen der Aufzüge und sah zu, wie sie den Knopf für die sechzehnte Etage drückte, wo sie ausstieg und den Korridor entlang zu dem Zimmer ging, dessen Nummer Burke ihr geschickt hatte.

Sie klopfte zwei Mal, wartete kurz und klopfte wieder zwei Mal. Die Tür ging auf.

Erleichtert atmete Molly beim Anblick der einen Meter achtzig großen blonden Norwegerin auf, deren Teint mindestens drei Nuancen heller war als Gabes.

»Du siehst echt lausig aus, Mädchen«, erklärte Val in ihrer brüsken Art und trat beiseite, um sie hereinzulassen, ehe sie die Tür hinter ihnen schloss. »Und … o mein Gott, sehe ich da etwa eine Knitterfalte auf deiner Bluse?«

Molly lachte leise. »Halt den Mund. Gabe, das ist Val Sorensen, eine von Burkes Ermittlerinnen-Schrägstrich-Leibwächterinnen und eine meiner besten Freundinnen. Val, das ist Gabe Hebert.«

Val streckte ihm die Hand hin. »Ich habe schon viel von Ihnen gehört. Hauptsächlich Gutes.«

Gabe sah sie verwirrt an. »Äh, danke. Aber wenn Sie hier sind, wer passt dann auf meine Cousine auf?«

»Gabe!« Die Tür flog auf, Patty kam hereingestürzt und warf die Arme um Gabes Hals. »Es geht dir gut! Ich habe es erst heute erfahren. Dass dieser Typ auf dem Highway mit der Waffe auf dich gezielt hat, meine ich.«

»Was ist denn hier los? Wieso ist Patty hier?«, fragte Gabe, immer noch verwirrt.

»Val hält heute Nacht Wache, damit ich schlafen kann, und Patty kann nicht allein bleiben, deshalb ist sie auch hier.«

Ein langsames Grinsen breitete sich auf Gabes Gesicht aus. »Angrenzende Zimmer?«, formte er lautlos mit den Lippen.

Molly grinste. »Genau«, erwiderte sie, ebenfalls lautlos.

Val schnaubte nur, Patty hingegen bekam nichts davon mit, weil sie das Gesicht immer noch an Gabes Brust barg.

Behutsam löste er die Arme seiner Cousine von seinem Hals. »Es geht mir gut. Dieser Typ hat auf Molly gezielt, nicht auf mich. Aber es ist keinem von uns etwas passiert.«

Patty trat einen Schritt zurück. »Ihr habt eine Ewigkeit gebraucht. Ich habe mir schon die schlimmsten Dinge ausgemalt.«

»Es tut mir leid«, sagte Molly leise. »Ich wollte sichergehen, dass uns niemand folgt.«

Patty nickte mit einem kurzen Blick auf Val. »Genau das hat Val auch gesagt. Trotzdem hatte ich schreckliche Angst.«

»Und wer ist im *Choux?*«, fragte Gabe.

»Donna Lee hat alles im Griff.« Patty rang sich ein Lächeln ab. »Vielleicht stellen wir ja fest, dass man uns gar nicht braucht.«

»Das stimmt nicht, und das wissen Sie auch«, warf Val ein. »Aber jetzt setzt euch mal hin und ruht euch aus, Leute. Es gibt auch eine Minibar, falls jemand einen Drink will.«

»Ich nicht«, sagte Molly. »Ich will bloß schlafen. Tage mit zwei Stunden Schlaf wie auf dem College schaffe ich einfach nicht mehr.« Sie stellte ihre Reisetasche auf eines der Queen-size-Betten im Zimmer, streifte sich die Stiefel ab und stellte sie neben das Bett, wie sie es immer tat.

Wenigstens brauchte sie nicht mehr in Stiefeln zu schlafen wie zu Militärzeiten. Das war übel gewesen.

»Etwas Neues?«, fragte Val leise und setzte sich auf ihre Bettkante, während Gabe die Flut von Pattys Fragen beantwortete.

»Wann hat Burke dich das letzte Mal auf den neuesten Stand gebracht?«

»Er hat mich vor einer Viertelstunde angerufen«, antwortete Val.

»Mich auch.« Um ihr zu sagen, er gehe davon aus, dass morgen das HPD auf der Matte stünde, um Xavier zu befragen, was er jedoch nicht zulassen wolle. Es gebe keinen Grund, der Houstoner Polizei zu erlauben, Xavier zur Befragung auf dem Revier antanzen zu lassen, wo er womöglich in Gefahr schwebe. Außerdem hatte Burke erzählt, dass der falsche Paul Lott durchaus nach Xaviers Wegwerfhandy gesucht haben könnte. »Wir sind also beide auf dem aktuellen Stand der Dinge.«

»Pläne für morgen?«, wollte Val wissen.

Gabe und Patty setzten sich auf das andere Bett. »Genau«, sagte Gabe. »Das wüsste ich auch gern.«

Molly fürchtete sich davor, sich hinzusetzen, weil ihre Erschöpfung so übermächtig war, dass sie vermutlich einschlafen würde, sobald ihr Hinterteil die Matratze berührte. »Ich will, dass einer von uns vor Ort ist, wenn Cornell Eckert dem Haftrichter vorgeführt wird.«

»Das übernehme ich«, sagte Val. »Du kannst mit Patty und Gabe hierbleiben. Da Eckert heute auf dich gezielt hat, wird er dich morgen wiedererkennen. Wir sollten jedes Risiko ausschließen, dass dir derjenige, der ihn angeheuert hat, hierher zurück folgen kann.«

Molly hatte Mühe, aufrecht zu stehen. »Das war auch mein Gedanke.«

Val zog eine Braue hoch. »Noch was, bevor du aus den Latschen kippst?«

»Ja. Ich wollte morgen mit Xavier in seine alte Wohngegend fahren. Wir müssen herausfinden, wo das Mordopfer gewohnt hat. Mir ist klar, dass er noch ein kleiner Junge war, als das alles passiert ist, aber vielleicht erinnert er sich ja an etwas.«

»Das wird schwierig für ihn werden«, erwiderte Val mitfühlend. »Fotos reichen nicht, oder?«

»In der Gegend hat sich seit Katrina vieles verändert«, wandte Molly ein. »Ich fürchte, da werden Fotos nicht genügen.«

Val runzelte die Stirn. »Ich bin nicht sicher, ob er überhaupt etwas wiedererkennt, wenn er es sieht.«

»Dieser Gedanke ist mir auch schon gekommen«, sagte Molly. »Aber es steht und fällt alles mit dem Opfer. Wenn wir die Frau erst einmal gefunden haben, werden auch die Verbindungen zu den anderen Beteiligten klarer.«

Val nickte zwar, wirkte aber immer noch skeptisch. »Wahrscheinlich ist es einen Versuch wert. Hast du Unterstützung?«

»Ich glaube, es ist besser, wenn Xavier nur mit mir allein hinfährt, ohne große Entourage. Damit würde er nur Aufmerksamkeit auf sich ziehen.«

Val runzelte die Stirn. »Aber Burke wird dich nicht allein hinfahren lassen.«

»Ich rede morgen mit ihm. Nachdem ich eine Runde geschlafen habe.« Molly massierte sich die Stirn, hinter der sich Kopfschmerzen bemerkbar gemacht hatten. »Ich weiß nicht, wann Eckerts Anhörung sein wird, aber normalerweise sind die ja gleich morgens.«

»Stimmt«, sagte Val leise, ehe sie die Stimme erhob. »Kommen Sie, Patty, lassen wir die beiden schlafen.«

Patty drückte Gabe einen Kuss auf die Wange. »Ich bin gleich nebenan, falls du mich brauchen solltest.« Sie winkte Molly zu. »Danke, dass Sie auf ihn achtgeben.«

Molly lächelte. »Das ist mein Job. Und mir eine Freude.« Sie wartete, bis die Verbindungstür geschlossen war, ehe sie sich aufs Bett sinken ließ. »Ich komme auf der letzten Rille daher. Wenn es dir nichts ausmacht, würde ich gern als Erste ins Bad gehen.«

Gabe machte eine Geste. »Kein Problem. Molly? Wo soll ich schlafen?«

Sie blieb auf halbem Weg ins Badezimmer stehen und überlegte. Natürlich könnte sie behaupten, das Bett mit ihm zu teilen, erleichtere es ihr, auf ihn aufzupassen, aber sie wussten beide, dass das eine Lüge war. Also entschied sie sich für die Wahrheit. »Bei mir? Ich kann dir nicht versprechen, dass etwas passieren wird, aber es wäre schön, dich im Arm zu halten und –«

Innerhalb einer Sekunde stand er vor ihr und legte ihr den Finger auf die Lippen. »Dich im Arm zu halten, ist genau das, was ich auch will.« Er löste seinen Finger und legte die Hand an ihre Wange. »Und dich vielleicht zu küssen, wenn du aufwachst. Das ist alles.«

Sie schmiegte ihre Wange in seine Handfläche. »Das hört sich perfekt an.«

Eine Viertelstunde später – sie lag bereits unter der Decke und war kurz vor dem Einschlafen – spürte sie, wie er den Arm um ihre Taille legte und sich von hinten an sie schmiegte. Er roch nach Pfefferminz-Zahnpasta und der mit Vanille aromatisierten Hotelseife, hauptsächlich jedoch nach seiner sauberen Würzigkeit, nach Gabe. Er küsste ihre

Schläfe, schob die Hand unter ihr T-Shirt, direkt auf ihren Bauch, und flüsterte: »Schlaf. Val hält Wache. Du kannst loslassen und schlafen.«

Seine sonore Stimme und die Berührung jagten einen Schauer durch ihren Körper, der wie ein Weckruf wirkte – noch verstärkt durch die Gewissheit, dass Val in diesem Moment die Verantwortung für ihrer aller Sicherheit trug. Sie dachte an den Kuss vorhin im Büro. Dass Gabes Unversehrtheit streng genommen gerade nicht in ihren Händen lag, mochte eine lahme Ausrede für das sein, was sie gleich tun würde, doch das war ihr egal. Gabes Gegenwart beschwor den Wunsch nach … so ziemlich allem in ihr herauf.

Mit einem Mal war der Gedanke an Schlaf wie fortgewischt.

»Ich will aber nicht«, murmelte sie. »Ich habe einen sexy Kerl im Bett.« Sie rollte auf den Rücken und sah ihn an. Seine Hand lag auf ihrem Bauch, gefährlich dicht unter der Wölbung ihrer Brust. *Nur ein Stückchen höher, Gabe. Bitte.* »Du bist perfekt, weißt du das eigentlich?«

»Ich bin weit davon entfernt. Im Gegensatz zu dir.«

Sie verdrehte die Augen. »Halt den Mund und küss mich, Gabe.«

Und das tat er. Ganz zärtlich und zurückhaltend, mehr wie ihr erster Kuss. Doch dann stieg ein begieriger Laut in seiner Kehle auf.

Oder kam das von mir?

Aber eigentlich spielte es keine Rolle, denn er vertiefte seinen Kuss und schob sich auf sie. Innerhalb von Sekunden war die zärtliche Zurückhaltung in begierige Leidenschaft umgeschlagen. Sie vergrub die Hand in seinen dichten Locken, während sie mit der anderen die Härchen auf seiner Brust liebkoste. So weich. Überall. Wie sie es sich ersehnt hatte.

Seine Haut fühlte sich warm an ihrer an, seine Lippen fest und beharrlich, und sie verfluchte die Tatsache, dass sie irgendwann Atem schöpfen musste. »Du machst das gut.«

Er lächelte, ohne die Lippen von ihrem Mund zu lösen. »Du tust meinem Ego gut. Ich hatte schon Angst, ich sei aus der Übung.«

Sein Daumen schob sich ein winziges Stückchen näher an ihre Brust heran. Ihre Haut fühlte sich an, als stünde sie in Flammen. Am liebsten hätte sie seine Hand gepackt und dorthin gelegt, wo sie sie haben wollte. Doch hier ging es darum, verführt zu werden – etwas, in dessen Genuss sie schon lange Zeit nicht mehr gekommen war. »Übung kann nie schaden.«

Sie schlang ein Bein um seine Hüfte, während sie sich ihm ein Stück entgegenwölbte, um herauszufinden, wie sehr er sie wollte. Ein Schauder überlief sie, denn sollte die harte Wölbung in seinen Boxershorts ein Maßstab sein, war sein Verlangen nach ihr sehr groß. Trotz ihrer Müdigkeit brauchte sie mehr, musste seinen Körper besser kennenlernen. Sie schob die Hand unter den Gummibund seiner Unterhose und schloss in einem scharfen Atemzug die Finger um ihn. Er war groß und hart und bereit. Sehr, sehr bereit.

Mit einem Stöhnen drängte er sich gegen ihre Hand. »Was ich nicht alles gern mit dir tun würde.« Wieder stieß er zu.

»Sag es mir«, flüsterte sie.

»Ich will dich berühren.« Seine Stimme war tiefer geworden, sein Akzent ausgeprägter, satter. Ein Schauder überlief sie, als seine Fingerspitzen den Ansatz unter ihren Brüsten streiften. »Darf ich dich berühren, Molly?«

Es gab nur eine Antwort darauf, hier, in diesem Moment, der nur ihnen allein gehörte. »Ja. Bitte.«

Endlich schlossen sich seine Finger um ihre Brust, und sein Daumen schnellte zärtlich über ihren Nippel. »Ich will dich überall berühren, will herausfinden, was dir gefällt. Ich will dich schmecken, in dir sein, dein Stöhnen hören.«

Das sie selbst dann nicht hätte unterdrücken können, wenn sie es noch so sehr versucht hätte. »Ja. Ja, bitte.«

CENTRAL BUSINESS DISTRICT, NEW ORLEANS, LOUISIANA

Dienstag, 27. Juli, 21.55 Uhr

Ja. Ja, bitte.

Gabe hatte Mühe, beim Klang von Mollys Worten an sich zu halten und sie nur zärtlich zu berühren. Seit sie das erste Mal ins *Choux* gekommen war, hatte er sich damit zufriedengegeben, sie lediglich anzusehen.

Nicht zu berühren. Nicht zu schmecken, zu riechen, zu fühlen.

Nicht zu besitzen.

Doch nun hatte sie gesagt, dass sie es wollte.

Mit zitternden Händen drückte er ihre Arme nach oben und zog ihr das T-Shirt über die Brüste. Dann schenkte er sich einen Moment, um sie zu betrachten. »Du bist wunderschön«, flüsterte er.

»Du auch«, erwiderte sie leise und gab einen winzigen lustvollen Laut von sich. »Gabe, bitte.«

Er grinste. »So ungeduldig.«

»Und wie.«

»Ich habe immerzu an dich gedacht«, gestand er. »Wann immer du im Restaurant warst, habe ich dich beobachtet und später an dich gedacht.«

Ein hinterhältiges Lächeln spielte um ihre Mundwinkel. »Und hast du dir dabei einen runtergeholt?«

Seine Augen wurden groß, und seine Wangen fühlten sich plötzlich heiß an. Gütiger Himmel, sie standen hoffnungslos in Flammen. Er nickte. »Ja.«

Sie leckte sich die Unterlippe. »Könnte sein, dass ich auch ein- oder zweimal an dich gedacht habe. Wenn ich im Bett lag. Allein.«

Die Vorstellung ließ ihn wohlig erschaudern. Er küsste sie auf den Mund, auf die Linie ihres Kiefers. »Aber jetzt bist du nicht allein.«

»Nein, bin ich nicht.« Sie bewegte die Hüften, rieb sich an ihm. Er stieß ein leises Stöhnen aus, in dem Wissen, dass ihre Freundin und Kollegin direkt nebenan war und auf irgendwelche Geräusche lauschte, die Gefahr bedeuten könnten. »Küss mich, Gabe. Hör auf zu denken und küss mich.«

Ohne auf seine Reaktion zu warten, vergrub sie die Finger in seinem Haar und zog ihn zu sich herunter.

Sobald sich ihre Münder berührten, war jeder Gedanke verflogen, und er versank im Geschmack ihres Mundes. Es war so lange her, viel zu lange, und doch jede, die es zuvor gegeben hatte, war zu einer fernen, verschwommenen Erinnerung verblasst. Schwer atmend löste er sich von ihr. »Ich will dich.«

Auch ihr Atem kam in Stößen. »Dann tu's.«

Er wünschte, es wäre heller im Raum, um sie besser sehen zu können. *Nächstes Mal,* dachte er. Zwischen ihren Beinen kniend, zog er ihr das T-Shirt ganz über den Kopf und ließ es neben das Bett fallen, doch bevor er ihr auch die kurze Schlafanzughose ausziehen konnte, richtete sie sich ein wenig auf und ließ eine Hand über seine Brustmuskeln gleiten.

»Ich mag deine Brust«, raunte sie und liebkoste sein Schlüsselbein. »Ist das okay?«

»Ja«, presste er erstickt hervor, aber dennoch klar genug, dass sie weitermachte, seine Brust mit Küssen bedeckte, bis sie die linke Brustwarze erreichte, über die sie behutsam leckte, was einen Stromschlag durch seinen Körper sandte, geradewegs bis in seinen Schwanz. »Gut.«

Es fühlte sich so gut an. Besser als gut.

Er spürte, wie sich ihre Lippen an seiner Haut verzogen, gefolgt von einem warmen Atemhauch, als sie lachte. »Ah. Wir sind also bei den einsilbigen Worten angelangt. Das heißt wohl, du magst es.«

Sie arbeitete sich auf die andere Seite seiner Brust vor, teils küssend, teils leckend, teils so fest saugend, dass bestimmt Male zurückbleiben würden. Schließlich war sie bei der anderen Brustwarze angelangt, die sie mit winzigen, zärtlichen Bissen traktierte, was weitere wohlige Schauder durch seinen Körper sandte.

»Fuck«, presste er erstickt hervor, während der instinktive Drang, sie nackt vor sich zu sehen, die Oberhand gewann. Er packte sie bei der Taille und hob ihre Hüfte an. »Hoch.«

Sie gehorchte. Eilig zerrte er ihr die Shorts – inklusive des Höschens – über die Beine.

»Molly.« Sein Blick glitt über ihre üppigen Kurven, den Schwung ihrer Hüften, das sorgsam getrimmte blonde Dreieck zwischen ihren Beinen. Er schluckte. »Molly.« Es war das Einzige, was über seine Lippen kam.

Doch sie gab ihm nicht länger Zeit, sie zu betrachten. »Runter«, befahl sie und zog ihm die Boxerbriefs bis zu den Knien herunter, sodass sein erigierter Penis gegen seinen Bauch schnellte. »Oh, ja«, stieß sie hervor, beugte sich vor und ließ ihre Zunge über seine Länge gleiten, von der Spitze bis zur Wurzel.

»Fuck!« Er konnte sich den Aufschrei nicht verkneifen.

Sie begegnete seinem Blick im Halbdunkel. »Ist es das, was du willst?«

Wieder schluckte er, als ihn das Verlangen zu übermannen drohte. »Ich habe ein Kondom bei mir.«

Kurz fürchtete er, sie könnte sich fragen, warum. Sie könnte glauben, er sei arrogant genug gewesen, sich seiner Sache sicher zu sein.

Stattdessen ließ sie sich in die Kissen zurückfallen, was ihre Brüste geradezu hypnotisch wippen ließ. »Dann hol es.«

Blind tastete er nach seiner Brieftasche auf dem Nachttisch und kramte das Kondom heraus, das er seit mehr als einem Jahr mit sich herumtrug. Ein Glück, dass seine Hände nicht länger zitterten und er mit ruhigen, bedächtigen Bewegungen die Folienverpackung aufreißen, das Kondom herausnehmen und sich überstreifen konnte.

Währenddessen betrachtete sie ihn voller Begierde.

Als er sich zwischen ihre Beine schob, hämmerte sein Herz so heftig, dass er fürchtete, es springe ihm gleich aus der Brust. *Sei ein anständiger Mensch. Vergewissere dich, dass es das ist, was sie will.* »Bist du sicher? Wir müssen nicht –«

Sie schlang ihm die Beine um die Hüften. »Ich bin sicher.« Sekunden später lag er unter ihr auf dem Rücken und sah sie an. »Und du?«

Sein Grinsen war so breit, dass es fast schmerzte. »Ja. Willst du mich etwa reiten, Molly?«

Sie stützte sich mit beiden Händen auf seine Brust. »Genau das hatte ich vor.«

Beide stöhnten, als sie sich auf ihn hinabsinken ließ. Sie fühlte sich warm und eng und …

»O mein Gott«, raunte er, wobei die Worte ineinanderflossen. Sie lachte auf, und ihre Freude erfüllte den Raum zwischen ihnen. Erfüllte sein Herz.

In diese Frau könnte ich mich verlieben.

Vielleicht hatte er bereits damit angefangen.

Und dann begann sie, sich zu bewegen. Sex, Anmut … pure Lebensfreude. Molly Sutton zuzusehen, wie sie sich selbst Lust spendete, völlig ohne Hemmung und Scham, war so unglaublich, dass er sich wünschte, es möge niemals enden. Doch nur allzu schnell fand sein Körper den Gleichklang zu ihrem Rhythmus, ließ sich von ihrer Lust mitreißen. Er hielt sie bei den Hüften, schob sich tief in sie hinein, wann immer sie sich auf ihn sinken ließ.

So gut. Doch er wollte mehr. Mehr Körperkontakt. Mehr Haut. Mehr Molly.

Er spannte die Bauchmuskeln an und stemmte sich hoch, um ihre Brustwarze mit den Lippen zu umschließen, während er spürte, wie sich ihre Finger um seine Schultern krallten. Er hörte ihre harschen Atemzüge, lauschte ihrem Flehen nach mehr, mehr, tiefer.

Erst als sie einen wimmernden Schrei ausstieß, wurde ihm bewusst, dass sie seine Schulter losgelassen hatte. Er schlug die Augen auf und sah, dass sie fieberhaft ihre Klitoris massierte. Ihm blieb kaum Zeit, sich bewusst zu machen, wie unglaublich heiß er es fand, als sie sich ihm auch schon entgegenwölbte und mit einem tiefen, leisen Stöhnen den Kopf in den Nacken fallen ließ.

Das war's. Er konnte nicht länger an sich halten. Er schlang die Arme um sie, drehte sie auf den Rücken und versenkte sich mit tiefen Stößen in ihr – nicht behutsam, nicht rücksichtsvoll, nicht graziös, doch es kümmerte ihn nicht. Er konnte sich nicht erinnern, wann er sich jemals so gut gefühlt hatte.

Der Orgasmus erfasste ihn mit der Wucht einer Welle, die ihn unter sich begrub, während sein Körper erzitterte und er ein letztes Mal zustieß. Dann atmete er aus, noch immer das Körpergewicht auf den Unterarmen, als er langsam tiefer sank und ein letztes Beben durch seinen Körper lief.

»Mmm«, machte sie. »Geht es dir gut?«

Er lachte erschöpft. Sein Körper fühlte sich schlaff an und … herrlich. So wunderbar, dass er immer noch nur in – wie hatte sie es bezeichnet? – einsilbigen Worten kommunizieren konnte. »Ich glaube schon. Und dir?«

»Ich bin mir sogar sicher. Wenn das dein ›Ich bin aus der Übung‹-Ich ist, bin ich gespannt, wie es beim nächsten Mal wird.«

Also würde es ein nächstes Mal geben. Gott sei Dank. Er war sich nicht sicher, was er tun würde, wenn dem nicht so wäre. Vorsichtig zog er sich zurück, streifte das Kondom ab und warf es in den Abfallkorb neben dem Bett.

Sie kuschelte sich an ihn. »Ich denke, wir sollten jetzt schlafen.«

Vielleicht fände er ja auch etwas Schlaf. Er war zu erschöpft, um darüber nachzugrübeln, was der morgige Tag bringen mochte. Er zog sie an sich und seufzte zufrieden, als sie die Wange gegen die Härchen auf seiner Brust schmiegte.

Daran könnte er sich gewöhnen. Sie in den Armen zu halten, während er schlief.

»Du bist ein angenehmes Kissen«, murmelte sie schläfrig. »Das mag ich. Und ich mag dich. Mehr, als ich sollte.«

Er drückte ihr einen Kuss aufs Haar. »Schlaf jetzt, Molly. Ich werde hier sein, wenn du aufwachst.«

FRENCH QUARTER, NEW ORLEANS, LOUISIANA

Dienstag, 27. Juli, 22.30 Uhr

Ashley saß auf der Bettkante und ließ den Blick durch das feudale Hotelzimmer schweifen, während sie seine Bitte überdachte. Lamont hatte das Treffen arrangiert, weil er, wie er sagte, ihre Hilfe bei der Rettung mehrerer Kinder brauche. Was genau die richtigen Worte waren, denn die Bestrafung von Missbrauchstätern war der Hauptgrund, den Ashley beim Bewerbungsgespräch für ihr Interesse an dem Posten als seine Assistentin angegeben hatte. Selbst als Kind Opfer sexueller Übergriffe geworden, setzte sie sich heute leidenschaftlich dafür ein, Missbrauchstäter unschädlich zu machen.

Nichtsdestotrotz hielt sich ihre Begeisterung in Grenzen. Bevor Joelle Lamonts Reichtum zu Kopf gestiegen war, hätte sie sich mit Feuereifer auf die Gelegenheit gestürzt, in eine andere Rolle zu schlüpfen, Ashley hingegen wirkte nachdenklich.

»Wenn du mir nicht helfen kannst«, sagte Lamont leise, »verstehe ich das natürlich. Das ist nicht deine Aufgabe. Aber es gibt niemanden, dem ich mehr vertraue, dass er mich hierbei unterstützt.«

Wieder hatte er den richtigen Knopf gedrückt, denn ihre Wangen färbten sich rosig, und ein zurückhaltendes, aber erfreutes Lächeln erschien auf ihren Zügen. »Ich will dir helfen und werde es auch tun. Ich überlege nur, welche Fragen ich als Erstes stellen muss.«

Er setzte sich auf den Stuhl neben dem Bett. »Frag alles, was dir in den Sinn kommt. Deine Sicherheit steht an oberster Stelle für mich. Ich will nicht, dass du dich überfordert fühlst.«

»Also gut. Wieso übernimmt das nicht die Polizei?«

»Gute Frage.« Das war es tatsächlich. *Verdammt, Ashley.* »Das tut sie. Nur unterstützt sie dich im Hintergrund.«

Sie runzelte die Stirn. »Aber haben die keine verdeckten Ermittlerinnen?«

Mit dieser Frage hatte er nicht gerechnet. Stattdessen war er davon ausgegangen, dass sie sich auf Anhieb bereit erklären würde, ohne lästige Fragen. Sollte sie seine Bitte abschlagen, würde er sie noch heute Abend töten müssen – wobei ihre Ermordung von vornherein festgestanden hatte, auch wenn er Jackass gegenüber das Gegenteil behauptet hatte. Was hätte er auch sonst sagen sollen, wenn der Typ ihn ansah, als hätte er den Verstand verloren?

Aber ich bin nicht verrückt. Wenn man es genau nimmt, bin ich womöglich der Einzige in dem ganzen Schlamassel, der noch alle Tassen im Schrank hat. Der Einzige, der klar denken konnte.

Sobald er ihr sein Dilemma mit Burke Broussard dargelegt hätte, könnte sie ihm schaden. Aber er hatte darauf gehofft, sie mindestens noch ein Mal vögeln zu können, ehe er sie eliminierte.

Ashley war überaus leidenschaftlich im Bett. Das würde ihm fehlen.

Er runzelte die Stirn. »Aber wenn du nicht willst, finde ich jemand anderes.«

»Nein, nein, nein«, wiegelte sie eilig ab. »Ich habe nie gesagt, ich würde nicht wollen, sondern frage nur, weshalb keine Polizistin übernimmt. Ich bin doch bloß eine Assistentin.« Sie verzog das Gesicht. »Und noch nicht einmal mehr deine.«

Autsch. Treffer, Ashley. »Die Polizistin, die eigentlich übernehmen sollte, wurde abgezogen«, log er. »Ihre Tarnung war aufgeflogen. Ich arbeite mit dem NOPD zusammen, und die haben mich um Hilfe gebeten.«

Was ebenso eine komplette Lüge war. Aber das wusste Ashley natürlich nicht. Sie mochte ein Genie mit Tabellen und Listen sein, doch beim gesunden Menschenverstand haperte es.

»Also gut«, sagte sie mit immer noch erkennbarer Skepsis. »Ich muss also bloß morgen früh diesen Broussard anrufen und ihm sagen, dass er in einem Fall für mich ermitteln soll. Dass jemand versucht hätte, mich zu töten, und ich glauben würde, es hinge mit der Ermordung meiner Schwester JoAnn während Katrina zusammen.«

»Ganz genau.« Er schenkte ihr sein strahlendstes Lächeln. »Braves Mädchen.«

Erfreut über das Lob, erwiderte sie das Lächeln. »Und das lockt ihn aus seinem Versteck, sodass du ihn dir schnappen kannst?«

»Genau.« Das musste es. Sollte Broussard Verdacht schöpfen, würde es umso schwieriger werden.

»Und dieser Broussard ist ein gemeiner Kinderhändler?«

»Genau. Aber einer erwachsenen Frau hat er noch nie etwas getan, deshalb kann dir nichts passieren. Du wirst verkabelt, und wir warten draußen vor der Tür.« Zumindest das entsprach der Wahrheit. Er hatte bereits die verlässlichsten Männer auf seiner Liste abtelefoniert – zum einen, um sie als Leibwächter für sich selbst zu rekrutieren, zum anderen, damit sie sich um Eckert kümmerten. Einer von ihnen würde draußen warten, damit sie Jackass' Männern folgen konnten, wenn die sich an Broussard dranhängten, denn er konnte seinem Partner nicht über den Weg trauen. »Sobald du aus seinem Büro kommst, bringen wir dich in Sicherheit.«

Wieder runzelte sie die Stirn. »Und was ist, wenn Broussard mich fragt, wie ich ausgerechnet auf ihn komme? Könnte doch sein, dass er Verdacht schöpft.«

»Sag ihm, ein Cop namens Rocky, der Ermittlungen im Zusammenhang mit dem Tod deiner Schwester angestellt hat, hätte dich aufgesucht. Du hättest versucht, ihn zu erreichen, aber er sei tot.«

Sie riss die Augen auf. »Er ist tot? Aber wie das?«

»Er hat sich erschossen. Traurige Geschichte. Erzähl Broussard, Rocky hätte dir gesagt, falls ihm etwas zustoße, solltest du dich an ihn wenden, weil sie beim NOPD Partner gewesen seien.«

Ihre Augen wurden noch größer. »Broussard war ein Cop?«

»Ja.«

Ihr Kiefer wurde hart, und Wut zeichnete sich auf ihrer sonst so gelassenen Miene ab. »Dann verdient er es, in den Knast zu wandern. Vielleicht kann ja einer der Typen, die er hopsgenommen hat, dafür sorgen, dass er seine gerechte Strafe bekommt.«

Diesmal war Lamonts Lächeln aufrichtig. »Deine Einstellung gefällt mir, Ash. Also, bist du dabei?«

»Ja.«

»Natürlich kannst du nicht deinen richtigen Namen verwenden. Du bist Alicia Rollins, und deine Schwester hieß JoAnn.« Nicht Nadia Hall, denn diesen Namen würde er niemals wieder in den Mund nehmen. Außerdem hatte es eine JoAnn Rollins gegeben, die in der Flutkatastrophe ums Leben gekommen war, sprich, sollte Broussard Ashleys Angaben überprüfen, würde dies seinen Argwohn zerstreuen. In gewisser Weise war es sogar passend, da Rocky genau dasselbe getan hatte: seinem Vorgesetzten den Namen irgendeines Katrina-Opfers statt Xavier Morrows zu nennen, als man ihn bedrängt hatte, die Identität des Augenzeugen preiszugeben. »Alles klar?«

»Ja.«

»Ich schicke dir eine falsche Adresse, die du ihm nennen kannst, falls er dich fragen sollte, wo du wohnst.«

Lamont hatte beide Angaben – Namen und Adresse – vor einer Stunde von Jackass bekommen. Die Anschrift gehörte zu einem Haus in einer Kleinstadt in South Carolina ganz in der Nähe des Orts, wo Gabe Heberts Ermittler-Lady früher gewohnt hatte. Sollte Margaret Sutton Verdacht schöpfen und Nachforschungen anstellen, bekäme sie von Jackass' hochgeschätzten Gefolgsleuten ein hübsches kleines Geschenk.

Lamont hoffte, dass es funktionierte, doch falls nicht, konnte die Operation nicht zu ihm zurückverfolgt werden. Er war also auf der sicheren Seite.

»Und«, fügte er hinzu, »du darfst Broussard am Telefon keine Details verraten, nur –«

»Nur, dass jemand mich töten wollte und dieser Versuch mit dem Mord an meiner Schwester während Katrina zusammenhängt. Ich habe verstanden. Ehrlich.« Ihre Lippen verzogen sich zu einem verführerischen Lächeln. »Und jetzt, wo wir das Geschäftliche erledigt haben …«

Er verdrängte seine Verärgerung darüber, dass sie ihm ins Wort gefallen war, und sah auf seine Uhr. »Eine Weile kann ich noch bleiben.«

Sie legte den Kopf schief und bemühte sich – vergeblich – um eine nonchalante Miene. »Und deine Frau?«

»Ich werde mich von ihr scheiden lassen.« Mehr oder weniger. »Allerdings muss ich warten bis –«

»Nach der Wahl. Ich weiß, ich weiß«, seufzte sie.

Er nahm ihre Hand. »Sie behält mich ganz genau im Auge, und ich darf nicht zulassen, dass sie etwas gegen mich in der Hand hat. Gegen uns. Sie ist nun mal keine nette Frau.«

Ashley lachte bitter. »Das habe ich auch schon gemerkt.«

»Aber denken wir jetzt nicht an sie. Immerhin sind wir hier, in diesem reizenden Zimmer, ganz für uns allein.«

Sie nickte entschieden. »Du hast recht. Amüsieren wir uns ein bisschen.«

15. Kapitel

CENTRAL BUSINESS DISTRICT, NEW ORLEANS, LOUISIANA

Mittwoch, 28. Juli, 07.45 Uhr

Kaffee. Noch im Halbschlaf drehte Gabe sich in die Richtung, aus der der Duft kam, wobei er vage registrierte, dass er nicht in seinem eigenen Bett lag. Erinnerungen schwappten in sein Bewusstsein, als er die Augen aufschlug und ein in jeder Hinsicht gewöhnliches Hotelzimmer vor sich sah – mit Ausnahme der Frau, die in dem kleinen Vorraum vor dem Badezimmer ein Kata absolvierte.

Sie trug eine weite, tief auf ihrer Hüfte sitzende Sporthose und ein T-Shirt, das sich um ihre prachtvollen Kurven schmiegte. Reglos sah Gabe zu, wie sie die einzelnen Teile der Bewegungsabfolge absolvierte, langsam und fließend und zugleich mit routinierter Körperbeherrschung.

Sie war atemberaubend.

Die Sequenz aus Blocks, Kicks und Schlägen kannte er nicht, da sie sich grundlegend von den Übungsfolgen des Brasilianischen Jiu-Jitsu, wie er sie gelernt hatte, unterschied. Was sie hier tat, sah eher nach Karate aus. Sie hatte ihm erzählt, sie hätte einen schwarzen Gürtel in drei verschiedenen Kampfkunstarten, was er bei ihrem Anblick sofort glaubte.

Sie war ruhig und stark, die kompetenteste Frau, die er je

kennengelernt hatte – ein Glück, denn nun, da er vollends wach und wieder bei klarem Verstand war, stieg erneut die Angst in ihm auf.

Gestern Abend war alles so viel schöner gewesen – trunken vom Sex und mit von Glücksgefühlen benebeltem Verstand.

Er sog scharf den Atem ein, als sie einen Roundhouse-Kick vollführte und durch die Luft wirbelte, nur um nahezu geräuschlos auf den Fußballen zu landen, was gut war, da sie sich im sechzehnten Stockwerk befanden.

Gleichzeitig hatte er keine Befürchtungen, dass die Gäste in der Etage unter ihnen auch nur die kleinste Erschütterung registriert hatten. Molly bewegte sich mit der Geschmeidigkeit einer Katze.

Gabe wartete, bis sie die Hände aneinanderlegte und sich zum Abschluss verneigte, ehe er »Guten Morgen« sagte.

Sie lächelte. »Guten Morgen. Ich hoffe, ich habe dich nicht geweckt.«

»Nein«, antwortete er und bemühte sich, seine Angst zu verdrängen und fröhlich zu klingen. »Der Kaffee hat das erledigt.«

»*Choux*-Qualität hat er nicht, aber es ist wenigstens Koffein.«

Schon im Dunkel der vergangenen Nacht war Molly Sutton wunderschön gewesen, nun jedoch, im frühmorgendlichen Licht, wirkte sie noch viel schöner, falls das überhaupt möglich war.

Er setzte sich auf und lehnte sich gegen das Kopfteil des Bettes, wobei er erfreut bemerkte, wie ihr Blick über seine nackte Brust schweifte. Sein Unterleib nahm es jedenfalls wohlwollend zur Kenntnis. »Koffein ist Koffein. Heute Morgen bin ich da nicht wählerisch.«

»Ich bringe dir eine Tasse.«

Bevor er protestieren konnte, trat sie zum Kaffeebereiter, was ihm Gelegenheit gab, ihren runden Prachthintern zu bestaunen und sich zu erinnern, wie sie sich in seinen Armen angefühlt hatte. Und sich zu wünschen, er hätte sie beim Aufwachen immer noch gehalten.

»Was hast du gemacht?«, fragte er, als sein Blick auf den aufgeklappten Laptop auf dem zweiten Bett fiel.

Sie drehte sich zu ihm um, was es unmöglich machte, ihre Brüste zu übersehen, die sich unter ihrem eng anliegenden Funktionsshirt abzeichneten. Er bemühte sich, sie nicht anzustarren, konnte sich jedoch nicht beherrschen.

Bis zu ihrer Antwort. »Ich sehe mir die Polizeiberichte der Morde während Katrina an, weil ich gehofft hatte, auf einen Fall zu stoßen, der mit Xaviers Beschreibung übereinstimmt, aber bisher habe ich nichts gefunden.«

Ihre Worte wirkten wie eine kalte Dusche. Na gut, eher wie eine lauwarme, weil er nach wie vor erregt war. »Wie lange bist du schon wach?«

Sie bereitete seinen Kaffee zu, wobei er erleichtert bemerkte, dass es sogar echte Kaffeesahne gab. Dieses Pulverzeug war ja eine Kränkung der Menschheit. »Eine ganze Weile. Ich musste Val Gelegenheit geben, auch ein paar Stunden zu schlafen. Sie muss in einer Stunde ins Gericht, weil Eckerts Anhörung stattfindet. Bis zu ihrer Rückkehr übernehme ich deine und Pattys Bewachung.«

»Und dann?«

Sie stellte den Kaffee auf seinen Nachttisch und setzte sich auf die Kante des Bettes, das sie vor wenigen Stunden noch geteilt hatten, wobei ihr Hinterteil sein Knie berührte. »Und dann bringe ich euch ins Büro, wo ihr in Sicherheit seid, während ich mit Xavier in sein altes Viertel fahre.«

Gabe runzelte die Stirn. »Nein. Wir hatten doch vereinbart, das zusammen zu machen.«

Sie nippte an ihrem Kaffee, doch der feste Zug um ihren Kiefer verriet ihm, dass es gleich Protest geben würde. »Gabe, ich –«

»Du bist diejenige mit der Ausbildung«, unterbrach er. »Das ist mir klar. Aber du hast es versprochen.«

»Nein, Burke hat es versprochen.«

»Molly«, schnaubte er.

Sie legte den Kopf schief. »Gabe, es ist zu gefährlich. Schlimm genug, dass ich mit Xavier dorthin fahre. Ich kann euch nicht beide gleichzeitig im Auge behalten.«

»Hast du denn vor, auszusteigen und die Straße mit ihm abzulaufen?«

»Natürlich nicht. Ich fahre sie entlang, bis er sich orientiert hat und vielleicht etwas wiedererkennt.«

»Aber erregt das denn keinen Verdacht?«, fragte er stirnrunzelnd.

»Nicht mit dem Firmenschild eines Immobilienmaklers auf der Wagentür«, antwortete sie, dann ließ sie die Schultern sacken. »Dieser Eckert, der gestern mit der Waffe auf uns gezielt hat. Wenn er dich gesehen hätte …«

»Vielleicht wusste er gar nichts von mir«, warf Gabe ein. »Er war doch hinter Xavier her.«

»Aber was, wenn die heute jemand anderes auf dich angesetzt haben?«, erwiderte sie knapp.

Das stimmte. »Könnte ich nicht mit deiner Ersatzwaffe hinten auf dem Rücksitz bleiben? Falls es Ärger gibt, brauchst du doch Verstärkung.«

»Nein.«

Er beschloss, auf eine andere Taktik umzuschwenken. »Also, du hast doch selbst gesagt, Burke gingen allmählich die

Leibwächter aus. Weshalb sollte ich eine seiner kostbaren Ressourcen verschwenden?«

Sie sah ihm direkt in die Augen. »Nein.«

Na gut. *Dann eben mit harten Bandagen.* »Dir ist schon klar, dass ich dir einfach folgen könnte, oder? Es sei denn, du willst mich ans Bett fesseln. Was durchaus seinen Reiz hätte.« Er wackelte vielsagend mit den Brauen, woraufhin sie ein Prusten ausstieß.

Gefolgt von einem Seufzen. »Würdest du das ernsthaft tun? Obwohl du weißt, wie gefährlich das ist?«

»Ja. Du bist die Super-Ermittlerin, und ich bin bloß ein kleiner Koch, aber …« Er schluckte. »Diese Typen haben meinen Vater getötet, Molly. Ich will nicht, dass sie dir auch noch etwas antun. Ich bin nicht nutzlos.«

Ihre Miene wurde weich. Sie ließ ihre Hand von seinem Knie zur Mitte seines Oberschenkels wandern – eine Geste, die, wie er vermutete, beschwichtigend sein sollte, die seine Erregung jedoch nur aufs Neue befeuerte.

»Du bist alles andere als nutzlos«, murmelte sie. In diesem Moment wusste er, dass er sie am Haken hatte. Unvermittelt kniff sie die Augen zusammen und riss ihre Hand zurück. »Du kleiner Mistkerl. Du hast mich manipuliert.«

»Und hat es funktioniert?«

»Könnte sein«, räumte sie widerstrebend ein. »Ich kläre das mit Burke.«

»Einverstanden. Für den Moment.«

Sie schüttelte den Kopf. »Du bist unmöglich.«

»Und du magst mich«, erwiderte er selbstzufrieden, nahm ihre Hand und legte sie wieder auf seinen Schenkel. »Das hast du gestern Abend selbst gesagt.«

»Genau das ist ja das Problem«, erwiderte sie nüchtern. »Ich mag dich sehr. Vielleicht sogar ein bisschen zu sehr. Drei Jahre lang habe ich keinen Mann auch nur angesehen, und plötzlich tauchst du auf.«

»Das stimmt doch nicht.« Er stellte seine Kaffeetasse auf den Nachttisch und hob ihr Kinn an. »Ich habe mitbekommen, wie du mich beobachtet hast, wann immer du ins *Choux* gekommen bist.«

Eine leise Röte breitete sich auf ihren Wangen aus. »Das ist wahr.«

Er senkte die Stimme. »Und ich habe dich auch beobachtet. Jedes Mal, wenn du reingekommen bist.«

»Und?«, hauchte sie atemlos.

Und jetzt bin ich hart, und ich will dich. »Inzwischen wird mir klar, dass meine stellvertretende Restaurantleiterin ihr Handwerk versteht und den Laden in meiner Abwesenheit perfekt schmeißt. Wenn all das hier vorbei ist, kann ich ein bisschen kürzertreten, mir Zeit für mich nehmen. Und diese Zeit würde ich sehr gern mit dir verbringen, wenn du das auch willst.«

»Sehr sogar«, flüsterte sie, setzte ihre Tasse tastend neben seine, weil sie die Augen bereits geschlossen und sich vorgebeugt hatte, um ihn zu küssen. »Ich würde ja vorschlagen, wir nehmen sie uns jetzt sofort, aber leider bin ich im Dienst. Val sollte bald aufwachen und ins Gericht fahren, und Patty will wahrscheinlich mit uns frühstücken.«

Er seufzte dramatisch. »Was bedeutet, dass ich mich allmählich anziehen sollte.«

Ihre blaugrünen Augen funkelten. »Es sei denn, du willst, dass sie dich splitternackt sieht.«

»Äh. Nein.« Er schwang die Beine aus dem Bett und ging zum Badezimmer, wo er an der Tür noch einmal stehen blieb. »Was ist denn das?«, fragte er und musterte eine Art Geschirr, das über der Badezimmertür befestigt war. »Ein Sextoy?«, fragte er grinsend.

Sie lachte. »Nein. Das ist mein Seilzug, den ich immer mit im Gepäck habe, wenn ich unterwegs bin und nicht ins Fitnessstudio gehen kann. Damit kriege ich wenigstens mein Minimaltraining.«

»Und hast du deine Trainingseinheit für heute schon absolviert?«

»Ja«, antwortete sie argwöhnisch. »Warum?«

»Zum einen, weil ich dir gern zugesehen hätte, aber hauptsächlich, weil ich hätte mitmachen können. Seit Patty und ich das *Choux* eröffnet haben, komme ich nicht mehr regelmäßig zum Trainieren. Ich gehe zwar zu Fuß zur Arbeit, aber das reicht natürlich nicht.«

»Ich zeige dir morgen, wie er funktioniert.«

»Gern«, sagte er, ehe er ins Badezimmer ging und die Tür schloss. Er trat vor den Spiegel und berührte die Stellen, an denen sie so fest die Haut zwischen die Lippen gesogen hatte, dass kleine Knutschflecke entstanden waren. Er war noch nie mit einer Frau zusammen gewesen, die so etwas tat, und es gefiel ihm. Sehr sogar.

Molly Sutton machte keine halben Sachen. Er grinste sein Spiegelbild an. *Großer Gott!*

Ich sehe so richtig … durchgevögelt aus. Das hatte er sich schon immer gewünscht.

Patty wird es sofort merken.

Egal. Ich bin glücklich.

Gerade als er die Dusche aufdrehen wollte, ertönte eine Frauenstimme, die *Le Festin* aus *Ratatouille* sang. Sein Klingelton. Kurz war er versucht, es zu ignorieren, doch das ging natürlich nicht. Es könnte Burke sein.

Scheiße. Es könnte Burke sein.

Seine Glücksgefühle wichen der Furcht, die auch jetzt noch stets unter der Oberfläche lauerte. Burke würde nicht um diese

Uhrzeit anrufen, wenn es nicht wichtig wäre. Etwas stimmte nicht. Sofort kamen ihm Xavier und seine Houstoner Begleiter in den Sinn.

Er hastete aus dem Badezimmer und griff nach seiner Hose, in deren Tasche sein Handy steckte, doch es hatte aufgehört zu läuten.

Mollys Miene war ebenfalls düster geworden. Und sie war im Begriff, sich anzuziehen, trug einen BH, eine dunkle Hose und … ihr Holster. Inklusive Waffe.

Ja, etwas stimmte ganz und gar nicht.

»Das war Burke«, sagte sie, schlüpfte in eine weiße Bluse und knöpfte sie zu. »Er hat mir eine Nachricht geschickt, während er versucht hat, dich zu erreichen.«

»Ist es schlimm?«, fragte er und zog das Handy heraus. Auf der Mailbox war eine neue Nachricht von Burke eingegangen.

Gabe begegnete durch den Raum hinweg ihrem Blick. Sie nickte. »Ja«, sagte sie und klopfte auf die Matratze neben sich. Für einen kurzen Moment verspürte er den Drang, ins Badezimmer zu laufen und sich einzuschließen.

Was er natürlich nicht tat. Stattdessen holte er tief Luft und zog seine Hose an. Schlechte Nachrichten splitternackt entgegenzunehmen, schien keine gute Idee zu sein. »Ist mit Xavier und den anderen alles in Ordnung?«

»Ja, alles okay.« Molly wartete, bis er sich neben sie gesetzt hatte, und ergriff seine Hand. »Nichts davon ist deine Schuld, Gabe.«

Er schluckte beklommen. »Sag es mir.«

»Die Pathologin, die du beauftragt hattest. Phyllis McLain. Sie ist tot.«

Gabe starrte auf das Display von Mollys Laptop, wo eine Online-Nachrichtenseite aufgerufen war. *Pathologin ermordet.*

Labor zerstört. Und darunter befand sich ein Foto. Sie war es. Dr. McLain. Sie war tot.

Er war … wie betäubt.

»O mein Gott«, flüsterte er und zuckte zusammen, als Molly seine Hand fester drückte.

»Es ist nicht deine Schuld«, wiederholte sie, diesmal eindringlicher.

Aber es *war* seine Schuld. Einzig und allein seine Schuld. Er schüttelte den Kopf, bekam kein Wort heraus. Aber er hätte ohnehin nicht gewusst, was er sagen sollte. Er räusperte sich, zwang sich, einen klaren Gedanken zu fassen. *Denk nach, verdammt noch mal.* Dazu war es nur gekommen, weil Dr. McLain die Autopsie seines Vaters durchgeführt hatte. Weil die Mörder seines Vaters ihre Spuren verwischen wollten. Er schluckte gegen den Kloß in seinem Hals an, der ihn zu ersticken drohte. »Woher wussten die von ihr?«, krächzte er.

»Das können wir noch nicht sagen.« Mollys Stimme war ruhig, der Druck ihrer Hand fest genug, um ihm Halt zu geben. »Aber wir werden es herausfinden, das verspreche ich dir.«

Er fuhr sich mit der freien Hand übers Gesicht und presste sie sich auf den Mund. Sein Herzschlag stockte. O Gott. »Dusty.« Er schnappte sich sein Handy und rief Burkes Nummer auf. »Dusty Woodruff«, sagte er, sobald Burke in der Leitung war. »Er ist mein Freund. Ihm gehört das Bestattungsinstitut. Wenn die sich Dr. McLain …«

»Ich überprüfe das sofort«, sagte Burke. »Ihr bleibt, wo ihr seid, alle beide.«

Gabe starrte auf sein Handy. Burke hatte aufgelegt. Ohne ein Wort von wegen Gabe solle sich keine Sorgen machen. Oder er sehe Gespenster.

Stattdessen hatte er einfach aufgelegt. Um sofort überprüfen zu können, was mit Dusty war.

»Gabe«, murmelte Molly.

»Sag jetzt nicht, es sei nicht meine Schuld.« Das Hämmern seines Herzschlags schien alle anderen Geräusche zu übertönen. »Ich habe sie beide da reingezogen. Dr. McLain ist tot.«

»Könnte sie den Autopsiebericht bei der Polizei vorgelegt haben? Als Beweismittel, dass er keinen Selbstmord begangen hat?«, fragte Molly behutsam.

»Nein. Zumindest glaube ich das nicht. Ich habe sie gebeten, mir etwas Zeit zu geben. Ein paar Tage. Sie war einverstanden. Daraufhin bin ich direkt zu euch gekommen. Ich habe …« Seine Stimme brach. »Ich habe sie nicht gewarnt. Und Dusty auch nicht. O Gott. Ich habe sie beide nicht gewarnt.«

Sie schwieg. Saß einfach da und hielt seine Hand. Ohne Plattitüden von sich zu geben.

Die Zeit verging. Es fühlte sich wie Stunden an, doch seine Handyuhr verriet ihm, dass erst wenige Minuten verstrichen waren, als Burke sich wieder meldete. »Es tut mir leid, Gabe«, sagte er bedrückt.

Nein. Nein. Nein, nein, nein. Am liebsten hätte Gabe sein Telefon gegen die Wand geschleudert. Laut geschrien. Er wollte die Mörder seines Vaters finden, und –

Er blinzelte, als ihm, wenig überraschend, die Tränen übers Gesicht liefen. Tränen des Entsetzens. Der Scham. Aber hauptsächlich Tränen der Wut. »Ich habe noch nie jemanden gehasst, bevor das alles anfing«, presste er hervor, wobei er seine eigene Stimme kaum wiedererkannte. »Aber jetzt schon.«

»Ich weiß«, sagte Burke. »Ich verstehe dich, glaub mir.«

Und Molly auch, dachte Gabe und wartete darauf, dass sie dasselbe sagte. Doch sie tat es nicht.

»Wie ist Mr Woodruff gestorben?«, fragte sie stattdessen leise.

Gabe sah den Schmerz in ihren blaugrünen Augen. Schmerz, weil er litt. Es hätte ihm helfen müssen. Vielleicht würde es das auch. Später. Aber jetzt gerade …

Zwei Menschen mussten meinetwegen sterben.

»Er wurde gestern Abend gefunden. Nachdem er mit dem Wagen gegen einen Baum gefahren war.«

Molly hielt Gabes Blick stand. »Hat jemand nachgesehen, ob Rockys Leiche noch in Dr. McLains Labor ist?«

Burke gab einen erstickten, gequälten Laut von sich. »Nein … ich … Verdammt, Molly. Daran habe ich gar nicht gedacht. Wir müssen das sofort in Erfahrung bringen.«

Wut schäumte in Gabe hoch. Hatten diese Dreckschweine auch noch die Leiche seines Vaters mitgenommen?

»Ich …« Burke seufzte. »Ich muss Klartext mit André reden und ihm sagen, was wir wissen.«

Etwas in Gabe zerbrach. »Das war's also?«, schrie er. »Du wirfst das Handtuch?«

»Auf keinen Fall«, erwiderte Burke barsch. »Wir ermitteln so lange weiter, bis wir Gerechtigkeit für deinen Vater und die jüngsten Opfer erlangen. Darauf gebe ich dir mein Wort, Gabe. Aber wir müssen wenigstens André einweihen. Solange die Polizei noch behauptet hat, Rocky habe Selbstmord begangen, konnten wir auf eigene Faust ermitteln, um zu beweisen, dass sie falschliegt. Aber jetzt geht es um mehr. Wir haben Informationen, die Ermittlern helfen könnten, zwei weitere Morde aufzuklären.«

Dankbar, dass Molly seine Hand nicht losgelassen hatte, schloss Gabe die Augen. »Ich weiß. Aber ich traue denen nicht.«

Wieder seufzte Burke. »Ich genauso wenig. Bis auf André und einer Handvoll weiterer ehemaliger Kollegen, die ich gut kenne. Noch weiß ich nicht, wie weit in die oberen Ränge des NOPD das Ganze hinaufreicht, aber irgendjemand weiß etwas, so viel steht fest.«

»Wie stehen die Chancen, dass wir Mr Eckert einen Besuch im Gefängnis abstatten können?«, fragte Molly.

Gabe schlug die Augen auf und musterte sie. Molly wirkte gefasst, beherrscht und … von kalter Wut erfüllt. Die Enge in seiner Brust ließ ein wenig nach. Er war also nicht allein in seiner Wut. Der einzige Unterschied zwischen ihnen bestand darin, dass sie trotzdem noch klar denken konnte. Das war ein kleiner Trost.

»Bei null«, antwortete Burke. »Eckert ist ein bekannter Profikiller. Die Cops haben es in der Vergangenheit bloß nie geschafft, ihm etwas nachzuweisen. Die lassen niemanden an ihn ran.«

»Und lassen ihn dann einfach laufen?«, fragte Molly sarkastisch. »So wie sie es mit unserem falschen Paul Lott getan haben?«

»Falls ja, sind wir sofort an ihm dran, das verspreche ich dir.«

Molly schluckte trocken. »Okay. Eigentlich wollte ich mit Xavier heute in seine alte Wohngegend fahren. Ich muss wissen, wo seine Nachbarin gelebt hat. Ist das unter diesen Voraussetzungen zu gefährlich?«

Burke schwieg einen langen Moment. »Wahrscheinlich«, antwortete er schließlich. »Seine Mutter konnte sich nicht mehr an die genaue Adresse erinnern, nur an den Straßennamen. Das Haus stand in der Center Street, in der Nähe der Kreuzung West Judge Perez Drive in Chalmette. Ich werde ihm Fotos des Viertels, wie es jetzt aussieht, auf Google Earth zeigen. Falls er sich anhand der Bilder nicht erinnern kann, kannst du mit ihm hinfahren. Aber nicht allein. Ich überlege mir, wer mitkommen könnte.«

Molly sah Gabe an, und einen Moment lang dachte er, sie würde sagen, er könne sie nicht begleiten. Doch sie überraschte ihn ein weiteres Mal, indem sie sagte: »Gabe kann mich begleiten. Ich will ihn nicht allein lassen.«

»Du könntest Gabe in meine Hütte bringen«, schlug Burke vor.

»Vielleicht danach. Aber für den Augenblick bleibt er bei mir.«

Nach einem Moment seufzte Burke. »Aber es tragen alle kugelsichere Westen. Keine Ausnahmen. Val soll dir welche mitbringen, wenn sie von der Anhörung zurückkommt. Jemand von uns muss in diesem Gerichtssaal sein.«

»Findet die Anhörung unter Ausschluss der Öffentlichkeit statt?«, fragte sie.

»Kann sein. Aber da es sich ja streng genommen nur um eine Anklage wegen Aggressivität im Straßenverkehr und Feuerwaffenbesitz handelt, wahrscheinlich nicht. Falls doch, gebe ich André Bescheid. Ich will auch wissen, wer Eckerts Anwalt bezahlt. Und die Kaution, falls eine festgelegt wird.«

»Alles klar«, erwiderte sie ruhig, aber fest. »Es wäre mir lieber, wenn ich nicht allzu lange auf die kugelsichere Weste warten müsste. Eine habe ich dabei. Könntest du Phin mit weiteren für Gabe und Patty rüberschicken? Wir wissen ja nicht, wie lange Val im Gericht braucht. Ich will keine Zeit vergeuden, die ich für die Suche nach dem Katrina-Opfer nutzen kann.«

»Ich sage es ihm. Er kann dir alles vorbeibringen, was du brauchst.«

»Danke. Wo bist du gerade?«

»In der Hütte. Xavier ist bei mir. Er konnte nicht schlafen. Wir versuchen, die Adresse des Katrina-Opfers zu ermitteln, und melden uns.«

»Warte, Burke.« Es war Xavier. »Nicht auflegen. Gabe, ich bin's. Ich war doch gestern so erschüttert, weil ich meine Familie und Freunde in Gefahr gebracht habe. Was hast du mir da gesagt?«

Gabe atmete aus. Dieser verdammte Junge. »Dass es nicht deine Schuld sei und du nichts dafürkönntest.«

»Genau. Dasselbe gilt auch für dich. Diese Arschlöcher sind schuld. Die haben die Leute getötet.«

»Ich weiß«, sagte Gabe mit heiserer Stimme. »Aber es zu wissen und es zu verinnerlichen, sind zwei Paar Stiefel.«

»Ich verstehe das, Gabe.« Tiefes Bedauern schwang in Xaviers Stimme mit. »Wirklich. Molly? Lassen Sie nicht zu, dass er sich schuldig fühlt.«

Mollys Lächeln war knapp, aber aufrichtig. »Das werde ich nicht, Xavier. Danke.«

Gabe beendete das Gespräch und saß mit dem Handy in der Hand da. »Ich habe keine Ahnung, was ich gerade fühle.«

Molly strich ihm die Locken aus der Stirn und legte die Hand an seine Wange. »Ich weiß, Baby. Gerade kann ich nichts daran ändern, aber wir werden nicht ruhen, bis diese Dreckschweine, die das getan haben, entweder tot sind oder im Knast verrotten.«

Er glaubte ihr. *Musste* ihr glauben. Nur dank ihr brach er nicht völlig zusammen.

»Ich muss etwas für Dusty tun. Wir waren seit der Highschool miteinander befreundet. Er hat eine Frau und zwei kleine Kinder. Ich muss sie anrufen.«

»Noch nicht. Erst wenn es wirklich sicher ist. Ich gehe sogar mit dir, falls du der Familie persönlich dein Beileid aussprechen willst. Du bist nicht allein, Gabe.«

Er ließ den Kopf sinken und lehnte die Stirn gegen ihre Schulter. »Danke.«

Sie drückte ihm einen Kuss auf die Schläfe. »Bleib hier. Ich sehe nach Patty und erzähle Val, was passiert ist.«

Er schüttelte den Kopf und erhob sich ebenfalls. »Nein. Wir bleiben zusammen.«

Kurz dachte er, sie würde das bestimmt als albern abtun, schließlich gehe sie nur ins angrenzende Zimmer, doch stattdessen umfasste sie seine Hand noch fester. »Zusammen.«

16. Kapitel

BAYOU GAUCHE, LOUISIANA

Mittwoch, 28. Juli, 08.00 Uhr

Gabe hat trotzdem weiterhin ein schlechtes Gewissen, stimmt's?«, fragte Xavier, nachdem Burke das Gespräch mit Molly und Gabe beendet hatte und sein Handy auf den Tisch warf. Sie waren allein; alle anderen hatten nach dem Frühstück die Küche verlassen, um sich anderen Tätigkeiten zu widmen: Carlos und Manny spielten ein Videospiel, Willa Mae strickte wieder, und Xaviers Mom hatte einen Liebesroman in der Tasche gefunden, die Burkes Büroleiterin Joy ihnen gestern Abend noch geschickt hatte.

Xavier hatte versucht, eine Weile zu lernen, war jedoch immer wieder eingenickt. Der Schlafmangel der vergangenen beiden Nächte forderte seinen Tribut, und er brauchte dringend Koffein. Burke war am Telefon gewesen, als er in die Küche gekommen war, und hatte Gabe über den Tod des Bestattungsunternehmers und der Pathologin informiert, die die gründliche Autopsie von Rockys Leiche durchgeführt hatte.

Armer Gabe. Sein Vater war tot und nun auch noch zwei weitere Menschen, darunter ein alter Freund von ihm. Weil Gabe beide um Hilfe gebeten hatte. Bei der Vorstellung, Carlos könnte etwas zustoßen – oder seiner Mom, oder Manny oder Willa Mae –, verkrampfte sich sein Magen.

»Wahrscheinlich«, antwortete Burke mit einem bedauernden Kopfschütteln. »Andere in seine eigenen Tragödien mit hineinzuziehen, selbst wenn man sie nicht selbst verschuldet hat, ist immer eine gewaltige Belastung.«

»Das weiß ich«, sagte Xavier, den allein der Gedanke bedrückte.

»Das ist mir bewusst. Deshalb habe ich es gesagt. Die Tragödie ist nicht selbst verschuldet. Es ist nicht Ihre Schuld. Und auch nicht Gabes. Deshalb gibt es ja Therapien. Um mit den Auswirkungen umzugehen.«

Xavier musterte Burke. Er musste um die vierzig sein, vielleicht etwas älter, und war immer noch gut in Form für sein Alter, trotzdem hatten sich winzige Fältchen in die Haut um seine Augen gegraben, in denen ein trauriger Ausdruck lag, wenn er sich unbeobachtet glaubte.

So gern er Burke auch nach seiner eigenen Geschichte fragen wollte, so war ihm doch bewusst, dass es anderen Menschen wichtig war, allzu Persönliches für sich zu behalten. Carlos war wie ein Bruder für ihn und in diesen letzten Tagen eine enorme Hilfe gewesen, trotzdem war es kaum vorstellbar, dass sein bester Freund all die Jahre sein Geheimnis hätte wahren können.

»Lange Zeit dachte ich, dass ich mir nur eingebildet hätte, was ich gesehen habe«, gestand Xavier leise.

»Wie die Frau ermordet wurde.«

Xavier nickte. »Ich hatte schlimme Albträume. Aus denen ich schreiend aufgewacht bin.«

»Damit kenne ich mich aus. Ich leide selbst manchmal darunter.«

Wieder verspürte Xavier den Drang, nachzuhaken, doch Burke schien nicht in der Stimmung zu sein, näher darauf einzugehen. »Als Rocky plötzlich wieder aufgetaucht ist, war ich nicht sicher, was schlimmer ist. Zu denken, ich sei so durchgeknallt, dass meine Fantasie mir vorgaukelt, eine Frau sei vor meinen Augen ermordet worden, war schon grauenvoll, aber dann …«

»Aber dann haben Sie erfahren, dass Sie es sich nicht bloß eingebildet haben.«

»Meine Mom und mein Dad haben mich zur Therapie geschickt, als ich noch klein war. Sie waren diejenigen, die dachten, es passiere alles nur in meinem Kopf. Als Resultat des Traumas, das ich erlitten hatte.«

»Nun ja, Sie hatten ja tatsächlich mitansehen müssen, wie Ihre Mutter ums Leben kam.«

So pragmatisch die Bemerkung auch sein mochte, so ließ sie Xavier erschaudern. »Ich sehe bis heute ihre Hände in dem Loch, das sie ins Dach geschlagen hatte. Sie hatte mir davor schon das kleine Beil auf dem Dachboden gezeigt und mir erklärt, wie ich mich bei Hochwasser verhalten soll. Ihre Mutter hatte ihr von einem Hurrikan in den Sechzigern erzählt. Wie die Leute in ihren Dachböden festsaßen, als sie versuchten, der Flut zu entkommen, deshalb hatten sie ab da immer ein Beil dort liegen, für den Fall, dass sie durchs Dach fliehen mussten.«

»Hurrikan Betsy. Das war 1965. Mein Onkel hat mir auch davon erzählt. Und auch er hatte immer ein Beil auf dem Dachboden liegen. Es war klug von Ihrer Mutter, eines zu deponieren.«

Xavier presste die Lippen aufeinander und kämpfte gegen die Angst an, die ihn jedes Mal bei der Erinnerung überkam. »Ich weiß, aber der Pegel stieg viel zu schnell. Wir hörten einen lauten Knall – das war der Damm, der brach –, und innerhalb von Minuten lief das Wasser auch schon ins Haus. Sie hatte kaum genug Zeit, um ein Loch ins Dach zu schlagen. Mich konnte sie noch hindurchschieben, sie selbst …« Er schluckte. »Sie wollte sich hochziehen, aber Teile des Dachs brachen immer wieder weg. Ihre Hände verschwanden, dann legten sie sich wieder um die Kante, aber plötzlich waren sie wieder weg.«

Burke seufzte. »Von so etwas kann man ohne Weiteres Albträume bekommen. Und dann noch den Mord an einer Frau zu beobachten … meine Güte, Xavier.«

»Ich weiß. Glauben Sie mir, ich weiß es nur zu gut. Aber keiner der Therapeuten wollte mir zuhören. Für die war ich bloß ein traumatisierter kleiner Junge, der sich etwas einbildet. Es ist schwer, nicht zu verbittern.«

»Das verstehe ich vollkommen. Aber tun Sie mir einen Gefallen? Wenn all das erst einmal hinter Ihnen liegt, gebe ich Ihnen den Namen einer Therapeutin, die Ihnen helfen kann. Bitte rufen Sie sie unbedingt an. Sie ist wirklich gut.«

»Hat sie Ihnen geholfen?«

»Enorm.«

Wieder wartete Xavier ab, ob Burke noch mehr sagen würde, doch er tat es nicht, was sein gutes Recht war. »Und wie geht es jetzt weiter?«

»Als Nächstes sehen wir uns Fotos Ihres alten Viertels an, wie es heute ist. Ich habe gestern Abend Google Earth aufgerufen und eine Webseite über den Wiederaufbau dieser Gegend gefunden, muss allerdings zugeben, dass sich meine Hoffnungen in Grenzen halten. Das Viertel sieht ganz anders aus als vor Katrina, und Sie waren ja noch klein.«

Xaviers Magen verkrampfte sich erneut. »Wenn ich dorthin zurückmuss, weil es Ihnen hilft, das Opfer zu identifizieren, tue ich das.«

Burke lächelte ihn an. »Das ist mir klar. Sie sind ein guter Mensch, Xavier, und sehr viel stärker, als Sie glauben.« Gerade als er die Screenshots auf seinem Laptop aufrufen wollte, vibrierte sein Handy. »Das ist Joy. Da muss ich rangehen.«

Er nahm das Gespräch an, ohne auf Lautsprecher zu schalten. »Guten Morgen, Sonnenschein«, sagte er mit einem Lächeln, das jedoch schlagartig erlosch. »Spiel sie ab«, befahl er.

Was ist jetzt wieder los?, dachte Xavier. Etwas Gutes konnte es jedenfalls nicht sein.

Eine Minute verstrich, in der Burkes Miene immer angespannter wurde. »Verdammt noch mal!« Er sah zu Xavier hinüber, schien zu überlegen, dann atmete er durch. »Spiel sie noch mal ab. Xavier ist hier bei mir. Er soll sie auch hören.«

Aus dem Augenwinkel sah Xavier, wie Carlos im Türrahmen erschien, gefolgt von Cicely, Manny und Willa Mae, die sich nach vorn drängte, um am Küchentisch Platz zu nehmen.

»Alles klar«, sagte Burke. »Dann hören wir wohl alle mit.« Er stellte das Handy auf Lautsprecher. »Spiel die Nachricht ab, Joy.«

»Hallo.« Eine leise, leicht zittrige Frauenstimme. Verängstigt. »Ich heiße Alicia Rollins und muss so schnell wie möglich Burke Broussard sprechen. Es ist dringend. Es … es geht um Leben und Tod. Jemand hat gestern Abend versucht, mich zu töten, und ich glaube, es hat etwas mit einem Gespräch zu tun, das ich mit Rocky Hebert geführt habe. Er meinte, ich solle Mr Broussard anrufen. Ich bin gerade in New Orleans und könnte jederzeit zu Ihnen ins Büro kommen.«

Sie hinterließ ihre Telefonnummer und fügte hinzu: »Bitte helfen Sie mir. Ich habe große Angst.«

Dann endete die Nachricht.

Xavier merkte, dass er die Luft angehalten hatte, und atmete durch. »Kann Joy die Nachricht noch einmal abspielen? Ich glaube nicht, dass ich die Stimme erkenne, will aber ganz sicher sein.«

Joy spielte die Nachricht ein weiteres Mal ab, doch Xavier

schüttelte den Kopf. »Ich bin mir ziemlich sicher, dass ich sie nicht kenne.«

Burke sah Willa Mae an. »Was sagen Sie dazu?«

Willa Mae verzog das Gesicht. »Ich weiß nicht recht. Sie klingt tatsächlich verängstigt, aber …«

Cicely setzte sich neben sie. »Können Sie sie nicht einfach zurückrufen und hören, was sie will?«

Burke nickte. »Das werde ich auch tun, aber vorher will ich mir eine Strategie zurechtlegen.«

»Sie und Willa Mae glauben ihr nicht«, schaltete sich Carlos ein. »Wieso nicht? Sie scheint wirklich Angst zu haben.«

Burke zögerte. »Ich will nicht behaupten, ich würde ihr *nicht* glauben, aber …« Er seufzte. »Zwei weitere Menschen sind ums Leben gekommen. Die Pathologin, die Gabe mit der privaten Autopsie beauftragt hatte, und der Bestatter, der ein Freund von Gabe war und die Leiche überführt hat.« Er wartete, während die Anwesenden ihrem Entsetzen Luft machten. »Gabe ist am Boden zerstört, wie man sich vorstellen kann.«

»Es wurden also zwei weitere Gefahrenquellen eliminiert«, bemerkte Willa Mae.

»Sieht ganz danach aus«, stimmte Burke zu. »Durchaus möglich, dass jemand versucht hat, dieser Frau etwas anzutun. Und ich würde auch gern erfahren, was sie mit Rocky besprochen hat.«

»Trotzdem sind Sie misstrauisch«, murmelte Xavier, was keine detektivische Leistung war, weil Burke die Skepsis ins Gesicht geschrieben stand, und Willa Mae nickte.

»Das Timing erscheint mir zu passend, um ein Zufall zu sein«, bemerkte Burke.

»Sie glauben, es ist ein Versuch, Sie aus unserem Versteck zu locken?«, fragte Carlos.

»Damit die sich an Sie dranhängen können und Sie sie zu uns führen«, fügte Manny grimmig hinzu. »Zu Xavier.«

Burke zuckte die Achseln. »Ihre Sicherheit steht an erster Stelle für mich. Sie werden diese Hütte auf keinen Fall verlassen, Xavier. Sollte die Frau sauber sein, bringe ich sie an einem sicheren Ort unter, falls nicht, darf sie nicht in Ihre Nähe kommen.«

»Danke«, flüsterte Cicely. »Mir war gar nicht wohl bei dem Gedanken, dass er Sie begleitet. Ich habe mir die halbe Nacht das Hirn zermartert, aber mir fällt nur noch der Name der Straße ein, in der Xavier mit seiner Mutter gewohnt hat, nicht mehr die Hausnummer.«

»Schon gut«, beruhigte Burke sie. »Immerhin brauchen Sie jetzt deswegen keine Angst mehr zu haben.«

»Zumindest nicht mehr ganz so sehr«, bemerkte Willa Mae ironisch.

»Tut mir leid«, sagte Cicely, an ihre Freundin gewandt. »Ich habe sie letzte Nacht mit meinem Herumgewälze wach gehalten.«

Willa Mae tätschelte ihr die Hand. »Schon gut. Ich wünschte nur, ich könnte dir helfen.«

»Wann wollten Sie los, Burke?«, fragte Xavier.

»Sobald ich einen Fluchtplan und mehr Unterstützung für die Bewachung der Hütte habe. Wenn Sie mich jetzt entschuldigen wollen, ich muss ein paar Anrufe erledigen.« Er erhob sich und ging zur Hintertür.

»Seien Sie vorsichtig, Burke«, rief Cicely.

Er grinste ihr über die Schulter hinweg zu, was ihn um Jahre jünger wirken ließ. Zwar war er trotzdem alt, fand Xavier, aber nicht mehr ganz so sehr. »Ja, Ma'am. Danke für das Frühstück übrigens. Es war köstlich.«

Die Tür schloss sich hinter ihm, und einen Moment lang herrschte Stille.

Dann setzten sich Carlos und Manny ebenfalls an den Tisch. »Das ist auf der ganzen Linie beschissen«, brummte Carlos und zuckte zusammen. »Entschuldigung, die Damen.«

»Ist schon gut«, erwiderte Cicely resigniert. »Ich habe schon wesentlich Schlimmeres gehört.«

»Und ich noch viel Schlimmeres.« Willa Mae schlug so fest mit der Hand auf den Tisch, dass alle zusammenfuhren. »Genug Trübsal geblasen. Los, alle ins Wohnzimmer. Xavier, Carlos und Manny, ihr schiebt die Möbel zur Seite. Ich will so viel Platz in der Mitte wie möglich.«

»Warum?«, fragte Manny argwöhnisch.

Xavier lachte, als er die Angst auf seinem Gesicht sah.

»Weil wir alle eine Runde Tai-Chi machen werden. Das beruhigt, ist meditativ und hilft uns, die Muskeln zu lockern. Mir tut schon alles weh.«

Carlos grinste. »Gute Idee.«

»Klappe«, brummte Manny.

Willa Mae hob eine Braue. »Was ist aus der Tugend geworden, nett zu alten Damen zu sein? Ich könnte natürlich auch Country auflegen, und wir üben ein bisschen Linedance, wenn euch das lieber ist.«

Manny wand sich. »Tai-Chi ist völlig okay.«

»Dachte ich mir. Los, Bewegung, Jungs.«

Sie gehorchten, und Xavier musste zugeben, dass er sich nach seiner ersten Tai-Chi-Stunde tatsächlich ein klein wenig besser fühlte.

Zwar hatte er immer noch verdammt große Angst, aber er konnte wenigstens wieder atmen. Auch seine Mutter wirkte gelassener. Er drückte Willa Mae einen Kuss auf die Wange. »Danke, Ma'am.«

Willa Mae tätschelte ihm die Wange. »Nichts zu danken. Mir ist klar, dass du Angst hast. Und deine Mama genauso.

Ich auch, trotzdem müssen wir Ruhe bewahren und in unserer Mitte sein, damit wir auch noch klar denken können, falls etwas schiefläuft.«

»Noch mehr, als es das ohnehin schon tut, meinen Sie.« Denn es würde noch schlimmer kommen, daran hatte er keinen Zweifel.

»Na gut. Noch mehr. Also.« Sie klatschte in die Hände. »Stellt die Möbel wieder so hin, wie sie waren. Das ist Burkes Hütte, und wir wollen doch, dass alles ordentlich aussieht. Danach mache ich eine Liste mit allem, was erledigt werden muss. Wir wollen doch gute Gäste sein.«

Ein Lächeln spielte um Cicelys Mundwinkel. »Du hast recht, Willa Mae.«

Willa Mae nickte selbstzufrieden. »Wie meistens.«

CENTRAL BUSINESS DISTRICT, NEW ORLEANS, LOUISIANA

Mittwoch, 28. Juli, 08.45 Uhr

»Gabe.« Pattys Stimme war angespannt. »Hör auf, pausenlos herumzutigern, sonst fessle ich dich an den Stuhl.«

»Tut mir leid.« Gabe ließ sich auf einen der Stühle an dem kleinen Tisch fallen. Es grenzte an ein Wunder, dass Patty ihn erst jetzt zusammenstauchte – er ging bestimmt seit zwanzig Minuten ruhelos im Raum auf und ab.

Er fühlte sich wie ein gefangenes Tier. Patty hatte ihm zugesehen, während Molly über ihrem Laptop brütete.

Val war unterdessen zum Gericht gefahren, wo schon bald Eckerts Anhörung stattfinden sollte.

Sie saßen also hier fest, bis Phin vorbeikam, um ihnen kugelsichere Westen zu bringen.

Das soll mein Leben sein? Wie ist das möglich?

»Ich fühle mich so verdammt hilflos«, gestand er. »Ich kann noch nicht mal etwas kochen.«

Patty griff über den Tisch hinweg und drückte seinen Arm. »Ich weiß. Mir geht es genauso. Immerhin ist mit Mom und Dad alles in Ordnung. Ich habe mich vorhin erkundigt.«

Gabe runzelte die Stirn. Er hatte nicht einmal an seine Tante und seinen Onkel gedacht. Noch ein weiterer Grund, ein schlechtes Gewissen zu haben. »Wo sind sie denn?«

»Ich habe ihnen vorgeschlagen, eine Weile wegzufahren, deshalb besuchen sie meine Großmutter in Florida.«

Wenigstens waren sie dort aus der Schusslinie. Im Gegensatz zu Dr. McLain und Dusty Woodruff.

Er durfte nicht an sie denken. Nicht jetzt. »Was machst du?«, fragte er Molly, die wieder im Schneidersitz auf dem Bett saß.

»Ich sehe mir Grundbucheinträge an«, antwortete sie, ohne aufzublicken.

»Und wo?«

»In der Straße, in der Xavier mit seiner Mutter vor Katrina gelebt hat. Das Viertel war tagelang überflutet. Keines der Häuser blieb verschont, deshalb musste alles komplett neu gebaut werden. Selbst wenn Xavier dorthin zurückginge, sähe es völlig anders aus. Burke und ich waren uns einig, dass es das Risiko nicht wert ist, Xavier der Gefahr auszusetzen, deshalb bleibt er in der Hütte.«

Gabe atmete auf. Erst jetzt wurde ihm bewusst, welche Sorge ihm die Aussicht bereitet hatte, dass Xavier Burkes Unterschlupf verlassen würde.

»Und wieso sehen Sie sich dann die Grundbuchdaten an?«, fragte Patty.

»Ich will herausfinden, welche Hauseigentümer noch dieselben sind wie vor Katrina. Vielleicht erinnert sich ja einer der Nachbarn an die Frau, die Xavier beschrieben hat.«

»Das ist eine gute Idee«, meinte Patty. »Viele haben die Stadt verlassen und sind nie zurückgekehrt, aber einige haben ihre Häuser auch an derselben Stelle wiederaufgebaut.«

Wieder konnte Gabe Mollys Einfallsreichtum nur bewundern. »Das ist ein sehr kluger Ansatz.«

Erst jetzt sah sie auf und lächelte. »Danke. Wir wissen ja nicht, in welchem Haus genau Xavier mit seiner Mutter gewohnt hat, weil es gemietet war, aber ich habe immerhin drei Hausbesitzer gefunden, die heute noch dort leben. Wir haben Xaviers Beschreibung der Frau – groß, schlank, mit blondem Haar, das ihr bis zur Taille reichte. Das heißt, wir können diese Leute befragen, ob sie sich an eine Frau erinnern, die ihren Hund Gassi geführt hat. Seine Beschreibung des Hundes war sogar noch genauer.«

»Was war das denn für ein Hund?«, wollte Gabe wissen.

»Er hat eine Seite mit Hunderassen durchforstet, bis er ihn wiedererkannt hat. Es war ein Afghanischer Windhund.«

Gabe stieß einen leisen Pfiff aus. »Die sind recht selten, oder?«

Molly nickte. »Ja. Deshalb erinnern sich die Nachbarn vielleicht an den Hund oder sein Frauchen.«

Patty runzelte die Stirn. »Wie sehen diese Hunde denn aus?«

Gabe rief die Suchmaschine in seinem Handy auf und zeigte ihr ein Foto. »So.« Es handelte sich um einen schmal gebauten, langbeinigen Hund mit langem, glänzendem Fell und seidigen Hängeohren. »Ich habe mal einen Werbespot gesehen, in dem so einer auf dem Beifahrersitz eines Cabrios saß und mit seiner langen blonden Mähne genauso aussah wie sein Frauchen. Bis er sich umgedreht hat.«

»Ich habe diese Rasse auch schon mal gesehen, allerdings

nie in natura, sondern immer bloß im Fernsehen«, sagte Patty.

»Ich auch«, bestätigte Molly. »Ich kann mir nicht vorstellen, dass man so einem Hund oft begegnet. Vor allem mit diesem Fell. Denen muss in den Sommermonaten hier unglaublich heiß sein.«

»Also gehen wir von Tür zu Tür und fragen nach?«, wollte Gabe wissen.

Patty seufzte nur, sagte jedoch nichts. Sie hatten sich deswegen bereits in den Haaren gehabt, aber Gabe ließ sich nicht erweichen. Er würde sich nicht verstecken, während Molly allein loszog.

»Sieht ganz so aus«, antwortete Molly resigniert. Sie war immer noch nicht versessen darauf, Gabe dieser enormen Gefahr auszusetzen. »Wir können los, sobald Phin mit den Westen kommt. Patty, ich setze Sie in Burkes Büro ab, wo Sie warten können, bis Val vom Gericht zurückkommt.«

»Val ist schon fertig«, ertönte eine Stimme. Die Frau erinnerte Gabe an eine Wikingerin, nur ohne Schwert und Rüstung. Sie stand mit grimmig-frustrierter Miene in der Verbindungstür zum anderen Zimmer und hielt in jeder Hand eine kugelsichere Weste.

Molly schob ihren Laptop zur Seite und stand langsam auf. »Was ist passiert?«

»Ich bin nicht mal in die Nähe des Gerichtsgebäudes gekommen«, sagte Val und setzte sich auf das Bett, das Gabe und Molly geteilt hatten. »Irgendwann im Verlauf der Nacht kam es in den Arrestzellen zu einer Messerstecherei.«

»Verdammt«, fluchte Molly. »Ist Eckert tot?«

»Mausetot«, antwortete Val. »Im Gerichtsgebäude ist der Teufel los. Überall Presse. Ich habe es zufällig von einem der Reporter gehört und gar nicht mehr versucht, näher heranzukommen. In der Tiefgarage bin ich Phin über den Weg gelaufen, der mir vier Westen mitgegeben hat und dann gleich ins Büro zurückgefahren ist, weil Joy ganz allein ist, was ihm nicht gefällt.«

Patty war so blass geworden, dass Gabe fürchtete, sie könnte gleich in Ohnmacht fallen. »Was passiert hier?«, flüsterte sie entsetzt. »Gabe, in was ist dein Vater nur hineingeraten?«

»Jemand räumt auf«, stellte Molly tonlos fest. »Was bedeutet, dass wir schneller vorgehen müssen. Val, was soll ich mit Patty machen? Hier bei dir lassen oder ins Büro bringen?«

»Sie kann hierbleiben«, antwortete Val müde. »Ich muss ein bisschen schlafen, aber bei mir ist sie trotzdem sicherer als bei dir.«

»Was heißt das?«, presste Patty mit angstverzerrter Stimme hervor.

Molly trat zu ihr und berührte ihre Schulter. »Es bedeutet, dass derjenige, der Ihren Onkel getötet hat, jeden auszuschalten versucht, der den Mord an dieser Frau beobachtet hat oder irgendetwas darüber weiß.«

»Also uns«, sagte Gabe und registrierte erstaunt, dass seine Stimme klar und ruhig war. »Deshalb wollte ich dich da raushalten.«

Ein Schauder überlief Patty. »Ich wünschte, ich hätte auf dich gehört.«

Molly lächelte reumütig. »Bleiben Sie bei Val, Patty? Ich bringe Sie überall hin, wohin Sie auch wollen, aber hier sind Sie wohl am sichersten.«

Patty nickte. »Ich bleibe. Und du, Gabe? Bleibst du bei mir?«

Gabe schüttelte den Kopf. »Ich schicke dir gern jede Stunde eine Nachricht, aber ich muss gehen.«

»Jede Stunde«, wiederholte sie nachdrücklich. »Versprich es mir.«

Er drückte sie an sich. »Ich verspreche es.«

»Seid vorsichtig«, sagte Val und wandte sich mit einem vielsagenden Blick Patty zu. »Kommen Sie, ich zeige Ihnen, wie man die kugelsichere Weste anlegt.«

Widerstrebend folgte Patty der blonden Ermittlerin ins angrenzende Zimmer und schloss die Tür hinter sich. Damit Molly und Gabe allein waren.

Allein, aber leider mit einer Aufgabe. Einer Aufgabe, die das Tragen einer kugelsicheren Weste erforderte. Er nahm sie vom Bett. »Wie geht die zu?«

»Zuerst musst du das Hemd ausziehen.«

Er begann, sein Hemd aufzuknöpfen, wobei er sehr wohl bemerkte, wie Mollys Blick den Bewegungen seiner Hände folgte. Als er es aus der Hose zog, seufzte sie.

Ein wunderbares Geräusch. Obwohl ringsum der Teufel los war, bereitete ihr der Anblick seines Körpers Freude – daran würde er sich festhalten. Er streifte sein Hemd ab und legte die Weste an.

Molly trat vor ihn und schloss die Klettverschlüsse an den Seiten, ehe er selbst Gelegenheit dazu hatte. »So.«

»Darauf wäre ich vermutlich selbst gekommen«, bemerkte er sanft.

Sorge lag in ihrem Blick, als sie ihn ansah. »Das weiß ich, aber jetzt kann ich sicher sein, dass sie auch richtig sitzt. Im Kofferraum des Mietwagens liegt ein taktischer Helm. Sollte es heikel werden, musst du ihn aufsetzen.«

Er erinnerte sich vage, wie sie die Ausrüstung gestern Abend von ihrem Pick-up in den Mietwagen geräumt hatte, nicht jedoch, ohne jedes einzelne Teil auf Wanzen oder Trackinggeräte abzusuchen. Sie war schlau und sorgfältig.

Dieses Wissen vermittelte ihm ein sehr viel größeres Gefühl der Sicherheit, als eine kugelsichere Weste es je vermocht hätte.

Sie schlüpfte aus ihrer Bluse und zog die Weste über ihren funktionalen BH, von dem er hoffte, ihn heute noch einmal zu Gesicht zu bekommen. Doch jetzt war nicht der richtige Moment. Eilig folgte er ihrem Beispiel und zog mit einer entschlossenen Bewegung ihre Klettverschlüsse fest. Sie würde für seine Sicherheit sorgen, er für die ihre.

Sie schlüpfte wieder in ihre Bluse und den Blazer, der ihre Waffe verbarg. »Bereit?«, fragte sie.

»Ja. Gehen wir.«

CHALMETTE, NEW ORLEANS, LOUISIANA

Mittwoch, 28. Juli, 09.50 Uhr

»Was ist los?«, fragte Gabe, als Molly erneut ihr Handy checkte – zum x-ten Mal, seit sie das Hotel verlassen hatten.

Dann blickte sie ein weiteres Mal eingehend auf die Häuser in Xavier Morrows ehemaliger Straße.

Lower Ninth Ward hatte im Zentrum der medialen Berichterstattung gestanden, weil dort während Katrina besonders viele Rettungsaktionen mit Booten durchgeführt worden waren, weshalb es Molly auch in Erinnerung geblieben war. Nach ihrer Zusage, für Burke zu arbeiten, hatte er ihr eine Menge über New Orleans und seine Viertel erzählt, darunter, dass es in etlichen Teilen im Süden der Stadt entlang des Flusses ebenfalls Rettungsaktionen mit Booten gegeben hatte.

Chalmette – und der gesamte St. Bernard Parish – waren von dem Hurrikan zerstört worden, bis auf das letzte Haus. Weite Teile des Viertels bestanden heute noch aus leeren Grundstücksflächen, wo einst Häuser gestanden hatten.

Die nach Katrina erbauten Häuser waren zumeist einstöckig, nur vereinzelt sah man zweigeschossige Heime. Autos waren so gut wie keine unterwegs, nur hier und da parkten Fahrzeuge, da die meisten Anwohner inzwischen längst bei der Arbeit waren. Ein paar Kinder spielten in den Gärten und tauchten gelegentlich auf, um einen verlorenen Ball einzufangen. Normalerweise hätte Molly gelächelt, doch gerade war ihr die Gefahr, die wie eine dunkle Wolke über Gabe hing, nur allzu sehr bewusst.

Ebenso wie die ältere Frau, die in ihrem Garten Unkraut jätete und Molly und Gabe dabei im Auge behielt.

Molly hatte mitbekommen, wie sie immer mal wieder unter ihrem breitkrempigen Hut herübersah. Sie war die Erste, mit der sie reden würden, weil sie zu den drei Anwohnern gehörte, die auch vor der Katastrophe hier gelebt hatten.

»Ich will nur wissen, wie spät es ist«, sagte Molly, wobei sie sich fragte, weshalb sie Gabe nichts von Burkes Neuigkeit am Morgen erzählt hatte. Vielleicht um zu verhindern, dass er sich falsche Hoffnungen machte.

Viel wahrscheinlicher war es jedoch wegen des mulmigen Gefühls, das sie deswegen hatte. Gabe würde dabei sein und mit der Frau reden wollen, die Burke angerufen hatte und höchstwahrscheinlich in diesem Moment noch im Büro war.

Molly jedoch wollte nicht, dass Gabe sich in der Nähe des Büros aufhielt. Genauso wenig wollte sie ihn hier in Xaviers alter Wohngegend haben, aber allmählich lernte sie, sich sehr genau zu überlegen, welche Konflikte sie mit ihrem Starkoch austragen wollte.

Mein Starkoch.

Natürlich gehörte er nicht ihr. Aber es könnte dazu kommen.

Gerade hatte *ihr Starkoch* die haselnussbraunen Augen

zusammengekniffen und die Arme vor der Brust verschränkt. »Ich dachte, du wolltest mich nicht anlügen.«

»Habe ich auch nicht. Ich habe tatsächlich nach der Uhrzeit gesehen, schließlich ist es unhöflich, vor zehn Uhr morgens bei Leuten aufzutauchen.«

Er schüttelte den Kopf. »Rück einfach damit raus, Molly.«

Sie seufzte. »Also gut. Heute Morgen war eine Nachricht auf dem Anrufbeantworter, als Joy ins Büro kam. Von einer Frau, die meinte, sie müsse dringend Burke sprechen. Es hätte etwas mit deinem Vater zu tun.«

Gabe stieß ein leises Keuchen aus. »Ich will sie sehen.«

»Genau das dachte ich mir schon«, gestand Molly leise. »Aber ich habe kein gutes Gefühl dabei. Das passt zu gut. Wir finden heraus, dass dein Vater in einem Mordfall ermittelt, und – Simsalabim! – plötzlich taucht diese Frau auf.«

»Bei Xavier war es doch genauso.«

»Das stimmt. Deshalb trifft Burke sich auch mit ihr. Er wollte gleich danach anrufen.«

Gabe runzelte die Stirn. »Weshalb sollte jemand so etwas behaupten? Woher sollte sie denn wissen –« Er hielt inne. »Jetzt verstehe ich! Du glaubst, der oder die Killer wollen mir eine Falle stellen.«

Molly musste grinsen. »Du klingst allmählich wie einer von uns.« Sie wurde wieder ernst. »Aber, ja, das ist genau mein Gedankengang. Und Burkes auch. Deshalb will er nicht, dass einer von uns beiden gerade auch nur in die Nähe des Büros kommt. Und hätte er es gewollt, hätte ich Nein gesagt. Ich werde dich nicht in so eine Gefahr bringen.«

»Du glaubst, die versuchen, mich zu kriegen?«

»Nun … ja.« Sie versuchte, es nicht so klingen lassen, als wüsste das jeder Idiot, scheiterte jedoch kläglich, allerdings schien Gabe es ihr nicht übel zu nehmen, sondern musterte sie weiter mit dieser fatalistisch neugierigen Miene. »Entweder sie versuchen, an dich direkt heranzukommen oder sich danach an Burke dranzuhängen.«

Ein harter Zug erschien um Gabes Mund. »Um über ihn an Xavier heranzukommen.«

Sie hob eine Schulter. »Er ist der Augenzeuge.«

»Er war doch damals noch ein kleines Kind«, wandte Gabe frustriert ein. »Selbst wenn er heute den Mund aufmachen würde, wäre es unwahrscheinlich, dass ihn jemand ernst nimmt. Wieso passiert das ausgerechnet jetzt gerade?«

»Das ist eine sehr gute Frage«, erwiderte Molly. Eine, die sie sich in den vergangenen achtundvierzig Stunden selbst häufig gestellt hatte. »Ich nehme an, Xavier hat damals die Narbe im Gesicht des Mannes gesehen, anhand derer man ihn heute noch identifizieren könnte.«

»Das stimmt natürlich. Nach ›Männer aus New Orleans mit Narbe im Gesicht‹ können wir wohl kaum googeln.«

Der Anflug eines Lächelns erschien auf ihrem Gesicht. »Ich hab's versucht, allerdings bin ich nicht sonderlich weit damit gekommen. Vor allem, weil dieser Typ ziemlich weit oben in der Hierarchie stehen dürfte. Um Ermittlungen dermaßen behindern zu können, dazu noch eine so schlampig durchgeführte Autopsie und der Versuch, deinem Dad Koks unterzujubeln … jemand, der so etwas hinkriegt, kann kein kleines Licht sein.«

»Du behauptest also, dass der Kerl, der die arme Frau während Katrina tötete, Angst vor einem Skandal hat.«

»Zumindest ist das meine Vermutung. Das Problem ist nur, dass es gar nicht zwingend der Mörder sein muss, sondern derjenige, der die Tat damals vertuscht hat. Dein Vater hat die Leiche gesehen, aber als er später zurückkam, war sie weg. Die Anwohner durften tagelang nicht in ihre Häuser zurückkehren, aber trotzdem war jemand da, um die Leiche verschwinden zu lassen.«

»Und Dad wurde explizit aufgefordert, keine weiteren Ermittlungen anzustellen.« Er biss sich auf die Lippe. »Ruf Burke an. Bitte.«

»Okay.« Mit einem weiteren wachsamen Blick auf ihre Umgebung wählte sie Joys Durchwahl und stellte auf Lautsprecher. »Hi, Joy, hier ist Molly. Ist Burke zu sprechen?«

»Ja, ist er.« In Joys Stimme schwang ein Quäntchen Anspannung mit, das Molly gar nicht gefiel. »Ich stelle dich durch.«

»Joy, wie ist denn der Kaffee heute Morgen?«, fragte Molly.

»Beschissen«, antwortete Joy, woraufhin Molly erleichtert aufatmete.

»Das ist ein Code«, erklärte sie Gabe, der sie verwirrt ansah. »Es geht ihr gut. Hätte sie behauptet, er schmecke gut, hätte ich gewusst, dass etwas nicht stimmt.«

»Heute ist nur ganz schön was los«, fuhr Joy fort. »Keiner von uns hat der Frau über den Weg getraut, die vorhin hier war. Antoine checkt gerade das Büro, um sicherzugehen, dass sie nirgendwo eine Wanze angebracht hat, und Phin hat alles nach Bomben abgesucht. Aber das ist eben Phin …«

»Klar. Bomben sind sein Ding«, sagte Molly. »Erlaubst du ihm, dich heute Abend nach Hause zu begleiten?«

»Mach ich«, brummte Joy. »Alle liegen mir in den Ohren, dass sie sich um mich sorgen. Als wäre ich keine erwachsene Frau und ehemalige Polizistin. Also, ich stelle dich jetzt durch.«

Gabe hob die Brauen. »Ehemalige Polizistin?«

»Ja. Sie hat bei einem Einsatz wegen Bankraubs eine Kugel in den Rücken bekommen. Die Frau ist und war ein ganz harter Knochen.«

»Molly.« Burke war in der Leitung. »Ich wollte dich gerade

anrufen. Wir haben nur noch kurz das Büro nach Wanzen abgesucht.«

»Joy hat es mir gesagt. Ich habe Gabe von der Nachricht auf dem Anrufbeantworter erzählt. Wenn du etwas erfahren hast, wäre es gut zu wissen, bevor ich mit der Frau rede, die mich gerade mit Blicken durchbohrt, während sie ihr Unkraut jätet.«

»Wovon redest du? Welche Frau?«

»Sie ist die Erste auf meiner Liste derjenigen, die auch vor Katrina schon in Xaviers Straße gelebt haben. Und sie scheint sich nicht besonders über unseren Besuch zu freuen.«

»Oh. Verstehe.« Burke seufzte resigniert. »Also, die Frau auf dem Anrufbeantworter sagt, sie heiße Alicia Rollins. Sie war noch ziemlich jung, Anfang zwanzig, schätze ich. Sie hatte eine Schwester namens JoAnn Rollins, die während Katrina verschwunden ist. Alicia sucht sie seit Jahren, aber bislang ohne Erfolg.«

Molly rechnete nach. »Wenn Alicia jetzt Anfang zwanzig ist, muss sie damals zwischen fünf und sieben Jahre alt gewesen sein. Wie hätte *sie* denn da nach ihrer Schwester suchen sollen?«

»Ich weiß«, sagte Burke. »Das war eines von vielen Details, die mir an ihrer Story seltsam vorkamen. Ich habe sie gefragt, weshalb sie ausgerechnet jetzt und ausgerechnet zu mir damit käme, woraufhin sie meinte, jemand habe gestern versucht, sie zu töten.«

»Oh.« Damit hatte Molly nicht gerechnet. »Wie und wo?«

»Die Täter hätten gestern Abend Schüsse durch ihr Schlafzimmerfenster abgegeben.«

Molly öffnete ihre Notizen-App auf dem Handy. »Adresse?«

»Ich schicke sie dir rüber. Es ist in Rock Hill, einer Stadt in –«

»South Carolina«, sagte Molly. »Gerade mal eine halbe Stunde von meiner alten Wohnung entfernt, als ich bei der Polizei in Charlotte war.«

»Ich weiß«, sagte Burke nur.

»Ein weiterer Zufall?«, fragte Molly.

»Schwer zu glauben. Sie meinte, sie sei sofort in den Wagen gestiegen und nach New Orleans gefahren.«

»Und die Polizei hat sie nicht gerufen?«, fragte Gabe.

»Nein. Sie wisse nicht, wem sie dort trauen könne, meinte sie. Und Rocky hätte ihr eingebläut, sich an mich zu wenden.«

Mit bekümmerter Miene schloss Gabe die Augen, doch als er sie wieder aufschlug, stand kalte Wut darin. »Diese Frechheit, den Namen meines Vaters zu benutzen …«

»Das sehe ich genauso«, stimmte Burke zu. »Aber ich habe sie erst mal erzählen lassen, weil ich auf einen Hinweis gehofft habe, wer sie geschickt haben könnte, aber da kam nichts. Sie behauptet, Rocky habe sie vor sieben Wochen aufgesucht und nach JoAnn gefragt, ihrer Schwester. Daraufhin hätte sie ihm erzählt, sie habe das letzte Mal noch vor der Flutkatastrophe mit ihr gesprochen. Rocky hätte sich bei ihr bedankt und gesagt, sollte irgendetwas passieren oder jemand sie bedrohen, solle sie ihn anrufen. Oder mich, falls er nicht erreichbar sei. Zuerst hätte sie es bei Rocky versucht, doch er sei nicht ans Telefon gegangen. Also hätte sie ihn gegoogelt und erfahren, dass er gestorben sei. Dann hätte sie mich angerufen.«

»Aber erst heute Morgen. Ich hätte gedacht, sie meldet sich, *bevor* sie sich auf eine mehr als zehnstündige Autofahrt begibt«, bemerkte Molly nachdenklich. »Hast du sie nach ihrem Ausweis gefragt?«

»Sie hat behauptet, sie hätte ihn zu Hause gelassen. Sie sei so aufgelöst gewesen, weil jemand auf sie geschossen hätte.«

Molly verdrehte die Augen. »Wie praktisch. Hast du ihre Fingerabdrücke?«

»Klar. Antoine lässt sie bereits durch die AFIS-Datenbank laufen.«

Gabe sah Molly erstaunt an. »Ihr habt Zugriff auf das System für die Fingerabdruckidentifikation?«

Molly und Burke schwiegen. Sich Zugriff auf staatliche Datenbanken zu verschaffen, fiel in Antoines Ressort, und sie ließen ihn gewähren, ohne Fragen zu stellen. So wie bei den meisten seiner Tätigkeiten. Vielleicht hackte er die Systeme, vielleicht hatte er auch intern jemanden sitzen, der die Scans für ihn durchführte. Molly wusste es nicht und wollte es auch gar nicht wissen.

Gabe seufzte. »Auch wieder nach dem Motto ›Frag nicht, dann erzähle ich dir keine Lügen‹?«

»Rocky hat jedenfalls keinen Dummkopf großgezogen«, erwiderte Burke lässig, trotzdem schien Gabe die unterschwellige Nervosität in Burkes Tonfall wahrzunehmen.

Er nickte. »Schon gut, ich halte jetzt besser die Klappe.«

Molly tätschelte ihm die Hand. »Ist besser so. Also, Burke, wie sieht dein Plan aus? Wie willst du den Verfolger abhängen, den sie dir garantiert auf den Hals gehetzt haben?«

»Ich habe mir schon mit Antoine, Joy und Phin etwas überlegt, bevor ich heute Morgen ins Büro gefahren bin. Ich will wissen, was an der Geschichte dieser Frau dran ist. Eine JoAnn Rollins gab es tatsächlich, und sie ist während Katrina umgekommen. Sie muss damals Anfang zwanzig gewesen sein. Für die Adresse in South Carolina, die die Frau mir genannt hat, liegen keine Meldungen bei der Polizei vor, aber sie hat ja gesagt, sie hätte den Notruf nicht gewählt. Was die Details anging, war sie eher … vage.«

»Sehr schlau«, erwiderte Molly. »Dadurch gibt es weniger,

was sich widerlegen ließe. Was für ein Gefühl hattest du bei ihr, Burke? Sie steckt eindeutig in dieser Sache drin, aber wie genau?«

Burke zögerte. »Ich habe ihr geglaubt«, sagte er schließlich. »Wenn auch nicht die Story, die sie mir aufgetischt hat. Die hatte derartige Lücken, dass ein Güterzug hindurchgepasst hätte, kompletter Schwachsinn, aber ich habe ihr abgekauft, dass sie an das glaubt, was sie da tut. Die meiste Zeit hat sie das verängstigte Mäuschen gespielt, und das Ganze wirkte ein bisschen fadenscheinig, aber ich habe sie immer wieder dabei ertappt, wie sie mich finster angestarrt hat, nach dem Motto ›Wenn Blicke töten könnten‹ und so.« Er hielt kurz inne. »Sie konnte mich nicht ausstehen, und ich habe keine Ahnung, weshalb.«

»Bist du ihr hinausgefolgt?«

»Ich habe über die Überwachungskamera zugesehen, wie sie gegangen ist. Ich war nicht sicher, ob die einen Profikiller vor dem Haus postiert hatten. Kein besonders angenehmes Gefühl …«

Wieder ließ Molly den Blick umherschweifen. Obwohl ihnen niemand gefolgt war und sie den Mietwagen auf Tracker und dergleichen untersucht hatte, bevor sie losgefahren waren, fühlte sie sich viel zu sehr wie auf dem Präsentierteller. »Verständlich.«

»Sie ist in einen Wagen gestiegen, den ich einem Uber-Fahrer zuordnen konnte. Ich habe einen Tracker in ihre Handtasche fallen lassen, als sie gerade nicht hingesehen hat, der allerdings kurz nach dem Losfahren keine Bewegung mehr gemeldet hat. Phin hat ihn einen Block entfernt in einer Mülltonne gefunden.«

»Den Tracker?«

»Nein, die ganze Handtasche«, erwiderte Burke trocken. »Natürlich ohne einen Ausweis.«

»Was beabsichtigt sie?«, fragte Gabe. »Ist das ein Ablenkungsmanöver?«

»Genau«, antwortete Burke. »Ich glaube, das ist eine blinde Spur. Die wollen, dass wir ohne Sinn und Verstand losrennen und versuchen, die Identität dieser neuen Unbekannten zu ermitteln, um herauszufinden, ob sie uns nützt. Und vermutlich wollen sie erreichen, dass ich sie zu unseren Gästen führe. Was definitiv nicht passieren wird.«

Molly sah, wie die Frau mit dem breitkrempigen Hut ihre Gartenutensilien einsammelte und ins Haus zurückging. »Okay. Wir werden jetzt ein wenig mit der Dame mit den scharfen Gartengeräten plaudern. Ich rufe dich danach wieder an.«

»Danke. Seid vorsichtig.«

»Sind wir.« Molly legte auf und sah Gabe an. »Bist du bereit für eine Unterhaltung mit Mrs Nancy Royce?«

Er nickte knapp. »Ja.«

»Sie ist ehemalige Lehrerin und seit Kurzem verwitwet.«

Gabe zog die Brauen zusammen. »Wie ist ihr Mann gestorben?«

»An einer Lebererkrankung.« Sie drückte seine Hand. »Sein Tod hatte nichts mit dem Fall zu tun.«

Die Erleichterung stand Gabe ins Gesicht geschrieben. »Gut. Ich glaube, ich ertrage nicht noch mehr Todesfälle wegen dem, was mein Vater herausgefunden hat.«

»Bleib dicht bei mir. Ich will nicht, dass du auch noch umkommst.«

»Ja, Ma'am.«

Sie stiegen aus und gingen zu Nancy Royce' Haustür. Sie wollte gerade anklopfen, als die Tür aufgerissen wurde und ihnen ein Schwall herrlich klimatisierter Luft entgegenschlug.

»Guten Morgen, Ma'am«, sagte Molly. »Bitte entschuldigen Sie, wenn ich Sie belästige.«

»Und doch stehen Sie vor meiner Tür«, entgegnete die Frau scharf.

»Ja, Ma'am. Ich bin Molly Sutton und arbeite als Privatermittlerin. Das ist mein Partner Gabe.«

Nancys Augen wurden schmal. Sie war etwa einen Meter fünfundfünfzig groß, mit gebräunt-ledriger Haut. Obwohl sie erst vierundsechzig war, ließen ihre tiefen Sorgenfalten darauf schließen, dass sie es im Leben nicht immer leicht gehabt hatte.

»Gabe und weiter?«, fragte sie.

»Gabe Hebert, Ma'am«, antwortete Gabe. Am liebsten hätte Molly sich geohrfeigt.

Ich hätte ihm vorher sagen sollen, dass er seinen Namen nicht nennen soll. Doch der Mord an Cornell Eckert war ihr stärker an die Nieren gegangen, als sie zugeben wollte, deshalb hatte sie es schlicht vergessen.

Nancy musterte Gabe einen langen Moment, ehe sie den Kopf schief legte. »Kommen Sie rein.« Sie wandte sich um und verschwand im Haus.

Molly nickte Gabe zu, dann folgten sie ihr hinein.

17. Kapitel

TULANE-GRAVIER, NEW ORLEANS, LOUISIANA

Mittwoch, 28. Juli, 09.55 Uhr

Und?«, fragte Jackass barsch.

Das Wegwerfhandy in der Hand, schloss Lamont seine Bürotür und trat ans Fenster, weil er dort besseren Empfang hatte. »Ashley hat mit Broussard gesprochen und meint, er hätte ihr die Geschichte abgekauft, aber wir werden abwarten müssen.«

»Hat er sein Büro schon verlassen?«

»Nein. Er ist immer noch dort.«

Die Männer von seiner Liste waren rings um Broussards Detektei postiert und checkten jede Stunde die Lage. Er hatte beschlossen, sie zu bezahlen, statt sie mit Erpressung gefügig zu machen, so wie er es mit dem Wachmann im Gefängnis getan hatte. Der Wärter war kein Auftragskiller, hatte nie für Geld gemordet. Vielmehr bestand sein Vergehen darin, dass seine Ehefrau versehentlich umgekommen war, weil er einmal etwas zu brutal zugeschlagen hatte. Natürlich nur, um sie auf Spur zu halten. So ein Mann war durchaus zu Gewalt fähig, allerdings hatte er eine kleine Ermutigung gebraucht, um einen Gefangenen wie Eckert zu töten – die Drohung, die Akte mit den Beweisen für den Totschlag seiner Frau zu enthüllen, hatte ihren Zweck erfüllt.

Käme ans Licht, dass er für ihren gewaltsamen Tod verantwortlich war, würde es ihn den Job und das Sorgerecht für die Kinder kosten. Außerdem würde er in den Knast wandern, genau zu den Tätern, die er brutal misshandelt hatte, während sie auf ihre Verfahren warteten.

Im Lauf der Jahre hatte Lamont sich angewöhnt, mit Bedacht bei der Auswahl jener vorzugehen, die er vor dem Gefängnis bewahrte. Sein Hauptkriterium war, welchen Wert die Leute in der Zukunft für ihn haben würden. Oder aber wie viel sie bezahlten. Je nachdem.

Alles lief nach Plan. Eckert war tot. Sämtliche Nachrichten berichteten darüber, und es hatte den Anschein, als hätte der Wachmann seine Sache gut gemacht. Niemand hatte auch nur die leiseste Ahnung, wer den Auftragskiller beseitigt hatte.

»Es ist noch früh«, sagte Jackass. »Wahrscheinlich überprüft Broussard erst einmal den Namen, den Ashley ihm genannt hat.«

»Das will ich hoffen.«

»Du hattest deine Männer ziemlich schnell am Start«, fuhr Jackass mit dieser aufgesetzten Lässigkeit hinzu, die er schon seit fünfunddreißig Jahren am Leib hatte.

»Stimmt.«

»Und vertraust du ihnen?«

»Ich habe sie gut bezahlt und kann sie überwachen.«

»Ach so?« Schlagartig war Jackass' Argwohn geweckt. »Wie denn?«

»Ich habe ihnen Nachrichten mit Links zu der Anschrift geschickt, die sie überwachen sollen. Als sie sie in der Karten-App auf ihrem Handy angeklickt haben, hat sich automatisch der Tracker aktiviert. Deshalb weiß ich genau, wo sie gerade sind.«

Die moderne Technik war etwas Wunderbares. Und der

Entschluss, eine Handvoll Hacker vor dem Knast zu bewahren, hatte ihm eine Auswahl an versierten Computerexperten beschert, die nun ebenfalls zu seinen Diensten standen. Erpressung war etwas noch viel Wunderbareres.

»Krass. Du musst mir unbedingt zeigen, wie das geht.«

Vergiss es. Wenn das hier vorbei war und Xavier Morrow, Gabe Hebert und Burke Broussard tot waren, wäre Jackass der Nächste, den er beseitigen würde.

»Mit Vergnügen«, log er mühelos. »Aber zurück zum Geschäft. Wie kam Rocky junior auf die Idee, eine private Autopsie vornehmen zu lassen?«

»Das weiß ich nicht genau, aber ich nehme an, er war argwöhnisch wegen Cresswell.«

Lamont seufzte. Cresswell war allen ein Dorn im Auge. Dabei war der Cop keineswegs der große Gutmensch, ganz im Gegenteil. Seit Jahrzehnten ließ er sich von allen möglichen Zuhältern schmieren und riss sich bei Razzien sichergestellte Drogen unter den Nagel, die er später wieder an irgendwelche Dealer verkaufte. Aber er wusste von so mancher Leiche im Keller, deshalb hielten sie ihn weiter bei Laune.

»Was hat Cresswell getan?«

»Er hat das Koks gefunden, das wir in Rockys Haus versteckt hatten, und es untersuchen lassen.«

»Wie wir es geplant hatten«, warf Lamont ein, dem der Geduldsfaden zu reißen drohte. »Und?«

»Und dann hat er es Gabe erzählt.«

»Wie wir es geplant hatten«, wiederholte Lamont eine Spur schärfer. »Und?«

»Er ist ein aalglatter Mistkerl. Gabe hat ihm nicht geglaubt, sondern ist zum Rechtsmediziner gegangen und hat ihn unter Druck gesetzt.«

»Das rechtfertigt immer noch keine private Autopsie.«

»Das weiß ich auch. Ich glaube, jemand hat ihm einen Tipp gegeben. Ich bin schon dran.«

»Mist. Und wen hast du im Verdacht?«

»Noch weiß ich es nicht. Kennst du André Holmes?«

»Natürlich kenne ich Captain Holmes.« Der Mann war ihnen ebenfalls ein Dorn im Auge. Ein Cop mit ausgeprägter Moral. »Was ist mit ihm?«

»Sein jüngerer Bruder arbeitet inzwischen in der Rechtsmedizin. Wenn jemand den Mund aufmacht, weil er den Verdacht hat, dass etwas nicht stimmt, dürfte es DeShawn Holmes sein. Ich werde veranlassen, dass jemand heute mal seinen Mail-Account dort checkt.«

»Und wie?«

»Ich habe meine Computerexperten, genauso wie du, Monty.«

Blöder Sack. »Gut. Sag mir Bescheid, sobald du etwas weißt.«

»Mache ich«, versprach Jackass, während sein eindringlicher Tonfall unverbindlicher wurde, was bedeutete, dass jemand hereingekommen war. »Wir hören bald wieder voneinander.«

Das Gespräch endete. Lamont wandte sich vom Fenster ab und setzte sich mit einem Seufzer hinter seinen Schreibtisch.

CHALMETTE, NEW ORLEANS, LOUISIANA

Mittwoch, 28. Juli, 10.15 Uhr

»Tür zu!«, bellte Nancy Royce. »Ich zahle nicht dafür, die ganze Straße runterzukühlen.«

Molly lächelte. »Sie klingt genau wie meine Mom«, flüsterte sie.

»Und wie meine«, flüsterte Gabe zurück.

Nancy hatte bereits ein Tablett mit einem Krug Limonade

und drei Gläsern auf den Couchtisch gestellt und in einem Sessel Platz genommen.

»Sie haben uns erwartet«, stellte Molly mit einer Geste auf das Tablett fest.

»Ich bin nicht dumm«, blaffte Nancy. »Sagen Sie, was Sie zu sagen haben, und dann verschwinden Sie. Ich habe zu tun.«

Molly vermutete, dass ihre barsche Art das Überbleibsel einer langen Karriere als Lehrerin war, denn an sich zeichnete sich auf Nancys Miene durchaus Neugier ab.

»Wir würden Ihnen gern ein paar Fragen zu einer Frau stellen, die vor dem Hurrikan hier in der Straße gewohnt hat«, begann sie.

Nancy legte den Kopf schief, was sie wie ein ledriges Vögelchen aussehen ließ. »Dann legen Sie mal los. Und drücken Sie auf die Tube, meine Soap fängt bald an, und ich werde die Folge auf keinen Fall verpassen.«

Molly sah Nancy in die Augen. »Warum überrascht es Sie nicht, dass wir hier auftauchen?«

Ohne den Blickkontakt zu lösen, lehnte Nancy sich zurück. »Weil Sie nicht die Ersten sind, die Fragen über eine Frau stellen, die vor Katrina hier gelebt hat.«

Gabe sog scharf den Atem ein. »Wer denn noch?«

»Ein Mann namens Rocky Hebert.« Wieder legte sie den Kopf schief. »Sie haben Ähnlichkeit mit ihm.«

»Mein Vater«, sagte Gabe knapp. »Wann hat er mit Ihnen geredet?«

»Das erste oder das zweite Mal?«

Molly sah sie verwirrt an, dann fiel der Groschen. »Sie haben ihn während Katrina kennengelernt.«

Nancy nickte feierlich. »Er hat uns das Leben gerettet. Das Gesicht dieses Mannes werde ich niemals vergessen. Und seine Tapferkeit genauso wenig. Und seine Güte.« Sie lächelte, was ihre Züge weicher werden ließ. »Ich war völlig verblüfft, dass er sich noch an mich erinnern konnte. Mein Mann und ich und all die anderen hatten grauenvolle Angst in dieser Nacht gehabt, und Rocky war so geduldig und sanft mit uns. Er hat mir in das kleine Boot geholfen, als wäre ich aus Porzellan. Sie sollten stolz auf Ihren Vater sein.«

Gabe schluckte hörbar. »Das bin ich. Er war der beste Vater, den man haben kann.«

Entsetzen flackerte in Nancys Gesicht auf. »*War*? Ist er etwa gestorben?«

Gabe nickte. »Ja, Ma'am. Vor sechs Wochen.«

»Das tut mir sehr leid, mein Junge. Aufrichtig.« Sie atmete tief durch. »Er war vor vier oder fünf Monaten noch einmal hier und hat mich auch nach der Frau aus der Straße gefragt. Ich kannte sie zwar nicht gut, ihren Namen wusste ich aber noch. In über vierzig Jahren als Lehrerin habe ich ein gutes Namensgedächtnis entwickelt. Sie hieß Nadia Hall.«

Mollys Puls beschleunigte sich. *Ja!* »Hatte sie einen Hund?«

»Oh, ja.« Wieder lächelte Nancy. »Madame Fluffy. So einen todschicken, mit einem seidigen Fell und Ohren und einer langen, schmalen Schnauze.«

Das passte. »Ein Afghane.«

Nancy schien amüsiert zu sein. »Wenn Sie es sagen. Ich hatte nie viel für diese Modehunde übrig. Unsere hatten wir immer aus dem Tierheim.« Sie wurde wieder ernst. »Ich hoffe, der Hund hat die Flut überlebt.«

»Was ist aus Nadia geworden?«, hakte Molly nach.

Nancys Augen wurden schmal. »Nun spielen Sie mal nicht das Unschuldslamm, junge Dame. Ich erzähle Ihnen, was ich weiß, aber so zu tun, als hätte man keine Ahnung, lasse ich nicht durchgehen.«

»Sie ist gestorben«, erklärte Molly rundheraus.

»Ich gehe davon aus, ja.« Nancy sah Gabe an. »Ihr Daddy hat sie auch gesucht, und ich hatte den Eindruck, er wisse, was mit ihr passiert war.«

Erzähl ihr nichts von Xavier. Tu's nicht.

»Dad ist davon ausgegangen, dass sie ermordet wurde. Er ist von Tür zu Tür gegangen und hat die Häuser nach potenziellen Opfern abgesucht, die gerettet werden mussten.«

»Eher von Fenster zu Fenster«, korrigierte Nancy. »Mein Mann und ich saßen auf dem Dach, und das Wasser stieg so schnell an, dass wir beide dachten, das sei's jetzt gewesen. Und dann kam Ihr Vater. Gerade noch rechtzeitig.«

»Ich kann mir das nicht einmal ansatzweise vorstellen«, gestand Gabe leise. »Jedenfalls hat Dad nach Überlebenden gesucht und ihre Leiche entdeckt.«

Nancy nickte langsam. »Das hat er mir auch erzählt.«

Molly entspannte sich. *Gut gemacht, Gabe. Sehr gut. Es war klug, Xavier nicht zu erwähnen.*

»Mir war damals nicht klar, was passiert war«, fuhr Nancy fort. »Erst als er im Frühjahr aufgetaucht ist und wir über alles gesprochen haben. Er meinte, er sei auch davor schon ein- oder zweimal hier gewesen, aber zu dieser Zeit haben wir nicht hier gewohnt.«

Das war neu. »Wo denn dann?«, wollte Molly wissen.

»In Huntsville. Mein Mann wurde im dortigen Krankenhaus behandelt. Unsere Tochter lebt dort, und ich brauchte ihre Hilfe. In dieser Zeit haben wir das Haus hier vermietet. Drei lange Jahre. Aber die Behandlungen haben nicht angeschlagen, und irgendwann wollte mein Mann nicht mehr weitermachen.« Ein trauriges Lächeln erschien auf ihrem Gesicht. »Er wollte noch einen Mardi Gras erleben. Also sind wir nach Hause zurückgekehrt. Das war letztes Jahr. Er hat seinen Mardi Gras noch bekommen, dann hat er losgelassen und ist gegangen.«

»Das tut mir sehr leid«, sagte Gabe leise.

»Ich weiß, Junge. Sie wissen, was Trauer bedeutet. Und Sie auch, Miss Sutton. Das sehe ich an Ihren Augen.«

Das stimmte. Mollys Herz war gebrochen, und ihre Augen hatten sich mit Tränen gefüllt, ohne dass sie es gemerkt hatte.

»Die Trauer gehört wohl zu jedem Leben dazu«, bemerkte Gabe philosophisch. »Trotzdem macht es das nicht besser.«

»Allerdings.« Nancy musterte ihre Besucher, dann seufzte sie. »Wieso suchen Sie ausgerechnet jetzt nach Nadia Hall?«, fragte sie und versteifte sich plötzlich. »Wie ist Ihr Vater gestorben?«

Auch Gabe erstarrte. »Die offizielle Todesursache lautet Selbstmord.«

Nancy runzelte die Stirn. »Aber das glauben Sie nicht, sondern Sie gehen davon aus, dass sein Tod mit Nadia zusammenhängt.«

Gabe sah zu Molly, die die flehende Bitte in seinen Augen las, die Frau zu warnen.

Sie fasste einen Entschluss. »Ja, das tun wir.« Sollte Rockys Mörder herausfinden, dass sie zu Nancy Royce gefahren waren …

»Und ich?«, fragte Nancy mit bebender Stimme. »Bin ich in Gefahr, weil ich mit ihm geredet habe?«

Molly sah sie direkt an. »Könnten Sie für eine Weile zu Ihrer Tochter nach Huntsville fahren?«

Nancy schnappte entsetzt nach Luft, fing sich jedoch sofort wieder. »Ich denke schon. Ich habe meine Enkel schon einen Monat nicht mehr gesehen. Mein Wagen ist vollgetankt, ich kann heute noch losfahren.«

Molly legte eine ihrer Visitenkarten auf den Couchtisch. »Bitte rufen Sie mich an, sobald Sie angekommen sind. Wir schlafen besser, wenn wir sicher sein können, dass es Ihnen gut geht.«

»Dann muss es ja ziemlich übel sein«, konterte Nancy mit einem ironischen Lächeln.

»Stimmt, Ma'am«, sagte Molly. »Das ist es. Können Sie mir erzählen, was Sie über Nadia Hall wissen? Was hat sie beruflich gemacht?«

»Ich glaube, sie hat in einem Büro in der Nähe vom French Quarter gearbeitet. Sie ist mit dem Bus in die Stadt gefahren und hat sich immer über den Verkehr beklagt. Aber sie war ziemlich verschlossen, hat nicht viel von sich erzählt.«

»War sie verheiratet? Oder hatte sie einen festen Freund?«, hakte Molly nach.

»Dasselbe hat Mr Hebert auch gefragt, und ich sage Ihnen, was ich ihm gesagt habe. Irgendwann muss sie einen Freund gehabt haben, weil sie schwanger war.« Sie zog die Brauen hoch. »Ihn hat es nicht gewundert. Sie offensichtlich auch nicht. Warum?«

»Ich will nicht unhöflich sein, Ma'am«, sagte Molly, »aber einige Details würde ich lieber nicht preisgeben. Je mehr Sie wissen, umso größer könnte die Gefahr für Sie sein.«

Nancy verdrehte die Augen. »Na gut. Wahrscheinlich erfahre ich es früher oder später sowieso aus der Zeitung. Ich erinnere mich ansonsten nur noch, dass Nadia sehr viel gearbeitet hat. Sie ist oft frühmorgens aufgebrochen und abends erst spät nach Hause gekommen, manchmal sogar erst nach Mitternacht.«

»Und haben Sie den Freund jemals gesehen?«, wollte Molly wissen.

»Nein. Sollte er hier gewesen sein, lagen wir da schon im Bett oder waren bei der Arbeit.«

Verdammt. Andererseits wussten sie dank Nancy nun sehr viel mehr als vorher. »Wie sah sie denn aus?«

»Jung. Anfang zwanzig vielleicht. Blondes, langes Haar, das ihr fast bis zum Hintern reichte. Sehr hübsch. Und sie hat oft gelächelt, soweit ich mich erinnere. Sie wirkte … dankbar. Als hätte sie nicht viel und könne selbst nicht glauben, wie gut es ihr ging.«

Molly kreuzte insgeheim die Finger. »Haben Sie zufällig Fotos?«

»Nein«, antwortete Nancy und ließ betrübt die Schultern sacken. »Und selbst wenn ich welche gehabt hätte, wären sie nicht mehr da. Die Flut hat alles zerstört. Die Babyfotos meiner Kinder, mein Hochzeitsfoto. Alles.« Sie zuckte die Achseln. »Ich hätte sie Ihnen ja gegeben, aber leider …«

»Das tut mir sehr leid«, sagte Molly. »Bestimmt ist das alles sehr schmerzhaft für Sie.«

»Wenn es hilft, Rockys Tod zu sühnen, macht es mir nichts aus. Wie gesagt, der Mann hat uns gerettet.«

»Wer hat sich um den Hund gekümmert, wenn Nadia bei der Arbeit war?«, fragte Gabe. »Hatte sie Freunde oder Familie, die ihn Gassi geführt haben?«

Stolz durchströmte Molly. *Kluge Fragen, Gabe.*

Nancy schüttelte den Kopf. »Sie hatte jemanden engagiert. Ein Schulmädchen, das ein Stück die Straße hinunter gewohnt hat. Nach Katrina ist die Familie weggezogen. Wir haben nie wieder etwas von ihnen gehört. Zu den meisten ehemaligen Nachbarn haben wir den Kontakt verloren«, fügte sie betrübt hinzu. »Es war eine verrückte Zeit. Den Fluten zu entkommen, in einem Zelt zu leben, und das bei dieser Hitze. Gott, es war so brüllend heiß. Und der Gestank …« Sie erschauderte. »Ich erinnere mich heute noch daran. Mit erschreckender Klarheit. So viele Menschen haben es nicht geschafft. Und diejenigen, die entkommen sind, waren am Ende. Manche sind zu Verwandten gezogen, andere nach Houston. Wieder andere haben

Sozialwohnungen bezogen. Wir sind zu unserer Tochter nach Huntsville gegangen, bis wir mit dem Wiederaufbau anfangen konnten. Danach haben wir alle angerufen, von denen wir noch eine Telefonnummer hatten, haben um diejenigen getrauert, die umgekommen waren. Was aus Nadia geworden ist, wussten wir nicht. Davon haben wir erst erfahren, als Ihr Vater uns nach ihr gefragt hat. Ich dachte, sie sei mit dem Hund entkommen, bevor das Wasser kam.« Sie hielt inne. »Hat Rocky den kleinen Jungen denn gefunden?«

Molly bemühte sich um eine neutrale Miene. Ebenso wie Gabe. Sollte er jemals seine Kochkarriere an den Nagel hängen wollen, hätte er als Privatermittler eine echte Zukunft. »Welchen kleinen Jungen?«, fragte Molly.

»Es gab einen kleinen Jungen. Ein reizender kleiner Kerl. Angel hieß er. Seine Mama ist ertrunken. Beim Versuch, ihn zu retten. Der Kleine saß im Boot auf meinem Schoß. Er war derjenige, der darauf bestanden hat, dass Rocky in Nadias Wohnung geht. Ich habe mir keine Gedanken über Rockys Gesichtsausdruck gemacht, als er wieder ins Boot stieg, weil ich viel zu große Angst hatte, wir würden alle sterben. Aber wenn ich jetzt daran zurückdenke, glaube ich, dass er da ihre Leiche gefunden hatte. Als er vor ein paar Monaten herkam, meinte er, er suche immer noch nach Angel.« Molly erkannte den Scharfsinn in ihrem Blick, als Nancy sie und Gabe ansah. »Ich habe ihm nicht geglaubt. Und jetzt tue ich es auch nicht. Ich will nur wissen, ob es dem kleinen Angel gut geht.«

»Wir bemühen uns, ihn zu finden«, sagte Molly. »Und dann geben wir ihm gerne Ihre Telefonnummer und Adresse.«

»Das wäre schön«, erwiderte Nancy wissend. »Sonst noch etwas?«

»Woher wussten Sie, dass Nadia schwanger war?«, fragte Molly. »Hat sie es Ihnen erzählt?«

»Aber nein. Ich habe selbst Kinder und erkenne die Anzeichen. Sie hat sich ständig die Hand auf den Bauch gelegt und wollte wissen, welche Zutaten in den Gerichten sind, wenn wir in der Nachbarschaft gegrillt haben. Außerdem hat die Kleine gehört, wie Nadia sich im Badezimmer übergeben hat, als sie Madame Fluffy abholen kam.«

»Wissen Sie zufällig, ob sie einen Arzt hatte?«, hakte Molly nach. »Einen Gynäkologen, meine ich.«

»Nein, tut mir leid, da kann ich Ihnen nicht helfen.«

Molly verbarg ihre Enttäuschung hinter einem Lächeln. »Schon gut, Ma'am. Was ist mit Nadias genauer Adresse? Welches Haus war ihres?«

»Die Hausnummer weiß ich nicht mehr, aber Angel und seine Mutter haben direkt gegenüber von uns gewohnt, und von unserem Vorgarten aus stand Nadias Haus rechts daneben.«

Damit konnte Antoine bestimmt etwas anfangen, befand Molly. »Danke. Sie waren uns eine große Hilfe. Wie lange brauchen Sie, um ein paar Sachen einzupacken?«

»Eine halbe Stunde oder so. Warum?«

»Wenn Sie wollen, können wir so lange warten und Ihnen dann bis zum Highway hinterherfahren. Nur um sicherzugehen, dass Sie unbeschadet aus der Stadt hinausgelangen.«

Nancy erstarrte. »Ist es so gefährlich?«

Molly wollte nicht, dass der Tod einer weiteren unbeteiligten Person auf Gabes Gewissen lastete – und auch nicht auf ihrem eigenen. »Ja, Ma'am.«

»Dann nehme ich Ihr Angebot an. Ich schaue mir oft Krimis im Fernsehen an, und da enden immer diejenigen aufgeschlitzt in der dunklen Gasse, die dumm genug sind, keine Hilfe annehmen zu wollen.«

Molly verzog das Gesicht. »Gütiger Himmel, was für ein Gedanke.« Aber einer, der nicht von der Hand zu weisen war.

Gabe erhob sich, als Nancy aufstand. »Kann ich Ihnen irgendwie behilflich sein, Ma'am?«

»Die Stecker an den Elektrogeräten ziehen und das Wasser abdrehen? Und vielleicht meinen Koffer hinaus zum Wagen tragen?«

»Natürlich.« Er sah Molly an. »Brauchst du mich gerade?«

»Nein. Ich informiere inzwischen das Büro. Keiner verlässt dieses Haus.«

»Grundgütiger«, murmelte Nancy und ging in ihr Schlafzimmer.

Molly zog ihr Handy heraus und schrieb Burke eine Nachricht. *Das Opfer hieß Nadia Hall.* Sie fügte die Adresse hinzu. *Sie hat in einem Haus rechts neben dem direkt gegenüber gewohnt. Die genaue Adresse habe ich nicht.*

Burkes Antwort kam sofort. *??!!!*

Genau! Rocky war vor 4–5 Monaten hier. Hat mit einer Nachbarin gesprochen.

Was zur Hölle???

Das kannst du laut sagen. Kann Antoine recherchieren? Familienmitglieder, die noch leben? Kreditkarten-/Handydaten? Allerdings würde sie sich wundern, wenn sich nach all den Jahren noch Daten dieser Art finden ließen. Sie hatte noch nie in einem so weit zurückliegenden Fall ermittelt, aber wenn es irgendwelche Informationen gab, würde Antoine sie ausgraben.

Schick ihm einfach den Namen. Er kann definitiv im Grundstücksverzeichnis nachsehen, wer der Besitzer von Nadias Haus war. Wie machst du weiter?

Molly dachte nach. *Hast du Shoe abgeholt?* Die Erwähnung von Nadias Afghanischem Windhund hatte sie daran erinnert, dass sich Shoe immer noch in der Tierarztpraxis befand. Und Gabe war es auch eingefallen. Sie hatte ihm die Gewissensbisse angesehen.

Mist. Nein!

Kein Problem. Wir erledigen das.

Sag Gabe, es tut mir leid.

Er wird es verstehen. Wir hören uns. Sie schloss die Nachrichten-App, besann sich jedoch eines Besseren. Die Frau, die am Morgen bei Burke gewesen war, hatte gelogen. *Das war doch klar!* Aber warum?

Sie schrieb Burke eine weitere Nachricht. *Wieso hat die Besucherin heute Morgen eine Adresse in South Carolina angegeben? Als Köder für mich?*

Kann sein. Aber du fährst auf keinen Fall hin.

Tue ich auch nicht. Aber ich kann meinen ehemaligen Chef bitten, unauffällig nachzuhaken.

Lange Zeit kam nichts, dann: *Ich habe ihm vertraut. Er hat sich damals für dich eingesetzt. Also, ja. Frag ihn. Aber nicht ohne Warnung. Könnte eine Falle sein.*

Mache ich.

Sie trat ans Fenster, um ihren Wagen im Blick zu haben. Zwar war die Alarmanlage aktiviert, doch mit ein bisschen Routine und Sachkenntnis könnte jemand ohne Weiteres einen Tracker daran befestigen, ohne sie auszulösen.

Sie scrollte zur Nummer ihres ehemaligen Vorgesetzten – seinem Privathandy, nicht der Bürodurchwahl. *Ich hätte mit ihm in Kontakt bleiben sollen.* Aber er würde es ihr nicht krummnehmen, weil er verstanden hatte, weshalb sie vor drei Jahren aus der Stadt geflohen war.

Sie tippte die Nummer an und wartete mit angehaltenem Atem.

»Thatcher?«

»Hi, Steven, hier ist Molly Sutton.«

Das leise Knarren verriet ihr, dass er sich auf seinem Bürostuhl zurücklehnte, wie es seine Angewohnheit war.

»Na, so was«, sagte er voller Wärme. »Wie geht es denn allen so?«

»Mir geht's gut. Chelsea und Harper auch. Und selbst?«

»Jenna geht es gut, den Kindern auch. Nicky verlässt uns in ein paar Wochen, fürs College. Und Jenna heult sich jetzt schon die Augen aus.«

Molly lächelte. Das klang ganz nach Jenna. »Wohin geht er denn?«

»An die Duke, also nahe genug, um ab und zu zum Essen vorbeizukommen. Seth kommt auf die Mittelschule und hat neuerdings eine Freundin. Das ist *prima.*« Eindeutig alles andere als das. »Matt kommt bald von seinem letzten Einsatz im Irak nach Hause, was eine große Erleichterung ist. Und Tante Helen ist immer noch auf Reisen. Gerade ist sie in Ägypten und amüsiert sich prächtig.«

Molly vermisste die ganze Familie. »Und Brad?«

Steven zögerte. »Er … ist verlobt.«

Sie verstand sein Zögern, auch wenn es unnötig sein mochte. »Ich freue mich für ihn.« Das tat sie tatsächlich. »Du weißt ja, dass wir als Freunde besser klarkamen. Ich glaube, wir haben mit der Trennung nur so lange gewartet, weil wir euch nicht enttäuschen wollten.« Und weil Molly die Familie nicht hatte verlieren wollen. Zum Glück war Stevens Ältester genauso großzügig wie sein Vater und hatte verstanden, dass sie hin und weg von seiner Familie gewesen war – vielleicht sogar mehr als von ihm. »Sag ihm, dass ich es kaum erwarten kann, sie kennenzulernen.«

»Mache ich. Du fehlst uns. Vielleicht kannst du ja mal ein paar Tage Urlaub machen und uns besuchen kommen.«

»Das werde ich, nur passt es gerade nicht so gut.«

»Alles klar. Ich nehme an, du rufst nicht an, um zu plaudern. Was ist los?«

Sie schilderte ihm, was vorgefallen war, wobei sie einige Details geflissentlich unterschlug. »Deshalb könnte es sich um einen Versuch handeln, mich in die alte Heimat zu locken, um mich dort auszuschalten.«

»Diese Dreckschweine«, brummte er. »Wir sollen der Sache also nachgehen, ganz inoffiziell und unauffällig, und vielleicht schießt man dabei auf uns. Lässt es sich so zusammenfassen?«

Sie zuckte zusammen. »Ja. Aber natürlich kannst du Nein sagen.«

»Als ob ich das tun würde. Ich kümmere mich sogar persönlich darum. Das ist eine gute Übung für meinen Frischling. Ich gebe dir Bescheid, was herauskommt. Sei vorsichtig, Molly. Du bist vielen Menschen sehr wichtig.«

Molly schluckte. Sie hatte ihre Arbeit beim SBI in North Carolina geliebt, ihre Familie bei der Arbeit. Es war ihr schwergefallen, sie zurückzulassen. »Du fehlst mir.«

»Gleichfalls. Für dich ist immer ein Platz hier, aber ich verstehe, weshalb du weggehen musstest. Nächstes Mal meldest du dich, um zu plaudern, okay?«

Sie lächelte. »Wird gemacht, Sir.«

Sie beendete das Gespräch und musste einen Aufschrei unterdrücken, als Gabe hinter sie trat und ihr die Hände auf die Schultern legte. »Alles in Ordnung?«

Sie sah ihn an. »Mir geht's gut. Ist das Wasser abgestellt?«

»Ja. Ich warte nur darauf, dass Mrs Royce ihren Koffer fertig gepackt hat.« Er sah sie unbehaglich an. »Darf ich dich fragen, wer Brad ist?«

»Ja. Er war mal mein fester Freund. Bevor ich mit Jakes bestem Freund zusammenkam. Brad ist der Sohn meines ehemaligen Vorgesetzten, der auch beim SBI arbeitet. Wir haben uns kennengelernt, als ich einem Team in Charlotte zugeteilt wurde. Am Ende haben wir gemerkt, dass es als Paar zwischen uns nicht klappt, und sind in aller Freundschaft auseinandergegangen. Er ist verlobt.«

Gabe entspannte sich sichtlich. »Danke, dass du es mir gesagt hast. Dein ehemaliger Chef hilft uns also?«

»Ja. Mal sehen, was passiert, wenn sie bei ›Alicia Rollins‹ vor der Haustür stehen.«

»Solche Partner sind Sie also?« Nancys Stimme ließ sie beide zusammenzucken.

Die alte Frau stand im Türrahmen und musterte sie interessiert. Gabe wandte sich um und trat zu ihr, um ihren Koffer zu nehmen. Der riesig war.

Nancy grinste. »Wusste ich es doch. Mir war gleich klar, dass Sie beide ein Liebespaar sind.« Sie schnippte mit den Fingern. »Selbst nach all den Jahren habe ich es noch drauf.«

Molly lachte. »Wie lange wollen Sie denn in Huntsville bleiben, Ma'am? Sechs Monate?«

Nancy zuckte die Achseln. »So lange, bis es sicher ist, zurückzukehren.« Sie drohte ihr mit dem Finger. »Und wagen Sie es bloß nicht, mich in der Luft hängen zu lassen, junge Dame. Ich erwarte, dass Sie mich auf den neuesten Stand bringen.«

»Das werde ich. Versprochen.«

TULANE-GRAVIER, NEW ORLEANS, LOUISIANA

Mittwoch, 28. Juli, 11.45 Uhr

Schlecht war, dass Broussard sein Büro immer noch nicht verlassen hatte. Gut war, dass die Reporter sich mit ihren Spekulationen überschlugen, wer hinter dem Mord an dem »mutmaßlichen Auftragskiller Cornell Eckert« stecken könnte. Bislang nahmen sie Eckerts Vergangenheit auseinander, beleuchteten seine Verbrechen. Oder zumindest diejenigen, die ihm zugeschrieben wurden.

Eckert war recht schlau gewesen, hatte nie Spuren hinterlassen, anhand derer man ihn hätte überführen können. Bis auf jenes eine Mal. *Und damit hatte ich ihn genau dort, wo ich ihn haben wollte.*

Natürlich hatte er Eckert nun unwiederbringlich verloren, aber das ließ sich nun einmal nicht ändern.

Lamont schloss den Browser und schnitt die Reporterstimmen mitten im Satz ab. Die hatten doch alle nicht den leisesten Dunst. *Da kann ich ja froh sein.*

»Sir?« Eine junge Frau stand mit unsicherer Miene im Türrahmen. Lamont brauchte einen Moment, ehe er sie zuordnen konnte. Ah, ja. Ashleys Ersatz. »Ich wollte Sie nur daran erinnern, dass Sie heute einen Termin zum Mittagessen mit dem Senator haben. Ihr Chauffeur hat gerade angerufen, um zu sagen, dass er unten auf Sie wartet. Er befürchtet, Sie könnten wegen des dichten Verkehrs zu spät kommen.«

Mist. Das hatte er völlig vergessen. Was eigentlich gar nicht zu ihm passte. »Danke, Carrie. Ich sollte im Lauf des Nachmittags zurück sein.«

»Sehr gut, Sir. Ihr nächster Termin ist um vier.«

Er fuhr den Computer herunter und räumte nervös seinen Schreibtisch auf. Er hatte sich nicht auf den Termin vorbereitet, dabei war er überaus wichtig – so wichtig, dass er sogar sein Leben verändern könnte.

Der Senator gehörte zu den Männern, die er für seine eigene Senatorenkandidatur an seiner Seite benötigte. Mit einem tiefen Atemzug blickte er in den Spiegel neben der Tür. Er sah gut aus.

Normal.

Wie ein künftiger Senator.

Er nahm seine Aktentasche und verließ das Büro, nur um im Flur geradewegs dem Neuen in die Arme zu laufen. Der Mann vertrat ihm den Weg, sodass Lamont gezwungen war, ihn entweder wegzuschubsen oder stehen zu bleiben.

Lamont entschied sich für Letzteres, ohne dabei einen Hehl aus seiner Verärgerung zu machen. »Jean-Pierre«, presste er tonlos hervor. »Ich bin etwas in Eile.«

Jean-Pierre stammte aus New York City, was ihn an sich schon verachtenswert machte, außerdem hatte er eine unangenehme Akribie am Leib und bestand darauf, sich jeden einzelnen Fall genau anzusehen. Lamont hätte kotzen können.

Er selbst hatte seine Arbeit nie mit dieser Ernsthaftigkeit betrieben, nicht einmal ganz zu Beginn seiner Laufbahn. Stattdessen hatte er sich nur den Anstrich gegeben, um an Ehefrau Nummer eins heranzukommen, aber es war alles eine Lüge gewesen. Jean-Pierre war wie ein Hündchen, das begierig nach Zuwendung hechelte. Ohne jede Selbstachtung.

Könnte natürlich sein, dass ich so empfindlich reagiere, weil er Ashleys neuer Chef ist. So naiv sie auch sein mochte, so hatte sie das Büro doch perfekt am Laufen gehalten. Und sie vögelte wie eine Pornodarstellerin. Das würde ihm fehlen.

»Lamont.« Jean-Pierre strahlte wie ein Filmstar. »Ich will Sie gar nicht lange aufhalten, sondern mich nur dafür bedanken, dass Sie mir Ashley geschickt haben. Sie hat bereits meinen Terminkalender auf Vordermann gebracht und eine Datenbank für meine Fälle angelegt.«

Lamont zwang sich zu einem Lächeln. Er musste sich umgänglich zeigen. Was er aus tiefster Seele hasste. Vor allem mit solch aalglatten Angebern mit Weltretterambitionen wie Jean-Pierre. Dabei hieß der Typ noch nicht mal Jean-Pierre, das war bloß sein Mittelname. Sein eigentlicher Vorname war Kaj. *Was für ein Name soll das überhaupt sein?*

Lamont nickte gnädig. »Gern geschehen. Sie war eine erstklassige Assistentin.«

Noch immer lächelnd, legte Jean-Pierre den Kopf schief. »Warum haben Sie sie dann zu mir versetzt?«

Ah, der feine Großstadtpinkel kann also auch Zähne zeigen. Gut zu wissen. Er beschloss, die Wahrheit zu sagen. »Weil sie jung und hübsch ist und ich eine eifersüchtige Frau habe«, erklärte er wehmütig. »Es lief zwar nie etwas, aber … nun ja, Sie wissen schon … Ehefrauen.« Er zuckte die Achseln. »Man weiß ja, wie sie manchmal sein können.«

Jean-Pierres Lächeln erlosch vollständig, und ein Ausdruck erschien in seinen Augen, der nach Verlust aussah. »Nicht direkt. Ich bin verwitwet.«

Lamont blinzelte verblüfft. »Das tut mir leid«, sagte er und meinte es fast auch so. »Ich will Sie ungern unterbrechen, aber …«

Jean-Pierre trat zur Seite. »Nein, nein, ich muss mich entschuldigen. Ich habe Sie aufgehalten. Bitte, ich wünsche Ihnen einen angenehmen Nachmittag.«

Mit einem unangenehmen Gefühl, das er gar nicht mochte, setzte Lamont seinen Weg fort und trat aus dem Gebäude. »Danke für die Erinnerung, James«, sagte er, als er sich angeschnallt hatte. »Ich war so in die Arbeit versunken.«

»Kein Problem, Sir«, erwiderte James und fuhr los. »Ich sorge dafür, dass Sie rechtzeitig dort sind.«

Falls nicht, wäre es jedenfalls nicht James' Schuld. Diese verdammten Festivitäten. Und dieser elende Verkehr.

Lamont blickte auf sein Handy, um sich zu vergewissern, dass seine neuen Leute, die er für die Überwachung von Broussards Büro abgestellt hatte, sich immer noch dort befanden, wo sie sein sollten. Was sie auch waren. *Verdammt, Broussard. Nun geh schon nach Hause. Oder wo auch immer du diesen Jungen sonst versteckt hältst.* Das Ganze dauerte schon sehr viel länger, als es sollte.

Er zuckte zusammen, als sein Handy vibrierte, und stieß einen leisen Fluch aus.

»Sir?«, fragte James.

»Nichts. Es ist alles in Ordnung.« Vielleicht sogar besser als das. Es war Ashley. Womöglich hatte sie etwas von Broussard gehört. Er ging ran. »Hallo, Ashley.«

Wie bitte? Hatte James etwa gerade den Mund verzogen? Auf abfällige Art? James konnte Joelle noch nicht einmal leiden. Was ging es den Kerl überhaupt an, dass Ashley ihn anrief? Er sollte lieber vorsichtig sein. Chauffeure gab es wie Sand am Meer in der Stadt.

Andererseits arbeitete James seit mindestens zwanzig Jahre für ihn, also ließ er es ihm durchgehen. Ausnahmsweise.

»Hi«, säuselte Ashley. »Ich habe sie gerade bekommen. Danke!«

Bekommen? Ah, stimmt ja. »Die Tasche. Gern geschehen.«

»Das wäre doch nicht nötig gewesen. Sie ist viel zu teuer.«

Was in Wahrheit bedeutete »Natürlich war das nötig gewesen« und »Bitte, schenk mir bald wieder etwas«.

»Es war das Mindeste, was ich tun konnte, nachdem die alte im Müll landen musste.« Ihre Handtasche war ein Billigteil gewesen, möglicherweise sogar aus dem Supermarkt, wohingegen er für die neue fünfhundert Mäuse hingeblättert hatte. »Aber das ist –« Er sah zu James, dessen Miene wieder neutral war und der den leisen Jazzklängen aus dem Radio lauschte. »Das ist Teil des Auftrags. Höchste Diskretion.«

»Das weiß ich doch, und ich werde niemandem davon erzählen. Du liebe Zeit, es gibt ja noch nicht einmal jemanden, dem ich es erzählen könnte.«

Das stimmte. Wie all seine vorherigen Geliebten hatte auch

sie keine Familie und keine Freunde. Sie hätte tatsächlich einen hübschen Ersatz für Joelle abgegeben.

»Jedenfalls viel Freude damit. Jetzt muss ich Schluss machen.«

»Warte! Hat er … du weißt schon. Hat er sein Büro verlassen? Hast du jemanden auf ihn angesetzt, der ihm folgt?«

Er runzelte die Stirn. »Welchen Teil von ›Diskretion‹ haben Sie nicht verstanden?« Erst jetzt merkte er, wie das klang. »Entschuldigung, aber ich hatte einen anstrengenden Vormittag.«

»Schon gut«, sagte sie, obwohl sie deutlich gedämpfter wirkte als noch vor einer Minute. »Ich hatte nur gehofft, du hättest ihn schon geschnappt. Ihn zur Strecke gebracht.«

»Das werden wir«, sagte er und legte einen Anflug von Wärme in seine Stimme. »Und halten Sie mich auf dem Laufenden, okay?«

»Okay«, sagte sie und legte auf.

Er zog ein finsteres Gesicht. *Sie hat mir doch nicht etwa gerade bildlich den Hörer hingeknallt, oder?* Aber genau das hatte sie getan. Vielleicht war es ja tatsächlich besser, dass er eine neue Assistentin engagiert hatte. Mit dieser Einstellung wäre es mit Ashley ohnehin nichts geworden.

Mit einem letzten Blick auf die Überwachungs-App und seine zu Broussards Observierung abgestellten Männer – bei denen nach wie vor außer ein paar Schritten um den Block keine Bewegung erkennbar war – steckte er das Handy ein, schloss die Augen und schob jeden Gedanken an Broussard, Xavier Morrow und Gabe Hebert beiseite. Stattdessen konzentrierte er sich auf seinen bevorstehenden Termin.

Das Gespräch würde gut laufen, so wie alle bisherigen. Er war überall beliebt, kam vor der Kamera gut rüber, vor allem, wenn er redete. Seine bisherige Karriere war tadellos. Er hatte eindeutig das Zeug zum Senator.

Vielleicht sogar zum Präsidenten.

Er lächelte. Das klang sehr gut.

MID-CITY, NEW ORLEANS, LOUISIANA

Mittwoch, 28. Juli, 12.05 Uhr

»Oh. Wow!« Ungläubig starrte Molly auf das Display ihres Laptops. *Heilige Scheiße.*

»Was ist?«, fragte Gabe, der neben ihr auf dem Plastikstuhl saß und den Gummiball zusammendrückte, den sie in dem kleinen Verkaufsstand in der Tierarztpraxis gekauft hatten – ein Geschenk für Shoe, weil er ein schlechtes Gewissen hatte. Die Mitarbeiterin am Empfang hatte ihnen erklärt, ein Notfall sei soeben eingeliefert worden, aber Shoe gehe es gut, nur könne es ein wenig dauern, bis jemand Zeit fände, ihn herauszubringen, wenn sie bitte so lange warten wollten.

Was okay war. Niemand war ihnen gefolgt. Im Wartezimmer gab es keine Fenster, und Molly hatte sich so hingesetzt, dass sie die einzige Eingangstür im Auge hatte. Im Gegensatz zum späten Abend, als sie Shoe vor zwei Tagen hergebracht hatten, saßen nun einige Leute hier, dazu fünf große Hunde, die aussahen, als würden sie jedem Eindringling zeigen, wer hier der Boss war.

Es sei denn, der Eindringling war bewaffnet. Aber das war Molly auch. Und Gabe ebenfalls. Daher hatte sie sich sicher genug gefühlt, um auf ihrem Laptop nach Nadia Hall zu suchen. Und sie hatte einen Volltreffer gelandet.

Die meisten Tierbesitzer waren mit ihren Handys beschäftigt und beachteten Molly und Gabe nicht, trotzdem senkte sie die Stimme. »Das war nur so eine spontane Idee«, sagte sie leise, »aber sieh mal hier.«

Sie drehte den Laptop so hin, dass Gabe etwas sehen konnte.

»Holla«, flüsterte er. »Ich dachte, Myspace gäbe es gar nicht mehr.«

»Ich auch. Viele der privaten Accounts wurden auch tatsächlich gelöscht. Oder sind zumindest nicht mehr aktuell.«

Auch Nadia Halls Profil. Es bestand bloß aus einem Namen. Ohne Foto. Und nur mit New Orleans als Wohnort. Trotzdem waren unter ihrem Account immer noch »Connections« aufgelistet. Sie war mit 98 Personen verbunden und 152 mit ihr.

Bei den meisten Usern waren die »Top 8«-Kontakte aufgelistet.

Und jetzt kam's!

Molly hatte Myspace als letzte Möglichkeit aufgerufen, weil Antoine rein gar nichts über Nadia Hall hatte finden können – kein Nachweis über Anstellungen, keine Steuerunterlagen, keine Angaben über einen Führerschein. Nur eine Geburtsurkunde.

Zum Zeitpunkt des Mordes an ihr war sie einundzwanzig Jahre alt gewesen.

Ihr wichtigster Myspace-Kontakt war eine Frau namens April Frazier.

Und April Frazier besaß einen Facebook-Account.

Molly wechselte zu dem Facebook-Reiter in ihrem Browser. »Hier. Das Profil ist aktuell. Der letzte Post stammt von heute Morgen.«

»Du lieber Himmel, Molly«, stieß Gabe hervor. »Sieh dir mal das Foto ihrer Tochter an.«

»Ich weiß.« April Frazier hatte ihre älteste Tochter Nadia genannt.

Eine kurze Suche im Online-Telefonbuch ergab eine Anschrift in Biloxi, Mississippi, allerdings ohne Telefonnummer, was nicht weiter überraschend war. Schließlich hatten nur noch wenige Leute eine Festnetznummer.

Sie machte Screenshots von ihrem Fund und schickte sie mit einer Nachricht an Burke. *Sieh mal. NHs beste Freundin.*

SEHR SCHÖN, schrieb Burke zurück. *Gut gemacht, Grünschnabel.*

Molly schnaubte. *Sie lebt in Biloxi. Wir fahren hin, sobald wir Shoe beim Tierarzt abgeholt haben.*

Antoine kann schon mal die Freundin überprüfen, schrieb Burke zurück. *Meldet euch noch mal, bevor ihr an die Tür klopft.*

Ja, Sir. Sonst noch irgendwas Neues?

Nur du, Superstar. Antoine wird sich grün und blau ärgern, weil er nicht selbst darauf gekommen ist.

Gabe, der mitgelesen hatte, lachte. »Das glaube ich gern.«

»Mr Hebert?«, rief eine Mitarbeiterin, die in der Tür eines der Behandlungsräume stand. »Shoe ist dann so weit. Der Arzt hat jetzt Zeit für Sie.«

Muss Schluss machen. Der Tierarzt ruft. Bis später.

Sie steckte den Laptop in ihre Tasche und folgte Gabe ins Arztzimmer. Ein Hochgefühl durchströmte sie.

Endlich machten sie Fortschritte.

18. Kapitel

BILOXI, MISSISSIPPI

Mittwoch, 28. Juli, 17.30 Uhr

Braver Junge«, sagte Gabe besänftigend und griff über die Mittelkonsole nach hinten, um Shoe auf dem Rücksitz die Ohren zu kraulen. Inzwischen saßen sie seit fast zwei Stunden in dem Mietwagen und warteten darauf, dass April Frazier nach Hause kam. »So ein braver Junge.«

Shoe war tatsächlich sehr brav gewesen. Geduldig hatte er gewartet, während Molly den gemieteten Mittelklassewagen gegen einen geräumigeren SUV tauschte und mit Burkes »John Smith«-Kreditkarte bezahlte.

In Wahrheit war die Karte nicht auf einen fiktiven John Smith ausgestellt, sondern lief auf eine Firma, die Burke eigens für Situationen wie diese gegründet hatte. Dank dieses Arrangements waren seine Ermittler in der Lage, Autos zu mieten, Hotelzimmer zu reservieren oder sich mit Verpflegung einzudecken, ohne dass die Zahlungen zu ihnen selbst oder zur Detektei zurückverfolgt werden konnten.

Der Führerschein, den Molly nutzte, war hingegen nicht ganz so legal. Er war auf den Namen Jennifer Arnold ausgestellt – die Vornamen ihrer Großeltern.

Doch Gabe war viel zu erleichtert über den Fahrzeugwechsel, um sich darüber Gedanken zu machen. Mit dem neuen Auto konnten sie nicht verfolgt werden, falls es dem Mörder seines Vaters trotz allem gelungen sein sollte, einen Tracker anzubringen, während sie in der Tierarztpraxis gewesen waren. Zudem war die Limousine für jeden unbequem gewesen, der über einen Meter achtzig groß war, und bot genug Platz auf der Rückbank, sodass Shoe sich ausstrecken konnte.

Der Hund schien sein Nahtoderlebnis ziemlich gut weggesteckt zu haben. Im Grunde war der Aufenthalt in der Tierarztpraxis ein Kurzurlaub für ihn gewesen, weil jeder ihn dort liebte.

Gabe konnte nur hoffen, dass niemand diese Tatsache ausnutzte, um einem der Mitarbeiter wehzutun. Oder gar einem Tier.

Das könnte ich nicht ertragen. Am liebsten hätte er jeden gewarnt, der mit ihm in Kontakt kam. *Seien Sie vorsichtig. Gehen Sie abends nicht allein auf der Straße. Schließen Sie die Türen ab. Achten Sie auf Schatten in der Dunkelheit.*

Aber das ging nicht. Und wahrscheinlich sollte er es auch nicht tun, weil fünfundneunzig Prozent der Leute in seinem Umfeld gar nicht in Gefahr schwebten, stattdessen würde er nur Panik auslösen.

Dr. McLain und Dusty Woodruff hatte er hingegen nicht gewarnt. Sie hatten ihm geholfen. Seinem Vater ebenfalls. Und nun waren sie beide tot.

»Hör auf«, sagte Molly leise.

Er sah sie stirnrunzelnd an. Sie saß hinter dem Steuer, ruhig und souverän wie immer, trotz der drückenden Hitze. Die Klimaanlage war hoffnungslos überfordert, und die kugelsicheren Westen wirkten wie der reinste Backofen.

»Womit aufhören?«

»Hör auf, dir wegen der Pathologin und dem Bestatter ein schlechtes Gewissen einzureden.«

»Woher weißt du, dass ich das getan habe?«

»Du kriegst immer so eine Falte auf der Stirn, wenn dir etwas an die Nieren geht.« Sie fuhr mit der Fingerspitze zwischen seinen zusammengezogenen Brauen entlang. »Genau hier. Es war nicht deine Schuld, Gabriel Hebert, also hör auf damit. Denk lieber darüber nach, wie ihr Tod gesühnt werden kann.«

»Und wie soll das aussehen?«, fragte er. Mit einem Mal war die Antwort von großer Bedeutung.

»Das kommt darauf an. Bestenfalls durch eine Gefängnisstrafe, schlimmstenfalls durch einen brutalen Tod. Wahlweise auch umgekehrt. Für einen Verbrecher sind die Definitionen relativ.«

Sie wusste, wovon sie redete. Er nickte. »Ich werde es versuchen.«

Molly drückte leicht seinen Arm. »Mehr können wir nicht tun.«

»Da kommt eine Nachricht«, sagte er und zeigte auf ihr Handy.

Sie sah auf das Display. »Von Antoine. Er sagt, April Frazier sei auf dem Weg.«

»Wie kann Antoine das wissen?«, fragte er.

»Er ortet ihr Handy. Er hat die Nummer herausgefunden, während wir hier gewartet haben.«

»Was? So etwas kann er? Das Handy irgendwelcher Leute orten, ohne dass sie davon wissen?«

Molly zuckte die Achseln. »Antoine kann so einiges. Meistens habe ich keine Ahnung, wovon er überhaupt redet, sogar, wenn er es mir erklären will. Ich nehme es einfach hin. Wie … keine Ahnung … wie Bacon. Das reinste Wunder.«

Gabe schüttelte den Kopf. »Bacon hat doch nichts mit einem Wunder zu tun. Er wird aus Schweinefleisch gemacht.«

»Still, ich will das nicht wissen.«

»Du bist auf einer Farm aufgewachsen!«

Sie sah ihn schuldbewusst an. »Was wirklich schwer war. Schweine sind so niedlich. Aber Bacon schmeckt eben auch herrlich. Das ist ein echtes moralisches Dilemma.«

Er lächelte, was vermutlich Ziel der ganzen Unterredung gewesen war, denn sie schien hochzufrieden mit sich zu sein.

»Er hat auch das Handy deiner Tante geortet«, fuhr sie fort und scrollte weiter durch Antoines Nachricht.

»Wirklich?« Gabe spähte auf das Display. »Tante Gigi ist in Fort Lauderdale?«

»Dort war sie vor sechzehn Tagen. An dem Tag wurde ihr Handy das letzte Mal eingeschaltet. Seitdem ist es aus. Ich wette, sie ist auf einer Kreuzfahrt.«

»Klingt nachvollziehbar. Sie unternimmt viele Kreuzfahrten mit ihren Freunden.« Gabe war nicht restlos beruhigt, fühlte sich jedoch sofort besser.

»Ich bitte Antoine, ihre Kreditkartenbuchungen nachzuprüfen. Sollte sie auf einer Kreuzfahrt sein, kauft sie bestimmt Souvenirs an den Orten, an denen das Schiff anlegt.« Sie spähte über ihre Schulter. »Da ist Aprils Wagen. Jetzt heißt es Daumen drücken.«

»Daumen und Zehen.«

Sie nahm seine Hand. »Wir erwähnen Xavier nicht, okay?«

Er schnaubte gekränkt. »Das habe ich ja bisher auch nicht getan. Bei Mrs Royce habe ich nicht mal mit der Wimper gezuckt, als sie nach ihm gefragt hat.«

»Was mich tief beeindruckt hat.« Sie drückte ihm einen Kuss auf die Finger und ließ seine Hand wieder los. »Also. Showtime. Überlass das Reden erst mal mir. Sie ist gerade allein unterwegs und fühlt sich durch mich nicht sofort eingeschüchtert.«

Antoine hatte sich mit seinen Recherchen selbst übertroffen:

April Frazier arbeitete für einen Versicherungsmakler, war mit einem Apotheker verheiratet und hatte drei Kinder: Nadia, dreizehn Jahre, Josephina, zehn Jahre, und Hanna, acht Jahre alt. Offenbar hatte sie auf dem Weg vom Büro im Supermarkt haltgemacht.

Letzteres war Gabes Erkenntnis, da ihm die Einkaufstüten auf dem Rücksitz ihres Wagens auffielen, als sie an ihnen vorbei in ihre Einfahrt fuhr. »Sag ihr, ich helfe gern beim Tragen«, meinte er.

»Du bist wirklich süß.« Molly näherte sich dem Wagen, als April ausstieg. »Hi«, rief sie. »Ich bin Molly Sutton. Könnte ich Sie vielleicht kurz sprechen?«

Gabe stieg ebenfalls aus und lehnte sich gegen die Wagentür. Er würde Molly erst einmal das Feld überlassen, aber eingreifen, falls etwas schieflief.

»Was auch immer Sie mir verkaufen wollen, ich habe kein Interesse«, erwiderte April mit frostiger Höflichkeit. Sie war etwa vierzig, groß und dünn und trug eine Yoga-Hose. Ihr mittelbraunes Haar war zu einem Pferdeschwanz zusammengebunden. »Bitte gehen Sie.« Das Handy in der Hand, wandte sie sich bereits dem Haus zu. »Ich habe die 911 schon auf dem Display. Also gehen Sie.«

»Ich will Ihnen nichts verkaufen. Ich bin Privatermittlerin und würde Ihnen gern ein paar Fragen zu Nadia Hall stellen.«

April blieb abrupt stehen und drehte sich mit offenem Mund langsam um. »Was?«

»Ich ermittle in einem Mordfall und glaube, dass Nadia Hall das Opfer war.«

April presste sich die Hand auf den Mund. Ihre Augen füllten sich mit Tränen. »O mein Gott. O mein Gott.«

»Sie kannten sie also?«, fragte Molly.

April ließ ihre Hand sinken und nickte. »Ja. Sie war meine

allerbeste Freundin. Ich …« Ihre Augen wurden schmal. »Woher wissen Sie von ihr, und wie haben Sie mich gefunden?«

»Woher ich von ihr weiß, ist eine lange Geschichte. Die, wie ich Sie gefunden habe, ist deutlich kürzer. Sie und Nadia haben immer noch einen Account auf Myspace. Ich habe Nadias zu Ihrem weiterverfolgt und Sie dann über Facebook und das Telefonbuch ausfindig gemacht.«

April starrte sie blinzelnd an. »Wow, das ist … Mir war nicht bewusst, dass mein Myspace-Account noch existiert.«

»Ich bin jedenfalls dankbar dafür.« Molly machte eine Geste in Gabes Richtung. »Das ist Gabe Hebert, mein Partner. Sein Vater war der Polizist, der Nadias Leiche gefunden hat.«

April musterte Gabe von oben bis unten und schien zufrieden mit dem zu sein, was sie sah, denn sie nickte. »Wieso ermittelt Ihr Vater dann nicht?«

»Das hat er«, antwortete Gabe, »aber er ist kürzlich gestorben, deshalb tue ich es jetzt.«

»Sie sind auch Polizist?«

Gabe schüttelte den Kopf. »Nein, ich bin Küchenchef und habe ein Restaurant in New Orleans. Das *Le Petit Choux*. Mein Foto ist auf der Webseite, falls Sie es überprüfen wollen.«

»Und ich habe eine Lizenz als Privatdetektivin«, fügte Molly hinzu. »Bitte, überprüfen Sie uns gern.«

April rief die Webseite auf, blickte auf ihr Handy, dann auf sein Gesicht, ehe sie dasselbe auch mit Mollys Lizenz tat. »Ich erinnere mich aus dem Fernsehen an Sie, Mr Hebert. Möchten Sie gern hereinkommen? Hier draußen ist es so heiß.«

»Nur, wenn Sie sich damit wohlfühlen«, erwiderte Molly. »Wir wollen Sie nicht unter Druck setzen, sondern nur herausfinden, was mit Nadia passiert ist.«

April nickte ernst. »Das wüsste ich auch gern.«

»Äh.« Gabe zeigte auf den Wagen. »Shoe.«

Molly verzog das Gesicht. »Wir haben einen Hund dabei, der nicht im Wagen bleiben kann, es sei denn, ich lasse den Motor laufen.«

»Aber dann klaut jemand den Wagen«, erklärte April. »Wir mögen Hunde. Ist er brav?«

»Absolut«, beteuerte Gabe. »Ich lasse ihn angeleint.«

»Dann kommen Sie herein. Es interessiert mich sehr, was Sie zu sagen haben.«

»Was ist mit Ihren Einkäufen?«, fragte Molly.

»Ach ja.« April nahm eine kleine Kühltasche vom Rücksitz. »Das hier muss in den Kühlschrank, alles andere kann erst mal im Wagen bleiben.«

Gabe holte Shoe aus dem SUV und folgte Molly und April ins Haus. Oder versuchte es zumindest, denn Shoe musste erst sämtliche Sträucher im Vorgarten einer eingehenden Prüfung unterziehen. »Wir waren mehrere Stunden unterwegs«, erklärte er entschuldigend, als Shoe alle paar Meter das Bein hob.

April lachte. »Ich hatte schon viele Hunde, deshalb kenne ich das. Kein Problem.«

Endlich gelang es Gabe, Shoe ins Haus zu führen, wo eine angenehme Kühle herrschte.

»Ah«, stöhnten alle wie aus einem Munde.

»Hier entlang.« April ging voran in eine hübsche Küche. »Bitte, setzen Sie sich doch. Möchten Sie etwas trinken?«

»Wasser wäre prima«, sagte Molly.

Gabe nickte. »Für mich auch. Danke.« Sie warteten, während April ihre Einkäufe in den Kühlschrank räumte, ihnen Wasser einschenkte und eine Schüssel Wasser für Shoe hinstellte. »Er bedankt sich ebenfalls.«

April tätschelte Shoe den Kopf und nahm Platz. »Also. Erzählen Sie.«

»Gabes Dad ist vor sechs Wochen gestorben«, begann Molly. »Ich will gleich mit der Sprache rausrücken. Wir glauben, er wurde wegen der Ermittlungen in dem Mord an Nadia getötet.«

April keuchte auf. »O mein Gott.«

»War schon mal jemand bei Ihnen und hat Fragen über Nadia gestellt?«, wollte Gabe wissen.

April schüttelte den Kopf. »Nein. Ich habe der Polizei nach Katrina die Hölle heißgemacht, weil Nadia spurlos verschwunden war. Aber damals passierte so viel. All die Todesfälle. Deshalb haben sie ihren Fall ganz nach unten gelegt. Ich war unglaublich frustriert, habe wieder und wieder nachgehakt, aber die Jahre gingen ins Land, und irgendwann habe ich es aufgegeben. Wie hat Ihr Vater ihre Leiche gefunden?«

Gabe erzählte ihr, wie Rocky damals bei der Rettung der Betroffenen in Chalmette geholfen hatte. »Später ist er noch einmal hingefahren, aber ihre Leiche war verschwunden. Alle seine Ermittlungsversuche wurden von weiter oben unterbunden. Natürlich ist damals viel passiert, wie Sie sagten. Es herrschte das pure Chaos.«

»Ich erinnere mich gut daran«, murmelte April. »Nadia war meine Wohnungsgenossin. Zumindest bis sechs Monate vor Katrina. Wir waren zusammen auf der Highschool. Hier in Biloxi. Sie hat in Pflegefamilien gelebt, war aber häufiger bei uns zu Hause als bei ihren jeweiligen Pflegeeltern. Wir haben immer davon geträumt, nach New Orleans zu gehen, wenn wir erwachsen sind. Und das haben wir nach der Schule auch getan. Wir hatten ein Apartment im Quarter, eine grauenvolle Bruchbude, winzig und schimmelig, aber wenn wir das Fenster aufmachten, konnten wir die Musik hören. Es war toll. Unseren Lebensunterhalt haben wir mit kellnern verdient. Im Jahr vor Katrina waren wir beide einundzwanzig geworden und konnten endlich an der Bar arbeiten, wo es bessere Trinkgelder gab. Nadia hat immer mehr bekommen als ich.« Wieder dieses traurige Lächeln. »Sie war atemberaubend.«

»Haben Sie zufällig Fotos von ihr?«, fragte Molly.

»Ja. Ich kann sie nachher gern holen.«

»Das wäre gut.« Molly fuhr mit dem Finger über die Kondensperlen auf ihrem Glas. »Was ist sechs Monate vor Katrina passiert?«

»Sie hat jemanden kennengelernt.«

Ein Schauder überlief Gabe. *Wen?*, lag ihm auf der Zunge, doch April blickte ins Leere, tief in Gedanken an ihre Vergangenheit versunken.

»Er war reich und laut ihrer Aussage verdammt sexy. Ich bin ihm nie begegnet und weiß auch nicht, wie er heißt.«

Enttäuschung drohte Gabe die Luft abzuschnüren.

»Sonst hätten Sie ja etwas gehabt, wo Sie bei Ihrer Suche hätten ansetzen können«, bemerkte Molly.

April nickte. »Genau. Sie hat ihn etwa sieben Monate vor dem Hurrikan kennengelernt, und nach gerade einmal einem Monat hat er ihr ein Haus gemietet.« Ihr Lächeln wurde bitter. »Ich durfte sie dort nicht besuchen, und sie durfte mir nicht einmal die Adresse verraten. Einmal hat sie sich allerdings verplappert und zumindest das Viertel genannt. Ich dachte, sie kriegt einen Herzinfarkt vor Schreck. Sie hat mich angefleht, es ganz schnell wieder zu vergessen. Er war wohl deutlich älter als sie und kontrollsüchtig. Sie hat ihm nicht einmal von mir erzählt, und als ich versucht habe, sie zur Vernunft zu bringen, hat sie abgeblockt. Ich verstünde das nicht, weil ich immer noch Single sei, meinte sie.«

Molly zuckte zusammen. »Autsch.«

»Ich weiß. Am Ende hat sie mir sogar gedroht, dass wir uns überhaupt nicht mehr treffen. Sie hat ihren Job gekündigt und wurde seine ›persönliche Assistentin‹, wobei das hauptsächlich daraus bestand, seine Kleidung aus der Reinigung zu holen, soweit ich es mitbekommen habe. Ich glaube, er wollte sie bewusst isolieren, damit sie jederzeit verfügbar war. Und das Ganze musste geheim bleiben. Wahrscheinlich war er verheiratet.«

»Klingt nachvollziehbar«, sagte Molly leise. »Hat er ihr Geschenke gemacht?«

»Und wie. Brillanthalsketten, schicke Kleider, Designerschuhe und -handtaschen.« April runzelte die Stirn. »Und einen Hund.«

»Madame Fluffy«, sagte Molly.

April sah sie erstaunt an. »Ja, genauso hieß er. Woher wissen Sie das?«

»Wir haben mit einer von Nadias ehemaligen Nachbarinnen gesprochen.« Molly zögerte. »Wussten Sie, dass Nadia schwanger war?«

April nickte langsam. »Sie war am Boden zerstört und hatte schreckliche Angst, es diesem Typen zu sagen. Er hatte ihr ja keine Versprechungen gemacht, sondern sie war bloß seine Geliebte.« Sie seufzte. »Aber Nadia wollte das Baby unbedingt haben. Sie ist in Pflegefamilien aufgewachsen und hat sich immer einen Mann und ein Kind gewünscht.«

»Jemanden, der sie bedingungslos liebt«, sagte Gabe leise.

»Genau. Ich habe es damals nicht verstanden, sondern wusste nur, dass ich meine beste Freundin verloren hatte. Ich war wütend auf sie.« Wieder seufzte April. »Und gekränkt. Und zu unreif, um mit meinen Gefühlen umzugehen. In meiner Wut habe ich ihr an den Kopf geworfen, sie solle von ihm verlangen, dass er sie heiratet, oder ihm drohen, dass sie ihn sonst verlassen würde. Und dass ich nie wieder mit ihr reden würde, wenn sie sich von ihm zu einer Abtreibung überreden ließe. Ich weiß bis heute nicht, ob sie es getan hat oder nicht.

Unser letztes Gespräch fand am Morgen vor dem Hurrikan statt. Ich habe sie nie wiedergesehen.«

»Oh, April, das tut mir so leid«, hauchte Molly.

April blinzelte, woraufhin ihr Tränen über die Wagen liefen. »Danke. Ich habe mir diesen Streit niemals verziehen.«

»Danach ist man immer klüger«, sagte Molly mit einem traurigen Lächeln. »Wir alle tun Dinge, die wir bereuen. Es ist schwer, traumatische Erlebnisse wie dieses zu überwinden, ganz egal, wie alt man ist.«

April lächelte durch den Tränenschleier hindurch. »Das sagt mein Mann auch immer.«

»Sehr klug von ihm.« Molly zog ein Päckchen Papiertaschentücher aus ihrer Tasche und reichte es April. »Wo hat sich dieser Streit ereignet?«

April tupfte sich die Augen trocken. »In einem Coffeeshop in Baywater, in der Nähe des Flusses. Keine von uns hatte einen eigenen Wagen, und in der Nähe war eine Bushaltestelle. Ich habe sie angefleht, mit mir zu kommen, habe ihr gesagt, mein Vater hätte gemeint, wir sollten nach Hause fahren, unbedingt die Stadt verlassen, weil der Hurrikan sehr heftig werden würde.« Sie zuckte die Achseln. »Biloxi hat es auch schlimm erwischt, aber wenigstens war ich nicht allein. Sondern bei meiner Familie.«

»Aber Nadia wollte nicht?«, folgerte Gabe, obwohl er die Antwort bereits kannte.

»Nein«, antwortete April bedrückt. »Sie meinte, ihr Kerl hole sie ab und bringe sie irgendwohin, wo sie den Sturm abwarten könne. Irgendwo, wo es schön sei. Immerhin wollte sie ihm von dem Baby erzählen und verlangen, dass er Verantwortung übernimmt.« April atmete aus. »Glauben Sie, dass er sie getötet hat?«

Gabe dachte an Xaviers Schilderung von dem Mann, der

Nadia gewürgt hatte. »Genau das versuchen wir gerade herauszufinden.«

»Und ist Ihr Dad der Lösung dieser Frage nähergekommen?«

Gabe nickte. »Ich denke schon. Er hat über die Jahre hinweg immer wieder außerhalb seiner Dienstzeit ermittelt. In manchen Jahren hatte er mehr Zeit dafür, in anderen wiederum nicht. Meine Mum war an Krebs erkrankt, was sehr schwer für uns alle war. Dad hat gearbeitet und sich um sie gekümmert. Ich habe ihn überredet, mich ab und zu einspringen zu lassen, damit er schlafen konnte, aber er war ein Sturkopf. Ich schätze, in dieser Zeit hatte er wenig Gelegenheit, seine Ermittlungen voranzutreiben.«

»Das tut mir leid«, sagte April sanft. »Was wissen Sie sonst noch über Nadia?«

»Nicht viel«, gestand Molly. »Wir haben erst heute Nadias Namen erfahren. Hatte sie einen Gynäkologen?«

»Ja. Also, ich gehe davon aus. Ich habe ihr den Namen von einem gegeben.«

Gabes Herz begann zu hämmern. »Erinnern Sie sich noch, wie er hieß?«

»Ist das wichtig?«

Molly hob eine Schulter. »Noch wissen wir es nicht. Aber wir nehmen an, dass Gabes Vater nach ihm gesucht hat. Gerade versuchen wir, seine Ermittlungen zu rekonstruieren.«

April runzelte die Stirn. »Es ist lange her. Ich hatte den Namen von einem der anderen Barkeeper bekommen, dessen Freundin schwanger war. Moment. Er fing mit B an.« Ihre Lippen bewegten sich, als sie mehrere Namen aus der Erinnerung vor sich hin murmelte. Dann riss sie die Augen auf. »Benson. Seinen Vornamen weiß ich nicht mehr, aber er hatte eine Praxis in der Nähe von Tulane. Vielleicht hilft das ja.«

»Jedenfalls sind wir ein gutes Stück weiter als vorhin«, erwiderte Molly nachdrücklich. »Vielen Dank.«

»Ich danke Ihnen. Ich hatte die Hoffnung aufgegeben, sie jemals zu finden, wobei ich insgeheim wohl immer davon ausgegangen bin, dass sie ertrunken ist. Ihr ganzes Viertel war überflutet. Immerhin weiß ich jetzt, was wirklich passiert ist. Oder zumindest teilweise.« Sie erhob sich und gab Gabe mit einer Geste zu verstehen, sitzen zu bleiben. »Ich hole nur mein Fotoalbum. Es ist im Wohnzimmer.«

Molly war bereits am Handy und gab Burke *Dr. Benson, Gynäkologe* durch.

Genie, schrieb Burke zurück. Dann: *Bin dran.*

April kehrte zurück, legte das Fotoalbum auf den Tisch und blätterte, bis sie gefunden hatte, wonach sie suchte. »Hier, das sind wir. Damals waren wir vielleicht fünfzehn.«

»Oh«, sagte Molly leise. »Wie süß Sie beide aussahen.«

Zwei Teenagermädchen, beide in Shorts und NSYNC-Shirts, standen Arm in Arm da und strahlten in die Kamera. April war auf Anhieb zu erkennen. Sie hatte sich mit den Jahren kaum verändert.

Nadia war bildhübsch – schimmernd blondes Haar, das ihr über den Rücken fiel, große Augen, ein Gesicht von klassischer Schönheit und eine Figur, die sie eher wie zwanzig statt wie fünfzehn aussehen ließ.

»Ich war süß«, erklärte April mit einem selbstironischen Lächeln, »aber Nadia schon damals eine echte Schönheit. Meine Mutter hatte immer Angst um sie. Die Männer haben sie angestarrt, wenn wir unterwegs waren. Meine Mom hat solche Typen immer angeschnauzt: ›He, sie ist gerade mal fünfzehn‹, woraufhin sie sich verzogen haben.« April lachte leise. »Wir wollten die Welt verändern.«

Sie blätterte ein paar Seiten weiter und seufzte. »Das ist das letzte Foto, das ich von ihr habe. Mom hat es am Muttertag aufgenommen, wenige Monate vor dem Hurrikan. Es war eine der seltenen Gelegenheiten, als Nadia sich von ihrem Typen wegstehlen konnte, um meine Familie zu besuchen. Alle meine Fotos sind durch Katrina zerstört worden, aber das hier hatte meine Mom noch in ihrer Kamera und hat es erst Wochen danach entwickeln lassen. Damals herrschte immer noch überall Chaos, und ich hatte die Polizei angefleht, mir bei der Suche nach ihr zu helfen, wie gesagt.« Sie nahm das Foto aus der Plastikschutzhülle. »Kriege ich es zurück?«

»Ich scanne es«, sagte Molly. »Dieses Foto ist unersetzlich.«

»Das sollte ich auch dringend machen«, sagte April, während Molly die Scan-App auf ihrem Handy öffnete. »Ich nehme mir immer vor, die Familienfotos zu digitalisieren. Falls noch einmal so etwas wie Katrina passiert.«

Gabe runzelte die Stirn. »Mein Vater wollte das auch tun und hatte sogar schon einen Scanner gekauft.« Aber der hatte am Montagabend nicht in Rockys Haus gestanden.

Er sah Molly an, deren Blick auf ihn geheftet war, als hätte sie exakt denselben Gedanken, dann schüttelte sie kaum merklich den Kopf und konzentrierte sich wieder auf das Foto. Sie scannte es und gab es April wieder, die es vorsichtig ins Album zurücklegte.

»Ich konnte sie noch nicht einmal begraben«, flüsterte sie, während ihr neue Tränen über die Wangen liefen.

»Das tut mir sehr leid.« Flüchtig berührte Molly Aprils Schulter und seufzte. »Sollten Sie etwas brauchen, rufen Sie mich gern an.« Sie reichte April ihre Karte. »Und ich sage es nur sehr ungern, aber es muss ausgesprochen werden. Wir haben bei unserem Besuch größte Vorsicht walten lassen, haben den Wagen gewechselt und entweder bar oder mit einer Kreditkarte bezahlt, die nicht zu uns zurückverfolgt werden kann.

Die Leute, die Gabes Vater getötet haben, sind sehr gefährlich. Sollte Ihnen also irgendetwas Ungewöhnliches auffallen, wählen Sie sofort den Notruf. Bitte.«

April nickte, sichtlich aufgewühlt. »Ich verstehe. Trotzdem bedauere ich nicht, mit Ihnen gesprochen zu haben. Nadia war wie eine Schwester für mich, und ich will, dass derjenige, der sie auf dem Gewissen hat, dafür bezahlt.«

»Genauso wie wir«, bestätigte Gabe leise.

»Weil die auch Ihren Vater getötet haben.« April senkte den Kopf. Als sie ihn wieder hob, stand ein entschlossener Ausdruck in ihren Augen. »Sie halten mich auf dem Laufenden?«

»Definitiv«, versprach Molly. »Bitte sprechen Sie mit niemandem darüber. Vorläufig.«

»Auch nicht mit meinem Mann?«

»Ihn sollten Sie einweihen, damit er Bescheid weiß und Sie darin unterstützen kann, wachsam zu bleiben. Aber keine Medien.«

April schnaubte abfällig. »Nie im Leben. Von mir erfährt keiner etwas.«

Molly lächelte. »Wir melden uns.«

Gabe war still, als sie zum Wagen zurückgingen. Er öffnete Shoe die hintere Tür und behielt dabei die Umgebung im Auge, während Molly mit ihrem Scanner den SUV auf Trackinggeräte absuchte.

Schließlich sah sie auf. »Alles sauber. Fahren wir.«

Sie stiegen ein, und Molly fuhr los. Noch bevor sie das Ende von Aprils Straße erreicht hatten, vibrierte Mollys Handy.

»Burke«, sagte Gabe, als auch auf seinem Handy eine Nachricht einging. »Er sagt, wir sollen rangehen, es sei wichtig.«

Molly hielt und nahm das Gespräch an. »Was hast du für uns?«

»Dr. Curtis Benson ist tot«, antwortete Burke gepresst.

Molly blieb der Mund offen stehen. »Wie?«

»Und wann?«, fragte Gabe.

»Ihm wurde die Kehle durchgeschnitten und der Oberkörper aufgeschlitzt.« Burke stieß einen wütenden Laut aus. »Die Polizei hat seine Leiche in derselben Nacht aufgefunden, in der dein Dad getötet wurde, Gabe.«

»O mein Gott«, flüsterte Gabe.

Molly drückte seinen Arm. »Und wer genau hat ihn gefunden?«

»Die Beamten des Sheriffbüros von Lafourche Parish. Es gab wohl einen anonymen Notruf.«

»Atme, Gabe«, wisperte Molly. »Bitte, atme.«

Gabe zwang sich, seinen angehaltenen Atem auszustoßen. »Dad hat ihn entweder noch vor seinem Tod ausfindig gemacht, oder aber die wussten, dass er dicht dran war.«

»Genau das glaube ich auch«, erwiderte Burke grimmig. »Kommt nach New Orleans zurück. Ruft mich zwanzig Minuten vorher an, dann gebe ich euch durch, wo ihr euch mit André treffen könnt.«

»Hast du ihn schon eingeweiht?«, fragte Gabe, der immer noch unsicher wegen des Cops war.

»Er weiß alles, bis auf die Tatsache, dass Xavier auf den Eindringling geschossen hat. André hat ein Boot und bringt euch zu mir in die Hütte. Wir setzen uns alle zusammen und überlegen, wie es weitergehen soll.«

»Alles klar.« Molly wirkte erschüttert. »Wir beeilen uns. Sag ihm, dass wir Shoe dabeihaben.«

»Er weiß schon Bescheid.«

In diesem Moment kam Gabe ein schrecklicher Gedanke. *Ich habe Harry vergessen.* »Moment noch«, rief er, als Molly auflegen wollte. »Hast du nach Harry Peterson gesehen, Burke? Der Assistent des Rechtsmediziners, der mir geholfen hat?«

Burke stieß einen leisen Fluch aus. »Seit gestern Abend nicht mehr. Aber ich erledige das gleich. Fahrt vorsichtig.«

Molly legte auf, und Gabe atmete zittrig durch. »Elende Schweine.«

»Ich weiß«, sagte sie leise. »Wir finden sie, Gabe. Wir lassen nicht zu, dass sie davonkommen.«

»Ich weiß.«

Sie fuhr los nach New Orleans.

TULANE-GRAVIER, NEW ORLEANS, LOUISIANA

Mittwoch, 28. Juli, 18.15 Uhr

»Weg? Was meinen Sie damit, er ist weg?«, wetterte Lamont, ehe er sich vom Fenster abwandte und die Stimme zu einem Zischen senkte. »Wie zum Teufel kann er *weg* sein?«

Es war still im Gebäude. Die meisten hatten bereits Feierabend gemacht. Das leise Brummen eines Staubsaugers verriet, dass die Putztruppe übernommen hatte. Er hatte die äußere Tür zu seinen Büroräumen geschlossen, damit niemand überraschend hereinkommen konnte, trotzdem wollte er nicht, dass ihn jemand schreien hörte.

»Wir haben den ganzen Tag die Ein- und Ausgänge beobachtet«, erklärte einer seiner Männer abwehrend. »Und er ist nicht rausgekommen, ich schwöre es.«

»Woher wissen Sie dann, dass er weg ist?«, stieß Lamont zwischen zusammengebissenen Zähnen hervor.

»Einer der Typen, die dort arbeiten … Wir haben ihn heute Morgen wegfahren sehen. Ich glaube, er bewacht das Gebäude während der Nacht. Jedenfalls ist er vor einer Stunde aufgetaucht. Eine halbe Stunde später kam er wieder heraus und brachte eine Frau im Rollstuhl zu ihrem Wagen. Und gerade eben kam er noch einmal heraus und begleitete einen Schwarzen mit drei Computertaschen zu seinem Wagen. Dabei haben wir gehört, wie dieser Nachtwächtertyp den Computertyp gefragt hat, ob Burke es geschafft hätte, unbeschadet rauszukommen. Der Computertyp meinte, ja, ein Typ namens André hätte ihm geholfen. Anscheinend haben die ihn in einem Lieferwagen herausgeschmuggelt. Die Abhörgeräte, die wir in der Nähe der Eingangstür anbringen sollten, funktionieren jedenfalls ausgezeichnet«, fügte er hinzu, als Versuch, die Stimmung aufzulockern.

Lamont lehnte sich gegen das Fenster und massierte sich die Nasenwurzel. *Jesus, Maria und Josef.* Es war alles umsonst gewesen. Broussard hatte die ganze Zeit etwas geahnt und war geflüchtet. Und dieser Mistkerl André Holmes hatte ihm dabei geholfen. *Elender Drecksack.* »Also gut. Machen Sie erst mal Feierabend, lassen aber Ihr Handy eingeschaltet. Könnte sein, dass ich Sie später noch brauche.«

»Sie sind der Boss.«

Lamont beendete das Gespräch und schloss die Augen. *Ein toller Boss.* Er spürte, dass er Kopfschmerzen bekam. Wahrscheinlich, weil er die Zähne so fest aufeinandergebissen hatte. »Verdammte Scheiße!« Er hatte nicht die geringste Lust, Jackass Bescheid zu sagen, doch ihm blieb wohl keine andere Wahl. Er wählte und wartete mit einem flauen Gefühl im Magen.

»Und? Habt ihr Broussard?«, fragte Jackass.

»Nein. Er wusste offenbar Bescheid und hat sich in einem Lieferwagen hinausschmuggeln lassen. Mithilfe von André Holmes.«

»Scheiße.«

Lamont massierte sich die Schläfe, hinter der er das Hämmern seines Pulses spürte. »Kannst du wohl laut sagen.«

»Lass mich nachdenken.«

Lamont wollte zu einer Gemeinheit ansetzen, verkniff es sich jedoch. Er hatte seine für heute gesteckten Ziele nicht erreicht und wollte Jackass keine Gelegenheit geben, es ihm unter die Nase zu reiben.

»Broussard ist jetzt gewarnt und bereit, zurückzuschlagen. Und indem dein Mädchen bei ihm aufgetaucht ist, haben wir uns in die Karten schauen lassen.«

»Scheint so.«

»Deinen frechen Ton kannst du dir sparen, Monty«, blaffte Jackass. »Die Lage ist ernst. Wenn die uns auf die Schliche kommen, sind wir geliefert.«

»Glaubst du etwa, das wüsste ich nicht?«, schnauzte Lamont zurück, drehte sich zum Fenster um und blickte auf die Menschenmassen in den Straßen hinunter. »Tut mir leid. Ich habe fürchterliche Kopfschmerzen und bin frustriert.«

»Mir tut's auch leid«, brummte Jackass. »Wir müssen zusammenhalten. Sonst haben sie uns am Arsch.«

Na klar, dachte Lamont boshaft. *Als hättest du nicht vorgehabt, mich ans Messer zu liefern, mit Xavier Morrow als Augenzeugen.* »Du hast recht«, sagte er ruhig. »Also, was sollen wir machen? Was schlägst du vor?«

»Ich denke, wir sollten uns an Broussards Leute halten. Die sind doch alle miteinander befreundet.«

»Und was genau ist damit gewonnen?«

»Wenn wir uns seine Leute schnappen, kommt er entweder aus seinem Versteck, um ihnen zu Hilfe zu eilen, oder er gibt uns im Austausch den Jungen.«

»Das glaube ich nicht.« Broussard war viel zu *ehrenhaft* für so etwas. *Herrgott noch mal.*

»Dann locken wir ihn aus seinem Versteck und sorgen dafür, dass er nicht noch einmal in einem Lieferwagen abhaut. Wir folgen ihm nach Hause. Oder wo auch immer er sich verkriecht.«

»Gut. Und wo fangen wir an?«

»Bei seiner Ermittler-Lady. Auf die Art kriegen wir Rocky Junior gleich noch dazu. Wir bringen den jungen Hebert um und benutzen die Lady, um Broussard aufzuscheuchen. Die beiden waren zusammen bei der Armee und sind ganz dicke. Er wird sie nicht im Stich lassen.«

»Was, wenn er gar nicht zu Morrow zurückkehrt? Weil er den Jungen längst in einem sicheren Unterschlupf Gott weiß wo untergebracht hat?«

»Darüber denken wir nach, sobald wir Broussard haben.«

»Okay.« Einen Streit mit Jackass würde Lamont nicht vom Zaun brechen. Dafür fehlte ihm gerade schlicht die Energie. »Und wo stecken die Ermittlerin und Hebert?«

»Wahrscheinlich sind sie immer noch im Büro. Ihr roter Pick-up steht immer noch davor.«

»Aber da stand er schon vor dem Morgengrauen«, bemerkte Lamont und registrierte mit einem Anflug von Befriedigung Jackass' verblüfftes Aufkeuchen.

»Mist.«

»Ich dachte, du hättest die Frau im Auge?« Lamont widerstand dem Drang, einen höhnischen Ton anzuschlagen.

»Hatte ich auch. Sie muss aus dem Haus geschlüpft sein.«

»Prima, dass wir eigens Männer engagiert haben, die sie bewachen sollten«, bemerkte Lamont milde. »Also, wie schrecken wir sie auf?«

»Das ist ganz einfach. Sie hat eine Schwester und eine Nichte. Gerade bewacht einer von Broussards Männern die beiden. Wie wär's, wenn wir einfach einen Trupp Leute hinschicken und sie uns schnappen? Und sollte sie selbst nicht da sein, wird sie auftauchen, um sie zu befreien. Und wenn sie uns nicht verrät, wo sich der junge Morrow versteckt hält, locken wir eben Broussard aus seinem Bau. Na, wie klingt das?«

Eigentlich gar nicht so übel. »Solange du Gabe Hebert sofort tötest. Ich will nicht, dass er davonkommt.«

Er registrierte ein Keuchen und drehte sich um, gerade noch rechtzeitig, um jemanden hinaushuschen zu sehen. Mist.

»Alles klar«, sagte Jackass. »Bis später.«

Verdammte Scheiße! Lamont legte auf und lief ins Vorzimmer. Und sah Ashley, die gerade die Tür zum Korridor aufriss.

Sie hatte alles gehört. Und versuchte logischerweise abzuhauen. Und logischerweise würde sie alles verraten.

»Es tut mir leid.« Sie stieß einen Schmerzenslaut aus, als er sie am Arm packte. »Ich wollte mich nur persönlich für die Handtasche bedanken.«

Sie hatte ihren eigenen Schlüssel benutzt. Den er ihr nachlässigerweise nicht abgeknöpft hatte. *Herrgott noch mal!*

»Ich gehe einfach. Es tut mir leid.« Sie versuchte, sich seinem Griff zu entwinden. »Lamont, du tust mir weh.«

Er würde noch viel Schlimmeres tun müssen. Er zerrte sie zurück in sein Büro und presste ihr die Hand auf den Mund, als sie Luft holte und zu einem Schrei ansetzte.

Scheiße noch mal! Der Tag wurde immer beschissener. Er drückte sie fest an sich und presste ihr weiterhin die Hand auf Mund und Nase, wartete, bis sie aufhörte, um sich zu schlagen. Ihre nagelneue Handtasche glitt ihr von der Schulter und landete mit einem gedämpften Poltern auf dem Fußboden. Lamont spürte, wie sie erschlaffte, hielt sie jedoch eine weitere Minute in den Armen, dann ließ er sie vorsichtig zu Boden sinken, drückte zwei Finger an ihren Hals und nickte, als er keinen Puls mehr spürte.

Das war einfacher gewesen, als er es in Erinnerung hatte. Wie Fahrrad fahren.

Aber wie sollte er sie aus dem Gebäude schaffen? Er sank

auf einen der Besucherstühle, als der Adrenalinkick nachließ und er zu zittern begann.

Na gut, vielleicht doch nicht ganz so leicht wie Fahrrad fahren. An seinem Arbeitsplatz hatte er noch nie jemanden getötet. Zum Teufel!

Doch Leichen aus einem Gebäude zu schaffen, das hatte er in der Vergangenheit sehr wohl schon getan. Zu seinem Büro gehörte ein privates Badezimmer. Mit einer Dusche. Und man wurde lediglich beim Betreten des Gebäudes durchleuchtet, nicht jedoch beim Verlassen.

Er brauchte ein scharfes Messer. Oder ein Hackbeil.

Gabe Hebert besaß unter Garantie eines. Ein superschickes.

Der Gedanke ließ ein hysterisches Lachen in seiner Kehle aufsteigen, doch er kämpfte dagegen an. *Reiß dich zusammen. Benimm dich ganz normal. Nicht anders als sonst.*

Er würde einfach das Gebäude verlassen, James meiden, der mit der Limousine unten auf ihn wartete, und ein Hackbeil besorgen. Und in bar bezahlen. Dann würde er zurückkommen und Ashley in Stücke zerhacken.

Es würde klappen. So etwas hatte er schon früher getan.

Er wusste auch schon genau, wo er ihre Leiche entsorgen würde. Die Alligatoren würden ihre Überreste verspeisen, so wie bei Nadia. Niemand würde sie je finden.

Es würde alles gut werden.

19. Kapitel

BAYOU GAUCHE, LOUISIANA

Mittwoch, 28. Juli, 21.45 Uhr

Am liebsten hätte Xavier laut geschrien. Alle wirkten so normal. Verhielten sich normal. Carlos und Manny waren immer noch mit Videospielen beschäftigt, Willa Mae strickte, seine Mutter las. Burke hatte sich auf seinem Sessel ausgestreckt, die Augen geschlossen, die Hände auf dem Bauch gefaltet. Die zwei Wachmänner drehten draußen ihre Runden.

Alles war ganz normal.

Dabei war rein gar nichts normal. Nicht einmal ansatzweise an der Grenze zur Normalität.

Xavier war der Einzige, der auf den Beinen war. Er tigerte herum. Nervös. Voller Angst.

Auch der Arzt war tot. Der, den Rocky gesucht hatte. Aber warum? Wieso war er ermordet worden? Was hatte der Arzt gewusst? Was hatte Nadia Hall ihm anvertraut?

Wieder und wieder stellte Xavier sich diese Fragen, und die einzig sinnvolle Antwort, die einzige wirklich plausible Verbindung war die Identität des Vaters von Nadias ungeborenem Kind.

Einen anderen Grund, den Arzt zu eliminieren, schien es nicht zu geben.

Eliminieren. Was für eine sterile Bezeichnung. Der Arzt war nicht einfach eliminiert worden.

Vielmehr hatte man ihm die Kehle durchgeschnitten.

Und seinen gesamten Oberkörper aufgeschlitzt, ihn ausgeweidet wie ein Tier.

Xavier bekam das Bild nicht aus dem Kopf. Wieso tat jemand so etwas?

Und was wollen die mir antun? Meiner Mutter? Carlos und den anderen?

Und wann kamen endlich Molly und Gabe? Jede Minute, die verging, liefen sie Gefahr, ebenfalls geschnappt zu werden. Getötet. Verstümmelt.

Abrupt legte Willa Mae ihr Strickzeug weg, stand auf, ging in die Küche und kehrte mit einem Stuhl zurück. Xavier war zumindest einen Moment lang so abgelenkt, dass er seine Wanderung unterbrach.

»Miss Willa Mae? Was machen Sie da?«

»Ich gebe dir etwas zu tun«, erwiderte sie barsch. »Du treibst uns alle noch in den Wahnsinn, wir wollen es dir bloß nicht sagen, weil du uns so leidtust.«

Seine Mutter ließ das Buch sinken, in dem sie gelesen hatte.

Oder auch nicht. Bei genauerem Hinsehen fiel ihm auf, dass sie ziemlich wenige Seiten umgeblättert hatte.

»Stimmt das, Mama?«

»Natürlich«, antwortete sie mit größerer Nachsicht, als er wahrscheinlich verdiente.

Carlos stoppte das Videospiel und drehte sich interessiert um. »Was soll er denn mit dem Stuhl anfangen? Löwen zähmen?«

Manny schnaubte. »Oder Alligatoren.«

Burke hatte die Augen aufgeschlagen und verfolgte das Szenario. »Vielleicht dient er ja als Requisite. Für eine Tanzeinlage.«

Mit einem liebevollen Lächeln schüttelte Willa Mae den Kopf. »Schön wär's. Aber Xavier kann nicht tanzen.«

»*Natürlich* kann ich tanzen.«

»Nein, kannst du nicht«, widersprach Carlos.

Xavier zeigte ihm den Stinkefinger.

Carlos grinste nur, doch Xavier sah, dass das Lächeln aufgesetzt war.

Sie waren alle nervös. *Nicht nur ich.*

Bloß bin ich der Einzige, der sich wie ein Idiot benimmt.

Er ließ die Schultern hängen. »Was soll ich jetzt tun, Ma'am?«

Willa Mae zog eines dieser in sich verdrehten, länglichen Wolldinger aus ihrer Tasche und schüttelte es, sodass es zu einem Schlauch auseinanderfiel, den sie wiederum über die Stuhllehne spannte und das Ende Xavier in die Hand drückte. »Und jetzt wickelst du die Wolle zu einem Knäuel auf.«

Xavier starrte sie an. »Zu einem Knäuel aufwickeln? Aber warum?«

Sie nickte. »Weil es beruhigt.«

Xavier ließ den Blick durch den Raum schweifen. Seine Mutter lächelte hinter vorgehaltener Hand, wohingegen Carlos, Manny und Burke nicht einmal versuchten, ihr Grinsen zu kaschieren.

»Wen beruhigt?«, fragte Xavier.

»Dich«, antwortete Willa Mae. »Und uns. Du kannst dir ja über das Ganze den Kopf zerbrechen, solange du willst, aber lass deine Energie bitte an der Wolle aus. Wenn du ständig nur herumtigerst, muss Burke bald einen neuen Teppich kaufen, weil du Löcher hineingelaufen hast.«

Seufzend begann Xavier, die Wolle zu einem Knäuel aufzuwickeln. Und die Tätigkeit entpuppte sich tatsächlich als besänftigend, ebenso wie die Tai-Chi-Lektion am Morgen.

Willa Mae setzte sich und nahm ihr Strickwerk wieder zur Hand.

Die Uhr tickte weiter.

»Es ist schwer, es aus dem Kopf zu kriegen«, murmelte sie. »Das Bild von diesem armen Doktor.« Sie klang, als spreche sie aus Erfahrung.

»Haben Sie solche Mordfälle schon mal gesehen?«, fragte Xavier.

»Auf Fotos«, antwortete Willa Mae. »Häufiger, als mir lieb ist. Vor allem in meiner Laufbahn als Staatsanwältin. Burke kennt das alles wahrscheinlich aus seiner Zeit beim Militär und beim NOPD. Deine Mama kriegt solche Dinge in der Notaufnahme zu sehen. Zumindest die Opfer, die bei der Einlieferung noch atmen.«

Xavier sah zu seiner Mutter, ohne seine Tätigkeit zu unterbrechen. Die Wolle war so hellblau wie der Himmel, und auch das hatte etwas Beruhigendes. »Wirklich?«

Cicely nickte. »Ja. Stichwunden, Schusswunden, Traumata nach Schlägen. Ich muss das Grauen, das mich bei dem Anblick überfällt, verdrängen, damit ich mich darauf konzentrieren kann, ihnen das Leben zu retten. Dasselbe wirst du auch tun müssen, wenn du Arzt wirst.«

Natürlich hatte er das gewusst, aber nie genauer darüber nachgedacht. »Oh. Wow.«

»Ich nicht«, warf Carlos erschaudernd ein. »Ich sehe nur Kabel und Leitungen und so einen Scheiß.« Er zuckte zusammen. »Entschuldigen Sie, Miss Willa Mae, Mrs M.«

»Burke?« Xavier zögerte zwar, trotzdem siegte seine Neugier. »Haben Sie während des Kriegs solche Verletzungen gesehen?«

»Ja.« Burke schloss wieder die Augen.

Aha. Unterhaltung beendet. Alle wandten sich wieder ihren Tätigkeiten zu, und die Anspannung im Raum hatte spürbar nachgelassen – sie mochte immer noch vorhanden sein, aber wenigstens konnte Xavier wieder durchatmen.

Hundegebell durchbrach die Stille.

Abrupt klappte Burke das Fußteil seines Sessels zurück und sprang auf, wobei Cicely vor Schreck zusammenfuhr. »Entschuldigen Sie, aber sie sind da. Das ist Rockys Hund.« Er hielt inne. Trauer spiegelte sich auf seiner Miene. »Ich meine, Gabes Hund.« Seufzend ging er zur Tür und trat hinaus.

Xavier wickelte weiter die Wolle auf, weil er sich nicht überwinden konnte, den anderen ins Gesicht zu sehen. Nicht, bevor er seine Tränen weggeblinzelt hatte. Es gab Momente, in denen auch er kurz vergaß, dass Rocky tot war. Genauso war es ihm lange Zeit nach dem Tod seines Dads ergangen. Und seiner leiblichen Mutter.

Trauer war etwas Grauenvolles.

Die Tür ging auf, und ein Hund mit braun-weißem Fell kam herein und wedelte voller Begeisterung mit dem Schwanz. Er war mittelgroß, möglicherweise eine Mischung aus einem Labrador und mehreren anderen Rassen, und sauste mit heraushängender Zunge geradewegs auf Xavier zu.

Xaviers Brust wurde eng. Er erkannte den Hund. Rocky hatte ihn bei seinem Besuch in Houston dabeigehabt. Er ging auf die Knie. »Hallo, Shoe. Braver Junge.« Er vergrub das Gesicht am Hals des Hundes, sodass seine Tränen in das weiche Fell tropften, und löste sich erst, als der Hund ungeduldig zu zappeln begann. »Schon gut. Sag Guten Tag. Leute, das ist Shoe.«

Die Anwesenden lächelten, als der Hund seine Begrüßungsrunde machte und sich von allen streicheln und tätscheln ließ. Shoe hatte bereits Burkes Sessel mit Beschlag belegt, als dieser mit drei Einkaufstüten in jeder Hand wieder hereinkam, dicht gefolgt von Gabe und Molly, die ebenfalls Tüten trugen. Dann kam Antoine, der Computertaschen über der Schulter hatte, und André bildete die Nachhut.

Der Cop war mit einem halbautomatischen Gewehr bewaffnet.

Der Anblick bereitete dem kurzen Moment der Ablenkung, der Shoes Auftauchen ihnen allen geschenkt hatte, ein jähes Ende, und Xavier ertappte sich dabei, dass er sich die Hand auf die Brust gepresst hatte. War das der Versuch, sein Glücksgefühl noch einen Moment länger zu bewahren? Möglicherweise.

Carlos und Manny halfen beim Auspacken der Einkäufe, Xavier hingegen blieb, wo er war, und sah zu, wie André einen letzten Blick nach draußen warf und dann die Tür schloss. Und die Riegel vorschob.

»Was ist passiert?«, fragte Xavier.

»Warten wir auf die anderen, damit alle es hören«, sagte André.

Wenig später waren die Einkäufe verstaut, und alle versammelten sich im Wohnzimmer. Gabe und Molly setzten sich zu Cicely aufs Sofa, Burke scheuchte Shoe von seinem Sessel, nur um ihn dann wieder hochzuheben und ihn sich auf den Schoß zu setzen, als wäre er ein Plüschtier.

Alle anderen nahmen auf dem Boden Platz, wo Antoine seine Laptops – drei Stück – auspackte.

Weshalb so viele? Eigentlich hätte Xavier Antoine gern die Frage gestellt, doch ihm fehlte die Energie, sich ernsthaft für die Antwort zu interessieren. »Was ist passiert?«, fragte er stattdessen noch einmal.

Gabes Gesicht war ganz grau, Molly wirkte völlig erschöpft und Burke noch grimmiger als zuvor. Offenbar hatte er vor der Tür mit ihnen geredet und etwas erfahren.

Molly seufzte. »Andrés und Antoines Bruder DeShawn ist Arzt und im Zuge seiner Ausbildung gerade in der Rechtsmedizin tätig. Wir hatten ihn gebeten, den Assistenten des

Rechtsmediziners im Auge zu behalten, der Gabe erzählt hat, dass sein Chef die Autopsie nicht korrekt durchgeführt habe.«

»Was dazu geführt hat, dass Gabe eine private Autopsie in die Wege geleitet hat«, fügte Xavier mit wachsender Beklommenheit zu, denn er ahnte bereits, was gleich kommen würde. »Und ist dieser Assistent tot?«

»Nein.« Die Schuld stand Gabe ins Gesicht geschrieben. »Aber er liegt im Krankenhaus. Sein Zustand ist kritisch.«

»Er wurde verprügelt«, sagte André. »Schlimm sogar. Jemand hat ihn abgepasst, als er von der Arbeit nach Hause kam, und dann einfach zum Sterben liegen lassen, aber DeShawn hatte heute im Institut Besuch von der Polizei. Sie haben ihn nach Gabe und Rocky gefragt. Ob er Gabe kenne und mit ihm geredet habe.« Er machte eine *Bla-bla*-Geste. »Er hat ihnen die Wahrheit gesagt. Dass er Gabe nicht kenne und auch nicht mit ihm geredet habe. Dann wollten sie wissen, ob er Burke kenne. Er hat es geleugnet, was gelogen war, aber daraufhin haben sie ihn in Ruhe gelassen. DeShawn ist in Harrys Büro gegangen, um ihn zu warnen – Harry ist besagter Assistent –, konnte ihn aber nicht finden, deshalb hat er ihn angerufen. Harry ging aber nicht ran. Also ist er zu ihm nach Hause gefahren und hat ihn gefunden.« Andrés Lippen wurden zu einer schmalen Linie. »Hinter dem Haus. Zwischen den Mülltonnen.«

Ein Schauder überlief Xavier. »Das war eine Botschaft.«

André nickte knapp. »Allerdings. DeShawn hat den Notruf gewählt und einige Verletzungen an Harrys Armen und Beinen notdürftig versorgt. Ein paar Meter entfernt lag ein blutverschmierter Baseballschläger, mit dem man ihn auf den Kopf geschlagen hat. Seine Extremitäten wurden mit einem Messer traktiert.«

»Gütiger Gott, der arme Mann«, hauchte Cicely.

Willa Mae ließ ihr Strickzeug sinken. Ihre Hände zitterten. »Ich bin froh, dass Ihr Bruder ihn rechtzeitig gefunden hat.«

»Ich habe Harry noch angerufen und ihn gewarnt«, warf Burke ein. »Keine Ahnung, wieso er allein nach Hause gegangen ist.«

»Dem gehen wir gerade auf den Grund«, sagte André. »DeShawn sagte, Harry hätte eigentlich auf ihn warten sollen, damit sie zusammen aufbrechen, aber irgendetwas muss vorgefallen sein, weshalb er allein losgerast ist.«

»Wo ist Ihr Bruder jetzt?«, wollte Cicely wissen.

»Zu Hause bei unseren Eltern«, antwortete André. »Er kann gut auf sich selbst aufpassen, deshalb mache ich mir um ihn keine Sorgen. Aber um unsere restliche Familie. Deshalb bleibt er so lange wie möglich bei ihnen.«

Xavier senkte den Kopf. Seine fieberhafte Energie war vollständig erloschen. »Was sollen wir bloß tun?«

»Sie bleiben jedenfalls hier«, herrschte Burke ihn an.

Xavier funkelte Burke aufgebracht an, gleichzeitig war er dankbar für die Wut, die Burkes Zurechtweisung in ihm heraufbeschwor. Wut war sehr viel besser als dieses Gefühl der Hilflosigkeit und Angst. »Das verstehe ich ja. Aber was wollen *Sie* tun? Wir können nicht ewig hierbleiben, und es sind viel zu viele Menschen gestorben. Also, Mr Broussard, was wollen *Sie* tun?«

»Entschuldigung.« Burke seufzte erschöpft. »Wir sind hier, um genau das zu besprechen.«

»Wir hatten gehofft, Nadia Halls Arzt könnte uns den Namen ihres Liebhabers nennen«, sagte Molly. »Die Idee war, uns von der Vergangenheit zur Gegenwart zu arbeiten, aber jetzt müssen wir umgekehrt vorgehen.«

»Ich rede noch mal mit Cresswell«, sagte Gabe mit einem finsteren Blick auf Molly.

»Nein, das tust du nicht«, gab Molly mit einem ebenso finsteren Blick zurück. »Damit würdest du direkt in eine Riesenfalle tappen. Das weißt du.«

André hob die Hand. »Ich unterstütze Gabes Vorschlag, allerdings ist es noch zu früh dafür. Wir müssen zuerst überlegen, wie wir den Kerl angehen.«

»Wer ist Cresswell?«, fragte Carlos.

»Der ehemalige Vorgesetzte meines Vaters«, antwortete Gabe. »Er war derjenige, der mir erzählt hat, sie hätten in Dads Vorratskammer Kokain gefunden, wollten aber seinen Ruf nicht zerstören, indem sie es öffentlich machen, allerdings würden sie nicht davor zurückschrecken, wenn ich weiter Druck ausüben würde.«

»Scheißkerl«, stieß Xavier hervor.

»Scheißkerl«, echote Cicely und seufzte. »Was hoffen Sie damit zu erreichen, Gabe? Ich will Ihnen mit meiner Frage nicht zu nahe treten, sondern es nur verstehen.«

»Er weiß etwas.« Gabes Gesicht war gequält und bleich. »An dem Tag, als ich dort war, um zu fragen, warum sie denn nicht ermitteln, war er hochnäsig und unverschämt. Ich hätte ihn am liebsten verprügelt. Und eigentlich will ich es immer noch tun.«

Shoe sprang von Burkes Schoß und kletterte winselnd auf Gabes. Er streichelte ihn, woraufhin sich der Hund beruhigte. »Er wusste genau, dass das Koks nicht meinem Dad gehörte, sondern dass jemand es dort platziert hatte. Er muss wissen, wer das war.«

»Lassen wir das erst mal«, drängte Burke. »Erst einmal sollten wir uns einen Überblick verschaffen über das, was wir wissen, und das, was wir unbedingt noch herausfinden müssen. Molly, würdest du uns auf den neuesten Stand bringen?«

BAYOU GAUCHE, LOUISIANA

Mittwoch, 28. Juli, 22.30 Uhr

Molly hob die Hand und zählte an den Fingern ab, was sie bisher in Erfahrung gebracht hatten. »Der Name des ursprünglichen Opfers lautet Nadia Hall. Sie hatte einen Liebhaber. Er dürfte verheiratet gewesen sein. Sie war schwanger. Am Tag des Hurrikans waren sie verabredet. Xavier hat beobachtet, wie ein Mann sie erwürgt hat. Sie hatte einen Gynäkologen, Dr. Curtis Benson, der inzwischen tot ist.«

»Ich habe den Polizeibericht zum Tod des Arztes gefunden«, sagte Antoine und tippte etwas in einen der Laptops. Auf den beiden anderen Geräten daneben tat sich etwas, denn die Bildschirmansichten veränderten sich kontinuierlich, als Zahlen- und Buchstabenkolonnen aufflackerten. Carlos hatte sich so weit hinübergelehnt, um einen Blick zu erhaschen, dass er sich fast den Hals verrenkte.

»Dr. Benson war etwa schon einen Tag tot, als seine Leiche nach einem anonymen Notruf wenige Stunden vor Rockys Tod entdeckt wurde.« Antoine sah Xavier an. »Der anonyme Anruf kam von der Nummer eines Wegwerfhandys. 904-555-4930.«

Xavier sog scharf den Atem ein. »Das war Rockys Nummer. Die, unter der er mich auf meinem Wegwerfhandy angerufen hat.«

»Weiß ich«, sagte Antoine. »Wir können nur spekulieren, dass Rocky die Leiche entdeckt und gemeldet hat. Im Polizeibericht sind Dr. Bensons sichtbare Verletzungen aufgeführt, außerdem, dass am Tatort keine verwertbaren Fingerabdrücke sichergestellt werden konnten. Sowohl sein Handy als auch sein Laptop fehlten. Er war im Ruhestand, deshalb hat er keine Patienten mehr behandelt und hatte auch keine Praxis mehr, trotzdem waren wohl auch Krankenakten, die er zu Hause aufbewahrt haben dürfte, gestohlen worden.« Er sah Burke an. »Die Leute des Sheriffs haben Blutspuren auf dem Fußboden und Erbrochenes im Rosenstrauch neben dem Haus sichergestellt. Jemand hatte Bleichmittel über den Strauch gekippt, um DNA-Spuren zu vernichten.«

»Der leere Kanister, den wir hinten auf Rockys Pick-up gefunden haben«, murmelte Burke. »Er hat die Leiche gefunden und sich übergeben, wollte aber verhindern, dass jemand Beweise findet, dass er dort war. Kannst du die Anrufliste auf dem Handy des Doktors knacken?«

»Kann ich und habe ich auch bereits getan«, sagte Antoine. »Etwa einen Monat bevor die beiden umgekommen sind, taucht die Nummer von Rockys Wegwerfhandy das erste Mal auf. Der Doktor hat ihm zurückgeschrieben, aber um die Nachrichten lesen zu können, brauche ich sein Handy. Die meisten Anbieter speichern die Inhalte nicht sehr lange, falls überhaupt. An dem Tag, als der Doc gestorben ist, hat Rocky ihn zum letzten Mal angerufen.«

»Wie hat Rocky seinen Namen herausgefunden?«, fragte Molly. »Nadias Freundin hat er nie kontaktiert.«

Kurz herrschte Stille. »Das ist eine verdammt gute Frage«, sagte André. »Antoine? Hast du noch mehr auf seiner Festplatte gefunden?«

Antoine schüttelte den Kopf. »Nein, bisher nicht. Ich bin immer noch damit beschäftigt. Rocky hätte wohl kaum alle Ärzte abtelefoniert, die damals eine Gynäkologiepraxis hatten, weil sie die Patientennamen ohnehin nicht weitergeben dürfen.«

»Aber vielleicht wusste jemand anderes von Dr. Benson«, sagte Molly. »Ich frage April Frazier, Nadias beste Freundin von damals, ob sonst noch jemand von der Schwangerschaft wusste.«

»Eine Arzthelferin vielleicht«, schlug Cicely nachdenklich vor. »Oder eine Hebamme oder Geburtsbegleiterin, falls sie so lange im Voraus geplant hat. Auch jemand in ihrer Stammapotheke wäre denkbar. Vor allem, wenn sie pränatale Vitamine genommen hat.«

Molly machte sich Notizen auf ihrem Handy. »Alles gute Hinweise.« Schließlich war das hier ein Brainstorming, und falls eine Idee nicht direkt umsetzbar sein sollte, könnte sie dennoch zu einer anderen, besseren führen. »Diese Leute jetzt, nach all der Zeit, aufzustöbern, könnte sich schwierig gestalten, aber anscheinend ist es Rocky ja gelungen.« Das Ganze war nicht bloß schwierig, sondern die sprichwörtliche Suche nach der Nadel im Heuhaufen. Trotzdem brauchten sie einen neuen Ansatz.

Gabe trommelte mit den Fingern auf sein Knie. »Sie hat unter Morgenübelkeit gelitten. Das hat Mrs Royce gesagt, erinnerst du dich?«

Molly nickte.

»Wer ist Mrs Royce?«, fragte Cicely.

»Die Frau, die bis heute in Xaviers ehemaliger Straße wohnt.« Gabe wandte sich wieder Molly zu. »Vielleicht hat Dr. Benson Nadia ja etwas dagegen verschrieben, und Dad hat den Apotheker oder die Apothekerin aufgestöbert.«

Molly schluckte. Das war eine noch kleinere Nadel in einem noch größeren Heuhaufen, doch sie wollte keinesfalls Gabes Gefühle verletzen. »Ich notiere es, aber das ist ziemlich weit hergeholt.«

»Ich suche Rockys Festplatte auf alles ab, das mit einem Medikament zusammenhängen könnte«, versprach Antoine. »Ich finde immer wieder Krümelchen an Informationen, aber bisher scheint nichts davon wichtig zu sein.«

»Es ist unwahrscheinlich, dass sie einem Apotheker den Namen des Kindsvaters verraten hat«, wandte Molly ein. »Vor allem, da sie ihrem Liebhaber schwören musste, ihre Beziehung geheim zu halten. Aber auch das habe ich notiert.«

Gabe streichelte Shoes Rücken. »Was ist mit dem Hund?«

»Madame Fluffy?«, fragte Molly.

»*Wusste* ich's doch, dass sie Fluffy hieß«, sagte Xavier. »Was ist mit ihr?«

»Sie war ein Geschenk von Nadias Liebhaber«, antwortete Gabe. »Hat mein Dad erwähnt, dass die Hündin ebenfalls im Haus war, als er Ihnen erzählte, wie er Nadias Leiche gefunden hat?«

Cicely schüttelte den Kopf. »Nicht, dass ich wüsste. Xavier?«

»Nein, Sir. Das hat er nicht getan. Ich habe ihm an dem Tag überhaupt erst von dem Hund erzählt. Die Retter haben auch Tiere in ihren Booten transportiert. Hätte er Madame Fluffy gesehen, hätte er sie bestimmt mitgenommen.«

»Deshalb gehe ich davon aus, dass der Vater von Nadias ungeborenem Kind auch die Hündin getötet hat«, folgerte Gabe. »April hat uns erzählt, Nadia hätte von ihm verlangen wollen, dass er sie heiratet. Und sollte er bereits verheiratet gewesen sein, kann das böse geendet haben. Was, wenn sie ihre Forderung vorgebracht hat, die beiden in Streit geraten sind und er sie im Zuge dessen getötet hat?«

»Klingt plausibel«, sagte Molly. »Und dann?«

»Dann hat er die Hündin an sich genommen. Sie war ein Geschenk an Nadia gewesen, eine seltene Rasse. Es kann ja nicht schaden, sich bei ein paar Tierärzten zu erkundigen, ob sie sich an Madame Fluffy erinnern können.«

Auch diese Idee hielt Molly fest. »Nicht übel. Wir können ein paar Tierärzte abtelefonieren, ob sich jemand nach der Flut mit einem Afghanischen Windhund vorgestellt hat.« Es mochte weit hergeholt sein, doch so ein ausgefallener Rassehund könnte im Gedächtnis geblieben sein.

»Moment mal.« Cicely hob die Hand. »Xavier hat doch vom Dach aus gesehen, wie der Mann Nadia getötet hat. Das bedeutet, das Wasser muss auch in Nadias Haus mindestens bis über die erste Etage hinaus gestiegen sein. Wie ist der Mörder dann hereingekommen?«

Mehrere Momente lang herrschte völlige Stille. Alle saßen mit offenen Mündern da.

Ja. Wie?, dachte Molly und ärgerte sich, weil ihr das nicht schon früher aufgefallen war.

»Tja«, murmelte Willa Mae. »Auch das ist eine sehr gute Frage.«

»Er muss ein Boot gehabt haben«, sagte Gabe langsam. »Vielleicht hat sich ihr Mörder als Rettungskraft ausgegeben.«

»Und es waren überall Leute unterwegs, die Opfer gerettet haben«, sagte André. »Ganz normale Bürger, die eben zufällig ein Boot besaßen. Andere haben sogar welche gestohlen, um helfen zu können. Außerdem waren die Cajun Navy, das NOPD und die Küstenwache vor Ort, alles völlig unkoordiniert. Ich war unten in der Tchoupitoulas Street im Lower Garden District unterwegs. Überall waren Ruderboote, Flachbodenboote, Krabbenkutter und … na ja, alles, was schwimmt. Folglich wäre der Mörder nicht weiter aufgefallen.«

»Wahrscheinlich lässt sich seine Identität nicht länger ermitteln«, sagte Burke grimmig.

Molly seufzte. »Ich halte es trotzdem fest. Zu wissen, dass er Zugriff auf ein Boot hatte, könnte sich später noch als nützlich erweisen. Was ist mit den Morden an der Pathologin und dem Bestatter, André? Was wissen Sie darüber?«

»Nicht viel. Das Labor der Pathologin war verwüstet, Akten fehlten, Computer wurden zertrümmert.« André zögerte, und Gabe spannte sich sichtlich an. »Ihr Labor wurde angezündet und die Schubladen des Kühlraums aufgerissen. Die Leichen sind verbrannt. Nicht vollständig, aber weit genug, um eine weitere Autopsie massiv zu erschweren.«

Armer Gabe. Er war kreidebleich geworden. Molly ergriff seine Hand, die zitterte. *Verdammt!*

»O nein«, stöhnte Cicely leise und ergriff Gabes andere Hand. »Das tut mir sehr leid, Gabe.«

Gabe schluckte. »Danke, Cicely. Ich meine …« Er hielt inne und starrte an die Raumdecke, während sich einzelne Tränen aus seinen Augenwinkeln lösten. »Ich weiß ja, dass er tot ist und es für ihn keine Bedeutung gehabt hätte, was mit seiner Leiche geschieht, aber für mich schon. Ich wollte seine Asche zu Moms geben.«

»Das sollte trotzdem irgendwann möglich sein«, warf André sanft ein. »Und es ist immer noch wahrscheinlich, dass eine weitere Autopsie vorgenommen werden kann, die Dr. McLains Erkenntnisse bestätigt. Aber im Moment herrscht völliges Durcheinander, sowohl physikalisch als auch ermittlungsrechtlich. Es könnte eine ganze Weile dauern, bis die Leiche Ihres Vaters freigegeben wird.«

»Aber Moment mal«, sagte Carlos stirnrunzelnd. »Das Ganze ist doch ziemlich offensichtlich, oder? Die Verwüstung des Labors ist praktisch ein Schuldeingeständnis. Bedeutet das nicht, dass die Polizei Rockys Tod nun *eingehender* untersucht?«

»Solange wir alle noch weiterhin hier sind und Druck machen«, warf Burke grimmig ein.

Molly runzelte die Stirn. *Was soll das denn, Burke?*

Carlos zuckte zurück, als wäre er geschlagen worden. »Oh. Okay.«

»Verdammt noch mal, wir geben doch nicht einfach auf und lassen uns von denen kaltmachen!«, schrie Manny.

Xavier schlug sich die Hände vors Gesicht. »Fuck.«

»Wir werden alle hier sein. Wir werden hier sein und weiter Druck machen«, erklärte Molly mit einem wütenden Blick in Burkes Richtung.

»Natürlich«, stieß Burke aufgebracht hervor. »Das habe ich damit nicht gemeint. Sondern, dass *ich* es weiß und *ihr* es wisst, aber Rockys Mörder ist das nicht klar. Das Problem ist, dass zu viele jetzt Bescheid wissen. Die – wer auch immer die sein mögen – werden nervös.«

Xavier sah auf. »Und machen Fehler?«

»Das will ich schwer hoffen.« Burke fuhr sich mit den Händen übers Gesicht. »Also. Wer ermittelt in diesen Mordfällen, André? Welche Dezernate?«

»Dr. Benson hat im Lafourche Parish gewohnt, deshalb ist das dortige Büro des Sheriffs zuständig. Mr Woodruff, der Bestatter, ist auf dem Heimweg verunglückt. Er lebt in Mid-City, aber sein Wagen ist in Belle Chasse von der Straße abgekommen, dem Zuständigkeitsbereich des Sheriffs von Plaquemines Parish. Dr. McLain hatte ihren Wohnsitz in Baton Rouge, deshalb übernimmt das BRPD. Mein Chef weiß, dass die Vorfälle zusammenhängen, deshalb übernehme ich die Koordination. Noch haben wir nicht ausreichend verwertbare Beweise vorliegen, und das Labor ist, wie ich ja bereits sagte, verwüstet worden. Die Beweissicherung wird mit großer Sorgfalt vorgenommen, damit nicht versehentlich Spuren ruiniert werden, aber beim Ausbruch des Brands ist die Sprinkleranlage angesprungen, deshalb wird es dauern.« Er zuckte die Achseln.

Molly unterdrückte einen weiteren Seufzer. Sie spürte, wie schwer es Gabe fiel, nicht die Fassung zu verlieren. Das war die reinste Katastrophe. »Was wissen Sie über Cornell Eckerts Tod, André? Wen befragen Sie?«

André zog ein finsteres Gesicht. »Es ist nicht mein Fall, und mir wurde der Zugriff auf die dazugehörigen Informationen verwehrt.«

Eigentlich hätte es sie nicht wundern müssen, das tat es aber trotzdem.

Burke kniff die Augen zusammen. »Von wem?«

»Von jemandem in einer anderen Gehaltsklasse als meiner. Mein Vorgesetzter kämpft sich gerade durch die Bürokratie. Vielleicht werden sogar die Feds eingeschaltet, weil gegen Eckert bereits früher Haftbefehle ausgestellt wurden. Die waren heute Morgen schon wegen der Anhörung da.«

Burke stöhnte. »Gütiger Himmel, wenn die Feds erst im Spiel sind, kriegen wir überhaupt keine Informationen mehr.«

»Das ist nicht fair«, wandte André ein. »Meistens läuft unsere Zusammenarbeit mit den Feds ganz gut. Ich habe eher den Eindruck, als würde es auf unserer Seite klemmen. Aber um Ihre Frage zu beantworten, Molly, ich weiß nicht viel. Es muss jemand gewesen sein, der sich in der Nähe der Arrestzellen aufgehalten hat. Weitere Besucher sind nicht verzeichnet, nachdem Eckerts Anwalt bei ihm war, um das Mandat zu übernehmen. Ich weiß nur, dass es während des Schichtwechsels passiert sein muss. Ein neuer Wachmann ist hereingekommen, um Eckert in den Gerichtssaal zu bringen, und hat ihn tot aufgefunden.«

Molly massierte sich erschöpft die Stirn. »Was ist mit dem Kerl, der sich als Paul Lott ausgegeben hat?«

»Abgetaucht«, antwortete André frustriert.

»Seine Fingerabdrücke sind nicht in der Datenbank erfasst«, fügte Antoine hinzu.

»Und ich habe diese Aussage nicht gehört«, bemerkte André.

»Was nicht gehört?«, entgegnete Antoine mit Unschuldsmiene.

»Aber wir gehen davon aus, dass er den echten Paul Lott

getötet hat, richtig?«, hakte Molly nach. »Welche Beweise haben Sie von diesem Tatort vorliegen?«

»Nicht viele«, gestand André. »Keine verwertbaren Fingerabdrücke. Lott hatte rings um sein Haus Kameras montiert, die aber alle mit Sprühfarbe unbrauchbar gemacht wurden. Man konnte lediglich einen Kerl mit einem Kapuzenpulli erkennen, der alles verdeckte, anhand dessen eine Identifikation möglich gewesen wäre.«

»Also … nichts.« Molly spürte, wie die Erschöpfung weiter von ihr Besitz ergriff. »Dann doch die Variante von der Gegenwart zurück in die Vergangenheit, wobei die Vergangenheit ja nicht viel hergibt.« Sie sah Gabe an. »Die Idee, den Verbleib von Nadias Hund zu recherchieren, wird immer vielversprechender.«

Xavier sah sich im Raum um, blickte in alle Gesichter, nur nicht in das seiner Mutter. »Was, wenn wir einen Köder auslegen?«, fragte er und holte tief Luft. »Mich, zum Beispiel.«

»Nein!« Das Wort kam wie eine Explosion aus Cicelys Mund – angstvoll und endgültig.

So gut Molly die Reaktion auch verstehen konnte, so war dies der erste wirklich kreative Vorschlag in der Runde.

Nachdenklich legte Burke den Kopf schief. »Was meinen Sie damit?«

»Burke!«, schrie Cicely. Sie schrie tatsächlich, sprang auf und stemmte die Hände in die Hüften. »Nein! Das kommt nicht infrage.«

»Wahrscheinlich«, erwiderte Burke. »Trotzdem sollten wir uns anhören, was er zu sagen hat. Sie haben einen klugen jungen Mann großgezogen. Also lassen wir ihn seinen Vorschlag machen.«

Cicely schüttelte zwar den Kopf, setzte sich jedoch wieder hin. »Sie wollen zulassen, dass mein Sohn getötet wird.«

Gabe legte ihr den Arm um die Schultern. »Hören wir uns seinen Vorschlag an, wie Burke gesagt hat, und dann sagen wir Nein.«

Cicelys Lachen kam als Schluchzer über ihre Lippen. »Also gut, Xavier, fang an.«

»Ich lege es nicht darauf an, getötet zu werden, Mama«, begann Xavier. »Aber unsere Optionen klingen nicht besonders vielversprechend. Vor allem, wenn wir jemals wieder nach Hause zurückkehren wollen. Ich überlege, ob wir nicht eine Situation arrangieren, der ich nicht widerstehen könnte. So wie die es heute mit Ihnen versucht haben, Burke, als sie Sie mit dieser Frau locken wollten, die sich als Schwester des Opfers ausgegeben hat.«

»Wir sind immer noch bei Ihnen«, sagte André. »Ich tendiere zwar dazu, mich auf die Seite Ihrer Mutter zu stellen, aber reden Sie weiter.«

Cicely verschränkte demonstrativ die Arme vor der Brust, sagte jedoch nichts.

»Was, wenn Sie die Lady von heute Morgen zurückrufen?«, schlug Carlos vor. »Sie könnten ihr ja sagen, dass Xavier mit ihr reden will. Weil er ihre Schwester sterben gesehen hat und sein Trauma überwinden will oder so.«

»Aber natürlich fährt Xavier nicht hin«, fügte Manny hinzu, »weil das absolut dämlich wäre.«

»Danke«, murmelte Cicely.

Xavier nickte eifrig. »Die wollten Ihnen doch hierher folgen, Burke. Zu uns. Sie könnten noch einmal mit der Lady reden, nur dass Sie anschließend Ihre Verfolger diesmal nicht abschütteln. Sie versuchen es zwar, damit es keinen Verdacht erregt, führen die aber irgendwohin, wo dann die Polizei auf sie wartet. So kriegen wir sie. Na gut, wahrscheinlich schicken sie irgendwelche Handlanger, die mich schnappen sollen, aber wir hätten wenigstens jemanden, den Sie in die Mangel nehmen können.«

Nachdenklich legte André den Kopf schief. »Mein Vorgesetzter würde vielleicht mitspielen. Wir könnten sogar einen unserer Undercover-Kollegen ins Boot holen, der Ihnen ähnlich sieht, Xavier, und der Burke begleitet. Auf diese Weise wären Sie in Sicherheit.«

»Wow, danke«, bemerkte Burke trocken. »Meine Sicherheit ist ja nicht so wichtig.«

André grinste. »Überlassen Sie das Ganze mir. Als Treffpunkt müssten wir uns etwas überlegen, das in Verbindung mit dir steht, Burke, damit sie es uns abkaufen.«

»Er könnte doch irgendwo ein Airbnb reservieren«, schlug Willa Mae vor. »Wenn die Burke tatsächlich so genau überwachen, haben sie möglicherweise auch seine Kreditkarte im Blick. Vor allem, wenn einer oder mehrere von ›denen‹ zum NOPD gehören.«

»Das stimmt«, erwiderte André ernst. »Die Idee gefällt mir, Ma'am. Ich mache mich gleich an die Arbeit und melde mich.« Er stand auf, als Molly die Hand hob.

Auf ihrem Handy ging ein Anruf ein. »Moment noch, das ist mein ehemaliger Vorgesetzter, Steven Thatcher. Er hatte versprochen, die Adresse dieser Frau in South Carolina zu überprüfen.« Sie nahm das Gespräch an. »Steven?«

»Es ist nicht gut«, sagte er.

Damit hatte Molly auch nicht gerechnet. »Darf ich dich auf Lautsprecher stellen? Meine Leute sind hier.« Sie hielt das Handy so, dass alle mithören konnten. »Das ist mein ehemaliger Chef, Special Agent Steven Thatcher.«

»Hallo allerseits«, sagte Steven. »Also, die Kurzversion. Wir haben die Tür des Hauses angelehnt vorgefunden. In der Fensterscheibe befand sich ein Einschlussloch. Wir sind rein, und dann ist auch schon die ganze Bude hochgegangen.«

Großer Gott. Alle schnappten nach Luft, auch Molly. »Wurde jemand verletzt?«

»Mein Frischling wurde zu Boden geworfen. Sie hat eine leichte Gehirnerschütterung davongetragen, wird aber wieder. Das Gute ist, dass sie eine gewisse Ähnlichkeit mit dir hat, Molly. Nicht zum Verwechseln ähnlich, aber immerhin so, dass jemand sie aus der Entfernung für dich hätte halten können. Deshalb haben wir behauptet, du seiest nach South Carolina gekommen, um die Adresse zu überprüfen, und ich sei als Verstärkung dabei gewesen. Dein Zustand sei ernst, aber stabil, und ein Officer sei als Wache vor deinem Krankenhauszimmer abgestellt worden. Tut mir leid. Ich musste schnell handeln. Aber vielleicht hast du dadurch ein kleines Zeitfenster gewonnen, das du nutzen kannst.«

Molly lauschte verblüfft. Ihr erster Gedanke hatte Chelsea gegolten. »Ich muss meine Schwester anrufen, für den Fall, dass jemand sie als meine nächste Angehörige kontaktiert. Sie muss außer sich vor Sorge sein.«

»Schon erledigt«, sagte Steven. »Es geht ihr gut, aber du musst dich für eine Weile unsichtbar machen.«

»Das tun wir ohnehin alle«, sagte Molly. »Es sind zu viele Leute hinter uns her.«

Im Hintergrund ertönte eine Stimme, dann hörten sie wieder Steven, der versprach, gleich da zu sein. »Ich muss Schluss machen, Molly, melde mich aber, sobald ich etwas Verwertbares vom Tatort habe. Pass auf dich auf, hörst du?«

»Du auch. Danke, Steven«, sagte sie, legte auf und sah Burke an. »Diese Bombe war für mich gedacht.«

Gabe war noch bleicher geworden. »Verdammt«, flüsterte er.

Burke nickte grimmig. »Die wollten dich ausschalten, dann wäre Gabe ganz allein gewesen. Oder, wenn er dich begleitet hätte, ebenfalls tot oder verletzt.«

Bei der Vorstellung wurde Mollys Brust eng. »Xaviers Plan mit dem Köder ist gerade noch attraktiver geworden«, sagte sie. »Und er gibt dir noch einen Grund, diese Frau anzurufen. Du kannst ihr erzählen, dass in ihrem Haus ein Sprengsatz versteckt war, der sie beim Nachhausekommen erwischt hätte. Du musst sie warnen, dass sie immer noch in Gefahr schwebt. *Wir* wissen, dass sie uns in eine Falle gelockt hat, aber das brauchen wir *ihr* ja nicht auf die Nase zu binden.«

»Stimmt«, sagte Burke. »Xaviers Plan mit dem Köder ist unser Plan A.«

»Mein Plan«, brummte Carlos, woraufhin Manny ihm den Ellbogen in die Rippen stieß. »Aua!«

Molly schüttelte den Kopf, obwohl sie Carlos für seinen kleinen Versuch, die Stimmung aufzuhellen, zugegebenermaßen dankbar war. »Dann also der Carlos-Xavier-Manny-und-Willa-Mae-Plan.«

»Sie bringen Xavier aber nicht in Gefahr, ja?«, sagte Cicely zu Burke.

»Nicht, wenn ich es verhindern kann«, antwortete er. »Molly und Gabe, bleibt ihr über Nacht hier?«

Molly schüttelte den Kopf. »Gabe, du kannst natürlich bleiben, aber ich will nach Hause. Wenn die Polizisten bei DeShawn antanzen, nur weil er in Verbindung zu André steht, und sogar eine Bombe in South Carolina für mich installieren, will ich sichergehen, dass meine Schwester nicht auch noch ins Kreuzfeuer gerät.«

»Lucien ist immer noch bei ihr«, sagte Burke.

»Ich weiß, und ich vertraue ihm, trotzdem will ich nach Hause.« *Bitte keine Diskussion, Burke. Bitte nicht.*

»Ich fahre mit ihr«, sagte Gabe. »Wir halten den Ball flach, versprochen.«

Burke seufzte. »Dann fahrt mit André. Und sorgt dafür, dass euch niemand sieht, damit die Zeit, die dir dein ehemaliger Boss verschafft hat, nicht vorzeitig abläuft.«

»Machen wir«, versicherte sie.

Burke schien nicht übermäßig begeistert zu sein, nickte jedoch. »Und seid vorsichtig.«

»Sind wir.« Gabe erhob sich und zog Molly auf die Füße, ehe er Cicely die Hand hinstreckte. »Ma'am?«

»Nein, ich glaube, ich bleibe noch eine Weile hier sitzen.« Sie lächelte ihn an, doch er sah die Angst in ihren Augen. »Kommen Sie bald zurück zu uns.«

»Machen wir«, sagte Gabe.

André schwang sich sein Gewehr über die Schulter. »Auf geht's. Ich muss zurück in die Stadt.«

20. Kapitel

TULANE-GRAVIER, NEW ORLEANS, LOUISIANA

Mittwoch, 28. Juli, 23.45 Uhr

Lamont stand vor dem Spiegel in seinem Büro, rückte seine Krawatte gerade und gelangte zu dem Schluss, dass er gut aussah. Normal. Er trug einen der Ersatzanzüge, die er stets im Büro hängen hatte, und wirkte ganz wie der gediegene Staatsdiener, den er der Welt präsentieren wollte.

Er sah sich in dem kleinen Badezimmer um, wobei er wünschte, er hätte ein Schwarzlicht zur Hand, um sicherzugehen, dass er alles Blut aufgewischt hatte. Mit dem Hackbeil hatte er Ashleys Leiche in der Dusche zerteilt, damit nichts von ihrem Blut auf den Fußboden oder die Wände gelangte.

Danach hatte er die Duschkabine von oben bis unten geschrubbt, trotzdem hatte er genug Fälle erlebt, bei denen Mörder in ihrem Leichtsinn oder ihrer Überheblichkeit einen winzigen Tropfen übersehen hatten. Diese Kerle saßen heute lebenslänglich im Gefängnis.

Aber nicht ich. Er hatte alles mit Bleichmittel gesäubert, auch das sündhaft teure Messerset, das er in einem Küchengeschäft im French Quarter gekauft hatte – in bar bezahlt, natürlich. *Ein Geschenk,* hatte er der Frau an der Kasse erklärt.

Ein sehr schönes, hatte sie erwidert.

Er würde sich ein zweites zulegen, falls jemand kommen und nachfragen sollte; eines, an dem nicht Ashleys Blut klebte.

Auch diese Fälle kannte er: Allzu häufig waren Mörder überzeugt davon, sie hätten alle Blutspuren von ihrer Tatwaffe entfernt.

Auch sie saßen lebenslang ein.

Aber nicht ich. Er hatte alles dreifach in Tüten gepackt, auch die Kleider, die er angehabt hatte, als er sie getötet hatte. Sie würde er verbrennen, alles andere im Bayou versenken.

Er inspizierte die beiden Kartons, in die er die dreifach in Plastiksäcke verpackten Einzelteile seiner ehemaligen Assistentin verfrachtet hatte. Inzwischen sahen sie wie professionell verpackte Geschenke aus, mit silberfarbenem Folienpapier umwickelt, das im Schein der Neonbeleuchtung schimmerte, und hübschen Schleifen, die dem Ganzen eine besondere Note verliehen, wenn er so ehrlich sein durfte.

Geschenke für Joelle, würde er behaupten, falls James fragte.

Er stellte die Kartons auf den Transportwagen, den er bei der Rückkehr von seiner kleinen Einkaufstour aus der Poststelle mitgenommen hatte. Sie aus dem Büro und mit dem Aufzug in die Lobby zu schaffen, war ein Kinderspiel. Glücklicherweise begegnete er niemandem auf dem Weg nach unten.

James stieg aus dem Wagen, als er ihn näher kommen sah. »Guten Abend, Sir. Sie haben aber mächtig lange gearbeitet.«

»Ich habe nächste Woche einen wichtigen Fall. Könnten Sie mir mit den Kartons helfen?«

Denn er hätte sie niemals eigenhändig in den Wagen verfrachtet. *Ganz normal verhalten.*

»Gewiss, Sir. Sie sehen hübsch aus.«

»Eine Kleinigkeit für Joelle.«

»Bestimmt freut sie sich sehr über die Geschenke«, sagte James und wuchtete die Kartons in den mehr als großzügigen Kofferraum der Limousine. Glücklicherweise war Ashley ein

Leichtgewicht gewesen. Schließlich öffnete James ihm die hintere Tür. »Sir?«

Lamont glitt auf die Rückbank und atmete durch. Fast geschafft.

»Nach Hause?«, fragte James, der sich hinters Steuer gesetzt hatte.

»Ja, bitte. Es war ein sehr langer Tag.«

Er würde James bitten, die Kartons erst einmal in die Garage zu stellen. Joelle lag bestimmt ohnehin bereits im Bett und würde nie etwas davon erfahren. James wäre zu diskret, um sie zu erwähnen, selbst wenn er die Gelegenheit dazu gehabt hätte. Was unwahrscheinlich war.

James war kein großer Fan von Joelle. *Willkommen im Club, Kumpel.*

Lamont checkte sein Handy in der Hoffnung auf eine Nachricht von Jackass mit der Bestätigung, dass sich Margaret Suttons Familie in ihren Händen befand. Doch er hatte sich nicht gemeldet, und Lamont fragte sich, worauf Jackass wohl wartete. Wie schwer konnte es sein, eine Frau und ein Kind in seine Gewalt zu bringen?

Er tippte eine Nachricht. *Und?*

Wenige Minuten später kam die Antwort. *Warten noch, bis die Lichter ausgehen. Das ist einfacher. Wir haben Zeit. Die Ermittlerin war in SC, um die Adresse zu überprüfen. Das Haus ist hochgegangen. Sie liegt im Krankenhaus, sollte morgen entlassen werden. Ab sofort nimmt sie uns ernst und wird kooperieren, wenn sie merkt, dass wir ihre Schwester haben.*

Lamont atmete erleichtert auf. Endlich lief etwas so, wie es sollte. *Gib mir Bescheid.*

Ein Daumen-hoch-Emoji erschien auf seinem Display. Lamont steckte sein Handy ein, lehnte sich zurück und schloss die Augen. Er war erschöpft, aber noch lag eine lange

Nacht vor ihm. Deshalb würde er mit einem kleinen Nickerchen Kraft sammeln, während James die Limousine durch die immer noch belebten Straßen lenkte. Und dann auf in die Sümpfe.

LAKE SALVADOR, LOUISIANA

Donnerstag, 29. Juli, 00.30 Uhr

André lenkte sein Boot an den Steg hinter einer kleinen Hütte. Antoine kletterte hinauf, fing die Leine auf, die André ihm zuwarf, und machte das Boot damit fest.

»Wo sind wir hier?«, fragte Gabe und sah sich um, doch außer einem einzelnen erhellten Fenster in der Hütte war es stockdunkel. Wegen des bewölkten Himmels war kein Stern zu sehen. Perfekt, um unbemerkt zu bleiben. Nicht ganz so perfekt, um sich einen Eindruck von der Umgebung zu verschaffen.

»Das ist die Hütte der Familie meiner Verlobten am Lake Salvador«, sagte André. »Den Romeros gehört dieses Grundstück schon seit Generationen. Es ist idyllisch und ruhig, und man sieht schon aus einer halben Meile Entfernung, wenn jemand kommt. Farrah und ich dürfen sie netterweise benutzen, um dem Alltag zu entfliehen, wann immer wir Zeit dafür finden.«

Molly schulterte ihre Tasche. In der Hand hielt sie immer noch ihre Waffe, die sie nicht losgelassen hatte, seit sie von Burkes Hütte aufgebrochen waren. Sie war angespannt und still und sehr, sehr wachsam gewesen. »Richten Sie den Romeros bitte unseren Dank aus. Und schöne Grüße an Farrah.«

André sprang auf den Steg und streckte ihr die Hand hin. »Das können Sie ihr gleich selbst sagen. Sie wartet auf uns.«

Molly lächelte, als Gabe aus dem Boot ausstieg. »Wie schön«, sagte sie. »Ich habe Farrah viel zu lange nicht mehr gesehen.«

Gabe schnippte mit den Fingern, woraufhin Shoe aus dem Boot sprang, als tue er seit Jahren nichts anderes. Vielleicht war es ja tatsächlich so. Burke hatte ihm erzählt, Rocky hätte Shoe ab und zu in die Hütte mitgebracht, wo die beiden Männer gefischt hatten, während Shoe herumstrich und alles beschnüffelte, klugerweise, ohne zu nahe ans Ufer zu gehen.

In diesen Gewässern hielten sich viel zu viele Alligatoren auf. Gabe wollte gar nicht erst daran denken.

Er leinte den Hund an und folgte den anderen einen kleinen Hügel hinauf. Die Hintertür der Hütte ging auf, und eine Frau trat heraus. Besorgnis spiegelte sich auf ihrer Miene, bis sie André erblickte.

»Hat ja ganz schön lange gedauert!«, rief sie.

André grinste nur und küsste sie stürmisch zur Begrüßung. »Du hast mich vermisst.«

»Aber immer«, sagte sie und zog ihre Bluse zurecht, als er sie losließ. Vielleicht war sie sogar ein wenig außer Atem. Gabe konnte es ihr nicht verdenken. Es war ein leidenschaftlicher Kuss gewesen, der in ihm den Wunsch weckte, dasselbe mit Molly zu tun.

Und nicht nur das.

Wenn es sicher ist. Wenn wir *sicher sind.*

»Und wen haben wir denn da?«, fragte Farrah, noch immer lächelnd. »Molly Sutton. Du hast mir gefehlt.«

»Du mir auch«, sagte Molly und umarmte die Frau, als wären sie uralte Freundinnen. »Deine Bluse sieht toll aus. Die Farbe ist so … Farrah-mäßig.«

Sie war leuchtend gelb wie ein Post-it-Zettel. Und Molly hatte recht: Sie stand ihr ausgezeichnet. Gabe trat vor und streckte ihr die Hand entgegen. »Ich bin Gabe Hebert. Und das ist Shoe.«

Shoe wedelte mit dem Schwanz. Farrah beugte sich hinunter und kraulte ihm den Kopf, ehe sie Gabe ihr strahlendes Lächeln schenkte. »Oh, ich weiß, wer Sie sind. Ich habe schon mal einen Tisch in Ihrem Restaurant reserviert, bloß um ein Stück von diesem unglaublichen Schokokuchen zu essen. Die reinste Sünde.«

»Künftig geht er aufs Haus. Lebenslang«, erwiderte Gabe sichtlich begeistert.

»Eigentlich sollte er mir zeigen, wie man ihn backt«, warf Molly ein.

»Falsch«, korrigierte Gabe. »Das war dein Trick, um meine Cousine Patty abzulenken. Meine Mama würde mir aus dem Grab heraus die Hölle heißmachen, wenn ich jedem ihr Rezept verriete.«

Molly zog nur die Brauen hoch. »Wir werden ja sehen.«

»Backst du überhaupt, Molly?«, fragte Farrah.

Molly lachte. »Nein, aber ich mag Herausforderungen und hasse Geheimnisse.« Mit einem zufriedenen Seufzer sah sie sich um. »Ich wusste gar nicht, dass ihr hier draußen eine Hütte habt. Wirklich schön hier. Schade, dass es dunkel ist, sonst könnte man alles viel besser sehen.«

»Wenn das hier vorbei ist, musst du mal herkommen. Und Sie auch, Gabe. Mein Dad hat einen Erdofen, in dem er seine Rinderbrust zwei Tage lang garen lässt. *Choux*-Qualität hat sie vielleicht nicht, aber es schmeckt schon verdammt gut.«

»Ein zwei Tage lang gegartes Beef-Brisket ist der Himmel auf Erden, Ma'am«, erklärte Gabe. »Etwas Köstlicheres gibt es wohl nicht.«

»Allerdings«, bekräftigte Antoine und drückte Farrah fest an sich. »Ich fahre nach Hause, ich habe noch einiges zu überprüfen, und die Internetverbindung ist nicht besonders hier draußen.«

»Es ist schon spät«, sagte Gabe. »Wir haben Sie alle viel zu lange aufgehalten. Wie kommen wir zu unserem Mietwagen zurück?«

»Gar nicht«, antwortete André. »Es ist klüger, die Übeltäter im Unklaren zu lassen. Farrah ist mit unserem Zweitwagen hergefahren, den Sie haben können.«

»Oh«, rief Molly und sah aus, als breche sie gleich in Tränen aus. »Das ist so nett von dir.«

»Kein Problem.« Farrah bedeutete ihnen, ihr um die Hütte herum zu der getrennt stehenden Garage zu folgen. »Wir benutzen ihn nicht oft, aber er muss bewegt werden. Er gehörte meiner besten Freundin, die ihn zurückgelassen hat, als sie zu ihrem Verlobten nach Kalifornien gezogen ist. Sie würde sich freuen, wenn sie wüsste, dass ihr ihn benutzt, damit er nicht einrostet.«

»Zu schonen brauchen Sie ihn auch nicht«, fügte André hinzu. »Sollten Sie ein paar Gänge höher schalten wollen, weil es eng wird und Sie abhauen müssen, nur zu. Der Motor hält das aus, wir haben ihn gerade auf Vordermann bringen lassen. Und sollte er es nicht überstehen, ist das auch in Ordnung. Ist nur ein Wagen.«

Gabe war sprachlos vor Dankbarkeit und schämte sich ein wenig, weil er André zu Beginn nicht über den Weg getraut hatte. Was gerade einmal … wie lange? … zweieinhalb Tage her war. Meine Güte. »Danke. Von Herzen.«

»Wir alle mochten Ihren Dad sehr gern«, sagte André. »Das ist unsere Art, ihn zu würdigen.« Er gab Molly die Schlüssel. »Passen Sie auf sich auf. Meine Nummer haben Sie ja. Melden Sie sich, falls Sie etwas brauchen.«

Molly umarmte ihn. »Danke. Vielen, vielen Dank.« Sie ließ

ihn los und trat mit besorgter Miene zurück. »Bringen wir Sie mit all dem in eine schwierige Lage?«

»Nein«, beruhigte André sie. »Jemand im Dezernat ist in einen Mord verwickelt. Mehrere sogar. Wir müssen ihn – oder sie, falls es mehrere Täter sind – finden und zur Strecke bringen. Für Ihre Sicherheit zu sorgen, ist mein Job *und* die Gelegenheit, in meinem Haus aufzuräumen.«

Molly und Gabe ließen die beiden zurück, die Hand in Hand im Türrahmen standen und zusahen, wie sie wegfuhren.

»Das war schön«, sagte Molly leise. »Ich mag die beiden sehr gern. Farrah ist ein echtes Genie auf ihrem Gebiet, aber das würde man nie denken, wenn man sie so erlebt. Sie ist so normal und bodenständig.«

»Du bist auch nicht gerade eine Niete«, erklärte Gabe, als er den unerklärlichen Drang verspürte, sie in Schutz nehmen zu wollen.

Sie grinste. »Du Süßholzraspler. Hey, es tut mir leid, dass du keine Gelegenheit hattest, heute Abend in Burkes Hütte zu kochen. Ich weiß, dass du gern ein bisschen Dampf abgelassen hättest.«

Seine Lippen verzogen sich ebenfalls zu einem Grinsen. »Ich wüsste andere Methoden, um Dampf abzulassen.«

»Mein Bett zu Hause ist sehr weich.«

Er betrachtete ihr Profil. Es war zu dunkel, um sagen zu können, ob sie rot wurde, doch sie biss sich auf die Unterlippe, und ihm war aufgefallen, dass beides häufiger in Kombination vorkam. »Meinetwegen kann es auch ein Felsbrocken sein. Solange ich nur neben dir schlafen darf, ist es perfekt.«

»Es ist kein Felsbrocken, aber danke. Meine Schwester will dich kennenlernen. Wahrscheinlich kreischt sie vor Begeisterung und verlangt, dass du Schokoladenkuchen oder Profiteroles für sie backst. Das sind unsere Favoriten.«

»Sie kann sich aussuchen, was sie haben will, oder auch beides. Und deine Nichte? Harper? Kommt sie damit klar, wenn ich da bin? Ich meine, machen Männer ihr Angst?«

Mollys Miene wurde weich. »Es ist sehr rücksichtsvoll, dass du fragst. Lange Zeit hatte sie tatsächlich Angst vor Männern, aber allmählich wird es besser. Lucien mag sie jedenfalls. Er hält gerade über Nacht bei uns Wache. Sie kennt ihn, weil wir alle uns schon ein paarmal bei Burke getroffen haben. Er ist Amateurmagier, und sie ist ein Riesenfan von ihm, versucht immer, ihm auf die Schliche zu kommen. Sie ist sehr analytisch.«

»Das hat sie wohl von ihrer Tante.«

Wieder erntete Gabe ein Lächeln von Molly. »Und du?«, fragte sie. »Dass du Einzelkind warst, weiß ich ja. Ist Patty deine einzige Verwandte hier?«

»Mehr oder weniger. Auf Pattys anderer Seite der Familie gibt es jede Menge Cousins und Cousinen, die mich als einen von ihnen bezeichnen. Natürlich kann es nicht schaden, dass ich ihnen zum Geburtstag und zu sonstigen Festivitäten den berühmten Schokokuchen backe.«

»Der Kuchen ist wertvoller als Gold«, erklärte Molly. Dann runzelte sie die Stirn. »Pattys Eltern sind tatsächlich nach Florida gereist, richtig?«

»Das hat Patty gesagt. Sie wollten ihre Großmutter mütterlicherseits besuchen. Warum?«

»Wie viel hat Patty ihnen erzählt?«

»Das meiste von dem, was ich ihr erzählt habe. Sie meinte, sie hätten gewollt, dass sie auch mitkommt, aber Val hat sie überzeugt, dass Patty bei ihr sicherer sei. Offenbar haben sie ihr geglaubt, weil sie ohne sie gefahren sind.«

»Val kann sehr überzeugend sein.«

»Val ist einschüchternd«, korrigierte Gabe.

Mollys Lippen zuckten belustigt. »Unsere Val-Killer-Rie.«

»Was?«

»Val-Killer-Rie. In Anlehnung an Valkyrie, also Walküre. Das ist ihr Kampfname beim Roller Derby. Sie gehört zu den New Orleans QuarterMasters.«

Einen Moment lang starrt Gabe sie fassungslos an, dann brach er in so lautes Gelächter aus, dass Shoe auf dem Rücksitz hochfuhr. »Nicht dein Ernst. Echt jetzt?«

»Ja. Als Harper sie auf Rollschuhen gesehen hat, gab es kein Halten mehr. Seitdem ist sie fest entschlossen, auch mit Roller Derby anzufangen, wenn sie groß ist. Chelsea war völlig aufgelöst deswegen, aber ich habe sie beruhigt. Harper ist acht. Bis sie erwachsen ist, wird sie ihre Meinung noch hundertmal ändern.«

»Ich habe meine Meinung nie geändert, sondern wollte immer nur kochen.«

»Das freut mich. Dein Traum schmeckt wenigstens himmlisch.«

In ihrem Tonfall lag eine Wehmut, die ihn aufmerken ließ. »Was ist denn Ihr Traum, Miss Molly?«, fragte er in einem scherzhaften Ton, der ihr signalisieren sollte, dass sie nicht zu antworten brauchte, wenn sie nicht wollte.

»Ich wollte auf einer Farm arbeiten, wie mein Vater.«

Damit hatte er nicht gerechnet. »Wirklich? Und wieso hast du es nicht getan?«

Sie zuckte die Achseln. »Meine Mom wollte, dass ich aufs College gehe, weil sie und Dad es nicht konnten. Dafür brauchte ich Geld vom Staat, deshalb bin ich zur Armee gegangen. Als ich zurückkam, hatte Chelsea Jake kennengelernt und war mit ihm in das Farmhaus gezogen.«

»Sie haben sich keine eigene Wohnung gesucht?«

»Nein. Wie gesagt, Jake hat behauptet, er wolle Geld sparen, damit sie sich irgendwann etwas Eigenes kaufen könnten, aber in Wahrheit hat er alles verzockt. Um die Zeit, als ich meinen College-Abschluss gemacht habe, kam Harper zur Welt, und es war ein wenig zu voll im Haus. Ich musste mir eine Wohnung suchen, und Burke hatte sich für den Polizeidienst entschieden, deshalb …«

»Du bist also zufällig zu deiner Laufbahn gekommen.«

»Mehr oder weniger. Als Erstes wurde ich in Charlotte eingesetzt. Dadurch war ich so weit weg, dass ich nicht ständig über Chelseas neue Familie stolperte, aber immer noch nahe genug bei ihnen, um ein Teil von Harpers Leben zu sein.«

»Du mochtest Jake ja nicht besonders.«

»Nein, nie. Dafür aber seinen besten Freund. Ich dachte, ich könnte mich in diesen besten Freund verlieben, aber meinen Schwager konnte ich nie ausstehen.«

»Der beste Freund, mit dem du nach dem Sohn deines Chefs zusammen warst.« Mollys Beziehungen waren ihm ein echter Dorn im Auge. Was unfair war, schließlich hatte es auch in seinem Leben mehrere Frauen gegeben. Trotzdem fühlte sich das hier anders an. Als wäre es … *bedeutender.*

»Der beste Freund, von dem ich kurzzeitig sogar dachte, ihn eines Tages zu heiraten.«

Er runzelte die Stirn, zwang sich jedoch, seine Eifersucht zu unterdrücken und daran zu denken, wie sich ihr Leben auf einen Schlag verändert hatte. »Du hast in dieser Nacht sehr viel verloren. Deinen Dad, deine Arbeit, weil du deinen Dreckskerl von Schwager erschossen hast, und deinen festen Freund noch dazu.«

»Und mein Zuhause. Die Farm befand sich seit fast hundert Jahren im Besitz meiner Familie, aber wir waren die Letzten unserer Linie und konnten nicht dort bleiben. Selbst wenn Harper nicht missbraucht worden und traumatisiert gewesen wäre, hätten wir nicht bleiben können. Dad war dort getötet worden.«

»Es tut mir leid.«

Sie zuckte die Achseln. »So ist das Leben. Ich kann es nicht rückgängig machen. Und ich würde heute nichts anders machen als damals. Außer vielleicht etwas früher nach Hause kommen. Was nichts daran geändert hätte, was Harper passiert ist. Der Schaden, den Jake ihr zugefügt hat, war längst angerichtet.« Sie holte tief Luft und schüttelte sich ein wenig. »Die Zäsur war das Richtige für uns. Ich arbeite gern für Burke und bin gut in meinem Job. Und ich kann auf dem Balkon Blumen und Gemüse anpflanzen. Es ist alles in Ordnung.«

Um ein Haar hätte er ihr angeboten, einen Teil seines Gartens dafür zu nutzen, biss sich jedoch in letzter Sekunde auf die Zunge. *Zu früh*. Er würde erst abwarten, wie es zwischen ihnen weiterhin lief. Sollte sich etwas Ernstes entwickeln, wenn all das hier erst vorüber wäre, gab es hinter seinem Haus ein Stück Land, das er hatte bewirtschaften wollen. Bis dahin … »Wie wär's mit einem Kleingarten?«

Sie sah ihn verblüfft an. »Auf die Idee bin ich noch gar nicht gekommen.«

»Es gibt mehrere in der Gegend. Und einer meiner Lieferanten hat einen Biohof nördlich des Lake Pontchartrain. Bezahlen könnten sie dir vermutlich nichts, aber wenn du gern in der Erde wühlst, würden sie sich über eine Freiwillige bestimmt freuen.«

Ihr Lächeln schien das dunkle Wageninnere zu erhellen. »Wenn all das hier erst mal hinter uns liegt, kannst du mir die Adresse gern geben. Danke, Gabe. Ich meine es ernst. Danke.«

Er strich ihr mit dem Finger über die Wange. »Ist mir ein großes Vergnügen.«

Sie verfielen in Schweigen. Gabe bemerkte, dass Mollys Anspannung zu wachsen schien, je näher sie der Stadt kamen. Sie war wachsam, ließ den Blick unablässig umherschweifen und umfasste das Lenkrad mit einer Hand so fest, dass ihre Fingerknöchel weiß hervortraten, während ihre andere Hand um ihre Waffe in ihrem Schoß lag.

Nur für alle Fälle.

Gabe schwieg, um sie nicht abzulenken, wobei er sich dabei ertappte, dass auch er sich umsah. Zwar wusste er nicht, wonach er Ausschau hielt, doch sollte ihm etwas Ungewöhnliches auffallen, könnte er sie womöglich warnen, bevor es zu spät war. Und er hatte ihre Ersatzwaffe. Er hatte sie aus der Kassette genommen und hielt sie ebenfalls im Schoß, wie sie ihn angewiesen hatte.

Nur für alle Fälle.

Inzwischen war etwas Ruhe in der Stadt eingekehrt, als sie den Highway verließen und am Superdome vorbeifuhren. Um diese Uhrzeit endete üblicherweise seine Arbeit im *Choux*. An sein Restaurant hatte er nicht mehr gedacht, seit … er wusste es noch nicht einmal mehr.

Dem Himmel sei Dank für Donna Lee, die den Laden weiterführte, damit er und Patty weiter untertauchen konnten. *Patty.* Es war höchste Zeit, ihr eine Nachricht zu schicken, wie er es bereits den ganzen Tag im Stundentakt getan hatte. Er zog sein Handy heraus. *Geht's dir gut? Bei mir ist alles in Ordnung.* Er wartete auf ihre Antwort, doch es kam keine.

Seltsam, denn Patty war auch eine Nachteule wie er und sollte eigentlich noch nicht im Bett sein.

Vielleicht sieht sie sich ja einen Film an. Oder kocht etwas. Sie hat's gut.

Er vermisste das Kochen. Eilig tippte er eine zweite Nachricht. *Hallo? Patty?*

Gerade als er aufsah, vibrierte Mollys Handy. »Es ist Burke«, sagte er nach einem Blick auf das Display. »Soll ich für dich rangehen?«

»Ja, bitte«, antwortete sie. Ihre Nervosität schien zu wachsen. »Stell es auf Lautsprecher.«

»Molly, du musst sofort nach Hause fahren«, sagte Burke ohne Begrüßung.

Gabe wurde übel. Angst schwang in Burkes Stimme mit.

Molly trat aufs Gas. »Was ist los?«

»Lucien hat angerufen. Sie wurden angegriffen. Von vier Männern. Er ist verletzt. Beeil dich.«

Molly drückte das Gaspedal durch und schoss an den anderen Fahrzeugen vorbei. »Ich bin eine Minute entfernt.«

»Nicht auflegen«, befahl Burke. »Gabe? Bist du bewaffnet?«

Gabe schluckte. »Ja.«

»Gut. Versucht, sie lebend zu kriegen.«

Mollys Finger schlossen sich noch fester um das Lenkrad und bewegten sich hin und her, als hätte sie den Gashebel eines Motorrads in der Hand. »Ich verspreche nichts«, presste sie hervor.

»Ich habe die Cops gerufen, deshalb solltet ihr gleich Verstärkung bekommen. André ist auch schon unterwegs.«

»Alles klar.« Eine Minute später riss sie abrupt das Steuer herum und schoss geradewegs die Rampe zu einer dunklen Tiefgarage hinunter. Sie hielt an, steckte ihr Handy in die eine Tasche und zog etwas aus der anderen heraus, das sie auf den Lauf ihrer Pistole schraubte. Ein Schalldämpfer. »Ich will nicht, dass Harper etwas mitbekommt, falls ich schießen muss«, erklärte sie und stieg mit der Waffe in der Hand aus dem Wagen.

Zu Gabes Entsetzen sprang der Hund vom Rücksitz nach vorn und durch die geöffnete Wagentür, um Molly zu folgen.

CENTRAL BUSINESS DISTRICT, NEW ORLEANS, LOUISIANA

Donnerstag, 29. Juli, 01.20 Uhr

Gabe kletterte aus dem Wagen und ließ den Blick durch die Garage von Mollys Apartmentkomplex schweifen, während sich seine Augen allmählich an das Dunkel gewöhnten. Molly war durch eine Tür gestürmt, die in ein Treppenhaus führte, doch kaum hatte sie sie aufgerissen, wich sie zurück.

Einer der Eindringlinge hatte die Waffe auf ihre Brust gerichtet. *O Gott. Nein! Nein, nein, nein.*

»Waffe runter«, befahl der Mann. »Auf der Stelle, sonst sind Ihre Schwester und das Kind tot.«

Molly hatte die Schultern durchgedrückt, doch Gabe konnte ihr Gesicht nicht sehen – sehr wohl jedoch ihre Hand. Entsetzt sah er, wie sie sie öffnete und die Waffe fallen ließ. *Vielleicht hat sie eine zweite.*

Die hast du *doch! Tu etwas!*

Der Mann drückte den Lauf heftiger gegen Mollys Brust. Gabe hörte sie leise stöhnen.

Sie trug immer noch ihre kugelsichere Weste. *Genauso wie ich.*

Trotzdem würde sie Verletzungen davontragen, sollte der Kerl aus dieser kurzen Distanz einen Schuss abgeben. Dennoch beruhigte ihn der Gedanke an die Weste. Geräuschlos pirschte er an den anderen Fahrzeugen vorbei, um einen besseren Blick auf den Eindringling zu haben, während er sich fragte, wo Shoe abgeblieben sein mochte. *Bitte bleib weg, Junge. Bitte.*

»Wir haben dich nicht erwartet«, sagte der Mann. »Dachten, wir kriegen nur deine Schwester und das Kind.« Seine Zähne blitzten im Dunkeln auf, als er grinste. »Bonus. Hey!«, rief er über die Schulter. »Ich hab die –«

Wohl nicht. Gabe hob die Waffe, zielte auf die Schulter des Kerls und drückte ab. Der Schuss hallte in der Garage so laut wider, dass Gabe sich mit der freien Hand das Ohr zuhalten musste. *Aua!*

Den Kerl schien es schlimmer erwischt zu haben, denn er presste sich die Hand auf den Hals, als seine Knie unter ihm nachgaben.

Hoppla. Danebengeschossen. Aber das kümmerte Gabe nicht. Der Mann war zu Boden gegangen. Möglicherweise erwies sich die Schusswunde sogar als tödlich.

Doch Gabe stellte fest, dass ihn auch das herzlich wenig kümmerte. Der Kerl war in Mollys Wohnhaus eingedrungen und hatte sie mit der Waffe bedroht.

Ohne zu zögern, hob Molly ihre Pistole auf, packte die des Fremden und verschwand erneut im Treppenhaus. Gabe folgte ihr und sah zu seiner Erleichterung, wie Shoe hinter einem der geparkten Autos hervorkam und ihnen folgte.

Auf dem Weg nach oben kamen sie an einer Leiche vorbei, zwischen deren Augen eine Schusswunde klaffte.

Bitte mach, dass das nicht Lucien ist. Bitte nicht, dachte Gabe.

Molly sah ihn über die Schulter an. »Shhh«, flüsterte sie, ohne stehen zu bleiben. Kampfgeräusche drangen von weiter oben herab.

Schließlich gelangten sie zu einem Treppenabsatz und liefen von dort hinauf bis zum nächsten Absatz, wo zwei Männer miteinander rangen. Überall auf dem Boden schimmerte Blut, in den Wänden prangten Löcher, wo der Putz herausgeplatzt war.

Die haben geschossen, dachte Gabe grimmig.

Geräuschlos lief Molly weiter, packte den oberen Mann am Kragen und riss ihn so heftig zurück, dass er auf dem Rücken landete. Seine Kleider waren blutgetränkt. Sie wollte ihn ein weiteres Mal packen, doch etwas metallisch Schwarzes in seiner Hand ließ sie innehalten.

Der Dreckskerl zielte auf Mollys Kopf. Sein Finger lag bereits auf dem Abzug.

Ehe Gabe eine Warnung über die Lippen brachte, hatte Molly ihre eigene Waffe gehoben und verpasste dem Kerl eine Kugel in den Schädel.

Gabe war gerade rechtzeitig an ihrer Seite, um zu sehen, wie sie sich über den Mann beugte, der noch am Leben war.

Er schüttelte als Antwort auf ihre geflüsterte Frage den Kopf, dann hob er die Hand und zeigte auf die Apartmenttür. »Noch einer. Er hat Chelsea. Schnell.«

Molly rannte los, während Gabe neben dem Verletzten niederkniete, bei dem es sich aller Wahrscheinlichkeit nach um Lucien handelte, doch der winkte nur ab.

»Ich komme durch. Helfen Sie ihr.«

Gabe gehorchte und folgte Molly in die Wohnung, wo sie abrupt stehen blieb. Ein vierter Mann hatte seine Pistole auf eine junge Frau gerichtet, die mit einer Waffe in den zitternden Händen vor einer der Zimmertüren stand. Eine Mischung aus Angst und Entschlossenheit spiegelte sich auf ihren Zügen wider. Mollys Schwester. Gabe erinnerte sich von Mollys Geburtstagsessen am Sonntagabend an sie, doch die Ähnlichkeit zwischen den beiden war ohnehin unverkennbar. Die Tür, vor der Chelsea sich postiert hatte, musste zu Harpers Zimmer führen. Wut brodelte in Gabe auf, und er musste sich beherrschen, um nicht einfach loszustürmen.

»Waffe runter, Chelsea«, befahl der Mann unbeeindruckt, dann rief er über die Schulter: »Mason! Schaff deinen Hintern hier rein. Wie viele Kugeln sind nötig, um diesen verdammten Hund abzuknallen?«

Gabe erstarrte. *Hund? Shoe? Shoe ist tot?* Nein, erkannte

er und sackte vor Erleichterung beinahe zusammen, als Shoe sich neben ihn drängte. Der Kerl hier wusste nichts von Shoe. Sein Kollege in der Tiefgarage hatte ihn offensichtlich nicht bemerkt. *Genauso wenig wie mich.*

Der Typ musste Lucien meinen.

»Nein«, sagte Chelsea. »Sie werden meine Tochter nicht anrühren. Ich bringe Sie um.«

Der Eindringling trat einen weiteren Schritt vor. »Wir tun dir nichts. Nicht, wenn du kooperierst.«

Chelsea war kreidebleich, und ihre Brust hob und senkte sich, als sie um Atem rang. Sie sah aus, als drohe sie jeden Moment zu hyperventilieren.

Molly stand immer noch vollkommen reglos da. Abwartend, das Risiko kalkulierend. Einen Finger auf die Lippen gelegt, damit Chelsea nichts verriet, bewegte sie sich lautlos vorwärts, die Waffe auf den Mann gerichtet – auf seinen Kopf.

Beim Anblick ihrer Schwester erstarrte Chelsea kurz, hatte sich jedoch sofort wieder unter Kontrolle, sodass der Eindringling nichts bemerkte. »Nein, Sie werden mir nichts tun«, sagte sie. »Ich werde Sie töten, wenn Sie auch nur einen Schritt näher kommen.«

Der Mann lachte leise. »Nie im Leben. Das kriegst du nicht hin.« Wie zum Beweis trat er einen Schritt näher. »Siehst du, Chelsea? Du tötest mich nicht.«

Molly hob ihre Waffe und presste sie gegen seine Schädelbasis. »Nein, aber ich. Sofort die Waffe runter.«

Der Mann versteifte sich, machte jedoch keine Anstalten, ihr zu gehorchen. »Du bringst mich genauso wenig um.«

»Ich habe schon früher getötet, um meine Familie zu beschützen, und tue es auch ein zweites Mal. Ihre Kumpane sind bereits tot. Alle drei. *Und jetzt runter mit der Scheißwaffe.*«

Ein unheilvolles Knurren ertönte neben Gabe, und ehe er Shoe am Halsband packen konnte, war der Hund losgelaufen, stürzte sich mit gebleckten Zähnen auf den Mann und vergrub sein Gebiss in dessen Wade.

Der Mann schrie auf, wand sich und versuchte, den Hund abzuschütteln, doch Shoe ließ nicht von ihm ab. Molly packte sein Handgelenk und drehte es um, sodass er einen Schmerzensschrei ausstieß und die Waffe losließ, die polternd auf dem Holzfußboden landete. Molly riss seinen Arm nach hinten und drückte ihn auf die Knie. Shoe folgte der Bewegung und ließ sich fallen, die Zähne immer noch in der Wade des Eindringlings vergraben.

Braver Junge, dachte Gabe. *So ein braver Junge.*

»Die andere Hand dorthin, wo ich sie sehen kann«, befahl Molly, die Waffe immer noch am Hinterkopf des Kerls. »Gabe? Er hat Kabelbinder in der hinteren Hosentasche. Kannst du sie rausholen?«

»Ja.« Er wollte einen Schritt vortreten, doch seine Beine fühlten sich wie Gummi an. *Zusammenbrechen kannst du später. Los jetzt.* Er machte einen Schritt, dann noch einen, bis er wieder normal gehen konnte. Nur ein knapper halber Meter trennte ihn noch von den beiden. In der Sekunde, als er nach den Fesseln greifen wollte, machte der Mann eine abrupte Bewegung, die Molly aus dem Gleichgewicht brachte. Etwas Silbriges blitzte in seiner freien Hand auf.

Ein Messer.

»Molly!«, schrie Gabe. Gerade noch rechtzeitig machte Molly einen Satz nach hinten, um der Klinge auszuweichen. Der Kerl richtete das Messer gegen Shoe, doch Molly war schneller und feuerte auf seinen Arm. Das Messer fiel zu Boden.

»Aus, Shoe«, befahl Molly Shoe, der – Überraschung! – ohne Zögern gehorchte.

Dad hat ihn gut erzogen. Stolz wallte in Gabes Brust auf.

Molly zog die Kabelbinder aus der Hosentasche des Kerls und drückte ihm gleichzeitig den Stiefel in die Seiten, dann riss sie ihn herum, sodass er auf dem Rücken lag. »Arme an die Seiten, Arschloch«, befahl sie und atmete tief ein, als er gehorchte. »Ach du Scheiße.«

Allerdings.

Er war es – der Kerl, der sich als Paul Lott ausgegeben hatte. Und der ihn auch getötet haben dürfte. Und der Xavier töten wollte. *Uns alle.*

Die Augen des Mannes weiteten sich entsetzt, ehe er sie zusammenkniff. »Sie!«, zischte er. »Sie sollten doch gar nicht hier sein.«

Molly runzelte die Stirn, dann nickte sie knapp. »Weil ich eigentlich im Krankenhaus liegen sollte, stimmt's? Überraschung, Arschloch, mir geht's prima.«

So viel zum Thema: *Wir halten den Ball flach.* Gabe, der sich aus seiner Erstarrung löste, kniete neben dem Mann nieder, nahm dessen Pistole und Messer an sich und trat dann zurück, damit Molly Platz hatte.

»Du gibst mir Deckung?«, fragte sie. »Und jagst dem Mistkerl eine Kugel in den Kopf, wenn er auch nur einen Mucks macht.«

»Mit dem größten Vergnügen.« Gabe zielte auf den Kopf des Mannes, ohne den Blick von ihm abzuwenden.

»Auf den Bauch«, befahl sie und verpasste dem Kerl einen kräftigen Tritt in die Rippen, als er der Aufforderung nicht umgehend Folge leistete. »Auf den Bauch. Sofort.«

»Elende Schlampe«, brummte der Kerl, gehorchte jedoch.

Allein für die Beleidigung hätte Gabe ihm am liebsten eine Kugel verpasst, schaffte es jedoch, sich zusammenzureißen. *Gut gemacht, Hebert.*

»Arme zur Seite strecken«, stieß sie barsch hervor und ging neben ihm in die Hocke, wobei eines ihrer Knie geradewegs in der Nierengegend des Mannes landete, was ihm einen Schmerzenslaut entlockte.

Das hat sie mit Absicht getan, dachte Gabe zutiefst beeindruckt.

Zügig fesselte sie ihn mit den Kabelbindern und drehte ihn grob auf den Rücken. »Wer sind Sie?«, fragte sie eisig.

Der Mann schürzte nur die Lippen. Sie presste ihm ihre Waffe gegen die Schläfe. »Die anderen drei sind alle tot. Also, machen Sie den Mund auf, sonst sind Sie der Nächste. *Wer sind Sie?*«

»Vielleicht hat er ja seinen Ausweis in der Tasche«, bemerkte Gabe leise.

Molly sah ihn kurz an, dann lachte sie auf. »Mist.« Sie packte die Schulter des Mannes an der Seite, wo sie ihm in den Arm geschossen hatte, woraufhin er vor Schmerz stöhnte, und drehte ihn herum, sodass sie ihm die Brieftasche aus der Hosentasche ziehen konnte. »Da ist sein Führerschein. Du bist ein Genie, Gabe. Er hat einen falschen Ausweis benutzt, als er sich für Paul Lott ausgegeben hat, wer weiß schon, ob dieser hier sein echter ist, aber falls ja, heißt er Nicholas Tobin.« Sie legte den Führerschein beiseite. »Noch nie gehört. Wer hat Sie engagiert?«

Tobin schüttelte den Kopf. »Bringen Sie mich um, wenn Sie wollen.«

Doch sie sah die Angst in seinen Augen. »Kannst du nach meiner Schwester sehen, Gabe? Alles klar bei dir, Chelsea?«

»Ja.« Das Wort kam als Schluchzer über Chelseas Lippen.

Nun, da die unmittelbare Gefahr gebannt war, konzentrierte Gabe sich auf Mollys Schwester, die an der Wand hinabgeglitten war und auf dem Boden kauerte, die Arme um die Knie geschlungen und das Gesicht darin vergraben. Die Waffe lag neben ihr, und ihr Körper wurde von herzerweichenden Schluchzern geschüttelt.

»Chelsea?« Er ging neben ihr auf die Knie, ohne sie zu berühren, aus Angst, sie könnte sich erschrecken. »Ich bin Gabe. Sind Sie verletzt?«

Sie schüttelte den Kopf, ohne ihn anzusehen. »Nein. Er … O mein Gott.«

Vorsichtig strich er ihr übers Haar, das denselben goldenen Blondton besaß wie Mollys. »Ich weiß. Es tut mir so leid.«

»Ist nicht Ihre Schuld«, presste sie erstickt hervor, holte zittrig Luft und sah auf. »Sind Sie … Sie sind … der Starkoch.«

Gabe musste lächeln. »Der bin ich. Gabe Hebert. Ich … nun ja, ich arbeite mit Molly zusammen.«

Es gelang ihr, das Lächeln zu erwidern, wenn auch schwach. »Freut mich, Gabe. Ich bin Chelsea.«

Wieder strich er ihr übers Haar. »Wo ist Harper?«

Sie schluckte. »Im Zimmer.« Sie versuchte, aufzustehen, hatte jedoch offensichtlich dieselben Gummibeine wie Gabe zuvor. Er half ihr hoch und wartete darauf, dass sie die Tür öffnete und ins Zimmer lief. »Harper? Schatz?«

Kein Laut. Dann hörte Gabe es.

»Mami?«

Es kam aus dem Kleiderschrank. Chelsea lief hinüber und riss die Tür auf. Wieder glaubte Gabe, ihm breche das Herz, als er einen Kleiderhaufen sah, der zitterte. Harper hatte sich darunter versteckt. Chelsea machte sich daran, die einzelnen Kleider wegzuziehen, bis ein kleines Mädchen mit goldblonden Locken zum Vorschein kam. Es hatte die Augen fest zusammengekniffen, und das tränenüberströmte Gesichtchen war angstverzerrt.

Es hielt ein Steakmesser in seiner bebenden Hand.

»Schatz«, sagte Chelsea leise. »Ich bin's, Mami. Gib mir das Messer.« Langsam streckte sie die Hand danach aus, und das Kind gab es ihr bereitwillig.

Harper hatte das Messer in ihrem Zimmer aufbewahrt, erkannte Gabe, während ihm das Herz endgültig brach. Sie war bereits in der Vergangenheit angegriffen worden und hatte sich vorbereitet.

Die Kleine war gerade einmal acht Jahre alt.

Die Wut schäumte unvermittelt in ihm hoch. Er verließ den Raum, bereit, diesem Mistkerl Tobin einen Tritt zu verpassen, den er so schnell nicht vergessen würde. Schlimm genug, dass das kleine Mädchen Missbrauch durch den eigenen Vater hatte erleiden müssen, doch nun auch noch von diesem Dreckschwein terrorisiert worden zu sein …

Molly war nicht im Wohnzimmer, Tobin jedoch lag auf der Seite auf dem Fußboden. Inzwischen waren auch seine Fußknöchel mit Fesseln versehen, und Molly hatte ihn zusätzlich mit einem Handykabel bewegungsunfähig gemacht.

»Molly?«, rief Gabe.

»Bin bei Lucien!«

Gut. Folglich würde niemand mitbekommen, wenn er Tobin den Schädel eintrat.

In diesem Moment kehrte Molly zurück, und sein Handy vibrierte. Die Nummer erkannte er nicht, deshalb ließ er das Gespräch auf die Mailbox gehen.

»Wir müssen gehen«, sagte Molly grimmig. »Burke hat den Notruf gewählt, aber die Cops sind immer noch nicht hier. Hier stimmt etwas nicht, und ich will nicht länger warten, bis weitere Schläger auftauchen.«

»Was ist mit Lucien?«

»Er sagt, er sei halbwegs okay, und André ist unterwegs.«

»Aber Lucien blutet.«

Molly trat vor ihn und sah ihn an. »Lucien hält durch, bis André und der Rettungswagen hier sind. Er kann sich aufsetzen, ist ansprechbar und will, dass wir verschwinden. Bestimmt hat bei der ganzen Schießerei längst schon jemand den Notruf gewählt. Die Cops dürften unterwegs sein, und ich bin nicht sicher, ob sie korrekt sind oder nicht. Deshalb müssen wir los. Sofort. Sobald wir Chelsea und Harper in Sicherheit gebracht haben, komme ich zurück und sehe nach Lucien.«

Gabe zeigte auf Tobin. »Was passiert mit ihm?«

»André kümmert sich um ihn. Los. Hinten im Flur gibt es eine Feuertreppe. Ich muss Chelsea und Harper vielleicht beim Hinunterklettern helfen.« Ohne Tobin zu beachten, hastete sie ins Zimmer, dicht gefolgt von Shoe. »Pack deine Medikamente ein, Chelsea, wir müssen weg hier. Schnell!«

Gabe kniete sich unterdessen neben Tobin hin. »Ich hätte Sie erschossen, ohne dass es mir auch nur eine Sekunde meines Nachtschlafs geraubt hätte«, raunte er, obwohl er nicht schwören würde, dass das stimmte – etwas zu wollen und später mit den Konsequenzen leben zu müssen, dass man es tatsächlich getan hatte, waren zwei Paar Stiefel, wie Molly bestätigen konnte. Womöglich hatte er sogar den Kerl in der Garage getötet, doch das Adrenalin vertrieb den Gedanken für den Moment. Damit würde er sich später befassen. »Für wen arbeiten Sie?«

Der Mann feixte nur. »Genieß die Zeit, die du noch hast, Hebert. Viel bleibt nicht mehr.«

Gabe erwiderte nichts darauf, doch es lag auf der Hand, dass er darauf anspielte, was Gabe erwartete, falls Tobin ein weiteres Mal entkommen sollte. Er zog ihm das Handy aus der Tasche und hielt es ihm vors Gesicht, ehe Tobin die Augen zusammenkneifen konnte.

Das Handy war entsperrt. Gabe rief die Nachrichten auf – die jüngste enthielt die klare Anweisung, zu Mollys Adresse zu fahren und ihre Schwester und Nichte zu »einem kleinen Ausflug« einzuladen.

»Wer ist Jackass?«, fragte er. Es handelte sich um den Verfasser der Nachricht.

»Geht dich einen Scheißdreck an«, blaffte Tobin und zerrte an den Fesseln, ohne jedoch etwas zu erreichen. »Und gib mein Handy her. Reinschauen verboten!«

Ohne ihn zu beachten, machte Gabe Screenshots von der Nachricht, den Kontaktdaten des Absenders und den Einstellungen von Tobins Handy mit sämtlichen Daten über Modellnummer und dergleichen. Er überlegte, was Antoine sonst noch benötigen könnte. Ach ja, die Telefonnummer könnte ganz hilfreich sein.

Er machte auch davon einen Screenshot, schickte alles auf Mollys Handy und wischte seine Fingerabdrücke auf dem Handy ab. Dann packte er das Handy mit dem Zipfel von Tobins Hemd, um keine weiteren Abdrücke darauf zu hinterlassen, und steckte es ihm in die Tasche zurück.

Wahrscheinlich konnte Antoine das Handy auch ohne Tobins Gesicht knacken und eine Menge Informationen daraus gewinnen, doch er wollte den Tatort nicht noch mehr verfälschen, als er es ohnehin bereits getan hatte. Nichts sollte die Staatsanwaltschaft in ihrem Bestreben hindern, hieb- und stichfeste Beweise zu sammeln, um den Dreckskerl letztlich zur Strecke zu bringen. Das hatte ihm sein Vater stets eingebläut: Solide Polizeiarbeit führte zu soliden rechtlichen Grundlagen, die wiederum zu nicht berufungsfähigen Urteilen führten.

Er würde darauf vertrauen müssen, dass André das Richtige tat. Dass das System trotz allem noch funktionierte. Sein

Vater hatte sein ganzes Leben in den Dienst anderer Menschen gestellt. Für irgendetwas musste das doch nütze gewesen sein.

Es musste Cops geben, die dasselbe taten.

»Gabe?«, rief Molly mit Nachdruck. »Wir müssen los.«

Mit einem Blick auf Tobin und dem kurzen Moment einer letzten Gewaltfantasie folgte er Molly zum Notausgang.

Chelsea wartete bereits mit der zitternden Harper auf dem Arm und einer kleinen Reisetasche. Shoe stand neben ihnen und hatte die Nase gegen Harpers Bein gedrückt.

Gabe nahm ihr die Tasche ab. »Soll ich Harper tragen?«, fragte er.

Chelsea schüttelte den Kopf. »Nein, sie hat zu große Angst.«

Mit der Waffe in der Hand kletterte Molly die ersten Stufen hinunter und ließ suchend den Blick durchs Dunkel schweifen. »Los«, zischte sie. »Macht schon!«

Chelsea begann, die Feuertreppe hinunterzuklettern doch sie war steil, deshalb hatte sie Mühe, das Gleichgewicht zu halten. Aus einem Impuls heraus nahm Gabe Chelsea die Kleine aus den Armen. »Los, weiter«, drängte er. »Harper, ich bin Gabe und ein Freund deiner Tante Molly. Das hier ist Shoe. Er ist ein sehr lieber Hund. Wir beide bringen dich jetzt nach unten, und dann darfst du wieder zu deiner Mami. Okay?«

Harper nickte schwach, aber unmissverständlich. Gabe setzte sie auf seine Hüfte und machte sich auf den Weg die Treppe hinunter, dicht gefolgt von Shoe, dessen Pfoten auf den Gitterstufen keinen rechten Halt fanden. »Braver Junge«, murmelte Gabe, als Shoe die letzten Stufen mit einem Satz überwand und schwanzwedelnd dastand.

Er sah sich nach Molly um, die mit finsterer Miene aus der Garage zurückkehrte. »Unser geliehener Wagen ist weg«, presste sie hervor.

»Hat ihn jemand gestohlen?«, fragte Gabe. »Wer soll das gewesen sein? Wer von denen war noch da? Wir haben sie doch alle erledigt.«

»Keine Ahnung, doch ich will kein Risiko eingehen, dass doch noch jemand dort unten ist. Kommt, wir nehmen Chelseas Wagen und hoffen darauf, dass sie das Kennzeichen nicht haben.«

21. Kapitel

CENTRAL BUSINESS DISTRICT, NEW ORLEANS, LOUISIANA

Donnerstag, 29. Juli, 01.35 Uhr

Gabe war gerade einmal zwei Schritte in Richtung Garage gekommen, als ein kurzes Hupsignal ertönte. Er fuhr herum und sah den geliehenen Wagen dastehen. Und Farrah, die auf der Fahrerseite ausstieg.

Molly legte den Arm um Chelsea und schob sie weiter. »Es ist okay. Das ist eine Freundin von mir.«

Gabe folgte ihr. Die arme kleine Harper hatte die Arme so fest um seinen Hals geschlungen, dass er kaum Luft bekam, trotzdem wehrte er sich nicht dagegen. Das Mädchen war acht Jahre alt und hatte entsetzliche Angst.

Harper hatte sich gerade davon erholt, dass ihr eigener Vater sie missbraucht hatte, war zweimal Zeugin einer Schießerei innerhalb ihrer Familie geworden, und nun das? Wie sollte sie sich jemals wieder sicher fühlen? Er hoffte von Herzen auf ein Wunder, um Harpers willen. Er hatte wenig Erfahrung mit Kindern und damit, was in ihnen vorging, wusste nicht, wie gut sie sich von vergangenen Erlebnissen erholen konnten. War so etwas überhaupt möglich?

Molly half Chelsea auf den Rücksitz, und Gabe übergab ihr Harper so behutsam, wie er nur konnte. Einen herzzerreißenden Moment lang klammerte sich das Kind an ihn, ehe es sich in die Arme seiner Mutter flüchtete. Molly stieg ebenfalls ein, Shoe sprang allein hinein und über ihre Füße hinweg, um möglichst nahe bei Harper zu sein. Als Gabe sich auf den Beifahrersitz setzte, hatte der Hund bereits den Kopf auf Harpers Knie gelegt.

So ein wunderbarer Kerl.

»Anschnallen«, sagte Farrah. »Los geht's.« Sie fuhr los, als ein Anruf auf ihrem Handy einging, den sie entgegennahm. »Ich habe sie. Es geht ihnen gut. Sie sind über die Feuertreppe rausgekommen.« Mit einem leichten Kopfschütteln sah sie Gabe an. »Und haben mehr Lärm als eine Elefantenherde gemacht. Ich habe sie gehört, obwohl der Motor lief, aber außer ihnen war niemand zu sehen, deshalb dürfte es okay gewesen sein.«

Gabe zuckte zusammen. »Tut mir leid«, murmelte er.

Farrah lächelte nur und drückte ihm das Handy in die Hand. »André will Sie sprechen. Aber erst mal tief durchatmen, Gabe. Allen geht es gut.«

Bis auf die toten Männer im Haus und den armen Lucien, dachte Gabe und spürte, wie die Angst in ihm aufstieg, nun da sie den Tatort hinter sich gelassen hatten. Er dachte an den Mann, auf den er geschossen hatte. Wie er umgekippt war. Wie heftig er geblutet hatte.

Plötzlich konnte er nachvollziehen, wie Xavier sich am Montagabend gefühlt hatte. *Vielleicht habe ich jemanden getötet.*

Es war sogar mehr als wahrscheinlich.

Doch er bereute es nicht. Keine Sekunde lang. Weil Molly noch am Leben war. »Hey«, sagte er zu André. »Wo sind Sie?«

»In Mollys Apartment. Ich muss die Treppe heraufgekommen sein, als Sie gerade auf der Feuertreppe waren. Ich habe fast einen Herzinfarkt bekommen, als die Wohnung leer war. Wurde jemand von Ihnen verletzt?«

»Nein. Gott sei Dank.«

»Frag ihn nach Lucien«, sagte Molly vom Rücksitz.

»Es geht ihm gut«, sagte André, der sie offensichtlich gehört hatte. »Natürlich ist er verletzt, aber Molly hat die schlimmsten Blutungen gestoppt.«

Gabe hätte wissen müssen, dass Molly einen verwundeten Kollegen nicht einfach zurücklassen würde, ohne zumindest zu versuchen, ihn notdürftig zu versorgen. »Gut. Ich hatte ein schlechtes Gewissen, weil wir ihn einfach haben liegen lassen.«

»Es war das Richtige. Wir werden eine Trage brauchen, um ihn aus dem Haus zu bringen, aber keine Sorge, der Rettungswagen kommt gleich. Sagen Sie Molly, ich hätte ihn auf allen vieren mit der Waffe in der Hand in ihrem Wohnzimmer gefunden. Offenbar ist er vom Flur aus hereingekrochen, um den Kerl in Schach zu halten, den sie wie ein Paket verschnürt hatte.«

»Ich richte es ihr aus. Was ist passiert, André? Burke hatte den Notruf gewählt. Wieso ist niemand aufgetaucht?«

»Gute Frage«, antwortete André grimmig. »Das werde ich herausfinden. Und Mr Tobin wird kein zweites Mal entkommen, das kann ich versprechen.«

Gabe wollte ihm so gern glauben, und hielte André als Einziger die Fäden in der Hand, wäre es auch so. »Danke. Wo fahren wir überhaupt hin?«

»Zurück in unsere Hütte«, sagte André. »Ich habe ein paar vertrauenswürdige Jungs angerufen, die Wache halten. Und auch Farrah kann inzwischen ziemlich gut mit einer Waffe umgehen. Lassen Sie sich von ihrem süßen Lächeln nicht täuschen. Meine Liebste ist sehr, sehr mutig.«

»Daran habe ich keine Sekunde gezweifelt«, erwiderte Gabe wahrheitsgetreu. »Weiß Burke, wo wir sind?«

»Ich rufe ihn gleich nach unserem Gespräch an. Gerade

warte ich auf mein Team, damit es den Tatort sichert. Hier ist ziemlich viel Blut.«

»Nicht von uns. Nur von Lucien und diesen Ar–« Er unterbrach sich. Schließlich befand sich ein Kind im Wagen, und seine Mutter hatte Gabe gut erzogen. »Von Lucien und diesen Männern, die Chelsea und Harper entführen wollten.«

»Ich werde auch Ihre Aussage brauchen, aber jetzt atmen Sie erst mal durch und versuchen Sie, sich etwas zu entspannen. Ich sorge dafür, dass Lucien ins Krankenhaus gebracht wird, aber danach liegt einiges an Arbeit vor mir, deshalb kann es dauern, bis ich mich wieder melde. Ich werde Sie und Molly befragen müssen, und zwar eher früher als später. Vielleicht können wir das in unserer Hütte erledigen, könnte aber sein, dass Sie aufs Revier kommen müssen. Könnten Sie Molly fragen, ob es hier Überwachungskameras gibt?«

Gabe drehte sich zu Molly um, die Harper mit zitternder Hand übers Haar strich. »André will wissen, ob es im Haus Überwachungskameras gibt.«

Sie nickte. »Mehrere. Eine in der Garage, eine zweite im Treppenhaus und eine auf jedem Treppenabsatz. Die Aufnahmen werden auf einer Festplatte im Apartment des Hausbesitzers gespeichert, der in der Etage unter uns wohnt.« Sie schlug sich die Hand vor den Mund. »O Gott. Mr Wilkins. Nach ihm habe ich gar nicht gesehen. Er ist schon alt. Kannst du André bitten, sich zu vergewissern, dass es ihm gut geht? Wenn er die Schüsse gehört hat, wollte er uns garantiert helfen. Aber ich habe ihn nirgendwo gesehen. Bitte, sag André, er soll nachsehen.«

»Wird sofort erledigt«, versprach André, als Gabe ihm Mollys Bitte weitergegeben hatte. »Nur damit ich vorbereitet bin … wer ist für die drei Leichen verantwortlich, über die ich auf dem Weg nach oben steigen musste?«

Leichen. Plural. *Verdammt.* »Ist der Mann in der Garage –« Gabe unterbrach sich, um das Wort *tot* nicht in Harpers Gegenwart aussprechen zu müssen.

»Tot?«, fragte André. »Ja.«

Verdammt, verdammt, verdammt. Gabe schluckte gegen die Galle an, die in seiner Kehle aufstieg. »Der Mann in der Garage … das war ich, aber ich hatte auf seine Schulter gezielt.«

»Heilige Scheiße, Gabe.« André klang beeindruckt. »Der auf der Treppe?«

»Das war Lucien.«

»Und der auf dem Treppenabsatz vor Mollys Apartment?«

»Molly.«

»Dass sie den Mistkerl in ihrem Wohnzimmer nicht ins Jenseits befördert hat, zeigt ihr gutmütiges Naturell«, murmelte André.

»Laut Führerschein heißt er Nicholas Tobin.«

»Ich hab's gesehen. Er behauptet, Sie hätten sich an seinem Handy zu schaffen gemacht. Stimmt das?«

»Nein!« Gabe würde nicht zugeben, was er getan hatte. Ob es verboten war, Screenshots vom Handy eines Mörders zu machen und weiterzuleiten, wusste er nicht. Andererseits hatte er einen Mann getötet. Schlimmer konnte es also wohl nicht kommen, oder?

Ich habe einen Mann getötet. O Gott.

»Alles klar«, sagte André nur. »Ich sehe nach dem Hausbesitzer und gebe Bescheid. Wohnt irgendjemand in der oberen Etage?«

Gabe fragte Molly, die den Kopf schüttelte. »Sag ihm, der dritte Stock steht aktuell leer.«

Gabe gab die Info weiter und dankte André ein weiteres Mal, als dieser bestätigte, der Krankenwagen sei gerade eingetroffen. Gabe beendete das Gespräch und gab Farrah das Handy zurück. »Er meldet sich, sobald er Gelegenheit dazu hat.«

»Das kenne ich schon«, erwiderte Farrah mit dem erwähnten Zuckerlächeln.

Gabe massierte sich die Schläfen, um seine beginnenden Kopfschmerzen zu vertreiben, und sah nach hinten. Auf dem Rücksitz bot sich ein Bild des Friedens: Shoe war praktisch auf Harpers Schoß geklettert, und sie hatte das Gesicht in seinem weichen Fell vergraben und streichelte ihn.

»Braver Junge«, lobte Gabe leise, was Shoe mit einem flüchtigen Wedeln quittierte. »Er hat den Eindringling gebissen.«

»Braver Junge«, echote Farrah. »Er ist ein Held.«

Müde lächelnd streichelte Molly Shoes Rücken. »Das ist er.«

Gabes Handy summte. Drei entgangene Anrufe, allesamt von der Nummer, die auch jetzt auf dem Display zu sehen war. Neue Furcht ergriff ihn. »Hallo?«

»Hier ist Val. Patty geht es gut.«

Tränen brannten in Gabes Augen. *Bitte nicht noch mehr schlimme Nachrichten.* »Was ist passiert? Und was ist das für eine Nummer?«, fragte er, wenngleich er fürchtete, die Antwort bereits zu kennen.

»Wir sind im Krankenhaus. Patty hat eine leichte Gehirnerschütterung.«

Gabe setzte sich auf. »Ich komme sofort hin.«

Farrah warf ihm einen besorgten Blick zu. »Wohin?«

»Patty ist im Krankenhaus«, sagte er und hörte die Furcht in seiner Stimme.

»Auf keinen Fall«, widersprach Val harsch. »Es ist durchaus denkbar, dass die genau das wollen, damit sie Sie auf dem Weg ins Gebäude erschießen können. Es geht ihr gut, und das ist die Wahrheit. Man hat ein CT von ihrem Kopf gemacht.«

»Ein CT?« Gabes Stimme wurde um eine Oktave höher. »Was ist passiert?«

Zwei Hände legten sich von hinten auf seine Schultern und massierten sie sanft. Molly. So schlimm alles auch sein mochte, ihre Berührung half. Diese Frau hatte die einzigartige Gabe, ihn augenblicklich auf den Boden der Tatsachen zurückzubringen.

»Zwei Männer waren hinter Patty her«, antwortete Val. »Aber ich habe sie aufgehalten.«

Diese beiden kurzen Sätze boten einen gewaltigen Interpretationsspielraum. »Und wo sind sie jetzt?«

»Auf dem Weg ins Leichenschauhaus«, antwortete Val nüchtern. »Wie gesagt. Ich habe sie aufgehalten.«

»Ach du Scheiße«, stieß er leise hervor, ehe ihm wieder einfiel, dass ja Harper im Wagen saß. »Die haben vier Mann zu Molly geschickt.«

»Scheiße«, rief Val. »Das ist ja Diskriminierung.«

Gabe stieß ein bellendes Lachen aus. »Was?«

»Die dachten, bei mir reichen zwei, haben aber vier losgeschickt, um Lucien auszuschalten. Das ist Geschlechterdiskriminierung. Schlicht und ergreifend.«

Gabe blinzelte ungläubig. »Dieser ganze Abend war absolut surreal.«

»Das stimmt wohl«, bestätigte Val leise, während Gabe dämmerte, dass ihr empörter Ausbruch dafür gedacht war, ihn abzulenken. *Ganz schön clever.* »Patty schläft jetzt. Ich bin in ihrem Zimmer, und keiner wird ihr auch nur ein Härchen krümmen. Das verspreche ich.«

»Wollen Sie trotzdem ins Krankenhaus fahren, Gabe?«, fragte Farrah.

»Nein, das will er nicht«, sagte Val, die die Frage gehört hatte. »Ich meine es ernst. Einer der verpassten Anrufe war von Patty, die Ihnen sagen wollte, dass Sie nicht herkommen sollen. Sie hat sich tapfer geschlagen, Gabe. Hat einem der Eindringlinge mit der Bratpfanne eins übergezogen. Es war Kunst in Bewegung. Ich muss jetzt Schluss machen. Sagen Sie Molly, ich rufe sie später an. Geht es Ihnen allen gut?«

»Ja. Lucien dürfte inzwischen schon auf dem Weg ins Krankenhaus sein.«

»Mist. Der arme Burke. Wir fallen wie die Fliegen von der Wand.«

Gabe blinzelte verblüfft. »Wir? Was ist mit Ihnen?«

Die Hände auf seinen Schultern versteiften sich, trotzdem kam kein Laut über Mollys Lippen.

»Nur eine Fleischwunde«, wiegelte Val ab. »Ein paar Stiche und eine Tetanusauffrischung, damit war alles erledigt. Das Schlimmste war die Spritze. Mir geht's gut, Patty auch. Zwingen Sie Molly nicht, Sie hier beschützen zu müssen, sondern suchen Sie sich einen sicheren Unterschlupf. Sobald Patty aufwacht, rufe ich Sie an. Die müssen sie wegen der Gehirnerschütterung regelmäßig wecken, deshalb dürfte es nicht allzu lange dauern.«

Gabes Kehle wurde eng. *Nicht deine Schuld,* sagte er sich, und rein rational war ihm das auch klar, gleichzeitig hatten zu viele Menschen heute Nacht beinahe ihr Leben verloren.

Weil ein verdammter Killer Nadia Hall mitten im Hurrikan getötet hat und jetzt versucht, die Tat zu vertuschen.

»Danke, Val«, krächzte er und legte auf. »Bitte bringen Sie uns zu Ihrer Hütte, Farrah. Val sagt, dass Patty schläft und ich nur Gefahr heraufbeschwören würde, wenn ich sie besuchen käme.«

»Da hat sie völlig recht«, erwiderte Farrah entschieden. »Machen Sie die Augen zu, Gabe. Und du auch, Molly. Ruht euch ein bisschen aus.«

»Gleich.« Er drehte sich zu Molly um. »Ich habe dir Screenshots von Tobins Handy auf dein Wegwerfhandy geschickt. Kannst du sie an Antoine weiterleiten?«

Interesse, vermischt mit Bewunderung, glomm in ihren Augen auf. »Sehr gut, Gabe.« Sie checkte ihr Handy und schnappte nach Luft. »Volltreffer. Ich wünschte, wir hätten auch sein Handy dazu.«

»Ich habe überlegt, es an mich zu nehmen, wollte aber den Tatort nicht noch mehr manipulieren, als wir es ohnehin schon getan haben.«

»Herzchen«, erwiderte Molly gedehnt, »dieser Tatort geht auf unser Konto. Aber im Ernst, das ist hervorragend.« Sie tippte auf das Handydisplay und nickte. »Ich habe alles an Antoine geschickt. Hoffen wir, dass er wieder einmal Wunder wirken kann.« Sie lehnte sich zurück und streichelte erneut Harper übers Haar. »Und jetzt ruhen wir uns erst mal aus. Das haben wir uns verdient. Ich war superstolz auf dich heute, Chelsea.«

Chelsea seufzte zittrig und hob zu einer Erwiderung an, verkniff sie sich jedoch mit einem Blick auf ihre kleine Tochter. »Danke«, sagte sie nur und lachte tränenerstickt. »Auf dich auch, Shoe. Ich glaube, du hast mit Harper eine neue Freundin gewonnen.«

Mit einem Mal verspürte Gabe eine abgrundtiefe Erschöpfung. *Das ist der Adrenalin-Crash.* Er würde für eine Weile die Augen zumachen.

LAKE SALVADOR, LOUISIANA

Donnerstag, 29. Juli, 03.15 Uhr

»Schläft sie?«, fragte Farrah leise, als Molly sich neben Gabe an den Küchentisch der Hütte setzte, die sie vor wenigen Stunden erst verlassen hatten.

Dankbar legte Molly die Hände um die Teetasse, die Gabe ihr hinschob. Er schmeckte wunderbar – noch besser wäre er mit einem anständigen Schuss Whiskey darin, aber für den Augenblick genügte er auch so. »Ja. Chelsea ist bei ihr. Sie schlafen beide. Shoe liegt neben dem Bett.«

»Was für ein wunderbarer Hund«, sagte Farrah lächelnd.

»Mein Dad hat ihn gut erzogen«, stimmte Gabe zu. »Er hat sich auf Tobin gestürzt, als wäre er ein saftiges Steak.«

»Und dann hat er Harper getröstet«, fügte Molly hinzu und legte den Kopf auf Gabes Schulter, als er sie an sich zog. Trotz der grauenvollen Ereignisse der vergangenen Stunden war er immer noch an ihrer Seite. Das verlieh ihr neue Kraft. »Es tut mir leid, Farrah, dass wir dich in Gefahr bringen.«

Farrah winkte mit ihrer sorgfältig manikürten Hand ab. »Ich heirate einen Cop, deshalb ist so etwas Alltag für mich. Es ist nicht das erste und garantiert auch nicht das letzte Mal, dass ich in Gefahr schwebe. Eure Sachen sind übrigens alle im Trockner. Ich habe zwar nicht alle Blutflecke herausbekommen, aber sie fallen kaum auf.«

Großzügigerweise hatte Farrah ihnen etwas zum Anziehen geliehen, während sie die Sachen in die Waschmaschine gesteckt hatte, weshalb sie nun in T-Shirts und Jogginghosen am Tisch saßen. Andrés Sachen waren Gabe ein wenig zu groß, Molly passten die Kleider der ebenfalls kurvigen Farrah hingegen ziemlich gut.

Ihre nach dem langen Tag verschwitzten kugelsicheren

Westen hatten sie zum Lüften aufgehängt, würden sie jedoch anziehen, sobald sie die Hütte verließen, ganz egal, ob sie frisch rochen oder nicht.

Zu müffeln war immer noch besser, als tot zu sein.

»Danke«, sagte Molly und wandte sich Gabe zu. »Wie geht es Patty?«

»Gut. Ich habe eine Weile mit ihr geredet. Farrah hat mir ihr Handy geliehen, damit niemand den Anruf zu mir zurückverfolgen kann. André hat einen vertrauenswürdigen Kollegen vor der Tür ihres Krankenzimmers postiert, und seine Leute bringen sie morgen nach Hause, sobald sie entlassen wird. Sie hatte Riesenglück. Dieser Dreckskerl hat ihr mit dem Pistolengriff auf den Kopf geschlagen.«

»Aber vorher hatte sie ihm noch eins mit der Bratpfanne übergezogen«, bemerkte Farrah trocken. »Ich kann es kaum erwarten, sie kennenzulernen. Bestimmt werden wir gute Freundinnen.«

»Das glaube ich auch«, erwiderte Gabe und wurde ernst. »Patty hat erzählt, derjenige, der bei der Aktion offenbar das Sagen hatte, hätte gemeint, Patty müsse am Leben bleiben, Val dagegen könnten sie abknallen.«

Molly erschauderte. »Das hat Val mir auch erzählt. Aber die beiden mussten wohl auf die harte Tour lernen, sich lieber nicht mit einer Roller-Derby-Queen anzulegen.«

Farrah lächelte. »Das ist unglaublich befriedigend. Ich hoffe, Val hat es ihnen so richtig gezeigt.«

Molly seufzte. »Na ja, sie sind jetzt beide im Leichenschauhaus, also hat sie das wohl. Nicht, dass ich ihnen mehr hinterhertrauern würde als den Typen, die wir erledigt haben, aber leider können wir sie jetzt auch nicht mehr gegeneinander ausspielen, um an Informationen zu gelangen. Hoffentlich konnte Antoine die Telefonnummer auf Tobins Handy ermitteln.«

Gabe machte ein finsteres Gesicht. »Ich wünschte, ich hätte es mitgehen lassen. Inzwischen könnte ich mich ohrfeigen, weil ich es nicht getan habe.«

»Es war das Richtige«, sagte Farrah. »André kümmert sich um alles.«

Molly unterstützte Gabe zwar in seiner Einschätzung, wollte aber Farrah in ihren eigenen vier Wänden nicht widersprechen. Außerdem hatte Gabe durchaus recht gehabt: Wenn sie Beweise manipulierten, könnte Tobin im Zweifelsfall um eine gerechte Strafe herumkommen. Schon wieder.

Gabe schüttelte den Kopf. »Das hoffe ich sehr.« Er sah auf die Uhr auf seinem Handyz. »Können wir Burke anrufen? Ich muss sichergehen, dass ich keinen kolossalen Mist gebaut habe, indem ich das Handy nicht an mich genommen habe.«

»Er ist im Wartebereich des Krankenhauses«, sagte Molly. »Lucien wird immer noch operiert und hat außer uns keine Familie, deshalb will Burke bleiben, bis der Arzt ihn auf den neuesten Stand bringt. Rufen wir stattdessen Antoine an. Er ist ohnehin unser Mann dafür.«

Farrah zog ihr Handy heraus und wählte die Nummer ihres künftigen Schwagers. »Hey, ich bin's. Molly und Gabe sind hier bei mir und hätten gern ein Update.«

»Vielleicht habe ich ja zufällig gerade geschlafen?«, brummte Antoine. »Du solltest dich dafür entschuldigen, mich um diese Zeit anzurufen.«

»Hast du aber nicht«, erwiderte Farrah unbeeindruckt. »Du bist auf Lautsprecher.«

»Hallo, Leute«, sagte Antoine. »Ich wollte mich ohnehin gerade melden. Holen wir Burke mit dazu. Er wollte, dass ich Bescheid gebe, sobald ich etwas Neues habe, und sich dafür eine ruhige Ecke zum Telefonieren suchen.«

Eine Minute später war auch Burke in der Leitung. »Ich

brauche dringend gute Nachrichten«, sagte er düster. »Luciens Operation zieht sich wesentlich länger hin als gedacht. Keine Ahnung, wie er es mit einer Schusswunde im Bauch überhaupt in deine Wohnung geschafft hat, Molly.«

Das würden sie und Lucien später besprechen. Er hatte es so dargestellt, als seien seine Verletzungen halb so wild. Gabe mochte sich Vorwürfe machen, weil er Tobins Handy nicht eingesteckt hatte, Molly hingegen bereute inzwischen, Lucien am Tatort zurückgelassen zu haben.

»Ich habe ein paar neue Querverbindungen gefunden«, sagte Antoine. »Aber zuerst muss ich Gabe loben. Gute Arbeit. Alle Infos, die Sie mir gegeben hatten, konnte ich nutzen, um auf Tobins Cloud-Account zuzugreifen.«

»Gott sei Dank«, stieß Gabe hervor. »Ich mache mir die ganze Zeit schon Vorwürfe wegen dieses verdammten Dings.«

»Dafür besteht keine Veranlassung, mein Freund«, erklärte Antoine gut gelaunt. »Es ist alles bestens. Also. Erstens: Nicholas Tobin hat keinerlei Vorstrafen. Allerdings wird er mit mehreren Straftaten in Verbindung gebracht. Da er nie verhaftet wurde, sind auch keine Fingerabdrücke von ihm gespeichert. Am Tag, als er Xavier gefolgt ist, hatte er seine Brieftasche nicht bei sich, heute dagegen schon, was darauf schließen lässt, dass er sich seiner Sache ziemlich sicher war.«

»Arroganter Dreckskerl«, brummte Molly.

»Zum Glück für uns«, konterte Antoine. »Wir werden abwarten müssen, was die Cops bei der Durchsuchung seines Apartments finden. Vielleicht hat er noch Paul Lotts Laptop und Handy, die als Beweis für eine Mordanklage verwendet werden könnten. Aber ich sage es noch einmal, zum Glück für uns bin ich genial und habe sowohl Tobins als auch Lotts Einzelverbindungsnachweise beschafft.«

Farrah tat so, als stecke sie sich die Finger in die Ohren. »Ich will es gar nicht wissen, Antoine.«

»Nein, das willst du tatsächlich nicht«, erwiderte er munter. »Okay. Die Nachrichten, die Sie, Gabe, mir geschickt haben, zeigen, dass jemand Tobin beauftragt hat, Chelsea und Harper zu entführen. Die Nummer, von der die Nachrichten stammen … und jetzt kommt's …« – er machte eine dramatische Pause – »taucht auch auf Paul Lotts Handy auf. Sogar mit mehreren Anrufen. Genauer gesagt, hat derjenige, der Tobin heute Abend losgeschickt hat, am Abend von Rockys Ermordung fast dreißig Minuten lang mit Paul Lott gesprochen.«

»O mein Gott«, hauchte Gabe und sah Molly an. »Das ist die erste wirklich handfeste Querverbindung zu Dads Ermordung.«

Sie nahm seine Hand und küsste sie, während sie spürte, wie seine Euphorie auf sie übersprang. »Das stimmt. Wir kommen der Sache näher.«

»Wissen wir, wem das Handy gehört, von dem die Aufforderung zu dieser versuchten Entführung kam?«, hakte Burke nach.

»Nein, sie gehört zu einem Wegwerfhandy. Wir wissen nur, dass Tobin ihn als ›Jackass‹ abgespeichert hat.«

»*Was?*« Burke schrie beinahe, entschuldigte sich jedoch sofort für seinen Ausbruch. »Hast du Jackass gesagt?«

»Ja«, antwortete Gabe. »Das war der Name, dem die Nachricht zugeordnet war. Sagt er dir etwas?«

»O ja«, erwiderte Burke bitter. »Der Mann heißt Jackson Mule. Der Nachname ist italienisch und wird *Moo-lay* ausgesprochen, aber wir kleinen Lichter haben ihn fast alle Jackass genannt. Natürlich nicht ins Gesicht, versteht sich.«

»Wie können Eltern so gemein sein?«, murmelte Farrah. »›Mule‹, also ›Esel‹ zu heißen, ist ja schon schlimm genug, aber sein Kind dann noch zusätzlich Jackson zu nennen, woraus jeder automatisch ›Jackass‹ und ihn damit sozusagen zum Doppelesel machen würde, ist unverantwortlich.«

»Woher kennst du ihn, Burke?«, fragte Molly.

»Er ist Cresswells Vorgesetzter, verdammt noch mal.«

Einen Moment lang war Molly so sprachlos wie alle anderen. »Als ich gesagt habe, ich wolle die hochkarätigsten von Rockys Fällen unter die Lupe nehmen, wäre ich nicht im Traum darauf gekommen, dass es in der Hierarchie so weit nach oben gehen könnte.«

»Allerdings«, bestätigte Burke. »Wir müssen sofort André Bescheid geben. Er wird weitere Beweise haben wollen, bevor er jemanden aus seinen eigenen Reihen beschuldigt, vor allem Mule, deshalb denke ich nicht, dass das Ganze schnell über die Bühne gehen wird. Wenn überhaupt. Ich hatte keine Ahnung, dass Mule in schmutzige Angelegenheiten verwickelt ist. Er wirkt immer blitzblank und korrekt. Das Gegenteil nachzuweisen, wird verdammt schwierig werden.«

»Unterschätzt André nicht, Leute«, sagte Farrah nur.

»Auf keinen Fall«, erklärte Burke fest. »Ich vertraue ihm. Ich hoffe nur, dass es ihn nicht die Karriere kostet, wenn er versucht, Mule zur Strecke zu bringen.«

Farrah wirkte besorgt, aber entschlossen. »Er wird schon einen Weg finden. Und wenn es ihn die Karriere kosten sollte, hätte er vermutlich ohnehin keinen Wert mehr darauf gelegt.«

»Können wir jemanden auf Mule ansetzen?«, fragte Antoine.

»Ja«, sagte Burke. »Lasst mich mal nachdenken. Ich werde wohl etwas schieben müssen.«

»Ich übernehme das«, sagte Molly. »Gib mir seine Adresse. Ich postiere mich vor seinem Haus und hänge mich an seine Fersen, sobald er es verlässt.«

»Du bist völlig übermüdet«, wandte Gabe ein.

Sie schüttelte den Kopf. Das spielte jetzt keine Rolle. Sie würde Mule observieren. Weil es wichtig war. Ihr Instinkt sagte es ihr klar und deutlich. »Wir sind so dicht dran, Gabe. André ist mit Tobin beschäftigt, und Burke hat sonst kein Personal mehr. Val und Lucien sind im Krankenhaus, und die anderen bewachen Xavier. Also muss ich es tun.«

Burke seufzte. »Verdammt, Molly. Gegen deine Logik komme ich wieder mal nicht an.«

»Nein«, beharrte Gabe. »Was ist mit Phin?«

Nicht Phin, dachte Molly. Nein. Noch nicht. Der Mann war nach wie vor zu instabil und unberechenbar in Situationen, die er nicht fest im Griff hatte. Zwar würde er wohl niemandem absichtlich schaden, könnte jedoch gezwungen sein, einen Rückzieher zu machen, um genau das zu verhindern. Womit er sich selbst verwundbar machen würde, und niemand wäre mehr da, um Mule im Auge zu behalten.

»Phin ist … noch nicht bereit dafür«, sagte Burke. »Molly, du übernimmst. Um diese Uhrzeit dürfte Mule zu Hause im Bett liegen. Männer dieser Gehaltsklasse arbeiten nicht mehr im Schichtdienst. Sobald Lucien aus dem OP kommt, löse ich dich ab. Klingt das besser, Gabe?«

Gabe gab einen missbilligenden Laut von sich. »Nein, aber wenn es keine bessere Lösung gibt, muss ich es eben akzeptieren. Trotzdem komme ich mit.«

Molly wollte protestieren, doch dann fiel ihr wieder ein, wie ruhig und gefasst er zuvor gewesen war. Mit seinem Schuss auf den Eindringling in der Garage hatte er ihr das Leben gerettet. »Das wäre schön«, sagte sie, ehe sie innehielt. *Meine Familie. Was habe ich mir nur gedacht?* Langsam schüttelte sie den Kopf. »Aber ich kann Chelsea und Harper nicht allein lassen.«

»Bin ich etwa niemand?«, warf Farrah empört ein. »Sie können doch hierbleiben. Ich habe ein Gewehr, und André hat mir beigebracht, damit umzugehen. Wir sind letztes Jahr in eine etwas brenzlige Situation geraten, und danach bin ich zu dem Schluss gelangt, dass ich mich verteidigen können muss. Eine Scharfschützin mag ich nicht sein, aber trotzdem halbwegs treffsicher. Außerdem hat André drei seiner Leute losgeschickt, die innerhalb der nächsten halben Stunde hier sein sollten. Wir schaffen das.«

Molly musterte sie. »Bist du sicher?«

Farrah begegnete ihrem Blick. »Sogar ganz sicher. Du bist Burkes Familie, deshalb bist du auch meine Familie. Wir sorgen dafür, dass Chelsea und Harper nichts passiert.«

»In dem Fall danke ich dir«, erwiderte Molly mit Nachdruck. »Tausend Dank.«

Farrah tätschelte ihr die Hand. »Gern geschehen. Ich mache euch Kaffee und fülle ihn in eine Thermoskanne. Der hilft euch, wach zu bleiben.«

Molly nahm Gabes Hand. »Komm, wir müssen unsere Westen wieder anziehen.«

Gabe folgte ihr in eines der Zimmer, die Farrah ihnen zugewiesen hatte, nahm die Weste und rümpfte die Nase. »Verstecken können wir uns damit nicht. Mit dem Ding riecht uns jeder einen Kilometer gegen den Wind.«

Molly lachte leise. »T-Shirt aus, Mr Hebert.« Er gehorchte. Sie gestattete sich einen Moment lang, dass ihr das Wasser im Mund zusammenlief. Nur ganz kurz. »Deine Brust gefällt mir sehr, sehr gut«, bemerkte sie, half ihm beim Überziehen der Weste und zurrte die Klettverschlüsse zu.

Er zog ihr das T-Shirt über den Kopf und hielt inne. Ihr BH war in der Wäsche, deshalb stand sie mit nacktem Oberkörper vor ihm. »Das kann ich nur zurückgeben. Was für eine

Schande, so herrliche Brüste zu bedecken.« Trotzdem folgte er ihrem Beispiel und half ihr in die Weste.

Sie bewegte die Schultern, um den Sitz zu prüfen. Es fühlte sich ungewohnt an, eine kugelsichere Weste ohne BH darunter zu tragen, doch darum würde sie Farrah nicht auch noch bitten.

Es gab schließlich Grenzen.

Sie reichte ihm sein T-Shirt, dann zogen sie sich wieder an. »Aber du wirst einen Helm tragen«, sagte sie. »Ich will dich nicht verlieren.«

Er legte beide Hände um ihr Gesicht und küsste sie. »Dasselbe gilt auch für dich. Keine Alleingänge wie heute Abend. Ich habe fast einen Herzinfarkt bekommen, als der Typ plötzlich auf dich gezielt hat.«

Sie wollte widersprechen, seufzte jedoch nur. »Ich verspreche es. Du warst wirklich klasse heute. Du hast mir das Leben gerettet.«

Wieder küsste er sie. »Es freut mich, dass es dir aufgefallen ist. Lass uns gehen. Ich will, dass dieser Albtraum endlich aufhört.«

Sekundenlang hielt sie ihn bei den Handgelenken, bevor sie schließlich losließ. *Und dann?*, lag ihr auf der Zunge. Was würde dann passieren? Mit ihnen?

Aber dies war nicht der richtige Zeitpunkt für diese Fragen. Zuerst galt es, ihre Arbeit zu erledigen … dafür zu sorgen, dass diese verdammten Dreckskerle nicht ihn und Xavier und ihre Familien töteten.

Dann. Dann würde sie ihn fragen, was aus *ihnen* werden sollte.

THE GARDEN DISTRICT, NEW ORLEANS, LOUISIANA

Donnerstag, 29. Juli, 05.00 Uhr

»Ziemlich unfair, dass Mule schlummern darf, während wir vor seinem Palast hocken müssen«, maulte Gabe. Er war müde und übellaunig und – obwohl er sich redlich bemühte – nicht in der Lage, seine Gedanken für sich zu behalten.

Mules Haus war in der Tat ein regelrechter Palast. Eine Villa mit Säulen am Eingang und bestimmt fünf oder sechs Schlafzimmern, was für einen Polizisten eigentlich viel zu feudal war, selbst wenn er in der Hierarchie ziemlich weit oben stand.

Seine eigene Familie hatte stets im selben Häuschen gelebt, seit Gabe denken konnte. Es war nicht fair, dass ein korrupter Cop in so einem Prachtbau leben durfte.

Wenn er ganz ehrlich war, mischte sich eine Prise Verbitterung in seine Übellaunigkeit.

»Das sagtest du bereits«, bemerkte Molly trocken. »Mehr als einmal.«

»Tut mir leid«, seufzte er.

Sie griff über die Mittelkonsole und tätschelte sein Bein. »Schon gut. Eigentlich ist es sogar nett, dass auch du einen Makel hast.«

Er lächelte. »Nur diesen einen?«

»Andere sind mir bisher nicht aufgefallen.«

»Noch ist ja Zeit, welche zu finden«, erwiderte er vergnügt.

Ihr Lächeln wurde so hinreißend, dass er gegen den Kloß in seinem Hals anschlucken musste. »Ich bin froh«, sagte sie sanft. »Ich hatte gehofft, dass du … na ja, weitermachen wollen würdest, wenn das alles hinter uns liegt.«

Er drückte zärtlich ihre Hand. »Nennen das Kids heutzutage so? Falls ja, will ich definitiv … *weitermachen.*«

Sie grinste. »Gut. Nun, da das geklärt ist, mach die Augen zu. Ich wecke dich, falls etwas Aufregendes passiert.«

»Nein, ich bleibe wach. Wer weiß, ob ich dir noch ein zweites Mal das Leben retten muss.«

Sie schnaubte. »Ganz schön großspurig.« Dann fuhr sie hoch. »Scheiße. Da ist er.«

Siehe da – Mules Garagentor glitt auf, und die Rücklichter eines Range Rovers glommen in der Dunkelheit.

Sie reichte Gabe ihr Handy. »Schick Burke eine Nachricht, dass die Zielperson in Bewegung ist und wir uns an sie dranhängen.«

Gabe gehorchte und wartete auf die Antwort.

Verdammt. Der Drecksack konnte wohl keine weitere Viertelstunde warten. Komme gerade aus dem Krankenhaus. Lucien ist aus dem OP, die Ärzte erwarten eine vollständige Genesung. Haltet mich auf dem Laufenden, wo ihr seid. Und seid vorsichtig.

Wird erledigt, schrieb Gabe zurück. »Lucien ist aus dem OP und wird wieder gesund«, sagte er zu Molly.

»Gott sei Dank«, stieß sie hervor.

Gabe hatte die gute Nachricht als Erstes verkündet, weil er wusste, dass sie ein schlechtes Gewissen wegen Lucien hatte. »Außerdem ist Burke sauer, dass Mule nicht noch eine Weile gewartet hat. Er ist unterwegs und will, dass wir ihn auf dem Laufenden halten, damit er uns hinterherfahren kann.«

Molly hob eine Schulter, ohne den Blick von dem Range Rover zu lösen, der bereits ein Stück die Straße hinuntergefahren war. Sie ließ den Motor an und folgte ihm mit ausgeschalteten Scheinwerfern. »Burke kann mein Handy orten. Er macht bloß Drama.«

»Er kann uns orten?«, wiederholte Gabe. Die Vorstellung war beruhigend, gab ihm das Gefühl, nicht ganz so allein zu sein.

»Antoine kann es. Das war unter anderem der Zweck der Firmenwegwerfhandys. Antoine motzt sie auf und verteilt sie wie Süßigkeiten zu Halloween. Sie sind wie kleine Leuchtfeuer im Dunkeln. Aber jetzt sei still, ich muss mich konzentrieren.«

Schweigend sah er zu, wie sie an den Straßenrand fuhr, als Mule auf eine belebtere Straße abbog. Nach einem Moment schaltete sie die Scheinwerfer ein und fädelte sich hinter ihm in den Verkehr ein.

Mule fuhr quer durch die Stadt zu einem der City-Highways in Richtung Süden. Nach kurzer Zeit wurde die Umgebung ländlicher.

»Er will zum Bayou«, presste Molly mit zusammengebissenen Zähnen hervor. »Ich bin mir nicht sicher, ob eine Fahrt zum Bayou vor dem Morgengrauen etwas Gutes verheißt.«

»Vielleicht geht er ja fischen«, schlug Gabe sarkastisch vor, wohl wissend, dass dies garantiert nicht der Grund für Mules frühmorgendlichen Ausflug war.

Mollys Lippen zuckten. »Du Unschuldslämmchen. Ich denke da eher an ein Geheimtreffen, einen Drogendeal oder den Versuch, eine Leiche zu entsorgen.«

»Das dachte ich mir. Ich schicke Burke unseren Standort.«

Unterdessen folgten sie weiter dem Range Rover die einsame Straße entlang, als dieser unvermittelt in eine Seitenstraße einbog. Molly fuhr weiter geradeaus.

»Folgen wir ihm nicht weiter?«, fragte Gabe erstaunt.

»Nein, er ist zu abrupt abgebogen. Bestimmt war das eine Falle, und er ist gleich wieder hinter uns. Falls nicht, kann ich immer noch umdrehen.«

Gabes Besorgnis wuchs. Wenn sie ihn verloren hatten …

Doch Molly hatte recht. Augenblicke später tauchte der Range Rover hinter ihnen auf. Er fuhr schneller, als erlaubt war, und überholte sie schließlich.

Gabe spähte auf den Tacho. »Der hat's wohl eilig.«

»Allerdings. Ich versuche, an ihm dranzubleiben, ohne dass es zu offensichtlich ist. Ich würde ja die Scheinwerfer ausschalten, aber bald dämmert es, und dann sieht er uns ohnehin.«

Gabe schwieg. Sie fuhren viel zu schnell auf der Landstraße. So kam es letztlich zu Unfällen.

Unwillkürlich dachte er an Dusty Woodruff. Sein alter Freund war von der Straße abgekommen und gegen einen Baum geprallt. War er verfolgt worden? Von der Fahrbahn abgedrängt?

Gabe presste sich die Hand auf die Brust, als der Schmerz ihm den Atem raubte.

»Alles in Ordnung?«, fragte Molly leise.

»Ja. Ich musste nur gerade an Dusty denken. Ich hoffe, er musste nicht leiden.«

»Das hoffe ich auch. Mein Angebot war ernst gemeint, Gabe. Ich begleite dich gern, wenn du der Witwe deinen Respekt erweisen willst. Du musst das nicht allein tun.«

Wieder spürte Gabe einen Kloß in der Kehle. »Danke.« Er beugte sich vor. »Die Straße endet hier. Da vorn ist ein Tor.«

»Er wird querfeldein fahren.« Molly warf einen Blick auf die Karte auf ihrem Handy und bog auf den Parkplatz des letzten Ladens an der Straße, die vor dem alten Tor endete. »Ich werde hier ein paar Minuten warten.«

Sie schaltete die Scheinwerfer aus. Vom Wagen aus sahen sie zu, wie Mule aus seinem Range Rover stieg und das alte Tor aufdrückte, das sofort aufschwang.

»Er trifft sich mit jemandem«, stellte sie fest. »Ich frage mich nur, mit wem.«

»Wollen wir es herausfinden?«, fragte Gabe, obwohl er nicht sicher war, ob er die Antwort hören wollte.

»Darauf darfst du deinen hübschen Hintern verwetten«,

antwortete sie, den Blick immer noch auf Mule geheftet, der wieder in seinen Rover gestiegen war und durch das Tor fuhr, ohne sich die Mühe zu machen, es hinter sich zu schließen.

»Er hält sich den Rückweg offen, falls es nachher schnell gehen muss«, stellte sie fest. »Soll mir recht sein.«

Sie ließ die Scheinwerfer ausgeschaltet und wartete, bis Mules Rücklichter im Halbdunkel verschwunden waren, dann fuhr sie vom Parkplatz und folgte dem Rover durch das Tor. »Ich musste ihm einen kleinen Vorsprung geben«, sagte sie. »Jemandem wie ihm zu folgen, ist immer ein Balanceakt. Man muss ihnen genug Raum lassen, sonst schöpfen sie Verdacht.«

Die Straße war in einen holprigen Pfad übergegangen. Molly musste das Tempo drosseln und ließ das Fenster herunter, durch das die von erdigem Geruch erfüllte, schwülwarme Morgenluft hereindrang. Sie befanden sich in unmittelbarer Nähe des Bayous, und Gabe konnte den Motor des Rovers in der Ferne hören, der immer noch viel zu schnell fuhr.

Er sagte kein Wort, konnte kaum atmen.

Jetzt wurde es ernst. Dies könnte der alles entscheidende Moment sein.

Wir schnappen sie, Dad.

Er konnte nur hoffen, dass Molly und er das Ende des Falls unbeschadet überstanden.

22. Kapitel

BAYOU BARATARIA, LOUISIANA

Donnerstag, 29. Juli, 06.15 Uhr

Lamont stieg aus dem gestohlenen Wagen und blickte stirnrunzelnd gen Osten, wo die Sonne gerade aufging. Er hatte gehofft, im Schutz der Dunkelheit fertig zu werden, doch der Diebstahl des Wagens für die Fahrt in das Sumpfgebiet hatte unerwartet viel Zeit in Anspruch genommen.

Er hatte wieder einmal einen Namen von seiner Liste ausgewählt – einen Meth-Dealer, dem er vor ein paar Jahren geholfen hatte, einer Anklage zu entgehen. Der Typ wohnte nahe genug am Bayou, um sich rasch und problemlos seinen Wagen zu borgen, Ashleys Leiche zu entsorgen und wieder zurückzufahren. Sollte jemand den Wagen des Meth-Typen am Ufer bemerken, fiele der Verdacht automatisch auf ihn, nicht auf Lamont.

Er hatte ihn kurz vor seinem Eintreffen angerufen und lediglich verlangt, dass der Typ den Schlüssel im Schloss stecken ließ. Doch leider hatte der Meth-Typ ihn mit einem Gewehr empfangen und Schweigegeld verlangt.

Also hatte er sich zuerst um diesen Schwachkopf gekümmert, ehe er dessen Wagen genommen und in das Bayou gefahren war. Und jetzt war Beeilung angesagt.

Noch war es dunkel genug, dass sein Gesicht nicht zu erkennen war, trotzdem hatte er den Hoodie angezogen und sich die

Kapuze über seine Baseballkappe gestreift. Man wusste nie, ob nicht ein Fischer um diese Uhrzeit zugange war. Von denen waren viel zu viele in dieser Gegend unterwegs.

Zudem würde der Hoodie verhindern, dass Haare und Gesicht mit Blut verschmiert wurden. Danach würde er auch ihn entsorgen, weil er nicht länger zu gebrauchen wäre.

Seine Hände schwitzten in den Lederhandschuhen, doch er durfte sie keinesfalls ausziehen, damit er keine Fingerabdrücke an dem gestohlenen Wagen hinterließ. Er war nicht so weit gekommen, um jetzt einen dämlichen Fehler zu begehen.

Stattdessen zog er ein Paar Einweghandschuhe darüber, damit das Leder nicht versaut wurde. Er liebte seine Lederhandschuhe – sie lagen eng um die Finger an und erlaubten ihm, eine Waffe abzufeuern. Sie ebenfalls entsorgen zu müssen, wäre ihm gar nicht recht.

Er öffnete den Kofferraum und nahm den kleineren der in Silberpapier verpackten Kartons heraus, riss das Papier ab und untersuchte ihn dann von allen Seiten.

Sauber. Keine Stellen, wo die Nässe durchdrückte. Die dreifache Verpackung in Plastik hatte funktioniert.

Er zog den Plastiksack heraus und trug ihn zum Ufer. Noch war es still, erst allmählich erwachte das Bayou zum Leben. Vögel raschelten in den Ästen, Fische schnellten aus dem Wasser empor und schnappten sich Insekten, die in Schwärmen über der Oberfläche sirrten.

Hier war das Wasser tief. Zumindest war es früher so gewesen.

Stirnrunzelnd betrachtete Lamont die freiliegenden Wurzeln der Bäume. Er konnte sich nicht erinnern, sie gesehen zu haben, als er das letzte Mal hier eine Leiche entsorgt hatte. Aber das war direkt nach Katrina gewesen. An diesem Abend waren sie mit dem Boot gekommen, allerdings war er ein weiteres Mal zurückgekehrt, nachdem der Pegel gesunken war, um sich zu vergewissern, dass Nadias Leiche auch wirklich verschwunden war. Zum Glück war es so gewesen.

Er hoffte, dass das Wasser auch heute noch tief genug für das war, was er tun musste.

Der erste Sack dürfte kein Problem sein. Ashleys Finger und Zehen wären schon bald Fischfutter. Nach dem Kauf des Messersets hatte er einen herumliegenden Backstein von einer Baustelle mitgenommen und an ihrem Rumpf festgebunden, damit er rasch sinken würde. Die Alligatoren durften sich über ein Festmahl freuen.

Mit angehaltenem Atem öffnete er den Sack und hielt ihn so übers Wasser, dass die Leichenteile herausfielen. Mit einem herabhängenden Ast drückte er den Rumpf unter Wasser und sah zu, wie er langsam verschwand.

Erledigt. Der nächste Sack würde sich schwieriger gestalten.

Er zog ihn aus dem Karton, wobei er sich ein weiteres Mal versicherte, dass nichts herauslief. Dass alles trocken war, bedeutete, dass keinerlei Körperflüssigkeiten ausgetreten und in die Polster gesickert waren, weder in dem gestohlenen Wagen noch in seinem Privatfahrzeug, mit dem er den Weg von seiner Garage zum Haus des Meth-Typen zurückgelegt hatte. Folglich würden die Cops nichts finden, selbst wenn etwas schiefliefe, er unter Verdacht geriete und sich mit einer Ermittlung konfrontiert sähe.

Was durchaus passieren könnte. Zwar ging er davon aus, dass niemand im Büro etwas von seinem Verhältnis mit Ashley ahnte, doch Joelle wusste davon. Und sie hatte Beweise. Ihre Behauptung, sie hätte Kameras in seinem Arbeitszimmer und dem angrenzenden Raum installiert, stimmte tatsächlich. Er hatte sie entdeckt, als er Jackass vorgestern Abend zur Haustür gebracht hatte.

Die Kameras waren gut versteckt gewesen. Wen auch immer Joelle mit der Montage beauftragt haben mochte, er hatte gute Arbeit geleistet. Inzwischen befanden sie sich immer noch an Ort und Stelle, funktionierten jedoch nicht mehr, weil er die Kabel herausgerissen hatte, wenn auch so diskret, dass Joelle es nicht bemerken würde, falls sie sie überprüfen sollte.

Daher musste er dank seiner reizenden Gattin seine Spuren mit größter Sorgfalt verwischen. Er öffnete den zweiten Plastiksack und musste den Kopf abwenden, als er versehentlich durch die Nase einatmete. Obwohl noch keine zwölf Stunden vergangen waren, hatte die Leiche bereits zu stinken begonnen.

Umso besser. Die Alligatoren würden in Scharen herbeischwimmen und sich über die Leichenteile hermachen.

Er zog einen Arm heraus und schleuderte ihn in den Fluss, wo er mit einem befriedigenden Platschen aufschlug, ein oder zwei Sekunden lang wippend auf der Oberfläche trieb und dann versank.

Weiter. Nur nicht atmen. Nicht übergeben. Das würde bloß DNA-Spuren hinterlassen, die er wiederum würde beseitigen müssen.

Eilig beförderte er auch den zweiten Arm in hohem Bogen ins Wasser, danach folgten sämtliche Teile ihrer Beine.

Nun blieb nur noch –

Er zögerte, verzog erneut das Gesicht. Er wollte *es* nicht ansehen müssen, ihr Gesicht, diese im Tode verzerrte Fratze, doch er konnte den Kopf nicht einfach hinunterdrücken wie ihren Rumpf, und er war nicht sicher, ob er kaltblütig genug war, ihn wie die Gliedmaßen ohne großes Federlesen ins Bayou zu schleudern.

Er griff in den Sack und zog sofort die Hand zurück. *Wie widerlich. Absolut widerlich.*

Los, stell dich nicht so an. Tu's einfach.

Gerade als er zum zweiten Mal hineingriff, durchbrach das Dröhnen eines Motors die frühmorgendliche Stille. *Verdammt. Scheiße, scheiße, scheiße.* Jemand kam. Und würde sehen, was er da tat.

Er packte den Sack und hastete zum Wagen zurück, wo er die Waffe zurückgelassen hatte.

Er schnappte sie und fluchte, als seine von Ashleys Blut glitschigen Finger in den Einweghandschuhen über das Verschlussstück der Waffe glitten. Mit hämmerndem Herzen riss er sich die Latexhandschuhe herunter und warf sie in die Tüte zu Ashleys noch verbliebenen … sterblichen Überresten.

Ihrem Kopf. Sag es ruhig.

Er atmete auf. Es war Jackass' Range Rover. Doch sofort versteifte er sich wieder.

Was zum Teufel wollte Jackass hier? *Und woher weiß er, dass ich hier bin?*

Lamont zog den Schlitten zurück, sodass die erste Patrone lud, als Jackass gerade anhielt. Dass er hier auftauchte, konnte nichts Gutes bedeuten.

Er packte den Sack mit einer Hand und näherte sich wieder dem Ufer. Wenn es hart auf hart kam, würde er einfach den Sack komplett mit Inhalt ins Wasser werfen.

»Morgen, Monty«, rief Jackass und stieg aus. »Was machst du da?«

Das geht dich einen Scheißdreck an. »Fischen«, rief er. »Wieso bist du hier?«

Ohne den Motor auszumachen, kam Jackass näher, den Blick auf den Plastiksack geheftet. *Nicht auf meine Hand.* In der er die Pistole hielt, die er notfalls abfeuern würde.

»Was ist da in dem Sack, Monty?«, fragte Jackass süffisant, als kenne er die Antwort längst.

»Zubehör. Köder. Du weißt schon …«

»Ja, das tue ich wohl.« Einen knappen halben Meter vor Lamont blieb Jackass stehen. »Sie hat dich gehört, stimmt's?«

Lamont blinzelte. »Was?« Wie konnte er –

»Und du musstest sie dann unbedingt töten, was?«, fuhr Jackass kopfschüttelnd fort. »Obwohl wir darüber geredet hatten. Das war nicht besonders klug von dir, Monty.« Und plötzlich hatte auch Jackass eine Waffe in der Hand.

Die auf mich gerichtet ist.

»Du bist wegen des Verdachts verhaftet, Ashley Resnick getötet zu haben«, erklärte Jackass ruhig. »Lass die Waffe, die du hinter deinem Rücken versteckst, fallen und leg die Hände auf den Kopf.«

Lamont wich noch einen Schritt zurück. »Woher wusstest du es?«, fragte er.

Denn falls er das hier lebend überstand, musste er wissen, welches Loch es zu stopfen galt.

»Wissen tue ich es eigentlich erst jetzt. Direkt am Ende unseres Gesprächs habe ich ein Keuchen gehört, deshalb bin ich dir gefolgt, als du von zu Hause losgefahren bist. Ich hatte gehofft, dass du sie nicht getötet hast, dachte mir aber schon, dass es so sein würde. Du wirst vorhersehbar, Monty. Aber dass du die Fahrzeuge gewechselt hast, hat mich dann doch überrascht, das muss ich zugeben. Damit hatte ich nicht gerechnet. Aber genau hier haben wir auch Sie-deren-Name-nicht-genannt-werden-darf entsorgt. Dass das da« – er zeigte auf den Plastiksack – »Ashley ist, war nicht so schwer zu erraten. Genauso wenig wie die Tatsache, dass du hierherfahren würdest. Du bist ein Gewohnheitstier, Monty. Und jetzt weg mit der Waffe.«

»Wie bist du mir gefolgt?«

»Ich habe an all deinen Fahrzeugen Tracker montiert. Seit Jahren schon. Ich weiß, wo du überall warst, mein Freund. Und alles, was du getan hast. Schade, dass du das Mädchen töten musstest. Sie war wie ein Tier im Bett.«

»Aber wie –« Seine Gedanken überschlugen sich, während ihm die Tragweite dieser selbstgefälligen Bemerkung bewusst wurde. »Du hast uns gesehen?«

Jackass grinste. »In deinem eigenen Haus.«

»Du hast Joelles Video gesehen.«

Jackass lachte. »Was glaubst du wohl, wer die Kameras montiert hat? Das war der Gefallen eines engen Freundes, weil sie wegen der Untreue ihres Ehemanns völlig verzweifelt war.« Ein Grinsen bereitete sich auf seinem Gesicht aus. »Inzwischen bist du ohnehin zur Belastung geworden, aber mit dem Mord an der *nächsten* Gespielin hast du eine Grenze überschritten. Ständig die Scheiße geradebiegen zu müssen, die du baust, schadet meiner Karriere, auch wenn du eine Zeit lang nützlich für mich gewesen sein magst.« Er machte eine Geste mit der Pistole. »Waffe weg.«

Vergiss es, du Dreckskerl. Ohne Waffe schaffe ich es nie im Leben, von hier wegzukommen. Er würde mich eiskalt abknallen und behaupten, ich hätte mich »der Verhaftung widersetzt«. Lamont schleuderte den Sack auf Jackass und traf ihn mitten an der Brust.

Prompt fiel das Ding ... der Kopf ... heraus und landete mit einem satten Platschen auf dem Boden.

Für einen kurzen Moment war Jackass abgelenkt, doch das genügte Lamont. Er riss den Arm hoch und feuerte.

Jackass taumelte rückwärts, auf seinem weißen Hemd war jedoch kein Blut zu sehen.

Er trägt eine kugelsichere Weste, verdammte Scheiße.

Jackass, der die Wucht des Aufpralls offenbar gut weggesteckt hatte, fing sich sofort wieder, und Lamont feuerte ein zweites Mal.

Genau zwischen die Augen. *Jaaa!*

Jackass kippte um wie ein Mehlsack.

Nun musste er auch noch seine Leiche entsorgen. Ein Glück, dass er das Hackbeil behalten hatte. Eigentlich hatte er geplant, es irgendwo zu verscharren, nachdem er mit Ashley fertig war.

Beeilung, mir läuft die Zeit davon!

Ohne das Zittern seiner Hände zu beachten, kehrte er zum Wagen zurück, um ein weiteres Paar Einweghandschuhe aus dem Kofferraum zu holen. Ohne sie konnte er unmöglich den … Kopf anfassen. Schließlich waren seine Lederhandschuhe teuer gewesen. Er legte die Waffe weg, um die Latexhandschuhe überzustreifen.

Und wirbelte herum, als ein Zweig hinter ihm knackte.

Zwei Gestalten standen da. Ein Mann und eine Frau. Beim Anblick des Mannes zuckte er kurz zusammen. Rocky Hebert.

Nein. Nicht Rocky. Rocky war tot. Das war Gabe, sein Sohn. Das bedeutete, dass die Frau neben ihm die Privatdetektivin Margaret Sutton sein musste.

Entsetzt starrte er die beiden an. Aber Sutton konnte nicht hier sein. Sie sollte doch im Krankenhaus liegen. Mit einer Gehirnerschütterung. Das hatte Jackass gesagt.

Offensichtlich hatte Jackass sich geirrt.

Das war nicht gut.

Außerdem waren beide bewaffnet. Die Frau zielte direkt auf Lamonts Herz, und er trug keine kugelsichere Weste, verdammt. Gabe Hebert schien die noch größere Bedrohung zu sein, denn außer der Waffe in der einen Hand hielt er sein Handy in der anderen. Allem Anschein nach zeichnete er alles auf, was sich gerade abspielte.

Immerhin trage ich meinen Hoodie. Er senkte den Kopf, um sicherzugehen, dass sein Gesicht nicht zu sehen war.

Lauf. Hau ab. Weg hier.

»Hände auf den Hinterkopf«, befahl Sutton mit zusammengekniffenen Augen. »Sofort. Gabe, geh zurück, damit ich mehr Platz habe. Und nimm weiter alles auf.«

Rockys Junge gehorchte, wobei er Lamont voller Wut und Verachtung anstarrte. »Sie haben ihn getötet, verdammt noch mal! Das stand Ihnen nicht zu.«

»Und wem sonst, Junge?«, fragte Lamont mit verstellter Stimme, die deutlich tiefer als normal war, wobei er die Frau aus dem Augenwinkel beobachtete, in der Hoffnung auf einen Moment, in dem sie abgelenkt wäre.

Ihre Augen waren immer noch zu Schlitzen verengt. Nein ... sie kniff sie zusammen. Die aufgehende Sonne stand direkt hinter ihm. Wahrscheinlich sah sie gerade noch genug, um ihn erschießen zu können, doch sie musste sich mächtig konzentrieren.

Ablenken. Den Sack mit Ashleys Kopf hatte er nicht länger bei sich, also musste etwas anderes herhalten. Etwas, womit er sie aus dem Konzept bringen konnte. Nur für eine Sekunde.

»Niemandem«, fauchte Gabe. »Er hat meinen Vater getötet und sollte dafür ins Gefängnis gehen, aber Sie haben das unmöglich gemacht.«

Oh, das war ein echter Lichtblick. *Rockys Sohnemann verdächtigt nicht mich des Mordes an seinem Vater. Und wenn es so läuft, wie ich es mir vorstelle, wird Gabe nie erfahren, wer ich bin.*

Alle seine Mitwisser waren tot. Und ihm musste es nur noch gelingen, von hier zu verschwinden, dann wäre alles geritzt.

Alles wäre in bester Ordnung.

»Hände hinter den Kopf«, befahl Sutton noch einmal. »Ich habe heute Nacht schon mal jemanden erschossen und will es nicht zur Gewohnheit werden lassen.«

Meine Güte, ist sie nicht köstlich? Auch jetzt noch ließ sie ihn keine Sekunde aus den Augen. Hätte sie ihn abknallen wollen, hätte sie es längst getan.

Sie wartete auf Verstärkung. *Verdammter Mist!*

Er würde die Dinge in die Hand nehmen müssen. Ein letzter Versuch, das Ruder herumzureißen.

Er senkte den Kopf und stürmte los, rammte ihr seinen Kopf in den Magen, sodass sie rückwärtstaumelte. Ein Schuss löste sich, der jedoch ins Leere ging.

»Molly!«, hörte er Gabe schreien, ehe er angelaufen kam.

Dies war seine einzige Fluchtmöglichkeit, und sie war nicht allzu vielversprechend, da Sutton sich bereits aufrappelte. Er riss seine Waffe aus dem Kofferraum, doch ihm blieb nicht genug Zeit, um die Wagenschlüssel aus der Tasche zu ziehen und in den gestohlenen Wagen zu springen, da Sutton nun tatsächlich auf ihn schoss.

Im Zickzack stürmte er zu Jackass' Range Rover, dessen Motor immer noch lief, wobei es ihm gelang, ihren ersten beiden Schüssen auszuweichen. Er drehte sich halb um und feuerte mehrmals, wenn auch ziellos, doch immerhin verschaffte ihm das Manöver die wenigen Sekunden, die er brauchte, um den Rover zu umrunden und sich auf der rückwärtigen, dem Wasser zugewandten Seite zu verschanzen. Wieder gab er einen Schuss ab, doch auch dieser verfehlte sein Ziel.

Und noch einmal. Wieder und wieder schoss er daneben, während sie immer näher kam.

Er feuerte ein weiteres Mal, doch … nichts geschah. Nur ein verdächtiges Klicken. Ladehemmung. *Verdammte Scheiße!*

Sekundenlang versuchte er, die Kammer frei zu bekommen, doch seine Hände zitterten. Sie kam näher.

Lauf. Hau einfach ab.

Er war gerade auf den Fahrersitz geklettert, als eine Kugel die vordere Beifahrerscheibe zertrümmerte.

Mit einem Ruck rammte er die Automatik in den Rückwärtsgang, drückte das Gas durch und entging so den nächsten vier Kugeln, dann riss er das Lenkrad herum und raste schlingernd auf die Straße, wo er den Automatikhebel nach vorn stieß und neuerlich aufs Gas trat, tief geduckt, als eine letzte Kugel die rückwärtige Scheibe zerbersten ließ.

Hätte schlimmer ausgehen können.

Er schlitterte um die Kurven und bemerkte eine Limousine am Straßenrand – wohl der Wagen, mit dem Hebert und Sutton gekommen waren. Hätte er die Zeit gehabt, hätte er ihn mit ein paar Schüssen unbrauchbar gemacht, stattdessen preschte er nun mit Karacho daran vorbei, bis er den Highway vor sich sah.

Frei. Er unterdrückte den Drang, einen Triumphschrei auszustoßen, und konzentrierte sich auf die Straße.

Seine Miene verfinsterte sich. »Ich hätte sie niedermähen sollen«, stieß er hervor. *Wieso habe ich sie nicht einfach überfahren?* Aber jetzt war es zu spät.

Vor allem, da ihm bereits zwei SUVs entgegenkamen und in die Richtung fuhren, aus der er gekommen war, wobei der vordere nach einem Polizeifahrzeug aussah. Wenn der Fahrer seine zerborstenen Scheiben entdecken würde, wäre er geliefert. Eilig schaltete er die Scheinwerfer aus und fuhr auf den Parkplatz eines Veranstalters für Sumpftouren, dem letzten Geschäft an der Straße. Es standen bereits mehrere Autos da, deshalb würde der Range Rover nicht weiter auffallen. Sicherheitshalber ließ Lamont sämtliche Seitenfenster herunter, damit man die Einschusslöcher nicht mehr sah, nichtsdestotrotz war die Rückscheibe völlig zerstört, sodass nur noch einzelne Splitter in den Gummilippen klebten. Dagegen war er machtlos.

Mit angehaltenem Atem sah er zu, wie der SUV und der

Pick-up an ihm vorbeifuhren und in die Zufahrt zum Bayou bogen.

Es war wohl gut, dass ich gleich abgehauen bin. Trotzdem würden sie schon bald erfahren, dass Hebert und seine Ermittler-Lady ihn hatten entkommen lassen. Der Fahrer des SUV würde den Rover zur Fahndung ausschreiben, und jeder Cop in der Gegend würde nach ihm Ausschau halten.

Er hatte ihren Boss erschossen, deshalb würden sie nach einer Gelegenheit lechzen, ihn zur Strecke zu bringen.

Ich muss den Rover loswerden. Zum Glück war er nicht allzu weit von der Stelle entfernt, wo er seinen eigenen Wagen abgestellt hatte.

Alles würde wieder gut werden.

BAYOU BARATARIA, LOUISIANA

Donnerstag, 29. Juli, 06.40 Uhr

»Mist«, murmelte Molly, als die Rücklichter des Rovers in der Morgendämmerung verschwanden. »Das ist übel.«

»Wenigstens ist dir nichts passiert«, erwiderte Gabe. »Im Gegensatz zu dem Kerl dort drüben.«

»Stimmt. Läuft die Aufnahme noch?«

Gabe sah auf sein Handy. »Nein. Ich muss sie versehentlich gestoppt haben, als ich zu dir gelaufen bin. Soll ich neu starten?«

»Warte einen Moment.« Molly drehte sich um und blickte auf die Leiche, ohne sich ihr zu nähern. »Der Boden ist feucht. Er könnte Fußabdrücke hinterlassen haben.«

»Und wer soll sie sicherstellen?«, fragte Gabe. »Antoine oder André?«

Die Antwort erhielten sie einen Moment später, als zwei

Fahrzeuge den Weg entlanggefahren kamen – ein schwarzer SUV und Burkes blauer Escalade.

»Ich glaube, der schwarze SUV gehört André«, sagte sie. »Also …«

»Und wieder haben wir eine Leiche am Hals«, stöhnte Gabe. »Und diesmal die eines Cops.«

Und zwar die eines der ranghöchsten. »Nur dass sie nicht auf unser Konto geht. Die Überwachungskameras in meinem Wohngebäude werden zeigen, dass wir bei der Schießerei dort in Notwehr gehandelt haben, und dein Video beweist, dass jemand anderes Mule erschossen hat.«

Gabe bewegte den Kopf ein winziges Stück. Seine Augen weiteten sich, und er wurde kreidebleich. »O mein Gott, Molly«, stöhnte er.

Sie fuhr herum. Gütiger Himmel! Beim Anblick dessen, was der Hoodie-Mann Jackson Mule entgegengeworfen hatte, musste sie einen heftigen Würgereiz unterdrücken. »Sieh einfach nicht hin, okay?«

Doch Gabe machte keinerlei Anstalten, sich wieder umzudrehen. »Ist das ein …«

»Ja. Ein Kopf.« Den Haaren nach zu schließen, handelte es sich um einen Frauenkopf. Kein Zweifel, der Hoodie-Mann war dabei gewesen, eine Leiche zu entsorgen. Molly packte Gabe am Arm und zog, bis er sich endlich von dem grauenvollen Anblick losriss. »Bleib einfach stehen und versuch, nicht ohnmächtig zu werden, okay? Falls doch, macht dir keiner einen Vorwurf.«

Molly drückte die Schultern durch und trat zu den beiden Autos, wobei sie ihre Waffe ins Holster zurückschob. André und Burke kamen ihr auf halbem Weg entgegen. »Mule ist tot. Wir waren es aber nicht. Der Schütze ist in einem Range Rover geflüchtet.«

Andrés Kiefer wurde hart. »Verdammt. Ich lasse ihn gleich zur Fahndung ausschreiben.«

Sie wartete, bis das erledigt war, ehe sie zu erklären begann. »Also, ein Typ mit Hoodie hat Mule erschossen. Die beiden haben sich wegen etwas gestritten, dann hat der Hoodie-Mann einen Plastiksack nach Mule geworfen und ihn damit kurz abgelenkt, bevor er zwei Schüsse auf ihn abgegeben hat. Einen in die Brust, einen zweiten in den Kopf. Wir haben uns genähert, aber …« Sie seufzte. »Es ist meine Schuld, dass er flüchten konnte. Ich hatte die Waffe auf ihn gerichtet, aber er ist auf mich losgegangen, womit ich nicht gerechnet hatte. Er hat mich angerempelt und … ich fürchte, ich bin übermüdet, deshalb waren meine Reflexe nicht so gut, wie sie sein sollten. Ich habe auf die Reifen geschossen und auch getroffen, aber er ist trotzdem weitergefahren.«

»Wahrscheinlich hatte der Wagen Runflat-Reifen«, bemerkte Burke, nahm sie bei den Schultern und musterte sie. »Aber geht's dir gut? Und Gabe auch?«

»Ja«, antwortete sie verdrossen. »Der Hoodie-Mann hatte eine Waffe im Kofferraum des Wagens da drüben und ist geflüchtet.«

André schüttelte den Kopf. »Verdammt, was für ein Chaos. Ich bin ja froh, dass er Sie nicht erschossen hat, Molly, aber warum hat er es nicht versucht?«

»Er hat auf mich geschossen, aber nicht getroffen, und dann hat er das Feuer auf einmal eingestellt. Ich habe noch auf ihn geschossen, als er geflüchtet ist. Keine Ahnung, vielleicht hat er das Flattern gekriegt.«

»Seine Waffe hatte eine Ladehemmung«, sagte Gabe. »Ich habe gesehen, wie er sie beheben wollte, bevor er in den Range Rover gestiegen ist. Zu dem Zeitpunkt hatte ich größere Angst, dass er uns mit dem SUV über den Haufen fährt.«

»Oder euch zwingt, ins Wasser zu gehen«, sagte André. »Okay. Alle bleiben hier, ich werfe jetzt einen Blick auf Mule. Ich muss mich vergewissern, dass er tot ist und keinen Notarzt braucht.« Steifbeinig trat er auf den Cop zu.

»Der ist definitiv tot«, murmelte Molly und schlug sich mit der Hand gegen die Stirn. »André, Gabe hat alles auf Video aufgenommen.«

André blieb abrupt stehen, machte kehrt und kam rasch zu ihnen zurück. »Lassen Sie mich mal sehen.«

Gabe startete das Video und drehte sein Handy so, dass André und Burke es sehen konnten. Danach wirkten beide erleichtert.

»Das rettet euch beiden den Allerwertesten«, verkündete Burke.

André nickte. »Definitiv. Zu schade, dass wir nicht hören konnten, was sie gesprochen haben.«

»Wir wollten nicht näher herangehen«, sagte Gabe entschuldigend. »Aber er wollte …« Er verzog das Gesicht und schluckte trocken. »Dieses Ding, das er nach Mule geworfen hat, war ein Frauenkopf. Er wollte ihn ins Wasser schleudern.«

»Das glaube ich sofort«, brummte Burke mit belegter Stimme. »Wir müssen herausfinden, wen er da loswerden wollte.«

André machte ein angewidertes Gesicht. »Ja. Ihr bleibt erst mal hier. Ich habe Verstärkung angefordert. Speichern Sie das Video in der Cloud, Gabe. Ich will nicht, dass es ›versehentlich‹ gelöscht wird, bevor wir Sie offiziell von jedem Verdacht freisprechen können.«

Molly sah zu, wie André neben Mules Leiche trat und ihm prüfend zwei Finger an den Hals legte.

»Es ist meine Schuld, dass der Hoodie-Mann entkommen konnte«, sagte Molly leise zu Burke. »Ich war zu übermüdet, deshalb haben meine Reflexe versagt.«

»Halt den Mund.« Burke legte ihr den Arm um die Schultern und drückte sie kurz an sich. »Du hast ihn daran gehindert, Beweismittel zu vernichten. Sei nicht so hart mit dir.«

»Danke«, warf Gabe mit einem Anflug von Schärfe in der Stimme ein. »Jetzt macht sie sich bis zum Sankt-Nimmerleins-Tag Vorwürfe.«

Burkes Mundwinkel hob sich. »Du kennst sie ja schon ziemlich gut.«

Molly spürte, wie ihre Wangen heiß wurden, obwohl es unter den gegebenen Umständen lächerlich war. »Hast du das Video an deine Cloud geschickt, Gabe?«

»Schon erledigt. Und ich habe Antoine den Link geschickt, damit er es sich jederzeit ansehen kann.«

Burkes angedeutetes Lächeln wurde zu einem breiten Grinsen. »Verdammt, Junge, du würdest einen erstklassigen Ermittler abgeben.«

Gabe schüttelte den Kopf. »Vergiss es. Ich bleibe für den Rest meines Lebens ein langweiliger Koch.«

Molly registrierte eine plötzliche Bewegung in Andrés Richtung. »André!«, kreischte sie.

Ein Alligator – ein Riesenvieh – stieg aus dem Wasser und wollte sich den Kopf schnappen.

André fuhr herum und gab mehrere Schüsse ab, absichtlich im weiten Bogen rings um das Reptil herum. Burke hastete an Andrés Seite, um ihn zu unterstützen.

Der Alligator glitt wieder ins Wasser. André machte ein paar taumelnde Schritte rückwärts, bis Burke ihm stützend die Hand auf den Rücken legte.

»Heilige Scheiße«, stieß Gabe hervor. »Dieser Tag … es hört nicht auf.«

»Ich hätte ihnen helfen sollen«, sagte Molly und versuchte, das Zittern zu ignorieren, das inzwischen ihren gesamten

Körper erfasst hatte. »Aber ich kann meine Beine nicht mehr bewegen.«

Sie waren schon verdammt lange unterwegs gewesen, und sie war so erledigt, dass sich ihre Beine wie Pudding anfühlten.

»Dann bleib einfach hier bei mir.« Gabe schlang ihr den Arm um die Taille, um sie zu ermutigen, sich gegen ihn zu lehnen. Was sich wunderbar anfühlte. »Für einen Tag hast du genug Menschen gerettet.«

Sie sahen zu, wie André vorsichtig die sterblichen Überreste des Opfers vom Ufer zurückzog. Plötzlich schien er zu erstarren.

Molly trat vor. »Ich frage mich, ob André die Person kennt. Oder Burke«, fügte sie hinzu, als ihr Chef neben André in die Hocke ging.

Gabe folgte ihr, als Molly sich dem Tatort mit größter Vorsicht näherte, um keine potenziellen Beweise zu zerstören, die der Hoodie-Mann zurückgelassen haben könnte.

»Kennst du sie?«, rief sie.

»Ja«, rief Burke über die Schulter. »Bleibt, wo ihr seid.« Molly und Gabe blieben stehen und warteten, bis Burke zu ihnen getreten war. »Also, Xaviers und Carlos' Plan, meine Besucherin von gestern anzurufen, ist jedenfalls Geschichte.«

Molly seufzte. »Die Frau, die sich als Nadia Halls Schwester ausgegeben hat? Die mit dem falschen Namen?«

Burke nickte knapp. »Genau die.«

Molly lehnte den Kopf gegen Gabes Schulter. »Ich bin wirklich hundemüde, Burke.« Vielleicht hatte sie sich auch ein oder zwei Rippen geprellt. Der Hoodie-Mann hatte einen verdammt harten Schädel gehabt.

André deutete auf seinen SUV. »Setzen Sie sich auf den Rücksitz und ruhen sich aus. Eigentlich wollte ich Sie beide ja in der Hütte befragen, aber das muss jetzt alles streng nach Vorschrift ablaufen. Geben Sie mir Ihr Handy, Gabe. Ich passe gut darauf auf.«

Die Alternative blieb unausgesprochen: Wenn die Cops erst hier waren, könnte einer, der nicht auf ihrer Seite stand, es sich unter den Nagel reißen und dafür sorgen, dass Gabe es niemals wiedersah.

Gabe reichte André sein Handy, der es einsteckte, dann hielt der Starkoch-Schrägstrich-Verbrecherjäger Molly den Arm hin und half ihr in Andrés Wagen.

»Irgendwann verabreden wir beide uns zu einem richtigen Date«, erklärte er leichthin, als er ihr den Arm um die Schultern legte und sie eng an sich zog. »Ich bin ziemlich sicher, dass wir das besser hinkriegen.«

Verblüfft lachte sie auf. »Ich auch.« Sie wurde wieder ernst. »Wir werden vernommen werden. André nennt es Befragung, aber mal ehrlich, die werden uns mit Fragen nur so bombardieren. Ich überlege, ob wir nicht Willa Mae anrufen, damit sie uns vertritt. Nur für alle Fälle.«

Gabe drückte ihr einen Kuss aufs Haar. »Das ist eine gute Idee. Lass mich eine Minute durchatmen, dann rufe ich sie an.«

»Das kannst du nicht. André hat dein Handy.«

»Ach, ja. Dann ruf du an. Du hast ja noch dein Wegwerfhandy, richtig?«

»Ja.« Sie zog es aus der Tasche. »Ihre Nummer habe ich nicht, aber Antoines. Jemand muss sie aus Burkes Hütte abholen, falls sie uns überhaupt offiziell vertreten kann. Keine Ahnung, ob ihre Zulassung in Louisiana gilt oder ob es nur Show war, als sie den symbolischen Dollar angenommen hat, um Xavier vertreten zu können.«

»Das war erst am Dienstag, dabei fühlt es sich an, als sei eine Ewigkeit seitdem vergangen«, bemerkte Gabe.

Sie tätschelte ihm den Oberschenkel. »Kopf hoch, Gabe. Wir kriegen das schon hin.«

Er seufzte. »Aber nicht schnell genug.«

BAYOU GAUCHE, LOUISIANA

Donnerstag, 29. Juli, 09.00 Uhr

»Nein.« Cicely machte auf dem Absatz kehrt und stapfte in Burkes Küche, fest entschlossen, ihrem Sohn aus dem Weg zu gehen, der allmählich den Verstand verlor.

Xavier sah Antoine an, der mit einem Boot gekommen war, um Willa Mae zum Revier zu begleiten, wo Molly und Gabe gerade festgehalten wurden. *Während ich hier herumhocke und scheiß Däumchen drehe.* »Bitte, Mann. Nehmen Sie mich doch mit. Ich muss helfen.«

Antoine sah ihn mitfühlend an. »Das verstehe ich, aber in dem Fall bin ich auf der Seite Ihrer Mutter. Sie sind ein zu wichtiger Zeuge, deshalb dürfen wir das Risiko nicht eingehen, Sie zu verlieren. Und da draußen sind Sie nicht sicher. Tut mir leid.«

Xavier verschränkte die Arme und unterdrückte das Bedürfnis, zu schmollen. »Ich war fünf Jahre alt, als ich gesehen habe, wie Nadia Hall getötet wurde. Mich nimmt doch sowieso keiner ernst.«

»Du würdest dich wundern«, bemerkte Willa Mae und blieb in der Diele stehen. Sie trug ein Kostüm. Und hohe Schuhe. Und eine Perlenkette.

»Sie sehen sehr gut aus, Ma'am«, sagte Xavier. »Sehr anwaltsmäßig.«

Sie schnaubte. »Das sollte ich wohl auch. Ich war schon Anwältin, als du noch nicht einmal geboren warst.«

»Wie kommt es, dass Sie ein Kostüm dabeihaben, Miss

Willa Mae?«, erkundigte sich Carlos. »Wir sind doch bloß mit dem aus der Stadt verschwunden, was wir am Leib hatten.«

»Stimmt«, bekräftigte Manny. »Können Sie hellsehen?«

Willa Mae lächelte voller Zuneigung. »Schön wär's. Ich dachte nur, ihr Jungs braucht vielleicht eine Anwältin nach dem Ärger, den ihr euch eingehandelt hattet.«

Xaviers Brauen schossen hoch. »Aber wir haben uns keinen –« Er unterbrach sich, als er das Funkeln in Willa Maes Augen sah. »Sie machen Quatsch mit mir.«

»Nur ein bisschen. Und jetzt hört auf eine alte Frau. Deine Mutter braucht dich, Xavier, und zwar lebendig und an einem Stück. Du musst bei ihr sein und ihr die Hand halten. Ich verstehe, dass du gern helfen würdest. Wenigstens das kannst du tun. Du hilfst deiner armen Mama, all das hier durchzustehen. Sie spielt zwar die Starke, aber innerlich bricht sie völlig zusammen. Hör auf, dir selbst leidzutun. Nicht, dass dir das nicht zustünde«, fügte sie hinzu. »Aber es ist niemandem damit geholfen. Weder dir noch der Frau, die gerade an Burkes Küchentisch sitzt und sich am liebsten die Augen ausweinen würde.«

Xavier senkte den Kopf, dann nickte er. Willa Mae hatte völlig recht. »Ja, Ma'am. Aber bitte halten Sie uns auf dem Laufenden.«

»Sie wissen dasselbe, was wir auch wissen, Junge«, sagte Antoine. »Der Kerl, der sich für Paul Lott ausgegeben hat, heißt Nicholas Tobin, dieser *grand fromage* war Jackson Mule, und der Typ mit dem Hoodie hat ihn kaltgemacht und ist geflüchtet.«

»*Grand fromage?*«, wiederholte Manny.

»Das heißt großer Käse und bedeutet hohes Tier«, erklärte Willa Mae, woraufhin Manny lachte. Xavier schüttelte nur den Kopf.

»Und der mit dem Hoodie war im Begriff, eine Leiche an die Alligatoren zu verfüttern«, warf Carlos ein. »Diesen Teil dürfen Sie nicht vergessen.«

»Aber versucht habe ich es«, bemerkte Antoine und verzog das Gesicht. »Deshalb bin ich kein Cop. Ich habe einfach nicht die Nerven für so was. Sind Sie so weit, Ma'am?«

»Ja, bin ich. Ich gehe, Cicely«, rief sie ihrer Freundin über die Schulter hinweg zu. »Ich rufe dich an, sobald ich etwas weiß. Mach dir erst mal keine Sorgen. Die beiden werden nur befragt. André sagt, Gabe hätte ein Video als Beweis, dass sie nichts mit dem Mord heute Morgen zu tun hatten.«

»Mit dem Mord heute Morgen«, sagte Xavier seufzend. »Jetzt müssen wir die Morde schon mit Zeiten versehen, um sie auseinanderhalten zu können. Ich weiß nicht mal mehr, wie viele es gegeben hat.«

»Aber ich«, sagte Carlos. »Ich führe Buch.«

»Ja, klar«, brummte Xavier. »Also? Wie viele?«

Carlos zog sein Handy heraus und zählte. »Fünfzehn, wenn ich alle von Anfang an mitzähle. Nadia Hall, Rocky, Dr. Benson, Paul Lott. Dann der Typ, den du erwischt hast, Xavier, den aber jemand anderes erledigt hat. Eckert, der Auftragskiller. Die Pathologin, der Bestatter, die drei, die Mollys Familie entführen wollten, die zwei, die Val erledigt hat, die Frau, die sich als Nadias Schwester ausgegeben hat, und Mule. Macht fünfzehn.«

»Bitte schick mir die Liste, Carlos«, sagte Willa Mae. »Ich muss jetzt los, Gabe und Molly erwarten mich.« Mit einem knappen Winken folgte sie Antoine zum Boot.

Eine Minute später erwachte der Motor zum Leben, dann waren sie fort.

Xavier ging in die Küche, wo seine Mutter mit verschränkten Händen am Tisch saß. Ihre Augen waren tatsächlich gerötet und tränenfeucht. Schlagartig fühlte Xavier sich winzig. »Es tut mir leid, Mama.«

»Mir auch.« Sie tätschelte den Stuhl neben sich, auf den Xavier sich setzte. »Ich bin stolz auf dich, weil du helfen wolltest, und es tut mir leid, dass ich dich ohne Erklärung einfach habe stehen lassen.«

»Schon gut. Miss Willa Mae hat mir alles erklärt.«

Cicely lächelte schwach. »Das kann sie besonders gut. Ich wusste nicht, dass sie ihre Zulassung hier und in Texas behalten hat, und bin sehr froh darüber. Um Mollys und Gabes willen.«

»Es ist schrecklich, dass sie in Schwierigkeiten stecken und alles nur wegen –« Er unterbrach sich, ehe ein *mir* über seine Lippen kommen konnte. »Wegen all dem.«

Doch seine Mutter ließ sich nicht in die Irre führen. »In letzter Sekunde noch die Kurve gekriegt, mein Junge. Du bist hier genauso das Opfer wie alle anderen, wahrscheinlich sogar noch mehr. Du glaubst, du hilfst nicht, aber das tust du. Ohne dich hätte niemand gewusst, dass wir nach Nadia Hall suchen müssen. Und deine Zeit kommt noch, Xavier. Wenn Molly, Burke und André erst Licht ins Dunkel gebracht haben und diesen Irrsinn aufdecken, wirst du als Zeuge aussagen. Das wird nicht leicht werden.«

»Gegen wen denn?«, fragte Xavier frustriert. »Alle sind doch tot.«

»Aber nicht der Mann, der Mule erschossen hat«, widersprach Cicely. »Wenn der Kerl mit dem Hoodie die Leiche der jungen Frau verschwinden lassen wollte, die bei Burke war – und die eindeutig in der Sache drinsteckte –, steckt er ebenfalls drin. Wir wissen nur noch nicht, wie. Und wir wissen nicht, wer damals Nadias Liebhaber war. Vielleicht Mule oder aber ein anderer Mann. Noch wissen wir es nicht.«

Nein, das taten sie tatsächlich nicht. Aber sie fanden es

womöglich heraus. »Ich habe eine Idee, was wir tun können, solange wir warten. Carlos! Manny! Könnt ihr mal kommen?«

Sekunden später standen die Brüder da. »Was gibt's?«, fragte Carlos.

Xavier bedeutete ihnen, sich zu setzen. »Ich habe mir gerade überlegt, dass es doch etwas gibt, das wir tun können. Erinnert ihr euch an unser Brainstorming von gestern Abend?«

Carlos blinzelte. »Das war tatsächlich erst gestern Abend. Ja. Ich erinnere mich. Wieso?«

»Gabe hat doch Shoe gestreichelt und zu Molly gesagt: ›Was ist mit dem Hund?‹«

Ein langsames Lächeln breitete sich auf Carlos' Gesicht aus. »Wir rufen sämtliche Tierärzte in New Orleans an.«

Xavier nickte. »Genau.«

Manny zog sein Handy heraus. »Mein Wegwerfhandy hat noch ein ordentliches Guthaben. Legen wir los.«

Xavier sah seine Mutter fragend an. Sie nickte. »Ich suche die Namen und die Nummern heraus«, sagte sie. »Ihr Jungs erledigt die Anrufe.«

Xavier hob die Hand. »Moment noch. Wir wissen jetzt, wie einfach es ist, unsere Anrufe zurückzuverfolgen.«

»Das war mir schon immer klar«, erklärte Carlos mit wichtiger Miene.

Xavier stellte fest, dass er immer noch lächeln konnte. »Aber klar. Diese Crime-Sendungen, die du so gern siehst, helfen uns. Weißt du auch, wie wir es anstellen müssen, damit es aussieht, als riefen wir von verschiedenen Nummern an?«

»Spoofing«, sagte Cicely. Die Jungs sahen sie verblüfft an. »Was denn?«, sagte sie stirnrunzelnd. »Glaubt ihr etwa, ich hätte überhaupt keine Ahnung? Spoofing heißt es, wenn man die Nummer fingiert, von der man anruft. Eine der Schwestern hat das getan, als sie ihren Ex-Freund belästigt hat. Sie hat mächtig Ärger deswegen bekommen, nur damit ihr Bescheid wisst.«

»Aber wir haben ja keine bösen Absichten«, wandte Manny ein. »Außerdem müssten die uns erst mal erwischen, und dieses Handy ist nicht rückverfolgbar. Ich suche jetzt nach einer Spoofing-Webseite.« Er nickte Cicely zu. »Gut gemacht, Mrs M.«

Sie tätschelte über den Tisch hinweg seinen Arm. »Danke, Manny. Es ist schön, so wertgeschätzt zu werden.«

Xavier sah sie an und tippte mit dem Finger auf den Tisch. »Ich tue das auch, Mama. Mehr, als ich jemals sagen kann.«

Wieder füllten sich ihre Augen mit Tränen. Sie winkte ab. »Still jetzt, wir haben viel Arbeit vor uns.«

23. Kapitel

TULANE-GRAVIER, NEW ORLEANS, LOUISIANA

Donnerstag, 29. Juli, 09.15 Uhr

Lamont strich seine Krawatte glatt. Kurz verharrte seine Hand auf dem Türknauf zu seinen Büroräumen, während er sich innerlich wappnete. Er war frisch geduscht, angezogen und bereit, den Tag zu beginnen.

Der normalerweise Aktenberge und endlose Meetings bedeutete.

Heute hingegen musste er als Erstes herausfinden, was die Cops wussten. Wie viel von seinem Gesicht war auf dem Video zu sehen gewesen?

Dieser verdammte Gabe Hebert und sein verdammtes Handy.

Und seine, Lamonts, verdammte Pistole, die ausgerechnet dann versagen musste, als er sie am meisten gebraucht hatte.

Ich hätte die beiden überfahren sollen. Wieso habe ich sie nicht einfach umgemäht?

Weil er panisch geworden war, ganz einfach. Ein Kampf war ausgeschlossen gewesen, also war er geflüchtet. Und wenn er keinen Ausweg aus dieser Misere fand, wäre es diese Panikattacke, die ihn zu Fall bringen würde.

Über den Mord an Jackson Mule wurde bereits in sämtlichen Nachrichten berichtet, nur gab es kaum nähere Einzelheiten. Alle möglichen wichtigen Lokalgrößen weinten dicke

Krokodilstränen wegen des Verlusts »eines großen Mannes unserer Stadt«.

Schwachsinn. Jackass war nichts als ein Rüpel gewesen. Ein dämlicher, ungeschickter Rüpel.

Aber er war schneller als ich, deshalb war er vielleicht doch nicht so dämlich.

Klappe! Halt einfach die Klappe!

»Lamont? Hätten Sie einen Moment für mich?«

Er wandte sich dem Mann zu, der auf ihn zusteuerte. Jean-Pierre, Ashleys neuer Chef. Er konnte ihn nicht ausstehen, weil er nur zu gut wusste, dass dieses Saubermann-Getue nichts als Fassade war. *Kaj* Jean-Pierre war ein Chorknabe, der lediglich seinen – ausgerechnet – französischen zweiten Vornamen schamlos benutzte, um sich bei den Wichtigen der Stadt lieb Kind zu machen. *Dieses Bürschchen ist genauso wenig ein Saubermann wie ich.* Bisher hatte Lamont bloß noch keine Beweise dafür gefunden.

»Jean-Pierre, was kann ich für Sie tun?«

»Ich suche Ashley. Sie ist bisher nicht aufgetaucht, und ich brauche unbedingt das Protokoll, an dem sie gestern gearbeitet hat. Sie muss es auf ihrer Festplatte gespeichert haben, weil es nicht auf dem Server ist. Wenn sie nicht erscheint, muss ich jemanden aus der IT anfordern, der ihren Computer knackt. Haben Sie sie zufällig gesehen?«

»Natürlich nicht«, log Lamont mühelos und betrat sein Büro, gefolgt von Jean-Pierre.

Carrie blickte von ihrem Computer auf und lächelte höflich. »Guten Morgen, Sir.« Sie erhob sich, nahm Lamont das Jackett ab und hängte es hinten an die Tür. »Kaffee?«

»Ja, bitte.« Ein Bourbon wäre ihm zwar lieber gewesen, um seine Muskeln zu lockern, aber natürlich ging das im Büro nicht. Er wandte sich Jean-Pierre zu und sah ihn durchdringend an. »Hier ist sie nicht, deshalb sollten Sie anderswo nach ihr suchen.«

»Carrie, haben Sie zufällig Ashley gesehen?«, fragte Jean-Pierre, ohne ihn zu beachten.

»Nein, Sir. Heute Morgen nicht. Soll ich ihr sagen, dass Sie nach ihr suchen, falls ich sie sehe?«

»Ja, bitte.« Sichtlich frustriert wandte Jean-Pierre sich zum Gehen. »Verdammt«, murmelte er verdrossen.

»Was für ein unhöflicher Klotz«, bemerkte Lamont abschätzig.

»Eigentlich ist er nicht so übel«, widersprach Carrie mit einem freundlichen Lächeln. »Wenn man ihn erst mal besser kennt. Er steht nur etwas unter Strom. Sobald er sich daran gewöhnt hat, wie es hier unten bei uns läuft, wird er sich schon beruhigen.«

Weil *Kaj* ja aus New York City kam. Allein das war Grund genug, dem Mann nicht über den Weg zu trauen.

Entschlossen, nicht weiter über den Kerl nachzugrübeln, drückte Lamont Carrie eine Liste der Protokolle in die Hand, die er für den Tag benötigen würde, und schloss die Tür seines Büros. Erleichtert atmete er auf, als er es leer vorfand.

Er hatte halb gefürchtet, ein Cop erwarte ihn bereits, doch bislang war nichts dergleichen passiert. Hätten sie sein Gesicht auf diesem verdammten Video erkannt, stünden sie längst mit Handschellen auf der Matte.

Er dachte daran, wie Sutton die Augen gegen die aufgehende Sonne zusammengekniffen hatte. Hoffentlich hatte die Kapuze sein Gesicht so weit verdeckt, dass sich das Video als nutzlos erwies.

Ich hätte sie überfahren sollen.

Hätte, sollte. Ich hab's aber nicht getan. Also weiter geht's.

Er fuhr seinen Computer hoch und checkte ein paar Nachrichtenfeeds. Die Medien schienen das Video jedenfalls nicht zu haben. Dem Himmel sei Dank dafür. Dafür könnte Cresswell, Jacksons kleiner Speichellecker, etwas wissen.

Und es würde einen seltsamen Eindruck machen, wenn er sich nicht meldete, oder? Schließlich hatten er und Jackass als alte Freunde gegolten.

Von seinem Festnetzapparat aus wählte er Cresswells Nummer. Zu seinem Erstaunen ging der Mann selbst an den Apparat.

»Lamont, was kann ich für Sie tun? Allerdings habe ich nicht viel Zeit, deshalb wäre ich froh, wenn Sie es kurz machen. Hier ist heute Morgen der Teufel los … mit dem Mord an Mule und all dem.«

»Das kann ich mir vorstellen«, sagte Lamont mit aufgesetzter Bestürzung. »Deshalb rufe ich an. Was um alles in der Welt ist denn passiert? Wissen Sie schon, wer es war?«

»Nein. Nur, dass es ein Kerl mit einem Hoodie war. Offenbar hat er versucht, einen anderen Mord zu vertuschen. Aber wir ziehen alle Register, das kann ich Ihnen versichern. Alle hier sind so unglaublich wütend, dass der Kerl garantiert seinen eigenen Prozess nicht mehr erlebt.«

»Ich hoffe, Sie finden ihn«, sagte Lamont mit einem tiefen Seufzer. »Nun, dann will ich Sie nicht länger aufhalten. Würden Sie mich anrufen, wenn es etwas Neues gibt? Dafür wäre ich Ihnen sehr dankbar.«

»Natürlich. Und … das mit Mule tut mir sehr leid. Ich weiß, dass Sie sich fast Ihr ganzes Leben lang kannten.«

Kannten. Weil Jackass nicht länger der Klotz war, der ihm am Bein hing.

»Danke. Ich … nun ja, ich kann es noch gar nicht begreifen. Es fühlt sich immer noch surreal an.«

»Ich weiß«, murmelte Cresswell. »Schätzungsweise wird sich hier einiges ändern.«

Es hatte nicht den Anschein, als sehe Cresswell diesen Veränderungen mit Begeisterung entgegen, und wie auch? Der Mistkerl hatte viel zu lange tun und lassen können, was er wollte. Je nachdem, wer Jackass beerben würde, könnte dieser neue Vorgesetzte Cresswell ordentlich Feuer unterm Hintern machen ... das erste Mal in seiner erbärmlichen Polizistenlaufbahn.

»Dann wollen wir mal Schluss machen«, sagte Lamont. »Kopf hoch.«

»Sie auch. Man sieht sich, Lamont.«

Lamont beendete das Gespräch und seufzte erleichtert auf. Cresswell mochte nicht in alles eingeweiht sein, hatte aber lange genug für Jackass gearbeitet, um Bescheid zu wissen, wenn es bereits einen Verdächtigen gäbe.

Erst mal in Sicherheit.

Von Xavier Morrow und Gabe Hebert einmal abgesehen. Er hatte sich durch Ashley und Jackass von seinen eigentlichen Zielen abbringen lassen – sämtliche Zeugen zu eliminieren. Gabe Hebert hatte zwar nicht gesehen, wie er Sie-deren-Name-nicht-genannt-werden-darf getötet hatte, wusste jedoch zu viel über die Ermordung seines Vaters.

Er musste Morrow und Hebert aufstöbern, und zwar schleunigst.

Natürlich wären die beiden jetzt besonders wachsam, vor allem, wenn die Ermittler-Lady Ashleys Kopf gesehen haben sollte. Sie hatten bereits geahnt, dass Ashleys Besuch bei Broussard eine Falle gewesen war. Hoffentlich tappten sie immer noch im Dunkeln, was die falsche Identität der Frau betraf, deren Ermordung der Morrow-Junge mitangesehen hatte.

Unvermittelt runzelte er die Stirn. *Moment mal.*

Wie war es überhaupt möglich, dass diese Sutton heute Morgen im Bayou war? Ganz abgesehen davon, dass sie eigentlich im Krankenhaus hätte sein sollen, stellte sich doch auch die Frage, wie sie Jackass hatte folgen können? Das ergab doch keinerlei Sinn.

Es sei denn …

Er überprüfte die Verhaftungsprotokolle des Morgens und schloss die Augen, während er um seine Fassung rang. *Verdammte Scheiße!*

Ein Mann war in den frühen Morgenstunden wegen Einbruchs mit Entführungsabsicht festgenommen worden. Die Adresse gehörte zu einem Apartmentkomplex im Central Business District.

Als Bewohnerin war eine Chelsea Sutton gemeldet. Derselbe Nachname wie diese Ermittlerin. Was hatte Jackass noch gesagt? *Miss Sutton hat eine Schwester und eine Nichte.* Jackass hätte eigentlich ausreichend Männer hinschicken sollen, um den Kerl zu überwältigen, den Broussard als ihren Leibwächter abgestellt hatte.

Lamont rief die lokale Nachrichtenwebseite auf und ließ seufzend den Kopf in den Nacken fallen. Der Einbruch in Miss Suttons Apartment wurde direkt unter der Schlagzeile von Jackass' Ermordung aufgeführt. Drei Tote vor dem Apartment, ein Mann war verhaftet worden. Nicholas Tobin.

Lamont hatte ihn nie persönlich kennengelernt, kannte jedoch den Namen, weil er über die Jahre hinweg akribisch alles über Jackass in Erfahrung gebracht hatte, was es zu wissen gab. Tobin war Jackass' Sohn mit seiner Geliebten – die Mule nicht ermordet hatte, weil sie schwanger geworden war, und deren Schweigen er sich stattdessen mit Geld erkauft hatte.

Im Gegensatz zu Nadia hatte sie es auch angenommen. Nadia hingegen hatte jegliche Zahlung rundweg abgelehnt und stattdessen darauf bestanden, ihre Schwangerschaft öffentlich zu machen. Weshalb sie jetzt tot war. Wäre sie vernünftig gewesen, würde er, Lamont, jetzt nicht in dieser Bredouille stecken.

Zähneknirschend klickte Lamont die nächste Überschrift an. *Zwei Männer bei versuchter Entführung getötet.* Die beiden Männer waren in das Haus der Restaurantbesitzerin Patrice Hebert eingedrungen und bei Eintreffen der Polizei tot aufgefunden worden.

Jackass' Männer hatten auf der ganzen Linie Mist gebaut.

Das hätte ich ihm eigentlich gern unter seinen beschissenen Rotzkolben gerieben. Aber dafür ist es jetzt zu spät.

Wenigstens hatte niemand – zumindest in den Nachrichten – eine Verbindung zwischen den beiden Einbrüchen hergestellt. Margaret Sutton, die Hebert junior Molly genannt hatte, war diese Verbindung, doch allem Anschein nach wussten die Medien nichts davon.

Zumindest noch nicht.

Allerdings dürften die Cops Bescheid wissen, ließen im Moment nur noch nichts durchsickern.

Positiv war, dass sie Jackass' Verbindung zu den beiden Einbrüchen und den fünf Leichen untersuchen würden. Jackass hatte die Kidnapper angeheuert, daher würden die Vorfälle irgendwann zu ihm führen. Selbst wenn Tobin sie ausgewählt hatte, kämen die Cops darauf, dass Jackass etwas damit zu tun gehabt hatte.

Und ich bin komplett außen vor.

Wenn Broussard und seine Leute über Nadia Hall Bescheid wussten, dachten sie vielleicht sogar, dass Jackass in Wahrheit der Täter gewesen war. Und niemand könnte das Gegenteil behaupten.

Bis auf Xavier Morrow, aber wer würde ihm schon glauben? Der Junge konnte während Katrina höchstens fünf Jahre alt gewesen sein.

Fünfjährige gaben bekanntermaßen keine brauchbaren Augenzeugen ab.

Nur dürfte Xavier Morrow blöderweise Lamonts Narbe gesehen haben, und Jackass hatte nie eine gehabt.

Verdammt.

Xavier Morrow musste trotz allem sterben. Und das würde er auch.

Immerhin bringt mich niemand mit Jackass' Tod in Verbindung. Das Wegwerfhandy, das er für ihre Kommunikation benutzt hatte, lag längst in den Tiefen des Mississippi, und in seiner Tasche steckte ein nagelneues Wegwerfhandy. Zum Glück besaß er mehrere davon, die er jeweils für seine Kontakte nutzte. Andere Beweise, die ihm zum Verhängnis werden könnten, gab es nicht, oder?

Eben.

Bis auf … »Ashley«, flüsterte er. Sobald ihre Leiche identifiziert war – und das würde schon bald passieren, weil er ihr Gesicht beim Zerstückeln ihrer Leiche nicht unkenntlich gemacht hatte –, würden die Cops sich fragen, was Jackass in der Nähe ihrer sterblichen Überreste zu suchen gehabt hatte und welche Verbindung zwischen den beiden bestanden haben mochte.

Aber es gab keine.

Nur zu mir gab es eine.

Durch Joelle, die über ein belastendes Video verfügte.

Verdammte Scheiße.

Joelle war ein Problem, dessen er sich annehmen musste. Vielleicht konnte er ihr das Video abknöpfen. Aber sie hatte ja gesagt, sie hätte eine Kopie an ihren Anwalt geschickt.

Herrgott noch mal! Sie jetzt zu töten, wäre zu offensichtlich. Lamont schloss die Augen und dachte nach. Was genau galt es jetzt zu tun? Das Ziel änderte sich ständig. Er musste eine Möglichkeit finden, Joelle zum Schweigen zu bringen, ohne Verdacht zu erregen.

Eigentlich war es die blanke Ironie. Joelle wäre hochzufrieden, weil sie Ashley gehasst hatte und –

Oh. Oh. Er riss die Augen auf und setzte sich aufrecht hin. »Oh«, flüsterte er, weil ihm in diesem Moment die perfekte Lösung eingefallen war. Was, wenn er Joelle loswerden und zugleich jegliche Verbindung zu Ashley tilgen könnte, alles auf einmal?

Joelle hatte Ashley gehasst. Mit aller Leidenschaft.

So sehr, dass sie sie sogar töten würde.

Nur um danach so deprimiert zu sein, dass sie sich das Leben nahm. Die arme Joelle.

Eigentlich hatte Lamont sich einen schmerzvollen Tod für sie gewünscht, doch wenn er ihren Selbstmord fingierte, musste es mit Tabletten sein. Joelle hatte nicht den Mut, sich wie Rocky eine Kugel in den Kopf zu jagen.

Oder wie seine erste Frau es getan hatte. Lucille war eine passionierte Jägerin gewesen, die sich mit Waffen auskannte. Joelle hingegen hatte keine Ahnung davon.

Er würde zugeben müssen, dass er Ashley gevögelt hatte, weil Joelle dies in ihrem »Abschiedsbrief« erwähnen würde. Ein Sexskandal mochte zwar unangenehm sein, wäre aber bald Schnee von gestern.

Jetzt ging es um Joelle. War sie erst einmal beseitigt, konnte er sein Augenmerk auf seine Zukunft lenken. Er würde seine Gönner um sich scharen, seinen Hut in den politischen Ring werfen, und seine nächste Frau würde ihn im Bett mit »Herr Senator« ansprechen müssen.

TULANE-GRAVIER, NEW ORLEANS, LOUISIANA

Donnerstag, 29. Juli, 13.30 Uhr

»Mr Hebert?«

Gabe fuhr hoch und blinzelte ins helle Licht der Deckenbeleuchtung des Befragungsraums. Er war eingeschlafen. Wie zum Teufel hatte er auf einem Polizeirevier einfach einnicken können?

Vielleicht weil er völlig erschöpft und drei Mal von verschiedenen Detectives in die Mangel genommen worden war, die die Böser-Bulle-netter-Bulle-Nummer abgezogen hatten, bis er am liebsten geschrien hätte? Ja, daran könnte es liegen. Ein klein wenig Nachsicht konnte er sich schon zugestehen, schließlich hatte er einen schlimmen Abend hinter sich.

Und einen nicht minder schlimmen Morgen. Von den endlosen Befragungen einmal abgesehen, hatte er keine Ahnung, wohin sie Molly gebracht hatten. Die Cops hatten sie sofort voneinander getrennt, als sie am Bayou eingetroffen waren. Ging es ihr gut? Was hatten sie mit ihr angestellt? *Wie konnte ich einfach einschlafen?*

In diesem Moment sah er den Polizisten in der Ecke stehen. Officer McCauley war einer von Andrés Männern und stand seit Stunden Wache – genauer gesagt, seit Gabe in den Befragungsraum geführt worden war. Er vertraue ihm, hatte André gesagt, und Burke tat es ebenfalls, was der einzige Grund war, weshalb Gabe sich sicher genug gefühlt hatte, um einzuschlafen. Der Officer nickte freundlich, was Gabe ebenfalls mit einem Nicken quittierte, ehe er sich zur Tür umwandte, woher die Stimme gekommen war.

Der Mann, der eintrat, trug einen schicken grauen Anzug, dazu eine schwarze Krawatte mit … Gabe kniff die Augen zusammen. »Saxofone?«, fragte er verschlafen.

Verwirrt legte der Mann den Kopf schief, dann sah er an sich hinunter. »Ach ja, stimmt.« Er lachte leise. »Ein Geschenk meines Sohnes.« Er stellte seine Aktentasche auf dem Tisch ab und setzte sich auf einen Stuhl gegenüber von Gabe. »Ihre anwaltliche Vertretung wird gleich bei uns sein, dann können wir anfangen.«

Meine anwaltliche Vertretung? Ach ja. Willa Mae war während der Befragungen an seiner Seite gewesen. Offenbar war er eingeschlafen, sobald sie den Raum verlassen hatte, weil es das Letzte war, woran er sich erinnerte. Er erhob sich, als Willa Mae hereinkam. »Miss Collins.«

Sie lächelte ihn an. »Mr Hebert. Gabe. Wie fühlen Sie sich?«

Er massierte sich den Nacken. »Ich habe schon besser geschlafen.«

»Dann setzen Sie sich lieber, bevor Sie noch umkippen.« Sie setzte sich neben ihn. »Molly geht es gut«, flüsterte sie ihm zu. »Keine Sorge, Ihnen passiert nichts. Halten Sie sich einfach an mich und beantworten Sie nur die Fragen, wie vorhin.«

Der Mann mit der Saxofon-Krawatte räusperte sich. »Ich bin Staatsanwalt Cardozo und zuständig für den Fall. Ich würde Ihnen gern ein paar Fragen stellen.«

»Gut«, sagte Gabe müde. »Und danach bin ich entlassen?«

»Gehen wir doch erst die Fragen durch, in Ordnung?«, erwiderte Cardozo. An sich hätte es unheilvoll geklungen, doch Willa Mae tätschelte ermutigend Gabes Arm.

Gabe seufzte. »Na gut. Schießen Sie los.«

»Könnten Sie noch einmal ganz von vorn anfangen?«

Gabe musste ein Stöhnen unterdrücken. »Ich habe das alles doch schon drei Mal erzählt, und es wurde bestimmt alles aufgezeichnet. Können Sie sich nicht einfach den Zusammenschnitt der Highlights ansehen?«

Cardozos Lippen zuckten. »Das könnte ich, aber ich würde

es trotzdem lieber von Ihnen hören. Ich weiß, dass eine harte Nacht hinter Ihnen liegt, deshalb bin ich Ihnen sehr verbunden.«

Gabe fuhr sich mit den Handflächen übers Gesicht und durch die Haare, um wach zu werden. »Na gut, weil Sie so verbunden sind«, brummte er und schilderte ein weiteres Mal die Geschehnisse, bis auf den Teil, als Xavier vor seiner Flucht den Eindringling in seinem Zuhause in Texas angeschossen hatte. »Und dann haben wir auf einmal den Kerl mit dem Hoodie gesehen, der Mule zuerst in die Brust und dann in den Kopf geschossen hat. Miss Sutton und ich haben uns genähert, um zu verhindern, dass er weitere Beweise vernichtet. Er hat Miss Sutton zu Boden gerissen, dann hat er seine Waffe gepackt und ist zu Mules Range Rover gelaufen. Zuerst hat er sich dahinter verschanzt und ist schließlich damit geflüchtet.«

»Wobei sich in dem Range Rover mehrere Einschusslöcher befanden, wie ich höre«, sagte Cardozo milde. Er war ein gut aussehender Mann mit fast schwarzem Haar, gebräunter Haut, die darauf schließen ließ, dass er sich häufig in der Sonne aufhielt, und dunkelbraunen Augen, die freundlich wirkten. Trotzdem war sich Gabe nicht sicher, ob er ihm trauen sollte.

»Miss Sutton wollte ihn daran hindern, den Tatort zu verlassen, und hat auf die Reifen geschossen, aber er ist einfach weitergefahren.«

»Und was haben Sie solange getan?«, hakte Cardozo nach.

»Alles auf Video aufgenommen. Von dem Moment an, als wir aus dem Wald getreten waren, bis zu dem Zeitpunkt, als der Mann im Hoodie auf Miss Sutton losgegangen ist.« Allein beim Gedanken an sein Entsetzen, als Molly zu Boden gegangen war, drohte sein Herzschlag auszusetzen. Wie stolz er gewesen war, als sie sich aufgerappelt und das Feuer eröffnet hatte.

Sie gab sich die Schuld an der Flucht des Täters, dabei konnte ihr niemand einen Vorwurf daraus machen. Sie war unglaublich mutig gewesen, und er konnte es kaum erwarten, ihr genau das ein weiteres Mal zu sagen, in der Hoffnung, dass sie es endlich glaubte.

»Und wo finden wir dieses Video?«, wollte Cardozo wissen.

Gabe kniff die Augen zusammen. »Sie haben es also nicht längst gesehen?«

Willa Mae drückte seinen Arm. »Beantworten Sie einfach die Frage, Gabe. Mr Cardozo versucht nur, sich ein Bild von der Lage zu machen.«

Gabe stieß ungeduldig den Atem aus. »Auf meinem Handy. Das sich in Captain Holmes' Gewahrsam befindet.«

Cardozo nickte. »Danke. Und haben Sie auch etwas von dem gehört, was die beiden Männer gesprochen haben?«

»Nein.«

Cardozo schien sich nicht an Gabes barscher Antwort zu stoßen. »Wirkten die beiden freundlich miteinander?«

»Bevor der eine den anderen erschossen hat, meinen Sie?«, konterte Gabe sarkastisch und seufzte, als Willa Mae ihn zum wiederholten Mal mit dem Ellbogen anstieß. »Entschuldigung. Ich bin müde und weiß nicht, was ich darauf antworten soll. Das Gesicht des Schützen haben wir nicht gesehen, weil die Sonne hinter ihm aufging und sein Gesicht halb unter der Kapuze verborgen war. Mule wirkte allerdings ganz entspannt, zumindest bis kurz vor dem Ende. Ich würde sagen, sie haben sich in normaler Lautstärke unterhalten. Angeschrien haben sie sich jedenfalls nicht.« Er sah zu Willa Mae, um sich zu vergewissern, dass er die richtigen Antworten gab. Sie nickte. *Immerhin habe ich mich nicht selbst belastet.*

»Sie hatten eine Waffe bei sich«, bemerkte Cardozo.

»Ja.«

»Haben Sie auf den Mann mit dem Hoodie geschossen?«

»Nein.«

Cardozo lächelte, als sei das ein Spiel. »Haben Sie früher am Abend geschossen?«

»Ja.«

»Wie oft?«

»Ein Mal.«

»Und wann genau war das, Mr Hebert?«

Willa Mae tätschelte ihm neuerlich den Arm. »Die Frage können Sie beantworten, Gabe. Sie haben die Videos der Überwachungskameras aus Mollys Apartmentkomplex, auf denen die Notwehr klar ersichtlich ist.«

»Das muss zwischen 1 Uhr 15 und 1 Uhr 30 heute Morgen gewesen sein.«

»Und auf wen haben Sie geschossen?«

»Seinen Namen kenne ich nicht, aber er hatte eine Waffe auf meine …« Er hielt inne, unsicher, wie er Molly bezeichnen sollte. *Feste Freundin? Partnerin?* »Auf Miss Suttons Brust gerichtet. Er hat sie gezwungen, ihre Waffe fallen zu lassen, indem er gedroht hat, ihrer Familie etwas anzutun, und dann hat er seinen Begleitern zugerufen, er hätte sie geschnappt.«

»Sie dachten, er tue ihr etwas an?«

»Ich hatte keinerlei Zweifel daran.«

»Weshalb waren die Männer Ihrer Meinung nach in das Haus eingedrungen?«

»Um Miss Suttons Schwester und Nichte zu verletzen oder vielleicht auch zu entführen.«

»Und was hätten die Männer damit bezwecken sollen?«

Gabe unterdrückte das Bedürfnis, den Staatsanwalt anzuschreien. »Um Molly zu provozieren, damit sie gezwungen ist, Burke aus seinem Versteck zu locken, oder um ihr zum Unterschlupf wichtiger Zeugen zu folgen.«

»Sie haben also auf den Mann in der Garage geschossen. Geschah das in der Absicht, ihn zu töten?«

Gabe zuckte unwillkürlich zusammen. »Nein. Eigentlich habe ich auf seine Schulter gezielt. Der Arm, das Bein oder sogar noch der Oberkörper wären in Ordnung gewesen, aber stattdessen habe ich ihn am Hals erwischt.«

Wieder nickte Cardozo. »Es war ein tödlicher Schuss.«

Gabe schluckte. Mit der Tatsache, dass er einen Mann getötet hatte, würde er sich später auseinandersetzen müssen, jetzt war nicht der richtige Zeitpunkt dafür. »Das stimmt wohl.«

»Ihr Vater war Polizist. Hat er Ihnen das Schießen beigebracht?«

»Ja, das ist beides richtig. Aber nicht in den Hals. Das war ein Versehen.«

Cardozos Lächeln war freundlich. »Ich habe Ihren Vater nie persönlich kennengelernt, aber viel Gutes über ihn gehört.«

Unsicher, wie er darauf reagieren sollte, sah Gabe zu Willa Mae.

»Sagen Sie einfach Danke, Gabe«, riet sie leise.

»Danke.«

Cardozo lächelte leise. »Nicht zu danken.« Plötzlich wieder ernst, beugte er sich vor. »Wissen Sie, wer der Mann mit dem Hoodie war?«

»Nein. Aber wenn ich es wüsste, würde ich es Ihnen sagen.«

»Wer hat Ihrer Ansicht nach Ihren Vater getötet?«

Gabe zögerte kurz. *Was soll's?*, dachte er dann. »Sie gehen also auch davon aus, dass er keinen Selbstmord begangen hat?«

»Ja. Miss Sutton hat mir von der Autopsie erzählt, die Sie in Auftrag gegeben haben. Wir haben auch den Bericht in Dr. McLains Cloud gefunden. Ihr Ehemann kannte die Zugangscodes und hat sich sehr kooperativ bei den Ermittlungen zu dem Mord an ihr gezeigt.«

Gabe entspannte sich ein wenig. Vielleicht würde ja doch noch alles gut werden. »Wieso haben Sie mich nicht früher nach dem Mord an meinem Vater gefragt? Gestern zum Beispiel.« *Bevor ich gezwungen war, einen Mann zu töten.*

»Weil wir die Unterlagen erst gestern Abend bekommen haben. Wir wollten sie heute mit Ihnen besprechen, und jetzt sind Sie ja hier. Eine letzte Frage noch. Haben Sie vor, weiter nach dem Mörder Ihres Vaters zu suchen?«

Gabe sah Willa Mae nicht an, sondern hielt den Blick auf Cardozo gerichtet. »Ja.«

»Das dachte ich mir. Hätten Sie jetzt Nein gesagt, hätte ich Ihnen nichts von all dem geglaubt, was Sie mir bislang erzählt haben. Aber ich schlage Ihnen Folgendes vor, Mr Hebert. Ich würde Sie gern nach Hause gehen lassen, oder wohin Sie auch sonst wollen. Aber ich kann nicht zulassen, dass Amateure durch die Stadt laufen und Mörder jagen und Autos kaputt schießen. Oder auch nur die Waffe gegen mutmaßliche Entführer richten.«

Gabe musterte ihn eingehend, dann nickte er. »Ich verstehe Ihre Position.«

»Das hatte ich gehofft. Danke für Ihre Zeit und Ihre Geduld. Und vor allem danke ich Ihnen für das Video. Es wird uns noch sehr nützlich sein, nehme ich an.«

»Das hoffe ich. Wissen Sie inzwischen, wer der Hoodie-Mann ist?«

»Nein, aber ich werde es herausfinden.«

»Und das Opfer? Die Frau, deren …« Gabe schluckte. »Deren Kopf wir gefunden haben?«

Mindestens fünf Sekunden lang sah Cardozo Gabe nur wortlos in die Augen und blinzelte im Takt mit dem Sekundenzeiger der Uhr an der Wand.

Gabe wusste nicht, was er davon halten sollte. Der Staatsanwalt kannte eindeutig den Namen des Opfers, und er wollte, dass Gabe es wusste. »Da bin ich froh«, flüsterte Gabe schließlich. »Ich hoffe, ihre Familie kann damit abschließen.«

Cardozo erhob sich und strich seine Saxofon-Krawatte glatt. »Sie können gehen, Mr Hebert. Aber bitte bleiben Sie in der Stadt. Ihr Handy bekommen Sie zurück, und Miss Sutton erwartet Sie bereits in der Lobby.«

Damit schloss der Staatsanwalt seine Aktentasche und verließ den Raum, während Gabe mit offenem Mund zurückblieb. »Was, zum …«, begann er.

»Sobald wir allein sind«, murmelte Willa Mae. »Kein Wort jetzt. Gehen wir.«

Beim Hinausgehen konnte Gabe sich einen finsteren Blick auf den Einwegspiegel an der Wand nicht verkneifen. Auf der anderen Seite stand jemand, ganz klar. Und offensichtlich traute Willa Mae den Leuten auf dem Revier nicht.

Wortlos folgten sie Officer McCauley hinaus und durch die Korridore bis zur Eingangshalle, wo Molly bereits auf und ab ging. Als sie Gabe erblickte, lief sie zu ihm und schlang die Arme um ihn.

»Mir geht's gut«, murmelte er und zog sie fester an sich, während er den Duft ihres Haars einatmete, das nicht wie gewohnt nach ihrem Orangenshampoo, sondern nach dem Shampoo aus Farrahs Badezimmer roch. Sie trug immer noch Farrahs Jogginghose und Shirt, inklusive der Schmutzflecken vom Erdboden am Ufer, wo der Täter sie von den Füßen gerissen hatte. Aber sie war am Leben und unversehrt, also hatten ihr die Cops offenbar nichts getan. Er war einfach nicht sicher, was er erwartet hatte, schließlich war gerade eines der hohen Tiere des NOPD getötet worden. »Und dir?«

Sie verstärkte ihren Griff und presste ihr Gesicht an seinen Hals, ehe sie von ihm abließ. »Mit mir ist auch alles okay.«

Mehr sagte sie nicht, bis sie das Gebäude verlassen hatten und auf die Straße traten, wo Burke sie bereits mit seinem Pickup erwartete. »Steigt ein«, sagte er. »Und schnallt euch an.«

Willa Mae setzte sich auf den Beifahrersitz, Gabe und Molly stiegen hinten ein. Molly hielt Gabes Hand so fest umklammert, dass es wehtat, doch das würde er ihr nicht sagen.

»Können wir jetzt reden, Miss Willa Mae?«, fragte Gabe.

Willa Mae sah Burke an. »Alles im grünen Bereich hier?«

Burke nickte. »Ja. Ich bin nicht lange stehen geblieben, deshalb ist der Wagen sauber.« Er reichte Molly ihr Handy und ihr Wegwerfhandy. »Hier.«

»Danke, dass du sie für mich aufbewahrt hast«, sagte sie. »Wo fahren wir hin? In deine Hütte?«

»Nein, dort sind zu viele Leute. Es gibt keine zusätzlichen Schlafzimmer, außerdem machen fünf weitere Leute zu viel Lärm, selbst wenn sie sich bemühen, ruhig zu sein. Wir fahren zu Farrahs und Andrés Hütte am See, wo ihr euch ausruhen könnt.«

»Gott sei Dank«, murmelte Gabe.

»Was ist mit Chelsea und Harper?«, fragte Molly. »Sind sie noch dort?«

»Ja«, antwortete Burke. »Soweit ich gehört habe, backen sie mit Farrah Kuchen, damit ihr etwas Süßes habt, wenn ihr zurückkommt. Tja …« Er ließ ein paar Sekunden verstreichen. »Ereignisreicher Tag, was?«

Mollys Lachen klang ein wenig spröde. »Das kann man wohl sagen. Welche neuen Erkenntnisse haben wir gewonnen?«

»Der Staatsanwalt kennt den Namen des Opfers«, sagte Gabe. »Das, dessen Körper der Hoodie-Mann ins Wasser geworfen hat.«

»Das stimmt, allerdings hat er ihn uns nicht verraten«, sagte Willa Mae. »Wobei ich ohnehin nicht damit gerechnet hätte.«

»Ich frage mich, wie sie sie so schnell identifizieren konnten«, sinnierte Molly. »Haben sie Taucher nach weiteren sterblichen Überresten suchen lassen? Wenn sie einen oder zwei Finger gefunden hätten und die Frau in der Datenbank erfasst gewesen wäre, könnten sie sie anhand der Fingerabdrücke identifizieren.«

Beim Gedanken an umhertreibende Finger im Bayou schloss Gabe die Augen und kämpfte gegen die aufsteigende Übelkeit an.

»Ich weiß es nicht«, sagte Burke. »Ihr Gesicht war noch zu erkennen … trotz des Bluts, deshalb frage ich mich, ob er sie vielleicht gekannt hat.«

»Ich tippe auf Letzteres«, stöhnte Gabe schwach. »Was gibt es sonst Neues?«

»Tut mir leid«, sagte Molly und drückte ihm einen flüchtigen Kuss auf die Hand. »Ich vergesse immer wieder, dass du ja Zivilist und nicht an diese Art der Kommunikation gewöhnt bist. Du warst großartig heute.«

»Danke.« Er lehnte sich zurück und schloss die Augen. *So müde.* Beinahe zu müde, um Stolz angesichts ihres Lobs zu empfinden. *Beinahe.* »Wissen wir mehr?«

»André sagt, sie hätten Mules Range Rover gefunden«, antwortete Burke. »Er war im Wald abgestellt worden, ganz in der Nähe vom Haus des Besitzers des gestohlenen Wagens.«

»Des gestohlenen Wagens?«, wiederholte Gabe und schüttelte heftig den Kopf. Hatte er einen Teil der Erklärung verschlafen?

Burke sah ihn im Rückspiegel an. »Oh, tut mir leid. Der Wagen, den der Schütze am Tatort zurückgelassen hat, war gestohlen. Die Cops sind zur dazugehörigen Adresse gefahren und haben den Besitzer wenige Meter neben Mules Range Rover auf dem Boden liegend vorgefunden.«

Molly seufzte. »Er war tot?«

»Ja«, antwortete Burke. »Der Kerl hatte ein beachtliches Vorstrafenregister und war kein Unbekannter beim NOPD. Drogendealer. Hat selbst Meth gekocht und all solche Dinge. Als er aufgefunden wurde, war er bereits mehrere Stunden tot. Man hat frische Reifenspuren in der Nähe des Rovers gefunden, wahrscheinlich von einer Limousine. Sie stimmten nicht mit dem Reifenprofil des gestohlenen Wagens am Tatort überein. Mehr weiß ich aktuell auch noch nicht.«

»Alles klar«, sagte Molly langsam. »Der Hoodie-Mann ist also mit seinem eigenen Wagen gekommen, hat ihn gegen den des Meth-Manns getauscht, ist in Mules Range Rover geflüchtet und zurück zu der Stelle gefahren, wo er seinen eigenen Wagen stehen hatte.«

»So sieht es aus«, bestätigte Burke.

Molly gähnte. »Ich frage mich, ob der Hoodie-Mann den Meth-Mann kannte oder ob er den Wagen gestohlen hat, weil sich gerade die Gelegenheit dafür bot.«

»Gute Frage«, sagte Burke. »Dieselbe habe ich mir auch schon gestellt. Und falls sie sich gekannt haben sollten, wäre interessant zu wissen, woher.«

»Und ich frage mich, wie ihr alle immer noch bei Bewusstsein sein könnt«, murmelte Gabe.

Molly lehnte sich gegen ihn. »Wir sind nur an lange Arbeitstage gewöhnt, das ist alles. Aber auch mein Gehirn streikt allmählich.«

»Macht die Augen zu«, sagte Burke. »Bald sind wir bei Farrah.«

TULANE-GRAVIER, NEW ORLEANS, LOUISIANA

Donnerstag, 29. Juli, 18.30 Uhr

»Guten Abend, Sir«, sagte James.

Lamont ließ sich auf den Rücksitz der Limousine sinken. »Guten Abend, James.«

James fuhr los. Und hielt sofort wieder.

»Der Verkehr«, entschuldigte er sich. »Es scheint, als wäre das halbe Land auf den Straßen unterwegs.«

Doch Lamont stellte fest, dass es ihn nicht kümmerte. »Kein Problem, James. Heute Abend habe ich es nicht eilig. Fahren Sie mich einfach nach Hause.«

James sah ihn im Rückspiegel an. »Das ist neu. Normalerweise haben Sie immer einen wichtigen Termin, zu dem ich Sie möglichst schnell bringen soll. Hatten Sie einen angenehmen Tag, Sir?«

»Ja, danke.« Zumindest bisher.

Noch war Ashleys Identität nicht geklärt, das hatte er überprüft. Mehrmals, wenngleich diskret. Niemand sollte mitbekommen, dass er danach fragte.

Es war durchaus möglich, dass es einige Zeit dauern würde, bis es den Cops gelang, vielleicht sogar nie. Und falls dem so sein sollte, konnte ihm nichts mehr passieren.

Aber darauf würde er sich natürlich nicht verlassen. Rocky Hebert war ihnen gefährlich nahegekommen, hatte womöglich sogar Nadia als die Frau identifiziert, deren Leiche er während Katrina gesehen hatte. Zumindest hatte Hebert genug Informationen zusammengetragen, um sich auf die Suche nach ihrem Arzt zu machen.

Aber wer ich bin, hat er nicht herausgefunden, sonst würde ich jetzt nicht hier sitzen.

Rocky Hebert hatte nicht gewusst, wer Nadias Mörder war.

Lamont konnte verdammt froh sein, dass sie Rocky getötet hatten, bevor er die Wahrheit herausgefunden hatte, das war Lamont durchaus bewusst. Aber er würde sich nie wieder auf sein Glück verlassen. Zwar bestand die *Möglichkeit*, dass Ashleys Leiche nicht identifiziert werden würde – aber es war doch eher wahrscheinlich. Auch wenn Ashley keine Familienangehörigen hatte, die sie vermissen würden, so war Jean-Pierre doch am Nachmittag ein weiteres Mal aufgetaucht, um sich nach ihrem Verbleib zu erkundigen.

»Haben Sie Ashley inzwischen gesehen?«

»Nein, das habe ich nicht.«

»Ich mache mir Sorgen, Lamont. Vielleicht ist ihr etwas zugestoßen. Ist so etwas typisch für sie? Einfach nicht zur Arbeit zu erscheinen?«

»Ab und zu meldet sie sich krank. Sie wissen schon … nach einer harten Nacht.« Er hatte so getan, als trinke er aus einer Flasche. *»Wenn der Kater zu heftig ist.«*

Jean-Pierre hatte ihn stirnrunzelnd angesehen. *»Das haben Sie nicht erwähnt, als Sie sie zu mir geschickt haben. Ich will nicht, dass eine Alkoholikerin für mich arbeitet. Oder nicht für mich arbeitet, wenn man es genau nimmt.«*

Letzten Endes hatte Jean-Pierre es aufgegeben und war in sein Büro zurückgekehrt. Oder vielleicht in die IT-Abteilung, damit der Netzwerkadministrator Ashleys Computer knackte. *Mir doch egal.*

Nicht egal war ihm, dass Ashley über kurz oder lang identifiziert werden würde, und sei es nur, weil Jean-Pierre nicht lockerließ. Und dann?

Dann kommen sie zu mir. Dafür würde Joelle schon sorgen.

Im Lauf seines Arbeitstags hatte er eingehend darüber nachgedacht, wie er Joelle loswerden könnte, und inzwischen hatte er einen Plan. Ein Drehbuch. Einen Sündenbock, der als der

»Mann mit dem Hoodie« identifiziert werden würde, hatte er bereits ausgewählt. Einen der Männer von seiner Liste, den er in der Vergangenheit für diverse Auftragsmorde angeheuert hatte.

Lamont hatte bereits seine Trauermiene für den Moment geprobt, wenn Joelles Leiche gefunden wurde.

Joelle, die arme gequälte Seele. Konnte mit der Schuld nicht leben, nachdem sie die Geliebte ihres Mannes getötet hatte.

Zwar blieben die Konsequenzen des Sexskandals, mit denen er umgehen musste, doch das war heutzutage ein Klacks. In gewissen Kreisen brachte ihm so etwas sogar noch Pluspunkte ein.

»Wie haben der Dame des Hauses denn die Geschenke gefallen?« James' Stimme durchbrach seine Überlegungen.

Kurz flackerte Panik in ihm auf. Ashleys Leiche. Die Kartons, in silberner Folie verpackt, die sich nun als Beweismittel bei der Polizei befand, weil er sie im Kofferraum des gestohlenen Wagens liegen gelassen hatte. *Verdammt noch mal!*

Immerhin würden sie keine Fingerabdrücke darauf finden, weil er sowohl James' als auch seine eigenen akribisch entfernt hatte.

Aber James hatte die angeblichen Geschenke gesehen, und sollte ihn jemand danach fragen, würde er etwas dazu sagen müssen.

Ich will James nicht auch noch töten. Er ist ein verdammt guter Chauffeur. Aber im Notfall würde er es eben tun.

»Noch habe ich sie ihr nicht überreicht«, antwortete er, erleichtert, dass seine Stimme nicht zitterte. Er würde einfach neue Kartons besorgen, sie mit Geschenken vollpacken, in silberne Folie einwickeln und in der Garage deponieren. Nur für alle Fälle. »Ich bewahre sie fürs nächste Mal auf, wenn sie böse auf mich ist«, fügte er mit einem aufgesetzt reumütigen Lachen hinzu.

»Das kenne ich«, erwiderte James, »allerdings bin ich bisher nie auf die Idee gekommen, ein Geschenk parat zu haben. Das ist eine ausgezeichnete Idee. Ich glaube, ich muss das auch mal ausprobieren.«

»Nur zu.«

Zum Glück verfiel James danach in Schweigen, und Lamont brachte die nächsten fünfundvierzig Minuten damit zu, mit geschlossenen Augen seinen Text zu proben. Als James in der Auffahrt hielt, war er bereit.

»Danke, James. Bis morgen zur gewohnten Zeit. Ach ja, ich habe am Abend ein Geschäftsessen im Monteleone. Um sieben Uhr muss ich dort sein.«

»Ich weiß, Sir. Das steht bereits seit Wochen im Terminkalender.«

Weil es das wichtigste Abendessen in Lamonts Karriere war – bislang.

Er stieg aus, winkte James kurz zu, dann straffte er die Schultern und betrat das Haus.

Er liebte dieses Haus. Es hatte Ehefrau Nummer eins gehört und sich seit kurz nach dem Bürgerkrieg im Besitz ihrer Familie befunden. Sie war die Letzte in ihrer Linie gewesen, daher war das Haus nach ihrem Tod auf ihn übergegangen.

Arme, arme Lucille. Er war heilfroh gewesen, auch sie loszuwerden.

Vielleicht würde er eine Weile warten, bis er ein weiteres Mal heiratete, unterdessen den trauernden Witwer mimen und sich auf seine Wahl und den künftigen Wahlkreis konzentrieren.

Endlich würde er sich wieder in seinen eigenen vier Wänden wohlfühlen. Was er in letzter Zeit nicht mehr getan hatte. Es war lange her, seit er gern nach Hause gekommen war.

Das würde sich nun ändern.

»Joelle?«, rief er.

Der Eingangsbereich lag im Dunkeln, doch aus der Küche wehte ein köstlicher Duft, was jedoch hieß, dass nicht Joelle hinter dem Herd gestanden haben konnte. Sie war eine grauenvolle Köchin. Zu schade, dass er sie nicht vor der Hochzeit nach ihren dahingehenden Fähigkeiten gefragt hatte. Im Bett war sie eine Granate gewesen, und er hatte geglaubt, hausfrauliche Qualitäten könne sie sich im Lauf der Zeit aneignen.

Ha! Das hatte ganz und gar nicht funktioniert.

Auf dem Weg in die Küche bemerkte er, dass der Esstisch für zwei Personen gedeckt war: edles Porzellan, Kerzen, seine besten Kristallgläser. Er fragte sich, was Joelle im Schilde führen mochte.

Die Küche war leer und blitzblank. Auf der Warmhalteplatte standen abgedeckte Schüsseln mit einer Notiz ihrer Köchin, die glücklicherweise bereits nach Hause gegangen war.

Er und Joelle waren allein.

»Joelle?«, rief er noch einmal.

»Im vorderen Salon.«

Stirnrunzelnd ging er ins Wohnzimmer, das Joelle gern als »Salon« bezeichnete, weil es feudaler klang, und sah sie in einem Negligé auf dem Sofa liegen. Er ging an ihr vorbei, als sei sie nicht anwesend.

Schön wär's!

Sie erhob sich mit einer fließenden Bewegung, wobei sich der schimmernde Stoff um ihre Kurven schmiegte. Sie war eine bildschöne Frau. Daran hatte sich nichts geändert, trotzdem würde er eher eine Kobra anfassen als sie.

»Wie war dein Tag?«, säuselte sie.

Er setzte sich auf das Sofa, breitete die Arme auf der Lehne aus und schlug die Beine übereinander, sodass ein Knöchel auf seinem Knie lag. »Wie immer. Und deiner?«

Sie setzte sich auf das mittlere Sitzkissen und schlug ein Bein unter, sodass sich ihre Knie berührten. »Nett.« Mit der Fingerspitze strich sie über die Smaragdhalskette, die er ihr zwei Tage zuvor geschenkt hatte – das gleiche Schmuckstück wie das, welches Ashley bekommen hatte. »Ich war im Spa, habe der Köchin gesagt, sie soll dein Lieblingsessen kochen. Und dann habe ich mich für dich bereit gemacht.«

Übersetzung: Sie hatte sich für Sex bereit gemacht.

Den es aber heute nicht geben wird. »Entschuldige«, sagte er, »gerade kam eine Nachricht rein.«

Stirnrunzelnd sah sie zu, wie er sein Handy herauszog. »Ich finde, wir brauchen eine kleine Handy-Auszeit.«

Statt seine Nachrichten zu checken, rief er die Aufnahme-App auf und drückte auf Start. Nachdem er sich vergewissert hatte, dass nur sein Homescreen auf dem Display zu sehen war, legte er das Handy auf den Tisch. »Stimmt. Wir sollten reden.«

Sie rutschte etwas näher heran und ließ ihre Finger an seinem Schenkel entlangwandern. »Oder auch nicht.«

Er gebot ihr Einhalt, indem er seine Hand auf ihre legte. »Ich will über Ashley reden.«

Sie riss ihre Hand zurück, als leide er an einer ansteckenden Krankheit. »Wie bitte? Warum?«

»Weil sie mir viel bedeutet.«

Joelle reckte das Kinn. »Sie ist doch bloß eine billige Hure.«

»Das warst du auch mal«, erwiderte er gelassen, woraufhin sie die Hand hochriss, als wolle sie ihn ohrfeigen, doch er bekam sie zu fassen, ehe es dazu kam. »Ich würde das an deiner Stelle nicht tun, Joelle.«

»Wieso nicht? Willst du mich verhaften lassen?«, höhnte sie.

»Kann sein. Zwing mich lieber nicht.«

»Dich nicht zwingen? Dich nicht *zwingen?* Ich *werde* dich zwingen, mein lieber Göttergatte. Und zwar, solange ich will. Weil ich nämlich deine *Frau* bin.«

»Noch.«

Sie schnappte nach Luft, doch es klang ein wenig einstudiert. »Drohst du mir etwa mit der Scheidung?«

»Nein, ich sage dir, dass ich mich scheiden lassen will.«

Sie richtete sich zu ihrer vollen Größe auf. »Nein.«

Er lachte leise. »Was hast du denn gedacht, was passiert, Joelle? Du hast Kameras in meinem Arbeitszimmer installiert, hast meine Privatsphäre verletzt. In diesem Arbeitszimmer gehe ich meinen Geschäften nach, deshalb könntest du die Privatsphäre Unschuldiger verletzt haben.«

»Mit Unschuldigen hast du nichts zu tun.«

Damit hatte sie nicht ganz unrecht. »Das spielt keine Rolle. Was hast du denn gedacht, wie es weitergeht?«

»Ich dachte, du würdest sie abservieren. Ich dachte, wir seien sie los. Die Hure ist weg, alles ist wieder normal, und wir können unsere Ehe kitten. Es wird wieder sein wie ganz am Anfang.«

Das war gut. Einige ihrer Worte konnte er zu seinem Vorteil nutzen. Aber er brauchte mehr. »Unsere Ehe ist beendet.«

Sie sprang auf, ballte die Fäuste. »Sie ist erst vorbei, wenn ich es sage. Wie kannst du es wagen? Du hast mich betrogen.«

»So wie ich es bei früheren Ehefrauen auch schon getan habe, aber das weißt du ja. Dachtest du ernsthaft, du seiest etwas Besonderes?«

Wieder schnappte sie nach Luft, diesmal schien ihr Entsetzen aufrichtig zu ein. »Das habe ich, und ich war die Dumme in dem Ganzen. Ich dachte, du liebst mich.«

»Das habe ich. Früher mal.«

»Aber heute liebst du mich nicht mehr?« Ihre Unterlippe bebte.

Wäre ihm das Zucken an ihrem linken Auge nicht aufgefallen, hätte er glatt geglaubt, sie sei am Boden zerstört, doch die Worte allein waren pures Gold wert. »Nein. Schon lange nicht mehr.«

Sie stampfte mit dem Fuß auf. »Du wirst dich nicht von mir scheiden lassen. Du wirst mich nicht verlassen. Ich werde darum kämpfen.«

»Aber diesen Kampf wirst du verlieren.«

»Ich habe die Videos«, erwiderte sie selbstgefällig. »Und wir haben einen Ehevertrag.«

»In dem steht, dass du im Falle eines Ehebruchs alles verlierst. Über mich steht da gar nichts.«

Entsetzen spiegelte sich auf ihrer Miene wider. »Was?«

»Du hast mich sehr wohl verstanden.« Und das stimmte weitgehend. In ihrem Ehevertrag stand zwar nicht explizit, dass er fremdgehen durfte, doch er bezweifelte, dass ein Scheidungsrichter die Vereinbarung so wörtlich auslegen würde. Selbst Ehefrau Nummer zwei bekam eine kleine Unterhaltszahlung. Allein mit dem Videobeweis, wie er seine Assistentin vögelte, würde Joelle es nicht gelingen, ihm die Hälfte seines Vermögens abzuluchsen, aber sehr viel mehr als eine kleine Unterhaltszahlung ließe sich damit eindeutig herausschlagen. Sofern sie lebte. Was sie nicht mehr lange tun würde. »Ich will keine schmutzige Scheidung, aber du lässt mir keine andere Wahl. Ich traue dir nicht mehr, deshalb kann ich nicht zulassen, dass du noch länger hier wohnst. Pack ein paar Sachen und sieh zu, dass du bis morgen Abend weg bist.«

Sie starrte ihn schockiert an. »Du wirfst mich raus?«

»Genau.«

»Aber das kannst du nicht machen!«

Das konnte er in der Tat nicht, aber das würde er ihr nicht auf die Nase binden. »Wart's ab.«

»Nein.« Sie schüttelte so heftig den Kopf, dass ihre Brillantohrringe wackelten. »Du wirst dich nicht von mir scheiden lassen. Da spiele ich nicht mit. Ich werde vor Gericht gegen dich kämpfen und gewinnen. Ich werde dich zerstören. Dein Ruf wird in Scherben liegen, wenn ich mit dir fertig bin.«

Ja! Das war genau das, was er wollte.

»Leere Drohungen, Joelle.«

»Das sind keine leeren Drohungen. Ich werde dich vor der Presse ans Kreuz nageln. Wenn ich mit dir fertig bin, wirst du dir wünschen, du wärst tot. Es wird dir noch leidtun, mich gegen dich aufgebracht zu haben.«

»Ich werde Ashley heiraten.«

Ihre Augen verengten sich zu Schlitzen. »Du kannst sie nicht heiraten.«

»Wart's ab.«

»Nur über meine Leiche«, zeterte sie, stürmte aus dem Raum und die Treppe hinauf.

Er zuckte zusammen, als die Schlafzimmertür so fest zuschlug, dass die Bilder von den Wänden zu fallen drohten. Er nahm sein Handy und stoppte die Aufnahme. Sie mochte nicht perfekt sein, aber zumindest war einiges dabei, womit er arbeiten konnte.

Er wünschte, sie hätte gedroht, sich umzubringen. Wie sie es in der Vergangenheit schon getan hatte. Leider nicht heute. Nichtsdestotrotz enthielt die Aufnahme ein paar wertvolle Sätze.

Ich dachte, wir seien sie los. Die Hure ist weg, alles ist wieder normal. Sehr gut.

Und ihre Drohungen, seinen Ruf zu zerstören und dass es ihm noch leidtäte, sie gegen ihn aufgebracht zu haben, waren noch viel besser.

Daraus ließe sich ein Gespräch zusammenbasteln, das in dieser Form nie stattgefunden hatte. Doch für jeden, der es sich anhörte, würde es klingen, als sei Joelle völlig außer sich, hysterisch und – hoffentlich – an der Schwelle zum Selbstmord. In Kombination mit einem Abschiedsbrief, natürlich auf dem hauseigenen Drucker ausgedruckt, und einer elektronisch nachvollziehbaren Zahlung an ihren »Auftragskiller«, sprich den Sündenbock, den er dafür auserkoren hatte?

Die Cops würden davon ausgehen, dass Joelles Hass auf Ashley so groß gewesen war, um sie ermorden, ihre Leiche zerstückeln und den Alligatoren zum Fraß vorwerfen zu lassen.

Problem gelöst.

Jetzt zum schönsten Teil des Ganzen. Er würde sie eigenhändig töten. Aber erst morgen Nachmittag.

Noch hatte ihn niemand im Verdacht. Also blieb ihm genug Zeit, um es anständig zu machen.

24. Kapitel

LAKE SALVADOR, LOUISIANA

Donnerstag, 29. Juli, 20.30 Uhr

Molly schreckte aus dem Schlaf hoch und saß kerzengerade im Bett. Einem fremden Bett.

Sie hatte bereits ihre Waffe vom Nachttisch gerissen, als ihr ein Duft in die Nase stieg. *Erdnussbutterkekse.*

Langsam legte sie die Pistole wieder hin, als ihr allmählich klar wurde, wo sie sich befand. Ihre Schwester und ihre Nichte hatten in Farrahs Küche Kekse gebacken, und nun, Stunden später, war die Hütte immer noch von dem Geruch erfüllt.

Es mussten mehrere Stunden vergangen sein, denn als Molly und Gabe sich hingelegt hatten, war die Sonne noch am Himmel gewesen. Nun lag Farrahs Gästezimmer im Halbdunkel.

»Alles klar?«, fragte Gabe neben ihr, dessen Stimme vom Schlaf leicht belegt klang.

Sie sah, dass er sich auf den Rücken gedreht hatte und sie musterte. Belustigung funkelte in seinen haselnussbraunen Augen, und das letzte Licht des Tages ließ seine dunkelroten Locken wie Flammen leuchten. »Ja. Es war bloß dieser eine Moment, wenn man aufwacht und merkt, dass man keine Ahnung hat, wo man ist.«

»Du bist hier. Mit mir«, erwiderte er gedehnt, woraufhin sie lächelte.

»Stimmt.«

»Und niemand schießt auf uns«, fügte er hinzu.

»Für den Moment.«

Er lachte. »Meine ewige Optimistin. Komm, leg dich wieder hin. Deine Energie macht mich gleich wieder müde.«

Gehorsam legte sie den Kopf an seine Schulter und seufzte, als er die Arme um sie schlang. Sie waren weitgehend angezogen. Molly trug ein weites T-Shirt, das vermutlich André gehörte, Gabe eine kurze Sporthose, und seine Brust war nackt und warm und duftete nach Seife, Schlaf und sauberem, frischem Schweiß. Nett. Mehr als nett sogar. Schlaue Menschen kämpften sogar darum, dieses wunderbare Gefühl für immer zu bewahren.

Ursprünglich waren sie in separaten Zimmern untergebracht worden, waren sich jedoch auf dem Flur begegnet, als beide auf Zehenspitzen zum anderen schleichen wollten. Letztlich hatten sie sich für Gabes Bett entschieden, weil es breiter war.

Keiner von ihnen hatte allein schlafen wollen, und er hatte sie fast verzweifelt festgehalten, bis sein Körper allmählich im Schlaf entspannt war. Als sei sie sein Rettungsanker.

Dieses Gefühl konnte sie nur zu gut nachempfinden, denn er entwickelte sich schon jetzt zu ihrem.

Sie wollte nicht darüber nachdenken, was hätte passieren können, wäre er nicht in der Garage ihres Apartmentkomplexes dabei gewesen. Sie hatte überstürzt gehandelt, war vorgeprescht, ohne sich zuvor ein Bild von der Lage zu machen, weil sie mit den Gedanken nur bei der Gefahr gewesen war, in der ihre Familie schwebte. Gabe war umsichtiger vorgegangen, hatte im Blick gehabt, was um sie herum vorging. All die Bedrohungen.

Und er hatte ihr das Leben gerettet. Indem er einen Mann getötet hatte.

Auch sie hatte getötet, und selbst wenn ihr diese Tatsache

vielleicht den einen oder anderen Albtraum bescheren mochte, so hatte sie im Großen und Ganzen ihren Frieden damit gemacht. Der Eindringling hatte es auf ihre Familie abgesehen, hatte versucht, sie, Molly, zu töten, und hätte, wenn es ihm gelungen wäre, auch Lucien und Gabe umgebracht. Und dann hätten er und Tobin Chelsea und Harper in ihre Gewalt gebracht, und niemand konnte sagen, was als Nächstes passiert wäre. Allein der Gedanke ließ sie erschaudern.

Das erste Mal war immer das Schlimmste. Sie erinnerte sich noch daran, wie sie zum ersten Mal einen Mann getötet hatte. Im Irak. Danach hatte sie fast ein Jahr lang unter schlimmsten Albträumen gelitten. Auch heute noch wurde sie manchmal davon heimgesucht. Und Jake ... Der Moment, als sie ihren Schwager getötet hatte, war einer der absoluten Tiefpunkte ihres Lebens gewesen.

Zwar würde sie ohne zu zögern wieder genauso handeln, doch dieses Erlebnis hatte Wunden in ihrem Herzen hinterlassen, die vielleicht niemals heilen würden, und sie hatte Angst, Gabe könnte womöglich nicht akzeptieren, was sie getan hatte.

»Geht's dir gut?«, fragte sie und schnurrte beinahe vor Wonne, als er ihr Haar zu streicheln begann – es war beinahe absurd, dass *er* derjenige war, der *sie* tröstete. »Das war alles ziemlich heftig.«

»Wir haben bloß geschlafen«, entgegnete er trocken. »Trotz allem, was deine Schwester wahrscheinlich denkt.«

Beim Anblick seines frechen Grinsens wurde ihr sofort leichter ums Herz. Wenn er nach allem, was vorgefallen war, immer noch Witze reißen konnte, war er wesentlich stärker als sie, denn ihr selbst fiel es auch heute noch schwer, das Leben von der positiven Seite zu sehen. Aus irgendeinem Grund erschien es ihr sicherer, es nicht zu tun.

Sie senkte den Kopf, genoss das Gefühl seiner warmen Haut

und der Härchen auf seiner Brust an ihrer Wange. »Ich meinte, dass die vergangenen vierundzwanzig Stunden heftig gewesen sind.«

Einen Moment lang schwieg er, dann stieß er einen Seufzer aus. »Ich will mich nicht beschweren, aber die letzten sechs Wochen waren heftig.«

Sich nicht beschweren? Dazu hatte er jedes Recht. Sie kraulte sein Brusthaar, wobei sie sich bemühte, die Berührung eher beruhigend als sexuell aufgeladen wirken zu lassen. »Ich bin optimistisch, dass es bald vorbei sein wird.«

Sein Lachen war eher eine leise Vibration an ihrer Wange als ein Laut. »Ich habe mit eigenen Augen gesehen, was du getan hast, und hoffe, du hast recht, weil ich nicht glaube, dass ich dieses Tempo noch lange durchhalten kann. Es ist körperlich anstrengend, aber mental höhlt es einen noch viel mehr aus. Keine Ahnung, wie ihr das schafft.«

»Ich bin auch völlig ausgelaugt. Normalerweise helfen wir ja fremden Menschen, so … persönlich ist es sonst eben nicht.« Sie teilten das Bett, und obwohl sie heute lediglich geschlafen haben mochten, hatten sie bereits Sex miteinander gehabt, hatten darüber gesprochen, wie es mit ihrer beginnenden Beziehung weitergehen sollte. Noch persönlicher konnte es wohl kaum sein.

Er zuckte zusammen. »Tut mir leid. Ich wollte nie, dass deiner Familie etwas geschieht.«

Wieder löste sie sich von ihm und sah ihn an. Es war wichtig, dass er sie richtig verstand. »Natürlich, aber darauf habe ich nicht angespielt. Ja, ich habe Angst um meine Familie, und dass die beiden gestern Abend so etwas erleben mussten, ist schrecklich für mich, weil sie sich gerade erst etwas stabilisiert hatten. Aber ich meinte damit, dass ich noch nie mit einem Mandanten etwas angefangen habe. Bis du kamst. Das meine ich mit persönlich, Gabe. Das hier. *Uns beide.*«

Er verharrte reglos, den Blick auf sie geheftet. »Wieso hast du dich nie mit einem Mandanten eingelassen?« Seine Stimme wurde eindringlicher.

»Ich wollte es nicht. Überhaupt bin ich schon lange nicht mehr bei einem Mann auf den Gedanken gekommen, dass da mehr sein könnte. Erst als ich das erste Mal ins *Choux* gekommen bin und dich hinter der Scheibe in der Küche gesehen habe, habe ich mir gewünscht, mit dir zu reden, dich vielleicht auf einen Kaffee einzuladen oder so, aber … keine Ahnung. Vielleicht war ich nicht bereit dafür. Vielleicht hätte ich auch jetzt nichts mit dir anfangen sollen, aber ich konnte mich wohl nicht beherrschen. Hätte ich dich auf Distanz gehalten, wäre es mir leichter gefallen, dich zu schützen, aber …« Sie hob eine Schulter und ließ sie wieder sinken. »Wie gesagt, ich konnte wohl nicht anders.«

»Ich bin froh darüber«, murmelte er mit einer sanften Stimme, die ihr einen wohligen Schauder über den Rücken jagte. »Weil ich auch nicht anders kann. Ich will dich, Molly Sutton. Bekomme ich dich?«

Die unerwartet höfliche Bitte ließ ihre Wangen heiß werden. »Ich hatte gehofft, dass du dir das wünschst.«

Er küsste sie. Langsam und gemächlich und mit einer besitzergreifenden Selbstverständlichkeit, die dennoch ganz anders war als die wilde Leidenschaft und Gier, mit der sie sich im Hotelzimmer aufeinander gestürzt hatten.

Nein, dieser Kuss war souverän und selbstsicher, und die Frage, die Molly im Kopf herumging, lautete nicht: *Mag er mich?*, sondern: *Wie kann ich ihn glücklich machen?* Sie strich mit der Hand über seine Brust, kniff behutsam seine Brustwarzen zusammen und genoss seinen scharfen Atemzug an ihren Lippen.

»So?«

»Mmm. Ja. Bitte.« Er rückte näher. Sein Körper war heiß,

hart … und bereit. Sehr bereit. Mit entspannten und zugleich zielstrebigen Bewegungen strich er über ihren Schenkel und hob ihr Bein über seine Hüfte.

Sie streichelte ihn weiter, ließ ihre Hand dabei immer tiefer wandern. Lasziv. Dekadent. Als hätten sie alle Zeit der Welt, während die Sonne vollends über dem See unterging und sich der Deckenventilator müßig über ihnen drehte.

Aber was, wenn wir es nicht schaffen? Wenn der nächste Schütze …

Hör auf. Denk nicht daran, genieße einfach das Hier und Jetzt. Sie verbannte die düsteren Gedanken und schob forschend die Finger unter den Bund seiner Shorts, doch er unterbrach die Reise, indem er seine Hand unter ihr T-Shirt schob und auf ihre Pobacke legte. Sie spürte, wie er erstarrte.

Er wich zurück und sah sie mit aufgerissenen Augen voller Lust an. »Kein Höschen? Molly Sutton, du bist ein unanständiges Mädchen.«

»Vorhin hatte ich auch keines an«, erwiderte sie grinsend. »Schon den ganzen Tag nicht.« Ihr Höschen war im Wäschetrockner gewesen, als sie am Morgen aufgebrochen waren, und sich von einer anderen Frau Unterwäsche zu leihen … auf keinen Fall.

Sein leises Stöhnen sandte Schauder durch ihren gesamten Körper. »Nur gut, dass ich das nicht wusste, sonst hätte ich die ganze Zeit bloß an deinen Hintern denken müssen.« Neckend ließ er seine Brauen tanzen. Molly kicherte. »Der übrigens ein sehr, sehr hübscher Hintern ist.«

Sie schob ihre Hand tiefer, ließ sie zu seinem – ebenfalls nackten – Hinterteil wandern und drückte es. »Ein Esel schimpft den anderen Langohr«, sagte sie, ehe sie sich wieder dem Körperteil zuwandte, dem ihr eigentliches Interesse galt. Seine Erektion – hart und heiß – pulsierte in ihrer Hand.

Er löste die Finger gerade lange genug von ihrem Hinterteil, um sich die Shorts abzustreifen, und versuchte, ihr das Shirt über den Kopf zu ziehen. »Dafür musst du mich kurz loslassen«, flüsterte er und küsste sie.

Sie lächelte. »Aber was, wenn ich das nicht will?«

»Dann kann ich dich nicht berühren und …« Er gab einen erschrockenen Laut von sich, als sie unvermittelt von ihm abließ, sich das Shirt über den Kopf zerrte und ihn voller Leidenschaft küsste, während sie neuerlich die Hand um seine Erektion legte.

Ein tiefes Stöhnen drang aus seiner Kehle. Er rollte sie auf den Rücken und glitt an ihr hinab, küsste ihren Hals, ihr Schlüsselbein, die Wölbung ihrer Brust, ehe er die Lippen um ihre Brustwarze schloss und behutsam daran sog. Mollys Rücken löste sich von der Matratze, als sie sich ihm entgegenwölbte, mit einem Schrei auf den Lippen, den sie jedoch unterdrückte. Schließlich saßen nebenan Leute in der Küche.

Und was sie hier taten, war privat, nur sie beide, eine kleine Oase, in die sie sich zurückziehen konnten, um einander nahe zu sein und einander zu helfen, die Leere und Einsamkeit in den Tiefen ihrer Seelen zu füllen.

Sie waren nicht länger einsam. Zumindest nicht in diesem Moment, und das war das Einzige, was zählte.

Sie vergrub die Finger in seinen herrlich weichen Locken und verstärkte ihren Griff, als er den Kopf hob. »Nein, nicht aufhören.«

»Das hatte ich auch nicht vor«, erwiderte er mit einem teuflischen Grinsen und wandte sich ihrer zweiten Brust zu, ließ seine Hand ein weiteres Mal zu ihrem Hinterteil wandern, ehe er wieder aufsah. Begierde stand in seinen Augen, und seine Lippen glitzerten feucht. »Du hast einen wunderschönen Körper.«

»Genauso wie du.« Sie strich über seine breiten Schultern, schlang die Beine um seine schmalen Hüften und hob sich ihm gierig entgegen, um seine Erektion genau dort zu haben, wo sie sie am meisten spüren wollte. Sie erschauderte und unterdrückte ein Stöhnen.

»Kondom«, flüsterte sie.

Gabe stützte sich auf die Ellbogen und griff nach dem Päckchen auf dem Nachttisch. Auf ihrem eigenen lag ihre Waffe. *Jeder schützt auf seine Weise.* Ihr Kichern schlug in ein ungeduldiges Stöhnen um, als er sich vollends aufrichtete und das Kondom über seine betonharte Erektion streifte.

Mit den Fingerspitzen strich Molly über seine Brust, seinen Bauch und seinen Schwanz, um dann seine Hoden zu liebkosen. »Hätte ich gewusst, was du unter dieser Kochkleidung versteckst, hätte ich dich wahrscheinlich gleich das erste Mal besprungen, als ich das *Choux* betreten habe.«

Schwer atmend grinste er sie an. »Besser als mein Schokokuchen?«

»Das kann ich noch nicht sagen«, erwiderte sie kess. »Dafür muss ich beides erst einmal einer ausgiebigen Kostprobe unterziehen.«

Er lachte. Dann schob er einen Finger in sie und stimmte in das Stöhnen ein, das über ihre Lippen kam. »Unser nächstes Mal sollte irgendwo passieren, wo wir so laut sein können, wie wir wollen«, raunte er.

»Absolut. Aber …« Wieder hob sie sich ihm entgegen, als er seinen Finger in ihr bewegte, und presste sich die Hand auf den Mund. »Mach schnell, Gabe. Bitte.«

»Nein. Diesmal ohne jede Hektik. Ich werde jetzt …« Mit einem scharfen Atemzug glitt er in sie und gab ein Summen von sich, das auf ihrer Haut zu vibrieren schien. »Ich werde mir alle Zeit nehmen.« Sein nächster Kuss war voll sündiger Leidenschaft, und Molly ertappte sich dabei, dass sie nach mehr lechzte. »Ich werde genießen, was mir gehört«, sagte er.

Was mir gehört. O Gott, wie sehr sie sich wünschte, ihm zu gehören – so sehr, dass es ihr beinahe Angst machte. Sie legte die Hand um seine Wange, die sich herrlich stoppelig anfühlte, und wob die andere in seine Locken. »Das gefällt mir. Dir zu gehören.«

Er sah sie an, hielt ihren Blick für einen kurzen Moment. »Das dachte ich mir«, sagte er nur.

Schweigen senkte sich über den Raum, lediglich durchbrochen von ihrem unterdrückten Seufzen, seinem leisen Stöhnen und dem Geräusch ihrer sich berührenden Körper. Ihre Atemzüge beschleunigten sich, und ein Keuchen entrang sich ihrer Kehle, als er seine Hüften so bewegte, dass sie sich ihm ein weiteres Mal entgegenwölbte. »Bitte, Gabe, bitte. Ich brauche …«, flehte sie.

»Ich weiß, was du brauchst.« Er küsste sie voller Begierde, stemmte sich hoch und schlang die Arme fest um ihre Schultern, um ihr zu geben, was sie brauchte und wollte, härter und schneller und intensiver als je zuvor, während sie jede seiner Bewegungen empfing, ihm auf halbem Wege entgegenkam, bis ihr Körper sich versteifte.

Sie warf den Kopf in den Nacken und biss sich auf die Lippe, um nicht laut hinauszuschreien, und dann kam sie mit einer Heftigkeit, wie sie sie noch nie zuvor erlebt hatte.

Was nach dem letzten Mal eine Menge aussagte.

Keuchend ließ sie sich auf die Matratze zurückfallen und sah ihn an, als er sich auf die Arme stützte und sich nach hinten bog, sein Körper eine lange, bildschön geschwungene Linie aus Muskeln und Geschmeidigkeit. Auch sein Stöhnen war unterdrückt, aber trotzdem keineswegs leise.

Doch das machte Molly nichts aus. Zuzusehen, wie er kam, jegliche Kontrolle aufgab … Er war so wunderschön.

Seine Arme gaben nach. In letzter Sekunde fing er sich und ließ sich vorsichtig sinken. Und machte alles noch perfekter, indem er das Gesicht in ihrer Halsbeuge vergrub und versuchte, zu Atem zu kommen.

»Mmm«, machte er.

Lächelnd streichelte sie seinen Rücken. »Mmm, allerdings.«

Minutenlang verharrte er in dieser Position. Über ihnen drehte sich müßig der Deckenventilator und kühlte den Schweiß auf ihrer Haut. Schließlich zog er sich mit langsamer, bewusster Genüsslichkeit aus ihr zurück und ließ sich lachend auf den Rücken fallen. »Heilige Scheiße, du hast mich völlig fertiggemacht.«

Sie rollte auf die Seite und liebkoste wieder seine Brust, konnte nicht aufhören, ihn zu streicheln. »Ganz schöne Ausdauer.«

Er schnaubte und seufzte. »Es ist schon dunkel. Bestimmt warten sie auf uns, damit wir endlich loskönnen.«

Bald würden sie gemeinsam mit Chelsea und Harper zu Burkes Hütte fahren. Zwar wären sie dort zusammengepfercht wie die Sardinen in der Büchse, aber es war leichter, auf alle zusammen aufzupassen, außerdem hatten sie Farrahs Gastfreundschaft zur Genüge strapaziert.

»Bei Burke wird es laut und voll«, murmelte sie. »Ich bin froh, dass wir ein bisschen Zeit für uns hatten.«

»Ich finde, das haben wir uns mehr als verdient. Ich gehe mich kurz waschen, dann hast du das Badezimmer für dich.«

Das war ein weiterer Vorteil seines Gästezimmers. Es verfügte über ein eigenes Badezimmer. Niemand mochte in einem fremden Haus nach dem Sex ins Bad huschen müssen.

Zwanzig Minuten später traten sie in den Kleidern, in denen

sie anfangs gekommen waren, aus dem Zimmer. Farrah hatte alles gewaschen, im Trockner getrocknet und zusammengelegt. Einige der Flecken waren zwar noch zu sehen, aber zumindest waren die Sachen nicht mehr blutverschmiert.

Molly trug die Bettwäsche in die Waschküche, stopfte sie in die Maschine und schaltete sie ein, ehe sie und Gabe Hand in Hand in die Küche gingen.

Chelsea und Farrah saßen am Küchentisch, beide mit einem Kaffee vor sich und einem breiten Grinsen im Gesicht. »Hallo, Schwesterherz«, begrüßte Chelsea Molly gedehnt und nickte Gabe zu. »Und *bonsoir,* Monsieur Hebert. Ich hoffe, ihr beide habt euer Nickerchen genossen.«

»Das haben wir, vielen Dank«, erwiderte Molly so würdevoll, wie sie nur konnte.

Chelsea lachte leise, und Harper, die auf einem Tablet gespielt hatte, blickte auf. »Was ist so lustig?«, fragte sie mit zusammengekniffenen Augen.

»Gar nichts«, antwortete Molly entschieden und setzte sich neben sie. »Wie geht's dir, Kleine?«

Harper senkte achselzuckend den Blick. *»Shit happens.«*

Chelsea sog scharf die Luft ein, während Molly nur lachte. »Allerdings. Aber ich glaube, deiner Mama gefällt es gar nicht, wenn du solche Dinge sagst.«

»Das war das beste Wort für das, was passiert ist«, erwiderte Harper viel zu erwachsen und sah Gabe an, der immer noch sichtlich verunsichert dastand. »Bist du ein Koch?«

Er hüstelte. »Mehr oder weniger. Aber für die meisten bin ich der ›Chefkoch‹.«

Wieder zuckte Harper die Achseln. »Und was ist der Unterschied zwischen einem normalen Koch und einem Chefkoch?«

Er setzte sich neben sie. »Etwa vier Jahre Ausbildung. Sind

zufällig noch welche von den Keksen übrig? Die haben so wunderbar geduftet.«

Harper nickte ernst. Molly vermisste das sprudelnde Temperament ihrer Nichte. *Bitte, mach, dass es wiederkommt. Bitte.* »Ich hole dir welche«, sagte Harper. »Kekse für alle.«

Chelsea schien Einwände erheben zu wollen, schüttelte jedoch den Kopf. »Kekse für alle«, echote sie. Molly fiel auf, wie erschöpft und mitgenommen ihre Schwester wirkte, sobald der kurze Anflug von Heiterkeit abgeflaut war. Sie wünschte, Chelsea würde sich häufiger über sie mokieren, und sei es nur, um sie wieder so vergnügt zu erleben.

Farrah stand auf und gab etwas von dem Huhn, das die drei zum Abendessen gehabt hatten, auf Teller für Gabe und Molly, während Harper die Kekse holte. Wortlos wartete die Kleine, bis Gabe den ersten probiert hatte.

»Oh, ist der lecker«, schwärmte er mit einem Stöhnen, das Molly wünschen ließ, sie wären allein.

»Ach ja.« Farrah reichte Molly eine kleine Tube Salbe. »Gegen die Stoppelreizung«, flüsterte sie halblaut und tätschelte Mollys Wange. »Die Haut ist ganz rot, Süße.«

Wieder lachte Chelsea, und Farrah zwinkerte Molly vielsagend zu, ehe sie den Kopf schief legte. »Ich höre ein Boot.«

Sie trat zur Hintertür, wobei sie ihr Gewehr mit einer beiläufigen Bewegung an sich nahm, die Harper entging, Molly jedoch nicht. In diesem Moment vibrierte ihr Handy. Eine Nachricht von Burke.

Aufwachen, Schlafmütze. Zeit für die Arbeit. Bin in einer Minute da, also sieh zu, dass du angezogen bist.

»Es ist Burke«, sagte sie, woraufhin Farrah diskret das Gewehr wegstellte.

Chelsea stand auf und wischte die Krümel vom Tisch, doch Farrah ergriff ihre Hand. »Ich mache das«, sagte sie mit ihrem warmherzigen Lächeln. »Such du Harpers Sachen zusammen, während ich Gabes und Mollys Essen verpacke, damit sie es mitnehmen können. Die Küche räume ich später auf.«

Burke erschien im Türrahmen und musterte Molly, ehe er ihr mit einem raschen Blick zu verstehen gab, dass er sehr wohl wusste, was zwischen Gabe und ihr vorgefallen war. Sie spürte, wie sie rot wurde, wollte alles abstreiten und irgendetwas sagen, doch er grinste sie nur an. »Du und Gabe, ihr seht … ausgeruht aus.«

»Sie haben ein Nickerchen gemacht«, warf Harper ernst ein.

Er lächelte sie an. »Nickerchen sind etwas Gutes. Aber jetzt müssen wir los. Es gibt einiges zu tun, Arbeit erledigen, Leute treffen. Oh, und Kekse essen. Sind die für mich?«

»Ja, Onkel Burke«, erklärte Harper. »Ich habe sie ganz allein gebacken.«

»Dann gibt es ja gleich ein richtiges Festessen im Boot.« Er hob Harper hoch und küsste sie auf die Wange. »Bist du so weit, Prinzessin?«

Harper nickte grimmig. »Ja, Sir. Tante Molly findet jetzt heraus, wer uns wehtun wollte, stimmt's?«

Molly umfasste Harpers Kinn und drückte ihr einen Kuss auf die Stirn. »Versprochen.« Dann wandte sie sich an ihre Gastgeberin. »Farrah, ich weiß nicht, wie wir dir jemals danken können.«

»Passt einfach auf euch auf und vertraut meinem André. Er wird schon wissen, was zu tun ist.«

»Daran haben wir keinen Zweifel.« Gabe streckte Farrah die Hand hin, doch statt sie zu ergreifen, zog sie ihn an sich und drückte ihn, ehe sie sie zum Steg begleitete.

»Seid vorsichtig und achtet auf die Alligatoren. Ich komme bald auf einen Schokokuchen ins *Choux*, Gabe!«, rief sie, als das Boot davonglitt.

»Ich werde ihr dieses verflixte Rezept geben«, murmelte Gabe. »Diese Gastfreundschaft – und ein weiches Bett … das muss belohnt werden.«

Molly saß mit einem von Burkes Gewehren in der Hand da und spähte ins Dunkel über dem Fluss, ein Lächeln auf den Lippen.

BAYOU GAUCHE, LOUISIANA

Donnerstag, 29. Juli, 23.15 Uhr

»Sind wir jetzt unter die Nachteulen gegangen?«, fragte Willa Mae, als alle im Wohnzimmer von Burkes Hütte saßen, auch Antoine, der seine drei Laptops im Halbkreis um sich herum arrangiert hatte.

»Sieht ganz so aus, Ma'am«, antwortete Burke von seinem Sessel aus.

Alle hatten ihre mittlerweile fast angestammten Plätze wieder eingenommen: Gabe und Molly mit Cicely auf dem Sofa, Willa Mae in »ihrem« Schaukelstuhl und mit Strickzeug in der Hand, Xavier auf dem Küchenstuhl neben ihr und Carlos und Manny mit der Xbox auf dem Fußboden. Molly hatte ihr Tablet gezückt, um Notizen zu machen.

Nur André fehlte, weil er mit den Ermittlungen rund um Mules Tod beschäftigt war.

Chelsea hatte Harper und Shoe in Burkes Schlafzimmer gebracht – er hatte darauf bestanden, dass sie es bezogen, bis sie nach Hause zurückkehren konnten –, wo sie sich einen Film ansahen. Inzwischen hatte Chelsea es aufgegeben, Harpers feste Bettzeiten einzuhalten. Die Kleine war viel zu aufgekratzt nach den vielen Keksen. Und viel zu angespannt und grimmig für eine Achtjährige.

Gabe hoffte nur, dass die Lautstärke des Films die Stimmen der Erwachsenen übertönte, sodass die Kleine nichts mitbekam. »Danke noch mal, dass Sie uns heute zur Seite gestanden haben, Willa Mae. Es tat gut, eine Anwältin zu haben, der man vertraut.«

»Das war doch selbstverständlich und das Mindeste, was ich tun konnte, schließlich helfen Sie alle Cicely und Xavier aus diesem Schlamassel, in den er sich da gebracht hat.«

Gabe blinzelte erschrocken, doch Xaviers träges Lächeln verriet ihm, dass dies nichts als Geplänkel war, um die Stimmung zu lockern, deshalb wandte er sich Burke zu. »Also, was wissen wir?«

Burke deutete auf Antoine. »Willst du vielleicht …?«

Antoine blickte von einem seiner drei Laptops auf. »Das Houston PD hat den Mann identifiziert, der Xaviers Eindringling erschossen hat. Er heißt Tyson Whitley und lebt in Dallas, stammt aber ursprünglich aus New Orleans.«

»Eine Verbindung«, murmelte Molly.

Antoine nickte. »Genau. Er wurde mit achtzehn verhaftet und wegen des Verkaufs von Drogen an Jugendliche an einer Mittelschule im Eleventh Ward angeklagt. Das war vor fünf Jahren. Er hat vier Monate einer einjährigen Gefängnisstrafe abgesessen und wurde wegen guter Führung vorzeitig entlassen. Ein paar Jahre später wurde er erneut von der Polizei einkassiert, diesmal ging es um den Verkauf von Drogen und Waffen an eine andere Gruppe Jugendlicher im St. Bernard Parish. Er hat behauptet, er sei unschuldig, und wurde nie angeklagt. Es gibt keinerlei Hinweis darauf, weshalb man Whitley damals laufen ließ.«

»Wie wurde er identifiziert?«, fragte Carlos.

»Die Houstoner Polizei hat mit einem Gesichtserkennungsprogramm gearbeitet«, antwortete Antoine. »Er trug zwar einen falschen Bart, aber die Augen waren natürlich dieselben, und die Software erkennt Augen inzwischen ziemlich gut. Bei seiner Verhaftung durch das Houston PD hat Whitley behauptet, er sei unschuldig und nie in Houston gewesen, aber die Überwachungskamera an einer Tankstelle hat ihn erfasst – gerade einmal eine halbe Stunde nachdem unser geheimnisvoller unbekannter Eindringling seinen letzten Atemzug getan hatte.«

»Woher wissen Sie all …«, begann Gabe, unterbrach sich jedoch. »Egal. Ich will es gar nicht wissen.«

Antoine grinste. »Sie lernen schnell, Hebert. Bislang schweigt Whitley eisern, deshalb wissen wir nicht, weshalb er dort war und welche Verbindung zwischen ihm und dem Mordopfer und all den anderen Geschehnissen besteht.«

»Hm«, machte Molly. »Der Meth-Typ, dessen Wagen heute Morgen gestohlen wurde und den der Hoodie-Mann benutzt und dann zurückgebracht hat, war ebenfalls in New Orleans mit dem Gesetz in Konflikt geraten, und nach einer Verhaftung wegen Drogenhandels hat man auch ihn laufen lassen.«

»Guter Punkt«, sagte Burke. »Dein« – er hüstelte – »Nickerchen hat deinem Gehirn offensichtlich gutgetan, Molly.«

Sie zeigte ihm den Stinkefinger. »Ich frage mich, ob es eine Verbindung zwischen dem Meth-Mann und Tyson Whitley gibt.«

»Möglich wäre es«, sagte Antoine. »Ich sehe mir das mal an. Durch diesen Fall besteht zwischen Mule und George Haslet – so heißt der Meth-Mann – eine Verbindung, ebenso wie zu Whitley, aber ich überprüfe gleich, ob es eine direkte Querverbindung zwischen Haslet und Whitley gibt. Moment. Ich sehe mir den Bericht des HPD noch mal an …« Alle warteten schweigend. Antoine schien seinen Augen nicht zu trauen. »Aha. Du hast recht, Molly. Ich habe gerade Whitleys Anrufprotokoll vor mir. Der Anruf, der nur wenige Stunden vor dem Mord an Xaviers Eindringling auf seinem Handy eingegangen ist, kam von derselben Nummer, die auf Haslets Handy verzeichnet ist, und zwar wenige Stunden bevor Mule getötet wurde. Also stehen sie vielleicht nicht in direktem Kontakt zueinander, aber zumindest über die Person, die beide angerufen hat.«

Ja, dachte Gabe. Wieder ein paar Fragen geklärt.

»Wusste ich es doch«, sagte Molly. Burke nickte voller Respekt.

Xavier beugte sich vor. »Mule hat sie also beide angerufen?«

Antoine schüttelte den Kopf. »Nein. Es sei denn, er hat ein anderes Telefon verwendet als das, über das er Nicholas Tobin Anweisungen zu Chelseas und Harpers Entführung erteilt hat. Möglich wäre natürlich, dass Mule mehrere Wegwerfhandys hatte. Ich habe auch mehrere. Der Knackpunkt an der ganzen Sache ist, dass dieselbe Person sowohl Whitley als auch Haslet angerufen hat.«

»Was ist mit dem Auftragskiller?«, fragte Carlos. »Diesem Eckert.«

Antoine runzelte die Stirn. »An diesen Polizeibericht komme ich nicht ran. Er ist nicht in derselben Datenbank abgespeichert wie Haslets. Ich versuche schon die ganze Zeit, mir Zugang zu verschaffen, um zu sehen, was sie wissen, laufe aber gegen eine Wand. Irgendwann durchbreche ich sie schon, aber gerade weiß ich nicht, wie lange es dauern wird.«

Molly legte verwirrt den Kopf schief. »Moment. Gehen wir mal davon aus, dass derselbe Mann, der den Wagen des Meth-Mannes gestohlen hat, ihn auch getötet hat. Dass er danach in das Bayou gefahren ist und den Großteil der sterblichen Überreste der Frau dort entsorgt und dann Mule erschossen hat.«

»Klingt plausibel«, räumte Burke ein. »Und?«

»Und«, fuhr Molly fort. »Mule ist ein hohes Tier bei der Polizei, deshalb ist der Zugang zur Fallakte offensichtlich gesperrt. Denn wieso konnte Antoine Informationen über den Meth-Typen abrufen, zu Eckert aber nicht?«

Antoine tippte sich an die Nase. »Das ist die Millionen-Dollar-Frage. Nur würde Burke mir leider keine Million bezahlen, wenn ich die Fallakte knacke.«

»Du bekommst auch so schon genug«, brummte Burke.

»Mehr als das«, bekräftigte Antoine. »Aber träumen darf man ja trotzdem, oder?«

»Träum gefälligst billiger«, erwiderte Burke. »Aber Molly hat recht. Was steht so Geheimnisvolles in Eckerts Akte?«

»Vielleicht nicht *was,* sondern *wer?*«, warf Molly ein.

»Das sind eine Menge Unwägbarkeiten«, bemerkte Willa Mae. »Wissen wir denn schon, wer die arme Frau war? Die, die Staatsanwalt Cardozo kannte, deren Namen er uns aber nicht verraten wollte?«

»Nein«, antwortete Antoine. »Falls ihre Identität bekannt sein sollte, ist sie jedenfalls nirgendwo erfasst. Zumindest kann ich nichts dazu finden.«

»Also stehen der Auftragskiller Eckert und die junge Tote, die sich als Nadia Halls Schwester ausgegeben und Molly in eine Falle gelockt hat, damit sie beim Betreten eines Hauses durch eine Bombe verletzt wird, auf derselben Geheimhaltungsstufe?«

Antoine zuckte die Achseln. »Kann sein. Ich habe bisher noch nicht einmal einen Vermerk gefunden, dass ihre sterblichen Überreste aufgefunden wurden. Kann sein, dass auch das unter Verschluss gehalten wird.«

»Interessant«, murmelte Molly. »Was noch?«

»Über die Festplatte Ihres Vaters habe ich noch mehr gefunden, Gabe«, fuhr Antoine fort. »Ich habe meine KI-Software alle Fragmente zusammensetzen lassen, die ich gefunden habe. Das Programm ermittelt die Buchstaben und Wörter in den Lücken auf der Basis üblicher Sprachmuster.«

Carlos horchte auf. »Wie Texterkennung, nur umgekehrt?«

»Eher so, dass die Texterkennung aus der Software entwickelt wurde«, sagte Manny.

Antoine schien beeindruckt zu sein. »Ganz genau, Manny.«

Manny lächelte selbstzufrieden, und Carlos warf ihm einen scharfen Blick zu. »Woher weißt du so was?«

»Du bist nicht der einzige Schlaukopf in der Familie, *pendejo*«, erwiderte Manny und wich Carlos' Hieb aus.

»Was haben Sie gefunden, Antoine?«, fragte Gabe, dem es schwerfiel, seine Ungeduld zu bezähmen.

»Den Namen des Arztes, den er gesucht hat, aber den kennen wir ja mittlerweile ohnehin.«

»Stand etwas da, wie mein Dad Benson gefunden hat?«, hakte Gabe nach. »Hat er noch jemanden ausfindig gemacht, der Nadia kannte?«

»Ihr Vorschlag gestern Abend, es über die Medikamente zu versuchen, war ziemlich nahe dran. Rocky hat an dem Abend, als er Nadias Leiche entdeckt hat, auch ein Tablettenfläschchen gefunden. Auf dem Etikett stand der Name Jane Smith, ausgestellt von Dr. Bensons Praxis, allerdings von seinem Partner, Dr. Géraud Cousineau.«

»Nadia hat ihrem Gynäkologen also einen falschen Namen genannt«, folgerte Cicely. »Entweder aus Scham wegen ihrer Schwangerschaft oder aus Angst davor, was passieren könnte, wenn jemand es herausfände. Der Vater des Babys, zum Beispiel.«

»Arme Nadia«, sagte Molly leise. »Sie wollte den Schwachsinn glauben, den ihr Liebhaber ihr eingeredet hat. Dabei hat sie sich so sehr eine Familie gewünscht.«

Gabe seufzte. Er fürchtete sich davor, die nächste Frage zu stellen, noch mehr jedoch vor der Antwort. »Was ist aus Dr. Cousineau geworden?«

»Er ist tot«, antwortete Antoine sanft. »Hat sich erschossen.«

Gabe schluckte. »›Erschossen‹ wie mein Vater?«

Wieder zuckte Antoine die Achseln. »Möglich. Es ist wenige Wochen nach Katrina passiert. Die Kliniken und Leichenschauhäuser waren überfüllt. Die Rechtsmediziner haben rund um die Uhr gearbeitet. Wenn eine Autopsie vorgenommen werden musste, geschah das vermutlich nicht ganz so gründlich wie sonst. Nach Cousineaus Tod hat Benson die Praxis verlassen. Sogar die Stadt, wie viele zu der Zeit. Letztlich ist er nach seiner Pensionierung zurückgekehrt. In dem Haus, in dem er getötet wurde, hatte er nicht einmal ein Jahr gelebt.«

Molly hob einen Finger. »Augenblick. April Frazier hat doch gesagt, sie hätte Nadia Bensons Namen gegeben. Wie kam es, dass sie bei Cousineau gelandet ist?«

»Vielleicht hat Benson keine Patientinnen mehr aufgenommen«, warf Cicely ein. »Und wenn sie es eilig hatte, wurde sie womöglich einem anderen Kollegen zugeteilt. Oder sie war bei beiden. Oft legt man Schwangeren ans Herz, sich bei jedem Arzt einer Gemeinschaftspraxis einmal vorzustellen, für den Fall, dass der eigentlich zuständige Kollege bei der Geburt gerade nicht verfügbar ist.«

»Alles klar«, sagte Molly stirnrunzelnd. »Mich hat nur irritiert, dass Dr. Benson ermordet wurde, obwohl er Nadia vielleicht gar nicht gekannt hat. Schätzungsweise ist es irrelevant, trotzdem wüsste ich es gern.«

»Und ich wüsste gern, woher Bensons Mörder wusste, dass mein Dad nach ihm gesucht hat«, warf Gabe ein. »Sie sagten, Dad hätte ihn ab etwa einem Monat vor seinem Tod mehrmals angerufen, bis zu dem Tag, als Benson tatsächlich starb. Aber woher wusste ihr Mörder, worüber sie geredet haben? Dad war sehr vorsichtig. Vielleicht haben die Täter Dads Telefon verwanzt, aber in dem Fall hätten sie sehr viel früher sehr viel mehr gewusst, beispielsweise, wo Xavier sich aufhält.«

»Stimmt«, bestätigte Xavier. »Wieso sollten sie erst sechs Wochen nach Rockys Tod nach mir suchen?«

Carlos wirkte mit einem Mal sehr ernst. »Dasselbe habe ich mich auch schon gefragt. Es scheint doch, als hätten sie Jagd auf Xavier gemacht, sobald sie von ihm erfahren hatten. Tut mir leid, Mrs M«, fügte er hinzu, als Cicely entsetzt zusammenfuhr.

»Du kannst ja nichts dafür, Carlos«, beruhigte sie ihn. »Die Vorstellung, jemand könnte meinen Sohn verfolgt haben, ist nur so schrecklich. Wissen Sie, wieso die ausgerechnet am Montag aufgetaucht sind, Antoine?«

Antoine machte eine vage Handbewegung. »Ich kann es mir denken. Die Dokumente, die ich durch die KI gejagt habe, waren nicht nur bruchstückhaft, sondern auch verschlüsselt. Deshalb musste ich erst den Schlüssel finden. Das hat es erschwert und einige Zeit in Anspruch genommen. Und ich weiß, was ich tue.«

»Du meintest ja, Rockys Mörder, wer auch immer er sein mag, hätte gewusst, wie man die Daten von der Festplatte löscht«, sagte Molly.

Antoine zuckte die Achseln. »Es ist sehr viel einfacher, ein Laufwerk plattzumachen, als den Inhalt wiederherzustellen. Sollte Rockys Mörder nicht gerade einen IT-Experten gehabt haben, der sein Handwerk genauso versteht wie ich, könnte es so lange gedauert haben, bis sie die Festplatte durchgearbeitet und alles entschlüsselt hatten. Sechs Wochen scheint mir zwar eine lange Zeit zu sein, aber möglich ist es schon.«

»Und wie konnten sie wissen, dass mein Vater Benson gesucht hat?«, beharrte Gabe.

»Das kann ich noch nicht beantworten«, räumte Antoine ein.

»Paul Lott«, sagte Molly nachdenklich. »Das ist die einzig logische Lösung. Er ist das Puzzleteilchen, von dem wir noch nicht wussten, wohin es gehört, aber ich glaube, jetzt schon. Ich wette, dass Lott über Rockys private Aktivitäten Bescheid wusste. Er wusste von Xavier, weil Rocky den Treuhandfonds für ihn eingerichtet hatte. Zwar wusste er nicht, wo er wohnt, sondern nur, dass es dieses UPS-Fach in Baton Rouge gibt. Am Abend von Rockys Ermordung hat er mit Mule telefoniert. Was, wenn Paul Lott wusste, was Rocky vorhatte? In welchem Fall genau er ermittelt?«

Gabe dachte darüber nach. »Dass Dad ihn eingeweiht hat, kann ich mir nicht vorstellen. Er hat ihm nicht zu hundert Prozent vertraut, zumindest nicht genug, um ihm Xaviers Adresse oder seine richtige Handynummer zu verraten, sondern nur die des Wegwerfhandys.«

Molly ergriff Gabes Hand. »Ich wollte damit nicht behaupten, dass dein Vater sich ihm anvertraut hat.«

Gabe runzelte die Stirn. »Glaubst du, Lott hat meinen Vater ausspioniert?«

»Ich denke, was Lott angeht, müssen wir der Spur des Geldes folgen«, sagte sie. »Wenn er wusste, dass Rocky Xavier etwas vererben wollte, war ihm klar, dass er ihm viel bedeutet haben musste. Vielleicht dachte er anfangs ja dasselbe wie du, nämlich, dass Rocky Xaviers leiblicher Vater sei, und glaubte, er könne ihn damit erpressen. Wir müssen mehr über diesen Mr Lott in Erfahrung bringen.«

Burke nickte. »Du hast recht, Molly. Das ist eine der ungeklärten Fragen, die wir nicht einordnen können. Antoine, kannst du Lotts Konten überprüfen? Herausfinden, ob es in jüngster Zeit größere Einzahlungen gab?«

Antoine hämmerte bereits fieberhaft auf seine Tastatur ein. »Könnte eine Weile dauern, aber ich bin schon dran. Ansonsten war das alles, was ich habe.«

Müde fuhr Burke sich mit den Händen übers Gesicht. »Dann sind wir hier fertig?«

»Nein«, sagte Xavier. »Auch wir haben heute einiges angeschoben. Es ist zwar nichts dabei herausgekommen –«

»Bisher«, unterbrach Carlos.

»Bisher«, räumte Xavier ein. »Aber wir wollten herausfinden, was aus Madame Fluffy geworden ist.«

Molly fuhr hoch. »Sie haben die Tierärzte abtelefoniert?«

»Genau«, antwortete Xavier und zog die Schultern ein, als er Burkes finsteren Blick bemerkte.

»Ohne es vorher mit mir abzusprechen?«, polterte Burke, hielt jedoch mit einem besorgten Blick auf die Tür zu seinem Schlafzimmer inne, wo Chelsea und Harper sich aufhielten, und atmete durch die Nase aus. »Was haben Sie getan? Und wer ist ›wir‹?«, fragte er, sichtlich um Beherrschung ringend.

»Das *wir* schließt auch *mich* mit ein«, erklärte Cicely scharf. »Deshalb achten Sie bitte auf Ihren Ton, Mr Broussard.«

Burke, der immer noch wütend zu sein schien, schüttelte nur den Kopf. »Was haben Sie getan, Xavier?«, fragte er etwas leiser.

»Wir haben eine Liste der Tierärzte zusammengestellt und abtelefoniert«, antwortete Xavier nervös.

»Wir haben Mannys Handy benutzt«, fügte Carlos hinzu und reckte trotzig das Kinn. »Es ist auch ein Wegwerfhandy, deshalb kann es niemand orten.«

»Und wir haben die Nummer gespooft, damit die Cops kein Anrufmuster erschließen können«, sagte Manny. »Wir hatten dem falschen Paul Lott von diesem Handy eine Nachricht geschickt, deshalb wollte ich nicht, dass die Nummer auftaucht.«

»Wir haben behauptet, wir hätten einen Afghanischen Windhund«, erklärte Xavier. »Wir hätten die Hündin schon als Welpen bekommen, wüssten aber den Namen der Züchterin nicht, sondern nur den der Mutter unserer Hündin. Madame Fluffy.«

Cicely hatte ebenfalls das Kinn gereckt. »Wir haben gesagt, unsere Hündin sei kürzlich an einer genetisch bedingten Krankheit verstorben, und wir wollten die Züchterin darüber informieren, für den Fall, dass sie die Hündin ein weiteres Mal für die Zucht eingesetzt hatte. Damit andere Hundebesitzer gegebenenfalls gewarnt werden könnten. Sollte ein Tierarzt diesen doch recht ungewöhnlichen Namen wiedererkennen, wüsste er vielleicht, dass Madame Fluffys Besitzerin keine Züchterin war, würde sich aber trotzdem bei uns melden, das war die Idee dahinter. Manchmal verkaufen Züchter ihre älteren Tiere auch. Die Geschichte war durchaus glaubwürdig. Die meisten Tierärzte meinten, sie hätten keine Unterlagen über so eine Hündin oder seien noch nicht lange genug in der Praxis. Ein paar haben aber versprochen, sich bei uns zu melden.«

»Jeder von uns hat eine Handvoll Anrufe übernommen«, warf Manny ein. »Sollte also jemand versuchen, ein Muster daraus abzulesen, würden sich die Tierärzte nicht einigen können, wie die Stimme des Anrufers geklungen hat.«

»Das hätte ich genauso gemacht, Burke«, sagte Molly leise und wandte sich wieder Cicely und den Jungs zu. »Aber was, wenn tatsächlich jemand zurückruft? Sie haben die Nummer doch gespooft, das heißt, der Rückruf geht auf einem fremden Handy ein.«

»Nur drei haben versprochen, sich bei uns zu melden«, gestand Xavier. »Zweien haben wir die Nummer von Ihrem Wegwerfhandy gegeben und …« Er zögerte kurz. »Und dem dritten haben wir Burkes Wegwerfhandynummer genannt.«

Molly lächelte. »Genau das, was ich auch getan hätte.« Sie sah ihren Chef scharf an. »Und du genauso.«

»Ja, ja«, brummte Burke. »Nur sagen Sie mir das nächste Mal vorher Bescheid. Ich hätte Ihnen allen neue Wegwerfhandys gegeben. Aber …« Er massierte sich den Nacken. »Trotz allem haben Sie schlau mitgedacht. Danke. Und es tut mir leid, wenn ich laut geworden bin, Cicely.«

»Entschuldigung angenommen«, erwiderte Cicely. »Wir haben praktisch sämtliche Tierärzte in New Orleans und der näheren Umgebung abgeklappert. Jetzt werden wir wohl abwarten müssen.«

»Und Xaviers UPS-Fach in Baton Rouge überprüfen«, sagte Willa Mae. »Sie dachten doch, Lott oder einer seiner Komplizen könnte ein entsprechend präpariertes Päckchen an die Adresse geschickt haben, in der Hoffnung, Xavier damit zu orten, Burke. Ich denke, wenn Sie herausfinden wollen, was Paul Lott getan oder auch nicht getan hat, sollten Sie dieses Postfach in Ihre Ermittlungen einbeziehen.«

»Sie haben recht«, bestätigte Burke. »Das habe ich tatsächlich bisher versäumt. Aber ich fahre morgen früh gleich als Erstes hin. Sie haben den Schlüssel, Xavier?«

Xavier machte Anstalten aufzustehen. »Ja, ich kann ihn Ihnen sofort geben.«

Burke winkte ab. »Morgen früh reicht. Ich werde das Fach öffnen, aber sollten Pakete angekommen sein, die nicht hineinpassen, müssen Sie sie entweder selbst entgegennehmen oder mir eine Vollmacht für die Abholung ausstellen. Aber vorher will ich erst herausfinden, was in dem Fach liegt. Lieber unauffällig bleiben. Molly, kannst du noch mal zusammenfassen?«

Molly scrollte durch ihre Notizen. »Tyson Whitley, der Xaviers Eindringling erschossen hat, und George Haslet alias Meth-Mann haben beide einen Anruf von derselben Handynummer bekommen, beide nur wenige Stunden bevor Whitley einen Unbekannten getötet hat und Haslet wegen seines Wagens erschossen wurde. Dabei handelte es sich nicht um dieselbe Nummer wie die, über die Mule Tobin kontaktiert hat. Antoine prüft auf mögliche Verbindungen. Beide Ärzte aus Nadias gynäkologischer Praxis sind tot. Paul Lott könnte Rocky bespitzelt und Mule gesteckt haben, wo Xavier sich aufhält. Auch dem geht Antoine auf den Grund.«

»Antoine ist ganz schön beschäftigt«, murmelte Antoine.

»So was tust du doch gern«, bemerkte Molly, was Antoine mit einem strahlenden Lächeln quittierte. »Die Identität des weiblichen Opfers von heute Morgen – die Frau, die sich als Nadias Schwester ausgegeben hat – ist dem zuständigen Staatsanwalt zwar bekannt, aber sollte sie irgendwo in den Akten auftauchen, wird sie ebenso abgeschottet wie alles, was mit Eckerts Fall zu tun hat, wozu sich nicht einmal Antoine Zugriff verschaffen kann. Was bedeutet, dass eine oder mehrere hochkarätige Personen darin verwickelt sein könnten. Oder die Feds«, fügte sie hinzu. »André meinte, auch sie seien an dem Fall dran. Außerdem haben Xavier und seine Begleiter Tierärzte in und um New Orleans wegen Madame Fluffy angerufen. Und …« – sie machte eine dramatische Pause – »Burke hat sich entschuldigt, weil er die Beherrschung verloren hat.«

Burke schnitt eine Grimasse, ließ jedoch ein reumütiges Lächeln folgen. »Stimmt. Und morgen fahre ich nach Baton Rouge, um das UPS-Fach zu überprüfen.« Er klappte die Rücklehne des Sessels hoch und reckte die Arme. »Zeit, ins Bett zu gehen. Molly, du schläfst bei Chelsea und Harper in meinem Zimmer. Es wird ein bisschen eng im Bett, aber ich nehme an, du willst Harper im Auge behalten.«

»Das nimmst du richtig an«, bestätigte Molly erschaudernd.

»Antoine? Bleibst oder gehst du?«, fragte Burke.

»Ich bleibe«, antwortete Antoine, ohne von seinen Laptops aufzublicken. »Ich werde wohl den Großteil der Nacht aufbleiben und lege mich auf die Couch, falls ich eine Weile ausruhen muss. Wäre ja nicht das erste Mal.«

»Gabe«, fuhr Burke fort, »ich habe zwei Luftmatratzen, die ich in mein Arbeitszimmer legen kann, allerdings schnarche ich. Sollte es dich stören, gibt es auch noch ein freies Bett in Mannys, Xaviers und Carlos' Zimmer.«

»Aber mir gehört das untere Stockbett«, erklärte Carlos sofort.

Xavier verdrehte die Augen. »Er würde doch die Leiter zum oberen Bett kaputt machen, Carlos. Du bist kleiner. Und jünger. Deshalb solltest du oben schlafen, nicht er.«

Gabe lachte. »Danke, Xavier, obwohl du mich gerade als alt bezeichnet hast, wenn ich es richtig sehe. Ist schon okay, Carlos. Ich mache dir deinen Platz nicht streitig. Es stört mich nicht, wenn jemand schnarcht, Burke, allerdings bin ich noch zu aufgedreht, um gleich schlafen zu können. Molly und ich sind ja sozusagen gerade erst aufgestanden.« Er stand auf und half zuerst Cicely, dann Willa Mae und schließlich Molly hoch. »Gute Nacht, allerseits. Molly, ein Kaffee für dich?«

Sie lächelte ihn an. »Klingt gut.«

»Wollen Sie auch einen, Antoine?«, erkundigte er sich.

»Bitte.« Antoine sah hoffnungsvoll hoch. »Und irgendetwas zu essen. Ich schiebe Kohldampf.«

»Ich auch«, warf Carlos ein.

»Ich auch«, sagte Manny.

Wieder lachte Gabe. »Dann werde ich uns wohl einen kleinen Mitternachtssnack zubereiten. Mal sehen, was der Kühlschrank so hergibt.«

25. Kapitel

BAYOU GAUCHE, LOUISIANA

Freitag, 30. Juli, 08.00 Uhr

Molly hastete aus dem Zimmer, das sie sich mit ihrer Schwester und ihrer Nichte geteilt hatte, und atmete erleichtert auf, als sie Gabe mit Harper am Herd stehen sah. Sie hätte beinahe einen Herzinfarkt erlitten, als sie Harper beim Aufwachen nicht neben sich vorgefunden hatte.

Doch Harper war in Sicherheit und hing mit feierlichem Ernst an Gabes Lippen, der ihr beibrachte, wie man Fisch panierte. Harper und Manny, genauer gesagt. Manny schien seine Berufung gefunden zu haben, denn er hantierte wie ein Profi mit der Pfanne.

»Hier riecht es aber gut«, bemerkte Molly, woraufhin alle drei herumfuhren.

»Gabe zeigt mir, wie man Fisch zum Frühstück macht«, verkündete Harper. Auch jetzt noch war nichts von ihrer einstigen sprühenden Lebendigkeit zu erkennen. Was keine große Überraschung war, wenn man bedachte, was gestern Abend in ihrem Zuhause vorgefallen war, trotzdem wurde Molly das Herz schwer.

Es kostete sie Mühe, sich nicht von ihren Gewissensbissen erdrücken zu lassen, weil sie diejenige gewesen war, die Harper und Chelsea das Ganze eingebrockt hatte.

»Gabe und ich haben ihn am Steg gefangen«, erklärte Manny

und grinste. »Ich habe noch nie einen Fisch ausgenommen. Es war … wow. Echt cool.«

Um Harpers willen rang Molly sich ein Lachen ab. »Also ich habe schon so einige geputzt.«

Harpers Augen wurden riesig. »Wirklich?«

»Ja.« Molly nahm die Kaffeetasse entgegen, die Gabe ihr reichte, und stellte sich auf die Zehenspitzen, um ihn auf den Mund zu küssen. »Dein Opa hat mich ständig zum Fischen mitgenommen. Diese Zeiten vermisse ich.« Die Erinnerung war ihr so tief ins Gedächtnis gegraben wie die Tage im Frühling, wenn er ausgesät hatte. Gabes Vorschlag, in der Gärtnerei auszuhelfen, kam ihr wieder in den Sinn, und sie nahm sich fest vor, sich darum zu kümmern, sobald das hier hinter ihnen lag. Vielleicht würde sie ja Harper mitnehmen. »Aber der Fisch, den ich damals gebraten habe, duftete nie so herrlich wie der hier.«

»Das liegt an der Geheimzutat«, bemerkte Gabe ernst.

»Old-Bay-Gewürzmischung.« Manny verdrehte die Augen.

Gabe lachte. »Es war das Einzige, das es gab, und ich habe mein Gewürzsortiment natürlich nicht dabei.«

Es war schön, ihn so vergnügt zu sehen. Dieser Mann brauchte wahrlich eine Küche, um glücklich zu sein. Molly setzte sich an den Tisch und sah zu, wie er Manny und Harper die Beilage erklärte. Sie zerkleinerten Schnittlauch und andere Zutaten. Für Maisgrütze, vermutete Molly.

Ihr knurrte der Magen. »Und ist das Essen bald fertig?«

Harper sah sie über die Schulter an. »Hast du Hunger, Tante Molly?«

»Bärenhunger.« Sie tätschelte ihr Knie, woraufhin Harper herüberkam und auf ihren Schoß kletterte. »Wie geht's dir, Kleine? Eigentlich wollte ich gestern den ganzen Tag mit dir verbringen, aber es war so viel los.«

»Ich weiß«, sagte Harper in einem viel zu erwachsenen Tonfall. »Aber du hast versprochen, den zu finden, der diese Männer geschickt hat, die uns wehtun wollten. Das ist wichtiger, als blöde alte Filme mit mir anzusehen.«

»Erstens ist jede Minute, die ich mit dir verbringe, wichtig und nicht blöd. Zweitens … seit wann bist du denn die große Filmkritikerin? Vielleicht hätte mir der alte Schinken ja gefallen.«

Harper lächelte nicht. »Und gibt es auch ein *drittens?*«

»Ja. Ich versuche, die schlimmen Männer zu finden, weiß aber noch nicht, wie lange es dauern wird.«

»Müssen wir hierbleiben?« Sie wirkte aufrichtig bestürzt. »Für immer?«

»Wäre doch vielleicht gar nicht so übel«, warf Manny leichthin ein. »Wir haben Internet, eine Xbox, und das Essen schmeckt auch.«

»Aber gestern Abend konnte ich nicht Xbox spielen.« Harper verschränkte die Arme vor der Brust. »Ich musste ins Bett, und du und Carlos durftet den ganzen Abend spielen. Ich hab's gehört.«

»Wir haben nicht den ganzen Abend gespielt«, widersprach Manny. »Aber es tut mir leid, wenn wir zu laut waren.«

»Schon gut«, wiegelte Harper mit einem leichten Achselzucken ab. »Ich konnte sowieso nicht schlafen.«

Molly wechselte einen besorgten Blick mit Gabe. *Nicht vergessen: So schnell wie möglich einen Termin mit ihrem Therapeuten vereinbaren.*

Den hatten sie alle bitter nötig, so wie nach dem Vorfall mit Jake.

Doch bevor sie näher auf Harpers schlaflose Nacht eingehen konnte, rettete Manny die Situation.

»Was ist mit *Mario Kart?*«, fragte er. »Kannst du das?«

»Aber das ist ja nicht auf der Xbox«, erwiderte Harper mit einem beginnenden Schmollen.

Manny hob den Zeigefinger. »Das stimmt, aber ich habe meine Switch dabei, und da ist *Mario Kart* sehr wohl drauf. Spielen wir später?«

Sofort horchte Harper auf. Es mochte kein Lächeln sein, das auf ihrem Gesicht erschien, aber zumindest wirkte sie nicht mehr so lustlos und trübe. »Ich mache dich alle«, schwor sie.

Molly lächelte Manny über ihren Kopf hinweg an. »Danke«, formte sie lautlos mit den Lippen, und Manny zwinkerte ihr zu.

Harper drehte sich zu ihr um. »Geht es Lucien gut?«

»Ja. Val hat mir eine Nachricht geschrieben, dass er in ein, zwei Tagen aus dem Krankenhaus entlassen werden sollte.«

Erleichtert atmete Harper auf. »Ich hatte schon Angst, dass er stirbt. Er war so mutig und hat uns gerettet.«

»Das stimmt«, bestätigte Molly. »Vielleicht kannst du ja später mit ihm skypen.«

»Das mache ich.« Sie glitt von Mollys Schoß. »Aber jetzt muss ich den Käse für die Maisgrütze reiben.«

»Was ist denn hier los?«, fragte Burke vom Türrahmen her. »Du meine Güte, das wird ja das reinste Festessen heute Morgen.« Er drückte Harper einen Kuss aufs Haar, schenkte sich einen Kaffee ein und ließ sich auf einen Stuhl fallen. »Wenn ich mein Haus schon teilen muss, kriege ich wenigstens das beste Essen von ganz New Orleans.«

»Aber hallo«, erwiderte Molly, prostete ihm mit ihrer Kaffeetasse zu und beugte sich zu ihm hinüber. »Du hast doch nicht etwa vor, ganz allein nach Baton Rouge zu fahren, oder?«, fragte sie leise.

»Doch.«

»Das kannst du vergessen.«

»Ganz schön autoritär«, bemerkte Burke. »Ich dachte, du darfst die Stadt nicht verlassen?«

Molly machte ein finsteres Gesicht. »Das sagen die doch bloß so. Die können mich nicht daran hindern, eine kleine Spritztour zu unternehmen. Ich lasse dich auf keinen Fall allein losziehen.«

Gabe stellte einen Teller voll Speck auf den Tisch. »Und wo sie hingeht, gehe auch ich hin.«

»Du hast die reinsten Fledermausohren«, brummte Burke.

Gabe grinste. »Nein, ich kenne nur Molly inzwischen gut genug, um zu wissen, dass sie mit dir verhandeln würde.«

»Was wird verhandelt?«, fragte Willa Mae und trat an den Tisch. »Und was riecht hier so gut? Fisch und Maisgrütze? Endlich verstehen wir uns.«

»Seine französischen Gerichte sind auch teuflisch lecker«, erklärte Molly loyal.

»Klar, weil Sie hin und weg von ihm sind«, erwiderte Willa Mae mit einem Lächeln.

»Stimmt«, bestätigte Gabe und stellte Willa Mae eine Tasse Kaffee hin. »Aber recht hat sie trotzdem.«

Einer nach dem anderen kam in die Küche. Xavier war sauer, weil Manny ihn nicht geweckt hatte, um fischen zu gehen.

»Du hast wie ein Murmeltier geschlafen«, verteidigte sich Manny. »Ich habe ja versucht, dich wach zu kriegen, aber du hast mir eine geknallt.«

»Tut mir leid. Morgen stelle ich den Wecker und komme mit.«

»Falls es ein Morgen gibt«, warf Cicely ein. »Ich hoffe ja, dass heute etwas Bahnbrechendes passiert. So dankbar ich für diesen Unterschlupf auch bin, so vermisse ich doch mein eigenes Bett.«

»Das ist mir klar«, entgegnete Burke. »Wir bemühen uns nach Kräften.«

Cicely tätschelte ihm die Hand. »Und dafür bin ich Ihnen überaus dankbar. Wirklich.«

Dass Harper am Tisch saß, war gut, dachte Molly. Sie hatte sich inbrünstig ein normales Gespräch gewünscht, und Harpers Gegenwart verhinderte, dass sie den Fall ein weiteres Mal durchkauten.

Doch die Atempause war von kurzer Dauer. Nach dem Frühstück brachte Chelsea Harper zurück in ihr gemeinsames Zimmer, wo sie sich einen weiteren Film ansehen sollte. *Zeit, an die Arbeit zu gehen.*

Carlos und Xavier kümmerten sich um den Abwasch. Molly beschloss, keinen weiteren Kaffee zu trinken. Sie war schon überdreht genug. Sie und Gabe waren am Abend noch lange aufgeblieben und hatten über seinen Vater und Paul Lott gesprochen, bis sie beide müde genug gewesen waren, um sich hinzulegen, allerdings war es so spät gewesen, dass sie nur wenig Schlaf bekommen hatten.

Sie fragte sich sogar, ob Gabe überhaupt geschlafen hatte, denn er musste vor dem Morgengrauen aufgestanden sein, um den Fisch zu fangen. Er sah müde aus. Vielleicht lag es aber auch an der Situation, die schwer auf seinen Schultern wog. Immerhin hatte er vor etwas mehr als vierundzwanzig Stunden einen Mann erschossen und bisher praktisch keine Gelegenheit gehabt, in Ruhe darüber zu sprechen. Und auch jetzt war weder der richtige Zeitpunkt noch der richtige Ort dafür. Sie würde warten, bis sie allein waren.

»Hast du heute Morgen schon mit Patty gesprochen?«, fragte sie. Val hatte sie auf den neuesten Stand gebracht, doch sie wusste, dass Gabe sich Sorgen um seine Cousine machte. Mit ihr direkt zu sprechen, würde ihn beruhigen.

»Ja, sie und Val erholen sich gut, und Phin passt immer noch auf sie auf. Patty bekocht sie, was nicht nur die beiden glücklich macht.«

»Eine Sorge weniger«, bemerkte Molly. »Was ist mit Harry Petersen? Hat er das Bewusstsein schon wiedererlangt?« Der Assistent des Rechtsmediziners hatte einen hohen Preis dafür gezahlt, dass er Gabe geholfen hatte – etwas, das Gabe ebenfalls gewaltig auf der Seele lastete.

»Noch nicht«, sagte Burke. »Ich habe vorhin mit André gesprochen. Sie warten darauf, dass er zu sich kommt, damit er seine Angreifer identifizieren kann, aber noch ist es nicht so weit. Ich hoffe, in Xaviers UPS-Fach findet sich irgendetwas, das uns weiterbringt, verdammt.«

»Geht mir genauso«, sagte Antoine. »Ich war fast die ganze Nacht online und bin immer noch an Paul Lotts Kontoauszügen dran. Hoffentlich fördert das Postfach etwas Nützliches zutage.«

»Ach ja, der Schlüssel«, sagte Xavier.

Er wollte aufstehen, erstarrte jedoch, ebenso wie alle anderen, als Mollys Wegwerfhandy vibrierte – die Nummer, die sie gestern den Tierärzten gegeben hatten. »Hallo?«, meldete sie sich vorsichtig. Xavier kreuzte demonstrativ die Finger.

»Hier ist Dr. Watts. Ich wollte gern Mr Carlos Manuel sprechen.«

Carlos Manuel? Carlos' Nachname war Hernandez. Dann fiel der Groschen. Manny war die Kurzform von Manuel. Schlau von den Jungs, einen Kombinamen zu verwenden, den sie sich gut merken konnten.

»Er sitzt direkt neben mir. Darf ich auf Lautsprecher stellen?« Der Arzt war einverstanden, also legte Molly das Handy auf den Tisch, um den sich alle mit angehaltenem Atem versammelt hatten. »Carlos, hier spricht Dr. Watts.«

»Hallo, Sir. Danke, dass Sie zurückrufen«, sagte Carlos. »Ich hoffe, es bedeutet, dass Sie sich an Madame Fluffy erinnern.«

»Aber absolut«, sagte der Tierarzt. »So einen Hund hatte ich nicht oft in meiner Praxis. Sie war atemberaubend, allerdings muss ich Ihnen leider mitteilen, dass sie gestorben ist. Sie war bereits zwölf, was für einen Afghanen recht alt ist.«

Mollys Herzschlag stockte. Das könnte es sein! Der Durchbruch, nach dem sie suchten. Sie zückte ihr normales Handy, um sich Notizen zu machen.

»Das habe ich mir fast gedacht«, erwiderte Carlos. »Wie wir Ihrer Mitarbeiterin gestern sagten, würden wir nur sehr gern Kontakt mit der Züchterin aufnehmen, um ihr Bescheid zu geben.«

»Verständlich«, sagte der Tierarzt. »Aber ich glaube nicht, dass Madame Fluffys Besitzerin auch Züchterin war. Zumindest hat sie nie etwas in diese Richtung erwähnt. Möglicherweise wollte der Züchter oder die Züchterin aber einen Wurf mit Madame Fluffy, weil sie ein echtes Prachtexemplar war. Jedenfalls bin ich sicher, dass Lucille sich freuen wird, von Ihnen zu hören. Sie hat diese Hündin heiß und innig geliebt. Sie war ein Geschenk ihres Ehemanns, direkt nach Katrina. Die damalige Besitzerin hat sie zur Adoption freigegeben, als die Flut ihr Zuhause zerstört hatte. Lucille wollte eigentlich den Namen ändern, aber sie hat nur auf Madame Fluffy gehört, deshalb hat sie es schließlich aufgegeben.«

»Lucille?«, wiederholte Carlos hoffnungsvoll. »Erinnern Sie sich auch an ihren Nachnamen?«

»Aber natürlich. Ducote.«

Ducote. Molly kannte den Namen, doch er konnte unmöglich zu dem Menschen gehören, der ihr dazu einfiel. Völlig ausgeschlossen. Doch Burke googelte bereits mit grimmiger

Miene, ebenso wie sie selbst, und auch Antoine schien seinen Augen kaum zu trauen.

»Jetzt, wo ich darüber nachdenke, fällt mir auf, dass ich sie schon sehr lange nicht mehr gesehen habe«, fuhr der Tierarzt fort. »Richten Sie ihr aus, dass ich sie vermisse und hoffe, dass es ihr gut geht.«

»Danke, Sir. Und danke noch einmal für den Rückruf.« Mit einem fragenden Blick in die Runde, den Burke mit einem entschiedenen Nicken quittierte, beendete Carlos das Gespräch.

»Lucille Ducote«, sagte Xavier langsam und sah von Molly zu Antoine und dann zu Burke. »Wieso schauen alle so entsetzt?«

Molly starrte auf ihr Handydisplay. »Lucille Ducote ist tot. Sie hat sich vor zwölf Jahren in den Kopf geschossen.«

»Wer war sie, Molly?«, fragte Gabe leise.

»Die erste Frau von Lamont Ducote«, antwortete Molly. »Und Lamont Ducote ist …«

»Einer der Staatsanwälte des Orleans Parish«, beendete Burke den Satz.

Gabe starrte ihn fassungslos an. »Ein Staatsanwalt?«

Molly nickte, während sich die Furcht wie eine dunkle Wolke über sie senkte. »Das ist sehr, sehr übel.«

BAYOU GAUCHE, LOUISIANA

Freitag, 30. Juli, 08.45 Uhr

Gabe schwirrte der Kopf. *Lamont Ducote*. Ein Staatsanwalt aus New Orleans.

Ein Mann, der eigentlich dafür sorgen sollte, dass Mörder hinter Schloss und Riegel kamen.

Er hatte Nadia Hall getötet.

Und auch meinen Vater?

Stille herrschte im Raum, auf den Gesichtern der Anwesenden zeichnete sich die gesamte Gefühlspalette des Schocks ab, von Entsetzen über Wut bis hin zu Verwirrung.

In Gabe regten sich alle Gefühle gleichzeitig. Man brauchte kein Ermittler sein, um zu wissen, dass die Tat eines so weit oben in der Nahrungskette stehenden Mannes eiskalt vertuscht werden würde. Andernfalls würde der gesamte Justizapparat der Stadt im Chaos versinken.

Die Zahl der Fälle, in denen womöglich nicht korrekt ermittelt worden war, dürfte gewaltig sein.

Wenn Lamont Ducote schuldig war, würde es verdammt schwer werden, ihn zu Fall zu bringen.

Doch wenn Lamont Ducote schuldig war, würde Gabe genau das tun, koste es, was es wolle.

»Ein Staatsanwalt?«, wiederholte Cicely schließlich. »Sind Sie ganz sicher?«

»Ich bin sicher, dass Lucille Ducote tot ist«, sagte Molly. »Ich bin sicher, dass ihr Mann Staatsanwalt ist. Und was Madame Fluffy betrifft, so hatte der Tierarzt keinerlei Veranlassung, uns anzulügen. Lucille hat die Hündin nach Nadia Halls Tod aufgenommen. Natürlich überprüfen wir seine Angaben, aber nach meiner derzeitigen Einschätzung sagt er die Wahrheit.«

Cicely wandte sich Willa Mae zu. »Aber das ist nicht derselbe Staatsanwalt, mit dem ihr gestern gesprochen habt, oder?«

»Nein, das war Staatsanwalt Cardozo«, antwortete Willa Mae. »Ich muss zugeben, damit habe ich nicht gerechnet.«

Xavier ließ sich auf einen Stuhl fallen. »Der Staatsanwalt hat seine Geliebte getötet und seiner Frau ihren Hund geschenkt, als wäre er ein gebrauchtes Kleidungsstück? Was für ein Mensch tut so was?«

»Jemand, der eine Geliebte hat, würde ich sagen«, erwiderte Willa Mae.

»Und vor allem jemand, der besagte Geliebte auch noch tötet«, murmelte Cicely.

»Zum Zeitpunkt von Katrina war er noch nicht Staatsanwalt«, sagte Burke. »Was er damals gemacht hat, weiß ich nicht, aber das werden wir verdammt noch mal herausfinden.«

Cicely wirkte immer noch völlig erschüttert. »Armer Rocky. Ob er das wohl gewusst hat?«

»Ich glaube nicht«, warf Antoine ein. »Ich habe nichts gefunden, das darauf hindeutet. Aber dass hier etwas nicht in Ordnung war, wusste er ganz bestimmt. Alles ist verschlüsselt oder codiert oder … schlicht nicht da. Er verweist auf eine andere Akte, die ich allerdings auf seiner Festplatte nicht finden kann. Vielleicht wurde sie überschrieben, und ich kann sie deshalb nicht wiederherstellen. Ich versuche es weiter.«

Gabe fragte sich, ob das, was sein Vater gewusst hatte, überhaupt noch relevant war. »Wenn Ducote Nadia getötet hat …« Er schluckte und drückte die Schultern durch. »Hat er auch meinen Vater getötet? Könnte er der Hoodie-Mann sein?«

»Möglich wäre es«, sagte Molly. »Aber wir brauchen mehr Beweise als einen weitergegebenen Hund.«

Burke kniff sich in die Nasenwurzel. »Ich muss es André sagen. Hoffentlich fällt ihm etwas dazu ein.«

Molly nahm Gabes Hand und hielt sie fest. »Immerhin wissen wir jetzt *etwas*. Lamont Ducotes Geliebte wurde schwanger. Er hat sie getötet und vielleicht auch ihren behandelnden Gynäkologen, um die Spuren zu verwischen. Irgendwann hat er womöglich auch seine eigene Frau ermordet, denn ich finde, hier schießen sich verdächtig viele Leute in den Kopf.«

»Moment mal«, sagte Xavier leise, woraufhin sich ihm alle zuwandten. Er hatte sich Carlos' Handy geliehen, um etwas zu überprüfen, und blickte bestürzt in die Runde. »Ich habe ein Foto von ihm gefunden. Er sieht wie der Mann aus, den ich damals beobachtet habe – zumindest soweit ich mich daran erinnere –, nur dass er keine Narbe hat. Aber Nadias Mörder hatte eine gehabt, ganz eindeutig. Ducote nicht.«

Gabes Magen verkrampfte sich. Sie waren so dicht dran gewesen. *Und jetzt ist alles wieder zurück auf null.*

»Lass mal sehen.« Carlos nahm Xavier sein Handy aus der Hand und vergrößerte die Aufnahme. »Er hat *jetzt* keine mehr. Das Foto wurde Anfang des Jahres aufgenommen, aber sieh dir mal seine Wange an, X. Sieh genau hin.«

Xavier beugte sich vor und runzelte die Stirn. »Da ist tatsächlich eine feine Linie, aber es ist nicht dieselbe Narbe. Die damals war lang und breit … angsteinflößend. Ich erinnere mich noch gut daran.«

»Eine Sekunde.« Antoines Finger flogen über die Laptoptastatur. Ein abruptes Lächeln huschte über seine Züge, als er den Laptop so hindrehte, dass Xavier auf den Bildschirm sehen konnte. »Was ist hiermit?«

Xavier zuckte zurück, als hätte ihm jemand eine Ohrfeige verpasst. »Ja. Das ist er.«

Molly beugte sich vor, um den sehr viel jüngeren Lamont Ducote zu betrachten, über dessen Gesicht vom Auge bis zum Kinn eine auffallende Narbe verlief, die seine Wange quasi in zwei Hälften teilte. »Er hat sie wegmachen lassen«, sagte sie. »Von wann stammt das Foto?«

»Von 2001«, antwortete Antoine. »Damals war er noch Rechtsanwalt.«

»Also ist er es.« Gabes Stimme zitterte, und alles schien sich zu drehen. »Dann müssen wir bloß noch herausfinden, ob er auch meinen Vater und Mule getötet hat. Und welche Rolle Mule in alldem gespielt hat.«

Molly umschloss seine Hand. »Was wusste dein Vater, und wann hat er es herausgefunden? Hatte er Beweise? Und falls ja, welche sind das, und wo hat er sie versteckt? Burke, lass uns zuerst mit André reden und dann nach Baton Rouge fahren.«

Burke erhob sich, als sein Handy läutete. Mit einem Seufzer setzte er sich wieder und ging ran. »Val? Was gibt's?«

Molly versteifte sich, weil Burke die Augen schloss und die Schultern sacken ließ. »Du rufst André an, ja?« Er lauschte kurz, dann nickte er. »Ruf mich an, wenn ihr noch weitere unerwartete Gesellschaft bekommen solltet.« Er beendete das Gespräch und sah Gabe an. »Patty geht es gut, Val auch. Es gibt auch keine neuen Angriffe auf sie, und Phin ist immer noch bei ihnen.«

Gabes Griff um Mollys Hand wurde fester. »Was ist dann passiert?«, krächzte er.

Burkes Kiefer wurde hart. »Ihr hattet einen Maulwurf im *Choux.*«

Gabe schüttelte den Kopf. »Was? Wer?«

»Donna Lee Green.«

Gabe zuckte zurück. »Nein. Nie im Leben. Das kann ich nicht glauben. Sie …« Er versuchte, Luft zu holen, doch seine Lunge schien sich nicht füllen zu wollen. »Ich vertraue ihr.«

Burke sah auf seine Hände, dann richtete er den Blick wieder auf Gabe. »Es tut mir leid, Gabe, aber sie hat gestanden«, sagte er bedauernd. »Sie hat gehört, was mit Patty passiert – oder beinahe passiert – ist und stand heute Morgen in Tränen aufgelöst bei ihr vor der Tür. Offenbar hat sie Tobins Foto in der Zeitung gesehen und daraus geschlossen, dass sie ›benutzt worden‹ war, um an Informationen zu gelangen. Sie habe ein schlechtes Gewissen und könne ›nicht länger mit der Lüge leben‹, behauptet sie.«

»Und wer hat sie angeheuert?«, wollte Antoine wissen.

»Anscheinend Tobin«, antwortete Burke. »Und Val meinte, die Nummer in Donna Lees Anrufliste stimme mit Tobins Handynummer überein. Es tut mir schrecklich leid, aber sie hat Tobin über dich auf dem Laufenden gehalten. Sie hat ihm gesteckt, dass Molly am Montag ins *Choux* kam, um sich mit dir zu treffen. Und dass du und Patty gemeinsam mit Molly danach weggefahren seid.«

»Als uns jemand zu euch ins Büro gefolgt ist«, sagte Gabe leise. *In einem Zivilfahrzeug des NOPD.*

»Was hat sie denen noch erzählt?«, fragte Antoine scharf.

Gabe spürte, wie Molly sich neben ihm versteifte, sagte jedoch nichts.

Noch immer völlig erschüttert, hob er ihr Kinn an und zwang sie, ihn anzusehen. »Was ist?«

Sie ist am Boden zerstört. Um meinetwillen. Aus irgendeinem Grund half ihm diese Erkenntnis.

»Die Pathologin«, sagte sie leise. »Ich habe mich doch ständig gefragt, wie ›die‹ von der Autopsie erfahren konnten, die du in Auftrag gegeben hast. Die Einzigen, die davon wussten, sitzen hier, außerdem noch André und deine Cousine.«

Unvermittelt loderte Wut in Gabe auf. Er ließ Mollys Hand los, als hätte er sich verbrannt. »Du willst damit sagen, Patty hätte alles an ›die‹ ausgeplaudert, wer auch immer ›die‹ sein mögen? Das ist doch verrückt.«

Molly packte seine Hand und hielt sie eisern fest, als er sie ihr entziehen wollte. »Nein, sie hat nicht alles ausgeplaudert. Sie hat ihren Eltern etwas gesagt, damit sie die Stadt verlassen. Damit sie in Sicherheit sind. Und wenn sie das getan hat, während sie im *Choux* war …«

»Könnte Donna Lee es mitbekommen haben«, endete Gabe, dessen Magen sich auf einmal wie Blei anfühlte. »O Gott. Das darf Patty nie erfahren. Zumindest nicht die genauen

Umstände, unter denen Dr. McLain und Dusty Woodruff umgekommen sind. Sie … o Gott. Patty war auf der Highschool eine Weile mit Dusty zusammen. Sie waren Freunde. Das würde sie sich nie verzeihen.«

»Wir setzen alles daran, dass sie nichts über die genauen Umstände erfährt«, versprach Burke.

»Wieso hat Donna Lee sich überhaupt dafür einspannen lassen?« Er konnte nur hoffen, dass sie gute Gründe gehabt hatte. Zwei Menschen waren umgekommen, weil Donna Lee diesen Mistkerlen Dinge erzählt hatte, die nicht für ihre Ohren bestimmt gewesen waren.

Burke seufzte. »Tobin hatte Fotos von ihr mit einem anderen Mann, und Donna Lee wollte nicht, dass ihr Ehemann etwas davon erfährt. Vielleicht dachte sie, Tobin stelle nicht länger eine Gefahr für sie dar, nachdem er festgenommen worden war. Was auch immer sie angetrieben haben mag, ihr Geständnis hat jedenfalls eine Menge Fragen beantwortet.«

Gabe senkte den Kopf und rang um seine Fassung, doch es fiel ihm verdammt schwer.

Was für ein Verrat! *Zwei Menschen, die mir geholfen haben, mussten sterben, nur weil Donna Lee ihre Ehe retten wollte?* Am liebsten hätte er seine Wut laut hinausgeschrien.

»Das ist noch nicht alles«, fuhr Burke fort. »Aber immerhin etwas Positiveres. Donna Lee hatte auch Nachrichten an Mules Nummer auf ihrem Handy. Sie schwört Stein und Bein, sie hätte keinen einzigen Namen der Männer gekannt, mit denen sie in Kontakt stand, aber ratet mal, was sie geantwortet hat, als Val ihr wegen Mule auf die Pelle gerückt ist.«

»Etwas, das mit Lamont Ducote zu tun hatte?«, fragte Molly aufgeregt.

»Ganz genau«, sagte Burke. »Sie hat Mule gesteckt, wann immer Ducote ins *Choux* kam.«

Gabe sah abrupt hoch. »Was? Er war in meinem Restaurant?«

»Laut Donna Lee sogar mehrmals«, bestätigte Burke. »Normalerweise zum Mittagessen. Es fing an, nachdem dein Vater tot war, deshalb vermute ich, dass er dich beobachten wollte. Einmal kam er auch mit seiner Frau und einem weiteren Paar zum Abendessen und hat ein paar Nachrichten mit jemandem ausgetauscht, bevor er sich schließlich seinen Gästen gewidmet hat.«

»Und wer war das andere Paar?«, hakte Molly nach.

»Lyle Nelson und seine Frau Lorraine.«

Gabe runzelte die Stirn. »Die Namen sagen mir nichts.«

»Mir schon«, erwiderte Burke verdrossen.

»Mir auch«, warf Antoine ein. »Nelson ist so ein Geldsack, der in der Politik mitmischt. Er ist Mitglied in einem der ältesten Karnevalsvereine, und das schon seit Ewigkeiten. Außerdem sieht er sich als großen Philanthropen und will, dass jeder das auch weiß.«

»Er hält sich für einen politischen Königsmacher«, fügte Burke hinzu. »Normalerweise gewinnt derjenige, der in den Genuss seiner Zuwendungen in Form von Spendengeldern kommt, auch die betreffende Wahl.«

Molly ließ Gabes Hand los und hämmerte fieberhaft auf das Display ihres Handys ein. »Ich überlege die ganze Zeit, warum das alles ausgerechnet jetzt passiert«, erklärte sie triumphierend. »Katrina liegt fast sechzehn Jahre zurück. Weshalb um alles in der Welt war er erst jetzt hinter deinem Vater her?«

»Weil Dad hinter ihm her war«, antwortete Gabe unsicher. »Ihm lief die Zeit davon.«

Weil er schwer krank war und mir kein Wort davon gesagt hat.

Molly nickte. »Das stimmt, aber dein Vater hatte auch schon vorher mehrmals versucht, seine Ermittlungen voranzutreiben, doch entweder wurde er zurückgepfiffen, oder man hat ihm mit Rauswurf aus dem Polizeidienst gedroht, wodurch er seine Krankenversicherung verloren hätte. Deshalb frage ich mich, warum jetzt? Antwort: Weil Ducote vorhat, als Senator zu kandidieren.«

»Auf Bundesstaatsebene?«, fragte Cicely.

»Nein. Er strebt nach Höherem.« Molly hielt ihr Handy so, dass alle den Artikel sehen konnten. *Ducote strebt Kandidatur für US-Senat an,* lautete die Schlagzeile.

Gabes Kehle wurde eng. »Er hat meinen Vater ermordet, weil er für ein politisches Amt kandidieren will?«

Molly seufzte. »Es tut mir leid, Gabe, aber es sieht ganz danach aus. Vielleicht hat ihn aufgeschreckt, dass dein Dad seine Bemühungen neuerdings verstärkt hat. Rocky hatte ja damals behauptet, sein Augenzeuge sei während Katrina umgekommen, nur hat er versehentlich verraten, dass Xavier noch lebt, als er Paul Lott bat, den Treuhandfonds für ihn einzurichten. Er stand offenbar kurz davor, Dr. Benson aufzuspüren, und ein Mordverdacht wäre ein Skandal gewesen, der Ducotes politische Ambitionen womöglich jäh zerstört hätte.«

Gabe rieb sich das Gesicht. Er war so verdammt müde. Und wann immer er daran dachte, wie jemand seinen Vater zwang, dieses Glas Grey Goose zu trinken, ihm K.-o.-Tropfen verabreichte, ihm eine Waffe in die Hand drückte und den Abzug betätigte …

Seine Augen brannten. Verdammt. Du wirst nicht hier vor allen anderen zusammenbrechen.

Aber genau das drohte zu passieren. Er spürte bereits das Schluchzen in seiner Brust und bekam keine Luft mehr. Abrupt schob er seinen Stuhl zurück, sprang auf und lief durch die Hintertür hinaus und die Treppe hinunter.

In letzter Sekunde. Er lehnte sich gegen einen der Pfähle

und beugte sich nach vorn, weil er sich keine Sekunde länger mehr aufrecht halten konnte. Trauer, Wut und Angst … alles tobte gleichzeitig in ihm. *Es ist nicht fair. Nicht fair. Verdammt noch mal nicht fair.*

Der Laut, der aus seinem Mund drang, klang nicht einmal ansatzweise menschlich. Seine Beine gaben nach, und er fiel auf sein Hinterteil, doch es kümmerte ihn nicht. Er konnte nicht atmen. Es war, als sitze ein Elefant auf seiner Brust.

Und dann spürte er sanfte Arme, die sich um ihn legten. Starke Arme.

Orangenduft stieg ihm in die Nase.

Molly. Sie sagte kein Wort, sondern hielt ihn nur fest, wiegte ihn sanft, als er weinte, fuhr ihm mit den Fingern durchs Haar, sodass er ihre Nägel auf der Kopfhaut spürte. Er ließ sich in ihre Umarmung sinken, wohl wissend, dass er sicher war. In ihren Armen konnte er weinen, sie würde ihn deswegen nicht verachten.

Sondern würde ihm helfen, die Mörder seines Vaters zur Strecke zu bringen. Dieser Gedanke ging ihm wieder und wieder durch den Kopf. *Wir müssen dafür sorgen, dass er bezahlt. Wir müssen.*

Er konnte nicht sagen, wie lange sie dort gesessen hatten. Molly ließ ihn keine Sekunde lang los, und er klammerte sich an ihr fest, als sei sie seine letzte Bastion.

Schließlich konnte er wieder atmen. Mit einem letzten zittrigen Schluchzer holte er tief Luft und ließ sich wieder gegen sie sinken, in dem Wissen, dass sie ihn auffangen würde. Sie hielt ihn und drückte ihn ein wenig nach unten, bis sein Kopf in ihrem Schoß lag, während sie unablässig weiter sein Haar und sein Gesicht streichelte.

»Danke«, flüsterte er und registrierte, dass sein Hals sich ganz rau anfühlte, was kein Wunder war.

»Gern«, flüsterte sie.

»Wir sollten wieder hineingehen«, murmelte er erschöpft.

»Nein. Wir können auch noch eine Weile hier sitzen bleiben.«

Er runzelte die Stirn. »Aber was ist mit Baton Rouge?«

»Da kommen wir schon hin, keine Sorge.«

Doch es machte ihm Sorgen. Neuerdings schien er nichts anderes zu tun, als sich Sorgen zu machen. »Ich will nicht, dass noch jemand stirbt.«

»Geht mir genauso. Mit Ausnahme von Ducote.«

»Stimmt. Ihm würde ich keine Träne nachweinen.«

Wieder verfiel sie in Schweigen und streichelte ihn weiter. Seine Augen brannten, seine Lider fühlten sich bleischwer an. »Ich schlafe gleich ein«, murmelte er.

»Das ist der Plan. Du hast letzte Nacht kein Auge zugetan, stimmt's?«

»Nein. Mir ging das … alles im Kopf herum.« Er seufzte. »Ich habe einen Mann getötet.«

»Ich weiß.«

»Ich würde es wieder tun, aber … verdammt, Molly.«

»Ich weiß.«

Das tat sie wohl. »Ich bin so müde.«

»Dann schlaf, Gabe, ich werde dich nicht im Stich lassen.«

Er gähnte. Ihre sanfte Stimme war so tröstlich. »Der Boden ist ganz schön hart, das kann doch nicht bequem für dich sein.«

»Mein Hintern hat schon auf viel unbequemeren Untergründen gesessen«, erwiderte sie leichthin. »Aber du kannst auch in einem richtigen Bett schlafen, wenn du willst.«

»Kommst du mit?«, fragte er.

Sie legte die Hand um seine Wange. »Unbedingt.«

Er wollte aufstehen, ließ sich jedoch zurücksinken. »Die anderen sind alle in der Hütte.«

Sie werden es sehen, werden wissen, dass ich die Fassung verloren habe.

»Stimmt, aber niemand wird ein Wort sagen, weil du … du weißt schon. Weil du geweint hast. Ich glaube, wir haben uns alle gefragt, wann der Moment käme.«

Er stieß ein leises, abfälliges Lachen aus. »Wurden schon Wetten darauf abgeschlossen?«

»Nein, darauf nicht, aber darauf, dass wir Sex haben.«

Er sah zu ihr hoch und zuckte zusammen, weil sich sein Gesicht wie ein roher Fleischkloß anfühlte. »Und wer hat gewonnen?«

Ein winziges Lächeln spielte um Mollys Lippen. »Cicely.«

»Du lügst.«

Sie lachte. »Du weißt ja, stille Wasser und so. Ich hätte gedacht, Willa Mae macht das Rennen.«

»Aber wissen können sie es nicht. Es ist ja im Hotel passiert.« Es war schräg, nach dem schlimmsten Zusammenbruch seines Lebens über Sex zu plaudern, gleichzeitig fühlte es sich herrlich normal an.

»Val hat es Burke erzählt. Offenbar hat sie uns nebenan gehört.«

Er schnaubte. »Klatschbasen, alle miteinander.«

»Das ist nur ihre Rache an mir. Ich habe bei ihrem letzten Freund die Wette gewonnen.«

Er schüttelte den Kopf, woraufhin ein scharfer Schmerz hinter seinen Augen durch seinen Schädel schoss. »Ihr nun wieder.«

»Ich weiß«, sagte sie. »Wir sind das letzte Pack. Aber du magst uns trotzdem.«

»Vor allem dich.«

»Das ist schön. Also, willst du hier oder in einem richtigen Bett schlafen? Deine Entscheidung, aber deine Knochen werden es dir bestimmt danken, wenn du dich für Letzteres entscheidest.«

Mit einem Stöhnen kam Gabe auf die Knie. »Meine Knochen hassen mich jetzt schon, deshalb nehme ich lieber das Bett.« Er sah ihr in die Augen. »Du fährst doch nicht ohne mich nach Baton Rouge?«

»Und lasse meinen Partner zurück? Vergiss es. Ich warte. Außerdem muss Burke ohnehin zuerst mit André reden, bevor wir etwas unternehmen. Diese Ducote-Geschichte wird hässlich werden.«

»Die werden versuchen, alles zu vertuschen.«

Sie schüttelte den Kopf. »Das glaube ich nicht. Wir haben fünfzehn Leichen, nein, sogar sechzehn. Den Meth-Typen habe ich vergessen.«

»George Haslet«, korrigierte Gabe.

Sie senkte den Kopf. »Du hast recht. Er verdient es, bei seinem Namen genannt zu werden. Jedenfalls sind viel zu viele Menschen ums Leben gekommen – und viele der Morde sind bereits in den Medien bekannt. Die Leute wissen Bescheid. Das alles zu vertuschen, wird schwierig werden. Außerdem machen wir so lange Druck, bis alle, die ihre Finger in dieser Sache hatten, namentlich genannt und bestraft wurden. Das sind wir deinem Vater schuldig.«

Er seufzte. »Ich bezahle Burke bei Weitem nicht genug. Ich werde wohl eine zweite Hypothek auf das Haus aufnehmen.«

»Mach dir darüber keine Gedanken. Burke meinte, er übernehme die Differenz.«

Gabe sah sie ungläubig an. »Ist Burke etwa Millionär?«

»Wie hoch sein Vermögen ist, weiß ich nicht, und es geht mich auch nichts an, aber arm ist er jedenfalls nicht. Dein Vater hat ihm sehr viel bedeutet.« Sie zögerte für den Bruchteil einer Sekunde. »Burkes Vater war ein schrecklicher Mensch.

Mein Dad und deiner … sie waren wie Ersatzväter für ihn. Das bedeutet mehr, als dir bewusst ist. Also, wir legen uns jetzt eine Weile hin, dann bringen wir dieses Dreckschwein Ducote zur Strecke. Über das Geld machen wir uns später Gedanken.«

Er beugte sich vor und lehnte seine Stirn gegen die ihre. »Danke.«

»Gern geschehen.« Sie kam auf die Füße und hielt ihm die Hand hin. »Komm schon, Großer. Auf dich wartet ein herrlich weiches Bett.«

Er ließ sich von ihr in die Hütte führen und seufzte, als ihm die angenehm kühle Luft entgegenschlug – und ein weiteres Mal, als er die Küche leer vorfand. Er hätte nicht darauf schwören können, dass er es ertragen hätte, jetzt den anderen zu begegnen. Doch seine Erleichterung währte nur kurz, als ihm ein Gedanke kam.

»Was ist, wenn er flüchtet? Ducote, meine ich.«

Sie zuckte die Achseln. »Dann jagen wir ihn. Wir jagen ihn und machen ihm das Leben so lange zur Hölle, bis er hinter Schloss und Riegeln sitzt, und zwar lebenslänglich. Jetzt erzählen wir erst einmal alles André. Bestimmt kann er einiges in die Wege leiten, wie Grenzkontrollen und solche Dinge.«

»Ducote könnte mit dem Boot flüchten. Es gibt jede Menge Möglichkeiten, den Grenzkontrollen zu entgehen.«

»Das stimmt«, räumte Molly ein und ging am Wohnzimmer vorbei, wo sich alle Anwesenden geflissentlich ihren Tätigkeiten widmeten. »Aber aktuell weiß er nicht, dass wir wissen, wer er ist, sondern er denkt, er käme mit allem davon, was er getan hat. Aber Ducote irrt sich, Gabe, denn wir wissen sehr wohl, wer er ist. Wir sind hier im Vorteil, und diesen Vorteil werden wir für uns nutzen.«

BAYOU GAUCHE, LOUISIANA

Freitag, 30. Juli, 09.10 Uhr

Kaum waren Gabe und Molly auf dem Flur vorbeigegangen, stieß Xavier den angehaltenen Atem aus. Gabe war kreidebleich gewesen, seine Augen rot gerändert. Hilflos blickte Xavier zur Tür.

»Er wird schon wieder«, versicherte ihm Burke leise. »Irgendwann.«

Carlos seufzte. »Ich sehe Rocky immer nur als das Mordopfer, so wie man es automatisch tut, wenn man sich einen Krimi ansieht, und vergesse dabei, dass er ja Gabes Vater war. Die ganze Sache muss ihn regelrecht umbringen.« Er zuckte zusammen. »Entschuldigung, blöde Wortwahl.«

»Wir wussten, wie du es meinst«, sagte Willa Mae. »Und du hast völlig recht. Während meiner Berufstätigkeit war es das Schwierigste, die Gefühle der Mandanten außen vor zu lassen und zugleich nicht zu vergessen, dass sie alle Menschen sind. Das ist nicht einfach.«

»Ich hoffe, er kann etwas schlafen«, murmelte Manny. »Als ich um sechs aufgestanden bin, war er schon auf den Beinen. Ich glaube, er war gar nicht erst im Bett.«

Xavier vergrub die Hände in den Hosentaschen. »Was können wir tun, solange er schläft? Ich habe das Gefühl, wir müssen etwas unternehmen, die Dinge vorantreiben. Für Gabe und Rocky und Nadia und all die anderen.«

»Wir müssen so viel wie möglich über Ducote in Erfahrung bringen«, sagte Burke. »An oberster Stelle steht die Frage, ob er der Hoodie-Mann ist. Er könnte Nadia Hall während Katrina getötet haben –«

»Das *hat* er«, korrigierte Xavier. »Ich habe ihn gesehen.«

Burke lächelte ihn freundlich an. »Ich weiß, und Ihre Zeugenaussage wird auch von zentraler Bedeutung sein, sobald er wegen des Verbrechens angeklagt ist. Aber wir untermauern die Vorwürfe noch, wenn wir beweisen können, dass die aktuellen Morde dazu dienten, die ursprüngliche Tat zu vertuschen. Im Moment sollten wir unsere Energie am besten für die jüngsten Taten verwenden, und das bedeutet, nachzuweisen, dass er Mule getötet hat – und die Frau, deren Leichenteile er im Bayou versenken wollte. Antoine, Mules Mörder hat etwas zu Gabe gesagt.«

Antoine reagierte nicht. Er hatte seine Kopfhörer auf und starrte auf seinen Laptop.

»Antoine«, wiederholte Burke lauter, woraufhin Antoine zusammenzuckte und die Kopfhörer abnahm. »Entschuldigung. Was habe ich verpasst?«

»Ich habe gesagt, wir müssen herausfinden, ob Ducote und der Hoodie-Mann ein und dieselbe Person sind. Der Typ hat doch gestern etwas gesagt, als Molly ihn mit der Waffe bedroht hat.«

»Stimmt. ›Und wem sonst, Junge?‹« Antoine imitierte die tiefe Stimme des Mannes. »Ich sehe mir das Video gerade noch mal an.«

Xavier hatte es sich mindestens ein Dutzend Mal angesehen. »Gabe hatte ihm vorgeworfen, er habe den Mörder seines Vaters getötet, aber es habe ihm nicht zugestanden, das zu tun. Der Hoodie-Mann hat ihn verhöhnt.«

Antoine nickte. »Dasselbe habe ich auch gedacht. Ich habe ein Video ausgegraben, das Lamont bei einer Pressekonferenz vor ein paar Monaten zeigt.« Er stöpselte seine Kopfhörer aus und regelte die Lautstärke des Laptops hoch.

Xavier schloss die Augen. »Die Stimmen klingen nicht gleich. Die des Hoodie-Mannes ist tiefer als Ducotes.«

Antoine lächelte sarkastisch. »Stimmt, aber er hat sie verstellt. Achten Sie mal auf die Intonation, auf die Art, wie er ›Junge‹ sagt.« Er spielte die Aufnahme ein zweites Mal ab.

Auf dem Video fragte ein Reporter Ducote, ob er glaube, eine Verurteilung des Angeklagten zu erlangen, dessen Tat an diesem Tag vor Gericht verhandelt wurde. »Darauf können Sie Ihren Hintern verwetten, Junge«, erwiderte Ducote mit einem charmanten Lächeln, dessen Anblick Xavier einen unangenehmen Schauder über den Rücken jagte.

Er versuchte, sein Unbehagen abzuschütteln, doch es fiel ihm nicht leicht. Dieser Mann war Nadia Halls Liebhaber gewesen. *Ich habe gesehen, wie er sie getötet hat. Er ist der Mann aus meinen Albträumen.*

»Trotzdem ist es nicht dieselbe Stimme«, wandte Cicely ein. »Die des Kerls von gestern ist nach wie vor tiefer.«

Antoine drehte den Laptop so, dass alle den Bildschirm sehen konnten. »Das stimmt, aber die Sprachbiometrie zeigt klare Übereinstimmungen in beiden Stimmkadenzen. Und auch seine Statur passt.«

»Wie verlässlich sind diese Stimmabdrücke?«, fragte Burke.

Antoine machte eine vage Handbewegung. »Mehr oder weniger.«

»Also können wir damit nicht beweisen, dass es sich um Ducote handelt«, sagte Burke, »aber auch nicht, dass er es nicht ist.«

»So kann man es ausdrücken«, bestätigte Antoine.

»Was ist mit den Verbindungen?«, fragte Xavier. »Molly spricht ständig von Verbindungen, richtig? Ducotes Verbindung zu Nadia Hall besteht aus der Hündin. Die Verbindung zwischen Ducote und Mule muss der Job sein. Staatsanwälte und Polizisten arbeiten schließlich zusammen, richtig?«

»Richtig«, bestätigte Burke. »Andererseits ist Mule mit Hunderten über seine Arbeit verbunden und Ducote genauso. Für den Moment gehe ich davon aus, dass es sich bei dem Hoodie-Mann um Lamont Ducote handelt, bis wir etwas anderes erfahren. Aus irgendeinem Grund wusste Mule, dass Ducote sich gestern in diesem Bayou aufhalten würde. Sie sind zwar zu unterschiedlichen Zeitpunkten dort eingetroffen, aber Mule kann Ducote nicht gefolgt sein, weil Gabe und Molly sich an Mules Fersen geheftet haben und er auf direktem Weg von seinem Haus zum Bayou gefahren ist. Ein Tracker an Ducotes Wagen kommt ebenfalls nicht infrage, weil Ducote ja George Haslets Wagen gestohlen hat. Es sei denn, Mule wusste, welchen Wagen Ducote stehlen würde, was ziemlich unwahrscheinlich ist.«

»Er könnte Ducotes Handy manipuliert haben, um es zu orten«, schlug Manny vor. »So würde ich es machen.«

»Möglich.« Burke nahm einen Laptop aus einer Hülle zu seinen Füßen. »Aber ich denke auch an die Art, wie die beiden miteinander gesprochen haben. Ihre Körpersprache lässt darauf schließen, dass alles in Ordnung war. Bis Mule seine Waffe gezogen und Ducote ihn erschossen hat.«

Bald saßen alle über ihren Laptops bis auf Cicely und Willa Mae. Cicely spähte über Xaviers Schulter, Willa Mae strickte eisern weiter, verfolgte ihren Austausch jedoch aufmerksam, wie Xavier bemerkte. Willa Mae Collins zu unterschätzen, wäre ein ganz großer Fehler.

»Hab's!«, rief Antoine.

»Das ist unfair«, maulte Carlos. »Sie haben ja auch drei Laptops.«

»Nicht schmollen, das steht Ihnen nicht gut zu Gesicht«, bemerkte Burke. »Was hast du gefunden, Antoine?«

»Sie sind zusammen auf die Highschool gegangen.« Wieder drehte Antoine einen seiner Laptops zu den anderen um. »Gabe hat mir das entscheidende Stichwort gegeben, als er meinte, Patty und der Bestatter seien auf der Highschool ein Paar gewesen und danach Freunde geblieben. Ersteres trifft auf Mule und Ducote zwar nicht zu, aber sie waren zusammen auf der Highschool und haben im selben Jahr ihren Abschluss gemacht. Hier ist ein Post auf Facebook anlässlich eines Klassentreffens zum fünfundzwanzigjährigen Jubiläum. Ich glaube nicht, dass Lamont aus reichen Verhältnissen stammte, denn die Schule befand sich in einem eher ärmeren Viertel, auch damals schon, vor Katrina.«

»Ein Hoch auf Social Media«, brummte Xavier. »Deshalb habe ich keinen Facebook-Account.«

Cicely tätschelte ihm die Hand. »Weil ich dich zu einem vernünftigen jungen Mann erzogen habe. Was ist mit Paul Lott? Wie hängt er mit den beiden zusammen?«

Xavier kam ein Gedanke. *Was, wenn* … Er rief die einzige Seite mit einem Foto des echten Paul Lott auf – die Webseite der Anwaltsvereinigung, die das Golfturnier veranstaltet hatte – und studierte die Aufnahme.

»Ja! Da ist es. Paul Lott und Ducote haben zusammen Golf gespielt. Zumindest sind beide auf diesem Foto hier.« Er zeigte es ihnen. »Es muss nicht unbedingt etwas beweisen, aber es ist ein Anfang.«

»Stimmt«, bestätigte Burke, den Blick auf seinen eigenen Laptopbildschirm geheftet. »Sie haben an einem Golfturnier für Anwälte teilgenommen, weil sie beide Anwälte *waren,* aber ihre Verbindung reicht sehr viel weiter zurück. Zu Beginn seiner Laufbahn war Ducote in einer hiesigen Kanzlei tätig. Ratet mal, wer noch dort gearbeitet hat? Paul Lott.«

Antoine blickte mit zusammengekniffenen Augen auf seinen Bildschirm. »Zeigen Sie mir noch mal das Foto von Lott, Xavier. Das vom Golfturnier.«

Xavier trug seinen Laptop zu Antoine, der immer noch inmitten seiner drei Geräte saß. »Warum?«

»Weil … sehen Sie sich mal diesen Kerl hier an.« Antoine vergrößerte einen Ausschnitt des Fotos vom Highschool-Klassentreffen. »Ist das Lott?«

Carlos beugte sich vor. »Sieht ganz danach aus.«

Xavier blinzelte. »Die drei waren also zusammen auf der Highschool? Das ist ja irre.«

»Allerdings.« Antoine runzelte die Stirn. »Aber es erklärt noch nicht die Verbindung zwischen Lott und Rocky. Natürlich war Lott Rockys Anwalt. Aber wann hat Rocky angefangen, Lotts Dienste in Anspruch zu nehmen, und warum? Rocky hätte doch keinen Strafverteidiger engagiert, der seine persönlichen Angelegenheiten regelt, oder nicht? Das ergibt doch keinerlei Sinn.«

»Es sei denn, er dachte, er bräuchte einen Verteidiger«, warf Willa Mae ein. »Weil er Angst hatte, er könnte wegen seiner fortwährenden Ermittlungen im Mord an Nadia Hall Ärger bekommen.«

»Ich halte es mal fest, dann können wir Gabe fragen, sobald er aufwacht«, sagte Burke. »Zu wissen, dass Ducote, Lott und Mule sich schon zu Schulzeiten kannten, ist erst mal das Wichtigste. Antoine, kannst du Rockys alte Fälle durchsehen, ob er und Paul Lott jemals im Gerichtssaal miteinander zu tun hatten?«

Antoine nickte. »Mache ich.«

Willa Mae ließ ihr Strickzeug sinken. »Ich habe eine Frage. Nadia Hall hat doch in einem Haus gelebt, das Ducote ihr zur Verfügung gestellt hat, richtig? Wieso hat Rocky nicht im Grundbuch den Namen des Besitzers gesucht, nachdem er über die Lady, die noch beziehungsweise wieder dort wohnt, Nadias genaue Adresse herausbekommen hatte? Dann hätte er doch erfahren, dass das Haus Ducote gehörte.«

»Das ist eine sehr gute Frage«, sagte Burke. »Antoine?«

Antoine runzelte die Stirn. »Weil Ducote das Haus gar nicht gehörte. Sondern einer Frau namens Tanya Brown.«

»Dann besteht also auch zwischen Tanya Brown und Ducote eine Verbindung«, folgerte Willa Mae im Brustton der Überzeugung. »Immer noch davon ausgehend, dass Ducote unser Hoodie-Mann ist, bedeutet das, dass er George Haslet kannte, den er getötet hat, um sich seinen Wagen unter den Nagel zur reißen. Folglich kannte er auch Tyson Whitley, weil beide Männer von derselben Nummer angerufen wurden. Beide waren wegen Drogengeschäften angeklagt, entgingen aber einem Verfahren. Ich werde so lange davon ausgehen, dass Ducote etwas damit zu tun hatte, bis ich eines Besseren belehrt werde. Was, wenn eine ähnlich gestaltete Verbindung auch zwischen Tanya Brown und Ducote bestand?«

»Moment, bitte«, sagte Antoine leise. Schweigen breitete sich im Raum aus. Wenige Minuten später sah Antoine triumphierend auf. »Ich hab's. Ein Jahr vor Katrina wurde Tanya Browns Sohn wegen Heroinbesitzes mit Verkaufsabsicht verhaftet. Es wurde Anklage erhoben, er hat sich auf einen Deal mit der Staatsanwaltschaft eingelassen und ist so um eine Gefängnisstrafe herumgekommen. Ratet mal, wer sein Verteidiger war.«

»Lamont Ducote«, sagte Xavier seufzend. »Und als Gegenleistung für die Anwaltskosten haben sie ihm ihr Haus gegeben?«

Antoine nickte. »Mrs Brown wird uns das noch bestätigen müssen, aber es sieht ganz danach aus.«

Willa Mae nahm ihr Strickzeug wieder auf. »Ist doch immer schön, wenn alle Puzzleteilchen ihren Platz finden. Mithilfe dieser Details kann die Staatsanwaltschaft eine solide Anklagestrategie auf die Beine stellen. Da es weder eine Leiche noch eine Mordwaffe gibt, steht und fällt alles mit Xaviers Zeugenaussage und hieb- und stichfesten Indizienbeweisen.«

»Das stimmt«, bestätigte Burke. »Hat sonst noch jemand eine gute Frage?«

»Was ist mit den Ehefrauen?«, fragte Cicely. »Ducote ist doch zum dritten Mal verheiratet. Seine erste Frau, Lucille, hat Selbstmord begangen, oder zumindest hat der Gerichtsmediziner es damals so eingestuft. Aber was ist mit Ehefrau Nummer zwei?«

»Ich hab's!«, schrie Carlos, schlug sich jedoch die Hand vor den Mund, als Manny ihm den Ellbogen in die Seite rammte und zur Ruhe mahnte. »Entschuldigung«, flüsterte er und fuhr in normaler Lautstärke fort. »Die zweite Ehefrau hieß Francesca und ist von Ducote geschieden, und hier haben wir die Ankündigung der Hochzeit mit Ehefrau Nummer drei auf den Gesellschaftsseiten. Joelle. Die Nummer zwei und Nummer drei sehen einander ziemlich ähnlich.« Er zeigte ihnen die Fotos. »Die Gesellschaftsseiten sind einfach wunderbar. Dort wird so herrlich Schmutzwäsche gewaschen. Francesca wurde beim Fremdgehen erwischt und hat das nicht nur mit der Scheidung, sondern auch mit gesellschaftlicher Ächtung bezahlt.«

»O Graus!«, erwiderte Willa Mae trocken. »Gesellschaftlich geächtet zu werden.«

Carlos lachte leise. »Ja, schlimm, nicht?«

»Und wisst ihr auch, wer noch wie die zwei Ehefrauen aussah?«, fragte Burke und spähte auf Carlos' Laptop.

»Nadia Hall«, sagte Cicely.

»Genau, Mom«, bestätigte Xavier. Molly hatte ihnen das Foto gezeigt, das sie aus April Fraziers Album abfotografiert hatte. Doch Xavier hatte die Gedächtnisstütze nicht gebraucht.

Er hatte Nadias Gesicht zu oft in seinen Träumen gesehen, um es jemals vergessen zu können.

»Auch das ist richtig«, sagte Burke. »Aber ich habe an die Frau gedacht, die sich als Nadia Halls Schwester ausgegeben hat, Alicia Rollins, die tot ist und deren Leiche Ducote im Bayou verschwinden lassen wollte. Sieht ganz so aus, als hätte Ducote ein klares Beuteschema.«

»Und die schlechte Gewohnheit, seine Geliebten zu töten«, fügte Manny hinzu.

»Allerdings«, bekräftigte Cicely. »Ich frage mich, ob Ehefrau Nummer zwei und drei bereit wären, unserem Mr Ducote eins reinzuwürgen.«

Burke grinste. »Das ist eine wunderbare Idee. Wahrscheinlich könnte uns Ehefrau Nummer zwei die interessanten Details liefern. Kannst du sie aufstöbern, Antoine?«

»Habe ich gerade, aber tut mir leid, Chef. Sie ist vor ein paar Jahren an einem Aneurysma gestorben. Folglich ist Joelle unsere einzige lebende Gattin.«

Burke seufzte. »Tja, dann werden wir wohl mit ihr reden müssen. Ich finde, Molly sollte das übernehmen. Von ihr fühlen sich die Leute nicht so eingeschüchtert, außerdem kann sie wunderbar ihren Charme spielen lassen.«

»Ducote hat gestern auch versucht, Molly zu töten«, protestierte Xavier. »Ist das nicht gefährlich, egal, wer es macht?«

»Noch gefährlicher ist es, wenn Ducote noch länger frei herumläuft«, erwiderte Burke düster. »Ich begleite sie.«

»Und wir erzählen André, was wir vorhaben?«, fragte Antoine.

Burke zögerte. »Er wird uns raten, es nicht zu tun. Irgendwann würde er es ohnehin selbst übernehmen, allerdings könnte es wegen der ganzen Vorschriften, Durchsuchungsbeschlüsse und sonstigen bürokratischen Hürden eine Weile dauern. Außerdem hatte Gabe vorhin völlig recht. Ducote könnte tatsächlich versuchen, zu flüchten, und ich bin nicht versessen darauf, mich an seine Fersen zu heften. Nein, hier ist Eile geboten.«

»Lieber später um Verzeihung bitten als vorher um Erlaubnis«, bemerkte Carlos philosophisch.

Burke lächelte. »Genauso sehe ich das auch.«

26. Kapitel

TULANE-GRAVIER, NEW ORLEANS, LOUISIANA

Freitag, 30. Juli, 09.30 Uhr

»Hey, Lamont.«

Mit finsterer Miene blickte Lamont von seinem Bürocomputer auf und schloss das Fenster mit den Polizeiberichten der vergangenen Nacht. Aktuell galt das Motto: Keine Nachrichten sind gute Nachrichten. Ashley war immer noch nicht identifiziert worden. »Ja, Jean-Pierre?« Er bemühte sich, den Namen des Mannes nicht mit zu deutlichem Sarkasmus auszusprechen, allerdings schien es ihm nicht recht zu gelingen, denn Jean-Pierres Augen verengten sich leicht.

»Auch heute ist Ashley nicht zur Arbeit erschienen. Ich frage mich, ob Sie vielleicht etwas von ihr gehört haben.«

»Nein, absolut nicht«, erwiderte Lamont gedehnt. »Weshalb sollte sie sich ausgerechnet bei mir melden?«

Jean-Pierre zuckte die Achseln. »Ich dachte, sie hat bestimmt Ihre Nummer unter ihren Favoriten abgespeichert und würde Sie anrufen, um sich krankzumelden. Ich hatte an unserem ersten gemeinsamen Arbeitstag keine Gelegenheit mehr, ihr meine Handynummer zu geben.«

Oh. Lamont hatte ganz vergessen, dass Ashley ja nur einen Tag vor ihrem unseligen Ende ihren Schreibtisch in seinem Büro geräumt hatte. »Bei mir hat sie sich jedenfalls nicht gemeldet. Sollte sie es tun, gebe ich Ihnen sofort Bescheid.«

Jean-Pierre runzelte die Stirn. »Verflixt. Das bedeutet hoffentlich nicht, dass ich mir eine neue Assistentin suchen muss. Könnte sie durchgebrannt sein? Hatte sie einen festen Freund oder so?«

Nur mich. »Falls ja, weiß ich nichts davon. So nahe standen wir uns nicht.« Und sobald ihre Beziehung ans Licht käme, würde ihm niemand die Lüge vorwerfen, schließlich hängte kein Mensch ein Verhältnis mit der eigenen Assistentin an die große Glocke.

»Danke.« Verdrossen zog Jean-Pierre mit einem knappen Abschiedsgruß an Carrie von dannen und schloss die äußere Bürotür.

»Entschuldigen Sie, Sir.« Carrie erschien mit ihrem Tablet in der Hand im Türrahmen. »Ich wollte ihn abwimmeln, aber er ließ sich nicht aufhalten.«

»Schon gut, Carrie. Er kann manchmal ein bisschen aufdringlich sein. Wenn er Ihnen zu sehr auf die Pelle rückt, geben Sie in der Personalabteilung Bescheid.«

»Ach, mich stört er nicht weiter. Ich hatte nur Sorge, dass er Ihnen auf die Nerven fällt. Ich habe hier Ihre Termine für heute. Soll ich sie als E-Mail schicken?«

»Das wäre perfekt. Steht mein Termin für 14.30 Uhr mit Mr Proctor noch?« Hoffentlich. Dieses Treffen war äußerst wichtig für seine Pläne mit Joelle.

»Ja. Seine Assistentin hat gerade angerufen und bestätigt. Darf ich Ihnen etwas bringen?«

»Ja, ein Kaffee aus dem Coffeeshop nebenan wäre wunderbar, wenn es Ihnen nichts ausmacht. Ich fürchte, ich habe heute Nacht nicht viel Schlaf bekommen.«

»Natürlich macht es mir nichts aus.« Sie legte besorgt den Kopf schief. »Ist alles in Ordnung?«

»Ach, Sie wissen ja, wie das ist. Meine Frau ist gerade ein

bisschen böse mit mir, deshalb wurde ich auf die Couch verbannt.« Das stimmte zwar nicht, hörte sich aber gut an und wäre nützlich für später. »Wir haben im Moment ein paar Problemchen.«

Carries Augen waren groß geworden. Sie bemühte sich um eine bestürzte Miene, trotzdem entging Lamont das typische Funkeln nicht, wie es in den Augen aller leidenschaftlichen Klatschbasen aufglomm, wenn sie etwas Aufregendes erfuhren. »Soll ich ihr vielleicht einen Blumenstrauß in Ihrem Namen schicken?«

Er nickte. »Das wäre sehr nett. Wenn es Ihnen nichts ausmacht.«

»Keineswegs. Ich bin gleich mit Ihrem Kaffee zurück.«

Er wartete, bis die äußere Bürotür ins Schloss fiel, ehe er aufstand und sich vergewisserte, dass sie wirklich weg war. Carrie war eine Frau, die seine Privatangelegenheiten an jeden weitertratschen würde, der ihr Gehör schenkte. Was normalerweise ein Problem wäre, in diesem Fall jedoch würde er diese kleine charakterliche Schwäche für seine Zwecke nutzen.

Sie war weg. Er schloss die innere Tür, setzte sich wieder an seinen Schreibtisch und wählte Cresswells Nummer.

Der Cop nahm beim zweiten Läuten ab. »Lamont. Was gibt's?«

»Ich wollte nur hören, ob es schon etwas Neues zu Mules Mörder gibt.«

Cresswell seufzte. »Nein. Wir haben Mules sämtliche Fälle der letzten Jahre durchgeackert, sowohl die offenen als auch die abgeschlossenen, um herauszufinden, ob die Statur des Schützen zu jemandem passt, gegen den er ermittelt hat. Aber bislang passt sie auf so ziemlich jeden, deshalb sind wir keinen Schritt weiter. Wir haben uns Mules Anrufhistorie angesehen, Stimmabgleiche mit dem Schützen gemacht und versucht, dieses Video aufzudröseln, das Übliche eben.«

Stimmabgleiche mit dem Schützen? *Verdammt. Wieso konnte ich meine große Klappe nicht halten?* Lamont räusperte sich, damit seine Stimme nicht zitterte. »Und hat sich aus dem Video etwas ergeben?«

»Noch nicht. Das Gesicht des Kerls ist einfach nicht zu erkennen, und die Techniker konnten die Auflösung nicht verbessern. Wir überprüfen auch die Verbindung zu den fünf Männern, die neulich nachts getötet wurden. Sie wissen schon, die Burschen, die in das Apartment der Privatermittlerin und in das Haus der Restaurantbesitzerin eingedrungen sind.«

Damit hatte Lamont gerechnet, trotzdem raste sein Puls. »Davon habe ich gelesen, ja.«

»Genau. Die Kollegen haben eine Verbindung zwischen beiden Vorfällen hergestellt. Der gemeinsame Nenner ist Gabe Hebert, der Starkoch, dem dieses Restaurant im Quarter gehört. *Le Petit Choux.* Die Ermittlerin ist offenbar seine Freundin, die andere Lady seine Cousine und Mitbesitzerin des Restaurants. Wie es aussieht, haben sie damit gerechnet, dass es Ärger geben würde, weil sie an beiden Orten Leibwächter postiert hatten. Natürlich gibt es noch einen weiteren gemeinsamen Nenner.« Cresswell legte eine dramatische Pause ein.

»Und zwar?« Lamont bemühte sich, nicht genervt zu klingen.

»Rocky Hebert, ein pensionierter Cop. Kannten Sie ihn?«

Cool bleiben, ganz cool bleiben. »Ich habe von ihm gehört. Er ist doch vor Kurzem gestorben, richtig?«

»Hat sich eine Kugel in den Schädel gejagt, der Idiot.« Cresswell schnalzte abfällig mit der Zunge. »Hat ein paar Jahre für mich gearbeitet. Bis zu seiner Pensionierung. Kein schlechter Cop, meistens zumindest. Allerdings hatte er ein Alkoholproblem. Anscheinend war er am Ende trocken, aber … na ja, er hat sich trotzdem die Rübe weggeblasen. Hatte wohl doch nicht so großen Spaß am Rentnerdasein, schätze ich. Sein Junior, dieser Gabe, hat allerdings nicht an einen Selbstmord geglaubt.«

»Glaubt das die Familie jemals?«

»Wohl nicht. Aber Sie kennen sich mit so was ja aus, stimmt's?«

Lamont zog ein finsteres Gesicht. Nicht oft brachte jemand die Sprache auf Ehefrau Nummer eins. Lucille hatte sich volllaufen lassen und sich dann erschossen. Zumindest hatte er es so aussehen lassen. Und Simsalabim, schon war er ein reicher Mann gewesen.

»Niemand sollte den Freitod eines Angehörigen erleben müssen«, erwiderte Lamont leise und hoffte, dass Cresswell ein schlechtes Gewissen bekam. »Es ist eine schreckliche Tragödie. Für alle. Ein schlimmer Verlust.«

Kurz herrschte Stille. »Bitte entschuldigen Sie«, sagte Cresswell steif. »Das war sehr ungehobelt von mir.«

»Das war es wohl. Ich hoffe, Gabe Hebert findet seinen Frieden mit dem Ganzen.« *Und zwar den ewigen, wenn es nach mir geht.*

»Keine Ahnung. Er war tagelang abgetaucht, und gestern früh haben die Kollegen ihn zur Befragung hergebracht.«

Hätte Lamont davon gewusst, hätte er dafür sorgen können, dass er gleich an Ort und Stelle erledigt wurde. Die mangelnde Kommunikation ärgerte ihn. »Und wo war er vor dem gestrigen Morgen?«

»Er hatte sich ein paar Tage freigenommen. Meinte wohl, er brauche Zeit, um ›Daddys Tod zu verarbeiten‹.« Lamont hörte förmlich die Anführungszeichen, die Cresswell beschrieb.

»Sie glauben ihm aber nicht?«

»Nein. Ich denke, er geht davon aus, dass jemand seinen

Vater ermordet hat. Und deshalb ermittelt er auf eigene Faust, das ist meine Vermutung.«

Ach, sag bloß, Sherlock! Das hatten er und Mule schon am Montag gewusst. »Und hat er etwas gefunden?«

»Bisher nicht. Zumindest nichts, wovon er uns erzählt. Er hat eine private Autopsie seines Vaters in die Wege geleitet. Haben Sie von der Rechtsmedizinerin gehört, die ums Leben gekommen ist? In Baton Rouge?«

»Ich glaube, ja. Ihr Labor wurde doch angezündet, richtig? Das BRPD hielt es für Vandalismus, soweit ich es mitbekommen habe.«

»Das behaupten sie. Aber diese Frau hat eine *heimliche* Autopsie an Gabes Vater durchgeführt.«

Natürlich wusste Lamont bestens darüber Bescheid. Der Mord an der Rechtsmedizinerin war Mules Werk gewesen, allerdings war Lamont nicht über die offiziellen Kanäle davon unterrichtet worden, was … besorgniserregend war. Er musste herausfinden, was es damit auf sich hatte.

Mich können sie nicht im Verdacht haben.

Es sei denn, Mule hatte jemandem gesteckt, was er vorhatte, allerdings hielt Lamont das für wenig wahrscheinlich.

»Was ist mit dem Kerl, der wegen des Einbruchs in der Wohnung der Privatermittlerin festgenommen wurde? Redet er?« Lamont hoffte, nicht. Je nachdem, was Mule seinem Bastard von Sohn erzählt hatte, könnte Tobin ihn ruinieren.

»Nein, aber ich gehe davon aus, dass er bald den Mund aufmacht. Bisher konnte niemand herausfinden, in welcher Verbindung er zu Mule stand, aber das schaffen wir schon.«

Lamont unterdrückte einen erleichterten Seufzer. Er würde dafür sorgen müssen, dass Tobin schwieg, aber das konnte warten. »Was ist mit den sterblichen Überresten, die bei Mules Leiche gefunden wurden?«

»Die Lady? Nur noch ihr Kopf lag am Ufer. Wir haben Taucher runtergeschickt, die den Oberkörper auf dem Grund gefunden haben. Er war mit einem Backstein beschwert worden. Eigentlich war er in keinem schlechten Zustand, nur hatten sich die Alligatoren schon daran zu schaffen gemacht. Die Taucher haben auch einen Finger gefunden, allerdings waren die Abdrücke unbrauchbar. Der Rest scheint schon im Magen eines Alligators zu liegen.«

»Wie … abscheulich.« Aber genau darauf hatte Lamont gehofft. »Konnte sie schon identifiziert werden?«

»Noch nicht. Hören Sie, es stört mich ja nicht, dass Sie anrufen, nur kann ich Ihnen nichts erzählen, was bei Ihnen im Hause nicht längst bekannt ist. Sie sollten mit dem zuständigen Staatsanwalt reden.«

Lamont runzelte die Stirn. »Und wer ist das?« Eigentlich hatte er vorgehabt, sich den Fall selbst unter den Nagel zu reißen, da es auf die Weise am einfachsten wäre, die weiteren Ermittlungen so zu steuern, wie er sie haben wollte.

»Dieser Neue aus dem Norden. Sie wissen schon, Cardozo.«

Lamont fiel die Kinnlade herunter. Nach einem Moment schlug der Schock in Wut um. »Cardozo? Jean-Pierre Cardozo ist der zuständige Staatsanwalt?« *Dieser beschissene New Yorker Schleimbeutel.*

»Ja, genau der. Ich dachte, Sie wüssten Bescheid.« Trotzdem registrierte Lamont einen Anflug von Selbstgefälligkeit in Cresswells Tonfall, eine Du-weißt-eben-auch-nicht-alles-Schadenfreude, die seine Wut nur noch weiter schürte. »Vielleicht wollten die Sie ja entlasten. Damit Sie in Ruhe trauern können. Schließlich waren Sie und Mule gute Freunde. Wahrscheinlich hätten Sie ohnehin wegen Befangenheit verzichten müssen.«

»Das stimmt«, räumte Lamont mit gespielter Zustimmung ein. »So habe ich es noch gar nicht gesehen.«

»Machen Sie sich deswegen keinen Kopf. Außerdem haben Sie bestimmt viel größere Fische an der Angel, oder? Ich habe Sie kürzlich mit Lyle Nelson gesehen. Der Mann hat ja mächtig tiefe Taschen. Ist bestimmt sehr nützlich für eine bevorstehende Kandidatur.«

Lamont störte es nicht, dass die Leute sich darüber das Maul zerrissen. PR war immer gut, wenn man bald in den Wahlkampf starten wollte. »Da haben die Spatzen wohl schon mal ein bisschen gepfiffen.«

Cresswell lachte leise. »Sie wissen doch, wie es läuft. Hier in der Stadt kann niemand lange ein Geheimnis wahren.«

Es sei denn, alle, die davon wissen, sind tot. »Das ist ein wahres Wort. Okay, ich muss Schluss machen. Ich habe einen Termin, auf den ich mich vorbereiten muss, außerdem haben Sie mit den Ermittlungen zu Mules Ermordung sicherlich alle Hände voll zu tun.«

»Und wie. Ich hoffe, Sie nehmen es mir nicht krumm, weil es mir lieber wäre, Sie würden sich wegen weiterer Informationen an Cardozo wenden. Wenn er Ihnen blöd kommt und den Mund nicht aufmachen will, melden Sie sich einfach wieder bei mir, okay?«

»Mache ich.« Er legte auf.

Cardozo *musste* über Ashley Bescheid wissen – dass sie die Tote vom gestrigen Morgen war. Eigentlich hätte er längst die Fotos gesehen haben müssen, wenn ihm nicht sogar die Leichenteile selbst präsentiert worden waren. *Trotzdem ist er an zwei aufeinanderfolgenden Tagen hier aufgetaucht, um nachzufragen.*

»Oder um mir auf den Zahn zu fühlen«, murmelte Lamont und massierte sich die Schläfen. Das hier war das reinste Hau-den-Maulwurf-Spiel. Kaum hatte er eine Gefahrenquelle eliminiert, tauchte die nächste auf, und alles fing von vorn an.

Aber niemand konnte Ashleys Tod mit ihm in Verbindung bringen. Zumindest nicht, wenn Joelle erst tot war.

Er schnippte mit den Fingern, als ihm ein Gedanke kam. Silberpapier. Er musste weitere Geschenke besorgen und sie in silbernes Folienpapier einwickeln, damit niemand – vor allem James oder die Überwachungskameras des Gebäudes – ihn mit den Kartons in dem gestohlenen Wagen von gestern in Verbindung bringen konnte. Und falls doch, würde er einfach behaupten, er packe die Geschenke für seine Frau stets mit Silberpapier ein. Dass sie den Auftragskiller, den sie engagiert hatte, bestimmt explizit angewiesen habe, auf dieselbe Weise mit Ashleys Leichenteilen zu verfahren.

Um die Tat mir anzuhängen. Ja, genau das würde er behaupten.

Das klang sogar nach einem Racheakt, wie er Joelle zuzutrauen wäre. Die Frau war nicht blöd. Und sie war die betrogene Ehefrau. Jeder, der sie auch nur ein wenig kannte, wusste, dass mit ihr nicht gut Kirschen essen war. Dass sie mit einem so perfiden Plan um die Ecke käme, lag durchaus im Bereich des Möglichen.

Er würde seine Arbeit erledigen, dann frühzeitig zu seinem Termin um 14.30 Uhr aufbrechen und den Weg zu Fuß zurücklegen. Es war nicht weit, und James sollte nicht erfahren, wo er sich aufhielt, für den Fall, dass die Cops ihn befragten. Der Nachmittagstermin war für zwei Stunden angesetzt, würde aber höchstens eine dauern. Das gab ihm Zeit, Ersatzgeschenke, neue Kartons und Silberpapier auf dem Weg nach Hause zu besorgen, wo er die Umsetzung von Joelles »Selbstmord« in Gang bringen würde.

Dann würde er ins Büro zurückkehren, sich frisch machen und umziehen, ehe »zufällig« ein Streitgespräch zwischen ihm und Joelle zu hören wäre, was ihm ein Alibi für den Tatzeitpunkt verschaffte. Danach wäre er bereit, sich von James für das Abendessen im Monteleone um sieben Uhr abholen zu lassen.

Anschließend würde er auf dem direkten Weg nach Hause fahren und dort die Leiche seiner geliebten Frau vorfinden – zusammen mit ihrem Abschiedsbrief, in dem sie von Schuld zerfressen die Verantwortung für Ashley Resnicks Tod übernahm.

In der Folge würde er zwar den Skandal aushalten müssen – nicht nur eine Geliebte, sondern auch eine Ehefrau gehabt zu haben, die besagte Geliebte ermordet hatte –, aber das war immer noch besser, als selbst des Mordes bezichtigt zu werden. Und dafür musste er den einzigen Menschen beseitigen, der auch jetzt noch mit dem Finger auf ihn zeigen könnte: den einzigen Menschen, der ihn mit Nadia gesehen hatte. Und seine Narbe. Sobald Xavier Morrow tot wäre, konnte ihm nichts mehr passieren. Endgültig.

BATON ROUGE, LOUISIANA

Freitag, 30. Juli, 14.30 Uhr

»Hey«, sagte Xavier leise. »Alles in Ordnung?«

Gabe, der aus dem Fenster von Burkes Escalade geblickt hatte, wandte sich ab und blickte in das besorgte Gesicht des jungen Mannes. »Mir geht's gut. Nur war ich beim letzten Mal, als ich nach Baton Rouge gefahren bin, auf dem Weg zu Dr. McLain, um Dads Autopsie mit ihr zu besprechen.«

Xavier sah ihn schmerzerfüllt an. »Du bist nicht schuld an ihrem Tod, das ist dir klar, oder?«

Gabe lächelte verkniffen. »Sag es mir ruhig weiterhin, irgendwann glaube ich es vielleicht.«

Molly saß am Steuer und folgte Burkes Anweisungen zu der UPS-Filiale, in der sich Xaviers Postfach befand. »An der nächsten Ampel links.«

Xavier mitzunehmen, war eine spontane Idee von Burke gewesen, wenn auch erst nach einer ausgiebigen und hitzigen Diskussion mit den anderen, in der die Vor- und Nachteile abgewägt worden waren.

Das wichtigste »Kontra«-Argument war, dass Xavier die Sicherheit von Burkes Unterschlupf verließe, wo er sich die letzten Tage erfolgreich versteckt gehalten hatte.

Auf der »Pro«-Seite stand, dass die Fahrt auch Xaviers Sicherheit diente, denn wenn sie ohne ihn zu der UPS-Filiale fuhren, nur um festzustellen, dass sie Xavier brauchten, um den Inhalt des Postfachs zu entnehmen, müssten sie zu einem späteren Zeitpunkt erneut hinfahren. Sollte Ducote jemanden abgestellt haben, der die Filiale observierte, könnte derjenige ihm rückmelden, dass Burke und Molly vergeblich versucht hatten, das Postfach zu leeren, wodurch Ducote wüsste, dass Xavier über kurz oder lang wieder auftauchen würde – und womöglich jemanden schickte, der ihn tötete.

Noch ein weiterer Punkt sprach dafür, Xavier mitzunehmen: Es war ihnen gelungen, sein Äußeres so zu verfälschen, dass ihn nicht einmal seine eigene Mutter erkennen würde. Antoine hatte eine verspiegelte Sonnenbrille und eine Braids-Perücke mitgebracht, die er für seine eigenen Undercover-Einsätze benutzte. In Kombination mit Xaviers Fünftagebart und einer Baseballkappe bot die Veränderung einen brauchbaren Schutz, um ihn halbwegs gefahrlos mitzunehmen.

Alle waren einverstanden gewesen, bis auf Cicely, die tränenüberströmt aus dem Wohnzimmer von Burkes Hütte gestürzt war.

Daher waren sie schweren Herzens in Burkes Boot gestiegen. Niemand wollte Cicely in diesem aufgewühlten Zustand zurücklassen, doch Willa Mae hatte versprochen, sich um sie zu kümmern.

Prompt hatte Xavier auf halbem Weg eine Nachricht von seiner Mutter bekommen, in der sie ihm einbläute, vorsichtig zu sein, und beteuerte, wie sehr sie ihn liebe. Das hatte die Anspannung ein klein wenig gemildert.

Bis sie die Stadt erreicht hatten. Inzwischen war Gabe wieder so nervös, dass er nicht wusste, ob er schreien oder wegrennen sollte – alles, nur nicht tatenlos herumsitzen.

Molly parkte vor der UPS-Filiale. Burke drehte sich zu Xavier und Gabe um. »Ich gehe als Erster rein«, sagte er. »Wenn sich etwas im Postfach befinden sollte, komme ich sofort wieder heraus, und wir fahren los. Sollte das Fach leer sein, frage ich den Mitarbeiter, ob er eine größere Sendung lagernd hat. Falls die Vorlage eines Ausweises erforderlich sein sollte, hole ich Sie, Xavier. Ansonsten bleiben alle hier sitzen und halten die Köpfe unten, verstanden?«

»Verstanden«, sagte Xavier, dem die Anspannung immer noch ins Gesicht geschrieben stand. »Meine Schlüssel haben Sie, richtig?«

»Ja«, bestätigte Burke. »Sie haben sie mir gegeben, bevor wir losgefahren sind. Molly, du lässt den Motor laufen, und falls dir irgendetwas verdächtig vorkommt, völlig egal, was oder wie, bringst du die beiden weg. Mich lasst ihr zurück. Ich komme schon klar, und wir treffen uns dann später irgendwo.«

»Alles klar«, sagte Molly. »Bring's endlich hinter dich, Burke, bevor wir alle vor Stress noch den Verstand verlieren.«

Burke stieg aus dem Escalade und betrat die Filiale.

»Das muss bald ein Ende haben«, murmelte Gabe. Er war so schrecklich müde, musste endlich wieder sein Leben zurückhaben. Und die Gewissheit, dass der Mörder seines Vaters für seine Tat bezahlen würde.

»Deine Worte in Gottes Gehörgang«, sagte Xavier leise, dessen Gesicht von den langen Braids halb verdeckt war.

»Hat André sich schon bei Burke gemeldet, Molly?«, fragte Gabe, obwohl er die Antwort kannte – schließlich hatte er die Frage bereits mehrmals gestellt.

»Nein. Nicht mehr, seit Burke ihm gesagt hat, dass er Ducotes Identität über Nadias Hündin herausgefunden hat«, erwiderte Molly mit derselben Geduld wie all die Male zuvor.

»Entschuldigung«, murmelte Gabe. Burke hatte André angerufen, während er geschlafen hatte. *Nach meinem Zusammenbruch.* Der ihm immer noch fürchterlich peinlich war. Aber niemand hatte den Vorfall mit einer Silbe erwähnt, wofür er sehr dankbar war.

»Kein Problem«, beruhigte Molly ihn. »Ich liege Burke damit auch ständig in den Ohren. Und Xavier genauso.«

André war offenbar nicht sofort bereit gewesen, zu glauben, dass Ducote der Mörder war, hatte aber versprochen, »diskrete Nachforschungen« über ihn anzustellen. Was auch immer das bedeuten mochte.

Molly holte scharf Luft. »Burke hat etwas aus dem Postfach geholt und kommt heraus.«

»Ich bin gespannt, was es ist«, flüsterte Xavier.

Weder Molly noch Gabe erwiderten etwas. Alle drei warteten mit angehaltenem Atem, bis Burke mit zusammengepressten Lippen in den Escalade stieg.

»Ein Umschlag ist für Sie gekommen, Xavier. Es ist etwas Kleines darin, das sich wie Hartplastik anfühlt.«

»Wo ist der Umschlag?«, fragte Molly.

»In meiner Tasche. Ich wollte ihn nicht gleich drinnen aufreißen, weil der Typ am Schalter sehr neugierig war. Sobald ich das Postfach aufgemacht hatte, fing er schon an, auf seinem Handy zu tippen. Los, Molly, fahren wir irgendwohin, wo uns niemand sieht.«

Molly fuhr los, um eine kleine Ladenzeile herum, hinter der sich ein Parkplatz befand.

»Nur einen Moment, dann geht's los.« Burke stieg ein weiteres Mal aus, öffnete die Heckklappe und kramte im Kofferraum herum. »Hab's gefunden.«

»Was gefunden?« Gabe hatte Mühe, nicht die Geduld zu verlieren.

»Eine Abschirmtasche«, antwortete Molly, als Burke wieder auf den Beifahrersitz kletterte.

»Was ist das?«, fragte Xavier.

Burke streifte ein Paar Einweghandschuhe über und hielt ein schwarzes Mäppchen hoch, das wie ein weiches Brillenetui aussah. »Ich glaube, jemand hat Ihnen ein Trackinggerät geschickt. Eine Abschirmtasche blockiert das GPS-Signal, sodass der Absender Sie nicht orten kann, Xavier.«

Gabe und Xavier beugten sich vor, um zusehen zu können, wie Burke den Umschlag mit dem Taschenmesser aufschlitzte.

»Wo bekommt man so etwas überhaupt her?«, fragte Xavier.

Burke grinste nur. »Bei Amazon.«

Xavier starrte ihn fassungslos an. »Echt jetzt?«

»Echt«, bestätigte Molly. »Wir haben alle welche. Nur für alle Fälle.«

Burke hielt einen kleinen Plastikbehälter von der Größe einer Ringschatulle hoch. »Der Brief, der dabeilag, ist mit ›P. L.‹ unterschrieben, hat aber keinen Briefkopf von Lotts Kanzlei. Da steht: ›Rocky wollte, dass Sie das hier bekommen. Machen Sie es umgehend auf.‹«

Xaviers Stimme bebte. »Wahrscheinlich hätte ich den Umschlag nach Hause mitgenommen, um ihn dort zu öffnen.«

»Wieso hat Lott nicht sein Briefpapier benutzt?«, fragte Gabe und schüttelte den Kopf. »Er wollte nicht mit dem Mord an Xavier in Verbindung gebracht werden, weil er wohl ahnte, dass genau das als Nächstes passieren würde.«

»Verdammt«, fluchte Xavier leise. »Ich bin heilfroh, dass ich nicht allein hergekommen bin, um in das Postfach zu sehen.«

Molly musterte Burke. »Du bist enttäuscht. Wieso?«

Burke zuckte die Achseln. »Ich hatte gehofft, Rocky hätte etwas an Xavier geschickt. Etwas, das alles erklärt.«

»Aber ein Brief von Rocky wäre ja vor Paul Lotts Schreiben eingetroffen, in dem er ihn über das Erbe informiert«, gab Molly zu bedenken.

Burke atmete aus. »Das ist mir klar. Trotzdem ist da immer noch Gabes geheimnisvolle Tante Gigi, die von John Alan Industries wusste und der sich Rocky offenbar anvertraut hat. Ich hatte gehofft, er hätte ihr vielleicht etwas gegeben, das uns weiterhilft. Natürlich mag es weit hergeholt sein, trotzdem kann man ja hoffen.«

So enttäuscht Gabe auch sein mochte, dass die Sendung nicht von Gigi stammte, so wusste er inzwischen wenigstens, wo sie sich aufhielt: Antoine hatte herausgefunden, dass sie am Morgen mit ihrer Kreditkarte etwas in einem Souvenirshop auf Grand Cayman gekauft und die Karte vor drei Tagen in Panama benutzt hatte. Sie hatten ihr eine dringende Nachricht über sämtliche Reedereien geschickt, deren Schiffe sich aktuell auf Routen in der Gegend befanden, bislang jedoch noch keine Rückmeldung erhalten.

Burke reichte Xavier seine Schlüssel. »Diese Sendung untermauert unsere Theorie, dass Paul Lott nicht wusste, wo Sie wohnen. Allerdings erklärt das immer noch nicht, woher der Eindringling wusste, wo er Sie findet.«

Xavier nahm die Schlüssel entgegen und warf sie von einer

Hand in die andere. »Mit anderen Worten, wir haben nichts Neues erfahren.«

»Im Grunde ja«, bestätigte Burke düster. »Wohin jetzt? Zu Joelle Ducote?«

»Klingt gut«, meinte Molly. »Danach bringen wir Xavier zurück in die Hütte.«

Doch Gabe hörte nicht zu, sondern starrte gebannt auf die Schlüssel in Xaviers Hand.

Genauer gesagt, auf den Schlüsselring. »Was hast du da an deinem Schlüsselring, Xavier?«

Xavier hielt inne und drehte den Schlüsselbund so hin, dass Gabe ihn ansehen konnte. »Einen Engel. Dein Dad hat ihn mir etwa einen Monat vor seinem Tod geschenkt. Damals wusste ich nicht recht, was ich damit anfangen soll, aber nachdem ich jetzt weiß, dass er Krebs hatte, war es wohl eine Art Abschiedsgeschenk.«

»Darf ich mal sehen?«, fragte Gabe. Er hatte diesen Engel schon einmal gesehen. Oder einen, der genau gleich aussah.

»Klar.« Mit einem gequälten Blick gab Xavier ihm die Schlüssel. »Wenn du den Engel zurückhaben willst, ist das okay. Schließlich hat er deinem Dad gehört.«

»Nein«, erwiderte Gabe matt. »Er war ein Geschenk an dich. Außerdem habe ich selbst so einen. Dad hat ihn mir geschenkt. Auch wenige Wochen vor seinem Tod. Ich hatte das ganz vergessen.« Mit klopfendem Herzen fuhr er mit dem Finger die Konturen nach. Der Keramikengel war gerade einmal fünf Zentimeter hoch und mit gebrochen weißer Glanzfarbe lackiert. »Meine Mom hat den gemacht. Damals war sie in Remission. Sie hatte früher schon getöpfert und hat mehrere davon angefertigt, um sie zu bemalen und dann am Weihnachtsbaum aufzuhängen. Aber bevor es dazu kam, war der Krebs wieder da. Kurz danach ist sie gestorben. Dad hat einen der Engel für mich lasieren lassen und offenbar dasselbe für dich getan.«

Der Gedanke erfüllte ihn mit Wärme, gleichzeitig verspürte er einen scharfen Stich. Sein Vater hatte Xavier zwar praktisch als seinen zweiten Sohn betrachtet, sich aber nie getraut, diese beiden Teile seines Lebens zusammenzubringen.

»Auf der Unterseite steht etwas«, sagte Xavier traurig. »Greif nach den Sternen, *mon ange.*«

Erschrocken sah Gabe ihn an. »*Mon ange?* Er hat dich *mon ange* genannt?«

»Nur am Anfang. Als er mich in das Boot gesetzt hat. Weil ich ihm gesagt hatte, mein Name sei Angel. Meine leibliche Mutter hat mich auch immer so genannt. Das hatte ich fast vergessen, bis ich den Spruch unten auf dem Engel gesehen habe.« Xaviers Lippen verzogen sich zu einem winzigen, zittrigen Lächeln. »Es hat mir viel bedeutet, dass er sich daran erinnert hat.«

Gabe sah Molly an, die sich auf dem Fahrersitz umgedreht hatte und seinen Blick besorgt erwiderte – weil er vor Anspannung zu platzen drohte. »Was ist los, Gabe?«

Er schluckte. »Mein Vater hat mich früher auch immer *mon ange* genannt – weil mein Name Gabriel ist. Aber als ich dreizehn war, hat er damit aufgehört, weil ich gemault habe, das sei ein Name für Babys. Danach hat er mich nie wieder so genannt. Bis zur Nacht seines Todes. Er hat mir eine Nachricht geschickt.« Er zog sein Handy heraus und rief die letzte Nachricht seines Vaters auf. »Hier. Viertel vor zwölf. Direkt bevor er erschossen wurde.«

Ich hoffe, du hast einen schönen Abend, mon ange. Ich hab dich lieb, mein Junge.

Molly sog scharf den Atem ein. »Das muss etwas bedeuten. Darf ich den Engel mal sehen?«

Gabe gab ihn ihr. Molly schaltete ihre Handy-Taschenlampe ein und richtete den Lichtstrahl auf die Unterseite des Engels. »Da ist ein Riss, der aber mit Kleber und Farbe überdeckt wurde«, sagte sie und schüttelte die Keramikfigur leicht. »Könnte er etwas hineingesteckt haben? Kann ich mal dein Taschenmesser haben, Burke?«

Xavier runzelte die Stirn. »Wollen Sie ihn etwa kaputt machen?«

»Ich will ihn bloß aufmachen.« Molly nahm Burkes Messer entgegen. »Ich bin auch ganz vorsichtig.«

»Bitte. Er ist …« Xavier versagte die Stimme. »Er ist das einzige Erinnerungsstück an Rocky. Wir haben nicht mal ein gemeinsames Foto aufgenommen. Weil es zu gefährlich sei, meinte er.«

»Ich verspreche es«, sagte Molly. »Burke, halt doch mal mein Handy so, dass ich etwas sehe.« Sie beugte sich vor und begann, den hauchdünnen Riss so behutsam mit der Messerspitze zu bearbeiten, bis sich das runde Unterteil des Engels löste und in den Keramikkörper fiel.

Genauer gesagt, fiel es nicht hinein, obwohl es klein genug wäre, sondern hing auf der Innenseite des Figürchens.

»Watte«, sagte sie. »Rocky hat den Engel mit Watte ausgestopft. Ich wünschte, ich hätte eine Pinzette.«

»Im Schweizer Messer ist eine integriert«, sagte Burke. »Warte, ich helfe dir.«

»Nein, ich hab's schon.« Molly zog die Pinzette aus dem Messerschaft. »Wow, was für ein tolles Ding.«

»Gutes Werkzeug ist das A und O«, bemerkte er. »Beeil dich.«

»Nur Geduld«, murmelte sie und zog zuerst das Unterteil und dann die Watte heraus. »Oh«, hauchte sie und drehte den Engel um.

In ihrer Hand lag ein kleines schwarzes Etwas.

Gabe musste sich räuspern. »Ist das ein USB-Stick?«

»Richtig.« Sie blickte mit einem Grinsen auf. »Das ist es, was du finden solltest. Ich habe meinen Laptop dabei. Mal sehen, was darauf ist.«

»Könnte sein, dass es nicht sicher ist«, warnte Burke.

Sie schnaubte. »Willst du etwa anderthalb Stunden warten, bis Antoine den Stick ausliest? Mein Laptop hat Cloud-Backup. Ich schalte die Netzwerkverbindung aus, damit uns niemand hacken kann. Sollte das Ding einen fiesen Virus haben, besorge ich mir einen neuen Laptop und stelle meine Daten aus der Cloud wieder her.«

Burke nickte. »Also gut.«

Eilig zog Molly ihren Laptop heraus. »Ich schalte das Internet aus und …« Sie steckte den USB-Stick ein. »Eine Datei.« Sie klickte darauf. Runzelte die Stirn. »Verdammte Scheiße!« Sie sah frustriert auf. »Da steht ›Geh zu Gabe ins *Le Petit Choux.*‹«

»Dort ist mein Engel«, erklärte Gabe. »In meiner Schreibtischschublade.« Er presste die Lippen aufeinander. »Zumindest hoffe ich, dass er noch dort ist. Aber wer weiß, was Donna Lee sonst noch getan hat.«

Noch hatte er ihren Verrat nicht verdaut. Die Polizei hatte die Frau, die er als Freundin bezeichnet hatte, befragt und wieder laufen lassen, doch André hatte einen vertrauenswürdigen Beamten auf sie angesetzt, falls sie zu flüchten versuchen sollte. Noch stand nicht fest, was ihr zur Last gelegt werden würde, doch aktuell schwebte das Wort »Verabredung zu einer Straftat« im Raum. Das bedeutete, die Polizei und die Staatsanwaltschaft mussten Beweise sammeln, um zu zeigen, dass eine Verschwörung vorgelegen hatte und all die Vorkommnisse zusammenhingen. Er konnte nur hoffen, dass Donna Lee ihre wohlverdiente Strafe bekäme. Außerdem hoffte er, dass ihr Mann von ihrer Affäre erfuhr und sie verließ, auch wenn das kleinlich sein mochte.

Doch er zwang sich, die Gedanken an Donna Lee zu verscheuchen. Jetzt war nicht der richtige Zeitpunkt dafür. Das *Choux* würde übers Wochenende geschlossen bleiben – mit der Begründung, es habe einen Wasserrohrbruch gegeben, der erst behoben werden müsse. Wegen des Festivals würden sie zwar einiges an Umsatz verlieren, aber weder Patty noch er selbst wollten riskieren, dass ihren Mitarbeitern etwas zustieße, falls Ducote noch jemanden anheuern sollte, der ihnen das Leben schwer machte.

Mit Donna Lee würde er sich später befassen. Für den Moment konnte er kaum den Blick von Xaviers Engel lösen.

Hatte er die ganze Zeit praktisch auf dem alles entscheidenden Beweis gesessen? Hatte ihn direkt vor der Nase gehabt? *Verdammt, Dad, wieso musstest du es auch so kompliziert machen?*

Burke schnallte sich an. »Nächster Halt – das *Choux*. Und wäre Rocky noch am Leben, würde ich ihm jetzt einen Tritt in den Hintern verpassen.«

»Da müsstest du dich schön hinten anstellen«, knurrte Gabe. »Was sollte das sein? Irgendeine Da-Vinci-Code-Nummer à la Dan Brown?«

»Er wollte euch beide schützen«, sagte Molly mit unüberhörbarem Tadel in der Stimme.

Gabe seufzte. »Das weiß ich doch. Es sollte niemand von Xavier erfahren, und mich wollte er in Sicherheit wissen, indem er mich im Dunkeln gelassen hat.«

»Trotzdem nervt es«, brummte Xavier, während Molly ihm seine Schlüssel und den kleinen Engel zurückgab.

Gabe nickte verdrossen. »Allerdings.«

THE GARDEN DISTRICT, NEW ORLEANS, LOUISIANA

Freitag, 30. Juli, 16.45 Uhr

Lamont schloss die Haustür auf und stellte die Tüte mit den gefalteten Kartons, dem Silberpapier und ein paar Bronzestatuen auf den Boden in der Diele. Die Statuen waren verdammt schwer. Nicht so schwer wie Ashleys sterbliche Überreste, doch er bezweifelte, dass James im Nachhinein den Unterschied benennen könnte.

Die neuen Geschenke würde er einpacken, sobald er mit Joelle fertig war.

Er fand sie im Schlafzimmer vor. Sie trug eines ihrer schicken Kleider. *Wahrscheinlich macht sie sich für meine große Dinnerparty fertig. Zu schade, dass sie nicht daran teilnehmen wird.*

Sie saß vor dem Spiegel ihrer Schminkkommode, schien sich jedoch gar nicht zu betrachten, sondern stierte mit hängenden Mundwinkeln trübe von sich hin.

Hätte sie nicht heimlich die Kameras in seinem Arbeitszimmer installiert, hätte er womöglich Mitleid mit ihr gehabt.

Aber, nein, auch dann nicht. Joelle war ein unangenehmer Mensch, und wie wenig er sie leiden mochte, hatte er erst gemerkt, nachdem er ihr einen Ring an den Finger gesteckt hatte.

Wie dumm von mir.

Doch in wenigen Stunden hätte er sich von der Last ihrer Gegenwart für immer befreit.

Er musste ein Geräusch gemacht haben, denn sie zuckte zusammen, fuhr herum und sah ihn mit aufgerissenen Augen an. »Du hast mich erschreckt«, sagte sie vorwurfsvoll.

Ich werde gleich noch etwas viel Schlimmeres tun. »Ich dachte, ich komme zwischen zwei Terminen nach Hause. Wir müssen reden.«

Sie reckte trotzig das Kinn. »Solltest du immer noch die Scheidung wollen, lautet die Antwort auch jetzt noch Nein. Du hast keinen plausiblen Grund.«

Ihm lag auf der Zunge, dass er auch keinen brauchte, jedoch wollte er sie nicht gegen sich aufbringen. »Da könntest du recht haben.«

Argwöhnisch kniff sie die Augen zusammen. »Was führst du im Schilde?«

»Gar nichts. Ich war einfach der Ansicht, dass wir reden sollten.«

»Warum bist du so verschwitzt? Du kannst das doch nicht ausstehen.«

Das stimmte. Er war schweißgebadet, weil er nach seinem Nachmittagstermin praktisch den gesamten Weg gerannt war. Die Geschenke, Kartons und das Papier zu besorgen, hatte wertvolle Zeit gekostet. »Das liegt daran, dass es brüllend heiß draußen ist. Komm, trinken wir etwas und unterhalten uns wie zivilisierte Menschen.«

Sie erhob sich von dem zierlichen Stuhl und schlenderte mit wiegenden Hüften auf ihn zu.

Das zieht nicht, meine Liebe. Als sie sieben Jahre jünger und er erheblich dümmer gewesen war, hätte dieser Trick vielleicht noch Wirkung gezeigt, aber heute nicht mehr. Vielmehr musste er sich beherrschen, sie nicht auszulachen. Es war absolut lächerlich, wie sie sich benahm.

Mit den Fingerspitzen fuhr sie über die Halskette, die er ihr geschenkt hatte. »Für eine weitere von denen vergebe ich dir möglicherweise.«

Er lächelte – auch das war Teil seiner Scharade. »Könnte sein, dass ich dich darum bitte.« *Eher friert die Hölle zu.* Er streckte die Hand aus und führte sie nach unten ins Wohnzimmer. »Ich mixe uns einen Drink, dann können wir ein wenig plaudern.«

Sie kuschelte sich aufs Sofa und sah zu, wie er hinter die Bar trat. »Trotzdem kannst du dir die Scheidung in die Haare schmieren.«

Er warf ihr einen warnenden Blick zu. Als zu nachsichtig durfte er nicht rüberkommen, das würde sie ihm nicht abkaufen. »Das werden wir ja dann sehen.«

Sie zuckte die Achseln. »Wie du willst. Aber da ich das Video von dir habe, kannst du das Haus vergessen. Ich glaube, ich werde es genießen, hier ganz allein als Hausherrin zu leben.«

Er musste einen frustrierten Laut unterdrücken. Sein Haus würde sie nicht kriegen, auf keinen Fall.

Reg dich ab. Sie kriegt überhaupt nichts. Du bringst sie um, schon vergessen?

Schweigend mixte er die Martinis, wobei er in ihr Glas den letzten Rest des Rohypnol-Pulvers gab, das er von Rocky übrig hatte. Wie Jackass hatte auch er etwas davon behalten, wobei Jackass seine Ration ironischerweise benutzt hatte, um Joelle auszuschalten, als er ihn vor ein paar Tagen überraschend hier aufgesucht hatte.

Lamont gab Oliven in seinen Drink, wohl wissend, dass Joelle ihn deswegen nicht anrühren würde – sie konnte Oliven nicht ausstehen –, dann trat er hinter der Bar hervor, reichte Joelle ihr Glas und nahm am anderen Ende des Sofas Platz. »Auf zivilisierte Gespräche«, sagte er.

Sie gab ein wenig damenhaftes Schnauben von sich. »Wie du meinst«, sagte sie und leerte ihr Glas mit drei großen Schlucken, wie er es erwartet hatte.

In den Jahren seit ihrer Hochzeit war sie zur Alkoholikerin geworden, einer gemeinen, bösartigen Säuferin. Aber heute bekäme sie keine Gelegenheit, sich weiterhin von dieser Seite zu zeigen, denn in ein, zwei Minuten wäre sie bewusstlos.

Er nahm ihr Glas und mixte ihr einen zweiten Martini, nur

um den Schein zu wahren. Joelle runzelte die Stirn und schüttelte den Kopf.

»Was hast du getan?«, fragte sie, wobei es ihr schwerfiel, die Worte klar über die Lippen zu bringen. »Lamont?«

Sein Name klang undeutlich. Er blieb hinter der Bar stehen, nippte an seinem Drink und sah wortlos zu, wie sie aufzustehen versuchte.

»Du Dreckskerl«, fauchte sie und sackte zusammen.

Ohne sie aufzuheben, ging er in sein Arbeitszimmer, schaltete seinen Computer an, öffnete das Dokument, das er am Vorabend aufgesetzt hatte, und druckte es aus. Dann löschte er die Datei, ging in die Einstellungen und hob die Passwortsperre auf. Damit könnte er behaupten, sie hätte jederzeit seinen Computer benutzen können, falls jemand seine Festplatte durchsuchen und das Dokument finden sollte. Ansonsten befand sich nichts Belastendes darauf, da er alles Private, das wichtig sein könnte, handschriftlich festhielt und in seinem Safe verwahrte. Jegliche Kommunikation war über Wegwerfhandys erfolgt, und jene, mit denen er mit Jackass und Ashley in Kontakt gestanden hatte, waren längst entsorgt.

Er streifte Handschuhe über, zog das Dokument aus dem Papierschacht und las es noch einmal, um sicherzugehen, dass alles korrekt war.

Lieber Lamont,
als ich herausgefunden habe, dass du eine Affäre mit Ashley hast … ich glaube, in dem Moment ist etwas in mir zerbrochen. Ich wusste, dass du nicht mit ihr Schluss machen würdest, obwohl du es versprochen hast. Deshalb war mir klar, dass es nur einen Weg gibt, sie aus unserem Leben zu entfernen. Indem sie stirbt. Also habe ich jemanden dafür engagiert.

Aber es hat nichts geändert. Gestern Abend ist mir klar geworden, dass es zwischen uns aus ist. Du liebst mich nicht mehr. Ich habe sie völlig umsonst töten lassen, und jetzt, wo ich wieder klar denken kann, begreife ich, dass ich damit nicht leben kann. Sie war noch ein halbes Kind. So wie ich damals, als ich noch dein schmutziges kleines Geheimnis war.
Ich hoffe, ihre Familie vergibt mir. Ich hätte alles getan, um dich zu halten. Das war mein Fehler.
Ich würde dir ja alles Gute wünschen, aber so ein netter Mensch bin ich nicht. Ich hoffe, du wirst für immer leiden und nie wieder eine Frau finden, die du quälen kannst. Möge deine gottverdammte Seele in die Hölle fahren – wo wir uns wiedersehen werden.

Er nahm den Brief mit in die Garage und legte ihn auf den Beifahrersitz ihres Wagens, ehe er die Fahrertür öffnete. Dann kehrte er ins Wohnzimmer zurück, wo sie immer noch auf dem Fußboden lag, holte tief Luft und schwang sie im Feuerwehrmanngriff über die Schulter.

»Du meine Güte, Mädchen, du hast echt zugelegt«, brummte er und lachte leise. Für diese Bemerkung würde sie ihn mehr hassen als dafür, dass er sie töten würde.

Um sein Gleichgewicht ringend, rückte er sie auf seiner Schulter gerade und trug sie in die Garage, wo er sie auf dem Fahrersitz platzierte, dann kehrte er ein weiteres Mal ins Haus zurück, streifte die Handschuhe ab und gab die Statuen in die Kartons.

Dann wickelte er sie ein, wobei er darauf achtete, seine Fingerabdrücke auf dem Silberpapier zu hinterlassen, und schaffte sie in die Ecke der Garage, wo er James die Kartons mit Ashleys sterblichen Überresten hatte abstellen lassen. Zwar befänden sich die Fingerabdrücke seines Chauffeurs nicht auf den neuen Kartons, aber das ließ sich leider nicht ändern.

Schließlich streifte er die Handschuhe wieder über und drückte den Wagenschlüssel in Joelles schlaffe Hand. Dann schob er seinen Fuß zwischen ihre Beine, um auf die Bremse zu treten, und betätigte den Anlasserknopf. In zwei oder drei Stunden wäre sie tot. Schon vor seiner Heirat mit Joelle hatte er die Garage abdichten und isolieren lassen, da mehrere wertvolle Gemälde, die er in der Garage gelagert hatte, durch Schimmel zerstört worden waren. Aus diesem Grund war der Raum mittlerweile so luftdicht, wie er nur sein konnte.

Arme Joelle. Womöglich dauerte es nicht einmal zwei Stunden.

Pfeifend schloss er die Tür zur Garage hinter sich, ging ins Wohnzimmer, holte die Martinigläser, wusch sie ab und stellte sie weg. Dann nahm er Joelles Handy vom Couchtisch, steckte es ein und kehrte ins Büro zurück.

FRENCH QUARTER, NEW ORLEANS, LOUISIANA

Freitag, 30. Juli, 16.45 Uhr

»Habt ihr ihn gefunden?«, fragte Molly, als Gabe und Burke zu Burkes Escalade zurückkehrten.

Sie waren von der UPS-Filiale in Baton Rouge auf direktem Weg ins *Choux* gefahren, damit Gabe den Keramikengel holen konnte, den sein Vater ihm kurz vor seinem Tod geschenkt hatte. Xavier hatte sich im hinteren Fußraum zusammengekauert, als sie New Orleans erreicht hatten, damit ihn niemand sehen konnte.

Molly hätte ihn lieber gleich zu Burkes Hütte zurückgebracht, doch etwas sagte ihnen, dass die Zeit drängte. Sie mussten alles an Beweisen sammeln, was sie kriegen konnten, denn Ducote zu Fall zu bringen, würde sich garantiert schwierig gestalten. Rocky hatte Xavier mitgeteilt, dass er Gabe Informationen hinterlassen hatte, und gegen jede Vernunft klammerten sie sich an die Hoffnung, dass der Engel sie ihnen liefern würde.

»Ja«, antwortete Gabe, der bedrückt und aufgeregt zugleich wirkte. »Er war in meiner Schreibtischschublade, wo ich ihn hingelegt hatte. Es ist nur … es ist so still. Normalerweise ist freitagabends die Hölle los.« Er reichte Molly den Engel. »Es hat sich so falsch angefühlt.«

»Bald könnt ihr wieder aufmachen«, sagte Molly und hoffte, dass es stimmte.

Bemüht, das Zittern ihrer Hände zu unterdrücken, drehte sie den Engel um. *Je t'aimerai toujours, mon ange,* stand auf dem Boden.

»Was heißt das?«, fragte sie.

Gabe räusperte sich. »›Ich werde dich immer lieben, mein Engel.‹«

»Oh«, hauchte Molly und schüttelte einen weiteren USB-Stick aus dem Figürchen in ihre Hand. »Mal sehen, was wir hier haben.« Sie steckte den Stick in ihren Laptop.

Und starrte fassungslos auf den Bildschirm. »Verdammte Scheiße«, fluchte sie.

»Was ist?«, fragten Burke, Gabe und Xavier wie aus einem Munde.

»Wieder nur ein Dokument. ›Ruf sofort Tante Gigi an, wenn du das hier findest. Ich liebe dich‹, steht da.«

»Was zum Teufel soll das?«, platzte Burke heraus. »Verdammt noch mal, Rocky!«

Resigniert wählte Gabe ein weiteres Mal die Nummer seiner Tante, doch auch dieser Anruf wurde sofort auf die Mailbox weitergeleitet. »Ihr Handy ist immer noch abgeschaltet. Ich habe ihr massenhaft Nachrichten hinterlassen und noch mal die Reedereien angerufen, aber es geht nichts voran. Ich weiß nicht, was ich noch tun soll.«

Burke stöhnte. »Und jetzt?«

»Wir reden mit Ducotes dritter Frau«, sagte Xavier von seinem Platz hinter dem Fahrersitz.

»Nein«, erwiderte Molly, ohne sich umzudrehen. »Sie gehen zurück zu Burkes Hütte.«

Burke sah auf seine Uhr. »Es würde zwei Stunden dauern, ihn hinzubringen und zurückzufahren, wohlgemerkt, wenn wir erst mal aus der Stadt rausgekommen sind.«

Im French Quarter wimmelte es von Festivalgästen. Von der Interstate-Ausfahrt bis zum *Choux* in der Innenstadt hatten sie eine geschlagene Stunde gebraucht. Um ein Haar hätte Molly kehrtgemacht, doch Xavier hatte ihr erklärt, sie bräuchten genauso lange für den Weg aus der Stadt heraus wie hinein und zum Restaurant. Alle hatten so große Hoffnungen gehabt, dass der Engel ihnen die Informationen liefern würde, die Rocky versprochen hatte, deshalb war sie weitergefahren.

Molly unterdrückte einen Seufzer. Rocky Hebert war übervorsichtig gewesen, wenn man einmal davon absah, dass er goldrichtig gehandelt hatte, als er seine SIM-Karte unter die Fußmatte seines Pick-ups gelegt hatte. Trotzdem war es schwer, nicht frustriert zu sein. Sollte sie auch der Besuch bei Joelle Ducote nicht weiterbringen, müssten sie wieder von vorn anfangen.

Und wenn es in diesem Schneckentempo weiterging, könnten sie womöglich ihr Glück erst morgen noch einmal versuchen, weil die Frau ihnen so spät nicht mehr aufmachte.

»Fahren wir zu Ducote nach Hause«, sagte Xavier.

»Nein!«, riefen Molly, Burke und Gabe gleichzeitig.

»Hast du den Verstand verloren?«, sagte Gabe. »Er ist derjenige, der uns umbringen will. Vor allem dich.«

»Könnte doch sein, dass er nicht mal zu Hause ist«, wandte Xavier ein. »Und alle anderen, die mich töten wollen, sind entweder tot oder hinter Gittern.«

Molly sah Burke an, der Xaviers Argument in Erwägung zu ziehen schien. »Burke?«

»Er hat nicht ganz unrecht«, räumte Burke ein. »Finden wir heraus, ob Ducote zu Hause ist. Vielleicht ist ja nicht mal seine Frau da, aber wir müssen dringend mit ihr reden, wenn wir herausfinden wollen, was sie über ihren Mann weiß. Sollte der UPS-Angestellte tatsächlich Ducote eine Nachricht geschrieben habe, weiß er, dass wir ihm auf den Fersen sind. Vielleicht flüchtet er sogar, und dann müssten Xavier und Gabe für den Rest ihres Lebens Angst haben, dass er sie umzubringen versucht.« Er zuckte die Achseln. »Mein Bauch sagt mir, dass es dringend ist. Uns läuft die Zeit davon.«

Molly seufzte. »Ich sehe es so wie Gabe. Das ist blanker Irrsinn. Aber … wie würden wir das anstellen?«

»Du rufst bei Ducote im Büro an und findest heraus, ob er noch dort ist«, antwortete Burke. »Falls ja, fahren wir zu ihm nach Hause. Du kannst mit Joelle reden, während ich draußen bei Xavier und Gabe bleibe, die sich im Wagen verstecken. Falls Ducote nicht mehr im Büro sein sollte, fahren wir zurück zur Hütte und fangen morgen noch mal von vorn an.«

»Das ist ein guter Plan, Molly«, säuselte Xavier.

»Ich habe Ihrer Mutter versprochen, gut auf Sie aufzupassen«, wandte Molly ein. *Was für eine beschissene Lage.*

»Aber genau das tun Sie doch«, erklärte Xavier mit dem Selbstvertrauen eines Zweiundzwanzigjährigen. »Ich halte mich weiterhin versteckt. Die Fensterscheiben sind getönt und kugelsicher. Niemand wird mich sehen.«

»Kugelabweisend«, korrigierte Burke.

»Wie auch immer«, entgegnete Xavier. »Je länger wir hier herumhocken, umso mehr werden wir zur Zielscheibe, Molly. Fahren wir.«

Molly verdrehte die Augen, suchte im Internet Ducotes Büronummer heraus und wählte. »Wahrscheinlich ist ohnehin niemand mehr da. Es ist fast fünf«, sagte sie und blinzelte überrascht, als sich jemand meldete.

»Büro von Mr Ducote«, meldete sich eine Frauenstimme. »Kann ich Ihnen helfen?«

»Könnte ich bitte Mr Ducote sprechen?«

»Er hat einen Termin. Darf ich ihm etwas ausrichten?«

»Nein, schon gut, ich melde mich am Montagmorgen wieder. Danke.« Molly legte auf und sah Burke an. »Das gefällt mir nicht.«

»Über den Garden District, wo Ducote wohnt, sind wir schneller bei Burkes Boot, als wenn wir die Strecke über das Quarter nehmen. Wir fahren also praktisch sowieso daran vorbei«, argumentierte Xavier.

»Nein, tun wir nicht«, widersprach Molly. »Es gibt jede Menge andere Wege.«

»Molly.« Gabe klang völlig erschöpft. »Fahr einfach. Je schneller wir mit Ducotes Frau reden, umso schneller ist Xavier wieder in Sicherheit.«

»Lass mich fahren.« Burke öffnete seine Tür. »Du kannst mit Joelle reden, und sollte es brenzlig werden, fahre ich los und bringe Xavier in Sicherheit.«

Widerstrebend gab Molly klein bei und tauschte die Plätze mit Burke, wobei sie inbrünstig hoffte, dass sie keinen tödlichen Fehler begingen.

27. Kapitel

TULANE-GRAVIER, NEW ORLEANS, LOUISIANA

Freitag, 30. Juli, 18.25 Uhr

Danke, dass Sie so lange bleiben, Carrie«, sagte Lamont. »Ich habe Montag einen wichtigen Tag am Gericht, und die Anträge müssen bis dahin eingereicht sein.«

Sie lächelte ihn an. In ihren Augen stand unverhohlenes Interesse. »Natürlich. Wie Sie wünschen, Sir.«

Zu seiner Geliebten würde er sie keinesfalls machen; nicht einmal als Assistentin würde er sie noch lange behalten. Aber zumindest die nächsten fünf Minuten brauchte er sie noch.

»Danke«, sagte er und ging in sein Büro zurück, wobei er die Tür bewusst weit genug offen stehen ließ, dass sie alles hören konnte, was gleich gesprochen werden würde.

Er rief die Aufnahme von seinem Wegwerfhandy auf, die er am Vorabend zusammengeschnitten hatte – er hatte den Dialog geprobt und Pausen von der exakt richtigen Länge zwischen Joelles Gezeter und seinen Erwiderungen gelegt.

Von Joelles Handy aus, das er zuvor an sich genommen hatte, wählte er die Nummer seines Büroapparats. Eigentlich war das Ganze genial: Zum einen wäre der Anruf in ihrer Anrufliste als ausgehend und mit derselben Gesprächslänge auf seinem Büroapparat als eingehender Anruf verzeichnet. Sobald er nach Hause kam, würde er ihr Handy auf den Couchtisch zurücklegen, ehe er ihre Leiche in der Garage »entdeckte«.

Das Telefon läutete. *Showtime.* Er nahm das Gespräch über Lautsprecher an.

»Hallo, Joelle«, sagte er in gespielt resigniertem Tonfall. »Ich habe jetzt keine Zeit, mich über dich zu ärgern. Ich muss bald zu einem Arbeitsessen –«

»Ich dachte, du liebst mich«, jammerte Joelle vom Band.

»Das habe ich«, antwortete er. »Früher. Aber ich werde Ashley heiraten.«

»Aber das kannst du nicht machen!«

Er registrierte eine Bewegung im Vorzimmer. Carrie lauschte also. *Hervorragend.* »Wart's ab«, sagte er zu der Aufnahme.

»Aber das kannst du nicht machen!«

Dieser Satz kam zwar zweimal vor, aber das fiel bestimmt nicht weiter auf.

»Wie meinst du das?«

»Die Hure ist weg, alles ist wieder normal, und wir können unsere Ehe kitten. Es wird wieder sein wie ganz am Anfang.«

»Unsere Ehe ist beendet, Joelle. Ich reiche die Scheidung ein.«

»Du wirst dich nicht von mir scheiden lassen. Da spiele ich nicht mit. Ich werde dich zerstören. Dein Ruf wird in Scherben liegen, wenn ich mit dir fertig bin.«

Er seufzte tief. »Joelle –«

»Wenn ich mit dir fertig bin, wirst du dir wünschen, du wärst tot. Es wird dir noch leidtun, mich gegen dich aufgebracht zu haben.«

»Ich muss jetzt Schluss machen. Wir reden darüber, wenn ich nach Hause komme, wie zivilisierte Menschen.«

»Nur über meine Leiche.«

Unauffällig beendete er das Gespräch auf Joelles Handy und starrte ins Leere, bis er ein Geräusch aus dem Vorzimmer hörte – Carrie, die an ihren Schreibtisch zurückhastete.

Er steckte Joelles Handy ein und räumte mit einem Lächeln

auf den Lippen seinen Schreibtisch auf. Seine Miene war jedoch wieder ernst, als er an Carrie vorbeiging, die mit aufgesetztem Kopfhörer an ihrem Computer saß.

Am liebsten hätte er laut aufgelacht, unterdrückte das Bedürfnis jedoch. Sie wollte den Anschein erwecken, als hätte sie nichts mitbekommen. Absolut perfekt.

Er berührte sie leicht an der Schulter, woraufhin sie zusammenzuckte. »Mr Ducote! Sie haben mir aber einen Schreck eingejagt.«

»Entschuldigen Sie vielmals, Carrie. Ich muss jetzt zu meinem Geschäftsessen. Wir sehen uns am Montagmorgen. Vergessen Sie nicht, Ihren Schreibtisch abzuschließen. Die Putztruppe geht heute Abend durch.«

»Natürlich, Sir. Bis Montag.«

Er spürte ihren Blick im Rücken, als er das Büro verließ. *Perfekt.*

THE GARDEN DISTRICT, NEW ORLEANS, LOUISIANA

Freitag, 30. Juli, 18.40 Uhr

»Wahnsinn.« Vom Beifahrersitz von Burkes Escalade aus blickte Molly auf Lamont Ducotes Prachtvilla im Garden District. »Die ist ja noch feudaler als Mules Haus.«

Burke grunzte. »Er hat das Haus und ein stattliches Vermögen von seiner ersten Frau geerbt.«

»Nachdem er sie ermordet hat«, fügte Gabe vom Rücksitz aus hinzu.

»Elendes Arschloch«, brummte Xavier, der immer noch im Fußraum kauerte.

»Immerhin gibt es kein Tor«, bemerkte Burke und hielt am Straßenrand.

»Und er ist nicht zu Hause«, fügte Xavier hinzu.

»Der Plan bleibt?«, fragte Molly. »Ich klingle, und falls es gut läuft, soll Gabe dazukommen. Gabe, du nimmst alles auf Video auf. Versuch, es unauffällig zu machen, aber ich will alles aufgezeichnet haben. Xavier, Sie bleiben bei Burke und lassen den Kopf unten. Zwingen Sie mich nicht, Ihrer Mutter zu erklären, weshalb Sie in meiner Obhut verletzt wurden. Oder Schlimmeres.«

»Ja, Ma'am«, versprach Xavier. »Das werde ich. Würde sich Gabes Tante nicht immer noch irgendwo in der Weltgeschichte herumtreiben, hätten wir Ehefrau Nummer drei vielleicht gar nicht gebraucht.«

»Mag sein, aber letztlich ändert es nichts. Also gut, dann los. Ich rufe dich jetzt an, Burke, damit du mithören kannst.« Sie wählte Burkes Nummer. Er kreuzte die Finger, ehe er das Gespräch annahm.

»Sei vorsichtig«, mahnte Gabe eindringlich. »Bitte.«

Sie griff hinter sich, um seine Hand zu drücken. »Ich verspreche es.«

Der Rasen der Ducotes war der reinste Traum. Molly ging jede Wette ein, dass er von einer ganzen Gärtnerbrigade in Schuss gehalten wurde. Mit einem tiefen Atemzug näherte sie sich der Eingangstür und zupfte ihren Blazer gerade, damit man ihr Holster nicht sehen konnte. Die Waffe darin gehörte Burke – ihre eigene hatte sie nach der Sicherstellung durch die Cops nicht zurückbekommen, mit dem Argument, sie sei im Zuge von Chelseas und Harpers versuchter Entführung zum Einsatz gekommen. Vermutlich konnte sie froh sein, dass die Polizei sie und Gabe nicht ebenfalls in Gewahrsam behalten hatte.

Danke, Willa Mae.

Molly wappnete sich und klopfte. Lauschte. Nichts. Sie

läutete und hörte ein protziges Klingeln durchs Haus hallen. Immer noch nichts.

»Vielleicht ist sie hinten im Garten«, sagte sie laut, damit Burke es hören konnte. »Könnte doch sein, dass sie einen Pool haben.«

Sie wollte ums Haus herumgehen, blieb jedoch vor der Garage stehen.

Da war ein Geräusch. Das Brummen eines Motors. Sie trat zur Seitentür und spähte durch das eingelassene Fenster. Bei dem Anblick drehte sich ihr der Magen um.

»Burke, Gabe, ihr müsst sofort kommen. In der Garage steht ein Auto mit laufendem Motor, und es sieht so aus, als sitze jemand darin.«

»Warte auf uns«, befahl Burke knapp, dann hörte sie, wie er Xavier einbläute, weiterhin im Fußraum zu bleiben, gefolgt vom Geräusch zuschlagender SUV-Türen. »Wo?«, rief er und kam angelaufen.

»Da drin.« Molly legte auf und warf sich mit der Schulter gegen die Tür, zuckte jedoch vor Schmerz zusammen. »Aua, das hat wehgetan. Gabe, nimm alles auf. Ich rufe einen Krankenwagen.«

Gabe startete die Aufnahme und reichte Molly sein Handy. »Hier, halt das mal kurz. Los, Burke. Auf drei.«

Die beiden Männer warfen sich gegen die Tür, einmal, zweimal, dreimal, ehe der Rahmen endlich barst. Dichter Rauch quoll aus der Garage, der alle husten ließ.

»Notrufzentrale. Was wollen Sie melden?«

»Wir haben eine Frau in einer Garage in ihrem Wagen bei laufendem Motor vorgefunden. Mein Partner versucht, sie herauszuziehen und an die Luft zu bringen. Bitte schicken Sie einen Krankenwagen«, sagte Molly und gab die Adresse durch.

»Ist schon unterwegs. Bitte bleiben Sie am Apparat. Wie heißen Sie?«

»Molly Sutton.« Hustend nahm sie mit Gabes Handy auf, wie die beiden Männer die Frau aus dem Wagen zogen. *Verdammt.* Es war Joelle Ducote. »Ich glaube, es handelt sich um die Hausbesitzerin. Wir leisten Erste Hilfe, bis der Krankenwagen eintrifft.«

Inzwischen hatte Burke die Frau hochgehoben und trug sie vors Haus, wo er sie vorsichtig auf den Rasen legte. Gabe nahm sein Handy wieder an sich und folgte ihm.

»Sie hat keinen Puls«, sagte Burke. »Verdammte Scheiße.« Er drückte Molly sein Handy in die Hand. »Ruf André an.«

Molly stellte ihr eigenes Handy auf stumm und wählte auf Burkes Telefon Andrés Nummer. »Hier ist Molly«, sagte sie, als André ranging. »Wir sind bei den Ducotes.«

»Wo sind Sie?«, rief André aufgebracht. »Herrgott noch mal, Molly. Was soll das werden? Was denken Sie sich bloß dabei?«

»Dass wir zu spät kommen«, erwiderte Molly barsch. »Wir haben gerade Joelle Ducote aus ihrem Wagen gezogen, der mit laufendem Motor in der Garage stand. Die Notrufzentrale ist in der Leitung, aber ich glaube, sie ist tot. Können Sie, so schnell es geht, herkommen?«

»Bin schon unterwegs.«

André beendete das Gespräch, und Molly löste die Stummschaltung ihres eigenen Handys. »Wir haben keinen Puls«, sagte sie zu der Frau in der Einsatzzentrale. »Mein Partner hat mit der Herzdruckmassage begonnen.«

»Ich brauche deine Hilfe, Gabe«, stieß Burke zwischen zusammengebissenen Zähnen hervor.

Wieder gab Gabe Molly sein Handy und ließ sich neben Joelle auf die Knie fallen. »Was soll ich tun?«

»Ich versuche es mit Mund-zu-Mund-Beatmung. Du machst mit der Herzdruckmassage weiter. Weißt du, wie?«

Gabe nickte knapp. »Ja.«

Molly blieb nichts anderes zu tun, als Gabes Handy in der Hand zu halten und auf Video aufzunehmen, wie die beiden Männer versuchten, Joelle das Leben zu retten.

Burke streifte der reglos daliegenden Joelle die Smaragdhalskette über den Kopf, damit sie nicht im Weg war.

Molly erkannte das Schmuckstück auf Anhieb, und ein kurzer Blick in ihre Nachrichten von Burke bestätigte ihren Verdacht: Er hatte ihr ein Foto der Frau geschickt, die ihn am Mittwoch im Büro aufgesucht hatte. »Burke, die Frau, die sich als Nadia Halls Schwester ausgegeben hat, trug dieselbe Kette. Oder zumindest eine, die exakt so aussah wie diese hier.«

Ohne eine Erwiderung begann Burke mit der Beatmung und gab Gabe ein Zeichen, sich bereitzuhalten, die Herzdruckmassage zu übernehmen, sobald er die Beatmung kurz unterbrach.

»Also nicht nur weitergereichte Hunde, sondern auch weitergereichter Schmuck?«, bemerkte Gabe, während er mit beiden Händen auf Joelles Brustkorb drückte.

»Kann sein.« Molly zählte laut, damit die beiden Männer ihre Maßnahmen koordinieren konnten.

Als vier Minuten später der Notarzt eintraf, waren Burke und Gabe schweißgebadet und völlig außer Atem. Die beiden Männer und Molly traten zurück, damit das Einsatzteam seine Arbeit machen konnte.

Wenig später trafen zwei Beamte des NOPD ein und starrten die drei finster an. »Waren Sie nicht auch dabei, als Jackson Mule erschossen wurde?«, fragte der eine und bedachte Molly und Gabe mit einem argwöhnischen Blick. »Und Sie beide, als die drei Männer am Mittwochabend getötet wurden?«

»Ich habe das Gefühl, Sie haben ein Händchen dafür, zur falschen Zeit am falschen Ort zu sein«, fügte der andere hinzu und zog seine Handschellen hervor. »Los, Handys weg und Hände vor!«

»Steigt in den Wagen!«, befahl Burke Molly und Gabe.

»Nein«, widersprach der erste Cop. »Diesmal steigen Sie in *unseren* Wagen.« Er riss Molly das Telefon aus der Hand und drehte ihr brutal den Arm nach hinten, um die Handschellen anzulegen.

In diesem Moment hielt ein Wagen mit quietschenden Reifen hinter ihnen, und eine Tür schlug zu. »Schluss mit dem Unsinn«, befahl André. »Nehmen Sie ihr die Handschellen ab, Styles. Sofort.« Er deutete auf Molly, Gabe und Burke. »Die drei kommen mit mir.« Er machte kehrt und blickte mit gerunzelter Stirn auf Xavier, der im SUV saß und die Begegnung mit den Cops mit dem Handy filmte. »Wer ist –«, begann er, dann schossen seine Brauen hoch, als er den jungen Mann mit der Braids-Perücke als Xavier erkannte.

So dankbar Molly dem Jungen auch war, dass er sie unterstützen wollte, so hätte sie ihm am liebsten eine Ohrfeige verpasst. Hatte der Junge eigentlich keinerlei Selbsterhaltungstrieb? »Runter«, befahl sie lautlos. Xavier gehorchte, wenn auch mit finsterer Miene, doch sein Handy hielt er immer noch gegen die Scheibe des SUV gerichtet.

»Obwohl …« André winkte einen uniformierten Beamten zu sich, der gerade hinzugekommen war. »Wir machen es anders. Sie begleiten die vier Herrschaften hier in die Stadt«, sagte er.

Molly erkannte ihn wieder. Es war Officer McCauley, einer der Beamten, denen André vertraute und der auch auf dem Revier gewesen war, als man sie nach dem Mord an Mule zur Befragung dorthin gebracht hatte. Er hatte Gabe nach seiner Unterredung mit Staatsanwalt Cardozo in die Lobby geführt. McCauley nickte respektvoll, ehe er sich André zuwandte.

»Wo soll ich sie hinbringen, Captain Holmes? Aufs Revier?«, fragte er.

André überlegte kurz. »Nein. Fahren Sie in die Stadt, zum Hotel Monteleone. Dort warten Sie auf mich. Ich nehme ihre Aussage auf, sobald ich fertig bin.« Er beugte sich vor und flüsterte Burke ins Ohr: »Geht jetzt. Sofort.«

»Aber –«, stieß der Cop hervor, der Molly die Handschellen angelegt hatte.

»Schluss jetzt«, schnauzte André ihn an. »Ich nehme ihre Aussagen später persönlich auf. Haben Sie alles auf Video, Gabe?«

»Ja.«

»Und Xavier wohl auch«, murmelte Burke.

André wirkte mit einem Mal sehr erschöpft. »Ich will so schnell wie möglich beide Videos haben.«

»Kriege ich mein Handy zurück?«, fragte Molly den Cop, der es ihr abgeknöpft hatte.

»Ist ein Beweismittel«, blaffte dieser.

André stieß einen ungehaltenen Seufzer aus. »Officer Styles, Miss Sutton steht nicht unter Arrest. Vielmehr gehört sie zu den Rettern hier. Also, geben Sie ihr das verdammte Handy zurück.«

Mit einem vernichtenden Blick knallte Officer Styles Molly das Handy in die ausgestreckte Hand. Es schmerzte, ebenso wie ihr Handgelenk, wo er viel zu brutal die Handfessel hatte zuschnappen lassen, doch sie ließ sich nichts anmerken. Dieser Idiot sollte nicht sehen, dass er ihr wehgetan hatte. »Danke, Sir«, sagte sie zuckersüß.

Gabe hielt Molly die Beifahrertür auf, dann stieg er hinten

ein, zu Xavier, der nicht länger filmte und auf seinem Platz im Fußraum geblieben war. Sie warteten, bis Burke hinter dem Steuer saß und die Tür geschlossen hatte, ehe sie ihn mit Fragen bombardierten.

»Was hat er gesagt?«, fragte Gabe.

»Wieso sollen wir zum Monteleone fahren?«, fragte Molly.

»Ist Joelle tot?«, fragte Xavier.

Burke fuhr los. »Wir fahren zum Monteleone, weil André es so will. Er hat gesagt, dass wir uns dort treffen und er unsere Aussagen aufnehmen will. Ja, Xavier, Joelle ist tot.«

»Verdammt«, fluchte Xavier. »Noch eine Ehefrau, die ›Selbstmord‹ begeht?«

»Man soll nichts reparieren, was nicht kaputt ist«, bemerkte Burke sarkastisch und schlug den Weg in Richtung French Quarter ein. »Auf dem Beifahrersitz lag ein Abschiedsbrief. Ich habe ihn abfotografiert, für den Fall, dass er ›verloren geht‹. Darin steht, sie hätte ›Ashley‹ ermordet, weil Ashley und Ducote eine Affäre gehabt hätten, sie aber nicht mit der Schuld leben könne.«

»Das weibliche Opfer von gestern Morgen«, meinte Molly. »Könnte das Ashley gewesen sein?«

»Keine Ahnung, aber plausibel klingt es«, erwiderte Burke.

»Vor allem, da diese junge Frau dieselbe Halskette trug wie Joelle«, fügte Gabe hinzu.

»Wovon redest du?«, fragte Xavier. Molly erzählte ihm von ihrer Entdeckung.

»Großer Gott«, stöhnte Xavier. »Dieser Mann ist von Grund auf böse. Wie viele Geliebte hat er getötet? Und wie viele Ehefrauen?«

»Das wird André herausfinden müssen«, antwortete Burke. »Aber wir müssen dafür sorgen, dass das auch geschieht.«

»André vertraue ich«, sagte Molly.

Burke nickte. »Ich auch. Er hat uns zu oft geholfen, als dass ich Zweifel daran hätte.«

»Aber wieso das Monteleone?«, fragte Gabe.

Burke zuckte die Achseln, fuhr jedoch zusammen und rieb sich die Schulter. »Keine Ahnung. Ich tue einfach, was er sagt. Verdammt, tut das weh. Ich bin allmählich zu alt, um Türen einzurennen.«

»Ich auch«, bestätigte Gabe und rollte ebenfalls mit schmerzverzerrtem Gesicht die Schulter. »Hängen die uns ein Verfahren wegen unerlaubten Eindringens in Ducotes Garage an, was meint ihr?«

»Ich glaube nicht«, sagte Molly und bog ihr Handgelenk prüfend durch. Abgesehen davon, dass sie keine Gelegenheit mehr bekommen hatten, mit Joelle Ducote zu sprechen, hatte jeder von ihnen Blessuren beim Versuch davongetragen, sie zu retten. Bis auf Xavier, deshalb musste sie wohl froh sein, dass es so ausgegangen war. »Wir haben alles auf Video und vorschriftsmäßig den Notruf gewählt.« Sie googelte *Monteleone Hotel* und *Lamont Ducote*. »Oh«, stieß sie hervor. »Dort findet heute Abend eine große Dinnerparty zum Sammeln von Wahlkampfspenden statt. Fünfhundert Mäuse pro Gedeck. Ratet mal, wer dort als Gastredner auftritt.«

»Lamont Ducote«, knurrte Gabe. »Dieses elende Dreckschwein.«

Molly seufzte. »Ja und ja.«

»Wird André ihn verhaften?«, fragte Xavier.

Molly spähte über ihre Schulter. Officer McCauley war in einem Streifenwagen des NOPD direkt hinter ihnen. »Das wird sich wohl erst noch zeigen.«

HOTEL MONTELEONE, NEW ORLEANS, LOUISIANA

Freitag, 30. Juli, 19.15 Uhr

»Lamont!«

Lamont drehte sich um und sah Lyle Nelson mit seiner Frau am Arm auf sich zukommen. »Lyle. Lorraine. Danke, dass Sie heute Abend hier sind.«

»Es ist uns ein Vergnügen«, erwiderte Lorraine mit der Eleganz, von der er – vergeblich – gehofft hatte, Joelle lege sie ebenfalls eines Tages an den Tag. »Wo ist denn Ihre reizende Frau?«

»Sie fühlt sich nicht wohl und lässt sich entschuldigen.«

»Tut mir leid, das zu hören.« Eine Sekunde lang runzelte Lyle missbilligend die Stirn, ehe er mit gewohnter Geschäftsmäßigkeit fortfuhr: »Ich würde Sie gern ein paar Freunden vorstellen, die es kaum erwarten können, alles über Ihre Kampagne und Ihre Pläne zu erfahren. Kommen Sie.«

Lamont folgte ihm. *Jetzt,* dachte er. Das war der Moment, in dem er als potenzieller Senatskandidat eingeführt wurde. Hier, im Monteleone, einer Hotellegende der Stadt. Zu den dezenten Klängen eines Jazzquartetts. Hier, inmitten der wahren Reichen von Louisiana.

Das ist der erste Schritt zu dem Ziel, auf das ich seit Jahren hinarbeite. Jeden Fall, den er angenommen, jeden Skandal, den er unter den Teppich gekehrt hatte. Jeden Feind, den er ausgemerzt hatte.

Selbst seine Heirat mit Ehefrau Nummer eins war sorgfältig geplant gewesen – sogar akribischer als die nachfolgenden. Lucille hatte zu einer der ersten Familien von New Orleans gezählt. Alter Geldadel. Der Tag ihrer Hochzeit war einer der besten seines Lebens gewesen.

Natürlich nicht wegen Lucille. Sie war älter als er und zu öde für seinen Geschmack gewesen, doch die Verbindungen, die sich durch ihre Ehe ergaben, hatten ihm erste Schritte in die richtige Richtung ermöglicht. Damals war er in der Anwaltskanzlei seines Schwiegervaters angestellt gewesen und hatte alles getan, was der alte Sack von ihm verlangt hatte – er hatte ihm beinahe den Arsch abgewischt. *Und wäre es meiner Karriere dienlich gewesen, hätte ich es auch tatsächlich getan.* Zum Glück war es nicht dazu gekommen, wenngleich nicht viel gefehlt hatte.

Sich den Reichtum und Einfluss Lucilles und ihres Vaters zu sichern, war der erste große Schritt gewesen. Und nichts davon hatte auch nur ansatzweise mit Glück zu tun gehabt, vielmehr hatte er alle Hebel in Bewegung gesetzt, damit sie auf ihn aufmerksam wurde. Er war ein armer kleiner Anwalt mit einem beträchtlichen Studienkredit im Nacken und sie seine Fahrkarte in die Freiheit gewesen. In diesen Jahren hatte er einiges ertragen müssen und seither alles darauf ausgerichtet, sein großes Ziel zu erreichen – die Macht, die ihm ein Posten als US-Senator bot.

Jetzt zahlte es sich endlich aus. Und danach? Womöglich sogar das Weiße Haus.

Nelsons Freunde ließen sich problemlos um den Finger wickeln, und nach einer Weile ließ er sie mit dem sicheren Gefühl zurück, sie in der Tasche zu haben.

»Gut gemacht«, raunte Nelson. »Mischen wir uns vor dem Essen noch ein Weilchen unter die Leute.«

»Ich folge Ihnen«, erwiderte Lamont mit einem so breiten Lächeln, dass sein Gesicht spannte.

Joelle dürfte inzwischen tot sein, er hatte ein Alibi, und niemand konnte ihn mit dem Affenzirkus innerhalb des NOPD in Verbindung bringen. Mules Ableben wurde bereits untersucht, und schon bald wäre sein Ansehen aufs Übelste besudelt.

Lamont hingegen käme … nun ja, nicht gänzlich ungeschoren davon. Seine Affäre und Joelles Selbstmord als Folge ihres schlechten Gewissens wegen des Auftragsmords an Ashley würden für einen saftigen Skandal sorgen, aber er würde es überstehen. Seinen schwarzen Anzug hatte er schon bereitgelegt. Er würde eine Weile den trauernden Witwer geben, und die Leute würden ihn wegen seines Muts feiern, sich selbst angesichts einer solchen Tragödie für das Gemeinwohl zu engagieren.

Alles würde gut werden.

»Was macht *er* denn hier?«, fragte Lorraine scharf.

Lamont drehte sich um und –

Nein. O nein, nein, nein. Sein Magen zog sich zusammen, und sein Herzschlag schien sämtliche Geräusche ringsum zu übertönen.

André Holmes, dieser beschissene Cop. Und neben ihm … Jean-Pierre Cardozo.

Beide trugen Anzüge. Beide hatten grimmige Mienen aufgesetzt.

Und beide kamen direkt auf ihn zu.

Gefolgt von zwei Uniformierten, die aufmerksam die Blicke umherschweifen ließen.

O Gott.

Sie blieben vor ihm und den Nelsons stehen. André nickte Lorraine höflich zu.

»Was soll das?«, fragte Nelson. »Das ist eine Privatveranstaltung. Es ist alles ordnungsgemäß genehmigt.« Er senkte die Stimme. »Sie machen hier eine Szene«, raunte er André und Jean-Pierre zu.

»Entschuldigung«, sagte André. »Mr Ducote, Sie müssen mit uns kommen.«

Lamont schluckte. »Rufen Sie doch am Montagmorgen in

meinem Büro an. Meine Assistentin gibt Ihnen gern einen Termin.«

Jean-Pierre verdrehte die Augen. Dieser kleine Dreckskerl verdrehte allen Ernstes die Augen! »Machen Sie es nicht noch unangenehmer, als es schon ist, Ducote. Wir wissen Bescheid.«

»*Was* wissen Sie?« Nelson hatte einen ruhigen Tonfall angeschlagen, der jedoch keine Respektlosigkeit duldete.

André sah Lamont ins Gesicht. »Wir wissen *alles.* Wollen Sie ernsthaft, dass ich auspacke? Hier, vor allen Leuten? Kommen Sie mit, Ducote, ganz friedlich und in Ruhe. Das ist Ihre einzige Option.«

»Ich habe keine Ahnung, wovon die reden«, sagte Lamont aufgebracht zu Nelson.

»Von Mule«, sagte Jean-Pierre und hob eine Braue. *Arroganter Wichser.* »Und von Ashley.«

Lamont bekam keine Luft mehr. Die Leute starrten ihn schon an. Einige hatten sogar ihre Handys gezückt und filmten alles.

Nelsons reiche Freunde wichen stirnrunzelnd zurück.

André trat vor, so dicht, dass er Lamont jederzeit am Kragen packen könnte. »Bitte, Mr Ducote. Wenn es nicht anders geht, lege ich Ihnen Handschellen an, aber ich glaube nicht, dass Sie so den Raum verlassen wollen.«

»Joelle ist übrigens tot«, sagte Jean-Pierre leise. »Aber ich glaube, das wussten Sie bereits. Es gibt eine Menge zu besprechen. Und viele Beweise, die wir Ihnen zeigen wollen.«

Als Lamont sich nicht rührte, zog André seufzend ein Paar Handschellen hervor. Plötzlich brach die Hölle los. Blitzlichter flammten auf. Fotografen rempelten einander an, um den besten Platz zu ergattern.

Das darf nicht wahr sein. Ich war doch so vorsichtig. Das kann nicht passieren.

Aber es passierte. Und er musste hier raus.

In einer fließenden Bewegung zog er seine Waffe aus der Sakkotasche, trat hinter Lorraine Nelson und hielt ihr den Lauf gegen die Schläfe. Schreie ertönten ringsum. Er wusste nicht, wer gerade schrie, und es war ihm auch egal. Er musste hier raus, alles andere war unwichtig.

Lorraine keuchte und wehrte sich, doch er presste die Waffe gegen ihren Kopf und legte ihr seinen freien Arm um den Hals. »Lassen Sie das«, fauchte er, »dann passiert Ihnen nichts.«

Sie erschlaffte mit einem Wimmern.

Ihr Mann wollte sie packen, doch Lamont machte einen großen Schritt rückwärts und zog Lorraine mit sich. »Nicht. Wenn Sie sie lebend wiederhaben wollen, lassen Sie das.« Er hob die Stimme, sodass André und Jean-Pierre ihn hören konnten. »Rufen Sie Ihre Männer zurück. Mein Finger liegt am Abzug. Ich bringe sie um. Hier, vor Ihren Augen. Ich schwöre es.«

Andrés Kiefer wurde hart, als er die Uniformierten zurückwinkte. »Beruhigen Sie sich, Mr Ducote. Nehmen Sie die Waffe runter und lassen Sie die Frau los.«

»Nein.« Lamont riss Nelsons Frau noch ein Stück zurück. »Sorgen Sie dafür, dass die Leute verschwinden.« Er steuerte nach links, in Richtung Treppenhaus. Die ältere Frau geriet ins Straucheln.

»Sie hat ein schwaches Herz!«, schrie Nelson.

»Dann sorgen Sie dafür, dass ich ihr nicht wehtun muss!«, schrie Lamont zurück und bewegte sich seitwärts, André immer im Blick. Der Cop hatte zwar ebenfalls die Waffe gezogen, wollte sie jedoch augenscheinlich nicht benutzen. Was die Idee hinter einer Geiselnahme war. Zumindest das schien zu funktionieren.

In der anderen Hand hielt André ein Funkgerät, in das er

jetzt Anweisungen bellte. Wahrscheinlich, dass die Ausgänge überwacht wurden.

Ich bin am Arsch. So was von am Arsch.

Dabei musste er eigentlich nur auf die Straße gelangen. Ausnahmsweise war er dankbar für das blöde Festival, denn die Massen würden sich durch die Straßen schieben, was ihm Gelegenheit gäbe, unterzutauchen. Er könnte auch eine weitere Geisel nehmen. Dutzende von Geiseln.

Nein. Er würde sich auf seine Flucht konzentrieren. Noch mehr Geiseln würden diesen Albtraum bloß in die Länge ziehen.

Die Menge teilte sich wie das Rote Meer vor ihm, und Lamont sog gierig den Atem ein. Es war so brüllend heiß, dass ihm schwindlig wurde. Der Schweiß lief ihm über die Stirn und brannte in den Augen. Trotzdem zwang er sich, sie offen zu lassen, um den Ausgang im Auge behalten zu können.

Die Cops bewegten sich neben ihm und schufen einen Korridor, um die Leute aus der Schusslinie zu bekommen. Sollten sie versuchen, ihn aufzuhalten, würde er Lorraine abknallen. Aber dann hätte er keinen Schutzschild mehr.

Dieser Schachzug funktionierte nur sehr selten, doch er hatte keine andere Möglichkeit. Wenn sie von Ashley und Joelle wussten, hätte er vor Gericht keinerlei Chance mehr.

Er hatte die Tür erreicht. »Aufmachen!«, befahl er Lorraine.

Mit zitternden Händen gehorchte sie. Er zerrte sie durch das Treppenhaus. Die zwei Cops sahen zu, wie er die Treppe hinunterging. Offenbar warteten sie auf André. Der hochgewachsene Cop schien das gesamte Treppenhaus auszufüllen, als er durch die Tür trat.

»Zurück, Holmes!«, schrie Lamont. »Stellen Sie mich nicht auf die Probe.«

André Holmes erwiderte nichts, sondern kam die Treppe

hinunter, eine Stufe nach der anderen, ohne ihn aus den Augen zu lassen.

»Ich bringe sie um.« Lamonts Stimme hallte von den Wänden wider. Verzweifeltes Schluchzen drang aus Lorraines Kehle.

»Ich weiß, dass Sie dazu fähig sind«, erwiderte André ruhig. »Aber ich habe nicht vor, es zuzulassen.«

Dann würde Lamont sie eben alle töten. Jeden Einzelnen von ihnen.

Er überwand die erste Treppe und stand nun auf dem Absatz. André befand sich nur vier Stufen über ihm.

Den Arm immer noch fest um Lorraines Hals, richtete Lamont die Waffe auf André und drückte zweimal ab. Mit einem Keuchen brach der Cop zusammen und fiel die Treppe hinunter.

Wieder presste Lamont die Waffe gegen Lorraines Schläfe und zerrte sie die verbleibenden Stufen hinunter und durch den Notausgang nach draußen, der beim Öffnen den Feueralarm auslöste. Heiße, feuchte Luft schlug ihm entgegen – ein Schock nach der klimatisierten Kühle des Saals, doch in diesem Moment gab es nichts Schöneres als die dampfige Schwüle, die er sonst so hasste.

Eine Minute noch. Fast frei.

28. Kapitel

HOTEL MONTELEONE, NEW ORLEANS, LOUISIANA

Freitag, 30. Juli, 19.20 Uhr

Es ist viel zu laut«, beschwerte sich Gabe. Sie standen in der Iberville Street, ein Stück vom Hintereingang des Monteleone entfernt, zwar in einer Ladezone, doch dank Officer McCauley, der mit der Hand an der Waffe direkt neben Burkes Escalade stand, würden sie wohl nicht abgeschleppt werden.

In den Straßen ringsum herrschte reges Treiben, die Leute feierten, und von überallher drang so laute Musik herüber, dass sie durch die geschlossenen Wagenfenster zu hören war. Normalerweise liebte Gabe die Geräuschkulisse des Quarters während eines Festivals, doch das hier war etwas anderes, außerdem hatten sie die letzten Tage so viel Zeit in der lediglich von Vogelgezwitscher durchbrochenen Stille der Bayous verbracht.

»Das ist wegen des Satchmo Festivals«, erklärte Molly vom Beifahrersitz, während sie den Blick umherschweifen ließ, immer auf der Suche nach drohenden Gefahren.

Das weiß ich auch. Gabe verkniff sich die bissige Erwiderung, schließlich war es nicht Mollys Schuld, dass er völlig verkrampft war. Noch immer sah er Joelle Ducotes reglosen Körper vor sich, ihre blicklos gen Himmel gerichteten Augen, während er und Burke versuchten, ihr Herz wieder zum Schlagen zu bringen.

In der vergangenen Woche hatte er mehr Leichen gesehen als in seinem gesamten bisherigen Leben. Sein Vater hingegen hatte sich mehr als fünfunddreißig Jahre lang damit auseinandersetzen müssen. *Also reiß dich am Riemen, Hebert.*

Er holte tief Luft und hielt sie einige Sekunden an, ehe er sie ausstieß.

»Alles klar?«, fragte Xavier leise.

»Nein, eigentlich nicht, aber es wird schon.« Trotzdem wirkte Xavier weiterhin besorgt, deshalb beugte Gabe sich zu ihm hinüber. »Vor dieser Woche hatte ich noch nie eine Leiche außerhalb eines Beerdigungsinstituts gesehen.«

Xavier nickte traurig. »Ich schon. Damals, während Katrina, sind sie vor mir am Dach vorbeigetrieben, während ich dort oben gesessen und auf deinen Dad gewartet habe.«

»Ach, Xavier. Das tut mir so leid«, sagte Gabe beschämt.

Xavier zuckte die Achseln. »Schon gut«, sagte er, plötzlich verlegen, weil Burke und Molly sich auf ihren Sitzen umgedreht hatten und ihn ansahen. »Ich habe eine Therapie gemacht, allerdings werde ich wohl noch einige Sitzungen brauchen, wenn das hier erst vorbei ist.« Er grinste schief. »Vielleicht kriegen wir beide ja einen Zwei-zum-Preis-für-einen-Rabatt.«

Gabe lächelte – und sei es nur, um Xavier für den Versuch zu belohnen, ihn aufzumuntern. »Gute Idee.«

Xavier wandte sich an Burke. »Sehen Sie etwas?«, wechselte er geschickt das Thema. »Irgendein Anzeichen von Ducote?«

Burke sah wieder nach vorn und schüttelte den Kopf. »Nein. Bloß ein paar Hotelangestellte, die hinter dem Haus eine Zigarettenpause einlegen. Die Veranstaltung findet im Ballsaal im zweiten Stock statt.« Plötzlich erstarrte er. »Heilige Scheiße.«

Die drei folgten Burkes Blick. Ein Knurren löste sich aus Gabes Kehle, als er einen uniformierten Mann die Iberville

Street entlang und in die Gasse hinter dem Hotel gehen sah. »Cresswell.«

Der ehemalige Vorgesetzte seines Vaters, der ihm »versehentlich« das Foto seiner Leiche gezeigt hatte, wie er zusammengesunken am Küchentisch lag, an dem Gabe einen großen Teil seiner Mahlzeiten eingenommen hatte.

Der Mann, der seinem Vater zutraute, Drogen aus der Asservatenkammer entwendet zu haben.

Der Mann, der es womöglich so hingedreht hatte, dass es aussah, als sei sein Vater schuldig.

Gabe registrierte erst, dass er die Tür aufgerissen hatte, als Molly ihn scharf zurückpfiff.

»Nicht jetzt, Gabe. Du bekommst deine Gelegenheit noch. Jetzt bleibst du erst mal hier. Wir dürfen kein Risiko eingehen, nur so kann Officer McCauley uns ein Alibi geben, falls etwas schiefläuft.«

Denn André könnte in dieser Sekunde im Hotel sein und Ducote verhaften. Oder ihn zumindest zur Befragung mitnehmen.

Gabe atmete scharf aus und zog die Tür wieder zu. »Du hast recht. Tut mir leid.«

Xavier schob einen Finger unter die Perücke, um sich zu kratzen. »Ich frage mich, was André inzwischen sonst noch herausgefunden hat. Wenn sie Ducote mitnehmen, und sei es nur zur Befragung, muss es doch um mehr als einen weitergegebenen Hund gehen.«

»Mist«, stieß Molly hervor. »Cresswell kommt auf uns zu. Du bleibst ruhig, Gabe.«

Gabe musste die Hände in den Taschen vergraben, damit er nicht die Fäuste ballte. Einem Cop einen Haken zu verpassen, dürfte nicht die allerschlaueste Idee sein. Selbst wenn er es so verdient hatte wie Cresswell.

Und dann war auf einmal alles anders. Cresswell blieb stehen und lauschte der Stimme aus dem Polizeifunkgerät in seiner Hand, dann machte er auf dem Absatz kehrt und ging zurück in Richtung Hintereingang des Hotels.

Burke ließ das Fenster herunter, genau in dem Moment, als eine tiefe Männerstimme aus Officer McCauleys Funkgerät drang. »Es liegt eine Geiselnahme vor.«

Gabe erstarrte. Die Stimme gehörte André.

»Cresswell, zum hinteren Treppenaufgang, sofort«, befahl André.

McCauley zog seine Waffe und warf Burke einen warnenden Blick zu. »Haben Sie das gehört?«

»Ja«, antwortete Burke. »Was ist los?«

»Sie bleiben, wo Sie sind«, befahl McCauley. »Lassen Sie die Fenster geschlossen und halten Sie die Köpfe unten.«

Burke gehorchte. Nur Molly ließ ihr Fenster einen Spaltbreit herunter, um hören zu können, was draußen vor sich ging, während sie und Burke gleichzeitig ihre Waffen zogen.

Gabe musste sich zwingen, weiterzuatmen. Er legte Xavier die Hand auf die Schulter, um den jungen Mann zur Seite stoßen zu können, falls mit einem Mal die Kugeln fliegen sollten.

In diesem Moment ertönte ein lautes Quietschen.

Die Tür eines Notausgangs, vermutete Gabe. Und siehe da – Sekunden später taumelte ein Mann in die Gasse hinter dem Hotel, einen Arm um die Kehle einer älteren Frau gelegt.

Und mit einer Waffe in der Hand, die er gegen ihre Schläfe presste.

Lamont Ducote. Gabe spürte abermals ein Knurren in seiner Kehle, verdrängte es jedoch. Dieser Scheißkerl hatte tatsächlich eine Geisel genommen. »Was machen wir jetzt?«, fragte er.

»Wir bleiben, wo wir sind«, erwiderte Burke, der bereit zu

sein schien, jederzeit aus dem Wagen zu springen. Ebenso Molly. »Es ist Cresswells Aufgabe, ihn aufzuhalten.«

Doch Cresswell hatte nichts dergleichen getan, denn Ducote zerrte die Frau den Bürgersteig entlang, wo erste Passanten die Waffe bemerkten. Einige rannten schreiend davon, andere drängten sich mit gezückten Handys vor, um das bevorstehende Drama keinesfalls zu verpassen.

Was für Idioten.

»Wo ist Cresswell?«, rief Molly über den Lärm hinweg, der von draußen hereindrang.

»Keine Ahnung«, rief Burke zurück. »Aber Ducote kommt in unsere Richtung.«

McCauley trat bereits mit erhobener Waffe auf den Staatsanwalt und seine Geisel zu. »Lassen Sie die Frau los!«, schrie er.

Statt einer Antwort löste Ducote seine Waffe gerade lange genug von der Schläfe der Frau, um einen Schuss auf McCauley abzugeben, der wie ein gefällter Baum umkippte.

Xavier stieß einen Schrei aus, während Gabe das Szenario wie erstarrt verfolgte.

Augenblicklich brach das Chaos los. Überall waren Menschen, die schiebend und drängelnd die Flucht ergriffen.

In diesem Moment sprang Burke heraus, um den leblosen McCauley hinter den Wagen zu zerren.

»Verdammte Scheiße«, fluchte Molly. »Wo ist das verdammte NOPD? Wo ist André? Burke?«, rief sie durch die geöffnete Wagentür. »Was ist mit McCauley?«

»Er ist tot«, antwortete Burke grimmig. »Ein Schuss in die Schläfe. Es sieht nicht so aus, als würde jemand Ducote folgen. Etwas muss im Hotel schiefgelaufen sein. Wenn Ducote die Frau in die Menge zerrt …«

Würden sie ihn verlieren. Ducote würde flüchten.

Und dann werden wir nie vor ihm sicher sein.

»Er hat den Cop getötet«, krächzte Xavier. »Er hat ihn einfach erschossen. O mein Gott.«

»Ich weiß.« Gabe kämpfte seine aufsteigende Panik nieder. Er wusste nicht erst seit jetzt, dass Ducote ein eiskalter Killer war, schließlich hatte er mit eigenen Augen gesehen, wie er Mule erschossen hatte.

Ducote hatte so viele Menschen getötet. Nadia. Joelle. Die Frau aus dem Bayou.

Ihm stockte der Atem. *Meinen Vater. Er hat meinen Vater ermordet. Es tut mir so leid, Dad, so unendlich leid.*

Es tat ihm leid, dass es passiert war. Dass er es nicht hatte verhindern können. Dass Ducote auch jetzt noch herumlief und Menschen tötete.

Aber damit würde er sich später befassen, nicht jetzt. Später würde er sich gestatten, zusammenzubrechen. Mit einem tiefen Atemzug drückte er die Schultern durch. Kurz bestürzte ihn die Erkenntnis, dass er viel zu schnell gelernt hatte, sich von Mord abzugrenzen, Distanz zwischen sich und der Tat zu schaffen. Doch auch darüber würde er erst später nachdenken.

Burke und Molly warfen einander einen flüchtigen Blick zu, dann sprang auch Molly aus dem SUV und folgte Burke, der auf Ducote zulief.

Okay, dachte Gabe. *Dann los.*

»Du bleibst hier«, befahl er Xavier, sorgsam darauf bedacht, nicht zu McCauleys Leiche zu blicken, als er aus dem Wagen sprang. Zwar wusste er nicht, was genau er tun würde, doch eines stand fest: Er würde nicht zulassen, dass Ducote noch jemanden verletzte oder tötete. Im Zweifelsfall würde er die Menge wegdirigieren, um Molly und Burke Raum zu geben, sich Ducotes anzunehmen.

Unterdessen hatten Molly und Burke sich aufgeteilt, einer nach links, einer nach rechts, um sich ihm von hinten zu nähern. Doch Ducote zerrte immer noch die Frau die Gasse entlang, der Tränen der Hilflosigkeit über die Wangen liefen.

Und dann war auf einmal Xavier neben ihm. *Gottverdammt noch mal!*

»Was zum Teufel machst du hier?«, herrschte Gabe ihn an.

»Dasselbe wie du«, erwiderte Xavier tonlos.

Gabe packte den Jungen am Arm. »Bitte, Xavier, steig wieder ein. Bitte.«

Xaviers Blick verhieß nichts Gutes. »Auf keinen Fall. Entweder beide oder keiner von uns. Was hast du vor?«

Gabe schüttelte den Kopf. »Er kommt hier entlang. Wenn er es in die Menge schafft, ist er weg. Oder noch mehr Menschen kommen zu Schaden. Bitte, Xavier, steig wieder ein.«

»Alles klar«, sagte Xavier, ohne sich vom Fleck zu rühren.

»Ich schwöre bei Gott, du bist genauso ein Sturkopf wie mein Vater«, presste Gabe hervor.

»Gleichfalls.«

Inzwischen war Ducote so nahe herangekommen, dass Gabe die Angst in den Augen der älteren Frau ablesen konnte. Mit einem tiefen Atemzug trat Gabe auf die beiden zu, wobei er bewusst vermied, nach Molly und Burke Ausschau zu halten.

Sollten die beiden Ducote von hinten erledigen, könnte die Geisel dabei verletzt werden.

Und das durfte nicht passieren.

Es mochte ihm nicht gelungen sein, Dr. McLain, Dusty Woodruff oder selbst Joelle Ducote zu retten, doch er wollte verdammt sein, wenn der älteren Dame etwas zustieß.

Gabe hob die Hände. Xavier stand immer noch hinter ihm. *Lauf,* hätte er ihm am liebsten zugerufen, doch es würde vermutlich ohnehin nichts bewirken.

»Mr Ducote«, sagte Gabe laut.

Ducote, der sich hektisch nach allen Seiten umgesehen

hatte, blieb abrupt stehen und starrte Gabe schockiert an, während die Dame versuchte, sich aus seiner Umklammerung zu befreien und zu Atem zu kommen.

Er bringt sie um. Dessen war Gabe sich so sicher wie das Amen in der Kirche.

Gabe trat noch ein paar Schritte näher, den Blick auf den Staatsanwalt und seine Geisel geheftet. »Lassen Sie sie gehen, Ducote«, sagte er. »Sie ist es doch nicht, die Sie wollen. Sondern mich.«

»Nein, *ich* bin derjenige, den Sie wollen«, sagte Xavier neben ihm.

Am liebsten hätte Gabe ihn weggestoßen, aus der Schusslinie gebracht. *Er hat doch schon genug durchgemacht, verdammt.*

Hektisch schweifte Ducotes Blick zwischen Gabe und Xavier hin und her, dann ringsum auf der Suche nach einem Fluchtweg. »Wer zum Teufel ist das?«

Xavier nahm Perücke und Brille ab. »Ich bin der fünfjährige Junge, der gesehen hat, wie Sie Nadia Hall getötet haben. Ich bin derjenige, dem Sie die ganze Woche auf den Fersen waren. Lassen Sie die Lady gehen und nehmen Sie mich stattdessen.«

Etwas flackerte in Ducotes Augen auf. Hoffnung? Berechnung? Ungläubigkeit. »Du lügst.«

Die ältere Frau wimmerte. Erst jetzt merkte Gabe, dass es ringsum still geworden war. Aus der Ferne wehte leise Partylärm herüber, vermischt mit den Klängen einer Jazzband, doch die Umstehenden schienen die Szene mit angehaltenem Atem zu verfolgen.

»Ich lüge nicht«, beharrte Xavier. Gabe glaubte ihm.

Gütiger Himmel. Xavier würde sich allen Ernstes opfern.

In diesem Moment bemerkte Gabe etwas Goldfarbenes – die Sonne, die sich in Mollys Haar fing. Sie stand nur wenige Meter hinter Ducote, die Waffe auf ihn gerichtet wie an dem

Abend, als sie verhindert hatten, dass Nicholas Tobin Chelsea und Harper verletzte.

Gabe wusste genau, was sie vorhatte.

»Mein Vater wurde getötet, weil er Xavier beschützen wollte«, sagte er. »Ihn kriegen Sie nicht, aber mit mir können Sie es versuchen.«

Ducote schüttelte den Kopf. »Ihr Daddy hat sich noch nicht mal gewehrt. Er war ein elender Feigling.«

Gabe spürte Wut in sich hochkochen. »Weil Sie ihn mit Drogen ruhiggestellt haben.« Er wünschte, er könnte zu Xavier hinübersehen, um sich zu vergewissern, dass er unversehrt war, traute sich aber nicht, den Blick von Ducote zu lösen. Ducote musste die Waffe vom Kopf der Frau nehmen und auf ihn zielen, damit Molly ihren Plan in die Tat umsetzen konnte.

»Rocky Hebert war ein tapferer Mann«, erklärte Xavier laut und deutlich. »Die Sorte Mann, wie Sie *nie* einer sein werden.«

Ohne hinzusehen, wusste Gabe, dass Xavier hocherhobenen Hauptes neben ihm stand.

»Hände da, wo ich sie sehen kann, Hebert«, bellte Ducote. »Sonst knalle ich Ihr Jungchen ab, und er kann die Ewigkeit gemeinsam mit Ihrem Vater verbringen.«

Gabe sah Burke direkt hinter Molly stehen, Cresswell oder einen der anderen Cops jedoch nicht.

Wo zum Teufel steckt André?

Offensichtlich waren sie auf sich gestellt. Gabe musste den Dreckskerl dazu bringen, die Waffe von der Schläfe der älteren Dame zu nehmen. *Los, ziel auf mich.* »Fahren Sie zur Hölle, Ducote.«

Ducotes Gesicht war rot und schweißüberströmt. »Aber Sie nehme ich mit.«

Xavier trat noch einen Schritt vor, so weit, dass er die Hand nach der Frau hätte ausstrecken können, deren Gesicht ganz grau war. Sie hatte Ducotes Arm losgelassen und presste sich beide Hände auf die Brust. Etwas musste geschehen, und zwar schnell, sonst starb sie an Herzversagen, ehe Ducote sie erschießen konnte.

»Tun Sie's doch«, provozierte Xavier ihn. »Wenn Sie so ein knallharter Brocken sind, tun Sie's einfach. Oder verstecken Sie sich bloß hinter den Leuten, die die Drecksarbeit für Sie erledigen?«

Ducote biss die Zähne zusammen. »Elender, kleiner –«

Bevor Gabe auch nur Atem schöpfen konnte, riss Ducote den Arm herum und zielte auf Xaviers Kopf. Gabe stieß den jungen Mann zur Seite und ließ sich vor der älteren Dame auf die Knie fallen, während Ducote auf ihn zielte. Er schloss die Augen und wartete auf den Schuss.

Doch er kam nicht. Stattdessen schrie Ducote auf, und seine Waffe fiel klappernd zu Boden.

Gabe schlug gerade noch rechtzeitig die Augen auf, um die ältere Dame aufzufangen, die vor ihm zusammensank. Behutsam legte er die Arme um sie, damit sie sich nicht verletzte, als Ducote zu Boden ging. Wie bei Tobin hatte Molly ihm das Knie in die Nieren gerammt und drückte ihn auf den Asphalt.

Xavier lief zu Gabe, kniete neben ihm nieder und legte der Frau zwei Finger an den Hals. »Ich fühle keinen Puls«, sagte er, dann holte er scharf Luft. »Doch, da, aber schwach. Leg sie flach hin, Gabe. Wir müssen sie wiederbeleben.«

Doch Gabe bekam kaum mit, was er sagte, weil Molly und Burke immer noch mit Ducote rangen. Burke drückte den Kerl auf der anderen Seite zu Boden, dennoch setzte er sich vehement mit Händen und Füßen zur Wehr und versuchte, zu flüchten.

»Cresswell!«, brüllte Burke. »Schaffen Sie Ihren jämmerlichen Arsch herüber und legen Sie ihm Handschellen an!«

Gabe hörte Molly vor Schmerz aufschreien und sah, wie es

Ducote gelang, eine seiner Hände zu befreien. *Nein!* Dieses Dreckschwein würde Molly nicht anrühren. *Weder heute noch sonst irgendwann.*

»Leg sie hin, Gabe«, drängte Xavier. »Sie stirbt sonst.«

So behutsam wie möglich bettete Gabe die Frau auf den Bürgersteig und warf sich über Ducotes Beine, während er aus dem Augenwinkel registrierte, wie zwei Polizisten mit gezogenen Waffen angelaufen kamen. *Endlich.*

»Aus dem Weg«, schrie einer von beiden. »Sofort.«

Molly kam auf die Füße, und der Cop nahm ihren Platz ein. Eine Sekunde später folgte Burke ihr, als der zweite Polizist für ihn übernahm. Gabe rührte sich nicht, denn Ducote trat immer noch wild um sich.

»Na endlich«, stieß Molly schwer atmend hervor. »Wo zum Teufel steckt Cress–«

Der Schuss war ein Schock.

Gabe erstarrte, konnte nicht zuordnen, woher er gekommen war. »Molly!«, schrie er.

Erst jetzt merkte er, dass Ducote keine Gegenwehr mehr leistete.

Molly stand reglos da und blickte auf den ehemaligen Staatsanwalt von New Orleans hinunter.

In dessen Schädel eine riesige Schusswunde klaffte.

Gabe schnappte nach Luft.

»Was zum Teufel …«, presste Burke hervor.

»Was haben Sie getan?«, schrie einer der beiden Officer.

Wir haben gar nichts getan, wollte Gabe zurückschreien, als er merkte, dass der Polizist nicht mit Burke sprach.

Sondern mit Cresswell, der immer noch die Waffe auf Ducote gerichtet hielt. Der einstige Vorgesetzte seines Vaters schien weder unter Schock zu stehen, noch wirkte er sonderlich entschlossen.

Sondern erleichtert.

»Er hat sich der Verhaftung widersetzt«, sagte Cresswell ruhig.

Die beiden Uniformierten starrten ihn nur fassungslos an.

Ein Mann im Anzug kam angelaufen. »Was zum Teufel ist hier gerade passiert?«

Es dauerte einen Moment, ehe Gabe ihn als Staatsanwalt Cardozo erkannte. Langsam rollte er von Ducotes Beinen herunter und versuchte, aufzustehen, doch seine Knie fühlten sich wie Brei an.

Cardozo starrte Burke und Molly an. »Wieso haben Sie ihn getötet?«

Burke setzte zu einer Erwiderung an, doch bevor er etwas sagen konnte, ergriff Molly das Wort. »Wir waren es nicht«, sagte sie. »Sondern er.«

Auch die beiden Cops erhoben sich wieder. Gabe musste gegen seine aufsteigende Galle anschlucken. Die Männer waren mit Blut und Hirnmasse beschmiert. Ducotes Blut und Hirnmasse.

Nicht übergeben. Bloß nicht übergeben. Er atmete tief durch den Mund ein, in der Hoffnung, dass sein rebellierender Magen sich beruhigen würde.

»Das stimmt«, bestätigte einer der beiden Polizisten. »Cresswell hat ihn erschossen.«

»Er hat sich der Verhaftung widersetzt«, wiederholte Cresswell so ruhig wie zuvor. »Er hatte bereits Officer McCauley erschossen.«

Cardozo wurde blass. »Was?«

»Ducote hat den Officer erschossen, den Captain Holmes zu unserem Schutz abgestellt hatte«, sagte Molly mit zittriger Stimme. »Er hat ihm eine Kugel in den Kopf gejagt. Seine Leiche liegt hinter unserem SUV auf dem Bürgersteig.«

»Cresswell wusste das«, sagte Gabe, als der Groschen fiel. »Er muss nahe genug dran gewesen sein, um zu sehen, wie McCauley zu Boden gegangen ist und Burke ihn für tot erklärt hat. Er war die ganze Zeit da. Aber er hat nichts unternommen.«

Cardozos Lippen wurden schmal. »Verstehe.«

Cresswell hob kaum merklich das Kinn und schwieg.

»Wo ist André?«, fragte Burke.

»Er kommt gleich«, antwortete Cardozo. »Mr Ducote hat zwei Schüsse auf seine Brust abgegeben, aber er trägt eine kugelsichere Weste.« Er fuhr herum und trat zu Cresswell. »Wir müssen reden.«

Cresswell steckte seine Waffe ins Holster und zuckte die Achseln. »Okay. Er hat sich der Festnahme widersetzt, und die beiden Kollegen waren in Gefahr.«

Cardozo sah zu den zwei Uniformierten, die beide die Köpfe schüttelten.

»Wo ist Mrs Nelson?«, fragte Cardozo und sah sich um.

Erst jetzt fiel Gabe die Frau wieder ein. *Mist.*

Er lief hinüber zu der Stelle, wo Xavier immer noch mit der Herzdruckmassage beschäftigt war. »Rufen Sie einen Krankenwagen«, rief er.

»Oh, nein«, stöhnte Molly und kam mit Burke angelaufen.

»Was – « Cardozo unterbrach sich. »Verdammt. Los, schnell, einen Krankenwagen für Mrs Nelson.«

»Wie sieht es mit Mund-zu-Mund-Beatmung aus?«, fragte Gabe. »Ich bin nicht geübt darin, übernehme aber gern die Herzdruckmassage.«

Was er heute Abend schon einmal getan hatte.

»Ich kann es machen.« Xavier brachte die ältere Dame in die entsprechende Position. Gabe fiel wieder ein, dass Xavier sein Studium mit einem Job als Rettungsschwimmer finanziert hatte.

Molly zählte die Takte. Irgendwann verlor Gabe jedes Zeitgefühl und registrierte kaum, dass ein älterer Mann neben sie getreten war und nervös die Hände rang.

»Lorraine«, rief er. »Lorraine, Liebling, bitte verlass mich nicht.«

Ihr Ehemann, dachte Gabe, doch er konnte sich an den Vornamen des Mannes nicht erinnern, sondern nur daran, dass er derjenige war, der Ducote hatte helfen wollen, Senator zu werden.

Behutsam schob Burke den Mann zur Seite. »Lassen Sie die beiden es doch bitte weiter versuchen, Mr Nelson.«

Schließlich beugte sich einer der Beamten vor und berührte Gabes Schulter. »Sie können aufhören. Der Notarzt ist da.«

Gabe sah auf. Zwei Rettungssanitäter stellten ihre Fahrräder am Straßenrand ab und kamen mit ihrem Equipment angelaufen. Erschöpft ließ er sich nach hinten fallen, schaffte es nicht einmal mehr, auf die Füße zu kommen, sondern rutschte ein Stück zurück, sorgsam darauf bedacht, bloß nicht in die Nähe von Ducotes Leiche zu kommen.

Oder in die von Officer McCauley. Trotzdem war ihm klar, dass der Schock angesichts seines Verlusts nicht lange auf sich warten ließe. Der Mann war im Bemühen umgekommen, sie alle zu beschützen.

Gabe sah sich um – es war alles so surreal. Die schreienden und schubsenden Passanten waren inzwischen hinter ein Absperrband gedrängt worden. Wann hatten die Cops es überhaupt um den Tatort gezogen?

Es schien, als hätte absolut jeder sein Handy gezückt und filme das Geschehen. Doch er war zu erledigt, um sich darüber aufzuregen.

Seltsam distanziert verfolgte er, wie die Rettungssanitäter Mrs Nelson eine Sauerstoffmaske überstreiften, woraufhin sich zu seiner endlosen Erleichterung ihr Brustkorb wieder eigenständig hob und senkte.

Sein Blick schweifte zu der Person, deren Wohlergehen am meisten für ihn zählte. Molly sank neben ihm zu Boden und lehnte den Kopf an seine Schulter. »Hey«, sagte sie leise. »Geht's dir gut?«

»Ich habe keine Ahnung«, antwortete er wahrheitsgetreu.

»Ich weiß, was du meinst, und frage mich, ob jemand etwas dagegen hätte, wenn wir die nächste Woche einfach hierblieben.«

»Ich will aber nicht auf Burkes Rasen schlafen. Und hier genauso wenig.«

»Dann werden wir wohl von hier verschwinden müssen.« Sie hob den Kopf, blickte zu McCauleys Leiche hinüber und schluckte trocken, dann zeigte sie auf Xavier, der mit einem der Sanitäter redete. »Er hat sich gut geschlagen.«

»Allerdings«, bestätigte Gabe, der trotz seines Schocks einen Anflug von Stolz verspürte. »Er hat das ganze Drama hier einfach ignoriert und sich nur darauf konzentriert, der Frau das Leben zu retten.«

»Du warst auch ziemlich beeindruckend. Wie du dich über Ducotes Beine geworfen hast. Ich hätte ihn nicht mehr lange festhalten können. Du bist ein echter Held. Bist du sicher, dass du nicht doch Ermittler werden willst?«

Gabe erschauderte. »Nein. Die Heldentaten überlasse ich fortan dir.«

Sie lächelte ihn an. »Aber du kannst immer noch mein Held sein.«

Mit einem Mal konnte er wieder atmen. »Ich werde dir jeden verdammten Tag einen Schokoladenkuchen backen.«

»Lieber nicht, sonst falle ich noch ins Zuckerkoma. Einer pro Woche reicht völlig.«

Ein Schatten fiel über sie. Sie drehten sich um und sahen André. Er schien Schmerzen zu haben. »Alles klar mit Ihnen beiden?«, fragte er.

»Wir sind … hier«, antwortete Gabe. »Ich habe gehört, auf Sie wurde geschossen.«

André warf einen verdrossenen Blick auf Ducotes Leiche. »Dieses Schwein hat zwei Schüsse auf mich abgegeben. Es tut verdammt weh. Ich glaube, eine Rippe ist gebrochen, vielleicht sogar zwei.« Er seufzte tief. »Ich schätze, deshalb hat er bei McCauley höher gezielt. Um nicht wieder die Weste im Weg zu haben.« Er räusperte sich. »Ich habe jahrelang mit McCauley zusammengearbeitet. Er war ein anständiger Mann. Und ein guter Polizist.« Seine breiten Schultern sackten herab. »Ich werde es seiner Frau mitteilen müssen.«

»Das tut mir leid«, sagte Gabe leise. »Es ging alles so schnell. Wir hätten es nicht verhindern können.«

André nickte ernst. »Ich weiß. Und ich weiß auch, dass Sie es versucht hätten.« Er wandte sich zum Gehen. »Jetzt habe ich erst mal eine Menge zu tun. Später nehme ich dann Ihre Aussage auf.«

»Es gibt so viele Videos, dass das vermutlich nicht nötig sein wird«, erwiderte Molly. »Bestimmt sind alle längst online.«

Mit gequälter Miene schüttelte André den Kopf. »Auf Twitter trenden wir schon. Trotzdem brauche ich Ihre Aussagen für meinen Bericht. Könnten Sie noch eine Stunde bleiben?«

Gabe sehnte sich nach einer kühlen Dusche und danach, Molly in die Arme zu schließen und sie nie wieder loszulassen.

Trotzdem nickte er. »Natürlich.«

»Ich bitte einen meiner Männer, Sie ins Hotel zu begleiten. Wir rufen einen Arzt, der Sie sich sicherheitshalber ansehen soll.«

»Was ist mit Cresswell?«, fragte Molly frostig.

»Ich habe ihm seine Waffe abgenommen. Er sitzt auf dem Rücksitz unseres Dezernatstransporters und wird uns einiges zu erklären haben. Wir haben eine Menge Fragen an ihn.«

Molly sah sich nach dem Fahrzeug um und machte ein finsteres Gesicht, als sie ihn entdeckte. »Er hat nicht mal versucht, Ducote zu überwältigen, sondern hat ihn einfach abgeknallt.«

»Ich weiß. Die beiden Kollegen, die Ducote aus dem Hotel gefolgt waren, haben dasselbe gesagt. Sie haben aber auch erzählt, Sie wären sofort aktiv geworden, als sie herausgekommen seien, und sie hätten Angst gehabt, einer von Ihnen könnte verletzt werden, deshalb sei ihnen nichts anderes übrig geblieben, als den Dingen ihren Lauf zu lassen. Machen Sie das nicht noch mal, okay? Ich bitte Sie inbrünstig darum.«

»Meine Karriere in der Verbrechensbekämpfung ist definitiv vorbei«, erklärte Gabe und sah auf die immer noch am Boden liegende Mrs Nelson. »Kommt sie durch?«

»Sie lebt«, antwortete André. »Dank Ihrer Hilfe.«

Gabe schüttelte den Kopf. »Das ist allein Xaviers Verdienst. Er wird eines Tages ein hervorragender Arzt werden. Aber wir wollen Sie nicht länger aufhalten. Gehen Sie ruhig. Wir warten im Hotel auf Sie.« Mit einem unterdrückten Stöhnen kam er auf die Beine und hielt Molly die Hand hin.

Nebeneinander standen sie da und sahen zu, wie sich Mr Nelson bei Xavier bedankte, ihm wieder und wieder die Hand schüttelte und ihn schließlich schluchzend in die Arme schloss. Xavier erwiderte die Umarmung und tätschelte dem am ganzen Leib zitternden Mann den Rücken.

»Seine Mama wird vor Stolz platzen«, murmelte Molly.

»Allerdings«, bestätigte Gabe.

Mr Nelson löste sich von Xavier, der zu ihnen herübergeschlendert kam. »Sie atmet selbstständig«, erklärte er mit vor

Aufregung und Erleichterung leuchtenden Augen. »Ich hoffe, sie kommt wieder auf die Beine.«

Molly drückte Xavier fest an sich und presste ihr Gesicht an seine Schulter. »Du warst unglaublich«, erklärte sie mit Nachdruck.

»Aber Officer McCauley oder Joelle Ducote konnten wir nicht retten«, erwiderte Xavier an Mollys Schulter. »Ich wollte Mrs Nelson nicht auch noch verlieren.«

»Aber dank dir wird sie leben.« Molly ließ ihn los und stieß ihm den Zeigefinger in die Brust. »Tu das nie wieder! Einen Killer provozieren, dich zu töten, meine ich. Du liebe Zeit, *ich* hätte beinahe einen Herzinfarkt bekommen.«

»Gabe hat dasselbe getan.«

»Stimmt. Und ihn werde ich mir später noch vorknöpfen. Versprich es mir. Keine weiteren Heldentaten mehr.«

»Ich verspreche es.« Voller Dankbarkeit blickte Xavier gen Himmel. »Es ist vorbei. Endgültig vorbei.«

Gabe sah zu Ducotes Leiche hinüber, die endlich mit Stellwänden abgeschirmt wurde, damit die Umstehenden keine Fotos mehr machen konnten. »Ja, es ist vorbei. Mein Dad wäre stolz.« Er nahm Mollys Hand und legte den Arm um Xaviers Schulter. »Gehen wir rein, weg von all den Kameras.«

29. Kapitel

MID-CITY, NEW ORLEANS, LOUISIANA

Samstag, 31. Juli, 14.00 Uhr

Hallo allerseits, jemand zu Hause?«, tönte eine vertraute Frauenstimme von der Veranda.

Molly, die am nächsten zur Fliegentür stand, kehrte den aufgeregten Stimmen den Rücken zu und grinste. André stand mit Farrah und Staatsanwalt Cardozo vor der Tür.

Mit einem Blick auf Shoe, der sich neben dem Wohnzimmersofa auf den Rücken geworfen hatte und Harper schamlos anbettelte, ihm den Bauch zu kraulen, öffnete Molly die Tür. »Nur herein, nur herein, aber ich warne euch, Leute. Es könnte eng werden.«

Und das stimmte. In Gabes Haus drängten sich Freunde, alte und neue, während er selbst mit Patty in seiner Küche Hof hielt. Sie alle hatten spontan beschlossen, die Trauer um die Opfer für einen Tag zu vergessen und stattdessen ihr Beisammensein ohne die Angst zu genießen, die die ganze Woche auf ihnen gelastet hatte.

Xavier, Carlos und Manny saßen mit Phin und Antoine auf der Veranda hinter dem Haus, tranken Bier und redeten über Football. Val, Cicely und Willa Mae hatten sich auf Barhockern um den Küchentresen versammelt, jede beim zweiten Glas Wein. Oder auch dem dritten. Niemand zählte mehr mit. Willa Mae hatte Val allerhand Fragen zum Roller Derby gestellt, und Val gab bereitwillig Storys zum Besten, die die Frauen mit schallendem Gelächter quittierten.

Es war wunderbar, sie so vergnügt zu sehen.

Lucien war am Morgen aus dem Krankenhaus entlassen worden und lag, die Füße auf Chelseas Schoß, auf dem Sofa. Sehr zu Mollys Freude verstanden sich die beiden glänzend. Lucien war ein guter, anständiger Mann, und Chelsea schien bereit zu sein, sich wieder auf jemanden einzulassen. Dass Harper schon jetzt hin und weg von ihm war, half natürlich.

Burke saß in Gabes Lehnsessel, hatte die Beine hochgelegt, die Augen geschlossen und die Hände auf dem Bauch verschränkt – seine Lieblingshaltung. Joy saß zufrieden lächelnd in ihrem Rollstuhl. Das leere Hurricane-Glas in ihrer Hand dürfte mitverantwortlich für ihre gute Laune sein. Patty hatte sich von Mollys Geburtstag gemerkt, dass dies ihr Lieblingscocktail war, und ihr einen gemixt, sobald sie hereingerollt war. Noch viel mehr dürfte Joy sich über die Rampe neben der Treppe gefreut haben. Molly war am Morgen in Gabes Bett von Kaffeeduft und Hämmer- und Sägegeräuschen geweckt worden.

Gabe hatte sichergehen wollen, dass sich alle ihre Freunde willkommen fühlten.

»Lange nicht mehr gesehen«, sagte Molly zu André und Cardozo, die am Abend zuvor noch ihre Aussagen aufgenommen hatten. »Und dich zu sehen, ist immer schön, Farrah. Kommt doch rein, Leute.«

»Hier riecht es lecker«, bemerkte Farrah und umarmte Molly.

»Weil es lecker *ist*«, erwiderte Molly. »Gabe und Patty haben den ganzen Vormittag gekocht und gebrutzelt.«

»Und wer schmeißt das *Choux?*«, fragte Farrah. »Ich habe gehört, ab heute ist wieder geöffnet.«

Patty und Gabe hatten den Entschluss dazu gefasst, nachdem Ducote nicht länger eine Bedrohung für sie darstellte. An einem der geschäftigsten Wochenenden geschlossen zu haben, wäre schlecht für ihr Servicepersonal, dem eine Menge Trinkgelder entgehen würde. Beide hielten zwar ihre Handys griffbereit, doch bislang war kein Hilferuf gekommen, dabei waren die Schlangen der Wartenden angesichts von Gabes neu gewonnenem Ruhm noch länger als gewohnt. Das Video, wie er sich Ducote entgegengestellt hatte, war prompt viral gegangen, und die Social-Media-Accounts des *Choux* explodierten förmlich vor Kommentaren von Leuten, die unbedingt einen Blick auf den berühmten Verbrecherjäger und Küchenchef werfen wollten.

»Die neue stellvertretende Restaurantleiterin«, antwortete Molly und schnitt eine Grimasse. »Zum Glück hat das Miststück Donna Lee jemanden eingearbeitet, die an ihren freien Tagen eingesprungen ist. Also, es steht jede Menge Essen in der Küche. Bedient euch.«

»Oh, Mann«, stöhnte Cardozo ärgerlich. »Hätte ich gewusst, dass es etwas zu essen gibt, hätte ich mir nicht schon vorher den Bauch vollgeschlagen.«

»Dessert gibt es auch«, erklärte Molly. »Gabe hat seinen berühmten Schokoladenkuchen gebacken.«

»Und konntest du einen Blick auf das Rezept erhaschen?«, fragte Farrah.

»Das ist nicht nötig.« Gabe schüttelte Cardozo die Hand, drückte André kurz an sich und schloss Farrah herzlich in die Arme, ehe er André einen verschlossenen Umschlag in die Hand drückte. »Ich habe es für Sie aufgeschrieben. Aber nicht weitergeben, okay?«

Farrah riss ihrem Verlobten den Umschlag aus der Hand und presste ihn an ihre Brust, als wäre er ein Edelstein. »Auf keinen Fall. Aber das wäre doch nicht nötig gewesen.«

»Dann nehme ich ihn eben wieder zurück«, entgegnete Gabe scherzhaft und streckte die Hand aus.

»Oh, nein. Ich bin höflich, aber nicht blöd.« Farrah faltete den Umschlag, schob ihn in ihren BH und lachte, als Gabe abrupt die Hand zurückriss. »Das ist der sicherste Ort überhaupt. Da kommt keiner ran.«

»Außer mir«, bemerkte André mit einem verschmitzten Lächeln.

Sie schmiegte sich an ihn. »Außer dir.« Sie wandte sich an Molly. »Die beiden Herren wollten mit euch allen reden. Ich bin hier, um die anderen kennenzulernen, also stell mich doch mal vor.«

Molly rief die Jungs aus dem Garten herein, dann stellte sie die drei Neuankömmlinge offiziell den anderen Gästen vor. Gabe bot ihnen ein Bier an, und wie alle anderen war auch Farrah sofort hingerissen von Willa Mae.

»Als André mir erzählt hat, dass Sie Molly, Gabe und Xavier vertreten, habe ich Sie gegoogelt«, sagte sie zu der älteren Frau. »Sie haben tolle Arbeit geleistet, Ma'am. Haben vielen Menschen geholfen.«

Das Kompliment ließ Willa Mae ernst werden. »Sie aber auch. Sie haben Gabe, Molly, Chelsea und Harper ein Dach über dem Kopf gegeben, als sie es am meisten brauchten. Das werden wir Ihnen nie vergessen.«

André hob die Hand. »Also, wir haben nicht viel Zeit«, erklärte er, als sich alle um ihn versammelt hatten. »Ich könnte mir vorstellen, dass es viele Fragen gibt, die Sie beantwortet haben wollen.«

»Und vielleicht können Sie uns auch ein paar Antworten geben«, fügte Cardozo hinzu. »Sie wissen schon, quid pro quo.«

»Sie zuerst«, sagte Burke argwöhnisch.

André schüttelte leise lachend den Kopf. »Aber klar. Gut zu wissen, dass sich manches nie ändert, mein Freund. Also … Cresswell wurde freigelassen.« Er hob die Hände, als empörte Stimmen laut wurden. »Er wurde beurlaubt.«

»Bei vollen Gehaltsbezügen?«, fragte Willa Mae stirnrunzelnd.

»Ja, Ma'am«, antwortete André. »Vorläufig. Wir hatten ihn schon eine Weile im Auge, deshalb nur die Ruhe. Gerade Sie wissen ja am besten, dass solche Angelegenheiten Zeit brauchen.«

»Na ja, Ducote festzunehmen, hat ja nicht besonders lange gedauert«, wandte Antoine mit vor der Brust verschränkten Armen ein.

»Weil wir bereits gegen ihn ermittelt hatten«, erklärte Cardozo. »Genauer gesagt, *ich* habe das getan. Ich habe meine Stelle hauptsächlich deshalb angetreten, um bei der Staatsanwaltschaft verdeckt ermitteln zu können. Die letzten drei Monate habe ich für das Justizministerium Informationen über Ducote gesammelt. Dass er auch ein Mörder war, wussten wir allerdings nicht, sondern es ging um den Vorwurf der Erpressung und Bestechung.«

»In seinem Safe zu Hause hatte er eine Liste«, fuhr André fort. »Wir haben sie gestern Abend noch gefunden. Über zwei Dutzend Namen von Leuten standen darauf, denen er dazu verholfen hat, einer Anklage zu entgehen. Alles von Mord bis zu –« Er unterbrach sich und blickte über die Schulter, um sich zu vergewissern, dass Harper nichts mitbekam, doch Lucien hatte ihr glücklicherweise seinen Kopfhörer gegeben, und sie war tief in ein Spiel auf ihrem Tablet versunken. »Bis hin zu sexuellem Missbrauch eines Kindes«, fügte André mit gesenkter Stimme hinzu. »Jedenfalls hat er seit Jahren Gefälligkeiten von diesen Leuten erpresst.«

»Tyson Whitley«, sagte Molly, »und George Haslet.« Whitley, der Xaviers ersten Verfolger im Houstoner Krankenhaus erschossen hatte, und Haslet, dessen Wagen Ducote am Morgen von Mules Ermordung gestohlen hatte. »Er hat dafür gesorgt, dass die Anklagen gegen sie fallen gelassen wurden?«

»Genau«, antwortete André. »Außerdem standen Cornell Eckert und sein Verteidiger LeRoy Hodges auf der Liste. Den Rechtsmediziner, der die ursprüngliche Autopsie von Rockys Leiche durchgeführt hat, haben wir auch darauf gefunden. Ihn und Hodges haben wir bereits festgenommen und werden sie befragen. Das FBI hat Eckerts Fall übernommen, weil sie ihn schon eine ganze Weile im Visier hatten. Sie hoffen, mithilfe der Beweise, die sie bei der Durchsuchung seines Apartments sichergestellt haben, mehrere Fälle endgültig abschließen zu können.«

»Moment mal«, warf Molly ein. »Sie haben wegen Amtsmissbrauchs gegen Ducote ermittelt?«

»So ist es«, antwortete Cardozo. »Als die Houstoner Polizisten Whitley seinen Namen auf Ducotes Liste gezeigt haben – ohne dass er die anderen sehen konnte, versteht sich –, hat er einem Deal zugestimmt und zugegeben, dass Ducote ihn mittels Erpressung zu dem Mord an dem Eindringling gezwungen hat. Ducote hat ihm nicht gesagt, wer das Opfer war, und er hat nicht gefragt.«

»Und wie lautete der Deal?«, presste Xavier hervor.

»Verzicht auf Forderung der Todesstrafe«, antwortete Cardozo. »Um eine Gefängnisstrafe kommt Whitley allerdings nicht herum.«

»Droht meinem Sohn von irgendeinem dieser Männer Gefahr?«, fragte Cicely.

»Nein, Ma'am«, antwortete André. »Soweit wir wissen, nicht. Wir werden Sie aber auf dem Laufenden halten. Die Houstoner

Kollegen wollen immer noch mit Xavier reden, aber Willa Mae wird bestimmt nicht zulassen, dass sie ihm allzu sehr auf die Pelle rücken.«

»Nicht, solange ich noch atmen kann«, erklärte Willa Mae.

»Dass Sie ihn vertreten, hat ihnen gar nicht gepasst«, fuhr André lächelnd fort. »Sie haben einen ziemlichen Ruf, wie es scheint.«

Willa Mae hob ihr Weinglas. »Und jedes Quäntchen davon ist redlich verdient.«

»Das will ich nicht in Abrede stellen«, erwiderte André respektvoll. »Also, aus all diesen Gründen gab es Ermittlungen gegen Ducote. Als dann auch noch seine Assistentin plötzlich verschwand, hat J. P. uns zu Hilfe gerufen.«

»Wer ist J. P.?«, fragte Carlos.

»Ich«, antwortete Cardozo. »Die meisten nennen mich J. P., als Abkürzung von Jean-Pierre. Ducote hat darauf bestanden, mich mit dem vollen Namen anzusprechen, und zwar auf eine Art, als hätte er einen schlechten Geschmack im Mund.«

»Die Tote im Bayou war also seine Assistentin?«, hakte Burke nach.

Cardozo nickte. »Ashley Resnick. Sie war jung und unbesonnen und …« Er seufzte. »Ducote konnte sehr charmant sein. Er hatte sie am Haken und hat sie für seine Zwecke benutzt.«

»Sie war selbst verantwortlich für ihr Handeln«, erklärte Val mit uncharakteristischer Boshaftigkeit.

Molly blinzelte verblüfft. Burke ebenso.

Cardozos Blick schweifte zu Val und ruhte einen Moment auf ihr, ehe er nickte. »Da haben Sie durchaus recht, Miss Sorensen. Ashley Resnick war verantwortlich für ihr Handeln und hat ihren Fehler teuer bezahlt. Wir wissen nicht genau, weshalb Ducote sie getötet hat. Ich nehme an, sie hat Wind von seinen Machenschaften bekommen, zumindest einem Teil davon. Eine Verbrecherin dürfte sie nicht gewesen sein, aber eben eine sehr naive junge Frau.«

»Die Spurensicherung hat im Badezimmer von Ducotes Büro Blutspuren gefunden«, erklärte André. »Und im Kofferraum des gestohlenen Wagens lag ein Hackbeil. Es deutet einiges darauf hin, dass er sie in diesem Bad zerstückelt hat.«

Antoine verzog das Gesicht. »Heilige Scheiße, André.«

André verdrehte die Augen. »Herrgott noch mal, Antoine. Ich musste die Frau anhand ihres Kopfes identifizieren.«

Antoine gab ein würgendes Geräusch von sich, woraufhin Gabe ihm noch ein Bier reichte.

»Hier, das hilft«, sagte er. Antoine nahm das Bier und kippte es hinunter.

»Ducotes Chauffeur kam gestern Abend aufs Revier«, fuhr André fort. »Er war völlig erschüttert, und es war ihm wichtig, dass niemand dachte, er sei in Ducotes Machenschaften verwickelt gewesen. Tatsächlich konnte er zur Klärung etlicher Fragen beitragen. Er hat seit über zwanzig Jahren für Ducote als Fahrer gearbeitet und konnte sich an Nadia Hall erinnern und daran, dass er Ducote eines Abends zu ihr gefahren hat. Ducote sei nicht ins Haus gegangen, doch zu sehen, dass die Lichter brannten, schien ihn zufriedengestellt zu haben, meinte er.«

»Er hat seiner Geliebten nachspioniert«, murmelte Molly. »Nadias beste Freundin, April Frazier, meinte, er sei sehr besitzergreifend gewesen und hätte sie ständig kontrolliert.«

»Das passt ja«, bemerkte André. »Der Fahrer hat auch ausgesagt, Ducote sei am Abend vor dem Mord an Mule mit zwei großen, in Silberpapier verpackten Kartons aus dem Büro gekommen. Wir haben die Kartons und das benutzte Folienpapier im Kofferraum des gestohlenen Wagens gefunden. Ducote dürfte die Fingerabdrücke abgewischt und die Leichenteile in jeweils drei Plastiksäcke verpackt haben.«

»Er wusste, was er tut«, sagte Molly. »Wahrscheinlich hat er oft genug mitbekommen, wie Verbrecher Fehler begehen, und daraus gelernt.«

»Da könnten Sie recht haben«, sagte Cardozo. »Der Plan war durchaus schlau, nur hat er einige Details dabei nicht bedacht. Und da kommen Sie ins Spiel. Er hatte vor, den Mord an Ashley jemand anderem in die Schuhe zu schieben.«

Burkes Kiefer wurde hart. »Seiner Frau Joelle. Wir haben den Abschiedsbrief auf dem Beifahrersitz gefunden, als wir sie aus dem Wagen gezogen haben.«

»Und inwiefern war sein Plan ›schlau‹?«, fragte Xavier und beschrieb Anführungszeichen in der Luft.

»Er hatte ein Streitgespräch zwischen sich und seiner Frau zusammengeschnitten und auf seinem Handy abgespeichert«, erklärte Cardozo. »Das glücklicherweise noch in seiner Tasche steckte, gemeinsam mit dem Handy seiner Frau. Unsere Techniker konnten Ducotes Telefon knacken. Er hatte ein Videoschnittprogramm benutzt, um die Teile entsprechend neu zusammenzusetzen, und dann, kurz bevor er zu dem Spendendinner aufgebrochen ist, hat er vom Handy seiner Frau aus bei sich im Büro angerufen.«

»Und hat die Aufnahme von seinem eigenen Handy abgespielt«, folgerte Molly. »Damit es so klingt, als wäre sie noch am Leben.«

»Ganz genau«, bestätigte Cardozo. »Er wusste, dass seine neugierige Assistentin lauschen würde, und hat dafür gesorgt, dass sie alles mitbekam. Wir glauben, der Plan war, Joelles Leiche zu ›entdecken‹, wenn er von der Dinnerparty nach Hause kommt.«

»Und er hätte ein Alibi gehabt, weil die Assistentin ja noch gehört hat, wie Joelle mit ihm telefonierte, bevor er aufgebrochen ist«, sagte Burke. »Ich muss zugeben, das ist ein wirklich guter Plan.«

»Um wie viel Uhr hat er die Aufnahme abgespielt?«, fragte Gabe.

Cardozos Lippen verzogen sich zu einem zufriedenen Lächeln. »Etwa um die Zeit, als Sie Joelle Ducotes Leiche in ihrem Wagen gefunden haben.«

»Aber hätten wir unsere Nasen nicht in Dinge stecken müssen, die uns nichts angehen, wäre er damit davongekommen«, sagte Carlos.

André hatte Mühe, ein Lächeln zu unterdrücken. »Ganz genau. Irgendwann hätten wir ihm all das nachweisen können, aber dass Sie vier aufgetaucht sind, war der Nagel zu seinem Sarg.«

»Dass seine neue Assistentin zu unserem Ermittlungsteam gehörte, war ebenfalls hilfreich«, warf Cardozo ein. »Als er seine bisherige Assistentin loswerden wollte, habe ich angeboten, Ashley zu mir zu nehmen. Ich wollte sie im Auge behalten, weil ich mir schon dachte, dass sie auf irgendeine Weise in seine Machenschaften verwickelt war, wenn auch vielleicht unwissentlich. Wir haben dafür gesorgt, dass Carrie Ducote zugeteilt wurde, und sie hat sehr überzeugend die Klatschbase gespielt. So überzeugend, dass er sie als sein Alibi ausgewählt hat. Als Ashley am Donnerstag nicht zur Arbeit erschien, wusste ich endgültig, dass etwas nicht stimmte. Sie hat sonst nie gefehlt, obwohl Ducote behauptet hat, sie hätte häufiger blaugemacht, wenn sie einen Kater gehabt hätte. Und dann hat André mir die Fotos ihrer sterblichen Überreste gezeigt.«

»Sie kannten sie«, sagte Gabe. »Wieso haben Sie mir bei meiner Befragung signalisiert, dass Ihnen Ashleys Identität bekannt war?«

»Nur für den Fall, dass Sie nicht derjenige wären, der zu sein Sie vorgeben«, antwortete Cardozo. »Ich wollte Ihre Reaktion sehen. André hat die Hand für Sie ins Feuer gelegt, aber ich musste mich selbst überzeugen.«

»Und jetzt sind Sie's?«, fragte Willa Mae scharf.

»Ja. Absolut. Andernfalls hätte ich ihn nicht gehen lassen.«

»Oh, ich denke schon«, erklärte Willa Mae unheilvoll.

»Aber jetzt haben *wir* noch ein paar Fragen«, schaltete sich André ein und wechselte elegant das Thema. »Woher wussten Sie alle von Ducotes Hund?«

»Das war Gabes Idee«, sagte Xavier. »Ich konnte mich erinnern, dass Nadia Hall ihren Hund immer Gassi geführt hat. Damals, vor Katrina. Gabe hat die Frage aufgebracht, was wohl aus Madame Fluffy geworden sein könnte, weil sie offenbar nicht da war, als sein Dad Nadias Leiche gefunden hat.«

Cardozo runzelte verwirrt die Stirn. »Worum geht es hier gerade?«

Burke sah André an. »Sie haben es ihm nicht erzählt?«

André zuckte die Achseln. »Ich bin ja selbst noch nicht ganz im Bilde.«

Also schilderte Xavier die Ereignisse ein weiteres Mal, wobei die anderen immer wieder Details einstreuten, darunter auch, wie die im Zuge ihrer Recherche gefundenen Beweise in Rockys Kontoauszügen zu Xavier geführt hatten. Xaviers Waffe und die Tatsache, dass er auf den Eindringling geschossen hatte, wurde mit keiner Silbe erwähnt.

Cardozo war sprachlos, als sie geendet hatten, André hingegen nicht ganz so sehr, da er über das eine oder andere Detail bereits in Kenntnis gesetzt worden war.

»Das ist eine unglaubliche Geschichte«, sagte Cardozo. »Ich bin … beeindruckt.«

»Das sollten Sie auch«, sagte Burke lässig. »Wir sind verdammt gute Ermittler.«

»Wir haben Querverbindungen zwischen Ducotes Frauen und seinen Geliebten entdeckt«, fügte Molly hinzu. »Ehefrau Nummer eins bekam Nadias Hündin. Dann hat er Ashley eine Halskette geschenkt, und Joelle besaß die gleiche oder zumindest eine, die genauso aussah. An dem Tag, als Ashley bei Burke im Büro war, trug sie auch so eine Smaragdkette wie die, die Joelle gestern um den Hals hatte.«

»Wie dreist kann man sein?«, murmelte André.

»Es wundert mich, dass ihm keine der Ehefrauen oder Geliebten nicht längst das Licht ausgeblasen hat«, warf Farrah angewidert ein.

»Lucille, seine erste Frau, könnte er definitiv getötet haben«, sagte Molly. »Sie ist durch eine Schussverletzung in den Kopf gestorben, wie Gabes Vater.«

»Das werden wir in unsere Ermittlungen einbeziehen«, versprach André.

»Was ist mit Mule?«, fragte Burke. »Konnten Sie ihn schon mit Tobins Machenschaften in Verbindung bringen?«

»Und zu Paul Lott?«, fragte Gabe. »Er war der Anwalt meines Vaters, aber wir glauben, dass auch er an seiner Ermordung beteiligt war.«

»Das dürfte der Fall sein«, sagte André. »Wir haben Paul Lotts Laptop bei der Durchsuchung in Tobins Haus gefunden. Unsere Techniker haben eine Weile gebraucht, ihn zu knacken. Paul Lott hat einen Keylogger auf Rockys Laptop installiert, und das Sheriffbüro von Metairie hat einen Tracker unter Rockys Pick-up gefunden. Wir glauben, dass Lott ihn angebracht hat, nachdem Rocky ihn mit der Einrichtung des Treuhandfonds für Xavier beauftragt hatte.«

Burke runzelte die Stirn und sah Antoine an. »Ich habe Rockys Wagen doch überprüft.«

»Es war ein älteres Modell«, erklärte André. »In den sechs Wochen nach Rockys Tod hat die Batterie irgendwann den Geist aufgegeben. Der Sheriff hat den Tracker erst entdeckt, als sie den Pick-up auf der Hebebühne hatten, um das Fahrgestell zu überprüfen.«

»Daher wussten die, dass mein Vater nach Dr. Benson gesucht hat«, sagte Gabe leise.

Molly nahm seine Hand. Nur als Erinnerung, dass er nicht allein war. Er drückte sie leicht und küsste sie auf die Schläfe. »Es geht mir gut«, sagte er.

»So haben die auch von mir erfahren«, stellte Xavier leise fest.

Bei all den Diskussionen vergaß man leicht, dass es Gabes Vater war, über den hier mit aller Sachlichkeit gesprochen wurde. Molly würde dafür sorgen, dass es den Beteiligten bewusst blieb.

»Aber«, fuhr André fort, »Rocky war zu schlau und vorsichtig, deshalb hatte Lott keine Ahnung, wo Xavier sich aufhielt.«

»Erst als ich ihn angerufen und um Hilfe gebeten habe«, sagte Xavier.

»Was angesichts deines Kenntnisstands das Richtige war«, sagte Gabe entschieden. »Dads oberstes Ziel war, dich zu beschützen.«

»Wofür wir ihm für immer dankbar sein werden«, sagte Cicely. »Ihr Dad war ein hochanständiger Mann.«

Gabe lächelte traurig. »Ich weiß. Aber wieso hat Lott das getan?«

»Wegen des Geldes«, antwortete André sanft. »Wir haben einen Zahlungseingang über fünfzigtausend Dollar auf seinem

Konto entdeckt. Noch konnten wir nicht ermitteln, von wem das Geld stammt, aber ich gehe entweder von Ducote oder Mule aus. Die Zahlung wurde am Tag vor der Ermordung Ihres Vaters getätigt.«

Gabe schluckte. »Er hat meinen Dad also wegen des Geldes getötet. Hat er gelitten, als er starb?«

»Sehr«, antwortete André, dessen Tonfall eisig geworden war. »Wir glauben, dass Tobin ihn getötet hat, und … nun ja, schmerzfrei war es jedenfalls nicht für Lott.«

»Sehr gut«, murmelte Gabe. »Das macht mich zwar zu einem Ungeheuer, trotzdem bin ich froh darüber.«

»Kein Ungeheuer«, korrigierte Molly weich. »Sondern menschlich. Deswegen brauchst du keine Gewissensbisse zu haben. Wieso hat Tobin ihn getötet, André?«

»Lott hatte mehr Geld verlangt. Vermutlich dachten sie, es sei einfacher, ihn kaltzumachen, als ihn weiter zu bezahlen.«

»Aber woher wusste Lott, dass Ducote und Mule scharf auf die Informationen waren?«

»Lott hat genau Buch über alles geführt«, antwortete André. »Damals, als Rocky anlässlich des zehnten Katrina-Jahrestags den Fall wiederaufrollen wollte und ihnen sagte, er hätte einen Augenzeugen, ging Mule auf Lott zu, weil er wusste, dass Lott jemand war, der nicht vor zwielichtigen Geschäften zurückschreckte. Lott versprach wohl, Rocky im Auge zu behalten, allerdings hatte er nichts zu vermelden. Erst als Rocky ihn beauftragt hat, den Treuhandfonds für Xavier einzurichten. Anfangs dachte Lott noch, Xavier sei Rockys unehelicher Sohn, aber dann hat er Xaviers vollen Namen überprüft und herausgefunden, dass er ein Katrina-Überlebender war. Darüber hat Lott Mule in Kenntnis gesetzt. Und darüber, dass er selbst kurz vor der Pleite stand. Woher Rocky und Lott sich kannten, weiß ich allerdings noch nicht.«

»Über einen Wohltätigkeitsverein, bei dem Dad als Freiwilliger geholfen hat«, sagte Gabe. »Ich habe damals noch zu Hause gewohnt, also muss es mindestens zwanzig Jahre her sein. Lott hat einige der Problem-Kids, mit denen mein Vater gearbeitet hat, pro bono vertreten. Vielleicht wäre es hilfreich, sich diese Fälle auch anzusehen.«

»Bitte nicht«, stöhnte Cardozo. »Wahrscheinlich brauchen wir Jahre, bis wir Ducotes Chaos komplett entwirrt haben.«

Gabe zuckte die Achseln. »Tut mir leid.«

»Es ist nicht Ihre Schuld«, wiegelte André ab. »Ihr Vater hat Lott vertraut und wurde verraten.«

»Wegen des Geldes«, fügte Gabe betrübt hinzu. Einen Moment lang herrschte Stille, als alle Anwesenden sich seiner Trauer anschlossen.

Schließlich räusperte sich Patty, die neben Val stand. »Was ist mit Donna Lee?«, fragte sie mit zittriger Stimme. Inzwischen hatte sie sich selbst zusammengereimt, dass sie mit der Warnung an ihre Eltern, sie befänden sich in Gefahr, Donna Lee die Information geliefert hatte, die zum Tod von zwei Menschen geführt hatte, und war am Boden zerstört, wie Gabe prophezeit hatte.

»Wir werden Anklage gegen sie erheben«, antwortete Cardozo, »nur weiß ich noch nicht genau, in welchen Punkten. Sie wusste, dass Tobin ein Verbrecher war, weil er sie ja erpresst hat, aber sie behauptet weiterhin, sie hätte nicht gewusst, dass er für Mule gearbeitet habe und Mule in Rocky Heberts Ermordung verwickelt gewesen sei.«

»Würdest du wollen, dass sie ins Gefängnis wandert?«, fragte Molly Gabe.

»Ich bin nicht sicher«, antwortete Gabe aufrichtig. »Darüber konnte ich mir noch keine Gedanken machen.«

»Ich auch nicht«, gestand Patty. »Aber ich muss etwas für

die beiden Menschen tun, die umgekommen sind, so viel steht fest. Ich kannte Dusty Woodruff viele, viele Jahre, kenne seine Frau. Gabe und ich haben das Catering für ihre Hochzeit und die Babyparty für ihr erstes Kind übernommen. Ich …« Ihre Stimme versagte. »Ich muss etwas für sie tun.«

Gabe legte den Arm um die Schulter seiner Cousine, die inzwischen leise schluchzte. »Du wusstest es doch nicht, Patty, sonst hättest du Donna Lee angezeigt.«

»Wir haben Berater, die Verbrechensopfer bei der Trauerarbeit unterstützen«, sagte Cardozo zu Patty. »Ihnen und Gabe stünde zweifellos diese Hilfe zu. Sagen Sie mir Bescheid, wenn Sie bereit für ein Gespräch sind, dann stelle ich den Kontakt her.«

Patty wischte sich die Tränen ab und nickte. »Danke. Ich komme vielleicht tatsächlich auf das Angebot zurück.«

»Das sollten wir tun«, erklärte Gabe nachdrücklich. »Ich habe Dads Tod immer noch nicht verarbeitet. Natürlich wäre er bald am Krebs gestorben, aber diese Dreckskerle haben ihm die wenige Zeit genommen, die ihm noch geblieben wäre.«

»Wir gehen davon aus, dass Mule Tobin Anweisung erteilt hat, in Mollys und Pattys Wohnungen einzudringen«, schaltete sich Burke ein und lenkte damit die allgemeine Aufmerksamkeit von Gabe und Patty weg, die einander leise trösteten. »Redet Tobin schon?«

»Noch nicht«, antwortete André. »Aber das wird er bald.«

»Er ist Mules Sohn«, erklärte Cardozo. »Unehelich, deshalb haben sie nicht denselben Nachnamen. Tobin hat Mule viele Jahre die Treue gehalten.« Er verzog das Gesicht. »Auch dieses ganze Konstrukt wird uns noch einige Zeit beschäftigt halten.«

»Dazu noch Mules sämtliche Fälle«, fügte André betrübt hinzu. »Ein Spaß wird das nicht. Ducote und Mule haben sich gegenseitig über Jahrzehnte hinweg die Karriereleiter hinaufgeholfen. Sie waren alte Highschool-Freunde.«

»Das wissen wir«, sagte Molly. »Wir haben Fotos von einem Klassentreffen gefunden, auf denen sie zusammen mit Paul Lott zu sehen waren.«

Cardozo stieß den Atem aus. »Wir haben garantiert noch die eine oder andere Frage an Sie, sobald wir uns etwas weiter eingearbeitet haben.«

»Stets gern zu Diensten«, bemerkte Burke trocken.

»Jetzt muss ich zurück aufs Revier. Der Papierkram in dem Fall ist …« André schüttelte den Kopf. »Ich will nicht mal dran denken.«

»Ich muss auch los«, sagte Cardozo. »Aber wenn ich ein Stück von dem Schokoladenkuchen stibitzen dürfte?«

»Kommt sofort. Eine Sekunde.« Gabe drehte sich zum Küchentresen um.

Die Hände beschäftigt halten, dachte Molly, wobei sie durchaus noch ein paar andere Ideen auf Lager hatte, wie sie ihn später ablenken könnte. Sie würde ihn sorgsam im Auge behalten, um sicherzugehen, dass er trauerte und nicht alles in sich hineinfraß, wie er es getan hatte, bevor er in Burkes Hütte zusammengebrochen war.

Das war erst gestern Morgen gewesen, gefühlt vor einer halben Ewigkeit.

»Ich würde gern noch bleiben, wenn das okay ist«, sagte Farrah.

»Du bist hier mehr als willkommen!«, sagte Gabe über die Schulter hinweg. »Jederzeit.«

»Wir wollten gerade zum Festival ins Quarter«, sagte Molly. »Unsere Houstoner Freunde möchten unbedingt hin, und ich war auch noch nie da.«

Farrah strahlte. »Ich kann euer offizieller Satchmo-Guide

sein. Ich habe noch nie ein Festival versäumt und kenne die besten Plätze, wo man die Musik gut hören kann und wo man das beste Essen bekommt.« Sie hielt kurz inne. »Das zweitbeste, denn das beste gibt es ja im *Choux.*«

»Wo immer ein Tisch für Sie frei ist«, erklärte Patty gerührt. »Und für alle anderen auch.«

Cicely schlug mit der Hand auf die Arbeitsplatte. »Dann los. Ich will endlich ein bisschen Jazz hören.«

Molly begleitete Cardozo und André zur Tür. »Ich wollte nicht vor den anderen nach Officer McCauley fragen, weil Gabe und Xavier wegen seines Todes immer noch unter Schock stehen, aber wie geht es seiner Familie?«

Andrés beherrschte Fassade bröckelte für einen Moment, und tiefe Trauer spiegelte sich in seinen Augen wider. »Wie man es sich unter diesen Umständen vorstellen kann. Wir sorgen dafür, dass sie Hilfe und Unterstützung bekommen, trotzdem danke, dass Sie gefragt haben.«

Molly schluckte. »Er hat uns beschützt. Er war ein Held. Seine Frau muss das erfahren.«

»Das wird sie«, versprach André.

»Danke«, sagte Molly und zwang sich zu einem Lächeln, um André ein wenig von der Last auf seinen Schultern zu nehmen. »Vor allem, dass Sie uns nicht eingesperrt haben.«

»Versuchen Sie einfach, auf keine weiteren Menschen mehr zu schießen, okay?«, erwiderte er und sah sie hoffnungsvoll an.

Molly nickte. »Ich wäre heilfroh, wenn ich nie wieder einen Schuss auf jemanden abgeben müsste.«

»Ein Versprechen war das nicht«, bemerkte Cardozo düster.

Molly zuckte die Achseln. »Soll ich lügen?«

»Nein. Aber … seien Sie einfach vorsichtig, ja? Bereit, J. P.?«

»Ja. Setzen Sie mich im Gericht ab?«, fragte Cardozo, während sie die Rampe hinuntergingen.

»Du kannst wirklich froh sein«, bemerkte Joy, als Molly sich von der Fliegentür abwandte. »Die Geschichte hätte wesentlich schlimmer ausgehen können.«

»Das ist mir klar.« Molly sah zur Küche, wo Gabe das Essen wegstellte. »Aber es ist ganz gut ausgegangen, finde ich. Wie wär's, wenn wir uns für unterwegs noch ein Stück Kuchen holen?«

Joy rollte los. »Der Ansatz gefällt mir.«

MID-CITY, NEW ORLEANS, LOUISIANA

Sonntag, 1. August, 07.00 Uhr

»Gabe.« Mollys verschlafene Stimme holte ihn gerade weit genug aus dem Schlummer, um ihn ein wenig zu verärgern. »Gabe!«

Ein kleiner Schubs ihres Ellbogens in seine Magengrube katapultierte ihn vollends in den Wachzustand. »Was ist denn?«, jammerte er, ohne sich darum zu scheren, dass er wie jemand in Harpers Alter klang.

»Dein Handy. Es läutet. Schon wieder. Der Song aus diesem Ratten-Film.«

»*Ratatouille?*«

»Wie auch immer. Geh ran. Es ist schon das dritte Mal.«

Widerstrebend löste er sich von ihr – er hatte die Arme um sie geschlungen und sie fest an sich gezogen, während sie seinen Bizeps als Kissen benutzt hatte. Es war klar, dass sie nicht für immer in seinem Haus bleiben würde, doch Harper war am Abend zuvor in Tränen ausgebrochen, als Chelsea und Molly ihr erklärt hatten, dass sie in ihr altes Apartment fahren würden. Die Kleine hatte panische Angst gehabt, dorthin zurückzukehren, wo sie sich vor den Eindringlingen im Kleiderschrank hatte verstecken müssen, weil sie um ihr Leben fürchtete.

Niemand konnte es ihr verdenken.

Also waren sie geblieben, ebenso wie die Houstoner, die jedoch nach dem Frühstück aufbrechen würden. Gabe hatte keine Ahnung, wie lange Mollys kleine Familie bei ihm würde bleiben müssen, doch wenn er ehrlich war, freute er sich über ihre Gesellschaft.

Insgeheim hatte er auf eine kleine Runde morgendlichen Sex gehofft, bevor er für alle das Frühstück zubereitete. Vielleicht ließe sich das ja in die Tat umsetzen, vor allem, da Molly jetzt hellwach war und ihn – wenn auch finster – ansah.

»Du hast den Anruf versäumt.«

Er blinzelte. »Ach ja. Das hatte ich schon wieder vergessen.«

»Du bist tatsächlich kein Morgenmensch, was?«, fragte sie belustigt und griff über ihn hinweg nach seinem Handy auf dem Nachttisch. Ihre Augen weiteten sich. »Deine Tante.«

Gabe riss ihr das Telefon aus der Hand und starrte auf das Display. *Verpasster Anruf: Gigi.* »Was, wenn ihr etwas zugestoßen ist?«

»Sie war im Urlaub«, erwiderte Molly in diesem Ton, der ihn augenblicklich ruhiger werden ließ. Und er war dankbar dafür, denn seine Hände zitterten immer noch. Später würden sie zum Stall fahren, damit Harper und Chelsea eine Runde reiten konnten, wo sie diesen Ton bestimmt auch bei ihren Pferden anschlagen würde.

Er wählte Gigis Nummer und seufzte erleichtert, als sie beim ersten Läuten abnahm.

»*Salut,* Gabriel.«

»*Salut,* Tante Gigi. Geht es dir gut?«

»Natürlich geht es mir gut«, sagte sie in ihrem Englisch mit dem ausgeprägten Akzent. »Weshalb sollte es mir nicht gut gehen?«

Er atmete durch und spürte, wie die Last von seinen Schultern abfiel. »Ich habe eine ziemlich aufregende Woche hinter mir.«

»Das ging mir genauso. Ich bin durch den Panamakanal gefahren. Das solltest du bei Gelegenheit auch mal machen, *mon cher*. Du arbeitest zu viel.«

»Ich freue mich darauf, alles zu erfahren, aber jetzt musst du mir erst mal zuhören. Jemand ist hier bei mir. Darf ich dich auf Lautsprecher stellen?«

»Natürlich. Ich werde dich dann später nach diesem ›Jemand‹ fragen«, erklärte sie auf ihre typisch unverblümte Art. »Aber jetzt erzähl. Du klingst gestresst. Ich habe heute Morgen eine Nachricht auf dem Schiff bekommen, dass ich dich zurückrufen soll. Geht es *dir* denn gut?«

Er lachte schwach. »Ich weiß noch nicht mal, wo ich anfangen soll.«

Molly tippte ihn auf den Arm. »Soll ich vielleicht übernehmen? Du bist ja noch nicht richtig wach.«

»Oh, tut mir leid!«, rief Gigi. »Ich vergesse ständig die Zeitverschiebung. In Fort Lauderdale ist es schon fast Zeit fürs Mittagessen.«

»In Fort Lauderdale ist es gerade einmal acht Uhr«, brummte Gabe.

»Wie gesagt, fast Zeit fürs Mittagessen. Und wer ist nun dieser ›Jemand‹?«

»Ich heiße Molly Sutton. Gabe hat mich engagiert, um herauszufinden, wer seinen Vater getötet hat.«

Gigi keuchte auf. »*Mon Dieu.* Was ist denn da los?«

»Das ist eine sehr lange Geschichte«, antwortete Molly. »Die Kurzversion ist, dass Rocky von einem Mann getötet wurde, der eine Frau während Katrina ermordet hat. Rocky hat ihre Leiche entdeckt, als er nach Opfern gesucht hat, die aus dem Hochwasser evakuiert werden mussten. Er hatte in dem Mordfall über Jahre hinweg ermittelt, in den letzten Monaten seine Bemühungen aber intensiviert. Wegen seiner Krebserkrankung.«

Gigi seufzte. »Er wollte dir sagen, dass er krank ist, Gabe, wusste aber nicht, wie. Ich habe ihm gedroht, wenn er es nicht bald täte, würde ich es tun …« Sie schwieg einen Moment. »Ich dachte wirklich, er hätte Selbstmord begangen. Er hatte solche Schmerzen. Aber natürlich hätte ich wissen müssen, dass er es niemals auf eine Art täte, die dich völlig aus der Bahn werfen würde, wenn du ihn finden würdest. Es tut mir so leid, Gabriel.«

»Schon gut. Ich hatte auch erst Gewissheit, nachdem ich eine private Autopsie veranlasst hatte.«

»Das ist Teil der langen Geschichte«, warf Molly ein. »Wir beantworten Ihre Fragen gerne später, aber jetzt muss ich zum Ende dieser Geschichte kommen. Wir haben die Identität des Mörders herausgefunden. Er ist tot. Aber Rocky hat ein paar kryptische Nachrichten hinterlassen.«

»Ah«, erwiderte Gigi wissend und zögerte. »Haben Sie … jemanden gefunden?«

»Du meinst Xavier?«, fragte Gabe. »Ja, ich habe ihn gefunden. Ich habe auch herausgefunden, dass du Geschäftsführerin einer von Dads Firmen bist, über die monatliche Zahlungen an Xaviers Mutter gingen.«

Wieder keuchte sie auf. »O nein, Gabriel, was musst du gedacht haben!«

»Einen Moment lang habe ich das tatsächlich getan«, gestand Gabe. »Aber ich wusste, dass Dad Mom niemals betrogen hätte.«

»Deine Mutter wusste über alles Bescheid, falls dich das beruhigt. Sie hat ihn sehr darin unterstützt, den Morrows zu helfen. Dein Vater war ein sehr gütiger Mann.«

»Ich weiß«, sagte Gabe, so wie tags zuvor zu Cicely. Sein Vater war tatsächlich ein sehr gütiger Mann gewesen. *Und hoffentlich kann er nun endlich in Frieden ruhen.* »Aber zurück zu den Engeln. Dad hat Xavier und mir jeweils einen kleinen Keramikengel geschenkt, und wir haben herausgefunden, dass in Xaviers ein USB-Stick lag.«

»Das klingt ja wie im Film. Was war darauf gespeichert?«

»Nur die Anweisung, zu mir ins *Choux* zu kommen.«

»Und so habt ihr euch kennengelernt?«

»Nein. Xavier wurde beinahe in seinem Zuhause getötet und hat deswegen nach mir gesucht.«

Wieder schnappte Gigi entsetzt nach Luft. »O nein, der arme Kleine.«

»Er ist zweiundzwanzig, Tante Gigi.«

»Und ich bin über sechzig, deshalb darf ich euch alle so nennen. Aber was ist dann passiert?«

»Eine Menge, aber nachdem wir das mit dem USB-Stick in Xaviers Engel herausgefunden hatten, haben wir in meinem nachgesehen, und da stand, ich solle dich anrufen.«

»Deshalb all die verpassten Anrufe auf meinem Handy. Es tut mir furchtbar leid, Gabriel.«

»Ich habe mir schreckliche Sorgen gemacht.«

»Armer Junge. Ich hatte es ausgeschaltet.«

»Das habe ich gemerkt«, brummte Gabe.

»Dafür kann und will ich mich nicht entschuldigen. Das habe ich ein einziges Mal außer Acht gelassen und danach eine astronomische Handyrechnung bekommen.«

Gabe massierte sich die Stirn. »Also, was hast du für mich, Tante Gigi?«

»Das weiß ich nicht genau. Am Tag vor seinem Tod habe ich eine Nachricht von Rocky bekommen, in der er mir den Usernamen für seine Cloud mitgeteilt hat. Ich sollte ihn an dich weiterleiten, wenn du mich anrufst und nach Informationen fragst. Ich dachte, er hätte einen Brief für dich vorbereitet, den du lesen solltest, wenn du bereit dafür wärst. Ich soll dir einen Link schicken, sobald wir auflegen.«

Gabe blinzelte verblüfft. »Du kennst dich mit Clouds aus?«

Sie schnaubte empört. »Ich bin alt, aber nicht dumm.«

»Das habe ich nie behauptet«, wiegelte er eilig ab. »Du bist eine der klügsten Frauen, die ich kenne.«

Wieder schnaubte sie. »Das klingt schon besser. Ich schicke dir gleich den Link, storniere meinen Flug nach Montreal, miete mir einen Wagen und komme nach New Orleans.«

Oje. »Äh, das musst du nicht tun, Tante Gigi.«

»Natürlich muss ich das. Ich muss diese Molly Sutton kennenlernen, die du für deine ›Ermittlungen‹ engagiert hast.« Sie betonte das Wort mit einer Schlitzohrigkeit, die Gabe die Röte in die Wangen steigen ließ. Molly grinste.

Gabe verdrehte die Augen. »Ich habe sie tatsächlich für Ermittlungen engagiert. Die Situation hat sich nur … so entwickelt.«

»Davon gehe ich aus, wenn sie in deinem Bett liegt«, konterte Gigi keck.

»Ich kann es kaum erwarten, Ihre Bekanntschaft zu machen, Ma'am«, sagte Molly voller Wärme.

»Das beruht auf Gegenseitigkeit. Aber jetzt muss ich Schluss machen. Meine Gruppe geht gleich von Bord. *Au revoir,* Gabriel. *Enchantée,* Molly.« Das Gespräch endete abrupt, und Gabe blickte verdattert auf sein Telefon.

»Was für ein Wirbelwind«, bemerkte Molly, immer noch grinsend.

»Du hast keine Ahnung, was für einer«, erwiderte er und sprang, plötzlich panisch, aus dem Bett. »Ich muss sofort das Haus durchputzen.«

Sie ergriff seinen Arm. »Wir helfen alle«, sagte sie. »Xavier, Carlos und Manny sollen sich nützlich machen, bevor sie nach Houston aufbrechen.«

Er nickte. »Du hast recht. Sie … ich liebe sie, aber sie ist … sehr pingelig.«

Mollys Grinsen verflog. »Okay, dann sollten wir dich vielleicht lieber allein lassen.«

Er schlang den Arm um sie und zog sie an sich. »Auf keinen Fall. Sie liebt Kinder. Wir hetzen ihr einfach Harper auf den Hals, falls etwas schiefläuft. Aber das wird es nicht, deshalb brauchst du nicht zu gehen. Sie wird begeistert von dir sein. Versprochen.«

Mit einem unsicheren Nicken zeigte Molly auf sein Handy. »Sie wollte dir doch einen Link schicken.«

»Stimmt, ja. Diese Frau macht mich manchmal ganz konfus.« Er checkte seine E-Mails, unter denen sich Gigis Mail mit dem Usernamen seines Vaters befand. »Aber ein Passwort gibt es nicht.«

Einen Moment lang sahen sie einander an, dann: »*Mon ange*«, riefen sie wie aus einem Munde.

»Aber es muss auch eine Ziffer im Passwort sein, richtig?«, fragte Gabe, obwohl er die Antwort längst kannte. »*Mon ange* plus der Geburtstag meiner Mutter.« Mit angehaltenem Atem tippte er die Daten in sein Handy ein und schnappte nach Luft, als es funktionierte. »Nur eine Datei, aber die ist riesig.«

Weshalb sie so groß war, stellten sie fest, als sie sie heruntergeladen hatten. Die Datei enthielt seitenweise handgeschriebene Dokumente – Scans eines Tagebuchs. »Fotos beanspruchen viel Platz«, sagte Molly leise. »Dein Dad hatte eine schöne Handschrift. Alles ist hervorragend lesbar.«

»Wusste ich es doch, dass er einen Scanner gekauft hatte. Die müssen ihn gestohlen haben, als sie bei ihm waren, um ihn zu töten.«

»Ich frage mich, was er mit dem Originaltagebuch gemacht hat.«

»Keine Ahnung, aber wenn er sich die Mühe gemacht hat, Tante Gigi mitzuteilen, wo wir die gescannten Kopien finden, hat er es garantiert verbrannt oder sonst irgendwie zerstört. Ich habe in seinem Haus nie nachgesehen, ob irgendwo Asche liegt.«

»Vielleicht hat Tobin genau danach gesucht, als er das Haus deines Vaters auseinandergenommen hat.«

»Kann sein.« Eigentlich wollte Gabe sich nicht länger mit Fragen quälen, sondern endlich das Tagebuch seines Vaters lesen. »Hier steht viel über die Suche nach Xavier«, murmelte er. Seitenweise schilderte Rocky Sackgassen und fruchtlose Gespräche mit Sozialarbeitern. »Er hat nichts unversucht gelassen.«

»Oh.« Mollys Stimme wurde weich. »Er hat Xavier über den Grabstein seiner leiblichen Mutter gefunden. Der von Cicely und ihrem Mann bezahlt wurde.«

»Cicely hat uns davon erzählt«, erinnerte Gabe sich. »Dad hat sie über einen eingelösten Scheck aufgestöbert.«

»Wie viele Friedhöfe hat er denn abgeklappert?«

Gabe zählte. »Fünfunddreißig. Und offenbar musste er beim letzten Friedhof jemanden bestechen, ihm die Kontaktdaten der Morrows zu geben.« Gabe lachte leise. »Hier gibt es sogar eine Quittung.«

Molly schnaubte leise. »Mit der Anmerkung ›Bestechungsgeld für den schmierigen Friedhofsgärtner‹. Ich wünschte, ich hätte ihn kennengelernt. Es klingt, als wäre er ein wunderbarer Mann gewesen.«

Gabe schluckte. »Das wünschte ich auch. Er wäre hin und weg von dir gewesen.«

Molly drückte ihm einen Kuss auf den Oberarm und lehnte ihre Wange an seine, während sie auf das Display zeigte. »Da ist der Eintrag über Dr. Cousineau und den falschen Namen, den Nadia Hall angegeben hat.«

»Und eine Zusammenfassung seines Gesprächs mit Mrs Royce, der Nachbarin, die wir kennengelernt haben.« Er erstarrte. »Oh. Wir haben vergessen, sie anzurufen.«

»Ich habe das gestern Morgen erledigt«, sagte Molly. »Ich habe sie und April Frazier angerufen, um ihnen zu sagen, was passiert ist. Mrs Royce ist gestern aus Huntsville zurückgefahren und hat gefragt, ob sie heute zum Frühstück kommen dürfe, um Xavier kennenzulernen, bevor er nach Houston zurückkehrt. Xavier war einverstanden, und ich konnte mir nicht vorstellen, dass du etwas dagegen haben würdest. Ich habe ihr gesagt, sie soll gegen neun Uhr hier sein.«

Das bedeutete, dass ihnen noch genug Zeit blieb. »Natürlich habe ich nichts dagegen.« Er ging weiter das Tagebuch seines Vaters durch. Zwischen den einzelnen Einträgen waren teilweise größere Pausen, die Gabes Brust eng werden ließen. »Da ist meine Mutter an Krebs erkrankt. Er hat niemandem erlaubt, sie zu pflegen, mit gelegentlichen Ausnahmen von Gigi und Pattys Eltern. Selten durfte auch ich mich um sie kümmern. Er hat sie so sehr geliebt.«

»Und jetzt sind sie wieder vereint«, flüsterte Molly.

Gabe schluckte und spürte, wie die Trauer ein klein wenig nachließ. »Das stimmt. Das ist womöglich das einzig Gute an seinem Tod. Na ja, das und dass ich dir begegnet bin.«

Sie lächelte ihn an. »Ich weiß schon, was du gemeint hast.«

Er musste sie einfach küssen, zwang sich danach jedoch, sich wieder dem Tagebuch zuzuwenden, ehe die Situation völlig aus dem Ruder lief. Auch jetzt war er noch hin- und hergerissen, wollte weiterlesen, aber irgendwie auch nicht.

Molly zeigte auf die gescannte Seite auf dem Display. »Nachdem Cresswell ihm mit Rauswurf gedroht hatte, ging Rocky davon aus, dass er in der Sache mit drinsteckt. Ich frage mich, ob er wohl Beweise dafür hatte, dass Cresswell Drogen gestohlen hatte. Burke vermutet ja, dass er derjenige war, der sie aus der Asservatenkammer hat mitgehen lassen.«

Gabe blätterte schneller durch die Seiten. Allmählich wich seine Traurigkeit einem Gefühl der Befriedigung. »Ja, hatte er. Hier sind Fotos von Cresswell, wie er sich bestechen lässt, eidesstattliche Versicherungen von Zeugen … o Gott, das ist ja der Hammer.«

Sie gelangten zu dem Teil, als Rocky Dr. Benson gefunden hatte. »›Er will nicht mit mir reden‹«, las Gabe. »›Aber mir läuft die Zeit davon.‹«

»Er hat Benson immer wieder angerufen«, sagte Molly. »Und hatte ein schlechtes Gewissen, weil er dem Mann auf die Pelle gerückt ist, aber er brauchte nun mal Antworten.«

Gabe schloss die Datei. »Er ging davon aus, dass Benson den Namen von Nadia Halls Liebhaber kannte. Vielleicht war es tatsächlich so.«

Molly seufzte. »In der Woche vor seinem Tod ist er zu Bensons Haus gefahren, aber der Doktor war nicht da. Daher wusste Lott Bescheid. Er hatte zu dem Zeitpunkt schon den Tracker an seinem Wagen angebracht.«

»Also haben sie Benson getötet, um zu verhindern, dass er meinem Dad sagt, was er weiß. Das tut mir schrecklich leid für ihn, aber auch für meinen Dad. Er ist mit dem Wissen gestorben, dass seine Suche nach ihm Benson das Leben gekostet hat.«

Molly schüttelte entschieden den Kopf. »Nein, mag sein, dass er die Mörder zu Benson geführt hat, aber er war genauso wenig für dessen Tod verantwortlich wie für alles andere, was passiert ist. Er wollte nur die Wahrheit ans Licht bringen. Und das hat er auch getan.«

»Ja.« Gabe räusperte sich. »Das hat er. Zuerst er und dann wir. Danke, Molly.«

»Gern geschehen.« Sie schnupperte. »Jemand ist wach und macht Kaffee. Lassen wir es erst einmal damit bewenden. Ich schlage vor, wir informieren André über das Tagebuch, dann gehen wir raus, und du bereitest uns ein Festmahl zu.«

Er lächelte, unendlich dankbar, dass sie in sein Leben getreten war. »Ein Festmahl?«

»Mit Bacon, diesem Wunder, das nicht aus süßen kleinen Schweinchen gemacht wird.«

»Das kriege ich hin. Los geht's.«

Er glitt vom Bett und zog sich an, während er zusah, wie sie dasselbe tat. Dann nahm er ihre Hand, und gemeinsam gingen sie in die Küche, wo Freundschaft – und Kaffee – sie erwarteten.

Epilog

FRENCH QUARTER, NEW ORLEANS, LOUISIANA

Samstag, 9. Oktober, 14.00 Uhr

Gabe erhob sich und schlug vorsichtig mit dem Löffel gegen sein Glas. »Darf ich um eure Aufmerksamkeit bitten?«

Sofort wurde es still, und alle Augen richteten sich auf ihn. Gabe konnte sich ein Lächeln nicht verkneifen. Das Restaurant war voll, und es war ein ganz besonderer Tag.

Logischerweise war Molly ins *Petit Choux* gekommen, gemeinsam mit Burke, Antoine, Val, Lucien und Joy. Selbst Phin hatte sich zu ihnen gesellt, obwohl ihn die Größe der Gruppe mit leichtem Unbehagen zu erfüllen schien. Molly hatte ihm versprochen, dass er jederzeit gehen könne, trotzdem war er jetzt, eine Stunde nach Beginn der Party, immer noch da.

Xavier, Cicely, Carlos und Willa Mae waren ebenfalls gekommen. Xavier und Carlos waren am Vorabend mit dem Flieger eingetroffen, da an der Uni die Herbstferien begonnen hatten – aus diesem Grund hatten sie diesen Tag gewählt.

André, Farrah und J. P. Cardozo waren gekommen und mit ihnen etliche Mitglieder von Andrés und Farrahs recht weitläufigen Familien. Bei ihrem Anblick ging Gabe das Herz auf.

Auch Patty, ihre Eltern und Tante Gigi waren da. Wie Gabe hatte Patty ihre Therapiesitzungen gewissenhaft wahrgenommen. Noch mochten sie die Ereignisse des Sommers nicht ganz verarbeitet haben, doch sie befanden sich auf einem guten Weg, mit ihren Schuldgefühlen wegen der unschuldigen Menschen, die verletzt oder gar getötet worden waren, umzugehen. Zum Glück war Harry Peterson, der Assistent des Rechtsmediziners, genesen und hatte vor Kurzem seine Arbeit wieder aufgenommen. Es hatte sich herausgestellt, dass Harry sich um seinen jüngeren Bruder kümmerte und Nicholas Tobin ihn an dem besagten Tag mit der Lüge aus dem Labor gelockt hatte, eben jenem Bruder sei etwas zugestoßen. Doch glücklicherweise ging es beiden gut, und auch sie befanden sich unter den Gästen.

Ein weiterer Glücksfall war, dass die Familien von Dr. McLain und Dusty Woodruff ihnen keine Vorwürfe machten. So dankbar Gabe dafür auch sein mochte, so gab es trotzdem immer noch zu viele Tage, an denen er sich schlecht fühlte. Die Therapeutin hatte ihm und Patty versichert, dass sie mit der Zeit lernen würden, sich selbst zu vergeben.

Nancy Royce war ebenfalls anwesend. Sie und Xavier hatten sich am Tag der Abreise der Houstoner im August zum Frühstück bei Gabe getroffen – eine Begegnung, bei der kein Auge trocken geblieben war.

Chelsea und Harper waren da; Harper sah in ihrer Kochjacke und -mütze hinreißend aus. Auch sie war immer noch in Therapie, doch neuerdings sah man sie immer häufiger lächeln. Einen Monat nach dem Überfall waren Molly, Chelsea und sie in ein Haus in Gabes Nähe gezogen, das die beiden Frauen gekauft hatten. Chelsea hatte einen Job gefunden, und Harper entpuppte sich als Naturtalent in der Küche, daher hatte sie auch bei den Vorbereitungen für den heutigen Tag helfen dürfen.

Apropos helfen. »Manny, haben alle ein Glas?«

»Ja, Chef«, erwiderte Manny zackig. Er hatte das Richtige

für sich gefunden, nachdem er jahrelang Jobs gehabt hatte, die ihm keinen Spaß machten. Zuerst in der Fabrik am Band, wo man ihm gekündigt hatte, danach die Nachtschicht in der Tankstelle in Houston, die er nur allzu gern aufgegeben hatte. Manny war ein fantastischer Koch, deshalb hatte Gabe ihn als Auszubildenden engagiert. Inzwischen wohnte Manny in einer winzigen Bude im Quarter.

»Danke.« Gabe holte tief Luft und wappnete sich im Gedenken an den einen, der an diesem Tag nicht bei ihnen sein konnte. »Ich will euch allen dafür danken, dass ihr gekommen seid, um meinen Vater zu feiern, der heute achtundfünfzig Jahre alt geworden wäre.« Er schluckte, als ihn die Gefühle zu übermannen drohten, gab es jedoch auf. »Er hätte sich sehr gefreut, euch alle zu sehen. Und hätte es gehasst, dass ihr euch ihm zu Ehren eingefunden habt.«

Patty und ihre Eltern lachten, doch es klang erstickt. »Das ist so was von wahr«, rief seine Tante Viola.

»Mein Dad war ein wunderbarer Mann. Er hat für die Schwachen gekämpft und sein Leben dafür gegeben, Gerechtigkeit für Nadia Hall zu erlangen. Es bricht mir das Herz, dass Unschuldige leiden mussten, aber all diese Ereignisse haben uns zusammengeführt, und ich glaube aus vollem Herzen, dass Rocky Hebert sich gefreut hätte, uns alle hier beisammen zu sehen.« Gabe hob sein Glas. »Auf Rocky Hebert.«

»Auf Rocky«, ertönte es im Chor.

Xavier hob die Hand. »Ich bin unglaublich dankbar, hier sein zu dürfen. Ich hatte das große Glück, dass es so viele Menschen gab, die mich gerettet haben. Natürlich ist da Rocky, der mich während Katrina vom Dach gerettet hat, aber auch meine leibliche Mutter, die ihr Leben dafür gab, dass ich meines behalten durfte. Dann meine Mom hier« – er legte den Arm um Cicelys Schulter und beugte sich hinunter, um ihr einen

Kuss auf die tränenfeuchte Wange zu geben – »und mein Dad, der das hier leider nicht mehr erleben darf, aber überglücklich darüber gewesen wäre. Und Carlos, der mein Bruder ist, seit ich ihm in der ersten Klasse eins auf die Nase gegeben habe. Aber auch ihr anderen. Als ich Hilfe gebraucht habe, habt ihr mir geholfen.« Seine Stimme brach. Er räusperte sich. »Deshalb möchte ich euch allen … von ganzem Herzen danken.«

Laute des Mitgefühls und der Rührung ertönten, und Gabe lächelte ihn unter Tränen an, während er erneut sein Glas hob. »Auf Xavier Morrow, meinen neuen Bruder und den zweiten Sohn meines Vaters.«

Kopfschüttelnd wischte Xavier sich mit dem Handrücken die nassen Wangen ab. »Verdammt, Gabe«, sagte er, doch auch er lächelte.

»Aber jetzt ist es genug mit den Gefühlsausbrüchen«, meinte Gabe. »Es gibt zu essen und zu trinken, und ich wünsche mir, dass sich alle gut amüsieren.« Er winkte der Zydeco-Band in der Ecke zu – alte Freunde seines Vaters vom NOPD –, dann war das Restaurant von Musikklängen erfüllt.

Gabe wandte sich um und bemerkte Molly, die an seine Seite getreten war und nun seinen Kopf zu sich herunterzog und ihn mit einer Innigkeit küsste, dass »Nehmt euch ein Zimmer!«-Rufe laut wurden.

Gabe erwiderte ihren Kuss. »Wie war's?«, fragte er dann.

Sie grinste ihn an. »Was meinst du? Die Rede oder den Kuss?«

»Beides.«

»Eine Eins mit Sternchen. Aber jetzt muss ich mir etwas von dem Kuchen sichern, bevor Chelsea und Joy alles wegfuttern.« Sie wollte sich abwenden, doch Gabe zog sie noch einmal an sich.

»Bleib bei mir. Ich backe dir jeden Tag einen.«

Sie schlang ihm den Arm um die Taille. »Alles in Ordnung?«, fragte sie mit ihrem untrüglichen Gespür.

Er zögerte. »Ich denke schon.«

Besorgnis spiegelte sich in ihren blaugrünen Augen, die er inzwischen so liebte. »Was geht in dir vor?«

»Keine Ahnung. Alles ist … gut.«

»Ah.« Sie nickte wissend. »Das ›Es könnte doch noch etwas nachkommen‹-Syndrom. Vielleicht ist es so, vielleicht aber auch nicht.« Sie zuckte die Achseln. »Fakt ist, dass du es nicht allein durchstehen musst.«

Wie immer wusste sie genau, was sie sagen musste, und half ihm damit, auszusprechen, was ihm auf der Seele brannte. »Tobins Gerichtsverfahren soll nächste Woche anfangen.« Aber der Dreckskerl hatte sich auf einen Deal mit der Staatsanwaltschaft eingelassen: fünfundzwanzig Jahre Gefängnis ohne Anspruch auf Bewährung. Dabei verdiente er lebenslänglich. Den Tod.

Es war schwer, sich mit dieser Art von Arrangement abzufinden.

Sie seufzte. »Ich dachte mir schon, dass dir das zusetzen würde. Wenn du mich fragst, könnte seine Aussage in Verbindung mit den Beweisen deines Vaters und dem Mord an Ducote Cresswell für den Rest seines Lebens hinter Gitter bringen. Und wenn Tobin aus dem Knast kommt, hätte er sogar Anspruch auf Sozialhilfe.«

»Das ist nicht lange genug.«

»Nein, aber vielleicht lebt er ohnehin nicht so lange. Im Knast sind eine Menge Leute, die sein Vater Jackson Mule mit seiner Hilfe dorthin geschickt hat. Und Cresswell? Der wird ganz bestimmt nicht allzu lange durchhalten.«

Gabe runzelte die Stirn. »Ist es schlimm, wenn mir das hilft, mich besser zu fühlen?«

»Nein. Das ist nur menschlich.« Sie stellte sich auf die Zehenspitzen und küsste ihn. »Außerdem liebe ich dich dafür.«

Wieder waren ihre Worte wie Balsam für ihn. »Ich liebe dich auch.«

Die Worte fühlten sich noch ganz frisch an. Erst vor wenigen Wochen hatten sie sie das erste Mal zueinander gesagt, und es war eine Wohltat gewesen, sie auszusprechen.

Ein Räuspern ertönte. Sie wandten sich um und sahen Willa Mae mit hochgezogenen Brauen und einem selbstgefälligen Lächeln dastehen. »Ich will aber eine Einladung zur Hochzeit.«

»Hochzeit?«, quiekte Cicely.

»Still«, tadelte Molly. »Ruhe jetzt. Noch hat er mich nicht gefragt.«

»Aber das wird er«, erwiderte Willa Mae mit einem entschiedenen Nicken.

Gabe konnte sich ein Grinsen nicht verkneifen. Er hätte nie gedacht, jemals so glücklich zu sein, und sein Unmut über Tobins Deal war bereits verflogen. »Falls es dann einmal so weit ist« – schon jetzt sehnte er den Augenblick herbei, wollte aber nichts überstürzen –, »können wir ja die Frage und das Ja als Antwort aufnehmen und euch schicken. Wie klingt das?«

»Das will ich schwer hoffen, mein Junge«, sagte Willa Mae und überraschte ihn mit einer festen Umarmung, die ihn um seine Rippen fürchten ließ. »Danke, dass du heute dein Restaurant geschlossen hast, um uns diesen wunderbaren Tag erleben zu lassen.«

»Ist mir ein Vergnügen«, erwiderte er aufrichtig. »Vielleicht machen wir das ja künftig jedes Jahr.«

Cicely sah zu Manny hinüber, der Harper hochgehoben hatte, damit sie an die Eclairs ganz oben im Dessertwagen herankam. »Ich freue mich so, dass er das Richtige für sich gefunden hat.«

»Ich auch«, bestätigte Gabe. »Er ist ein ausgezeichneter Koch.« Und eines Tages würde er einen ausgezeichneten Stellvertreter abgeben. Einen, dem Gabe voll und ganz vertrauen konnte.

»Ah, wen haben wir denn da?« Tante Gigi trat neben die beiden Houstoner Frauen. »Wir haben uns noch nicht kennengelernt. Ich bin Gabriels Tante Gigi. Habe ich da gerade das Wort Hochzeit gehört?«

»Ich bin Willa Mae Collins, und das ist Cicely Morrow«, sagte Willa Mae.

Gigi nickte. »Die Ladys aus Houston. Ich habe so viel von Ihnen gehört. Aber was ist das nun mit dieser Hochzeit?«

»Wir erzählen Ihnen gern alles«, versprach Cicely.

Und so fügten sich die drei zu einem verschwörerischen Trio zu Gabes und Mollys Liebesleben zusammen. In eine lebhafte Diskussion über allerlei Hochzeitsfragen vertieft, zogen sie von dannen.

»Entschuldige«, sagte er zu Molly, doch die grinste nur.

»Was denn? Das Versprechen, dass du mir eines Tages einen Antrag machen und ihn filmen wirst?«

Er verdrehte die Augen. »Wir werden keine ruhige Minute mehr haben. Das ist dir klar, oder?«

Molly stieß ihn mit der Hüfte an. »Ruhe wird überbewertet. Da ist mir das Leben, wie wir es haben, allemal lieber.«

Dank

Dem Seestern – Christine, Cheryl, Sheila, Brian, Susan und Kathy – für die Plot-Hilfe und die Titel. Ich habe euch alle lieb.

Dominik Ciborowski für alles Französische. *Merci beaucoup!*

David Comardelle, der mich auf eine virtuelle Bayou-Tour mitgenommen hat. Durch dich ist alles erst real geworden. Ich kann es kaum erwarten, dass wir uns persönlich kennenlernen und ich an einer der Touren durch die Sümpfe teilnehme!

Marc Conterato für alles Medizinische, sowohl in diesem Roman als auch im wahren Leben.

Dominic Degeneffe für die Infos über Spitzenköche und Restaurants.

Tina DeSalvo dafür, dass du mir deine Liebe zu New Orleans nähergebracht hast, für die Erinnerungen an Katrina und dafür, dass ich deine reizende Familie kennenlernen durfte. Du bist ein Goldschatz.

Caitlin Ellis dafür, dass du dich um all die Details kümmerst, damit ich in Ruhe schreiben kann.

Andrew Grey, meinem alltäglichen Wordcount-Partner. Die Wörter flogen nur so aus meinem Kopf in meine Finger und dann aufs Papier.

Sarah Hafer und Beth Miller für die Redaktionsarbeit.

JoCarol Jones für die Hilfe, für Xavier ein Viertel in der Nähe von Houston zu finden. Und für die zahlreichen Umarmungen in den vielen Jahren unserer Freundschaft.

Sonie Lasker für ihre Selbstverteidigungskenntnisse. Ich bin so stolz auf dich, Miss Harvard Grad. Bei dir sieht das so einfach aus.

Jim Nettles für die Infos darüber, wie man die Daten auf leer gefegten Festplatten wiederherstellt. Und für die Cookie-Monster-Erklärung, die so logisch klang.

Nancy Northcott dafür, dass sie mich Jim vorgestellt hat, J. Farrah Rochon für die Infos über New Orleans. Ich hoffe, du freust dich über das Wiedersehen mit deiner Namensvetterin!

Margaret Taylor für die faszinierenden Einzelheiten über das Leben als Polizistin – vor allem einer, die so gut ausgestattet ist wie meine Heldin Molly. Acht lange Jahre habe ich darauf gewartet, endlich die Entscheidung »Gürtel vs. Schulterholster« verwenden zu können, LOL.

Claire Zion, Robin Rue und Jen Doyle für all eure Unterstützung. Ich vermisse euch sehr!

Alle Fehler gehen wie immer auf mein Konto.

Verzeichnis der Romane von Karen Rose und der darin auftretenden Figuren

1. Eiskalt ist die Zärtlichkeit
2. Das Lächeln deines Mörders
3. Des Todes liebste Beute
4. Der Rache süßer Klang
5. Nie wirst du entkommen
6. Heiß glüht mein Hass
7. Todesschrei
8. Todesbräute
9. Todesspiele
10. Todesstoß
11. Feuer
12. Todesherz
13. Todeskleid
14. Todeskind
15. Todesschuss
16. Dornenmädchen
17. Dornenkleid
18. Dornenspiel
19. Dornenherz
20. Todesfalle
21. Todesnächte
22. Dornenpakt
23. Tränennacht
24. Tränenfluch
25. Kaltblütige Lügen
26. Tränenschwur
27. Böse Herzen
28. Dunkelste Nacht

Die Nummerierung in Klammern entspricht den jeweiligen Titeln.

Liza Barkley (24, 26)
DJ Belmont (24, 26)
Dr. Russell Bennett (12)
Dr. Felicity Berg (8, 9)
Scarlett Bishop (16, 17, 18, 19, 22)
Burke Broussard (28)
Dana Buchanan (1, 4, 6, 10)
Ethan Buchanan (4, 6, 15)
Ephraim Burton (23, 24)
Mercy Callahan (23, 24, 26)
J. P. Cardozo (28)
Joanna Carmichael (5, 6)
Joseph Carter (13, 14, 15, 20, 21)
Michael Ciccotelli (5, 7)
Tess Ciccotelli (5, 7)
Vito Ciccotelli (5, 7, 14)
Kate Coppola (14, 15, 17, 18, 19, 22)
Faith Corcoran (16, 17, 18, 19, 22)
Bailey Crighton (8, 9)
Hope Crighton (8, 9)
Griffin »Decker« Davenport (17, 18, 19, 22)
Neil Davies (2, 16)
Daisy Dawson (23, 24)
Frederick Dawson (21, 23)
Taylor Dawson (20, 21)
Dana Dupinski (1, 4)
Ford Elkhart (14, 15, 20, 21)
Alex Fallon (8, 9)